पुलिस की कहानी मेरी जुबानी

पुलिस की कहानी मेरी जुबानी

जोगिन्दर सिंह

GYAN

ज्ञान पब्लिशिंग हाउस
नई दिल्ली 110002

पुलिस की कहानी मेरी जुबानी

मूल्य : 900

ISBN : 81-212-0886-6

भारत में सन् 2006 में प्रकाशित
ज्ञान पब्लिशिंग हाउस,
5, अंसारी रोड, दरियागंज,
नई दिल्ली-110002
फोन: 23282060, 23261060, फैक्स: (011) 23285914
ईमेल : books@gyanbooks.com
वेब साइट : http://www.gyanbooks.com

लेजर टाइपसेटिंग: टैक्ट कम्प्यूटर ग्राफिक्स, दिल्ली
मुद्रित: सालासर ऐमेजिंग, सिसटम, दिल्ली

विषय-सूची

प्राक्कथन

लेखक, श्री जोगिन्दर सिंह एक अवकाश प्राप्त पुलिस अधिकारी भारत में प्राचीन, मध्य एवं आधुनिककाल तक के पुलिसिया कार्य प्रणाली का इतिहास ढूंढने का प्रयास किया है। जैसाकि हम सभी जानते हैं, पुलिसिंग एक अत्यंत कठिन एवं जटिल कार्य है वह ऐसे लोकतांत्रिक परिवेश में जो कानून के नियमों में जकड़ा हुआ है। वैसे इस बहुवादी समाज में पुलिस के लिए निर्धारित प्रत्येक कार्य अत्यंत कठिन है, अशांति के समय में इन्हें उस्तरे की धार पर चलना पड़ता है। लेखक ने समाज में जनता की मांग पर पुलिस कि अनुक्रियात्मक सेवा और सुरक्षा एक साथ एक ही हाथ में और आवश्यकता पड़ने पर जनता में अशांति फैलाने वाले तत्वों के विरूद्ध बल प्रयोग करते समय उनके कठिन विरोधाभासी भूमिका को उजागर किया है, अपने गहन अनुभव के आधार पर पुलिस के कार्यप्रणाली एवं एक अनुशासित बल के छवि को विकसित करने हेतु अपने बहुमूल्य उपयोगी सुझाव दिए हैं। इस बिन्दू पर कोई संदेह नहीं कि जनता का पुलिस बल में विश्वास बढ़ाना अत्यंत आवश्यक है जो दुर्भाग्यवश वर्तमान में काफी गिरा हुआ है जिसे अपराध नियंत्रण में जनता की भागीदारी को प्रोत्साहित कर ऊपर उठाँया जा सकता है।

लेखक ने देश में जुर्म के तहकीकात में कमी पर विचार किया है, तथा इसमें राजनैतिक दखलअंदाजी के फलस्वरूप इसके स्तर को भी प्रभावित करने की बात स्वीकार की है। दुर्भाग्यवश भारतीय पुलिस बल को मूलतः व्यावसायिक और पूर्णतः अराजनैतिक नहीं कहा जा सकता। फिर भी पुलिस अपने को गैर राजनैतिक, संविधान और कानून के प्रति जबावदेह के रूप में पेश करने का प्रयास करती है जो समझने योग्य है, परंतु वास्तविकता में जनता यह जानती है कि वे राजनैतिक दबाव के अधीन हैं यदि वे शक्तिशाली पद पर हैं तो वे अपने अनुशासनात्मक शक्ति, पदोन्नति और स्थानान्तरण की शक्ति का उपयोग करते हैं, तो कोई कैसे यह आरोप लगा सकता है कि पुलिस अधिकारी उनके दबाव

के आगे परास्त हो गये हैं। आखिरकार एक औसत पुलिस अधिकारी प्रणाली और अपने वरिष्ठ अधिकारी का इस राजनैतिक दबाव के सम्मुख खड़े होने में सहयोग पाने में सफल नहीं हो पाता। यह वह अवसर नहीं है जो प्रणाली में सुधार के लिए कहा जाए, लेकिन मैं यह कह सकता हूं कि यदि दंड देने और स्थानान्तरण करने का अधिकार अराजनैतिक निकाय के पास होता जो एक दिशानिर्देश के अधीन होता तो वह राजनैतिक दबाव के विरूद्ध काम करता और पुलिस के मनोबल और छवि को बढ़ाता और जनता के बीच सम्मानीय होता। द्वितीय, जो तत्काल अनिवार्य है वह यह है कि जांच दल को प्रवर्तन दल से जहां तक संभव हो। अलग कर दिया जाय और उसके कुछ अधिकारियों के एक टुकड़ी दल को वैज्ञानिक के लिए जांच गहन एवं व्यापक प्रशिक्षण प्रदान किया जाए।

हमने प्रशिक्षण के महत्वपूर्ण पहलू पर पूणर्तः ध्यान नहीं दिया है। प्रशिक्षण केन्द्रों में पदस्थापन को सामान्यतः दंड और प्रशिक्षकों की छवि को भी कम करके देखा जाता है। भारत में अब भी पुलिस बल की कार्य पद्धति औपनिवेशिक काल के तरह ही है और हम इसे प्रजातांत्रिक नीति और सभ्यता के अनुरूप करने में असफल रहे हैं, जो मानवाधिकार के अनुरूप हो। आचरण में असैनिक व्यवहार लुप्तप्राय है। औपनिवेशिक शासकों ने ऐसे पुलिस बल की कामना की थी जो किसी भी हिंसा को क्रूरता से कुचल सके, जो उनके नियम सिद्धांत को चुनौती दे सके और इसलिए उन्हें दस्ता में कम पढ़ा लिखा तथा किसी भी स्थिति में ढलने वाला भर्ती किया जाता है। ऐसा हमें करते रहना जरूरी हैं? हमें सभी स्तरों पर पुलिस बल में प्रवेश के लिए शिक्षा स्तर वेतन को ऊपर उठाना होगा तथा उनके कार्य के परिस्थितियों में सुधार लाना होगा तथा उन्हें मानवाधिकारों के अनुरूप विवेकाधिकार व्यक्तिगत गरिमा और लोकतांत्रिक मूल्यों के अंदर व्यवहार करने के लिए प्रशिक्षण करना होगा। तभी सिर्फ तभी भारतीय पुलिस अपना मानवीय चेहरा भारतीय जनमानस के समवक्ष प्रस्तुत कर सकेगी।

मैं अन्य कई विभिन्न पहलुओं पर लिखने के प्रत्भोमन को रोक रखा है जो वर्तमान अपराधिक न्याय प्रणाली और उसकी असफलता से संबंधित है लेकिन वर्तमान POTO और MACOCA हर्ष ड्राकूलियंन कानूनों के वातावरण में मैं कोई सहायता नहीं कर सकता। परिणामतः इनका दोष सिद्धि दर अत्यंत कम रहता है। पुलिस भी अतिरिक्त शक्तियों और हथियारों से युक्त होकर हमेशा खुश है, शक्तियां आनन्द दायक है यह सिर्फ एक गाली है दूसरे तरह से यह

एक बोझिल कर्तव्य हैं, कुख्यात TADA के साथ कार्य करने का अनुभव इस गाली को अभिव्यक्त करता है। असामान्य शक्तियां भ्रष्टाचार के लिए आकर्षक अवसर प्रदान करती हैं। परिणाम स्वरूप जांच के काम में लापरवाही होती है। अपराधी समझकर उसे पीटकर चेहरे को लाल कर देना और उसकी संस्वीकृति लेकर समुचे मामले को रफा-दफा कर देना भारतीय पुलिस की नियति है। परिणाम स्वरूप दोष-सिद्धि का दर लगातार गिर रहा है।

भारत में पहले संदेहास्पद व्यक्ति को गिरफ्तार किया जाता है, उसके बाद जांच शुरू होता जबकि अन्य विकसित देशों में सामान्यतः पुलिस संदेहास्पद व्यक्ति का साया की तरह पीछा करती है और उस पर काफी नजदीक से सारी गतिविधियों पर निगरानी रखती है और जिस दिन पुलिस तर्कसंगतता से पूर्णतः संतुष्ट हो जाती है तब संदेहास्पद व्यक्ति अपराधी होता है और उसे गिरफ्तार किया जाता है। जबकि भारत में संदेहास्पद व्यक्ति को पहले गिरफ्तार किया जाता है उसके बाद जांच का काम शुरू होता है, पुलिस अपना जांच का कार्य संदेहास्पद को अपराधी समझकर करती हैं। और इसीलिए वास्तविक अपराध करने वाला खुला घूमता है। पुलिस किसी गलत व्यक्ति को अपराधी समझकर अपने पास लंबे समय तक बंदी बनाए रखने का दोष स्वीकार नहीं करना चाहती इसीलिए यहां उनकी प्रवृत्ति होती है कि उनका चालान कर दे और आगे का कार्य न्यायालय करे। यह अच्छा समय है पुलिस को अपना कार्य प्रणाली बदलने का।

पुस्तक भारत में पुलिस बल के विकास से संबधित संक्षिप्त विचार प्रस्तुत करता है। यह पुस्तक विद्यार्थियों, प्रशिक्षणार्थियों तथा पुलिस बल के सामान्य सदस्य के लिए उपयोगी सिद्ध हुआ है। लेखक भारतीय पुलिस व्यवस्था में सुधार के लिए अपने स्पष्ट विचार एवं सुझाव के लिए बधाई के पात्र हैं। मैं इस पुस्तक की अच्छी परिचालन के लिए आश्वस्त हूं।

ए. एम. अहमदी

Dated जनवरी 12, 2002 भारत के पूर्व मुख्य न्यायाधीश

आमुख

कानून और व्यवस्था के रक्षा का दायित्व निभाने वाले सरकार के कार्यपालिका अंगों में पुलिस बल सर्वाधिक आलोचना का शिकार बना है। पुलिस कार्यों की प्रत्यक्षदर्शिता, इसके केन्द्र बिन्दु बने रहने का प्रमुख कारण है। इस तथ्य के बावजूद कि वर्तमान पुलिस प्रणाली हमें ब्रिटिश शासकों ने दी है, इसकी अपर्याप्तता और कमियां, ब्रिटिश शासन के दौरान भी, व्यापक बहस का विषय रही हैं। इन चर्चाओं में पुलिस की कार्यप्रणाली पर असंतोष व्यक्त किया जाता रहा है। समय-समय पर पुलिस में सुधार हेतू सुझाव भी दिए गए है। पुलिस प्रणाली में, समय-समय के अनुसार परिवर्तन तथा अनुकूलन के लिए व्यक्ति, समाज तथा संगठनों को शीघ्र अपनाना पड़ेगा। किसी भी स्थिति अथवा कार्य प्रणाली को अन्तिम नहीं माना जा सकता है। यदि ये संगठन स्वयं को बदली स्थितियों के अनुरुप नहीं ढालेंगे तो नष्ट हो जाएंगे।

साधारण नागरिक शीघ्र न्याय चाहता है, उसे पश्चिमी सोच पर आधारित वर्तमान प्रणाली की बारीकियों में कोई रुचि नहीं है। एक साधारण जन न तो इसे समझ सकता है और न ही इसकी चूकता पर विश्वास करता है। कोई वादी मुसीबत के वक्त न्याय व्यवस्था से सहायता की क्या आशा करे जब उसका वाद अनिश्चित रूप से वर्षो तक लटका रहता है। न्यायालयों में निर्णय हेतु लम्बित पूराने वादों की संख्या साल दर साल बढ़ती जा रही है। इन स्थितियों में केवल धनी और बाहुबली ही लाभ उठाते है। लोग यह समझने में असमर्थ हैं कि आखिर घृणित अपराधों हेतु उत्तरदायी अपराधी, कैसे छूट जाते हैं। इससे पुलिस का दायित्व बढ़ता है। अपीलों एवं पुनर्विचार प्रणाली की जटिलताओं के कारण अपराधी कभी कभार ही दोषी सिद्ध होते हैं अथवा जेल जाते हैं। समाज इन असामाजिक तत्वों से अपनी रक्षा, कानून हाथ में लिए बगैर अथवा क्रूर तरीकों के इस्तेमाल में पुलिस की मदद किए बिना, किस प्रकार कर सकता है?

देश का कानून पुलिस पर विश्वास नहीं करता, जो स्वयं उसके लिए भी लाभदायक नहीं है। कानून ने पुलिस पर इतने प्रतिबंध लगा रखे हैं कि वह जब किसी आरोपित को न्यायालय में सुनवाई के लिए पेश करती है तो स्वयं को

कटघरे में खड़ा पाती है। इस दुखद विषम स्थिति में बचने के लिए पुलिस प्रणाली में समय के साथ-साथ नए छोटे रास्ते ढूंढ, लिए गए हैं। किसी अपराध की स्वीकारोक्ति अथवा चोरी हुए माल की बरामदगी के लिए 'थर्ड डिग्री' का इस्तेमाल इनमें से एक है। वस्तुतः सम्पूर्ण प्रशासनिक व्यवस्था प्रत्यक्ष या अप्रत्यक्ष रूप से इन हालात के लिए जिम्मेदार है। राजनीतिक दल को सत्ता में बनाए रखने का दायित्व निभाने वाली प्रशासन की मजबूत बाजू के रूप में पुलिस की अवधारणा को कानून में कोई स्थान नहीं है। परन्तु व्यवहार रूप में यह अनेक स्थानों पर प्रत्यक्ष है। कानून व संविधान में सरकार उत्पीड़न व अविधिक कार्यो के विरुद्ध भी साधारण जन को पुलिस संरक्षण प्राप्त है। पुलिस के ऊपर राजनीतिक तथा नौकरशाही का जो नियंत्रण बना हुआ है उसे ढील दिए जाने की जरूरत है है ताकि पुलिस, कानून की भावना के अनुरूप, मुक्त होकर कार्य कर सके। केवल इसी मार्ग पर चलकर पुलिस लोगों का सम्मान प्राप्त कर सकती है तथा कानून और व्यवस्था बनाए रखने में आम जन का सहयोग मिल सकता है। पुलिस की जनता के साथ निकटता ही उसकी क्रूरतापूर्ण कार्रवाइयों से मुक्ति की गारंटी है। जब पुलिस चुनिंदा लोगों के समूह के लिए, उनके आदेशों पर और उनके हितार्थ एक निजी सेना के तौर पर कार्य करने लगती है तो जनता की पुलिस की पूरी की पूरी अवधारणा ही छिन्न-भिन्न हो जाती है।

इस पुस्तक में पुराने समय से हुए पुलिस विकास को रेखांकित किया गया है, जिसमें ब्रिटिश भारतीय सरकार द्वारा दो पुलिस आयोगों की नियुक्ति भी सम्मिलित है। ब्रिटिश भारतीय सरकार द्वारा दो पुलिस आयोगों की नियुक्ति भी सम्मिलित है। इसमें स्वतंत्र भारत में सुधार प्रयासों का भी वर्णन है। शायद ही कोई राज्य होगा जिसमें पुलिस व्यवस्था में सुधारों के सुझाव हेतु पुलिस आयोग अथवा समिति का गठन न किया गया हो। उत्तर प्रदेश, मध्य प्रदेश, पंजाब, दिल्ली, बिहार, तमिलनाडु, असम, केरल, पश्चिम बंगाल द्वारा गठित आयोगों एवं समितियों और राष्ट्रीय पुलिस आयोग ने पुलिस कार्य प्रणाली की सूक्ष्म जांच की है। मैंने इनके कथनों का व्यापक अध्ययन किया है। मैंने कहीं भी यह नहीं कहा है कि किसी समस्या के निपटाने हेतु सर्वश्रेष्ठ विधि क्या है। यह कार्य मैंने सुधारकों के लिए छोड़ दिया है। वे देश को बेहतर पुलिस देने के लिए सर्वश्रेष्ठ तरीका स्वयं चुनें तथा उस पर अमल करें। भारत में मौजूद पुलिस व्यवस्था अंग्रेजों की देन है। यह सन् 1860 की पुलिस आयोग की रिपोर्ट तथा पुलिस अधिनियम 1861 पर आधारित है। वे कानून जिन पर देश पर देश की दण्ड न्याय प्रणाली आश्रित है, भारतीय दण्ड संहिता, अपराध-प्रक्रिया संहिता तथा भारतीय साक्ष्य अधिनियम ब्रिटिश शासन काल में बनाए गए थे।

यह अवधारणा भी अंग्रेजों द्वारा प्रारंभ की गई थी कि चाहे नौ दोषी व्यक्ति छूट जाएं परन्तु एक निर्दोष को सजा नहीं मिलनी चाहिए। आरोपितों तथा

व्यक्तियों को सन्देह के लाभ की व्यवस्था थी परन्तु राज्य के लिए यह व्यवस्था नहीं थी। वस्तुतः मुंबई के गवर्नर सर जॉन मैल्कम के सन् 1830 में कहा था।

कुख्यात अपराधियों को पकड़ने का काम, हमारे न्यायालयों के स्वरुप एवं सिद्धान्तों के अनुसार उनको दोषी सिद्ध करने की अपेक्षा, आसान है। पूर्ण साक्ष्य के आभाव में ये अपराधी छूट जाते हैं तथा अपने पकड़वाने में सहयोगी के संदेही व्यक्तियों से भरपूर बदले की भावना के लिए पुनः अपराध की डगर पर चल पड़ते हैं। यदि इस बुराई को मिटाने के लिए हमारे कानूनों में संशोधन नहीं किया जाता तो लुटेरे कबीलों की वारदातों को झेलने वाले सूबों में पुलिस की कार्यपालक शाखा में परिवर्तन मात्र से ही इस बुराई को कम किया जा सकता है।

लेखक द्वारा अथवा अनेक समितियों और आयोगों द्वारा सुधारों हेतु सुझाव प्रत्येक अध्याय में देखे जा सकता हैं। यह कहना मुश्किल है कि किस सुधार अथवा परिवर्तन से अभीष्ट की सिद्धि होगी और इसमें कितना समय लगेगा। प्रस्तावित सुधार में प्रमुखतः पुलिस की कार्यप्रणाली की बाधाएं दूर करने, पुलिस का अनुचित उपयोग रोकने तथा जनता के सहयोग में सुधार हेतु सुझाव सम्मिलित किए गए हैं। इस कार्य हेतु मैं 1902-03 के पुलिस आयोग के विचारों से सहमत हूं, जिनमें कहा गया है कि वे "इस विश्वास के प्रति अधिक आशावादी नहीं है कि उनके प्रस्ताव यदि पूर्णतया अपना भी लिए जाएं तो शिकायतों के सभी मामलों का शीघ्र निपटारा हो जाएगा। ये सुधार धीरे-धीरे ही लागू किए जा सकते हैं तथा इनका पूर्ण प्रभाव स्पष्ट होने में वर्षों का समय लगेगा। पुलिस बल में सभी पद-स्तरों के नकृष्ट कर्मियों से छुटकारा पाना हानिकारक परम्पराओं को दूर करना होगा। पुलिस के बारे में लोगों की सोच बदलनी होगी तथा ईमानदारी और भ्रष्टाचार के संबंध में जनमत तैयार करना होगा। यह सारा कार्य लक्षित उद्देश्यों की संतोषजनक प्राप्ति से पूर्व सम्पन्न करना होगा।"

मैंने देश में विभिन्न राज्य सरकारों तथा केन्द्र सरकार द्वारा गठित अनेक पुलिस आयोगों तथा समितियों की रिपोर्टों का इस पुस्तक में व्यापक उपयोग किया है। स्वतंत्र भारत में विभिन्न राज्य सरकारों ने, विगत की सभी सरकारों के मुकाबले, अधिक पुलिस समितियों तथा आयोगों का गठन किया है। परंतु इन रिपोर्टों पर अमल की रफ्तार से आलसी व्यक्ति भी शर्मसार महसूस करेगा। चूंकि राज्य सरकार इन आयोगों तथा समितियों का गठन करती हैं इनकी रिपोर्टों में सभी जगह पुलिस कार्यप्रणाली की कमोबेश एक जैसी तस्वीर प्रस्तुत की जाती है। सुझाए गए उपायों में भिन्नता होती है। पुस्तक के प्रत्येक अनुभाग में मौजूदा स्थिति, सुधार हेतु प्रयास तथा लेखक अथवा किसी समिति अथवा आयोग द्वारा सुझाए गए सुधार सन्निहित हैं। मैंने कहीं भी यह कहने का साहस

व्यक्तियों को सन्देह के लाभ की व्यवस्था थी परन्तु राज्य के लिए यह व्यवस्था नहीं थी। वस्तुतः मुंबई के गवर्नर सर जॉन मैल्कम ने सन् 1830 में कहा था।

कुख्यात अपराधियों को पकड़ने का काम, हमारे न्यायालयों के स्वरुप एवं सिद्धान्तों के अनुसार उनको दोषी सिद्ध करने की अपेक्षा, आसान है। पूर्ण साक्ष्य के आभाव में ये अपराधी छूट जाते हैं तथा अपने पकड़वाने में सहयोग के संदेही व्यक्तियों से भरपूर बदले की भावना के लिए पुनः अपराध की डगर पर चल पड़ते हैं। यदि इस बुराई को मिटाने के लिए हमारे कानूनों में संशोधन नहीं किया जाता तो लुटेरे कबीलों की वारदातों को झेलने वाले सूबों में पुलिस की कार्यपालक शाखा में परिवर्तन मात्र से ही इस बुराई को कम किया जा सकता है।

लेखक द्वारा अथवा अनेक समितियों और आयोगों द्वारा सुधारों हेतु सुझाव प्रत्येक अध्याय में देखे जा सकता हैं। यह कहना मुश्किल है कि किस सुधार अथवा परिवर्तन से अभीष्ट की सिद्धि होगी और इसमें कितना समय लगेगा। प्रस्तावित सुधार में प्रमुखतः पुलिस की कार्यप्रणाली की बाधाएं दूर करने, पुलिस का अनुचित उपयोग रोकने तथा जनता के सहयोग में सुधार हेतु सुझाव सम्मिलित किए गए हैं। इस कार्य हेतु मैं 1902-03 के पुलिस आयोग के विचारों से सहमत हूं, जिनमें कहा गया है कि वे ''इस विश्वास के प्रति अधिक आशावादी नहीं है कि उनके प्रस्ताव यदि पूर्णतया अपना भी लिए जाएं तो शिकायतों के सभी मामलों का शीघ्र निपटारा हो जाएगा। ये सुधार धीरे-धीरे ही लागू किए जा सकते हैं तथा इनका पूर्ण प्रभाव स्पष्ट होने में वर्षों का समय लगेगा। पुलिस बल में सभी पद-स्तरों के निकृष्ट कर्मियों से छुटकारा पाना हानिकारक परम्पराओं को दूर करना होगा। पुलिस के बारे में लोगों की सोच बदलनी होगी तथा ईमानदारी और भ्रष्टाचार के संबंध में जनमत तैयार करना होगा। यह सारा कार्य लक्षित उद्देश्यों की संतोषजनक प्राप्ति से पूर्व सम्पन्न करना होगा।''

मैंने देश में विभिन्न राज्य सरकारों तथा केन्द्र सरकार द्वारा गठित अनेक पुलिस आयोगों तथा समितियों की रिपोर्टों का इस पुस्तक में व्यापक उपयोग किया है। स्वतंत्र भारत में विभिन्न राज्य सरकारों ने, विगत की सभी सरकारों के मुकाबले, अधिक पुलिस समितियों तथा आयोगों का गठन किया है। परंतु इन रिपोर्टों पर अमल की रफ्तार से आलसी व्यक्ति भी शर्मसार महसूस करेगा। चूंकि राज्य सरकार इन आयोगों तथा समितियों का गठन करती हैं इनकी रिपोर्टों में सभी जगह पुलिस कार्यप्रणाली की कमोबेश एक जैसी तस्वीर प्रस्तुत की जाती है। सुझाए गए उपायों में भिन्नता होती है। पुस्तक के प्रत्येक अनुभाग में मौजूदा स्थिति, सुधार हेतु प्रयास तथा लेखक अथवा किसी समिति अथवा आयोग द्वारा सुझाए गए सुधार सन्निहित हैं। मैंने कहीं भी यह कहने का साहस

नहीं किया है कि किसी स्थिति अथवा समस्या विशेष के लिए सर्वश्रेष्ठ उपाय क्या है। इस कृति की महत्वपूर्ण विशिष्टता मेरे द्वारा साक्षात्कार किए गए वरिष्ठ पुलिस अधिकारियों द्वारा पुलिस के विभिन्न पहलुओं पर व्यक्त किए गए विचार हैं। उन्होंने अपना नाम बताये जाने से इंकार किया है यद्यपि उन्हें अपने विचारों के उद्धृत किए जाने पर कोई आपत्ति नहीं है।

मैंने अपनी इस पुस्तक में वरिष्ठ पुलिस अधिकारियों तथा प्रशासनिक अधिकारियों सहित समाज के अलग वर्गों के विभिन्न लोगों के साथ सैकड़ों परिचर्चाओं में से थोड़े से प्रतिनिधि विचार उद्धृत किए हैं। यह कहा जा सकता है कि सुधारों का कोई एक समुच्चय पूरे देश में एक समान रूप से स्वीकार्य तथा वांछनीय नहीं हो सकता, क्योंकि प्रत्येक स्थान की समस्या भिन्न होती है। इस पुस्तक में, देश भर में पुलिस की बेहतरी के लिए सुझाए गए, सभी सुधारों को एक स्थान पर रखने का प्रयास किया गया है। दूसरे शब्दों में, सन् 1860 से सभी पुलिस आयोगों तथा समितियों द्वारा पुलिस के संबंध व्यक्त किए गए विचार तथा उक्तियां, इस पुस्तक में सकलित हैं। भारतीय पुलिस सेवा के सदस्य के रूप में पुलिस विभाग में 1-6-1961 से 31-10-1997 तक सेवा के दौरान मेरा अपना अनुभव, उपलब्धियां तथा कुण्ठाएं इस कृति का स्वाभाविक आधार हैं।

मैं ज्ञान पब्लिशिंग हाउस को इतने कम समय में इस पुस्तक के प्रकाशन हेतू धन्यवाद देता हूं। मैं अपने उन अनेक मित्रों तथा शुभचिन्तकों को भी धन्यवाद देता जिन्होंने मुझे प्रोत्साहित किया तथा मेरी सहायता की है। मैं आशा करता हूं कि यह पुस्तक पाठकों को यह याद रखने के लिए प्रेरित करेगी कि देश की प्रगति के लिए साथ मिलकर काम करने वाले देश के नागरिकों के लिए यह उक्ति "मत पूछो कि देश तुम्हारे लिए क्या कर सकता है; पूछो कि तुम देश के लिए क्या कर सकते हो" लागू होती है। सुधारों की दिशा में प्रयास जारी रहने चाहिए, भले ही राह में कितनी ही बाधाएं आएं। आने वाली पीढ़ियों के बेहतर भविष्य हेतु प्रगति के लिए यही एक रास्ता है।

जोगिन्दर सिंह
आई. पी. एस. (सेवा निवृत्त)
पूर्व निदेशक, सी बी आई

इतने पर भी तकनीकी आधार पर दोषी को छूटते देखना उसके भाग्य में लिखा हो। विचारणीय प्रश्न यह है कि क्या हमें राज्य के आरोपित को संदेह का लाभ देना जारी रखना चाहिए। कार्यपालक और पुलिस द्वारा अधिकारों का दुरूपयोग रोकने के लिए सुरक्षा उपायों का प्रश्न भी इसमें समाहित है। सवाल यह है कि आम नागरिक को न्याय देने के बाबत हम पुलिस पर कितना भरोसा कर सकते हैं तथा कार्यपालिका पर भरोसे की सीमा क्या है? क्या हमारा पिछला रिकॉर्ड इस बारे में हमें कोई विश्वास दिलाता है! अपने विगत से चिपके रहना क्या हमारे लिए आवश्यक है या कि फिर स्वतंत्र भारत की पुलिस में विश्वास और भरोसे की नई शुरुआत की जानी चाहिए ।

हमारी आपराधिक न्याय व्यवस्था के संचालन की संतुष्टिदायक विशिष्टता यह रही है कि पुराने समय से ही प्रशासन को जनता की जरूरतों के प्रति संवेदी बनाने की दिशा में प्रयास किए जाते रहे हैं। सन 1840 में बंगाल में पुलिस अधीक्षक के पद पर नियुक्त डैम्पियर ने कहा था।

''न्याय के सही एवं सुरक्षित संचालन हेतु सर्वोत्तम उपाय यह है कि हम अपराधों की जांच शुरू करने तथा साक्ष्य एकत्रित करने हेतू एक ईमानदार पुलिसकर्मी को तैनात करने हेतु वह सब करें जो जरूरी है। सरकार पर बार-बार अथवा अत्यधिक जोर डालकर नहीं कहा जा सकता कि केवल दरोगा ही नहीं अपितु मोहर्रिर और जमादार, की वेतन सम्मान जनक होनी चाहिये। अब ऐसे अधिकारी जो नाममात्र के वास्तविक नियंत्रण के अधीन कार्य करते हैं यदि प्रलोभन का शिकार हो जाएं अथवा निजी द्वेष की तुष्टि करने लगे तो कोई आश्चर्य नहीं होनी चाहिए।

द्वितीय पुलिस आयोग (1902-03) ने देश में पुलिस व्यवस्था की असंतोषजनक स्थिति तथा पुलिस के प्रति लोगों की उदासीनता के विषय में निम्नलिखित शब्दों में टिप्पणी की थी।

एक नवयुवक द्वारा सब-इंस्पेक्टर तथा इंस्पेक्टर में से किसी एक पद पर सीधी नियुक्ति स्वीकार करने में महसूस की गई कठिनाइयों के बारे में सम्मान्य माता-पिता, शिक्षकों तथा अन्य भद्रजनों की गवाही पुलिस भ्रष्टाचार के बाबत इस आयोग को प्राप्त होने वाला सबसे पुख्ता सबूत है। वह नवयुवक स्वयं को एक भ्रष्ट सेवा के अंग रूप में पाता है। वह अपने आप को ऐसी स्थितियों में घिरा पाता है जो उसे ईमानदारीपूर्वक कार्य करने से रोकती हैं। अनेक प्रान्तों में शिक्षकों ने आयोग के समक्ष उपस्थित होकर बताया कि वे अच्छे छात्रों को पुलिस सेवा में जाने के लिए प्रोत्साहित करने में असमर्थ हैं। माता-पिताओं ने स्वीकार किया कि उन्होंने अपने बच्चे को पुलिस सेवा से हटाने का निर्णय लिया

ताकि उसमें ईमानदारी बची रहे। अधिकतर राज्यों में कांस्टेबल से लेकर इंस्पेक्टर तक में भ्रष्टाचार के नासूर का असर देखा गया है। अन्तर केवल मात्रात्मक है।

आयोग यह कहना भी नहीं भूलता कि पुलिस के दुर्वयहार के विषय में सफाई पक्ष में बहुत कुछ कहा जा सकता है। यह सफाई, अपराध के प्रति जनता का उदासीन रवैया, गैर-कानूनी तुष्टीकरण हेतू भ्रष्टाचार को प्रोत्साहन, अल्प वेतन और बेहतर भविष्य की अत्यल्प संभावनाओं पर आधारित है। परन्तु यह सफाई भी साक्ष्यों के आधार पर बनी पुलिस की दागदार छवि को उजला नहीं बना सकती है। इसमें तनिक भी संशय नहीं कि पूरे देश में पुलिस बल बेहद असंतोषकारी स्थिति में है, उसका अनुचित उपयोग किया जाता है। इसका नुकसान आम जनता को होता है। सरकार की साख गिरती है। पुलिस व्यवस्था में वस्तुतः पूर्ण रूप परिवर्तन की अतिशीघ्र एवं सख्त जरूरत है। पुलिस विभाग पहले ही अति अभावग्रस्त है। इस कारण इसके सुधार प्रयासों पर भारी लागत आएगी, परन्तु ये प्रयास अत्यावश्यक हैं।

यद्यपि पुलिस आयोग (1902-03) द्वारा की गई टिप्पणी के बाद एक लम्बा समय बीत चुका है पर इस दौरान कुछ किया गया हो ऐसा आभास नहीं होता। स्वतंत्र भारत के प्रथम पुलिस आयोग का कथन है।

विभिन्न दबाबों और पुरानी पुलिस व्यवस्था की खामियों के चलते पुलिस का काम लोगों की उम्मीदों पर खरा नहीं उतरता है। पुलिस की वर्तमान कार्यप्रणाली से ब्रिटिश राज की उस कार्यप्रणाली का आभास होता है, जब पुलिस का काम पूरी सख्ती बरतकर सरकार को सत्ता में बनाए रखना होता था। जनता की नजरों में आज की पुलिस कानून लागू करने वाली एक निष्पक्ष एजेन्सी के बजाए सत्तारूढ़ सरकार के उद्‌देश्यों की पूर्ति में संलग्न एजेन्सी अधिक प्रतीत होती है। सरकार के लक्ष्यों और सत्तापक्षीय दल के हितों व उम्मीदों के बीच की विभाजन रेखा, वास्तविक कार्य व्यवहार में, धुंधली एवं अस्पष्ट हो जाती है, जिसके फलस्वरूप पुलिस की कानून लागू करने वाली निष्पक्ष एजेन्सी की छवि धूमिल होती है। ऐसी स्थिति में पुलिस को अपनी सही भूमिका निभाने और जनता के बीच अपने कार्य प्रदर्शन को स्वीकार्य बनाने में कठिनाई होती है। लोगों की नजरों में, राजनीतिक हित साधन हेतु ड्यूटी में पक्षपात, निर्दयता, भ्रष्टाचार तथा अकर्मण्यता, पुलिस की विशेषताएं हैं। हालांकि अलग-अलग स्थानों पर और अलग-अलग व्यक्तियों में मात्रात्मक अंतर संभव है। लोगों के संवैधानिक अधिकारों और उनकी आजादी स्थापित रखना, जनता की सेवा के उद्‌देश्य से प्रेरित तथा निदेशित एक कुशल एवं निष्पक्ष कानून लागू करने वाली एजेन्सी के रूप में कार्य करना पुलिस की मूल एवं आधारभूत समस्या है।

एक पूर्व कैबिनेट सचिव के अनुसार पुलिसकर्मियों के प्रशिक्षण की उपेक्षा वर्तमान स्थिति का मुख्य कारण है। इनके मतानुसार नवीनतम सोच और तकनीकों की जानकारी के लिए पुलिस बल का कम से कम एक चौथाई भाग क्रमगत प्रशिक्षण के अधीन रहना चाहिए। वैसे आदर्श रूप में एक तिहाई पुलिसकर्मी सदैव प्रशिक्षण में रहने चाहिए। इनके अनुसार पुलिस कार्य में राजनीति का हस्तक्षेप समाप्ति से पुलिस कार्य में सुधार पर गहरा प्रभाव पड़ेगा। यद्यपि अमेरिका भारत की ही तरह एक लोकतांत्रिक देश है परन्तु वहां पुलिस कार्यों में राजनीतिक दखल बिल्कुल नहीं है।

एक पूर्व मुख्य सचिव का मानना है कि पुलिस दक्षता स्थापित रखने के लिए परम्पराओं का पालन अनिवार्य है। जब तक राजनीतिक दल और सत्ताधारी दल इस मूल सिद्धान्त को स्वीकार नहीं करते, कोई सुधार संभव नहीं है। भारत में पुलिस की छवि सुधारने का कोई आसान उपाय नहीं है। इसके लिए प्रयासों में निरंतरता लानी होगी। उन्होंने 1979 में सम्पन्न मुख्य मंत्रियों के सम्मेलन में राजनीतिक हस्तक्षेप में कमी लाने की सिफारिशों की याद दिलाते हुए कहा कि इस संबंध में कुछ भी नहीं किया गया है। वर्तमान शासन की तुलना मुगल शासन से की जा सकती है जिसमें गद्दी की खातिर पुत्र द्वारा पिता की हत्या कर दी जाती थी। अन्तर केवल इतना है कि पिता का स्थान अब वरिष्ठ पदधारी ने लिखा है जिसको पदावनत करने के लिए कनिष्ठजन बाहय कारकों तथा प्रभावों का इस्तेमाल करते हैं। वरिष्ठ पुलिस अधिकारी अपने हित साधन हेतु राजनीतिज्ञों की मदद लेते हैं तथा कन्ष्ठि अधिकारी उनका अनुसरण करते हैं। जिस तरह स्वयं को देखने के लिए दर्पण की आवश्यकता होती है उसी प्रकार पुलिस विभाग की कार्यप्रणाली की जांच हेतु एक बाह्य एजेन्सी की आवश्यकता है। इस हेतु संभवत: सार्वजनिक क्षेत्र उपक्रमों हेतु समिति की तर्ज पर विधायिका की एक एजेन्सी का गठन किया जा सकता है। ऐसी समिति अपना कार्य विभाग की कार्यप्रणाली की जांच, न्याय-मामलों की लम्बिता तथा निपटाने तक सीमित रखे तथा उसको तबादलों और तैनातियों से कोई सरोकार नहीं रखना चाहिए।

एक राज्य के पूर्व मुख्यमंत्री ने कहा था

मैं शर्त लगा सकता हूं कि यदि राजनीतिक हस्तक्षेप नहीं हो तो पुलिस किसी भी स्थिति को संभाल सकती है। पुलिस को अपनी ड्यूटी करते समय किसी प्रकार का डर या आशंका नहीं होनी चाहिए। यदि डर होगा तो पुलिस जनता की शिकायतों को दूर करने के लिए बेहतर रूप से कार्य नहीं कर सकेगी। पुलिस को आश्वस्त होनी चाहिए कि उसके काम में कोई दखलंदाजी नहीं होगी।

एक व्यवसायी के अनुसार पुलिसकर्मियों की गणना समाज के निम्न वर्ग में की जाती है। हमारी सोच कुछ ऐसी बन गई है कि हम किसी पद को उसके वेतन व ड्यूटी के आधार पर ऊंचा या नीचा ठहराते हैं। कठोरतम श्रम करने वाला व्यक्ति जैसे पत्थर तोड़ने वाला श्रमिक, बस चालक, धूप में ड्यूटी पर तैनात पुलिसकर्मी आदि अल्पतम वेतन पाता है। इनको मिलने वाला वेतन भरण-पोषण के न्यूनतम स्तर के लिए भी उपयुक्त नहीं है, अन्य सुविधाओं की तो बात न करना ही बेहतर है। यदि सरकार उपयुक्त वेतन दे सके तो भ्रष्टाचार में पर्याप्त कमी लाई जा सकती है। पुलिस विभाग पर कार्य का बोझ भी बहुत अधिक है। हमारे देश की विशाल जनसंख्या को देखते हुए पुलिसकर्मियों की संख्या बहुत कम है। पुलिस को आमतौर पर निर्दयतापूर्ण व्यवहार के लिए जाना जाता है। चूंकि पुलिस का वास्ता अपराधियों और समाज के निकृष्ट वर्ग से पड़ता है इसलिए आम जन के प्रति उनका सामान्य व्यवहार भी अपराधियों के प्रति व्यवहार जैसा होता है। पुलिस सेना की भांति मजबूत और अनुशासित होनी चाहिए ताकि देश में आंतरिक शान्ति कायम रखी जा सके। राजनीतिक दखलन्दाजी पूरी तरह रोक दी जानी चाहिए। वर्तमान समय में पुलिस में 95% भर्ती स्थापित राजनीतिज्ञों के इशारों पर हो रही है। मैंने अपराधियों को सब-इंसपेक्टर के पद पर भर्ती होते देखा है। ऐसा केवल राजनीतिक हस्तक्षेप और दबाव से ही संभव है। एक कांस्टेबल के पद के लिए न्यूनतम योग्यता 12वीं कक्षा उत्तीर्ण होने चाहिए तथा भर्ती केवल योग्यता के आधार पर होनी चाहिए। मैंने पुलिस में महत्वपूर्ण पदों पर आसीन ऐसे पुलिसकर्मी देखे हैं जो एक शब्द तक नहीं लिख सकते हैं। जहां तक भ्रष्टाचार की रोकथाम का प्रश्न है उसके लिए सतर्कता विभाग को विशेष अधिकार दिए जाने चाहिए ताकि कोई भी भ्रष्ट व्यक्ति बचनें नहीं पाए। किसी वाद अथवा मामले के निपटाने में बिलम्ब से भ्रष्टाचार पनपता है। इस बिलम्ब को रोकने के लिए उपाय किए जाने चाहिए। इसी प्रकार सरकारी प्रक्रियाएं अत्यंत जटिल हैं जिन्हें सरल बनाया जाना चाहिए।

एक बड़े शहर के पुलिस थाने में प्रभारी के रूप में तैनात एक अनुभवी पुलिस अधिकारी ने कहा कि भारतीय साक्ष्य अधिनियम की धारा 25 (जिसके अनुसार किसी पुलिस अधिकारी के समक्ष की गई अपराध स्वीकारोक्ति विधि-न्यायालय में मात्रा नहीं होगी) में संशोधन किया जाना चाहिए, क्योंकि लोग साक्ष्य के जरिए पुलिस की मदद के अनिच्छुक हो गए हैं। पुलिस के वरिष्ठ अधिकारियों के समक्ष की गई स्वीकारोक्तियां भी अस्वीकार्य होना

भूमिका

भारतीय पुलिस सेवा के नए प्रवेशकर्ताओं और वरिष्ठ अधिकारियों को प्रशिक्षण देने वाली राष्ट्रीय पुलिस अकादमी के एक पूर्व निदेशक ने स्वतंत्र भारत की प्रशासनिक व्यवस्था में बदलाव के बारे में टिप्पणी करते हुए कहा।

खेद की बात है कि देश के आजाद होने, संविधान में स्वतंत्रता, अधिकार, समानता एवं न्याय की अवधारणा को प्रमुखता देने और लोकतांत्रिक व्यवस्था अपनाए जाने के बावजूद ऐसा कुछ अधिक नहीं हुआ है जो नागरिकों के प्रति प्रशासनिक व्यवस्था में बदलाव का संकेत देता हो। संविधान में लिखी गई आदर्श बातें एक आम नागरिक के लिए अर्थहीन अक्षर जैसे हैं क्योंकि उसने कानून लागू करने का दायित्व निभाने वालों में कोई सुधार या बेहतरी महसूस नहीं की है। वास्तव में हमारा देश एक धीमी गति से परन्तु स्पष्टतया नैतिक व आचार रूप दोनों प्रकार से पीछे की ओर खिसक रहा है। आजादी के संघर्ष के दिनों के निर्भीक, दृढ़निश्चयी एवं निष्ठावान लोग देश के राजनीतिक परिदृश्य से विदा होते जा रहे हैं। उनका स्थान स्वार्थी किस्म के साधारण लोगों द्वारा लिए जाने की स्पष्ट छाप हमारी नैतिक व आचार-अवनति पर अंकित है। यह स्वीकार करना ही होगा कि नेतृत्व मार्गदर्शन में बुरी तरह विफल रहा है। दूसरी ओर वर्तमान राजनीतिज्ञों द्वारा पैदा किया गया माहौल आजकल कानून के शासन के खुल्लमखुल्ला उल्लंघनों के लिए प्रमुख रूप से जिम्मेदार है।

यह तर्क दिया जा सकता है कि एक अनुशासित तथा आदर्श पुलिस अपने कानून सम्मत एवं सही आचरण से दूसरों का मार्गदर्शन कर सकती थी जैसा कि उन्नीसवीं सदी में ग्रेट ब्रिटेन में हुआ था। परन्तु ब्रिटिश सरकार द्वारा देश छोड़ते समय देश को विरासत में मिली एक द्वेषी अनुचित उपयोगकृत तथा औपनिवेशिक पुलिस से ऐसी आशा नहीं रखी जा सकती थी। समय की मांग थी कि इस पुरानी पुलिस व्यवस्था को एक नया स्वरूप एक नई दिशा दी जाती इसकी लोकतांत्रिक एवं मुक्त समाज की नव अवधारणा के अनुकूल एवं उपयुक्त

बनाया जा सकता था। किंतु यह हो नहीं सका। सत्ता की चूहा दौड़ में किसी ने भी पुलिस व्यवस्था को सुधारने के विषय में नहीं सोचा। पुलिस बल को अभावग्रस्त, अपर्याप्त संख्या बल व संसाधनों रहित नई चुनौतियों का सामना करने के लिए बिना प्रशिक्षित हालत में उसके भाग्य के भरोसे छोड़ दिया गया। इतना ही नहीं, स्वार्थ पूर्ति के लिए पुलिस का राजनीतिकरण व अनुचित उपयोग भी किया जाता रहा है। जनता को ऐसे घोर उपेक्षित पुलिस बल से बहुत ज्यादा उम्मीद नहीं रखनी चाहिए। तथा अपनी उम्मीदों पर खरा नहीं उतरने की स्थिति में उसे हमेशा कोसते भी नहीं रहना चाहिए। वर्तमान हालात पुलिस द्वारा किसी बेहतर प्रदर्शन के अनुकूल नहीं है। पुलिस सुधार के प्रति उदासीनता छोड़े बिना, उनके कार्य करने के हालात में प्रत्यक्ष सुधार किए बिना और दमघोंट राजनीतिक से मुक्ति दिलाए बिना कोई सुधार संभव नहीं है। शब्दाडम्बर और घिसे पिटे जुमलों से परिणाम हासिल नहीं किया जा सकता है। कहने की जरूरत नहीं कि देश में वर्तमान सामाजिक परिदृश्य विशेषकर उत्तरी राज्यों की स्थिति भिन्न प्रकार की हिंसा के चलते अत्यंत चिंताजनक है। चारों ओर हिंसा का माहौल है जिसमें हमारे राजनीतिक, धार्मिक तथा सामाजिक नेता भी शामिल हैं। ऐसे में पुलिस बल, जो हमारे समाज का ही एक अंग है, कुछ अलग नहीं हो सकता है। ऐसे माहौल में पुलिसकर्मियों से देवदूत होने की अपेक्षा रखना और देश में होने वाली हर घटना के लिए उनको जिम्मेदार ठहराना न्याय का उपहास होगा। हमारे देश में पुलिसकर्मी बल प्रयोग करते हैं, क्योंकि हमारा समाज उन्हें ऐसा करने की अनुमति देता है। हमारा समाज पुलिस से उग्रता व हिंसा का सामना समान उग्रता व हिंसा द्वारा करने की अपेक्षा करता है।

जनता को भी दोष नहीं दिया जा सकता क्योंकि उसके सामने अन्य कोई दूसरा विकल्प नहीं है। हमारी न्याय व्यवस्था अपराध नियंत्रण में सहायता करने में पूर्णतया विफल रही है। न्याय व्यवस्था सामाजिक अपेक्षाएं भी पूर्ण नहीं कर सकी हैं। इसने अपने इर्द-गिर्द एक ऐसा दुर्ग बना लिया है जो एक साधारण जन के लिए अभेदय् है। यह अपने अभिजात्यवाद को भी नहीं छोड़ पाई है। हमारी न्याय व्यवस्था अत्यंत परिष्कृत तथा जटिल है जिसके कारण आम नागरिक इसका लाभ उठा पाने में असमर्थ हैं। यह अत्यंत विलम्बकारी भी साबित हुआ है जिससे लोगों का इस पर विश्वास उठ गया है। अपराध और अपराधियों के नियंत्रण में अपनी भूमिका निभाने में न्यायपालिका की विफलता के फलस्वरूप पुलिस पर अपराध नियंत्रण व शांति बनाए रखने का दबाव और बढ़ गया है। नीतिपरक और मानव प्रतिष्ठा के प्रबल समर्थक भी स्वयं किसी परेशानी में

फंसने पर पुलिस को न्यायत्तर उपाय करने हेतु फुसलाने में संकोच नहीं करेंगे। यदि इनके किसी विरोधी अथवा संदिग्ध से निपटने में इनकी मदद के लिए पुलिस बल प्रयोग करे तब इन्हें कोई पीड़ा या पछतावा नहीं होगा। बिहार में भागलपुर की घटनाओं और पुलिस द्वारा अनेक फर्जी मुठभेड़ों में संदिग्ध डकैतों व लुटेरों को निपटाने से यह उजागर भी हुआ है। इसमें संदेह नहीं कि यह सब जनता के समर्थन और उसकी मौन सहमति से होता है क्योंकि ये संदिग्ध अपराधी निश्चित रूप से जधन्य कृत्यों के आदी होते हैं।

सुधार की आवश्यकता केवल पुलिस व्यवस्था में ही नहीं बल्कि अपराध निवारण, अभिज्ञान एवं अभियोजन से जुड़े सभी क्षेत्रों और न्याय व्यवस्था के क्षेत्र में भी है। इनमें से कोई एक पक्ष किसी दूसरे की सहायता के बिना वांछित प्रयोजन की सिद्धि नहीं कर सकेगा। एक सुदक्ष दण्ड न्याय व्यवस्था के लिए एक कुशल पुलिस विभाग के अलावा समर्पित कर्मियों से युक्त अभियोजन शाखा भी आवश्यक है। न्यायालयों की संख्या बढ़ाकर तथा कानूनों में बदलते सामाजिक परिदृश्य एवं समाज के अनुरूप, बदलाव कर न्यायिक प्रशासन-व्यवस्था को सरल तथा कारगर बनाया जाना चाहिए।

कुशल अभियोजन एजेन्सी तथा प्रतिसंवेदी न्याय व्यवस्था के बिना एक कुशल पुलिस बल भी समाज की चुनौतियों का सामना करने में कभी समर्थ नहीं होगा। न्यायपालिका को दोष देने का कोई लाभ नहीं क्योंकि वर्तमान कानून व्यवस्था के तहत खूंखार व्यक्ति व अपराधी छूट जाते हैं। न्यायपालिका से उसके समक्ष प्रस्तुत साक्ष्यों के अनुसार कार्रवाई करने की अपेक्षा की जाती है। वह एक अम्पायर की भांति कार्य करती है। हमारी न्यायपालिका का काम अपराधी को खोज निकालना नहीं है। वह फ्रांसीसी व्यवस्था की तर्ज पर कार्य नहीं करती है जहां जांच मजिस्ट्रेट सच्चाई का पता लगाने के लिए न्याय के हितार्थ कार्य करता है। न्यायपालिका के संबंध में केवल यह कहना उचित होगा कि वह न्याय देने के लिए बनाए गए नियमों के बंधन में जकड़ी हुई है। अनेक न्याय पंडित जिनमें कानून मंत्री, सर्वोच्च न्यायालय के पूर्व न्यायाधीश तथा प्रधानमंत्री, राष्ट्रपति भी सम्मिलित हैं न्याय व्यवस्था संबंधी सुधारों की सख्त जरूरत के बाबत बयान दे चुके हैं। विधि आयोग के पूर्व अध्यक्ष जस्टिस डी.ए. देसाई के अनुसार न्याय पालिका में पूर्ण ढांचे को बदलना होगा। 'वर्तमान हालात में तो कोई व्यक्ति अपने जीवन काल में न्याय पाने की उम्मीद कर ही नहीं सकता है।' 'कानून का शासन वर्ग के शासन में तब्दील हो चुका है।' उनके कथनानुसार विवादों के निपटान हेतु व्यवस्था के ढंग, विधि आयोग ने व्यवस्था में अनेक

सुधारों की सिफारिश की है। जहां तक कानून में बदलाव का प्रश्न है यह एक अत्यंत श्रम-साध्य प्रक्रिया है क्योंकि इसमें अनेक एजेन्सियों की संलिप्तता होती है। इस प्रक्रिया में लगे प्रत्येक अधिकारी को वीटो अधिकार प्राप्त है। इसी का परिणाम है कि स्वतंत्रता प्राप्ति के पांच दशकों के बीत जाने तथा प्रधानमंत्री द्वारा भी न्यायिक व्यवस्था में परिवर्तन की सख्त जरूरत बताए जाने के बावजूद स्थिति जैसी को तेसी बनी हुई है।

न्यायालयों में लम्बित मुकदमों को निपटाने के लिए 'केवल एक अपील' की सिफारिश जैसा महत्वपूर्ण मामला भी काफी समय से लम्बित है। निचली अदालतों के फैसलों के विरुद्ध अंतिम अपीलीय कोर्ट (सर्वोच्च न्यायालय) तक जाने की व्याप्त प्रवृत्ति के चलते 'केवल एक अपील' के प्रश्न पर विचार करने की आवश्यकता महसूस की गई वर्तमान प्रक्रिया में लाभ केवल उन लोगों को होता है जिनके पास पैसा है तथा जो अपने मुकदमे आखिर तक लड़ने के लिए महंगे वकीलों की नियुक्ति की क्षमता रखते हैं। इस तरह वे अपने पक्ष में निर्णय होने की आशा से कार्यवाई को लम्बा खींचने का प्रयास करते हैं। इस दौरान वकीलों की मोटी फीस चुकाने के लिए पैसा पानी की तरह बहाया जाता है। इस प्रक्रिया में न्याय की क्षति तो होती ही है, उसमें बिलम्ब बहुत हो जाता है। इस समय का उपयोग नए मामलों के निपटाने में किया जा सकता है। इस प्रकार केवल पुलिस ही नहीं बल्कि देश की समग्र अपराध नियंत्रण प्रणाली की सभी शाखाओं में परिवर्तन की जरूरत है। सुधारकों के समक्ष एक समस्या यह रही है कि उन्होंने खण्ड विशेष में सुधार पर ध्यान दिया है तथा वे अपनी पृष्ठभूमि, अपनी विगत एवं वर्तमान व्यावसायिक अभिरूचियों द्वारा अंतर्बाधित रहे हैं। यदि सुधार आयोग में पुलिस की प्रधानता रही है तो इसके द्वारा संस्तुत सुधारों में जाने अनजाने संकीर्ण विभागीय दृष्टिकोण की झलक दिखाई दी है तथा मुद्दों को केवल पुलिस के नजरिए से देखा गया है। इसी प्रकार पूर्व न्यायिक अधिकारी की अध्यक्षता में गठित निकाय द्वारा की गई सुधार सिफारिशों में केवल न्यायपालिका का दृष्टिकोण नजर आता है। इस सौदेबाजी में हानि राज्य के हित और पीड़ित पक्ष को मिलने वाले न्याय की होती है। ऐसे मामलों में लाभ केवल अभियुक्त पक्ष को पहुंचता है।

हमारी न्याय व्यवस्था की यह अवधारणा है कि चाहे नौ दोषी व्यक्ति छूट जाएं परन्तु एक निर्दोष को दण्ड नहीं मिलना चाहिए। यह अवधारणा ऐसे व्यक्ति को कोई राहत नहीं दे सकती जिसने अपनी सम्पति या अपने शरीर का कोई अंग गंवाया हो या कि अपने प्रियजन अथवा मित्र की हत्या का साक्षी रहा हो और

1

प्राचीन तथा मध्यकालीन युग में पुलिस

पुलिस का विषय एक औसत भारतीय के लिए अत्यंत उत्सुकता का विषय है। आम नागरिक का मानना है कि अपराध के निवारण और खोज निकालने के मामले में पुलिस काफी तो क्या साधारण सफल भी नहीं है। वह गंभीर मसलों व झगड़ों के समय पर कानून और व्यवस्था बनाए रखने में भी अक्षम है। अनेक साम्प्रदायिक दंगों के ताजे उदाहरण भारतीयों के मनोमस्तिष्क पर अंकित है। यद्यपि पुलिस संगठन का अस्तित्व प्राचीन तथा मध्यकालीन भारत में भी रहा है, परन्तु आधुनिक काल की पुलिस को अंग्रेजों ने सुदृढ़ आधार प्रदान किया है। रामायण में भी पुलिस जन, गुप्तचरों तथा रक्षकों का वर्णन है।

पुलिस व्यवस्था का उल्लेख कौटिल्य रचित अर्थशास्त्र में भी मिलता है। अर्थशास्त्र में शासक के कर्तव्यों का विस्तृत वर्णन है। इसमें निर्धारित किया गया है कि शासक को अपने राज्य क्षेत्र में निगरानी रखनी चाहिए तथा राज्य की सीमाओं की रक्षा के लिए गुप्तचर नियुक्त करने चाहिए। अर्थशास्त्र की रचना के समय चोरियों तथा अन्य अपराधों की रोकथाम का उत्तरदायित्व ग्राम प्रधान को सौंपा गया था। चोरी हुई सम्पत्ति की बरामदगी अथवा अपनी जेब से उसकी क्षतिपूर्ति करना उसका ही दायित्व था। अपराधों के लिए सख्त कानून था तथा मामलों का त्वरित निपटान किया जाता था। अपराधी के बचने की गुंजाइश बहुत ही कम थी। अर्थशास्त्र में उल्लेखित चन्द्रगुप्त मौर्य के राज्यकाल में देश में सुशासन था। चीनी यात्री मेगस्थनीज के अनुसार, लोग कानून का पालन करते थे तथा अपराधों की संख्या अत्यंत कम थी।

चन्द्रगुप्त मौर्य के शासन काल में प्रशासनिक व्यवस्था

मनु-स्मृति में शासक के कर्तव्यों और चोरी हुई सम्पति की बरामदगी हेतु की जाने वाली व्यवस्था के संबंध में विस्तृत विवरण उपलब्ध है। राजा से आशा

की जाती थी कि वह चोरी सम्पत्ति उसके मालिक को सुपुर्द कराए। वह चोरियां आदि रोकने के लिए उपयुक्त अधिकारियों की नियुक्ति की व्यवस्था भी करता था। वह गुप्तचरों को भी नियुक्त करता था। चोरों को न केवल चोरी का माल वापस करना पड़ता था बल्कि सजा भी मिलती थी। इस आधारभूत सिद्धान्त के पालन का उत्तरदायित्व ग्राम प्रधान का होता था। वह इस कार्य हेतु ग्राम परिषद् की सहायता भी ले सकता था। चोरी हुई सम्पति की क्षतिपूर्ति का उत्तरदायित्व शासक का ही था। एक चीनी बौद्ध यात्री फाह्यान लगभग छह वर्ष तक भारत में रहा था। उसने चन्द्रगुप्त मौर्य के शासनकाल में विद्यमान स्थितियों के विषय में लिखा है कि राज्य में स्थिति शान्तिपूर्ण तथा गंभीर किस्म के अपराध नहीं होते चन्द्रगुप्त मौर्य के शासनकाल में कोई भी व्यक्ति साम्राज्य के एक छोर से दूसरे तक उत्पीड़न क्षति अथवा चोरी की आशंका से मुक्त होकर आ जा सकता था।

उपरोक्त अवधि के दौरान सभी अधिकारियों को पर्याप्त पारिश्रमिक का भुगतान नकद रूप में किया जाता था। तथापि, कुछ मामलों में, भुगतान भूमि अथवा गांवों की जमींदारी सौंपने द्वारा भी किया जाता था। जहां कहीं भी किसी व्यक्ति को कोई भूमि अथवा गांव सौंपे जाते थे साधारणतः वहां का राजस्व, पुलिस तथा प्रशासनिक कार्य भी उसको ही अंतरित कर दिए जाते थे। अपराधिक मामलों में सख्ती बरती जाती थी और यह सख्ती अप्रत्यक्ष रूप से, अपराधों को रोकने में सहायक होती थी।

मुगल काल में प्रशासनिक व्यवस्था

मुगलों के सत्ता में आने के बाद उनका प्रमुख उद्‌देश्य, अपने साम्राज्य और प्रभुत्व को कायम रखना था। उन्होंने केवल वे परिवर्तन किए जो उनके उद्‌देश्यों की प्राप्ति में सहायक थे। उनके द्वारा उच्च पदों पर सभी नियुक्तियां वंशानुगत आधार पर की गई सूबों को सूबेदार अथवा राज्यपालों के अधीन कर दिया गया। सूबेदार अपनी सीमाक्षेत्र के अंदर आपराधिक न्याय व्यवस्था शांति व व्यवस्था बनाए रखने सहित प्रशासन हेतु उत्तरदायी थे। सूबेदारों के नीचे फौजदार होते थे जो सरकारों (आजकल के जिले) के प्रभारी होते थे। उनके उत्तरदायत्वि में अपराध तथा विद्रोह को कुचलना और कानून का पालन करने वाले नागरिकों को सुरक्षा प्रदान करना शामिल था। व्यवहार रूप में, जिस व्यक्ति को भूमि अथवा गांव अनुदान में दिए जाते थे उनको अथवा जमींदार को अपने प्रभार के क्षेत्र में शांति और सुरक्षा हेतु उत्तरदायित्व बनाया जाता था। फौजदार उनके ऊपर नियंत्रण रखते थे। फौजदार के अधीन प्रत्येक क्षेत्र को थानों और चौकियों में

बांटा गया था तथा प्रत्येक थाने को थानेदार के अधीन रखा गया था। थानेदारों को वेतन देने का जिम्मा जमींदार का था हालांकि उनकी नियुक्ति फौजदार करते थे। प्रत्येक फौजदार के अधीन, जिले अथवा सरकार के आकार के अनुरूप, 500 से 1500 तक सिपाही होते थे। मुगल शहरी लोग थे। वे ग्रामीण जनता की ज्यादा परवाह नहीं करते थे। उन्होंने ग्रामीण जनता को उसके भाग्य भरोसे छोड़ रखा था। उन पर सामंती शाहों अथवा जमींदारों का शासन चलता था। ग्राम समुदाय द्वारा नियुक्त चौकीदारों अथवा ग्राम पहरेदारों से शांति बनाए रखने तथा सुरक्षा प्रदान करने की उम्मीद की जाती थी। फौजदारों को चूंकि बृहद क्षेत्रों का निरीक्षण करना होता था अतः ग्राम पुलिस अथवा वहां के निवासियों पर उनका प्रभावी नियंत्रण नहीं था।

बड़े शहरी केन्द्रों में, शहर के पुलिस प्रमुख को कोतवाल कहा जाता था । कोतवाल के कर्तव्यों में चोरों तथा अपराधियों को गिरफ्तार करना और नागरिकों की जान व माल की सुरक्षा करना शामिल था। आइना-ए-अकबरी के अनुसार कोतवाल को मकानों और निवासियों का रिकार्ड रखना होता था। कोतवाल गुप्तचरों की नियुक्ति करते थे तथा घटनाओं का विवरण रखते थे। आइना-ए-अकबरी में लिखा है: किसी चोरी, आग लगने अथवा अन्य किसी दुर्घटना की स्थिति में पड़ोसियों को तत्काल सहायता करनी होगी, विशेषकर ऐसे मौके पर सरकारी मुखबरी की, बिना अपरिहार्य कारण, गैर-मौजूदगी को उसकी चूक माना जाएगा। शहरों कस्बों तथा गांवों आदि के आसपास तथा गलियों में रात्रि पहरे के लिए प्रत्येक जिले में कुछ व्यक्तियों की नियुक्ति की जाएगी ताकि कोई अजनबी रात्रि के समय लोगों को लूट आदि का शिकार न बना सके। इन व्यक्तियों को लुटेरों, चोरों, जेब कतरों इत्यादि का पता लगाने, पीछा करने तथा पकड़ने हेतु काम में लाया जाएगा। किसी वस्तु के चोरी होने अथवा लूट लिए जाने की स्थिति में पुलिस को वह वस्तु तथा अपराधी खोजकर प्रस्तुत करना होगा या ऐसा करने में असफल रहने पर अपराधी की भांति सजा काटनी होगी। इन कार्यों के निष्पादन में निष्ठा और ईमानदारी अपरिहार्य अपेक्षित-गुण हैं।

मुगलों के पास गुप्तचरों का विशाल संजाल था, जो अपनी रिपोर्ट मौखिक अथवा लिखित रूप में चौकियों के दरोगाओं को देते थे। यह एक प्रकार का पुलिस संगठन था। काजी मुस्लिम कानूनों के अनुसार न्याय करने का काम करते थे तथा मुख्य न्यायाधीश को काजी-उल काजत कहा जाता था। मुख्य न्यायाधीश की सहायता के लिए मुफ्ती हुआ करते थे जो कानून की व्याख्या करने में माहिर होते थे। अपराधिक अथवा फौजदारी न्यायालय अथवा अदालतों की अध्यक्षता

स्थानीय भू स्वामियों द्वारा की जाती थी जो जमींदार कहलाते थे। मुगलों ने रिश्वतखोरी को कभी मान्यता नहीं दी थी। उन्होंने भ्रष्ट आचरण के विरुद्ध सख्त आदेश जारी किए। रिश्वतखोरी के खिलाफ शासकों के आदेश के बावजूद काजी व कोतवाल जैसे अधिकारी तथा अन्य राजस्व अधिकारी बहुधा भ्रष्टाचार में लिप्त थे। शाही खजाने से मिलने वाला अल्प वेतन इसका प्रमुख कारण था। इसके अतिरिक्त उस समय के लोग अधिकारियों की शिकायत करने के मामले में ज्यादा उत्साही नहीं थे।

शिवाजी ने भी मुगलों की प्रशासनिक व्यवस्था को अपनाया। इस व्यवस्था में हिंदू परम्परा के अनुसार कुछ संशोधन किए गए अधिकारियों के पदनाम फारसी से बदलकर संस्कृत में रखे गए । उन्होंने पदाधिकारियों की वंशानुगत नियुक्ति की प्रथा को भी समाप्त कर उनके स्थान पर ऐसे व्यक्तियों को नियुक्त किया जिनका स्थानांतरण एक स्थान से दूसरे स्थान पर किया जा सकता था। शिवाजी के शासन में गुप्तचरों तथा संसूचना संग्रहण की बहुत व्यवस्था थी। गुप्तचर शिवाजी को राज्य में होने वाली घटनाओं तथा राज्य कर्मचारियों की चूक की सूचना देते रहते थे। गांवों को अपने भरोसे छोड़ दिया गया था। ग्राम प्रधान ग्राम प्रशासन हेतु उत्तरदायी होता था। ग्राम प्रधान को उसकी सीमाक्षेत्र में होने वाले अपराधों के लिए उत्तरदायी बनाया गया था। ग्राम प्रधान अपने क्षेत्र में हुई चोरी के माल की बरामदगी अथवा क्षतिपूर्ति हेतु उत्तरदायी था। शहरों में, पुलिस तथा मजिस्ट्रेट के कर्तव्य कोतवाल को सौंप दिए गए थे। अंग्रेज लेखक एलफिन्सटन के अनुसार पुलिस का कार्य कुल मिलकार अच्छा कहा जा सकता था। हत्या और हिंसायुक्त लूट की वारदातें बहुत ही कम थीं।

दण्ड प्रशासन, राजस्व अधिकारियों के जिम्मे था। उस समय दण्ड प्रक्रिया संहिता तथा साक्ष्य अधिनियम अथवा भारतीय दण्ड संहिता के समतुल्य कुछ नहीं था मनु के नियमों, परम्पराओं तथा प्रथाओं के अनुसार जांच और दण्ड कार्रवाई की जाती थी। अपराधियों को अनुकरणीय दण्ड दिया जाता था। इससे संभावित अपराधी के मन में डर समा जाता था। मराठों ने मुगलों की प्रशासन-व्यवस्था में स्थानीय आवश्यकताओं तथा विशिष्टताओं के अनुरूप सुधार किया। बाद में नाना फड़नवीस के शासनकाल में खोजी इंस्पेक्टर, राजस्व अधिकारियों से पृथक मामलातदारों की नियुक्ति की गई। एल्फिन्सटन के कथनानुसार, ''देश अपराधों से मुक्त था।''

ईस्ट इंडिया कम्पनी के अधीन प्रशासनिक व्यवस्था

मुगल साम्राज्य के पतन के साथ ही न्याय और प्रशासन की मुगल व्यवस्था भी ढह गयी तथा 23 जून, 1757 को प्लासी के युद्ध में विजय के पश्चात् ईस्ट

असंगत है। सौभाग्यवश इस स्थिति को दुरुस्त करने के लिए सरकारी हलकों में दण्ड प्रक्रिया संहिता में संशोधन की बात चल रही है। हमारे देश में कांस्टेबलों तथा हैड कांस्टेबलों के प्रशिक्षण कार्यक्रम में अन्वेषण प्रशिक्षण शामिल नहीं है। इनको दिए जाने वाले प्रशिक्षण में अलग से संशोधन की जरूरत है ताकि उसमें अन्वेषण का तत्व जोड़ा जा सके। जनता पुलिस से बहुत ज्यादा उम्मीद रखती है अतः पुलिस के कार्यों में निरंतरता बनाए रखने हेतु उनका कार्यदायित्व नियत किए जाने की जरूरत है।

पुलिस से अपेक्षा की जाती है कि वह यातायात अवरूद्ध कर रहे वृक्षों को सड़क से हटाए। कभी कभी सड़ांध मारते शवों की व्यवस्था भी पुलिस और जांच अधिकारियों को करनी पड़ती है। इस तरह पुलिस की स्थिति सफाई कर्मी जैसी होकर रह जाती है। पुलिस की प्रतिष्ठा को नुकसान पहुंचाने वाले तथा ऐसे अपमानजनक कार्य जो पुलिस चर्चा का अंग नहीं हैं, अन्य संबंधित विभागों द्वारा किए जाने चाहिए। वरिष्ठ अधिकारियों को भी ये कार्य अपने मतहतों से कराने का आग्रह नहीं करना चाहिए। पुलिस की छवि कुछ ऐसी बन गई कि सच्चे मामलों में भी लोग अपना रूख बदल लेते हैं। परिणामस्वरूप न्यायालय व पुलिस दोनों का समय बर्बाद होता है।

एक कांस्टेबल ने बताया कि यद्यपि वे भारी कठिनाइयों और जोखिम भरा जीवन व्यतीत करते हैं परन्तु व्यावहारिक रूप में उनकी पदोन्नति की संभावनाएं शून्य हैं। कांस्टेबल वर्ग में 85% से अधिक जवान कांस्टेबल के रूप में नियुक्त होते हैं तथा इसी पद पर सेवानिवृत्त हो जाते हैं। इनके लिए पुनश्चर्या अथवा प्रशिक्षण पाठ्यक्रम नहीं हैं। यदि वे अपनी योग्यता सुधारना चाहें अथवा बेहतरी के रास्ते तलाशना चाहें तो उन्हें कोई प्रोत्साहन नहीं दिया जाता है। अनेक बार तो किसी कांस्टेबल द्वारा किया गया श्रेष्ठ कार्य किसी वरिष्ठ अधिकारी के नाम कर दिया जाता है। अधिकारी वर्ग को अवश्य कुछ सुविधाएं उपलब्ध हैं, परन्तु अन्य किसी वर्ग के लिए ऐसा कुछ नहीं है। इसके अतिरिक्त पुलिस कार्यदायित्व का अधिकतम दबाब भी कांस्टेबल वर्ग पर होता है। दंगों आदि में वे ही मारे जाते हैं अथवा घायल होते हैं परन्तु इस बलिदान का श्रेय पुलिस या जनता हर मौके पर उन्हीं को दे ऐसा आवश्यक नहीं है। कांस्टेबलों को सरकार के चतुर्थ श्रेणी के कर्मचारियों के समान सुविधाएं मिलती हैं। पुलिस के वरिष्ठ अधिकारी भी इनको अपना टहलुआ मानते हैं चाहे उनकी शिक्षा का स्तर कुछ भी हो। इनका उपयोग संतरी अथवा शिकायत लेखक जैसे नित्य कार्यों हेतु किया जाता है। इनकी पूर्ण सामर्थ्य का उपयोग करने और इन्हें प्रशिक्षित करने के लिए कुछ कांस्टेबलों को साधारण मामलों की जांच पड़ताल सौंपी जानी चाहिए।

भारतीय लोक प्रशासन संस्थान के एक प्रोफेसर के अनुसार पुलिस के विषय में कोई सार्थक अध्ययन समाज के अन्य संस्थानों से अलग रखकर नहीं किया जा सकता है। वर्तमान समय में पुलिस सुधार केवल आंतरिक प्रवीणता के दृष्टिकोण से लक्षित हैं। वास्तव में पुलिस दक्षता का निर्धारण न्यायालय तथा समाज की अन्य संस्थाओं के साथ उसके संबंधों के आधार पर किया जाना चाहिए। आजकल पुलिस की आंतरिक कार्यप्रणाली पर विशेष जोर दिया जा रहा है जबकि अन्य विभिन्न कारकों की उपेक्षा की जा रही है। प्रत्येक व्यक्ति पुलिस कांस्टेबल, हैड कांस्टेबल, सब-इंस्पेक्टर की भूमिका के बारे में लिखता है परन्तु सुविधाएं देने की बात आने पर कोई सहायक सिद्ध नहीं होता है। उदाहरण के तौर पर सम्पूर्ण योजना तन्त्र ग्राम स्तर के कार्यकर्त्ता पर आश्रित है परन्तु उसको मकान, प्रशिक्षण तथा कार्यालय जैसी मूल सुविधाएं भी प्राप्त नहीं होती हैं।

दरअसल देश की समस्याएं नई दिल्ली में संसद मार्ग के पांच किलोमीटर के दायरे के भीतर नौकरशाहों की समस्याओं तक सिमट कर रह गई हैं। संसद मार्ग के पांच वर्ग किलोमीटर के दायरे के भीतर यह शीर्ष अधिकारी वर्ग सबसे निचले स्तर तक सुविधाएं पहुंचाने के बजाए अपने लिए नए पदों के सृजन में मशगूल है। इस वर्ग को इस कार्य में कोई संकोच भी नहीं होता है। यह शीर्ष अधिकारी वर्ग कार्य के आधार पर पदों का सृजन नहीं करता बल्कि इस आधार पर करता है कि अमुक अधिकारी अनेक वर्षों तक सेवा प्रदान कर चुका है अतः इसलिए वह अगले उच्चतर पद पर पदोन्नत किया जाना आवश्यक है। इस प्रकार ये लोग दीवार में गोल छेद कर उसमें चौकोर कील धंसाने जैसा काम करते हैं। जीवन की हर डगर पर चलने के लिए प्रशिक्षण बहुत महत्वपूर्ण है पर सुविधाओं और पदोन्नति के अवसरों के बिना वांछित प्रयोजन सिद्ध नहीं हो सकते। पुलिस विभाग खुद अपने कांस्टेबलों तथा कनिष्ठतम कर्मियों को सम्मान नहीं देता है। शीर्ष अधिकारी अवश्य पदोन्नतियों का लाभ प्राप्त कर रहे हैं पर कार्यक्षेत्र की घटनाओं की तरफ से आंखें मूंद रखी हैं।

एक अनुभवी सब-इंसपेक्टर ने कहा कि पुलिस का बहुत सा समय ऐसे अनेक कार्यों में नष्ट होता है जिनसे उनका निकट या दूर का संबंध नहीं होता है। पुलिस को घर में बकरी घुसने जैसी शिकायतें भी प्राप्त होती हैं। पुलिस को ड्राइविंग लाइसेंस, रेलवे टिकट, रेलवे पास, कालेज छात्रों के पहचान पत्र, केन्द्र सरकार की स्वास्थ्य सेवा योजना कार्ड की जांच जैसे कार्य करने होते हैं। पुलिस को लावारिस शवों की व्यवस्था और बैंक लाकरों से गुम वस्तुओं की जांच भी करनी पड़ती है। इस प्रकार पुलिस कर्मियों का समय गैर जरूरी तथा अनपेक्षित क्षेत्रों में बर्बाद होता है।

संक्षेपतः इस पुस्तक में सुझाए गए सुधारों में पुलिस कार्य प्रणाली की बाधाएं दूर करने, पुलिस का अनुचित उपयोग रोकने तथा जनता से सहयोग प्राप्त करने संबंधी सुझाव प्रमुख रूप से सम्मिलित किए गए हैं।

इंडिया कम्पनी द्वारा सत्ता संभाल ली गई। चारों तरफ अव्यवस्था और अराजकता का माहौल था। प्लासी की विजय के पश्चात् कम्पनी ने तालुकदारों तथा जमींदारों से वे सभी अधिकार वापस ले लिए जो उन्हें नवाब मीर जाफर द्वारा प्रदान किए गए थे। कम्पनी ने उड़ीसा, बिहार तथा बंगाल में अपना सैनिक तथा राजनीतिक आधिपत्य स्थापित कर लिया। कम्पनी के शासन में इसके कर्मचारी मुक्त रूप से रिश्वतखोरी, भ्रष्टाचार तथा धन बटोरने में संलग्न थे। लड़खड़ाते मुगल साम्राज्य को एक और सांघातिक आघात तब लगा जब मुगल शासक ने बंगाल, बिहार तथा उड़ीसा की दीवानी छोड़ दी। मुगलों ने स्थायी वार्षिकी के बदले में बर्दवान, मिदनापुर व चटगांव और 24 परागना जिले ईस्ट इंडिया कम्पनी को तोहफे में दे दिए। इस प्रकार सिविल तथा सैन्य अधिकारों के साथ 2 देश के संसाधन भी ब्रिटिशों को हस्तांतरित हो गए।

ईस्ट इंडिया केवल व्यापार और अधिक से अधिक धन संग्रह में रुचि रखती थी। इसको लोगों अथवा कानून और व्यवस्था की लगातार बिगड़ती स्थिति की कोई चिंता नहीं थी। गवर्नर जनरल लॉर्ड क्लाइव ने एक नई व्यवस्था लागू की जिसके तहत सभी अधिकार कम्पनी में निहित हो गए। तथापि सभी जिम्मेदारियां नवाबों पर डाल दी गईं।

राजस्व प्रशासन नायब दीवानों के जिम्मे किया गया, जो पटना और मुर्शिदाबाद में स्थापित थे। वे भू-राजस्व के संग्रहण के साथ-साथ नायब नाजिम के तौर पर पुलिस और दण्ड-प्रशासन हेतु उत्तरदायी थे। जमींदारों से अपेक्षित था कि वे कानून व व्यवस्था कायम रखने, शांति बनाए रखने और अपराधों व अपराधियों से निपटने के लिए थानेदारों तथा अन्य स्टाफ को नियुक्त करें। उनके कार्य का निरीक्षण करने वाला कोई नहीं था। उनके वेतन अनियमित थे। इस प्रकार स्थिति लगातार बिगड़ती रही और देश में अव्यवस्था फैल गई।

ईस्ट इंडिया कम्पनी मुख्यतः भू-राजस्व संग्रहण में रुचि रखती थी। राजस्व में रूस ने कम्पनी को व्यवस्था में सुधार के लिए विवश किया क्योंकि किसी भी देश की जनता केवल शांतिपूर्ण परिस्थिति में ही अपनी जीविकोपार्जन कर सकती है और अपने करों का भुगतान कर सकती है।

गवर्नर वेरेल्स्ट ने 1769 में यूरोपीय निरीक्षकों को नियुक्त करना प्रारंभ किया। उन्हें जिलों का प्रभार सौंपा गया। उनके दायित्वों में कम्पनी के लिए अधिकतम राजस्व संग्रह करना शमिल था। उन्हें, लोगों की सुरक्षा के लिए रखे गए दरोगाओं, कोतवालों और अन्य कर्मचारियों द्वारा गरीबों का उत्पीड़न रोकने की ताकीद की गई थी। उन्हें पुलिस व्यवस्था और पुलिसकर्मियों में सुधार का

आदेश दिया गया था। उन्होंने 1770 के दिसम्बर माह में ढाका और हुगली को छोड़कर फौजदारों की प्रथा समाप्त कर दी। चूंकि पुलिस बल की संख्या पर्याप्त नहीं थी और निरीक्षकों को पर्याप्त अधिकार भी प्राप्त नहीं थे अतः इस व्यवस्था से कोई अन्तर नहीं पड़ा। वारेन हेस्टिंग्स का बंगाल के गवर्नर के रूप में भारत आगमन 13 अगस्त 1772 को हुआ। उसने निरीक्षकों को कलक्टर का नया नाम दिया तथा उनको भू-राजस्व संग्रहण की सभी जिम्मेदारियां सौंप दी। हेस्टिंग्स ने कहा: "कम्पनी की नई सरकार के पास अव्यवस्था जैसी अस्तव्यस्त स्थितियों का अम्बार है। सरकार के अधिकार अपरिभाषित हैं, राजस्व वसूली, निवेश का प्रावधान, न्याय व्यवस्था (यदि कोई विद्यमान है) तथा पुलिस की देख-रेख सभी आपस में गड़ड-मड़ड हैं चूंकि इनका उपयोग एक ही व्यक्ति द्वारा किया जाता है, हालांकि पश्चवर्ती दोनों कार्यालय पूर्णतया उपेक्षित है। हमें इन सभी को अलग करना है तथा तत्काल व्यवस्थित करना है।

हेस्टिंग्स के सुधार

हेस्टिंग्स ने न्याय-व्यवस्था के पुनर्गठन के तरह जिला स्तर पर कलक्टर को फौजदारी अदालत का प्रमुख बनाया तथा प्रेसीडेन्सी कोर्ट सदर निजामत को गवर्नर तथा काउन्सिल के मातहत रखा। इस बीच डकैती की समस्या भीषण रूप धारण कर चुकी थी। मंडलीय समिति ने 15 अगस्त, 1772 के अपने पत्र में इसको इंगित करते हुए लिखा।

बंगाल के डकैत इंग्लैंड के लुटेरों की तरह ऐसे व्यक्ति नहीं है जो अभावों के कारण अनायास इस मार्ग पर चल पड़ते हैं बल्कि वे पेशागत और जन्माधार से भी लुटेरे हैं। वे नियमित समुदायों के रूप में हैं तथा उनके परिवार का भरण-पोषण उनके द्वारा लूटी गई रकम से होता है।

बंगाल के गवर्नर ने 35वीं रेग्युलेशन जारी किया जिस का निम्न पाठ्यांश बड़ा रूचिकर है:

"जबकि इस देश की शांति विगत कुछ वर्षों से ऐसे डकैतों के गिरोहों द्वारा बड़े पैमाने पर भंग की जाती रही है जो न केवल सड़कों पर लूटमार करते हैं बल्कि अकसर पूरे गांवों को लूटते हैं, घरों में आग लगा देते हैं, तथा निवासियों की हत्या कर देते हैं। ये गिरोहबद्ध अपराधी अपने अपराध क्षेत्र के जिलों की विषम भौगोलिक स्थिति में एक स्थान से दूसरे स्थान पर भागते रहकर, तथा सरकार द्वारा इन अपराधियों को पकड़कर कानून के हवाले करने हेतु लगाए गए बलों की निगरानी को धता बताकर बच निकलने में कामयाब रहे हैं। अब सरकार

का यह अपरिहार्य कर्तव्य है कि इनको पकड़ने के लिए सख्त से सख्त कदम उठाए जाएं क्योंकि विगत अनुभव के अनुसार इन्हें पकड़ने के लिए किए गए कम सख्त एवं साधारण उपाय बेअसर साबित हुए हैं। सरकार ने आदेश जारी किया कि "किसी डकैत के दोषी पाए जाने पर उसको उसके पैतृक गांव ले जाकर सरेआम फांसी पर लटका दिया जाए ताकि अन्य अपराधियों के मन में दहशत पैदा हो तथा भविष्य में ऐसे घृणित अपराधों की रोकथाम की जा सके, कि डकैत जिस गांव का निवासी है उस गांव पर अर्थदण्ड लगाया जाए, जो अपराध की जघन्यता तथा गांव वासियों की आर्थिक स्थिति के अनुरूप हो, तथा यह कि अपराधी के परिवार के सदस्यों को शासन का दास बना लिया जाए और अपराधी की सम्पत्ति नीलाम कर सरकार के विवेकानुसार जन सुविधाओं के उपयोग में लगा दी जाए।

रेग्युलेशनों में सख्त प्रावधान किए जाने के बावजूद उन्हें लागू करने के लिए अपर्याप्त तन्त्र के अभाव के कारण स्थिति में कोई महत्वपूर्ण सुधार नहीं हो सका हेस्टिंग्स ने घोषणा की "एक सुनियंत्रित शासन में कानून का सख्ती के पालन एक वरदान होता है, परन्तु बंगाल की अव्यवस्थित सरकार के रहते अभी कुछ और वर्षो तक असाधारण बलप्रयोग द्वारा अपराधों को कुचला जाना आवश्यक है।" हेस्टिंग्स ने यह भी कहा कि "देश डकैतों के गिरोहों की बाहुल्यता से त्रस्त है। ये डकैत अत्यंत दुस्साहिक तथा दुर्दान्त अत्याचारी हैं।" हेंस्टिग्स ने जनता की सुरक्षा तथा डकैतों की खोज के लिए फौजदारों की नियुक्ति का प्रस्ताव रखा। उसने फौजदारों द्वारा भेजी गई सूचनाओं के आधार पर प्रेसीडेंसी में केन्द्रीय आसूचना कार्यालय कायम करने का आदेश भी जारी किया। हेस्टिंग्स की योजना फौजदार प्रणाली को व्यापक बनाने तथा फौजदारों के अधिकार क्षेत्र का इस्तेमाल जमींदारों द्वारा किए जाने हेतु उन्हें अधिकृत करने की थी। उन्हें अपनी सीमा के अंन्तर्गत होने वाले अपराधों के लिए भी उत्तरदायी बनाया गया था।

नए रेग्युलेशनों के अपेक्षित परिणाम नहीं निकलते देख वारेन हेस्टिंग्स ने 29 जून, 1782 को एक घोषणापत्र जारी किया जिसमें निम्न घोषणा की गईं थीं।

"जबकि जमींदारों की लापरवाही अथवा मिलीभगत के कारण सूबे की शन्ति व्यापक रूप से भंग हुई है, यह आदेश दिया जाता है तथा घोषणा की जाती है कि सभी जमींदारों, चौधरियों, तालुकदारों और अन्य भू-स्वामियों को अपने सीमाक्षेत्र में लूटमार, सेंधमारी तथा हत्या रोकने के लिए कारगर उपाय करने होंगे, उन्हें अपराधियों को कानून के हवाले करने के वास्ते पूर्ण प्रयास करने होंगे,

उन्हें मजिस्ट्रेटों द्वारा निर्देशित स्थानों पर थाने स्थापित करने होंगे और वे इन थानेदारों और अन्य कर्मियों के अच्छे व्यवहार के जिम्मेदार होंगे, और एतद् द्वारा यह भी घोषणा की जाती है कि यदि कोई डकैती होती है तो डकैत जिस जिले का वासी है उसके जमींदारों को, परिस्थिति के अनुसार, डकैती की राशि की क्षतिपूर्ति करनी होगी। परन्तु यदि कोई जमींदार हत्या, लूट अथवा शांतिभंग करता है अथवा ऐसे कार्यों में सहयोग करता है और उसका दोष सिद्ध हो जाता है तो उसको मृत्युदंड दिया जाएगा, यदि कोई जमींदार किसी सरकारी अधिकारी के आदेशों का पालन करने से इनकार करता है अथवा आदेशों की अवहेलना करता है तो उसको मामले की प्रकृति तथा अपराध की गंभीरता के अनुसार दण्डित किया जाएगा।

यद्यपि सरकार यह भली प्रकार समझ चुकी थी कि जमींदार विभिन्न कारणों से पुलिस व्यवस्था का उत्तरदायित्व संभालने में सक्षम नहीं होंगे अतः हेस्टिंग्स ने ऊपर उल्लेखित साहसिक उद्घोषणा जारी की। थानेदारों की नियुक्ति जमींदारों द्वारा की जाती थी व उन्हीं के द्वारा हटाए जाते थे तथा कोई वेतन नहीं दिया जाता था परन्तु कुछ जमीन दे दी जाती थी। जमींदार थानेदारों की नियुक्ति योग्यता से इतर आधारों पर करते थे। कई थानेदार मालदार बनने की खातिर अपराधिक तत्वों के साथ मिल गए। इस व्यवस्था के चलते जमींदारों तथा मजिस्ट्रेटों के बीच विरोध उत्पन्न हो गया क्योंकि मजिस्ट्रेट गरीब जनता को सताए जाने को रोकने और कम्पनी के हितों के संरक्षण के प्रति उत्साहित थे। हालांकि मजिस्ट्रेट ग्राम पुलिस का नियंत्रण संभालने के इच्छुक थे पर सरकार इसके लिए उत्सुक नहीं थी। ऐसा करने से पुलिस के सम्पोषण हेतु नियमित व्यय वहन करना पड़ता। इस प्रकार, अब से दो शताब्दियों से अधिक पूर्व, भारतीय पुलिस की स्थापना उस समय की सरकार के संरक्षण की सोच और जरूरत के आधार पर की गई थी।

फरवरी 1785 में हेस्टिंग्स के जाने के पश्चात् काउन्सिल ने मजिस्ट्रेटों को झगड़ा फसाद तथा अन्य छोटे-मोटे मामलों की सुनवाई का अधिकार प्रदान कर दिया। यह न्यायपालिका तथा कार्यपालिका के अधिकारों को संयुक्त करने की व्यवस्था की शुरूआत थी। एग्जीक्यूटिव काउन्सिल के एक सदस्य जॉन शोर का कहना था "निरंकुश अधिकारों के अभ्यस्त लोगों को एक मालिक के अधीन होना चाहिए। राजस्व तथा न्याय विभागों के मध्य ऐसी कोई रेखा खींचना असंभव है जिससे उनके बीच का झगड़ा रोका जा सके। इनके झगड़े में किसी एक विभाग की क्षति होना तय है। वर्तमान रेग्युलेशन्स में दोनों के उद्देय सुस्पष्ट तथा

सूक्ष्मता के साथ परिभाषित है, फिर भी व्यवहार रूप में उनका विरोध जारी है। उनके द्वारा प्रस्तुत की गई शिकायतें इतनी जटिल होती है कि बहुधा यह समझना असंभव हो जाता है कि वे किस न्यायाधिकरण से संबंधित हैं। ऐसा संभव है कि समय गुजरने के साथ-साथ देश के मूल निवासियों को, बिना किसी दबाव के, अपने लगान नियमित रूप से चुकाने हेतु राजी कर लिया जाए, पर वर्तमान में यह संभव नहीं जान पड़ता है। यदि कोई बल प्रयोग किया जाता है तो तत्काल न्यायालय में शिकायत दर्ज करा दी जाती है और, चाहे शिकायत सही हो अथवा झूठी, शिकायतकर्ता को अस्थायी राहत प्रदान कर दी जाती है। शिकायतकर्ता अपने विरुद्ध देनदारियों की मांग से छुटकारा पाया जाता है जिनकी बाद में वसूली कोई आसान काम नहीं है।

जब 1786 में कार्नवालिस भारत आया तो उसने धोखेबाजी, गबन और भ्रष्टाचार के साक्ष्य भारी संख्या में देखे। उसने यह भी देखा कि हत्या, डकैती और अन्य गंभीर अपराधों की घटनाएं रोजाना होती हैं तथा अपराधी बिना दण्ड पाए छूट जाते हैं। लोगों में अपनी जान व माल की पर्याप्त सुरक्षा नहीं होने की आम भावना व्याप्त थी। कार्नवालिस ने कलक्टरों के अधिकारों में वृद्धि कर दी उसने अपराधियों के साथ साठ-गांठ रखने वाले जमींदारों के खिलाफ कार्रवाई का अधिकार कलक्टरों को सौंप दिया। चूंकि ज्यादातर कलक्टर अपने निजी धंधों व व्यापार में संलग्न थे अतः स्थिति में कोई महत्वपूर्ण बदलाव नहीं हो सका। लार्ड कार्नवालिस ने नोट किया कि लगभग सभी कलक्टर अपने किसी मित्र अथवा संबंधी के नाम पर निजी व्यवसाय में गहन रूप से संलग्न थे। वे कम्पनी के हितों के सबसे खतरनाक दुश्मन बन चुके थे। इसके अतिरिक्त वे उत्पादकों को भी बहुत उत्पीड़ित करने लगे थे। चूंकि दरोगा और निम्न अधिकारी पहले ही भ्रष्ट थे सो जमींदारों अपराधियों तथा दरोगाओं के बीच साठ-गांठ चलती रही तथा इस प्रकार अपराध अब भी नियंत्रण से बाहर थे।

कलक्टरों के अनुसार अपराधों का जारी रहने का कारण विधमान दण्ड न्यायालयों में व्याप्त भ्रष्टाचार था, क्योंकि मुख्य अधिकारी को बहुत कम वेतन मिलता था। अपराधियो ंको पूरा विश्वास रहता था कि वे अपनी लूट का एक हिस्सा इस्तेमाल कर छूट जाएंगे। बर्दवान के मजिस्ट्रेट ने बताया कि उसकी व्यक्तिगत निगरानी में आए जमींदार सभी लूटमार तथा अत्याचारों के स्रोत थे तथा फौजदारी कार्रवाही के दौरान बार-बार ऐसे उदाहरण सामने आए जिनमें थानेदारों ने डकैतौ को न्याय से संरक्षण देने हेतु अपने काम पर रखा अथवा सभी बरामदगियों में से बड़ा हिस्सा लिया। इसका कारण यह था कि डकैतों को

पकड़ने के सभी आदेश मजिस्ट्रेटों द्वारा जारी किए जाते थे और उन पर अमल थानेदारों द्वारा किया जाता था। अब रही थानेदार की मर्जी कि मजिस्ट्रेट के आदेश पर अमल करे अथवा न करे। उसने यह भी बताया कि मजिस्ट्रेटों के कठोरतम प्रयास भी अक्सर इन लोगों द्वारा बेअसर कर दिए गए।

एक अन्य मजिस्ट्रेट के कथनानुसार मुफस्सिल लगभग हर जगह असंरक्षित था। हत्या, सेंधमारी, लूटमार की घटनाएं आम हो गई थीं तथा इन अपराधों को रोकने के लिए मजिस्ट्रेटों द्वारा मौजूदा व्यस्था के तहत उठाए जाने वाले सभी कदम अपर्याप्त थे। मजिस्ट्रेट, किसी अत्याचार या अपराध की सूचना मिलने पर अपराधियों की तलाश हेतु पुलिस पार्टी रवाना कर सकता था पर तलाश की सफलता अक्सर संदिग्ध होती थी। अपराधियों के बार-बार बच निकलने से वे और अधिक दुस्साहसपूर्ण तथा जघन्य अपराधों को अंजाम देने लगे।

कार्नवालिस ने एक पत्र में लिखा कि "सभी ऐसे नियम तथा विनियम, जो बनाए जा सकते हैं, तब तक पूर्णतया नगण्य तथा व्यर्थ रहेंगे जब तक कि निष्ठा और उत्तरदायित्व के प्रत्येक कार्यालय को पर्याप्त वेतन प्रदान नहीं किया जाता, जब तक कि कम्पनी के कर्मचारियों की गतिविधियों पर नियंत्रण के कठोर उपाय नहीं किए जाते, ताकि कोई भी कर्मचारी कम्पनी के हित की कीमत पर धन संग्रह में न जुट सके। देश में ऐसी घातक व्यवस्था अपनाई जाती रही है जिसमें उच्च निष्ठा के उच्च पदों पर नियुक्त व्यक्तियों को बहुत कम वेतन मिलता है, जो विभिन्न प्रलोभनों के बीच रहकर कार्य करते हैं। उनको अपने भरण-पोषण तथा सेवानिवृत्ति के पश्चात् भविष्य के प्रति अपनी परिलब्धि तथा अप्रत्यक्ष पारिश्रमिक के सहारे छोड़ देना न केवल नैतिकता के विरुद्ध है बल्कि कम्पनी के हितों के लिए भी विनाशकारी है।

पुलिस के विषय में कार्नवालिस का रेग्युलेशन

कार्नवालिस ने भी देखा कि "पेंशेवर तथा प्रणालीबद्ध लूट पाट इस देश में प्राचीन काल से विद्यमान थी।" उसने 7 दिसम्बर 1792 को, देश में पुलिस की एक समान व्यवस्था कायम करने के लिए आदेश जारी किया। रेग्युलेशन में घोषणा की गई।

"देश भर में सुदक्ष पुलिस का संस्थापन, जिसके द्वारा अपराधियों की, न्याय अधिकारियों द्वारा तलाश से बचने की, सारी उम्मीदें समाप्त की जा सकें उतना ही आवश्यक है जितना कि पकड़े जाने पर अपराधियों की त्वरित तथा निष्पक्ष सुनवाई परंतु यह संस्थापन और भू-स्वामियों तथा जोतदारों की नियुक्ति

संबंधी क्लॉज जिनके द्वारा अपने क्षेत्राधिकार की सीमा में शांति कायम रखने तथा लूटपाट की प्रत्येक घटना की स्थिति में लुटेरों तथा लूटी गई सम्पत्ति बरामदगी हेतु बाध्य है, न केवल निर्थक पाए गए हैं बल्कि अनेक उदाहरणों से यह स्पष्ट हुआ है कि बढ़ती लूटपाट की घटनाओं व अन्य अव्यवस्थाओं का कारण जमींदारों, अपराधियों और उपरोक्त क्लॉज के बल पर नियुक्त पुलिस अधिकारियों की सांठ-गांठ है। काउन्सिल के गवर्नर जनरल लोगों की जान व माल की सुरक्षा जो उनकी समृद्धि तथा लोक कल्याण के लिए अत्यंत जरूरी है के दृष्टिकोण से निम्नलिखित रेग्युलेशन्स पारित करते हैं, जो मौजूदा असंगत नियमों का स्थान लेंगे।

इस प्रकार देश की पुलिस विनिर्दिष्ट प्रयोजन हेतु नियुक्त सरकारी अधिकारियों के एकमात्र प्रभार के अधीन कर दी गई। काश्तकारों तथा किसानों को अपने पुलिस संगठन समाप्त करने का आदेश दे दिया गया। उन्हें बता दिया गया कि अब यह उनका उत्तरदायित्व नहीं है। उन्हें उनकी सीमा के अंतर्गत होने वाली लूट की जिम्मेदारी से मुक्त कर दिया गया। तथापि अपराध कर्म में सांठ-गांठ, चोरी का माल बरामद होने तथा अपराधियों को पकड़वाने अथवा उनके बचने के रास्ते बंद करने में सरकारी अधिकारियों की सहायता में उपेक्षा के लिए उनकी जिम्मेदारी बरकरार थी। ऐसे मामलों में वे चोरी अथवा लूट की सम्पत्ति की क्षतिपूर्ति हेतु बाध्य थे। मजिस्ट्रेट अपने जिले को सुविधाजनक पुलिस सीमांक्षेत्रों में बांटते थे। प्रत्येक जिला एक दरोगा के अधीन होता था जिसकी सहायता के लिए अधिकारी मंडल मौजूद होता था। दरोगाओं को निर्देश दिए गए थे कि वे हत्या, डकैती, सेंधमारी, चोरी तथा अन्य घृणित अपराधों के आरोपित व्यक्तियों को तत्काल गिरफ्तार कर 24 घंटे के भीतर, मजिस्ट्रेट के समक्ष पेश करें। तथापि, उन्हें केवल कदाचार के प्रमाण पर बर्खास्त किया जा सकता था बशर्ते कि काउन्सिल गवर्नर प्रमाण से संतुष्ट हों। दरोगाओं को लिखित आदेश के बिना, ऐसे लोगों को पकड़ने का अधिकार था जो शांति भंग करते पाए गए हों, अथवा जिनके विरुद्ध आम गुहार की गई हो, चोरी के माल के साथ पकड़े गए हों, सीमांतर्गत प्रश्रय प्राप्त डकैत अथवा लुटेरे हों, आवारा तथा संदिग्ध हों जो घात में हों अथवा जो संतोषजनक रूप से अपना पता ठिकाना न बता सकें।

ग्राम पहरेदार तथा पाइक्स सहित पूरी ग्राम पुलिस व्यवस्था दरोगाओं के अधीन कर दी गई। ग्राम पहरेदारों को हत्यारों, लुटेरों तथा चोरों की गिरफ्तारी का उत्तरदायित्व सौंप दिया गया। आवारा तथा संदिग्ध अपराधियों के बारे में दरोगाओं

को सूचना देना भी उनकी जिम्मेदारी में शामिल था। मजिस्ट्रेटों तथा पुलिस अधिकारियों को अपराधियों का पीछा करते समय उन्हें मिला सीमा से बाहर भी गिरफ्तार करने के अधिकार दिए गए थे। दरोगाओं को चोरी अथवा लूट की सम्पत्ति बरामद होने पर दस प्रतिशत कमीशन लेने की अनुमति थी। सभी पुलिस पदों के वेतन तय थे। दरोगा का वेतन 35 रूपये प्रतिमाह तय किया गया था।

कार्नवालिस को आशा थी कि नए रेग्युलेशनों से देश में पुलिस व्यवस्था में पर्याप्त सुधार होगा। कलक्टर भू-राजस्व की वसूली में ज्यादा रुचि रखते थे, क्योंकि उन्हें अपने वेतन का एक बड़ा भाग भू-राजस्व के कमीशन के रूप में प्राप्त होता रहा। इस रुचि के परिणाम स्वरूप वे अपनी पुलिस ड्यूटी में लापरवाही करने लगे। कार्नवालिस ने अनेक सुधार लागू किए। उसने उस समय फैली अव्यवस्था तथा अराजकता पर नियंत्रण का प्रयास किया। उसने प्रशासन की सुपरिभाषित व्यवस्था हेतु अनुदेश जारी किया जिसमें नियंत्रण अधिकारियों तथा उनके पदानुक्रम का स्पष्ट उल्लेख था। वह ऐसा पहला व्यक्ति था जिसने देश में पूर्ण कालिक तथा समुचित वेतन प्राप्त करने वाले पुलिस अधिकारियों की नियुक्ति की। उसने जमींदारों से पुलिस व्यवस्था का उत्तरदायित्व वापस ले लिया तथा पुलिस कर्मियों को सरकारी कोष से वेतन देना प्रारंभ किया।

भारत के गवर्नर जनरल सर जॉन शोर ने 1784 में विलियम बेंजली को प्रेषित एक पत्र में लिखा, "मुझे यह लिखते हुए हर्ष है कि उसकी योजनाएं निष्पक्ष तथा उपयोगी रूप से लागू हो रही हैं। वह बुद्धिमानी तथा विश्वास के साथ आगे बढ़ा है। न्याय व्यवस्था सुचारु रूप से चल रही है। कुछ व्यक्ति जो सिद्धान्तों की बजाय पुरानी परिपाटी तथा अनुभव के आधार पर तर्क करते हैं-उसकी व्यवस्था पर आपति जताते हैं। परंतु सिद्धान्त न्यायसंगत हैं तथा नई प्रणाली से यहां के मूल निवासी यद्यपि सुपरिचित नहीं हैं, परन्तु शनैः शनैः वे स्वयं को इसके अनुरूप ढाल रहे हैं। व्यवस्था के संबंध में केवल दो आपत्तियां महत्व की हैं, पहली यह कि सर्वोच्च अधिकारी पर अतिरिक्त कार्यभार डाला गया है तथा दूसरी यह कि योजना के निष्पादन हेतु पर्याप्त संख्या में योग्य अधिकारियों को खोजना बहुत कठिन है। कुल मिलाकर मैं संतुष्ट हूं कि तत्रभवान् की योजना ठोस एवं बुद्धिमतापूर्ण थी तथा देश के लिए लाभदायक सिद्ध हुई है। लोग आमतौर पर अपनी सम्पति को सुरक्षित समझते हैं जो पहले नहीं था तथा विवेकानुसार अधिकार प्रयोग का स्थान नियमित प्रणाली ने ले लिया है।

गवर्नर जनरल द्वारा 1795 में दूसरा रेग्युलेशन जारी किया गया। इसके अनुसार, स्थायी बंदोबस्त प्राप्त करने के पश्चात् जमींदारों तथा उसके किसानों

को शांति बरकरार रखने तथा चोरों, लुटेरों तथा अन्य अपराधियों को प्रश्रय नहीं देने का उत्तरदायित्व दिया गया था। उन्हें चोरी की गई सम्पत्ति के लिए भी जिम्मेदार तथा जवाबदेह बनाया गया था और चोरी की सम्पत्ति बरामद नहीं होने की स्थिति में क्षतिपूर्ति हेतु उत्तरदायी बनाया गया था। पुराने कानून की अनिश्चितताओं को दूर करने के वास्ते दण्ड विनिर्दिष्ट करने के संबंध में कुछ सुझाव दिए गए थे। कुछ अन्य सुझाव थे मुन्सिफ को अधिकार प्रदान करना था थानों की संख्या में वृद्धि करना इत्यादि। सभी आपराधिक मामलों की सुनवाई हेतु मजिस्ट्रेट को अधिकृत करने का सुझाव भी दिया गया था । यह सुझाव उस समय की व्यवस्था के अंतर्गत होने वाले बिलम्ब को ध्यान में रखकर दिया गया था। इस कारण से कई बार लोग चोरी तथा लूटमार की घटनाओं की शिकायत पुलिस के पास नहीं ले जाते थे क्योंकि इससे न्याय मिलने में कष्टपद विलम्ब होने के साथ-साथ दण्ड-कार्रवाई में उपस्थित होने के लिए समय तथा धन की हानि होती थी।

उस समय सर्वाधिक महत्वपूर्ण कमी पुलिस की अपर्याप्त तादाद थी । कलकत्ता सर्किट के तृतीय न्यायाधीश ई-स्ट्रैची ने इस विषय पर अनेक रिपोर्ट प्रस्तुत की तथा कहा कि पुलिस की मौजूदा घटिया व्यवस्था से लोगों अथवा सम्पत्ति को कोई सुरक्षा उपलब्ध नहीं है तथा किसी भी सभ्य देश में इतनी घटिया पुलिस व्यवस्था नहीं रही है। उसने यह भी कहा कि डकैतों ने अपनी योजनाओं के अमल की राह की बाधाओं को दूर करने हेतु व्यवस्था और अपने आदेशों के उल्लंघन पर त्वरित, निश्चित तथा गंभीर दण्ड देकर अपने आदेशों के प्रति सम्मान स्थापित करने में सफलता पाई है। डकैतों को मालूम था कि उनकी सत्ता किस प्रकार सुरक्षित रह सकती थी। उसने यह भी इंगित किया कि अनेक डकैत दरोगाओं द्वारा जबरन वसूली अथवा डकैतों के प्रतिशोध के कारण छिप गए हैं अथवा अपनी गतिविधियां सीमित कर चुके हैं। उसने आगे कहा कि दण्ड कानून को सख्त बनाया जाना कोई समाधान नहीं था, क्योंकि तब अधिक सटीक प्रमाण की आवश्यकता होती जो डकैतों के डर अथवा दरोगाओं की शिथिलता के कारण संभव नहीं हो रहा था। इससे बरी होने वाले अपराधियों की संख्या में वृद्धि होती गई। उसने तर्क दिया कि डकैती की घटना होने पर जमींदार को तत्काल दण्डित किया जाना चाहिए तथा दरोगा को बर्खास्त कर दिया जाना चाहिए। (निजामत अदालत को प्रेषित पत्र दिनांक 9-10-1808 ईस्ट इंडिया जुडीशियल सलेक्शन वाल्यू II 1830 पेज 81)।

लॉर्ड मिंटो भारत के गवर्नर जनरल के रूप में 1807 में भारत पहुंचा। उसके द्वारा लागू किए गए अन्य सुधारों के अतिरिक्त उसने रेग्युलेशन नं. 10 जारी किया जिसमें पहली बार कलकत्ता, ढाका तथा मुर्शिदाबाद डिवीजनों के लिए पुलिस अधीक्षक की नियुक्ति की व्यवस्था की गई थी। रेग्युलेशन के प्रस्तावना में कहा गया कि, "देश के विभिन्न भागों से प्राप्त सूचनाओं को प्रेसीडेंसी में एक पृथक कार्यालय में सकेंद्रित कर कार्रवाई की सफल योजना बनाई तथा कार्यान्वित की जा सकती है, जबकि स्थानीय पुलिस अधिकारियों के प्रयास असफल होंगे। पुलिस अधीक्षक की नियुक्ति से बंगाल प्रान्त में डकैतों से पीड़ित जिलों में डकैतों के गिरोहों को खोजने तथा पकड़ने के संबंध में अनुकूल जानकारी तथा उपायों को नया बल मिलेगा।" पुलिस अधीक्षक को मजिस्ट्रेट के अधिकार भी प्राप्त थे। उसको कलकत्ता की शांति का न्यायाधीश भी बनाया गया था तथा वह भारत के गवर्नर जनरल से सीधा पत्रव्यवहार करने हेतु अधिकृत था।

वेलेजली के सुधार

वेलेजली, गवर्नर जनरल बनने के पश्चात् देश में पुलिस व्यवस्था की जानकारी प्राप्त करने हेतु बहुत उत्सुक था। उसने भारत में पुलिस व्यवस्था के सुधार के लिए योजना तैयार करने हेतु अनेक प्रश्नावलियां जारी की थीं। इन प्रश्नावलियों में निम्नलिखित प्रश्न सम्मिलित थे।

क्या पुलिस की वर्तमान व्यवस्था अपराधियों की गिरफ्तारी सुनिश्चित करने हेतु उपयुक्त है? क्या आपके क्षेत्राधिकार की डिवीजन के पुलिस संगठन अपने अपेक्षित कार्यदायित्वों को पूरा करने हेतू पर्याप्त हैं? सन् 1793 से आपके क्षेत्राधिकार में अपराधों की वार्षिक दर में वृद्धि हुई है अथवा कमी आई है इस संबंध में आपका क्या मत है? तथा आपके मतानुसार इसका कारण क्या है? आपके अधिकार के अधीन जिले में किस प्रकार के अपराध अधिक संख्या में विद्यमान हैं? इन अपराधों का कारण क्या है ? इन अपराधों के दमन हेतु आप किन उपायों की सिफारिश करेंगे? आपकी दृष्टि में डिवीजन में जमींदारों, किसानों तथा अन्य विशिष्ट व्यक्तियों को शांति का न्यायाधीश के रूप में कार्य करने का अधिकार प्रदान करने का क्या औचित्य है? क्या आप सोचते हैं कि इन उपायों से अपराध कम करने तथा अपराधियों को पकड़ने में आसानी होगी? आप इन लोगों के अधिकार क्षेत्र की सीमा को किन नियमों द्वारा नियंत्रित करेंगे? क्या आप इस सीमा को इनकी सम्पदा अथवा फार्म तक सीमित रखेंगे? क्या ऐसे कोई नियम तथा विनियम हैं जिनको लागू किए जाने की आप सिफारिश करेंगे

जो आप के मतानुसार अपराध को नियंत्रित करने हेतु प्रभावी होंगे? आपके मतानुसार उस रेग्युलेशन का क्या प्रभाव हुआ है जिसमें मिथ्या शपथ के दोषी के माथे पर चिन्ह अंकित करने की घोषणा की गई है? ब्रिटिश सरकार द्वारा लागू की गई काले पानी की सजा का क्या प्रभाव रहा है? ब्रिटिश सरकार द्वारा किए गए संशोधनों से युक्त मोहम्मडन क्रिमिनल लॉ आपके मतानुसार क्या बहुत उदार अथवा बहुत सख्त तरीके से लागू किया जा रहा है तथा आपके मतानुसार, जिस भावना के साथ क्रिमिनल लॉ लागू किया जा रहा है उसका परिणाम क्या होगा? (न्यायलय को प्रेषित न्यायिक पत्र 31-7-1801) कुल मिलाकर 40 प्रश्न जारी किए गए थे।

इन प्रश्नों के जवाबों के विश्लेषण से स्पष्ट हुआ कि विगत की तुलना में पुलिस व्यवस्था में सुधार हुआ है तथा अपराधियों तथा डकैतों के कई गैंग पकड़े भी गए हैं, फिर भी अपर्याप्त पुलिस बल तथा अपर्याप्त मजिस्ट्रेट कोर्ट्स के कारण बहुत अधिक सुधार नहीं हो सका है।

लॉर्ड बेण्टिक द्वारा पुलिस सुधार हेतु किए गए प्रयास

लॉर्ड बेण्टिक को भारत का अगला गवर्नर जनरल नियुक्त किया गया। उसने 19 जुलाई 1804 को एक पुलिस कमेटी का गठन किया तथा उसे मद्रास प्रेसीडेंसी के अंतर्गत कई प्रान्तों की पुलिस की पूर्व तथा वर्तमान स्थिति की जांच का जिम्मा सौंपा। कर्नल मुनरो ने पुलिस कमेटी के समक्ष प्रस्तुत अपनी रिपोर्ट में कहा कि वह अपनी भरसक कोशिश के बावजूद प्राचीन काल में भारत में किसी आम पुलिस व्यवस्था के अस्तित्व के बारे में पता लगाने में असफल रहा है। उसने अपनी रिपोर्ट में यह भी व्यक्त किया कि अव्यवस्था के समय में पुलिस अपने मूल उद्देश्यों से भटक गई थी। तालियारों का एक बड़ा वर्ग स्वयं चोर है। सभी क्वालिगार या तो स्वयं लुटेरे हैं या फिर उन्हें लूट के काम पर रखते हैं। इनमें से कई तो हत्यारे हैं। इस समय वे भय के कारण खुलकर वारदात नहीं करते हैं। फिर भी, इसमें तनिक भी संशय नहीं कि इनमें से कई लोग अपने पिछले ढर्रे पर चल रहे हैं। अनेक पोटाइल तथा कर्णम भी चोरों को पनाह देते हैं ताकि कोई भी यात्री सतांतरित जिलों से सुरक्षित न गुजरने पाए। कोई भी ऐसा व्यक्ति जो रात्रि पहरे के लिए अपने स्वयं के अथवा ग्राम के पहरेदारों को नियुक्त नहीं करता है वह लुटे बिना नहीं बच सकता। कभी-कभी तो यह सावधानी भी प्रभावहीन हो जाती है।

कई अपराधी पकड़े भी जाते हैं, परन्तु ज्यादातर अपराधी क्वालिगारों तथा तालियारों जो स्वयं चोर हैं के बीच सांठ-गांठ के कारण बच निकलते हैं। लोग

अक्सर अपराधियों के बारे में सूचना देने से कतराते हैं क्योंकि वे अपनी हत्या किए जाने से डरते हैं, जो पूर्वकाल में बड़ी साधारण बात थी। सरकार की कमजोरियों के कारण लम्बे समय से अपराधों को प्रोत्साहन मिलता रहा है। भ्रष्टाचार तथा सांठ-गांठ इसके अन्य कारण रहे हैं। समय पर कार्रवाई तथा दण्ड की निश्चिता से ही इस स्थिति को सुधारा जा सकता है। (कर्नल मुनरो की रिपोर्ट 10-04-106 ईस्ट इंडिया जर्नल सलेक्शन वाल्यू W/F 1820 पेज 214-33)। उसका मत था कि सरकार को व्यवस्था कायम रखने तथा लोगों की सुरक्षा सुनिश्चित करने के लिए दृढ़तापूर्वक कार्य करना चाहिए। चोरों तथा अपराधियों को प्रश्रय देने वाले जमींदार दण्डित किए जाने चाहिए।

अनुवर्ती पुलिस कमेटियों के प्रस्ताव

पुलिस कमेटी ने इन प्राप्त मतों पर विचार करने के पश्चात् दरोगाओं की नियुक्ति जमींदारों की संस्तुति पर मजिस्ट्रेट द्वारा किए जाने की सिफारिश की। उसको वेतन का भुगतान सरकारी कोष से किया जाना चाहिए। कमेटी जमींदारों को पुलिस व्यवस्था से बाहर करने के पक्ष में नहीं थी क्योंकि ऐसा करने से उनके प्रशासन का विरोधी हो जाने की आशंका थी। कमेटी ने न्यायिक व्यवस्था को निम्नलिखित, दो महत्वपूर्ण कारणों के आधार पर दोषयुक्त पाया।

1. दण्ड-न्याय प्रदान किए जाने का तरीका।
2. पुलिस अधीक्षण के क्रियान्वयन का तरीका।

कमेटी ने पुलिस अधीक्षण का कार्य तत्काल कलक्टरों को सौंपे जाने का सुझाव दिया। कमेटी ने आगे कहा कि कलक्टरों को अपराधियों को न्यायालय के सुपुर्द करने मात्रा का अधिकार दिया जाना चाहिए।

कमेटी का उद्देश्य काश्तकारों के मनमस्तिष्क पर छाए जमींदारों का प्रभाव कम करना था। यह कार्य जमींदारों को पृथक उत्तरदायित्व सौंप कर तथा उन्हें मजिस्ट्रेट के अधीन कर किया जा सकता था, जबकि इससे पहले जमींदार खुद को अपने प्रान्त में सर्वशक्तिमान समझते थे। योजना में वस्तुतः सभी वर्गों के लोगों को संगठित कर शांति कायम करने तथा सरकार द्वारा उनकी सेवाओं का उपयोग करने की घोषणा की गई थी। इस योजना में ऐसे विशिष्ट लोगों का दल तैयार करने की कोई रूपरेखा नहीं थी, जिनकी नियुक्ति से ईर्ष्या व अविश्वास बढ़ने, सरकार का व्यय और जनता की मुश्किलें बढ़ने की संभावना हो। कमेटी ने जून 1805 में वेल्लूर में भारतीय सिपाहियों के विद्रोह को ध्यान

में रखा था। इसने ताजा दुर्भाग्यपूर्ण घटनाओं को कठोरतम ढंग से दर्ज किया तथा व्यवस्था में सक्रियता, शक्ति और गुणवत्ता के समावेश की आवश्यकता पर बल देते हुए कहा कि ये गुण मिसाल कायम करने एवं अधीक्षक के प्रभुत्व द्वारा पैदा किए व बनाए रखे जा सकते हैं। टिप्पणी की आवश्यकता नहीं कि ऐसी मिसाल की अपेक्षा किसी न्यायाधीश से नहीं की जा सकती, जिसका पूरा समय सिविल न्यायालय के कार्य निष्पादन हेतु समर्पित होना चाहिए। उन घटनाओं से कमेटी के मन मस्तिष्क पर पुलिस अधीक्षण के स्थापन के औचित्य पर गहरा असर पड़ा। उस समय तक पुलिस अधीक्षण कलक्टर के अधिकारों में शामिल था। इसे नीति और आर्थिक दोनों प्रकार से उचित आंका गया। कमेटी ने उक्त योजना को कार्यरूप देने हेतु सर्वोच्च सरकार से अनुमति प्राप्त करने हेतु अपनी संस्तुति प्रदान कर दी।

लॉर्ड बेण्टिक ने 29 जून 1814 को अपने पत्र में लिखा कि अपने गहन प्रभाव के कारण ग्रामों के प्रधान पुलिस अधिकारियों के रूप में सर्वाधिक उपयुक्त व्यक्ति हैं। वे इससे मिलने वाले परिणामों से प्रसन्न होंगे। केवल वे ही ऐसे व्यक्ति हैं जो सभी कार्यों के निष्पादन से भली भांति अवगत हैं। इसके फलस्वरूप उनके पास लूट और साजिश की रोकथाम की ताकत मौजूद है। पुलिस उनकी मदद के बिना प्रभावशाली नहीं हो सकती। तथापि, मद्रास सरकार ने कमेटी के प्रस्ताव खारिज कर दिए। बाद में सन् 1813 में गठित पुलिस कमेटी के प्रस्तावों पर भी मद्रास की प्रेसीडेंसी सरकार ने कोई अमल नहीं किया और न अपनी मंजूरी दी। मद्रास सरकार द्वारा पुलिस में दर्शाई गई अरुचि का कारण वित्तीय अभाव तथा अर्थव्यवस्था थी, जैसा कि वर्तमान में भी है।

2
आधुनिक भारत में पुलिस बल का सृजन

पुलिस के संबंध में ब्रिटिश संसद की प्रवर समिति की रिपोर्ट

ईस्ट इंडिया कम्पनी का चार्टर 1813 में नवीनीकृत किया जाना था। इसके नवीनीकरण से पूर्व ब्रिटिश संसद द्वारा भारत में ईस्ट इण्डिया कम्पनी के कार्यों की समीक्षा के लिए एक प्रवर समिति नियुक्त की गई। इस समिति ने ईस्ट इंडिया कम्पनी के कार्यों पर सभी पहलुओं पर ध्यान दिया। समिति ने बंगाल में सुदक्ष पुलिस बल के संस्थापन हेतु प्रयासों को अपेक्षाकृत कम सफल बताया। डकैतियों तथा लूटमार की घटनाओं के नियंत्रण हेतु किए गए उपाय भी सफल नहीं थे। अपराधियों को दोषी सिद्ध करने हेतु अपेक्षित साक्ष्य के अभाव में लूट व डकैतियों की घटनाओं पर नियंत्रण करने में अत्यधिक कठिनाइयों का सामना करना पड़ रहा था। समिति ने अपराधियों के पास कानूनी बचाव हेतु उपलब्ध सुविधाओं तथा गिरोहबद्ध लूट रोकने के लिए व्यवस्था द्वारा किए गए अपर्याप्त प्रावधानों के विषय में भी टिप्पणी की। समिति ने स्वीकार किया कि वित्तीय अभाव अपराध पर नियंत्रण न कर पाने का प्रमुख कारण था। दूसरी ओर, निदेशक मंडल के अनुसार भारत में व्यय बढ़ रहा था। उन्होंने देश के हालात की समीक्षा के लिए एक समिति का गठन किया। समिति ने अभिलेखों के आधार पर देश की स्थिति का अध्ययन किया। इसने देश की सेवा कर चुके पूर्व अधिकारियों के साक्ष्य भी अभिलेखबद्ध किए। इन अधिकारियों से पूछे गए कुछ प्रश्न इस प्रकार थे।

1. ब्रिटिश सरकार द्वारा स्थापित पुलिस व्यवस्था के संबंध में आपकी क्या राय है?

2. क्या इसे और अधिक पूर्ण तथा दक्ष बनाया जा सकता है?
3. क्या आप सोचते हैं कि देश में शांति और व्यवस्था कायम रखने के लिए देसी सरकार द्वारा अपनाई गई प्रणाली का अनुसरण करना व्यावहारिक तथा औचित्यपूर्ण होगा? (ईस्ट इंडिया जरनल 1820)

रिपोर्ट की प्राप्ति के पश्चात् मंडल ने अपनी टिप्पणी प्रस्तुत की जिसके अनुसार, ''यह तालियारी पुलिस व्यवस्था की प्रबलतम संभव संस्तुति है कि इस व्यवस्था को अपने कार्यों के निष्पादन में जन साधारण का सहयोग मिलता है क्योंकि यह व्यवस्था उनके रीति-रिवाजों तथा दस्तूरों और आंतरिक नीति के अनुरूप है तथा इसके द्वारा उनका समाज प्राचीन काल से अब तक एक सूत्र में बंधा है। हमें पूर्ण विश्वास है कि देश में पूर्व काल में विद्यमान अथवा अब आगे अपनाई जाने वाली कोई भी व्यवस्था जो उक्त आधार पर निर्मित नहीं है वह अपने अभीष्ट प्रयोजनों को पूर्ण करने हेतु अपर्याप्त तथा मूलतः दोषपूर्ण सिद्ध होगी। ऐसी व्यवस्था ऐसे थोड़े से दरोगाओं और सिपाहियों के माध्यम से प्रभावी नहीं बनाई जा सकती जिन्हें स्थानीय लोगों का सहयोग एवं समर्थन प्राप्त नहीं है तथा जिसमें मजिस्ट्रेट की नजरों तथा नियंत्रण से परे स्थित कार्यालय में कार्य हेतु इतना वेतन नहीं दिया जाता कि भले घरों के लोगों को नियुक्ति हेतु आकर्षित कर सके। इसके अतिरिक्त इनकी निष्ठा को डिगाने के लिए तमाम तरह के प्रलोभन इन्हें चारों ओर से घेर कर बैठे हैं। बंगाल सरकार के तहत जमींदारी व्यवस्था की निष्पक्ष जांच हो चुकी है। मजिस्ट्रेट के पास लोक शान्ति तथा व्यवस्था बनाए रखने के लिए सिवाय दरोगाओं और सिपाहियों पर निर्भर रहने के और कोई रास्ता नहीं था। इसका परिणाम यह हुआ कि खुले तौर पर दुस्साहसिक लूटमार तथा अन्य प्रकार के अपराधों की ऐसी बाढ़ आई कि लोगों की जान व माल पूर्णतया असुरक्षित हो गए।

निदेशक मंडल ने दरोगाओं और अन्य पदस्तरों हेतु वेतनवृद्धि पर सहमति प्रदान नहीं की। उसने देश की प्रथाओं को ध्यान में रखकर ग्राम पुलिस की बहाली का निर्देश अवश्य दे दिया। निदेशक मंडल ने ग्राम पुलिस को मजिस्ट्रेट के नियंत्रण के अधीन रखे जाने का निर्देश भी दिया। मंडल ने यह भी महसूस किया कि मद्रास में ग्राम पुलिस की समुचित स्थापना से न केवल पुलिस की कुशलता में वृद्धि की जा सकती थी बल्कि पुलिस के रखरखाव पर होने पर भारी भरकम व्यय में भी कमी लाई जा सकती थी। उन्होंने जिला पुलिस का अधीक्षण तथा नियंत्रण भी कलक्टर के अधीन करने का आदेश दिया क्योंकि उनके अनुसार कलक्टर ही ग्राम पुलिस को प्रभावी ढंग से नियंत्रित कर सकता

था। निदेशक चाहते थे कि दरोगाओं का कार्यदायित्व तहसीलदारों को हस्तान्तरित कर दिया जाए ताकि दोनों विभागों के बीच पूर्ण सामंजस्य स्थापित किया जा सके। इस व्यवस्था को उस समय की परिस्थिति के अनुसार सर्वश्रेष्ठ माना गया।

बंगाल में पुलिस संरचना

निदेशक मंडल ने महसूस किया कि स्थायी बंदोबस्त के समय भूमि के पुनर्ग्रहण से पाइक तथा पौसुबन लोग दरिद्रता की स्थिति में पहुंच गए थे। इस कारण वे चोरी तथा अन्य अपराधिक गतिविधियों में लिप्त हो गए। उन्होंने महसूस किया कि पुलिस व्यवस्था में अनेक कुप्रथाओं ने अपनी पैठ बना ली थी। इन सबके बावजूद उनके विचार में पुलिस व्यवस्था को विघटित करने की बजाय उसमें सुधार किया जाना सही उपाय था। वे 1770 में हेस्टिंग्स द्वारा नवाब के पुलिस अधिकारियों तथा फौजदारों को हटाए जाने के विषय में विचार कर रहे थे। उनका विचार था कि पुराने पुलिस संगठनों को समुचित नियंत्रण के तहत रखा जाना चाहिए तथा संगठनों में सुधार किए जाने चाहिए। उनके मतानुसार प्रभावी पुलिस व्यवस्था हेतु ग्राम पुलिस संगठन अपरिहार्य थे। अपराधों तथा अन्य छोटी-मोटी वारदातों के संबंध में किसी और माध्यम से जानकारी प्राप्त करना पूर्णतया असंभव था। पुलिस की सहायता के लिए विशाल समुदाय का समर्थन व सहयोग प्राप्त करने का अन्य कोई मार्ग नहीं था। ग्राम पुलिस के रखरखाव के लिए विनियुक्त भूमि के पुनर्ग्रहण से देश की शांति और जनता की व्यक्तिगत सुरक्षा को भारी क्षति पहुंची थी। "हम वर्तमान सुधरी हुई व्यवस्था के स्थायी रूप से जारी रहने की आशा तब तक नहीं कर सकते जब तक कि हम अपराध निवारण के उन उपायों को नहीं अपनाते जो केवल ग्राम पुलिस की पुरानी व्यवस्था की आम बहाली से ही सुस्थिर व पर्याप्त रूप से सुनिश्चित किए जा सकते हैं।

निर्देशक मंडल ने बंगाल सरकार को आवश्यक कार्रवाई करने का निर्देश दिया। उन्होंने देश भर में एक कुशल ग्राम पुलिस बल की क्रमिक स्थापना करने तथा उसके समुचित अनुरक्षण तथा संभरण के उपाय करने की सलाह दी। उन्होंने पुलिस को कम्पनी के मजिस्ट्रेटों के आदेशों तथा नियंत्रण के अधीन रखने का आदेश दिया। उनके आदेश में आगे कहा गया कि पुलिस को ऐसे नियमों व विनियमों के अधीन रखा जाए जो ऐसी व्यवस्था के प्रयोजनार्थ सुविचारित हों तथा साथ ही देश की पुरानी पद्धतियों के अनुरूप हों। मंडल ने कहा, "हमारा, निर्णायक रूप से, मत है कि भूमि द्वारा कार्यालय को सम्पन्न बनाने के सिद्धान्तों पर, सभी व्यावहारिक मामलों में, निरंतर दृष्टि रखी जानी

चाहिए क्योंकि यह अपने आप में, संभरण का सम्मानजनक तथा सबसे स्थायी तरीका है। हमें अधिक सन्देह नहीं कि अनेक मामलों की समुचित आंच से भूमि आवंटन के अनियमिततापूर्ण व छद्‌म ग्रहण के तथ्य उजागर होंगे जबकि वास्तविक रूप में इस भूमि का आवंटन ग्राम पुलिस को किया गया है। इन जमीनों को पुनर्ग्रहीत किया जाना चाहिए तथा इनको पुनः इनके मूल उपयोग में लाया जाना चाहिए पर इस अधिकार के प्रयोग में यह ध्यान अवश्य रखा जाना चाहिए कि किसी पक्ष के न्यायपूर्ण अधिकार में कोई हस्तक्षेप न होने पाए।

दरबार ने ग्राम पुलिस के लिए नगदी अथवा फसल के रूप में योगदान के संबंध में महसूस किया कि यह सुनिश्चित किया जाना अत्यंत आवश्यक है कि क्या वे पहले ही ऐसे भुगतान कर रहे हैं अथवा नहीं, हालांकि ये भुगतान गुप्त रूप से अनुचित तथा अनधिकृत माध्यम में परिवर्तित हो गए थे। ग्राम पुलिस को भुगतान के संबंध में दरबार ने यह कार्य पुरानी प्रथा के अनुसार तथा पुराने अभिलेखों को देखने वे ग्रामीणों के साथ परामर्श से करने का सुझाव दिया। दरबार ने पुलिस का अधीक्षण कलक्टर को अंतरित कर दिया जबकि तहसीलदार अपने अभिकरण के साथ बरकरार थे। मजिस्ट्रेट के रूप में कलक्टर तथा ग्राम पुलिस के बीच व्यावहारिक दृष्टिकोण अपनाए जाने का निर्देश भी जारी किया।

इस प्रकार दरोगा के ऊपर निरीक्षण अधिकारी के रूप में एक और अधिकारी (तहसीलदार) की नियुक्ति हो गई। चूंकि दरोगा अपने पद का घोर दुरुपयोग कर रहे थे अतः ऐसा सोचा गया कि कलक्टर तथा तहसीलदार जैसे वरिष्ठ पदाधिकारियों की सतर्कता से इस बुराई को कम करने में बहुत मदद मिलेगी। निस्सन्देह यह इस बात पर निर्भर था कि दरोगा के आचरण का निरीक्षण कितनी सतर्कता से किया जाता है तथा किस शक्ति एवं ऊर्जा के साथ इसका निर्देशन व नियंत्रण किया जाता है। दरबार ने कहा, "हमें पूर्ण विश्वास है कि दरोगाओं के निरीक्षण का कार्य एक जिला जज की अपेक्षा एक कलक्टर द्वारा अधिक कारगर ढंग से किया जा सकता है।" न्यायाधीशों तथा मजिस्ट्रेटों पर कार्यभार का दायित्व बढ़ता जा रहा था। स्वाभाविक रूप से इस हेतु अधिक स्टाफ की जरूरत थी। वास्तव में, अर्थव्यवस्था के कारण स्टाफ की कमी की शिकायत पुराने समय से विद्यमान थी। काश्तकारों तथा जमींदारों का सहयोग और सहायता प्राप्त करने हेतु अनेक प्रावधान किए गए थे। दरबार ने यह भी महसूस किया कि पुलिस अधिकारियों का समान्य आचरण तथा योग्यताएं ऐसी नहीं थीं कि समाज के सम्मानवीय वर्गों के लोग पुलिस को सहयोग प्रदान करते। (बंगाल को न्यायिक पत्र दिनांक 11-4-1836)।

दरबार ने बंगाल सरकार को प्रेषित एक पत्र में लिखा, "हम चाहते हैं कि आप अधीक्षक को सन् 1810 के रेग्युलेशन 8 में वर्णितानुसार उसकी नियुक्ति के मूल उद्देश्य का स्मरण कराएं। हम लुटेरों को पकड़ने में उसकी सतर्कता, सक्रियता और स्थिति की मांग के अनुरूप दूसरे जिलों में जाने की आशा करते हैं। उसके लिए इतना पर्याप्त नहीं है कि अपराधों की वृद्धि के संबंध में मजिस्ट्रेट द्वारा बताए कारणों पर विचार-विमर्श करे और उनकी क्षमा की पर्याप्तता के बारे में अपनी राय व्यक्त करता रहे। यह तो सर्वथा उपयुक्त है कि वह वर्ष के अन्त में अपराध वृद्धि के कारणों के संबंध में अपनी राय व्यक्त करे परन्तु हम उसके खुद काम पर जुटने और मातहतों को कार्य में प्रवृत्त करने को अधिक महत्वपूर्ण समझते हैं। कार्यकारी अधीक्षक की शिकायत है कि न्यायाधीशों तथा मजिस्ट्रेटों को अपने सभी कार्यदायित्व पूर्ण करने हेतु फुर्सत नहीं है। एक ऐसे मजिस्ट्रेट के लिए जिसके जिले में डकैतियां पड़ती हों काम का बोझ क्षमा का पर्याप्त कारण नहीं माना जा सकता है। यह उसके सबसे कम महत्व के कार्य के संबंध में पर्याप्त हो सकता है परन्तु सर्वाधिक महत्व के कार्य की बाबत हरगिज पर्याप्त नहीं है। आपका पूरा ध्यान मजिस्ट्रेटों तथा दरोगाओं द्वारा अपने अधिकार के उपयोग के तरीके पर होना अपेक्षित है। उनको प्रदत्त बलप्रयोग के बहुत साधारण से अधिकारों का अविवेकपूर्ण ढंग से किया गया उपयोग बड़ी दुर्घटना का सबब बन सकता है। अपराधों के दमन तथा अपराधियों की गिरफ्तारी के प्रयास के दौरान समाज की परेशानी बढ़ाने वाले उपायों से बचना चाहिए ताकि पुलिस लोगों के लिए एक बोझ बन कर न रह जाए।" (बंगाल को न्यायिक पत्र दिनांक 20-10-1824)।

साक्ष्य, प्रवर समिति, 1832 (1853) का संक्षिप्त विवरण वाल्यूम[4] अपेन्डिक्स नं. 5, पेज 630 के अनुसार वर्ष 1824-25 हेतु बंगाल का राजस्व 11.5 करोड़ रुपए या तथा न्याय एवं पुलिस व्यवस्था पर होने वाला व्यय 67 लाख रुपए था जो वर्ष के कुल राजस्व का लगभग 6 प्रतिशत था। बंगाल सरकार ने अनेक बदलाव लागू किए। सन् 1829 की 1 मार्च से प्रभावी रेग्युलेशन नं. 1 में राजस्व आयुक्त की नियुक्ति हेतु व्यवस्था की गई थी। राजस्व आयुक्त को पुलिस के अधीक्षण का कार्य भी दिया गया था।

पुलिस अधीक्षक के पद की समाप्ति तथा राजस्व आयुक्त की पुलिस निरीक्षक के रूप में नियुक्ति :-

रेग्युलेशन नं. 1 के प्रस्तावना में कहा गया : "मजिस्ट्रेटों और पुलिस के अधीक्षण तथा कार्यपालक राजस्व अधिकारियों के नियंत्रण तथा निर्देशन हेतु

प्रचलित व्यवस्था दोषपूर्ण पाई गई है। सर्किट के न्यायाधीशों को पर्याप्त अधिकार नहीं दिए गए हैं तथा उनके पास पर्याप्त स्थानीय जानकारी प्राप्त करने के अवसर भी नहीं हैं जिससे कि वे पुलिस के पर्याप्त नियंत्रण अथवा लोगों के संरक्षण हेतु समर्थ बन सकें। प्रत्येक राजस्व बोर्ड के अधीन विशाल भू-भाग के कारण उनके समक्ष राज्य के वित्तीय हितों के सामान्य संरक्षक तथा सरकार के विश्वस्त सलाहकार के रूप में कार्य करने में बाधाएं आई हैं। इन कमियों के निवारण हेतु, यह औचित्यपूर्ण तथा आवश्यक प्रतीत होता है कि मजिस्ट्रेट, पुलिस, कलक्टर तथा अन्य कार्यपालक राजस्व अधिकारियों को राजस्व आयुक्त के अधीक्षण तथा नियंत्रण के अधीन रखा जाए तथा प्रत्येक को इतने बड़े भू-भाग का प्रभार सौंपा जाए जिसमें वे आसानी से लोगों तक पहुंच सकें। सर्किट न्यायालयों के साथ-साथ राजस्व बोर्ड के अधिकार भी उक्त आयुक्त को सौंप दिए जाएं और इसके अतिरिक्त लोक अर्थव्यवस्था के दृष्टिकोण से पुलिस अधीक्षक के पद को समाप्त करना उचित समझा गया है जिसके स्थान पर आयुक्तों की नियुक्ति की जाएगी।

पुलिस अधीक्षक को पर्याप्त कार्यपालक अधिकार प्रदान किए गए थे। इस प्रकार कार्यपालक पुलिस अधिकारों का संयोजन जघन्य मामलों की सुनवाई के अधिकारों के साथ कर दिया गया। यह काम उस समय उठाया गया था जब ब्रिटिश संसद लंदन के लिए महानगरीय पुलिस अधिनियम पारित कर चुकी थी। इस अधिनियम द्वारा अपने स्वयं के आयुक्त के अधीन एक पूर्ण कालिक पुलिस बल की नियुक्ति का रास्ता प्रशस्त हो गया था। लंदन के पुलिस आयुक्त को न्यायिक अथवा राजस्व जैसे अन्य कार्य नहीं करने होते थे। वर्ष 1828-29 के दौरान पुलिस तथा अन्य न्यायिक व्यवस्थाओं पर होने वाला व्यय लगभग 65 लाख रुपए था जबकि उस वर्ष की राजस्व प्रापित 12,39,03,769 रुपए थी। (साक्ष्य, प्रवर समिति 1832 का संक्षिप्त विवरण बॉल्यूम 4) 1 बंगाल सरकार ने सन् 1831 में रेग्युलेशन नं. 11 जारी किया जिसमें काउन्सिल के गवर्नर जनरल को किसी भी तहसीलदार अथवा तहसीलदारों को पुलिस के दरोगाओं के अधिकार प्रदान करने तथा उनका प्रयोग के अधिकार प्रदान करने और पुलिस क्षेत्राधिकार की सीमा निर्धारित करने हेतु अधिकृत किया गया था। तहसीलदारों को मुख्य थानेदार के अधिकारों का प्रयोग करने हेतु अधिकृत किया जा सकता था। वह अपनी सीमा के अन्दर कभी थानों और ग्राम पुलिस संगठनों पर अधिकारों का इस्तेमाल कर सकता था। जहां कहीं भी यह योजना लागू की गई वहां के मौजूदा थानेदार का पद नायब दरोगा कर दिया गया।

पुलिस के संबंध में द्वितीय ब्रिटिश संसदीय समिति

सन् 1833 में ईस्ट इंडिया कम्पनी के चार्टर के नवीनीकरण से पूर्व ब्रिटिश संसद ने ईस्ट इंडिया कम्पनी के कार्यों की जांच के लिए एक प्रवर समिति नियुक्त की इस समिति के समक्ष भारत में कम्पनी के कार्यों से संबंधित लोगों की गवाहियां हुईं। इन साक्ष्यों से स्पष्ट हुआ एक अधीनस्थ कर्मचारियों को बहुत कम वेतन दिया जाता था जिसके फलस्वरूप वे न केवल भ्रष्ट बल्कि अकुशल एवं उत्पीड़क भी हो गए थे। आयुक्तों तथा कलक्टरों को चूंकि अनेक प्रकार के कार्यदायित्व निभाने पड़ते थे अतः पुलिस प्रशासन तथा कलक्टरों को चूंकि अनेक प्रकार के कार्यदायित्व निभाने पड़ते थे अतः पुलिस प्रशासन तथा अन्य संबंधित क्षेत्रों पर उनका प्रभावी नियंत्रण नहीं था। हेमिल्टन ने प्रवर समिति के समक्ष उपस्थित होकर निवेदन किया कि आयुक्त तथा सर्किट न्यायालय के न्यायाधीश के पदों पर पृथक व्यक्ति की नियुक्ति की जानी चाहिए। उसके मतानुसार दोनों पद एक ही व्यक्ति सौंपे जाने से हानिकारक प्रभाव वाली बुराइयां पैदा हो सकती थीं। एक अन्य साक्षी ने समिति को बताया कि कलक्टरों के पास पहले ही कार्य का बहुत भार है। उसको और कार्य सौंपे जाने से कार्य प्रतिकूल रूप से प्रभावित होगा तथा दोनों पद एक व्यक्ति को सौंपे जाने से दोनों में से एक कार्यालय की हानि निश्चित है। तहसीलदारों को अधिकार प्रदान किए जाने के बारे में कहा गया कि, ''तहसीलदारों तथा अन्य अधीनस्थ देसी अधिकारियों को अधिकार प्रदान किए जाने का उद्देश्य मुझे अत्यंत गंभीर प्रतीत होता है। मेरा विचार है कि पुलिस अधिकारियों के वर्तमान वर्ग द्वारा भी अपने अधिकारों का दुरुपयोग किए जाने की बहुत अधिक संभावना है। मेरा अपना मत है कि हमारे पुराने संस्थापित प्रान्तों के आंतरिक कार्यों की व्यवस्था का सर्वश्रेष्ठ उपाय यह होगा कि प्रत्येक जिले में पृथक न्यायाधीश, पृथक कलक्टर और पृथक मजिस्ट्रेट नियुक्त किया जाए। (बेली, पश्चिम बंगाल, प्रवर समिति के समक्ष, प्रवर समिति 1853 का संक्षिप्त विवरण, वॉल्यूम 4, भारतीय पुलिस आयोग 1902-03 की न्यायिक रिपोर्ट)।

बेली का यह भी विचार था कि अधिकांश आपराधिक मामले भू-स्वामियों, पट्टेदारों तथा काश्तकारों के अधिकारों, हितों तथा कर्तव्यों को परिभाषित करने वाले अभिलेखों, विभिन्न काश्त-अवधियों की पहचान व व्याख्या और रेग्युलेशनों की कमी से पैदा हुए। उसने रेग्युलेशनों तथा सटीक अभिलेखों के अनुरक्षण का अनुरोध किया। मजिस्ट्रेट तथा कलक्टर के पद के संयोजन के संबंध में कहा गया कि, ''विधि-शास्त्र में इन दो पदों के पृथक्करण से अधिक महत्वपूर्ण

शायद ही कोई सिद्धान्त है। इनका संयोजन अपराधियों, समाज और मजिस्ट्रेटों के लिए क्षतिकारक है। यह अपराधियों के लिए क्षतिकारक है क्योंकि उनकी सुनवाई किसी निष्पक्ष न्यायाधीश द्वारा नहीं बल्कि ऐसे न्यायाधीश द्वारा की जाएगी जिसकों, उन्हें सिद्धदोषी करार देने पर, श्रेय दिया जाएगा जो मामलों की परिस्थिति की जानकारी के कारण सुनवाई से पहले ही अपनी राय कायम कर चुका है तथा जो मामलों के संचालन के वास्ते स्वयं पुलिस अधिकारियों को सलाह देता रहा है। यह समाज के लिए हानिकर है क्योंकि न केवल अभियुक्त बल्कि मासूम व्यक्ति भी अपनी छोटी-छोटी जमा पूंजी सदर कचहरी की भेंट चढ़ाने के अलावा अपने छोटे मोटे धन्धे छोड़कर आते हैं जिससे उनकी जीविका चलती हैं। और अन्त में यह मजिस्ट्रेटों के लिए हानिकर है क्योंकि चोरों को पकड़ने हेतु भागते फिरना किसी प्रतिष्ठित पद के अनुरूप नहीं है, क्योंकि यह उसकी सम्माननीयता के प्रतिकूल है तथा उस पर कांस्टेबल का लेबल चस्पा कर देता है, क्योंकि इससे उसके नाम को बट्टा लगता है कि अमुक व्यक्ति पर ऐसा कार्य लाद दिया गया है जो उसके कार्यदायित्व की प्रकृति से सर्वथा भिन्न है और शायद जिसे वह भली प्रकार कर भी न सके। (कलकत्ता रिव्यू वॉल्यूम 4, जुलाई-दिसंबर, 1846, पेज 149-150)। तथापि उपरोक्त दो पदों का संयोजन अस्थायी या तथा ये दोनों पद 1827 में लॉर्ट ऑकलैंड के कार्यकाल के दौरान पृथक कर दिए गए।

पुलिस सुधारों हेतु सुझाव और अनुदेश

दरबार ने प्रशासन को अभियोजकों और साक्षियों के प्रति यथासंभव न्यून उत्पीड़नकारी बनाने के लिए भारत सरकार को प्रभावी कदम उठाने का सुझाव दिया। इसने मजिस्ट्रेटों द्वारा देश के आंतरिक भागों में भी न्यायालय आयोजित करने की सलाह दी ताकि लोगों को अपने घर के निकट न्याय मिल सके। इससे यह भी अनुरोध किया कि गवाही उसी भाषा में दर्ज की जानी चाहिए जिसमें कि दी गई है तकि केवल फारसी में दर्ज नहीं की जानी चाहिए। दरोगाओं द्वारा बयान दर्ज किए जाने के संबंध में दरबार ने विचार व्यक्त किया कि पुलिस अधिकारी विश्वास के लायक नहीं हैं। दरबार ने यह भी इंगित किया कि वे इस से पूर्ण संतुष्ट हैं कि सरकार को ऐसे लोगों की नियुक्ति बंद कर देनी चाहिए तथा उनके स्थान पर योग्य तथा चरित्रवान लोगों को रखा जाना चाहिए। दरबार ने कहा, "हमारी इच्छा है कि बदलाव की इस अत्यावश्यक अपेक्षा के दृष्टिगत आप अन्य किसी भी प्रश्न को अपनी राह का रोड़ा नहीं बनने देंगे क्योंकि इस आपात् स्थिति में कोई भी अन्य प्रश्न अथवा वित्तीय विचार इतना महत्वपूर्ण नहीं है।

19वीं सदी में भारतीय पुलिस के विषय में ब्रिटिश बोध

दरबार का निर्देश प्राप्त होते ही सर चार्ल्स मेटकॉफ ने पुलिस के कार्यप्रदर्शन के आकलन हेतु एक प्रश्नावली जारी कर दी। हॉकिन्स ने अपना मत प्रस्तुत करते हुए कहा, "लोक कार्यदायित्वों के निष्ठापूर्ण निर्वहन हेतु गारंटी रूप नैतिक योग्यताओं की बेहद कमी वाले लोगों को आमतौर पर पुलिस विभाग में विभिन्न पदों पर चयन करने के पश्चात् क्या उन्हें ईमानदार तथा निष्ठावान बनाए रखने हेतु प्रयास किया गया है? क्या हमने नैतिक कमियों की क्षतिपूर्ति हेतु सदाचरण के रास्ते स्वहित की ओर मोड़ने का प्रयास किया है? क्या वास्तविकता इसके ठीक विपरीत नहीं है? पुलिस दरोगाओं को देखिए वांछित योग्यता के बिना उसका चयन हो जाता है फिर उससे लगातार भाग दौड़ करने की उम्मीद की जाती है जिसके लिए उसे किसी न किसी प्रकार के वाहन की जरूरत होती है। यह वाहन उसे अपने अपर्याप्त वेतन से खरीदना पड़ेगा व उसका रखरखाव करना होगा। उसकी पदोन्नति की कोई संभावना नहीं होती है। वह हमेशा अपने वरिष्ठ अधिकारियों तथा मजिस्ट्रेट की नाराजी का शिकार बनता है (यह नाराजी अक्सर खीज अथवा रंज से पैदा होती है), कड़ी जांच और गंभीर विचार-विमर्श के बजाय तबादला कर दिया जाता है और पद से बर्खास्तगी के मामले में किसी दूसरे जिले में उसी श्रेणी में नियुक्ति का पूरा अवसर मौजूद रहता है। अब इसमें आश्चर्य की क्या बात है यदि उसे लोकसेवा दायित्व निभाने में अकुशल व अक्षम पाया जाता है। वह स्वयं को सम्पन्न बनाने की जुगत में रहता है जबकि उसे निष्ठापूर्वक नियोक्ता के हितों के अनुकूल प्रयास करना चाहिए। सरकार द्वारा नियुक्त अन्य अधीनस्थ कर्मियों के बारे में भी कमोबेश यही राय है। बिना विचारे उनके पूरे निकाय को बर्खास्त कर देना आज की व्यवस्था का सबसे बड़ा दोष है। यह व्यवस्था उन दोषों का खुद एक बड़ा कारण है जिन दोषों को दूर करना उसका अभीष्ट है। एक दरोगा को अपने पद के स्थायित्व का कोई भरोसा नहीं होता तथा अपनी तैनाती के साथ ही वह ज्यादातर समय स्वयं को सम्पन्न बनाने में लगाता है। उसके सभी अधिकार अनिश्चित हैं। उसको पता नहीं होता कि कब उसके हटाए जाने का आदेश आ जाएगा। अब यदि डकैती अथवा गंभीर अपराध की कोई घटना किसी भी वक्त घट सकती है तथा उसकी बर्खास्तगी का कारण बन सकती है खासकर तब जब कि वह अपराधियों को खोजकर उन्हें पकड़ने में विफल रहे। मेरा विश्वास है कि जरा सी भूल होने पर पुलिस अधिकारियों पर अर्थदण्ड लगाने की एक आम प्रथा है जो बड़ी घातक है। ऐसे मामलों में वे अपने नियोक्ताओं के खिलाफ अपील तो शायद ही करेंगे पर अपने

नुकसान की भरपाई येन केन प्रकारेण करने का प्रयास अवश्य करेंगे जो कहीं ज्यादा आपत्तिजनक होगा।

लुईस ने अपने विचार व्यक्त करते हुए कहा: "इस देश में पुलिस कार्रवाई की सफलता में सबसे बड़ी बाधा यह है कि पुलिस को जनता का सहयोग नहीं मिलता है। नियमित पुलिस अधिकारी और जनता के बीच स्पष्ट मतभेद या जिसका कारण एक तरफ सटीकता थी तो दूसरी तरफ डर, अनभिज्ञता तथा पूर्वाग्रह था उसने यह भी बताया कि ग्रामवासी अपराधियों को पकड़ने में, चाहे वे कितने ही खतरनाक अथवा कुख्यात हैं, पुलिस की विरले ही मदद करते थे। उसने कहा कि ग्राम चौकीदार को व्यावहारिक तथा सुदृढ़ बनाया जाना चाहिए। वह पुलिस तथा जनता के बीच की सम्पर्क कड़ी था। उसके साथ अच्छा व्यवहार आवश्यक था ताकि उसको महत्त्वपूर्ण और उपयोगी सूचना देने के काम पर लगाया जा सके। अन्य बिन्दु कुछ इस प्रकार थे:– कि मजिस्ट्रेट तथा कलक्टर के पद पर पृथक व्यक्ति होना चाहिए जिससे मौजूदा व्यवस्था में श्रम और उत्तरदायित्व का उपयुक्त बंटवारा किया जा सके । कलक्टर तथा मजिस्ट्रेट से पुलिस कार्यों को महत्व न देने अथवा कम महत्व देने की आशा करना व्यर्थ या चूंकि राजस्व कार्य की प्राथमिकता सर्वोच्च थी। चूंकि प्रत्येक आयुक्त पुलिस तथा पुलिस की समस्याओं को अपने अलग नजरिए से देखता व निपटाता है अतः निर्देशों, प्रबंधन तथा कार्यप्रदर्शन की एकरूपता खो चुकी थी। यह पुलिस कार्यों की कुशलता में गिरावट का कारण था। (रिपोर्ट 11-1-1837 संसदीय कागजात 162 वर्ष 1835 पेज 11-12 तथा पेज 2-5)।

पुलिस कमेटी: बंगाल

दरबार के पत्र व्यवहार और सर चार्ल्स मेटकाफ द्वारा बैठाई जांच के संबंध में कार्रवाई करते हुए लॉर्ड ऑक्लैंड ने प्राप्त निवेशों को युक्तिसंगत बनाने और नगरेतर पुलिस के सुधार हेतु सर्वश्रेष्ठ उपाय खोजने के लिए एक पुलिस कमेटी का गठन किया। इस कमेटी को एक सुदक्ष संगठन हेतु योजना बनाने का काम सौंपा गया। यह कमेटी किसी सूचना हेतु सभी सरकारी अधिकारियों की जांच करने तथा सेवारत या सेवानिवृत किसी भी व्यक्ति की जांच करने हेतु अधिकृत थी। डब्ल्यू डब्ल्यू बर्ड को इस कमेटी का अध्यक्ष नियुक्त किया गया था। न्यायिक सचिव, भारत सरकार एफ. जे. हिलीडे, पी.सी. स्मिथ और जे. लुईस इसके अन्य सदस्य थे। (कार्यवाही 22-8-1837 नं. 2 व 3, 7-10-1837 तथा नं. 7 व 8 दिनांक 24-10-1837 नं. 5 व 6, दरबार को पत्र दिनांक 1-10-1837। तथापि कमेटी को स्पष्ट कर दिया गया था कि यदि कमेटी द्वारा

प्रस्तावित सुधार योजना में भारी व्यय वृद्धि निहित होगी तो योजना के कार्यान्वन में विलम्ब होने की संभावना थी।

कमेटी ने अपनी रिपोर्ट प्रस्तुत करते हुए कहा : "चूंकि इस व्यवस्था की अकुशलता का सबसे बड़ा कारण अपर्याप्त वेतनमान है जिस पर इसको अब तक चलाया गया है अतः भारी व्यय के बिना कोई सुधार संभव नहीं है। कमेटी ने टिप्पणी दी कि पूरी व्यवस्था दोषपूर्ण थी। मजिस्ट्रेट सर्वशक्ति सम्पन्न हैं, दरोगा और उनके मातहत कर्मचारी भ्रष्ट हैं, ग्राम पहरेदार गरीब और तिरस्कृत है और कुल समाज उत्पीड़न तथा कई प्रकार की असुविधाओं से ग्रस्त है जो न केवल पुलिस की मदद में असमर्थ है बल्कि ज्यादातर मामलों में चोरों को पकड़ने तथा चोरी के माल की बरामदगी के लिए पुलिस की सहायता मांगने की अपेक्षा चुपचाप लुट जाना बेहतर मानता है। कमेटी ने यह भी महसूस किया कि यदि न्यायाधीश और मजिस्ट्रेट के कार्यकुशलता में वृद्धि होगी। इन दोनों पदों को एक व्यक्ति को सौंपे जाने से अधिक निकृष्ट और कुछ नहीं हो सकता है। यह सिद्धान्त और व्यवहार दोनों रूपों में गलत है। (रिपोर्ट का परिशिष्ट पेज 5-11-20 भारतीय पुलिस के सुधारों से संबंधित सरकारी कागजात के रिकार्डों में से चयनित)।

पुलिस के विषय में कुछ खरी-खरी

द्वारका नाथ टैगोर ने उस समय की पुलिस का वर्णन इन शब्दों में किया, "मैं सोचता हूं कि दरोगा से लेकर सबसे छोटे सिपाही तक सब के सब भ्रष्ट लोगों का समूह है, बिना पैसा दिए इनके हाथों से एक भी मामला नहीं निकाला जा सकता, अमीर व्यक्ति सदैव गरीब के मुकाबले फायदे में रहता है....जब कोई मजिस्ट्रेट किसी दरोगा से कोई रिपोर्ट मांगता है तो भारी रकम चुकाए बिना यह रिपोर्ट हरगिज प्राप्त नहीं की जा सकती है, और यदि मामला दो अमीर पक्षों के बीच हो तो जो भी ज्यादा अमीर है (यानी ज्यादा बड़ी राशि अदा करता है) वह रिपोर्ट अपने पक्ष में करवा सकता है। यदि किसी जमींदार या सिपाही को जांच के लिए किसी गांव भेजा जाता है तो वह तुरन्त गांव के जमींदार के गुमाश्ता के माध्यम से सभी किसानों से महसूल वसूल कर लेता है। जबरन वसूली की यह पद्धति अब तक विद्यमान रही है तथा करीब करीब एक न्यायोचित मांग का रूप धारण कर चुकी है। यहां तक कि कभी भी कोई भी किसान इसके भुगतान पर कोई आपत्ति नहीं करता है। वास्तव में किसान लोग इसे सरकारी कर समझते हैं। यदि निकट के किसी गांव में डकैती की घटना हो जाए तो दरोगा और उसके

सभी सिपाही गांवों में पहुंचेंगे तथा वहां के वासियों को, बिना यह देखे कि वह दोषी हैं अथवा नहीं, पकड़ लेंगे और अक्सर ऐसा होता है कि इन पकड़े गए लोगों में से संदिग्ध प्रकार के अधिकतर लोग सौदेबाजी करके तथा अधिकारियों को पैसा आदि देकर छूट जाते हैं। संक्षेप में यह कहा जा सकता है कि पुलिस को किसी भी मामले में हस्तक्षेप के लिए बुलाने पर पैसा दिए बिना कोई काम नहीं हो सकता''।

कमेटी ने यह भी महसूस किया कि मजिस्ट्रेटों को इतने बड़े क्षेत्रों का अधिकार दे दिया गया है कि वे लोगों के साथ संबंध कायम करने में असमर्थ होते हैं। इस कारण थानेदारों के ऊपर नाम मात्र का अथवा अप्रभावी नियंत्रण रहता है। चूंकि मजिस्ट्रेटों के प्रभार में बहुत बड़ा क्षेत्र होता है अत: वे सुदूर क्षेत्रों का दौरा नहीं कर पाते हैं। कमेटी ने धीरे-धीरे जिले के भिन्न भागों में उप अथवा सहायक मजिस्ट्रेट की नियुक्ति की संस्तुति की। कमेटी ने कहा, ''दूरस्थ पुलिस के देसी अधिकारियों पर नियंत्रण रखने अथवा जनता को वास्तविक प्रभावी सुरक्षा उपलब्ध कराने की ऐसी कोई योजना सफल नहीं हो सकती जिसमें अधिकारियों को जिले भर में जांच करने, निर्णय करने तथा नियंत्रण के अधिकार सौंपने तथा जनता के बीच रहकर उन्हें यह समझाने की व्यवस्था न हो कि पुलिस जनता और स्वयं उनके हितों की रक्षा के लिए तथा अवैध वसूली और कुशासन को प्रभावी तरीके से रोकने के लिए है।'' कमेटी ने महसूस किया कि जनता में फैली इस भावना को दूर करना अत्यावश्यक है कि पुलिस के पास किसी मामले को लेकर जाना सबसे बड़ा दुर्भाग्य है।

भ्रष्टाचार तथा निपट निकम्मेपन के संबंध में कमेटी ने उनके वेतन में श्रेणीबद्ध रूप में वृद्धि करने की सिफारिश की। कमेटी ने मजिस्ट्रेटों द्वारा उनके साथ अच्छा व्यवहार सुनिश्चित करने हेतु कदम उठाने का सुझाव देते हुए कहा कि उन्हें अस्पष्ट एवं अपर्याप्त आधार पर पुलिस से बर्खास्त नहीं किया जाना चाहिए। यदि ये परिवर्तन नहीं किए जा सकते तथा थानेदार के पद को मजबूती प्रदान नहीं की जाती है और वे स्थितियां समाप्त नहीं कर दी जाती जिनसे वे उस जनता के उत्पीड़क बन जाते हैं जिसकी सुरक्षा की जिम्मेदारी उन्हें सौंपी गई है तो हमारे मतानुसार उन सबसे एक साथ छुटकारा पाना बेहतर होगा। कमेटी ने अवर अधीनस्थों को प्रत्येक श्रेणी में पदोन्नति की व्यवस्था करने की सिफारिश की।

कमेटी ने चौकीदारी तथा ग्राम पुलिस व्यवस्था की जांच की कमेटी ने इसे पुलिस से संबंधित सबसे महत्त्वपूर्ण विषय माना। कमेटी ने चौकीदारों को

समाज के लिए आशीर्वाद के बाजाए एक श्राप माना। कमेटी ने चौकीदारों के चरित्र और पूर्व-वृत पर टिप्पणी करते हुए कहा कि यह भी एक प्रश्न था कि क्या देश भर में, उनको पकड़कर जेल में डालते हेतु, जारी किया गया आदेश चोरी और लूट आदि को रोकने हेतु किए जाने वाले किसी अन्य उपाय की अपेक्षा अधिक कारगर नहीं होगा? इसलिए उनके दृष्टिकोण से इस संगठन को कार्यकुशल बनाने के लिए इसमें आमूल चूल परिवर्तन की बहुत सख्त जरूरत थी। कमेटी ने अनुभव किया कि पुलिस की इस अकुशलता का कारण पुलिस को साधारण तौर पर जनता से और खास कर जमींदारों से मिल सकने वाले सहयोग का अभाव था। ''ग्राम पुलिस की वर्तमान खराब स्थिति का मुख्य कारण संभवतः हमारे स्वयं के द्वारा की गई उपेक्षा है। उनके अधिकार उनके कर्त्तव्य, उनके वेतन मान तथा वेतन का स्रोत और भुगतान की विधि इत्यादि की व्याख्या हेतु कोई नियम नहीं बनाए गए हैं। ऐसी परिस्थिति में अकुशलता के आधार पर व्यवस्था को बेकार कह देने का कुतर्क स्पष्ट है। मान लो कि सम्पूर्ण पुलिस जिसमें नियमित तथा सहायक दोनों पुलिस शामिल हैं को सरकार के हाथों में ले लिया जाए तथा प्रस्तावित किए गए अनुसार उसको सैनिक संगठन के रूप में तब्दील कर दिया जाए और मान लिया जाए कि उसकी सभी कमियां दूर हो गई हैं तब इसके माध्यम से बलप्रयोग व दमन के जरिये व्यवस्था कायम की जाए तो क्या देश की जनता को यह संदेश देना वांछनीय होगा कि हमारी देश की व्यवस्था कायम की जाए तो क्या देश की जनता को यह संदेश देना वांछनीय होगा कि हमारी देश की व्यवस्था पर कोई पकड़ नहीं है तथा हम केवल तलवार के जोर पर ही व्यवस्था कायम रख सकते हैं। क्या देश की जनता के सहयोग से व्यवस्था में सुधार लाने का प्रयास छोड़ देना उचित होगा कि हमारे ये संगठन हमारे तथा उनके हितों की रक्षा के लिए ही बनाए गए हैं?

कमेटी के अधिकांश सदस्यों का विचार था कि, ''जमींदारों को समस्त उत्तदायित्व तथा हस्तक्षेप से वंचित करना और ग्राम पुलिस को थाना बुर्कन्दाज में परिवर्तित कर देना, जो नियुक्ति, भुगतान तथा नियंत्रण हेतु सभी प्रकार से मजिस्ट्रेटों के अधीन होंगे तथा ग्राम समाज अथवा काश्तकारों का उसमें कोई दखल नहीं होगा, एक ही बार में ग्राम समाज के संविधान को उलट कर रख देने के समान होगा तथा फिर से उन्हें उन परेशानियों का शिकार बनाएगा जिनसे बचाने के लिए सरकार ने 1832 में रेग्युलेशन II जारी किया था ग्राम समाज पुलिस को सहयोग देने का अनिच्छुक ही नहीं बल्कि पुलिस से वैर भाव भी रखता था जो सबसे अधिक महत्वपूर्ण है हमें इस आपत्ति को दूर करने हेतु यथासंभव प्रयास करना चाहिए।''

कमेटी को प्राप्त आंकड़ों के मुताबिक देश में कुल मिलाकर 1,30 305 चौकीदार थे और इनमें से 1130 चौकीदार 1835, 1836 तथा 1837 में बर्खास्त कर दिए गए थे। इसमें से 19 हत्या और ठगी, 39 सेंधमारी, 357 लूटमार तथा चोरी, 42 गबन अथवा जालसाजी, 55 झूठा हलफनामा, झूठी गवाही अथवा झूठी शिकायत, 28 रिश्वत चौथे वसूली अथवा उत्पीड़न, 96 दंगा, हमला अथवा चोट पहुंचाने, 70 अपराध में सहायक होने तथा 178 अपराध छिपाने अथवा फरारी में सहायता करने और 346 दुश्चरित्र होने अथवा संदिग्ध अपराधी होने से संबंधित थे। इसके अतिरिक्त 37 अक्खड़पन, 33 नशा करने तथा ड्यूटी पर सोते हुए पाए गए थे। (संसदीय दस्तावेज 1857 पेज 47-48)। कमेटी ने ग्राम पुलिस संगठन को बहाल करने की सिफारिश की। इसमें पहरेदार की तन्ख्वाह बढ़ाने, आचरण संबंधी नियम बनाने के साथ ग्राम अधिकारियों के अधिकार तथा उत्तरदायित्व तय किया जाना शामिल था। इसमें अनुरोध किया गया था कि मजिस्ट्रेट को नियमों को सख्ती से लागू करने का अधिकार दिया जाना चाहिए। उन्हें काश्तकारों तथा ग्राम समुदाय के विशेष अधिकारों में दखल नहीं देना चाहिए। उन्होंने चौकीदार के आचरण के लिए जमींदार को मूल रूप से जिम्मेदार ठहराने का भी सुझाव दिया। कमेटी ने महसूस किया कि ग्राम सुरक्षा संगठन एक महत्वपूर्ण संगठन होगा तथा जमींदार इसकी व्यवस्था में अधिक रुचि लेकर इसको कुशल बनाने में बड़ा योगदान कर सकते है। जमींदार का उत्तरादायित्व नाममात्र का न होकर वास्तविक होगा तथा वह वाचमैन को अपनी ड्यूटी करने के लिए दबाव डाल सकेगा। वाचमैन को दो मालिकों की बजाय एक मालिक की नौकरी करनी होगी। नौकरी खोने का डर उसे सदैव सजग रखेगा तथा उसका कार्य पहले की अपेक्षा अधिक सम्मानजनक होने के कारण अन्य लोगों की रुचि इस कार्य में जागृत होगी।

आज हालात बदल गए हों प्रतीत नहीं होता है चूंकि चौकीदारों के स्थान पर नियुक्त किए गए अनेक पुलिसकर्मी जबरन वसूली, चोरी, लूट, हत्या और अभद्र व्यवहार के पहले के समान दोषी हैं। सूचना का कोई केन्द्र नहीं है तथा हर कोई मामले को दबाने में लगा है। वास्तव में पहले जमींदार अपराधियों को संरक्षण देते थे, अब दृश्य बदल गया है, जमींदारों का स्थान राजनीतिज्ञों ने ले लिया है जो स्वयं वही अपराध कर रहे है तथा कानून ठीक प्रकार लागू नहीं करने के दोषी लोगों को संरक्षण भी दे रहे हैं।

कमेटी ने सिफारिश की कि 1832 के रेग्युलेशन II को नहीं बदला जाए चूंकि जनता साधारणतः इसे स्वीकार कर चुकी थी। भारत में पुलिस के अवर

अधिकारियों पर कोई विश्वास नहीं किया जा सकता है। उनका हस्तक्षेप, जहां कहीं भी निरापद रूप से किया जाना संभव हो, समाप्त कर दिया जाना चाहिए। कमेटी ऐसी व्यवस्था के विरूद्ध थी, जिसमें प्रत्येक छोटे छोटे मामलों में पुलिस के दखल की जरूरत थी। यह निश्चित ही कष्टप्रद तथा अलोकप्रिय था। उन्होंने मजिस्ट्रेटों की कुशलता का आकलन अभिशंसा के आधार पर करने की प्रणाली से अपनी असहमति व्यक्त की। उन्होंने सुझाव दिया कि पुलिस को सभी वर्गों के लोगों चाहे वे यूरोपीय हों अथवा भारतीय, के खिलाफ कार्रवाई करने का पूरा अधिकार दिया जाना चाहिए। वे यूरोपीय लोगों के खिलाफ आपराधिक मामलों की सुनवाई के लिए विशेष न्यायालयों के पक्ष में नहीं थे। कमेटी सजायाफ्ता लोगों को थाने में सुलाने अथवा चौकीदारों की निगरानी में रखने की पद्धति के खिलाफ थी यद्यपि यह पद्धति लम्बी अवधि से अमल में थी। कमेटी ने कहा, ''ऐसी किसी भी पुलिस व्यवस्था की लेशमात्र भी सराहना नहीं की जा सकती जो कानून का उल्लंघन कर किसी कार्य को अंजाम देती हो और न ही किसी ऐसे मजिस्ट्रेट को अच्छा कहा जा सकता है जो अवैध तरीकों से अपने जिले में व्यवस्था कायम करता हो। यदि कोई अपनी इच्छानुसार किसी कानून का पालन अथवा उल्लंघन करने लगे तो विधायिका को कानून बनाने की आवश्यकता ही क्या है। कमेटी ने इस पद्धति को पूरी सख्ती के साथ तत्काल समाप्त करने की जरूरत व्यक्त की।

पुलिस अधीक्षक (वर्तमान पुलिस चीफ के तुल्य) पद की बहाली

इस बीच बंगाल सरकार ने राजस्व आयुक्तों के ऊपर से अतिरिक्त पुलिस कार्य का दबाव हटाने और बेहतर मोफुसिल (नगरेतर) पुलिस की स्थापना हेतु प्रभावी उपाय करने के लिए पुलिस अधीक्षक के पद को पुनः प्रतिष्ठित करने का निर्णय किया। (बंगाल सरकार का प्रस्ताव 10-10-1837)। एफ. सी. स्मिथ को निचले प्रान्तों में पुलिस अधीक्षक नियुक्त किया गया। उसका वार्षिक वेतन 50,000 रुपए था। उसको 500 रुपए प्रति माह बतौर यात्रा भत्ता दिए जाते थे। उसने 1 जनवरी 1838 को अपना कार्यभार संभाला। उसको कार्यालय किराया के रूप में 200 रुपए प्रतिमाह का भी भुगतान किया जाता था। (दरबार को न्यायिक पत्र 30-1-1838 तथा 20-7-1838)। उन दिनों का पुलिस अधीक्षक आजकल के पुलिस महानिरीक्षक अथवा पुलिस महानिदेशक जैसा था। सरकार ने उसको प्रत्येक जिले के मजिस्ट्रेट से जान और माल के, अनसुलझे जघन्य

अपराधों की फेहरिस्त उनके संभावित अपराधियों की सूची तथा संभावित अपराधियों को पकड़ने के लिए किए गए प्रयासों तथा विफलता के कारणों का विवरण प्राप्त करने का आदेश दिया। लॉर्ड ऑकलैंड ने दरबार को प्रेषित एक पत्र (30-1-1838 नं. 6) में लिखा, "देश के विशाल भू-भाग में विस्तृत तथा व्यापक साधनों से युक्त पुराने समय में स्थापित व्यवस्था में परिवर्तन अथवा व्यापक संशोधन को प्रभावी रूप दिया गया था। इन उपायों के शान्त और संतोषजनक रूप से प्रारंभ होने में समाज की खुशी निहित थी। यदि इसे निष्पादन हेतु प्रत्येक डिवीजन में पृथक अधिकारियों के सुपुर्द किया गया होता तो इस परिवर्तन के दौरान इसकी राह में बाधाएं तथा आंशिक असफलताएं स्वाभाविक थीं।

1833 का चार्टर अधिनियम

1833 के चार्टर अधिनियम से गवर्नर जनरल की काउन्सिल में एक विधिपरक सदस्य की वृद्धि हो गई थी। इसको काउन्सिल में निम्नलिखित कार्य के लिए शामिल किया गया था:-

विद्यमान न्यायालयों तथा पुलिस प्रतिष्ठानों के अधिकार-क्षेत्र, क्षेत्राधिकार तथा नियमों और मौजूदा न्यायिक प्रक्रियाओं के समस्त रूपों का अवलोकन तथा सिविल अथवा आपराधिक, लिखित अथवा परंपरागत सभी प्रकार के कानूनों की प्रकृति और परिचालन की जांच हेतु भारतीय विधि आयोग का गठन।

विधि आयोग के गठन का उद्देश्य था कि "एक न्यायिक प्रतिष्ठान तथा पुलिस की एक सामान्य व्यवस्था यथाशीघ्र कायम की जाए जिसके अधीन सभी यूरोपीय तथा भारतीय हों और ऐसे कानून बनाए जाएं जो सभी वर्गों के लोगों पर समान रूप से लागू हों तथा सभी कानूनों एवं प्रथाओं (कानून के समान ताकतवर) को सुनिश्चित एवं सुदृढ़ बनाया जाए साथ ही आवश्यकतानुसार संशोधन किए जाएं। "(आर-मूर, ओ पी. सीआईटी पेज 303) लॉर्ड मैकोली काउन्सिल का प्रथम विधिपरक सदस्य था। सन् 1835 में विधि आयोग का गठन किया गया। देश के कानून के समेकन तथा संहिताबद्ध किए जाने और देश को साझा दण्ड संहिता, दण्ड प्रक्रिया संहिता एवं साक्ष्य अधिनियम देने की दिशा में उठाया गया पहला बड़ा कदम था। विधि आयोग ने दण्ड संहिता तथा दण्ड न्याय प्रणाली से संबंधित अन्य संहिताएं तैयार करने का काम संभाला। यहां यह बता देना आवश्यक है कि वर्तमान भारतीय दण्ड संहिता लगभग वही है जो ब्रिटिश काल में तैयार की गई थी बस समय-समय पर कुछ संशोधन किए गए

हैं। यह बात भारतीय साक्ष्य अधिनियम के विषय में भी सत्य है। सन् 1973 में लागू की गई नई दण्ड-प्रक्रिया संहिता भी तकरीबन पुरानी दण्ड प्रक्रिया संहिता ही है केवल कुछ छिट-पुट परिवर्तन किए गए हैं।

संस्तुतियों का अ-क्रियान्वन तथा अगले सुधार

अगस्त 1840 में गवर्नर जनरल को ध्यान दिलाया गया कि पुलिस कमेटी रिपोर्ट में की गई संस्तुतियों पर उस समय तक कोई कार्रवाई नहीं की गई थी। ग्राम पुलिस अपयशकारी निर्थकता की स्थिति में पहुंच गई थी इससे पूर्व डैम्पियर को स्मिथ के स्थान पर पुलिस अधीक्षक नियुक्त किया गया। उसने ऐसी पुलिस में सेवा करना अपमानजनक समझा जिसमें दरोगा को यह पता नहीं होता था कि उसकी सर्विस कब तक जारी रहेगी तथा उसका कार्यकाल क्या होगा। उसने महसूस किया कि बर्खास्तगी इतनी साधारण बात हो गई है कि कर्मचारी यह मानने लगे हैं कि उन्हें किसी भी दिन बर्खास्त किया जा सकता है। यह एक प्रभावी दण्ड नहीं रह गया था। उसने मजिस्ट्रेटों से कहा कि बुर्कन्दाज के पदस्तर से ऊपर के पुलिस अधिकारी को बर्खास्त करने से पहले उसकी स्वीकृति ली जानी आवश्यक है। उसने मजिस्ट्रेटों को फटकार, जुर्माना तथा अधिकतम छह माह की अवधि हेतु पद की अस्थायी वंचना जैसे दण्डों का रिकार्ड रखने का आदेश दिया। उसने पुलिस अधिकारियों को पुरस्कार तथा उच्चतर वेतनमान देने की व्यवस्था हेतु सिफारिश की। यहां सिफारिश किए गए वेतनमानों का विवरण देना रुचिकर होगा। मोहर्रिर को 25 से 30 रुपए प्रतिमाह, जमादार को 12 से 15 रुपए प्रतिमाह तथा बुर्कन्दाज को वेतन देने की सिफारिश की गई थी। (सन् 1840 की प्रथम छमाही हेतु बंगाल पुलिस की रिपोर्ट)।

डैम्पियर ने एक अन्य सुधार लागू किया। उसने युवावस्था को पार कर चुके लोगों को पुलिस में भर्ती करने पर रोक लगा दी। एक अन्य पुलिस अधीक्षक स्पीड ने पूरे प्रान्त के लिए एक पुलिस महा अधीक्षक की नियुक्ति की सिफारिश की जिसके अधीन प्रान्त को चार डिवीजनों में बांटकर प्रत्येक डिवीजन को पुलिस अधीक्षक के अधीन रखने की सिफारिश की। प्रत्येक डिवीजन के अधीक्षक को आठ जिलों का प्रभार देने तथा एक या दो सहायक देने की बात भी कही गई थी। उसने पुलिस को ग्राम चौकीदारी के साथ विलय करने का सुझाव दिया। इस विलय में अधिकारियों का पदानुक्रम बनाए रखना था। यह प्रस्ताव, भारी व्यय के अनुमान के कारण, आगे नहीं बढ़ सका। स्पीड के अनुसार, ''पुलिस के सभी मोफुसिल अधिकारियों की प्रभावी, पर्याप्त तथा

निरंतर निगरानी का अभाव पुलिस की प्रमुख कमी थी।'' डैम्पियर ने 1841 में अपनी रिपोर्ट में कहा था कि पुलिस बल अपर्याप्त संख्या में तथा अपर्याप्त प्रत्यक्ष नियंत्रण के अधीन था तथा अपने दैनिक कार्यों को निपटाने में ही व्यस्त व परेशान रहता था। उसने यह भी महसूस किया कि अपराध होने के पश्चात् ऐसी खोज प्रणाली को तलाशना व्यर्थ है जो सफलता की गारंटी है। उसने उल्लेख किया कि जमींदार राजमार्गों के लुटेरों तथा सेंधमारों को, लूट में बड़े हिस्से के बदले, संरक्षण तथा आश्रय देते थे। पुलिस इन संरक्षकों के प्रभाव का सामना करने की अनिच्छुक अथवा असमर्थ दिखाई देती थी। उसके विचार में पुलिस का नियंत्रण ऐसे हाथों में सौंपकर, जो उस पर ध्यान दे सकें, पुलिस की कार्यप्रणाली को सुधारा जा सकता था। उसने बताया कि मजिस्ट्रेट न्यायालय संबंधी कार्यों में अति व्यस्त थे। दरोगाओं की सीधी भर्ती होती थी। उसने अवर पुलिस कर्मियों को दरोगा के पद पर नियुक्त किए जाने की सिफारिश की। डैम्पियर ने 1842 की अपनी रिपोर्ट में खुलासा किया, ''हमारे पुलिस अधिकारी नहीं जानते कि डकैतों के विरुद्ध किस प्रकार कार्रवाई करें। उनके पास या तो सूचनाओं का पूर्व अभाव है या फिर वे इन गिरोहों के समर्थकों से मिले हुए हैं तथा उनमें खोजी, संरक्षक अथवा ऐसा कुछ और होने जैसी बात नहीं है।''

दरोगाओं के वेतन में वृद्धि पुलिस के सुधार हेतु उठाए गए अन्य कदमों में शामिल थी। भारत सरकार ने सन् 1838 में पुलिस कमेटी के चेयरमैन रह चुके बर्ड की सिफारिशों पर दरोगाओं के लिए उच्चतर वेतनमान को स्वीकृति प्रदान करते हुए उल्लेख किया कि, ''वे बड़े इच्छुक थे कि व्यवस्था के सिद्धान्त केवल दरोगाओं तक सीमित न रखे जाएं बल्कि अन्य श्रेणी के अधिकारियों तक भी पहुंचाए जाएं।'' तथापि, दरबार ने दरोगाओं के उच्चतर वेतनमान को स्वीकृति देते हुए यह स्पष्ट किया कि अन्य पदों पर कार्यरत पुलिस अधिकारियों की वेतनवृद्धि हेतु उसकी पूर्व स्वीकृति अनिवार्य होगी।'' दरबार भारतीय मूल के अधिकारियों पर, उनके कृताकृतों हेतु दण्ड के रूप में, भारी जुर्माना ठोके जाने की विद्यमान पद्धति थी। इससे वे जनता की नजरों में गिर जाते थे। दरबार का विचार था कि ऐसे व्यवहार तथा सर्विस की कठिन स्थितियों के चलते स्वाभाविक है कि सम्माननीय लोग पुलिस में भर्ती होने अथवा ऐसे कार्यों में बने रहने से कतराएंगे।

इसी प्रकार, बंगाल के पुलिस अधीक्षक डैम्पियर ने महसूस किया कि पुलिस व्यवस्था को सुधारने के लिए ग्राम चौकीदारी व्यवस्था को सुधारा जाना अनिवार्य था। तीन रुपए प्रति माह के वेतन पर, जो अक्सर मिलता भी नहीं था,

सारी रात पहरेदारी करना वास्तव में संभव नहीं था। उसके विचार से सन् 1816 का रंग्युलेशन नं. 22 भी गलत था जिसके द्वारा चौकीदारी व्यवस्था प्रारंभ हुई थी। उसके द्वारा एक और दूरगामी परिणामों वाला सुझाव प्रस्तुत किया गया कि आपराधिक मामलों में अपीलों की संख्या की सीमा तय की जानी चाहिए। न्यायाधीशों के हस्तक्षेप से मजिस्ट्रेटों का प्रभुत्व कम हो गया था। शांति और व्यवस्था बनाए रखने पर भी इसका प्रतिकूल प्रभाव पड़ा। उसने यह भी कहा कि वेतन और प्रोन्नति संभावनाओं में वृद्धि का अच्छा प्रभाव पड़ा था। पुलिस में भर्ती होने के लिए अच्छे उम्मीदवारों का आना प्रारंभ हो चुका था। परन्तु इस वेतन वृद्धि से पुराने, अक्षम दरोगाओं पर कोई असर नहीं हुआ। वे तब भी भ्रष्ट बने रहे। उसके ख्याल से व्यवस्था में सुधार संभव तथा यदि मजिस्ट्रेट ईमानदार दरोगाओं को प्रोत्साहन दें तथा उनके काम में अवांछित हस्तक्षेप न करें। मिल्स ने भी अपनी रिपोर्ट में कहा कि, "यद्यपि सम्पूर्ण पुलिस व्यवस्था में परिवर्तन की आवश्यकता है परंतु इस व्यवस्था को नया प्रभावी स्वरूप प्रदान करने के लिए भारी लागत और वार्षिक व्यय में वृद्धि के संबंध में सरकार की पूर्व स्वीकृति जरूरी है और इस मंजूरी के मिलने तक सुधारों के विवरण से कागज काले करना व्यर्थ है। वर्तमान व्यवस्था में एक बहुत बड़ी एवं असाधारण विसंगति है। एक दरोगा की वेतन सीमा पांच से दस रूपए है तथा एक मोहर्रिर जो दरोगा के बराबर तहकीकात-कार्य करने के अलावा दरोगा के समाज जिम्मेदारी पूर्ण अन्य कार्य भी करता है- का वेतन महज आठ रुपए प्रति माह है। मेरे विचार से मोहर्रिर का वेतन तुरंत प्रभाव से बीस रु. प्रति माह तथा जमादार का वेतन बारह रु. प्रति माह कर दिया जाना चाहिए।" (संसदीय दस्तसवेज (191) सन् 1857, पेज 109-110)

मुंबई में पुलिस व्यवस्था: घटिया व्यवस्था के कारण

एलिफिंस्टन ने दक्षिण का आयुक्त नियुक्त होने के पश्चात् दीवाली, फौजदारी तथा पुलिस व्यवस्था की जांच प्रारंभ की। उसने पुलिस के संबंध में कहा कि, "बंगाल में अव्यवस्था के निम्नलिखित प्रमुख कारण थे:– बंगाल की विशाल जनसंख्या, जनता की भीरूता तथा मानवीय मूल्यों का ह्रास, हमारी राजस्व व्यवस्था के फलस्वरूप सम्पत्ति की साधारण क्रान्तियां जिनसे उच्च वर्ग के लोगों में असंतोष और निम्नवर्ग के लोगों में निराशा की भावना व्याप्त हुई, देसी सरकार द्वारा वित्तपोषित सेना अथवा अन्य संगठनों में रोजगार का अभाव, प्राचीन पुलिस व्यवस्था की समाप्ति, जमींदारों को उत्तरदायित्व से मुक्त किया

जाना, पुलिस के साधन के रूप में उनके स्वाभाविक प्रभाव का ह्रास, लूट की शिकार जनता पर उनकी पकड़ में कमी, राजस्व, मजिस्ट्रेट, न्यायिक तथा सैन्य अधिकारों का पृथक्करण, सुनवाई में विलम्ब, दोष सिद्ध करने संबंधी कठिनाइयां, दंडाभाव, अभियोजन संबंधी कठिनाइयां तथा साक्ष्य संबंधी खर्चों पर नियंत्रण, व्यक्तियों द्वारा अधिकार ग्रहण के बाबत हमारे सिद्धान्त व अदालत का भय, मूल निवासियों में ऐसे मौकों पर नेतृत्व हेतु उच्च वर्ग का अभाव, यूरोपीय मजिस्ट्रेटों का मूल निवासियों के साथ संबंधों, संवाद और उनकी भाषा एवं चरित्र के ज्ञान का अभाव।

एलिफिंस्टन ने आगे कहा कि, "बहुत सी ऐसी बुराइयों-जिनसे यह देश अब तक मुक्त रहा है को विदेशी सरकार की स्थापना से अलग रखकर नहीं देखा जा सकता, परन्तु समुचित सावधानी बरतकर बचा जा सकता है। अनेक उच्च वर्ग जो अब तक न्यायालय और सेना में सेवारत थे को शायद दो वक्त की रोटी जुटाना भी मुश्किल हो।" (एलिफिंस्टन रिपोर्ट 25-10-1839, ईस्ट. इंडिया जर्नल वाल 4,1836 पेज 139-207)

सन् 1830 में पुलिस व्यवस्था

मुंबई के गवर्नर सन जॉन मेल्कम ने 1830 में देखा कि नए कानूनों के विस्तारण से एक अच्छी पुलिस व्यवस्था कायम करना बहुत कठिन हो गया था। जिन लोगों के लिए ये कानून बनाए गए थे, उनकी पृष्ठभूमि, चरित्र तथा आदतें अलग-अलग थीं और वे स्वयं को आसानी से इन कानूनों के अनुरूप नहीं ढाल पा रहे थे। उसने सुझाव दिया कि, "ग्राम पुलिस व्यवस्था जहां कहीं विकृत हो गई है, सख्ती के साथ कायम तथा बहाल की जानी चाहिए।" उसका मत था कि ग्राम पटेल को पूर्ण समर्थन दिया जाए तथा उसके अपने क्षेत्र में उसको ही जवाबदेह बनाया जाए।

जब किसी कलक्टर को ऐसे क्षेत्र का नियंत्रण सौंपा जाता है, जहां उसके व्यक्तिगत ध्यान की जरूरत होती है, जहां प्रोन्नति तथा अन्य कारणों से उसका सहायक अधिक मददगार नहीं होता, जहां उसको अशान्त एवं गड़बड़ी वाले जिलों, जंगलों आदि में अपना स्थायी निवास बनाने की जरूरत होती है तब बेशक उसका कार्य बहुत कठिन हो जाता है। इसके अलावा ऐसे संगठन जो हमारे सुकृष्ट तथा शांतिपूर्ण प्रांतों में बढ़िया पुलिस संगठन की राह में गंभीर बाधा पाए गए हैं अशिक्षित तथा असभ्य लोगों की आबादी वाले, पहाड़ों तथा जंगलों के

बीच इसके संस्थापन में ऐसी कठिनाइयां पैदा करते हैं जिनको दूर करना लगभग असंभव है।

हमें व्यवस्थागत परिवर्तन करने तक अपराध में वृद्धि अथवा एक वर्ष के भीतर लुटेरों के संगठनों के दमन हेतु अपनी नियमित फौज के एक भाग को तैनात करने हेतु मजबूर होने पर आश्चर्य नहीं होना चाहिए। सिविल बलों के लिए इन पर काबू पाना टेढ़ी खीर है। (संसदीय दस्तावेज 162/1853 पेज 88-89)।

भारत के उस भू-भाग जिसे अब गुजरात कहते हैं के हालात के बारे में आयरनसाइड ने अपनी रिपोर्ट में लिखा था कि अत्यंत असुरक्षा के हालात तथा राजमार्गों पर लूट की घटनाओं के कारण एक गांव से दूसरे गांव की यात्रा करना असंभव था। उसने आगे लिखा कि ग्राम समुदाय तथा गांव के मुखिया को अपराधों की रोकथाम की जिम्मेदारी से हटा देने से ऐसे हालात पैदा हुए है। उसने सलाह दी कि ग्रामीण क्षेत्रों में अपराधों की रोकथाम तथा शांति कायम रखने के लिए पट्टेदारों तथा गांव के मुखिया को उत्तरदायी बनाने की व्यवस्था पुनः लागू करना बेहतर होगा। काउंसिल के सदस्य बिलूबी ने भी महसूस किया कि पुलिस व्यवस्था घटिया थी तथा इसके प्रत्येक अंग में आमूल चूल सुधार की जरूरत थी। उसने मजिस्ट्रेट को जिले की पुलिस हेतु उत्तरदायी बनाए रखने को मूल सिद्धांत निर्धारित किए जाने पर बल दिया। उसने मजिस्ट्रेट के उत्तरदायित्व को वास्तविक तथा कुशल उत्तरदायित्व बनाने की जरूरत महसूस की। इस प्रकार पुलिस अधीक्षक की हैसियत कम कर उसको मजिस्ट्रेट का नायब बना दिया गया। विलूबी चाहता था कि पुलिस अधीक्षक सरकार की आांख और कान के रूप में कार्य करें तथा जिले के मजिस्ट्रेट व कलक्टर के नियंत्रण एवं प्रभुत्व के अधीन पुलिस अधीक्षण उसी तरह करें जैसे राजस्व एवं न्यायिक आयुक्त अपनी प्रशासनिक शाखाओं का अधीक्षण करते हैं। अधिक स्पष्ट रूप से जानने के लिए हमें देश के मूल निवासियों द्वारा पुलिस अधीक्षक को देखे जाने का दृष्टिकोण समझना होगा। यदि वे उसे मजिस्ट्रेट के दाहिने बाजू के रूप में देखते हैं जो पुलिस संबंधी प्रत्येक मामले में उसकी सहायता व समर्थन करता है, उसके हर सुझाव पर ध्यान देता है और जरूरी होने पर ही दखल देता है तो उसको प्रतिष्ठित व्यक्ति के रूप में देखा जाएगा। इसके विपरीत स्थिति में चाहे उसकी योग्यता कुछ भी हो उसे प्रतिष्ठा की नजरों से नहीं देखा जाएगा।

विलूबी कल्क्टर का प्रभाव रखने हेतु भी उतना ही उत्सुक था। ऐसा महसूस किया गया था कि पुलिस प्रभार के बिना जिले में कलक्टर की स्थिति महत्वपूर्ण नहीं रहेगी। यदि जिले की पुलिस का उत्तरदायित्व उसके पास नहीं

रहेगा तब सिवाय क्षेत्राधिकार के वह किस अर्थ में मजिस्ट्रेट से भिन्न होगा। तथापि, विलूबी ने भी कहा कि पुलिस बल का अनुशासन, आंतरिक अर्थव्यवस्था तथा वितरण का जिम्मा पुलिस अधीक्षक के ऊपर छोड़ देना चाहिए। जहां तक दोहरी जिम्मेदारी तथा पुलिस विभाग के संचालन की बात है, ''यदि सभी पक्ष आपसी सामंजस्य के साथ लोक सेवा के हितार्थ कार्य करें तो यह निष्प्रभावी हो जाएगा।'' (संक्षिप्त विवरण 11-4-1851, संसदीय दस्तावेज 162/1853 पेज 63-65)।

विलूबी ने 1805 की मद्रास कमेटी, 1814 के न्यायालय आदेश तथा सर जॉन मैल्कम, लॉर्ड फॉकलैंड एवं अन्य अधिकारियों को भी उद्धत किया। एक मजिस्ट्रेट का कहना था कि पुलिस की सर्वत्र घोर उपेक्षा हुई है। समस्त दोषों की जड़ विधि निर्माण में होने वाला निरर्थक व्यय है। यह विधान न तो लोगों के चरित्र से मेल खाता है न ही यह विधि विज्ञान के अनुरूप है। यह केवल चोरों, धुर्तों तथा वकीलों को प्रसन्नता दे सकता है। यह न्याय की कुशल व्यवस्था की सबसे बड़ी बाधा है। लोग न्याय के प्रति हमारी ईमानदारी तथा इच्छा पर कुछ भरोसा कर सकते हैं पर हमारे न्यायालयों को तिरस्कार की दृष्टि से देखते हैं। हमारी सदर अदालत और उनके द्वारा मजिस्ट्रेटों के काम में दोष ढूंढते रहना व उनके निर्णयों को पलटना संहिता से बड़ी खराबी है। मजिस्ट्रेटों के निर्णय तथा विवेक पर आखिर कुछ तो भरोसा रखा जाना चाहिए क्योंकि तभी पुलिस अपराधियों के लिए आतंक तथा सद्कर्मियों की प्रशंसक बन सकती है। विलूबी ने सरजेम्स मैकिन्टोश को उद्धत किया जिसने कहा था कि लोगों के निजी हितों तथा व्यवहार के लिए नई संहिता अपनाई जानी चाहिए। ढिलाई के साथ लागू किए कानून अपराधियों के लिए लॉटरी के समान होते हैं, जो अपने अभियोजन तथा रिहाई के अवसरों की अत्यंत सटीक गणना कर लेते हैं।

3

पुलिस अन्वेषण

पुलिस का अस्तित्व प्रत्येक युग में किसी न किसी रूप में विद्यमान रहा है। प्राचीन काल में जनसंख्या सीमित होने के कारण प्रशासन कार्य जटिल नहीं था। उस समय कानून और व्यवस्था की समस्या आज जैसी गंभीर नहीं थी। सुरक्षा व्यवस्था महज परम्पराओं को बनाए रखने का प्रश्न था। व्यवस्था कायम रखने का प्रश्न मुख्यतः विदेशियों द्वारा हमलों के दौरान उठा था। अंगरेजों ने सर्वप्रथम बार भारत में न्याय तथा उचित तर्कों पर आधारित विधि व्यवस्था प्रारंभ की थी। उन्होंने निरंकुशता की संभावना यथासंभव सीमा तक दूर करने का प्रयास किया। इतिहास में पहली बार साक्ष्य की स्वीकार्यता, मामलों की जांच और दंड हेतु उपयुक्त प्रक्रियाएं निर्धारित की गई थीं। कानून के उल्लंघन हेतु दंड निर्धारित किए गए थे। जो भी है, कानून अभियुक्त के पक्ष में झुका हुआ था। एक व्यक्ति को तब तक निर्दोष माना जाता था जब तक कि वह कानूनी प्रक्रिया के अनुसार दोषी सिद्ध न हो जाए। राज्य भी लगभग उसी स्थिति में एक आरोपित के रूप में रखा गया था। किसी व्यक्ति का दोष सिद्ध किए जाने तथा दंड दिए जाने से पूर्व इसको समुचित स्वतंत्र न्यायाधिकरणों में अपना पक्ष सिद्ध किए जाने तथा दंड दिए जाने से पूर्व इसको समुचित स्वतंत्र न्यायाधिकरणों में अपना पक्ष सिद्ध करना पडता था।

वस्तुतः, राज्य तब भी असुविधा की स्थिति में था और आज भी है, क्योंकि कानून की नजरों में न तो इनके अन्वेषण अभिकरण द्वारा दर्ज बयान स्वीकार्य है और न इसके समक्ष की गई अपराध स्वीकारोक्ति ही स्वीकार्य है। इस प्रकार सिद्धांत रूप में तथा व्यवहार रूप में भी यदि किसी अभियुक्त ने हत्या की है तथा राज्य में पुलिस के सर्वोच्च अधिकारी अर्थात पुलिस महानिदेशक के समक्ष अपना अपराध स्वीकार किया है तो भी विधि न्यायालयों में यह अपराध स्वीकारोक्ति मान्य नहीं होगी। शीर्ष पुलिस अधिकारी का साक्ष्य तो

निरर्थक से भी गया गुजरा है। परंतु ऐसी अपराध स्वीकारोक्ति यदि कानून द्वारा वांछित व्यक्ति या अपराधी के समक्ष की जाए तो हमारी विधि प्रणाली उसे स्वीकार कर लेगी तथा उसे विश्वसनीय भी मानेगी। इसके अतिरिक्त राज्य उन अपराधियों को कानूनी सहायता मुहैया कराता है जो अपना स्वयं का वकील नियुक्त कर सकने में असमर्थ है। यह उदारताकर दाता के खर्चे पर उसी के विरूद्ध है। इस प्रकार करदाता अपराधी को पकड़ने तथा अभियोजन के लिए भुगतान करने के साथ-साथ उसको होने वाली कानूनी क्षति से बचाने में सहायता हेतु भी भुगतान करता है। किसी दोषी को दंड देने के लिए भुगतान करने की बात तो समझ में आती है पर उसके द्वारा किए गए अपराध हेतु दंड से बचाने के लिए भुगतान की बात कुछ ज्यादा ही बारीक हो जाती है जो आम नागरिक नहीं समझ पाता है। इस प्रकार निर्दोष नागरिक को बिना गलती दोहरी मार झेलनी पड़ती है। हमारे देश के न्यायालय सुनवाई हेतु मुकदमों से अटे पड़े हैं। इन मुकदमों की विशाल संख्या को देखते हुए आने वाले कई दशकों में भी इनका निपटान संभव नहीं दीखता। न्यायाधीश का कार्य न केवल चुनौतीपूर्ण होता है बल्कि उसके कार्य से भारी अपेक्षाएं भी जुड़ी रहती हैं। एक न्यायाधीश का अभियुक्त के दोष के प्रति दिया गया था। यह एक ऐसा मामला था जिसमें दण्ड प्रणाली के संबंध में लोगों के धैर्य का बांध टूट गया था। वे संक्षिप्त सार्वजनिक सुनवाई के पक्ष में थे, यद्यपि कानून की दृष्टि में ऐसे प्रस्ताव के लिए कोई स्थान न था।

पुलिस सीमाचौकी पर तैनाती

पुलिस की सीमाचौकी (नाका) एक विचित्र संस्थापन है। साधारणतः इसमें एक सब-इंसपेक्टर अथवा हेड कांस्टेबल और कुछ कांस्टेबल होते हैं। इसके पास किसी मामले को दर्ज करने का कोई कानूनी अधिकार नहीं होता है। इसे पुलिस स्टेशन का एक घटिया विकल्प कहा जा सकता है। यह अपने क्षेत्राधिकार में होने वाले अपराधों की सूचना प्रेषित करता है। हेड कांस्टेबल को किसी मामले की जांच करने का कोई अधिकार नहीं होता है। वह विशेष रूप से ऐसा अधिकार प्रदान किए जाने पर अथवा पुलिस स्टेशन के प्रभारी अधिकारी के रूप में कार्य करने के दौरान ही किसी मामले की जांच कर सकता है। सीमाचौकी में कानून· एवं व्यवस्था बनाए रखने हेतु आवश्यक संख्या में भी पुलिसकर्मी नहीं होते, क्योंकि एक या दो कांस्टेबलों का उपयोग संतरी की ड्यूटी के लिए किया जाता है। यह एक ऐसी परम्परा है जो प्राचीन समय से समस्त भारत में जारी है।

संतरी की ड्यूटी : एक निरर्थक परम्परा

एक व्यक्ति ने एक सीमाचौकी पर ड्यूटी कर रहे कांस्टेबल को झगड़े की सूचना दी। उस व्यक्ति ने झगड़ा सुलझाने के लिए कांस्टेबल से दखल देने का अनुरोध किया। पुलिस कांस्टेबल ने जवाब दिया कि वह उस मौके पर बिल्कुल अकेला था और संतरी की ड्यूटी पर था, इसलिए चौकी छोड़कर कहीं नहीं जा सकता था। शिकायतकर्ता ने झगड़ा बढ़ जाने की दलील देते हुए कांस्टेबल से तुरंत हस्तक्षेप करने की प्रार्थना की, पर अपनी ड्यूटी के प्रति निष्ठावान कांस्टेबल की सोच अलग थी। उस कांस्टेबल ने किसी व्यक्ति के जीवन की रक्षा करने के बजाय चौकी पर अपनी ड्यूटी पर डटे रहना अधिक महत्वपूर्ण समझा। कांस्टेबल को कार्रवाई करने हेतु समझाने में असफल शिकायतकर्ता ने हताशा में कांस्टेबल को चाकू घोंप दिया। कांस्टेबल की जान तो बच गई पर उसको एक दर्जन टांके लगे तथा तीन सप्ताह तक अस्पताल में भर्ती रहना पड़ा। यहां ध्यान देने की बात यह है कि पुलिस गए जमाने के आदेशों द्वारा दैनिक कार्यों के दलदल में फंसी हुई है। इन आदेशों में संशोधन को किसी ने भी जरूरी नहीं समझा है। इंगलैंड में व्यापार संवर्धन के पाढ्यक्रम में भाग लेने के दौरान मैं वहां एक पुलिस स्टेशन गया। मैंने वहां किसी पुलिसकर्मी को संतरी की ड्यूटी पर तैनात नहीं देखा। मुझे टाइपराइटरों की खटपट अवश्य सुनाई दी। मुझे वहां काउन्टर पर एक बोर्ड दिखाई दिया जिस पर मोटे अक्षरों में "ध्यानाकर्षण हेतु घंटी" लिखा था। इस बोर्ड के पास एक घंटी रखी थी। मेरे घंटी बजाने पर एक कांस्टेबल मेरे पास आकर बोला, "श्रीमान, मैं आपकी क्या सेवा कर सकता हूं?" मैंने बस इतना कहा कि मैं भारत में पुलिस विभाग में कार्यरत हूं तथा यहां का पुलिस स्टेशन देखने आया हूं। मैंने उससे प्रश्न किया कि यहां पुलिस स्टेशन के बाहर कोई संतरी की ड्यूटी नहीं है। उसने पलटकर सवाल दागा, "किस लिए"। अब मुझे उसको यह समझाने में बड़ी दिक्कत पेश आ रही थी कि पुलिस स्टेशन को चोरों व अपराधियों से बचाने के लिए यह एक निगरानी ड्यूटी थी। उसने मुझसे पूछा कि यदि हाथ में शस्त्रास्त्र लिए बिना पुलिस अपने थाने की रक्षा नहीं कर सकती तो वह जनता को क्या सुरक्षा देगी? उसने मुझसे फिर पूछा कि क्या निगरानी का कार्य बाहर खड़े होकर संभावित हमले की प्रतीक्षा करने के बजाय अंदर बैठकर कुछ ठोस कार्य करते हुए नहीं किया जा सकता। मैंने उसके कथन से सहमति जताई। यह एक साधारण सुधार है जो भारत में युगोपरांत भी नहीं हुआ है। इसका एक संभावित कारण यह है कि पुलिस के संगठन का स्वरूप (क्षमता नहीं) फौज के समान है। पुलिस संतरी की ड्यूटी एक प्रकार का परम्परा पालन है।

संतरी की ड्यूटी के लिए खड़े रहने मात्र हेतु तैनात किए जाने वाले पुलिस बल की विशाल जनशक्ति को वास्तविक और प्रभावी पुलिस व्यवस्था हेतु अथवा अपराध व अपराधियों पर प्रभावी नियंत्रण के लिए पुलिस रिकार्डों को अद्यतन किए जाने हेतु उपयोग नहीं किए जा सकने का कोई कारण दिखाई नहीं देता है। पुलिस के लिए पुरानी निरर्थक परम्पराओं को त्याग देने का साहस दिखाने का यही उपयुक्त समय है। ऐसी, परम्पराओं को यद्यपि बहुत पहले ही त्याग दिया जाना चाहिए था। पुलिस व्यवस्था का कार्य न केवल पुलिसकर्मियों बल्कि जनता के लिए भी दिन प्रतिदिन कठिन होता जा रहा है। स्वतंत्रता प्राप्ति के पश्चात् लोगों की उम्मीदें बढ़ गई हैं। वे सरकारी सेवकों की अपेक्षा लोकतांत्रिक पद्धति से निर्वाचित प्रतिनिधियों से कहीं अधिक उम्मीद रखते हैं। सरकारी सेवकों को कई बार ब्रेक के रूप में कार्य करना पड़ता है। साधारणतः कोई भी व्यक्ति और विशेषकर लोक प्रतिनिधि इस ब्रेक लगाने के कार्य को पसंद नहीं करते, क्योंकि यह अन्य लोगों पर निर्भर रहने के साथ-साथ सरकारी सेवकों के सामने झुकने का आभास देता है। पुलिसकर्मी राज्य की नीतियों के भंवर में फंस जाते हैं। जबकि वे न तो इन नीतियों को बनाते हैं। और न ही इन नीतियों को बनाने के संबंध में उनसे कोई परामर्श किया जाता है। ऐसे मामलों में नीतियों के क्रियान्वन का उत्तरदायित्व पुलिस विभाग के बजाय किसी और विभाग का होता है।

उदाहरण के लिए परीक्षाओं में होने वाली सामूहिक नकल को देखा जा सकता है। क्या अधिकारियों ने इस समस्या की उत्पत्ति के कारण जानने का प्रयास किया है कि यह स्थिति क्यों, कब और कहां पैदा होती है? अनेक शिक्षाविदों के साथ मेरे विचार-विमर्श से यह स्पष्ट हुआ कि ऐसा प्रयास कभी नहीं किया गया है। ऐसे विश्लेषण का प्रहार हमारी परीक्षा प्रणाली की जड़ों पर होगा। वास्तव में हमारी परीक्षा प्रणाली में योग्यता की परीक्षा नहीं होती बल्कि यह तो स्मृति की परीक्षा है। कुछ लोग सुयोग्य हो सकते हैं परन्तु उनकी स्मरण शक्ति बहुत अच्छी हो यह आवश्यक नहीं है।

नकल में संलिप्त एक भी छात्र से अपने इस कार्य का औचित्य कभी नहीं पूछा गया है। दरअसल हमारे शिक्षाविद अपने स्वयं के सृजित एकांत में एकांकी जीवन व्यतीत करते हैं। या तो उनके पास व्यावहारिक विचारों का अभाव है अथवा ऐसे विचारों पर वे इसलिए अमल नहीं करना चाहते क्योंकि वे शिक्षाविदों द्वारा सुझाए गए नहीं होते हैं। विश्वविद्यालयों की प्रतिष्ठा पर आंच आते ही कमेटियां गठित की जाती हैं, परन्तु आज तक एक भी विश्वविद्यालय ने

परीक्षाओं के दौरान नकल के पूरे खेल की जांच के लिए किसी कमेटी का गठन नहीं किया है। इसका वास्तविक कारण यह है कि यदि ऐसी किसी कमेटी का गठन किया गया तो यह मान लिया जाएगा कि सामूहिक नकल का खुला रहस्य स्वीकार कर लिया गया है। हमारे देश में ऐसी धारणा बन चुकी है कि किसी बुराई के मौजूद होने को नकार कर उसका अस्तित्व समाप्त किया जा सकता है। किसी समस्या के संबंध में ऐसी सोच से हमें कुछ हासिल नहीं हो सकता है। इसके विपरीत, ऐसी सोच से समस्या और अधिक उग्र होती है। कम से कम इतना तो किया ही जा सकता है कि समस्या को लटकाकर रखने की अपनी सदियों पुरानी आदत को छोड़कर उस पर प्रत्येक दृष्टिकोण से निष्पक्ष होकर विचार करें व उसके समाधान हेतु प्रयास करें।

अन्वेषण की प्रक्रिया तथा साक्ष्य की सुसंगति

अन्वेषण, सत्य की खोज की दिशा में उठाया जाने वाला पहला कदम है। पुलिस को भारतीय दण्ड संहिता के अधीन संज्ञेय अपराध की शिकायत प्राप्त होने पर ही अन्वेषण कार्य प्रारंभ किया जा सकता है। अन्वेषण के दौरान तथा सच्चाई का पता लगाने के प्रयास में कई पेंच पैदा हो जाते हैं जिनका लाभ अभियुक्त को मिलता है। इससे पुलिस की बदनामी होती है। कुछ लोगों की चूक से पूरे विभाग की छवि दागदार हो जाती है। कई बार, शिकायतकर्ता अपराध की गंभीरता को बढ़ा-चढ़ कर बताते हैं तथा लोगों को झूठा फंसा देते हैं। यह प्रवृत्ति दंगों जैसे सामूहिक अपराधों में अधिक स्पष्ट दिखाई देती है। शिकायतकर्ता, ऐसे मामलों में, विरोधी परिवार के सभी पुरुष सदस्यों को फंसाने की कोशिश करते हैं। इन पुरुष सदस्यों में किशोर वय के बच्चे तथा बूढ़े अशक्त लोग भी शामिल होते हैं। अपराध अन्वेषण तथा मामलों में किशोरों तथा बुजुर्ग लोगों को फसाने के कई लक्षण होते हैं। बहुधा, किसी घटना में हुई शारीरिक क्षति स्पष्ट संकेत देती है कि सामूहिक हमले को शिकायत में दर्ज लोगों से कहीं कम संख्या में लोग शामिल रहे होंगे। अन्वेषण कार्य की एक अन्य विशिष्टता यह है कि अन्वेषण अधिकारी प्रथम सूचना रिपोर्ट (एफ. आई. आर.) में दिए गए घटना विवरण को सत्य मानकर ही अपना कार्य आगे बढ़ाता है। फिर चाहे अन्वेषण में वास्तविकता कुछ और ही प्रकट हो रही हो। अन्वेषण अधिकारी प्रथम सूचना रिपोर्ट में दर्ज कहानी से किसी भी रूप में अलग होने में भय का अनुभव करता है। प्रथम सूचना रिपोर्ट चाहे झूठी और असंभाव्य ही हो। उसे न्यायालय में अपना पक्ष सिद्ध नहीं कर पाने की आशंका भयभीत रखती है। उसके विचार में घटना

की संभाव्यता तथा मानव स्वभाव के अनुरूप होने की अपेक्षा साक्ष्य की सुसंगति अधिक महत्वपूर्ण है।

अन्वेषणकर्ता शिकायतकर्ता से भयभीत रहता है। अन्वेषणकर्ता यदि शिकायतकर्ता की शिकायत को पूरी तरह स्वीकार न करे और उसकी इच्छा के विरूद्ध शिकायत की सच्चाई को जानने व साक्ष्य जुटाने का काम प्रारंभ कर दे तो शिकायतकर्ता द्वारा अन्वेषणकर्ता के विरूद्ध निन्दा अभियान छेड़ा जा सकता है। वरिष्ठ अधिकारियों के समक्ष अन्वेषणकर्ता की शिकायतों का अंबार लगाया जा सकता है। उच्च अधिकारी न्यायालय में, प्रथम सूचना रिपोर्ट के अनुसार वाद प्रस्तुत करने तथा उसी के समर्थन में साक्ष्य प्रस्तुत करने की सुरक्षित, पुरानो तथा समय की कसौटी पर खरो, विधि अपनाने को तरजीह देते हैं और सच्चाई का पता लगाने का उत्तरदायित्व न्यायालय पर छोड़ देते हैं।

कृत्य की अपराधिता अथवा निर्दोषता का निर्धारण

न्यायालय सत्य को उजागर करने के लिए अन्वेषणकर्ता एजेन्सी पर निर्भर होता है। टालमटोल की प्रवृति एक गलत तरीका है। यह अन्वेषणकर्ता द्वारा अपने उत्तरदायित्व का त्याग करना कहा जाएगा। अन्वेषण के प्रारंभिक चरण में ही सत्य को सामने लाने पर बल देने तथा मामले को वास्तविक रूप में रखने के लिए दृढ़विश्वास व साहस की जरूरत होती है। झूठा आरोप लगाना अथवा आरोपित व्यक्ति द्वारा वास्तविक से आधिक खतरनाक हथियार के उपयोग का आरोप लगाना प्रथम सूचना रिपोर्ट के अन्य दोष हैं। साधारणत: यह देखा गया है कि जब चिकित्सा रिपोर्ट में ऐसे हथियार के प्रयोग अथवा प्रयोगकर्ता की भूमिका की अस्वीकृति को न्यायालय के समक्ष प्रस्तुत किया जाता है तो आरोपित व्यक्ति बरी हो जाता है। कभी-कभी तो इस प्रकार के दोष के कारण पूरा मुकदमा उलट जाता है। घटना का साक्षी होने का दावा करने वाले व्यक्ति ने घटना को वास्तव में देखा भी है अथवा नहीं या कि उस समय स्थितियां ऐसी थीं अथवा नहीं कि हमलावरों को देखा व पहचाना जा सकता था इत्यादि सन्देह व्यक्त किए जाते हैं। ऐसे मामलों में भी सफलता की कोई संभावना नहीं होती जिसमें आरोपित पक्ष को भी शारीरिक क्षति पहुंची हो, फिर चाहे वे हथियारों से लैस रहे हों तथा हमलावर भी रहे हों और शारीरिक क्षति शिकायतकर्ता पक्ष ने पहुंचाई हो। ऐसा इसलिए होता है चूंकि प्रथम सूचना रिपोर्ट दर्ज करते समय यह जानने का प्रयत्न नहीं किया जाता कि क्या घटना के दौरान दूसरे पक्ष को भी कोई क्षति हुई है।

चोट (क्षति) की धारा : परिवादी बनाम अभियुक्त

यह भी एक तथ्य है कि परिवादी विरले ही अभियुक्त को हुई क्षति का उल्लेख करेगा। यदि वह ऐसा करता भी है, तब भी अन्वेषण अधिकारी कदाचित ही सच्चाई को जानने का प्रयास करता है, क्योंकि वह स्वयं ही अभियुक्त का दोष सिद्ध करना चाहता है। यदि मुखबिर अन्वेषण अधिकारी को सच्चाई बता भी देता है, तो अन्वेषण अधिकारी उसका उल्लेख रिकार्ड में नहीं करता ताकि बाद में स्थिति के अनुसार इनकार अथवा व्याख्या की जा सके। अन्वेषणकर्ता को शायद ही यह अहसास होता है कि दो पक्षों में हुए संघर्ष में यदि दोनों पक्षों को क्षति होती है तब वह परिस्थिति सर्वाधिक महत्वपूर्ण होती है जिसमें कि प्रत्येक पक्ष को क्षति पहुंचती है। किसी कृत्य की अपराधिता अथवा निर्दोषता का निर्धारण केवल कृत्य के आधार पर नहीं किया जा सकता है बल्कि वह परिस्थिति अत्यंत महत्वपूर्ण है जिसके अधीन कृत्य किया गया है। सम्पूर्ण घटना की निष्पक्ष तस्वीर प्रथम सूचना रिपोर्ट में ही प्रस्तुत किया जाना सर्वश्रेष्ठ है। ऐसा करने से उस आलोचना से बचा जा सकेगा कि अभियुक्त की क्षति को न सिर्फ भूलवश उल्लेखित नहीं किया गया बल्कि तथ्य को छिपाने का सोचा समझा प्रयास था। ऐसा देखा गया है कि, जांच के दौरान भी, मृतक अथवा परिवादी और उनके साथियों के हाथों अभियुक्त को हुई क्षति की सच्चाई सामने लाने की बजाय ऐसी निपट असंभाव्य कहानियां गढ़ ली जाती हैं कि अभियुक्त को क्षति किसी दुर्घटना में अथवा उसके अपने पक्ष के लोगों से पहुंची होगी। कुछ मामलों में, अभियुक्त को हुई शारीरिक क्षति की बात छिपा ली जाती है परन्तु जब जेल रिकार्डों इत्यादि द्वारा सत्य उजागर होता है तब उसका जवाब देने में बहुत कठिनाई आती है। अन्वेषण अधिकारी को यह याद रखना चाहिए कि यदि अभियुक्त पक्ष वास्तविक हमलावर है और परिवादी पक्ष इस तथ्य को स्वीकार कर लेता है कि अभियुक्त पक्ष को भी क्षति पहुंची है तब न्यायालय का विश्वास परिवादी के प्रति और अधिक बढ़ जाएगा। वाद की सफलता के अवसर भी बेहतर हो जाएंगे।

दोषमुक्ति में समाप्त होने वाले वाद

बलदेव बनाम राज्य के वाद में (1969 ए आई आर पेज 756)

न्यायालय ने आख्या दी:

''झगड़े से संबंधित ऐसे परिवाद जिसमें दोनों पक्षों को क्षति पहुंची है तथा किसी भी पक्ष को हुई क्षति को संख्या और प्रकृति के आधार पर कमतर नहीं

आंका जा सकता है में झगड़ा प्रारंभ होने तथा आगे बढ़ने की परिस्थिति का ज्ञान किसी पक्ष की अपराधिता अथवा निर्दोषता के निर्णय हेतु अनिवार्य है। ऐसे मामले में किसी पक्ष द्वारा किए गए कृत्य से उस पक्ष का दोष अथवा औचित्य प्रकट नहीं होता तथा यह ज्ञान केवल परिस्थिति से प्राप्त हो सकता है जिसके अधीन कृत्य किया गया है। इस प्रकार के परिवाद में घटनाओं का वास्तविक क्रम का निर्धारण सबसे महत्वपूर्ण होता है। यदि न्यायालय सभी पहलुओं पर विचार करने पश्चात् अंत में झगड़ा प्रारंभ होने तथा कृत्य की परिस्थिति अभियुक्त पर लगाए गए आरोप के अनुसार होने में तार्किक संदेह अथवा अनिश्चय की स्थिति में होता है तब न्यायालय अभियुक्त पक्ष को दोषी करार नहीं दे सकता है।

एक अन्य प्रकार का परिवाद जिसमें दोनों पक्ष अपने अधिकारों पर पक्की तरह अड़े होते हैं तथा जिसमें दोनों पक्षों के बीच 'खुला संघर्ष' हुआ है साधारणतः दोषमुक्ति के निर्णय के साथ समाप्त होते हैं। वे अपने प्रत्यक्ष अधिकारों के लिए ही भिड़ते हैं। जब दोनों विरोधी परिवाद न्यायालय में सुनवाई हेतु प्रस्तुत किए जाते हैं तो अक्सर रिहाई में समाप्त होते हैं। दोषमुक्ति के निर्णय का कारण भी स्पष्ट है। एक परिवाद का अभियोजन साक्ष्य दूसरे परिवाद में अभियुक्त होता है। विरोधी परिवादों में साक्ष्यकर्ता न केवल मामले को बढ़ा-चढ़ा कर बयान करते हैं बल्कि झूठ का भी सहारा लेते हैं। वे, ऐसे विरोधी परिवादों में, अपनी सुरक्षा का ध्यान रखते हैं। वे दूसरे पक्ष को हमलावर बताते हैं तथा अपनी क्षति को निर्दोषता का जामा पहना देते हैं।

सन्देह-लाभ

ऐसे परिवाद में अन्वेषणकर्ता एक निष्पक्ष साक्ष्य की तलाश में विरला ही सफल होता है। परिणामतः ऐसे परिवाद अनर्जित तथा अपात्रित दोषमुक्ति में समाप्त होते हैं। न्यायालय के समक्ष ऐसा कोई ठोस साक्ष्य प्रस्तुत नहीं किया जाता जिससे कि वह मामले की सच्चाई के बाबत निर्णय पर पहुंच सके। इसके फलस्वरूप परिवाद के दोनों पक्षों को संदेह का लाभ देकर बरी कर दिया जाता है। इस प्रकार के परिवादों को संभालने के लिए स्वतंत्र निष्पक्ष साक्षी खोजना सही उपाय होगा। ऐसे साक्षी, न्यायालय के समक्ष घटना का सत्य विवरण प्रस्तुत कर सकते हैं। वे साझा प्रत्यक्षसाक्षियों के रूप में प्रस्तुत किए जा सकते हैं, हालांकि उनका बयान न्यायालय में पक्षपातपूर्ण साक्ष्यों के विरुद्ध हो सकता है। सत्य की खोज में न्यायालय की सहायता का यही एक उपाय हो सकता है ।

भूमि और अन्य सम्पतियों के संबंध में होने वाले झगड़े तथा फौजदारी बहुत सामान्य हैं। विभिन्न पक्षों का स्वामित्व निर्धारित करने हेतु राजस्व रिकार्डों पर पर्याप्त ध्यान नहीं दिया जाना ऐसे मामलों में रिहाई का आम कारण बनता है। मिथ्या रिकार्ड भी न्यायालय द्वारा अभियुक्त को संदेह का लाभ दिए जाने का कारण बनते हैं। ऐसे मामलों की जांच के लिए ग्राम और अन्य राजस्व अथवा नगरपालिका के रिकार्डों की जानकारी आवश्यक होती है। ऐसे मामलों में सक्षम अधिकारी द्वारा सत्यापित रिकार्ड की प्रतियां सर्वश्रेष्ठ साक्ष्य होती है। न्यायालय में वाद प्रस्तुत करने से पूर्व जांच की कमियां दूर करना अत्यंत आवश्यक है।

चिकित्सा-विधिक परिवाद

यौन अपराधों में विफलता का सर्वप्रमुख कारण महिला की आयु का अपर्याप्त प्रमाण होता है। अन्वेषण अधिकारी को आयु के संबंध में अभिभावकों, चिकित्सा-मत अथवा एक्स-रे के आधार पर अनुमान पर निर्भर नहीं रहना चाहिए। उसे अन्य प्रमाणपत्र की प्रतियां प्रस्तुत करनी चाहिए। यह उन मामलों में विशेष रूप से लागू होता है जिनमें आयु स्पष्ट नहीं होती है। आयु निर्धारण में सटीकता का पूर्ण ध्यान रखा जाना आवश्यक है, क्योंकि अपराधिता तथा निर्दोषता के बीच बहुत महीन विभाजक रेखा होती है।

चिकित्सा-विधिक मामलों में चिकित्सा-विधि-विशेषज्ञ की भूमिका बड़ी महत्वपूर्ण होती है। एक आयोग ने टिप्पणी में कहा कि, 'यह बड़ी आश्चर्यजनक बात है कि सभी चिकित्सा-विधिक विशेषज्ञों को चिकित्सा-विधिक कार्य का अधिकार होता है भले ही उनका अनुभव कितना भी क्यों न हो। इनमें से अधिकांश अनुभवहीन अथवा आवश्यक अनुभव से रहित होते हैं। आयोग ने कहा, 'यद्यपि चिकित्सा-विधिक मत न्यायालय में प्रस्तुत अनेक न्यायालयीय संघर्षों का वास्तविक रणक्षेत्र बनता है तथा मृत्यु के कारण और समय, चोट लगने का समय, प्रयुक्त हथियार आदि के निर्धारण में निर्णायक मोड़ का कारण सिद्ध होता है परन्तु चिकित्सा अधिकारियों के वास्ते सेवा से पूर्व अथवा सेवा काल के दौरान इस बाबत प्रशिक्षण का कोई प्रावधान न होना अत्यंत आश्चर्य जनक है। अतएव, इस विषय में वे एम बी बी एस के तृतीय वर्ष में न्यायालयीय चिकित्सा विज्ञान के अध्ययन के दौरान प्राप्त किए ज्ञान पर निर्भर होते हैं। स्वास्थ्य सेवा के एक निदेशक ने आयोग के समक्ष अपनी गवाही देते हुए कहा: ''एम बी बी एस के छात्रों को तृतीय वर्ष में न्यायालयीय-चिकित्सा विज्ञान का विषय सिंद्धान्त, व्याख्यान, कार्यप्रणाली का प्रत्यक्ष प्रदर्शन जिसमें शव-परीक्षण

में भाग लेना सम्मिलित है, के माध्यम से पढ़ाया जाता है। यह छात्रों को विषय की मूल धारणा समझाने मात्र के लिए पर्याप्त है। यह छात्रों को स्वतंत्र रूप से चिकित्सा-विधिक कार्य करने तथा शव-विच्छेदन हेतु तैयार नहीं करता है। एम बी बी एस के छात्र अपने ग्रेजुएशन के दौरान इस विषय को गौण विषय के रूप में लेते हैं। वे अपना पूरा ध्यान काय चिकित्सा, शल्य चिकित्सा, नेत्र चिकित्सा आदि विषयों पर लगाते हैं।

चिकित्सा-विधिक मामलों में कमियां

चिकित्सा पढ़ाई के दौरान किसी अभियुक्त के जीवन और स्वतंत्रता को दांव पर रख देने वाले मामलों में, न्यायालयीय-विज्ञान में चिकित्सा विशेषज्ञ का ज्ञान कम महत्वपूर्ण विषय माना जाता है। न्यायाधीश जी. डी. खोसला ने अपनी पुस्तक 'दि मर्डर ऑफ महात्मा' में शव-परीक्षा के विषय में टिप्पणी करते हुए लिखा।

''मैंने सदैव ही इसे खेद का विषय माना है कि इस देश में चिकित्सक अपराध हत्या के परिणामी अथवा संदिग्ध शव की पूर्ण और सावधानीपूर्वक जांच नहीं करते हैं। महत्वपूर्ण व्यक्तियों के मामलों को छोड़कर शव परिक्षण वैज्ञानिक सटीकता की दृष्टि से बेहद लापरवाहीपूर्ण तथा अन्यमानस्कता के साथ किया जाता है। मृतक के शव की दशा, शव पर पाए गए घावों की प्रकृति, आकार तथा अवस्थिति, आन्तरिक अंगों की हालत, पेट और आंतों में पाए जाने वाले पदार्थ, रक्त अथवा ऊतकों में विष अथवा अल्कोहल की मौजूदगी के सटीक एवं बुद्धिमता पूर्ण निरीक्षण पर बहुत कुछ निर्भर करता है। फिर भी घोर आश्चर्य है कि हत्या के मामले में यह मूल जानकारी अक्सर गायब रहती है। मैंने चीरफाड़ का वास्तविक कार्य अस्पताल के सफाईकर्मी को सौंपे जाने की कहानियां सुनी हैं। यह सफाईकर्मी चिकित्सक की शवपरीक्षण रिपोर्ट हेतु अभिप्रेत मुद्रित प्रपत्रों में सूचीबद्ध विभिन्न प्रश्नों के जवाब उच्च स्वर में देता है। चिकित्सक शवगृह के बाहर पड़ी कुर्सी मेज पर, मृत देह की बदबू तथा संक्रमण से दूर, आसन जमा कर सफाईकर्मी के उच्च स्वर में दिए गए जवाबों को अपनी रिपोर्ट पुस्तिका में दर्ज करता है।

भारत में चिकित्सा-विधिक पद्धति के संबंध में सर्वेक्षण समिति ने पाया कि, ''अधिकतर मामलों में और विशेषकर सड़ी गली लाशों के मामले में चिकित्सा अधिकारी शव परीक्षण स्वयं नहीं करते, बल्कि यह कार्य सफाईकर्मी अथवा 'वार्ड बॉय' के हवाले कर देते हैं।'' एक पुलिस आयोग ने कहा कि, ''यह सही है कि सड़ी हुई लाश का परीक्षण अरूचिकर होता है परन्तु इस कारण

से यह महत्वपूर्ण कार्य सफाईकर्मी के हवाले नहीं किया जा सकता है। यह कार्य स्वयं चिकित्सा अधिकारी के द्वारा इस अहसास के साथ किया जाना चाहिए कि उसके कार्य निष्पादन की सम्पूर्णता और सावधानी से न्यायालय को न्याय करने में सहायता मिलेगी।

एक अन्य साक्षी जो राज्य न्यायालयीय-विज्ञान प्रयोगशाला का प्रभारी था ने कहा, ''शव परीक्षण की रिपोर्ट अत्यंत लापरवाही पूर्ण ढंग से तैयार की जाती है। इस रिपोर्ट में घावों के परिमाप, जलने, काला पड़ने तथा गोदना आदि का विस्तृत विवरण नहीं दिया जाता है। छिली हुई त्वचा-जो कुछ समय बीतने पर काली पड़ जाती है को अनुभवहीनता अथवा लापरवाही के कारण पावडर से काली पड़ गई त्वचा समझ लिया जाता है। आग्नेयास्त्र से लगी चोट के संबंध में लापरवाही पूर्ण कार्रवाई का कारण शव-परीक्षण कर रहे चिकित्सा अधिकारी के पास अनुभव तथा प्रशिक्षण की कमी होता है। मैं सुझाव दूंगा कि छात्रों को अपने चिकित्सा पाठ्यक्रम के दौरान प्रशिक्षण के अतिरिक्त न्यायालयीय-विज्ञान प्रयोगशाला के अस्त्र-विज्ञान अनुभाग में कम से कम एक सप्ताह का प्रशिक्षण दिया जाना चाहिए।

शव परीक्षण रिपोर्ट के मूल तत्त्व

एक साक्षी ने चिकित्सा-विधिक कार्य की कमियों के बारे में आयोग के समक्ष निम्नलिखित शब्दों में बयान किया, ''मेरी राय में, शव-परीक्षण तथा शारीरिक-क्षति रिपोर्ट तैयार करने हेतु निर्धारित वर्तमान प्रपत्रों में कई कमियां हैं। अजीब बात है कि शारीरिक-क्षति रिपोर्ट में संभावित हथियार के वर्णन हेतु कालम दिया गया है परन्तु शव-परीक्षण रिपोर्ट के प्रपत्र में ऐसा कोई कालम नहीं है। ऐसा कालम शव-परीक्षण रिपोर्ट के प्रपत्र में होना आवश्यक है। शव-परीक्षण रिपोर्ट अथवा शारीरिक-क्षति रिपोर्ट में चोट पहुंचाने के लिए प्रयुक्त शस्त्रास्त्र अथवा चोट लगने का समय निर्धारण करने वाले आंकड़े नहीं दिए जाने के परिणामस्वरूप न्यायालय में व्यर्थ की बहस और चिकित्सकों द्वारा अटकलबाजियों के दौर का जन्म होता है। मेरे विचार से, उपरोक्त समस्त आंकड़ों का रिपोर्ट में दिया जाना आवश्यक है। शव की विशेष बातों संबंधी वे आंकड़े जिनके आधार पर मृत्यु के समय का निर्धारण किया जाता है, शव-परीक्षण रिपोर्ट में उपयुक्त रूप में प्रस्तुत नहीं किए जाते हैं। मेरा विचार है कि ये आंकड़े इस रिपोर्ट में दिए जाने चाहिए । उदर, छोटी आंत तथा बड़ी आंत और मुत्राशय में मिलने वाले पदार्थों का विस्तृत विवरण परम आवश्यक प्रतीत होता है और ये आंकडे

न्यायालय भेजी जाने वाली शव-परीक्षण रिपोर्ट में आमतौर पर समग्र रूप से गायब मिलते हैं। मलाशय में पाए गए पदार्थ की अनुमानित मात्रा रिपोर्ट में अवश्य दी जानी चाहिए। रिपोर्ट में यह भी अवश्य बताया जाना चाहिए कि भोजन छोटी आंत के किस भाग में पाया गया है। मूत्राशय में मिलने वाले मूत्र की मात्रा का उल्लेख रिपोर्ट में होना जरूरी है।''

मेरी राय में मृत्यु का समय, मृत्योपरान्त 36 घंटे तक, घंटों में और उसके उपरान्त दिवस अथवा उसके अंश के रूप में लिखा जाना चाहिए। आग्नेयास्त्र से हुई शारीरिक-क्षति के मामले में शव-परीक्षण रिपोर्ट बहुत ही असंतोषजनक होती हैं तथा अक्सर अनर्जित रिहाई का कारण बनती हैं। इन रिपोर्टों में त्वचा के झुलसने, काली पड़ने तथा गोदना आदि का उपयुक्त निर्धारण नहीं किया जाता है। चोट का आकार, चोट की दिशा और गोली के मार्ग पर इन रिपोर्टों में समुचित विवरण नहीं दिया जाता है। शव-परीक्षण और चिकित्सा-विधिक कार्य करने वाले चिकित्सकों को आग्नेयास्त्र संबंधी प्रकीर्णन, दूरी आदि के विषय में बहुत अपर्याप्त जानकारी होती है।

चिकित्सा-विधिक मामलों की व्यवस्था संबंधी कमियां और भूल-चुक

चिकित्सा अधिकारियों में बड़े पैमाने पर निष्ठा की कमी के बारे में ऐसी ढेरों शिकायतें हैं जिनका कोई कानूनी साक्ष्य नहीं है। एक जिले में, चिकित्सा अधिकारी ने आयोग के समक्ष स्वयं स्वीकार किया कि उस जिले में कोई हत्या की वारदात होने पर अभियुक्त और परिवादी दोनों ही चिकित्सा अधिकारी के पास दौड़ते हैं। जाहिर है कि वे चिकित्सा अधिकारी को अपने अनुकूल रिपोर्ट बनाने के लिए प्रलोभन देने पहुंचते हैं। फर्जी चिकित्सा-प्रमाणपत्र जारी करने तथा गलत चिकित्सा-रिपोर्ट तैयार किए जाने की घटनाओं से भी अनभिज्ञता प्रकट नहीं की गई।

एक और बुराई बड़े पैमाने पर मौजूद है कि अभियुक्त अक्सर किसी घटना या वारदात के पश्चात् स्वयं अपने शरीर पर चोट मार लेते हैं ताकि वह चोट उस घटना में लगी बताकर आत्मरक्षा का मामला सिद्ध किया जा सके। ऐसी बुराइयों को दूर किए जाने की जरूरत है क्योंकि ये बुराइयां न्याय को पथभ्रष्ट करने में सीधे तौर पर जुड़ी हैं। जेल में दाखिल किए गए व्यक्ति के शरीर पर तमाम तरह की चोटों का विवरण जेल चिकित्सक द्वारा जेल अधीक्षक के समक्ष प्रस्तुत किया जाना चाहिए। जेल चिकित्सक की अनुपस्थिति में जेल अधीक्षक

किसी अन्य चिकित्सक को यह कार्य सौंप सकता है। उसे चोट संबंधी सभी प्रविष्टियों की जांच यथाशीघ्र कर लेनी चाहिए। अतिश्रम अथवा अन्य किसी कारण को ईमानदारी तथा न्याय की राह में बाधा बनने की अनुमति कतई नहीं दी जानी चाहिए। कई बार चिकित्सा-विधिक मामलों की रिपोर्ट तैयार करने तथा पुलिस के समक्ष प्रस्तुत करने में अनावश्यक विलम्ब होता है। ऐसा विलम्ब, हमेशा अतिश्रम अथवा उपेक्षा के कारण होना जरूरी नहीं है। यह जानबूझकर तथा छल-कपट के लिए किया जा सकता है। इन तरीकों की घोर निन्दा की जानी चाहिए। ऐसी दूषित प्रवृत्तियों में संलग्न चिकित्सकों के विरुद्ध कठोर कार्रवाई की जानी चाहिए। ऐसी दूषित प्रहलियों में संलग्न चिकित्सकों के विरुद्ध कठोर कार्रवाई की जानी चाहिए । चिकित्सा-विधिक मामलों में लापरवाही तथा शव-परीक्षण में उपेक्षा का परिणाम न्याय की विफलता होगा ।

चिकित्सा-विधिक मामलों में शोरी रिपोर्ट के अनुसार, ''चिकित्सा-विधिक समस्याओं की जांच के संबंध में वर्तमान स्थिति बहुत असंतोषप्रद है। किसी भी सुदूर डिस्पेंसरी के प्रभारी चिकित्सक को अपराध के जटिल मामलों में शव-परीक्षण के लिए कह दिया जाता है, चाहे उसकी योग्यता और अनुभव कुछ भी क्यों न हो।''

इस तथ्य पर बल दिया जाना चाहिए कि अन्वेषण की गुणवत्ता में सुधार का प्रश्न अन्वेषणकर्ता द्वारा मामले को दिए जा सकने वाले समय से जुड़ा है।

उप-निरीक्षक अन्वेषणकर्ता के कर्तव्य

अन्वेषण एक श्रमसाध्य प्रक्रिया है। किसी कार्य में लगाया जाने वाला समय उसके कुल कार्यभार का सीधा समानुपाती होता है। मानवीय रूप से संभव कार्यभार के पश्चात् कार्य की गुणवत्ता में गिरावट अवश्यंभावी है। एक अन्वेषणकर्ता अधिकारी द्वारा समुचित रूप से किए जा सकने वाले अन्वेषण कार्यों की संख्या मामले की गुणवता तथा गुंजाइश के आधार पर नियत की जानी चाहिए। वर्तमान में एक उप-निरीक्षक अथवा पुलिस चौकी के प्रभारी अधिकारी को साधारणतः निम्नलिखित कार्य करने होते हैं:-

1. गश्त और बदमाशों पर निगाह रखना।
2. विभिन्न धार्मिक उत्सवों व मेलों और वी आई पी दौरों हेतु कानून एवं व्यवस्था बनाए रखना।
3. जनता के अभ्यावेदनों तथा शिकायतों की जांच करना।

4. आग्नेय अस्त्रों के लाइसेंस-आवेदनों के संबंध में जांच-पड़ताल करना।
5. न्यायालय संबंधी प्रक्रियाएं पूरी करना तथा वारंटों की तामील।
6. संसद, राज्य विधान सभा, स्थानिय निकायों और पंचायतों के निर्वाचन हेतु व्यवस्था करना।
7. अति महत्वपूर्ण व्यक्तियों (वी आई पींज) के दौरों के समय सुरक्षा व्यवस्था करना।
8. साम्प्रदायिक अथवा सिविल अशांति अथवा अन्य आंदोलनों के साथ-साथ छात्र आंदोलनों, सरकारी कर्मचारियों के आंदोलनों और समुदाय के अन्य वर्गों के आंदोलनों के समय स्थिति को शांतिपूर्ण बनाए रखने की व्यवस्था करना।
9. स्टाफ की प्रातःकालीन परेड संचालित करना तथा उन्हें ड्यूटी पर लगाना और सुनिश्चित करना कि वे अपनी ड्यूटी ठीक प्रकार व कुशलतापूर्वक करें तथा स्टाफ को नियंत्रण व अनुशासन में रखना।
10. विभिन्न आदेशों में निर्धारित विधि ओर पुलिस नियमावली के अनुसार पुलिस स्टेशन में विभिन्न अपराध रिकार्ड तैयार करना व उनका अनुरक्षण करना।
11. विभिन्न मुद्दों पर, समय-समय पर, पैदा होने वाली कानून व व्यवस्था की स्थिति को संभालना। आवश्यक नहीं है कि ये मुद्दे पुलिस अथवा जनता से सीधा संबंध रखते हैं।
12. पुलिस स्टेशन के न्यायालय मामलों की देखभाल करना।
13. पुलिस स्टेशन में रिपोर्ट करायी गई स्वाभाविक अथवा संदिग्ध मृत्यु के मामलों की जांच पड़ताल करना। उसको संदिग्ध मामलों को भी देखना होता है क्योंकि अस्वाभाविक मृत्यु तथा हत्या के बीच विभाजन रेखा बहुत महीन होती है।
14. स्थानीय अधिकारियों जैसे कि चिकित्सा अधिकारी, कार्यपालक मजिस्ट्रेट तथा अपने क्षेत्र के स्थानीय सम्मान्य नागरिकों से सम्पर्क बनाए रखना।
15. संदिग्ध व्यक्तियों और अभियुक्तों की पहचान परेड करवाना। उसको चोरी के माल की भी पहचान करवानी होती है।
16. शस्त्रास्त्रों, गोली बारूद, सरकारी सम्पत्ति और रिकार्ड्स की निरापद अभिरक्षा सुनिश्चित करना।

उप-निरीक्षक के कर्त्तव्यों की उपरोक्त सूची केवल निदर्शी है तथा सुविस्तृत नहीं है। इस सूची से अन्वेषणकर्ता के ऊपर भारी कार्यबोझ का संकेत मिलता है। उसके पास धैयपूर्ण अन्वेषण कार्य के लिए समय की भारी कमी रहती है।

पुलिस आयोग ने जांच अधिकारियों, वरिष्ठ पुलिस अधिकारियों तथा अन्य अधिकारियों का यह अनुरोध भी नोट किया कि यू पी पुलिस आयोग (1960-61) द्वारा संस्तुत 60 से 75 जांच कार्य प्रतिवर्ष का मान दण्ड भी बहुत अधिक है और ये मानदंड लगभग टूट बिन्दु तक विस्तारित कर दिए गए हैं। पुलिस उप-निरीक्षक के जिम्मे बहुत अधिक कार्यभार के संबंध में द्वितीय यू.पी. पुलिस आयोग ने उप-निरीक्षक के पास साक्ष्य एकत्रित करने- जो कि जांच का उद्देश्य है--के लिए उपलब्ध समय का विश्लेषण किया उप-निरीक्षक को एक वर्ष में 30 दिन का अर्जित अवकाश तथा 24 दिन का आकस्मिक अवकाश दिया जाता है । आयोग के अनुसार उप-निरीक्षक की दिन-रात लगातार की कठिन और जोखिम भरी ड्यूटी को ध्यान में रखते हुए उपरोक्त अवकाश उसको दिया ही जाना चाहिए, परन्तु व्यवहार रूप में ऐसा हो नहीं पाता है। इसका कारण ड्यूटी का बढ़ता दबाव और जनशक्ति की कमी हो सकती है।

प्रति अन्वेषक निरीक्षित मामलों का मानदण्ड

इस प्रकार एक उप-निरीक्षक के पास एक वर्ष में 311 (365-30-24) दिन बचते हैं। इस अवधि में उसको निम्नलिखित प्रमुख कार्य करने होते हैं:-

1. जिला मुख्यालय में परिवादों की पैरवी करना जिसमें एक कार्य प्रति सप्ताह के औसत से 52 दिन का समय लगता है।
2. जिला मुख्यालय में मासिक स्टाफ मीटिंग में भाग लेना जिससे वर्ष के 12 दिन का समय और निकल जाता है।
3. मेलों, उत्सवों, वी आई पी दौरों, आंदोलनों, बाढ़ इत्यादि के दौरान सुरक्षा और अन्य कानून एवं व्यवस्था कायम रखना। इस कार्य हेतु 2 दिन प्रति माह के औसत से 24 दिन और निकल जाते हैं।

इस तरह एक अन्वेषणकर्ता के पास 65 से 70 मामलों की जांच करने के लिए 311-(52+12+24)=223 दिन की वास्तविक अवधि उपलब्ध होती है। यह अवधि और भी कम हो जाती है चूंकि अधिकतर राज्यों में पांच दिन का सप्ताह होता है। अब यदि यह मानकर चलें कि उप-निरीक्षक कोई अवकाश नहीं

लेता है तो भी उसके पास प्रत्येक जांच कार्य के लिए औसतन 2-9 से 3-7 दिन उपलब्ध होते हैं। लगभग तीन दिन प्रति जांच की उपलब्ध अवधि में उप-निरीक्षक को कम से कम एक बार घटना स्थल पर जाने, छापा मारने व तलाशी लेने, सुराग लगाने, केस डायरी और अन्य दस्तावेज तैयार करने, साक्षियों से सम्पर्क करने और जांच संबंधी अन्य अपेक्षित प्रक्रियाओं का अनुपालन करना होता है। जांच संबंधी प्रत्येक कार्य में समय लगता है। इसके लिए एकाग्रता की आवश्यकता होती है। स्पष्टतया जांच हेतु 3 दिन प्रति केस की यह औसत अवधि सम्यक् तथा समुचित जांच के लिए मोटे तौर पर अपर्याप्त है।

एक लाख से अधिक जनसंख्या वाले बड़े शहरों में जहां 'कानून एवं व्यवस्था' तथा 'तहकीकात' के बीच अन्तर कार्यरूप में विद्यमान रहता है जांच कार्य का मानदण्ड घटाकर 60 परिवाद प्रति वर्ष प्रति जांच अधिकारी कर दिया जाना चाहिए। शहरी और ग्रामीण पुलिस स्टेशनों में यह मानदंड 50 परिवाद प्रति वर्ष प्रति जांच अधिकारी होना चाहिए। प्रत्येक पुलिस स्टेशन में अन्वेषण अधिकारियों की संख्या उपरोक्त सुझाव के अनुसार अथवा विभाग या सरकार द्वारा निर्धारित अन्य मानदंड के अनुसार तय की जानी चाहिए। सरकार को प्रत्येक पुलिस स्टेशन में जांच अधिकारियों की संख्या का पुनरावलोकन राज्य के पुलिस मुखिया के साथ परामर्श से करना चाहिए। इस प्रकार मामलों की जांच में कुशलता से वृद्धि की जा सकती है।

यह भी देखा गया है कि पुलिस स्टेशनों के प्रभारी अधिकारी तथा अन्य अधिकारी प्रारंभिक चरण में जांच कार्य अपने हाथ में लेने से कतराते हैं। इस प्रवृत्ति को सख्ती से नियंत्रित किया जाना चाहिए। किसी घृणित अपराध की जांच के प्रारंभिक दौर में ही जांच की सफलता और असफलता निश्चित हो जाती है। वस्तुतः सी. बी. आई. के निदेशक के रूप में मैंने प्रति वर्ष कम से कम एक महत्वपूर्ण अथवा जटिल मामले की जांच स्वयं पुलिस अधीक्षक द्वारा किए जाने का आदेश दिया था। ऐसा यह सुनिश्चित करने के उद्देश्य से किया गया था कि प्रत्येक पुलिस अधीक्षक जांच कार्य की जमीनी हकीकत से परिचित रहे। इससे जांच कार्य की गुणवत्ता में महत्वपूर्ण सुधार हुआ। पुलिस जांच की सीमा विस्तार, अपराधों में बढ़ती जटिलता और मामलों को सुलझाने हेतु नित नई तकनीकियों के मद्देनजर जांच, अभियोजन तथा अपराध निवारण के क्षेत्र में अपनाई जा रही पुलिस प्रक्रियाओं, तरीकों ओर कार्रवाई के ढंग का निरंतर मूल्यांकन करने और उन्हें समुन्नत बनाए जाने की आवश्यकता है।

पुलिस कार्यों के अध्ययन हेतु स्थायी निकाय

पुलिस कार्यों का क्रमबद्ध अध्ययन कर तथ्यों को खोजने एवं निश्चित निष्कर्षों एवं प्रस्तावों पर पहुंचने की बहुत आवश्यकता है। ऐसी धारणाओं की परख या तो भविष्य में प्रयोगों द्वारा या फिर अन्य डाटा व आंकड़ों से की जा सकती है। ऐसे अध्ययन के लिए डाटा पुलिस रिकार्डों, प्रयोगों और प्रेक्षणों से प्राप्त किए जा सकते हैं। प्रत्येक राज्य को पुलिस कार्यों का अध्ययन करने तथा पुलिस की कार्यकुशलता में वृद्धि के उपाय सुझाने हेतु स्थायी समिति का गठन किया जाना चाहिए। यह समिति पुलिस बल को नागरिकों की हितैषी बनाने के लिए विभिन्न परियोजनाओं पर कार्य कर सकती है। इसमें रिपोर्ट नहीं किए जाने वाले अपराधों की प्रकृति तथा सीमा, अथवा जनता की जरूरतों व शिकायतों पर पुलिस कार्रवाई में लगने वाला समय तथा पुलिस जांच में होने वाली साधारण गलतियों (जैसा न्यायालय इंगित करते हैं) का अध्ययन सम्मिलित किया जा सकता है। संक्षेप में इस समिति को निम्नलिखित कार्य सौंपे जा सकते हैं:–

1. पुलिस प्रशासन को भीतरी तथा बाहरी रूप से प्रभावित करने वाले विभिन्न कारकों का अध्ययन करना तथा ऐसी विनिर्दिष्ट संस्तुतियां करना जिन पर व्यावहारिक रूप से अमल करना संभव हो। अध्ययन का उद्देश्य पुलिस की कार्रवाई कुशलता में वृद्धि करना होगा।
2. पुलिस की वर्तमान कार्यशैली, कार्य विधियों की उपयोगिता व प्रभाविता पुलिस के उपकरणों व तकनीकों की प्रभाविता की जांच करना और मौजूदा पुलिस कर्मिकों के इष्टतम उपयोग के उपाय सुझाना।
3. न्यायालय के निर्णयों विशेषतः उच्च एवं सर्वोच्च न्यायालय के निर्णयों का अध्ययन करना तथा उच्च न्यायालयों के विचारों तथा आकलनों के आधार पर जांच अधिकारियों को दिशानिर्देश जारी करना।
4. पुलिस अभिरूचि के साहित्य तथा जानकारी का समुचित संग्रहण, वर्गीकरण और अनुरक्षण करना तथा देश में अन्य सरकारी अथवा गैर-सरकारी संगठनों से सम्पर्क रखना ताकि देश में एक स्थान पर होने वाली वैज्ञानिक उन्नति का लाभ दूसरे स्थानों को अंतरित किया जा सके।

4

पुलिस सुधार

पुलिस में भ्रष्टाचार

गैर-कानूनी तुष्टीकरण जनता और मीडिया के लिए बड़े ही लोकप्रिय विषय बन गए हैं। यह विषय हर सुबह अखबारों के मुख्य शीर्षकों में स्थान पाता है तथा संसद में बहस का आधार बनता है। आदान एवं प्रदानकर्ता के बीच सहयोग के बिना भ्रष्टाचार का अस्तित्व संभव नहीं है। जब आदानकर्ता एवं प्रदानकर्ता दोनों को लाभ होगा तो भला कोई शिकायत क्यों करेगा। शिकायत तो केवल ऐसे मामलों में की जाती है जब किसी की जेब से कुछ ऐसा निकल जाए जिसका समानुपातिक लाभ उसको प्राप्त नहीं हो रहा है। अन्य मामलों में शिकायत तब होती है जब किसी से उसकी इच्छा के विरुद्ध जबरन कुछ ले लिया जाए। ऐसे अनेक उदाहरण हैं कि व्यक्ति भ्रष्टाचार में लिप्त हैं परन्तु वे इसे रिश्वत का नाम नहीं देते हैं। ऐसे व्यक्तियों को पहले छोटे उपहार दिए जाते हैं, फिर बड़े उपहार दिए जाते हैं और यह सिलसिला प्राप्तकर्ता द्वारा इसमें रुचि लेना प्रारंभ करने तक चालू रहता है।

'अपना सामान वास्तविक कीमत से कम पर बेचना एक अन्य प्रकार का भ्रष्टाचार है। जब कोई व्यक्ति किसी से अपने हितसाधन की इच्छा रखता है तो वह उसको नाममात्र की कीमत पर माल बेचता है। प्राप्तकर्ता के लिए यह ऐसा सामान प्राप्त करने का एक जरिया है जिसके लिए धनराशि जुटाना अत्यंत कठिन होता। भ्रष्टाचार का एक और तरीका विद्यमान है जो उपरोक्त तरीके से एकदम उलट है। इसमें प्राप्तकर्ता अपनी धनराशि के बदले सामान की सामान्य मात्रा के स्थान पर अधिक मात्रा पा जाता है। विक्रेता इसके बदले अप्रत्यक्ष लाभ की आकांक्षा रखता है। भ्रष्टाचार का एक कारण माहौल भी है। इस माहौल में कम वेतन, महंगे जीवन साधन और जल्दी से धन कमा लेने के अवसर एक साथ

विद्यमान हैं। इस व्यापक व्याधि का कारण क्या है? और कौन इसका उत्तरदायी है? यह एक तथ्य है कि हम जिसके लायक हैं वैसी सरकार पाते हैं। यह कथन भ्रष्टाचार उन्मूलन के संदर्भ में अधिक प्रासंगिक है। इस अनर्थकारी विपत्ति का सामना जनसहयोग के बिना संभव नहीं है। जहां तक जनता का ताल्लुक है लोग किसी न्यायालय वाद के झमेले में कतई नहीं पड़ना चाहते हैं। मैंने जब कभी लोगों से भ्रष्टाचार मिटाने तथा अन्य बुराइयों को दूर करने के बाबत उनके सहयोग के बारे में बात की है अथवा प्रश्न किया है, उनका उत्तर सदैव यही रहा है कि यह सरकार की जिम्मेदारी है।

मैं एक बार एक बहुत वरिष्ठ पुलिस अधिकारी से भ्रष्टचार के बारे में बात कर रहा था। उनका कहना था कि पुलिस को सरकारी विभागों के कर्मियों को साक्षी बनाना चाहिए जिससे कि वे बाद में प्रतिपक्षी न हो सकें। एक मामले में एक राज्य के परिवहन मंत्री को पुलिस की सीमा चौकियों पर रिश्वत लेने के बाबत शिकायत मिली। परिवहन मंत्री ने अपराधी को पकड़ने के लिए शिकायतकर्ता से सहयोग मांगा। शिकायतकर्ता ने परिवहन मंत्री को जवाब में कहा कि वह उसे एक पत्र दे दें जिसमें लिखा हो कि अमुक ट्रक मालिक उनका मित्र है तथा उसे परेशान नहीं किया जाए। शिकायतकर्ता ने यह भी कहा कि उस भ्रष्ट व्यक्ति को पकड़वाकर तो वह परिवहन विभाग को अपना स्थायी शत्रु बना लेगा तथा वे उसे बर्बाद करने तक उसका पीछा नहीं छोड़ेंगे। परिवहन मंत्री ने उसके अनुरोध को ठुकरा दिया, परन्तु नैतिक आधार पर नहीं, बल्कि इसलिए कि सिफारिश का पत्र लिखने से विधान सभा में प्रश्न उठाए जा सकते हैं। यदि किसी गांव या कस्बे में दस या बीस नौजवानों का दल भ्रष्टाचार उन्मूलन का आंदोलन प्रारंभ कर दे तो इस बुराई को नियंत्रित कर सकने की भरपूर संभावना है। समस्या यह है कि बिल्ली के गले में घंटी कौन बांधेगा? भ्रष्टाचार की सांठ-गांठ में (जिसमें देने वाले व लेने वाले दोनों का हित जुड़ा होता है) केवल राज्य ही शिकायतकर्ता हो सकता है। भ्रष्टाचार सभी युगों में विद्यमान रहा है। इसको एकबारगी जड़ से समाप्त कर सकना संभव नहीं दिखता, परन्तु इसको नियंत्रण में रखने के प्रयास भी मंद नहीं किए जा सकते हैं। इसका उपचार संभवतः जनता में जागरूकता पैदा करना है जो भ्रष्टाचार के विरुद्ध आवाज बुलन्द करे तथा निर्वाचन के समय ऐसे भ्रष्ट लोगों को अपना प्रतिनिधि न चुने। लोक मनस्वी लोगों को किसी भी भ्रष्टाचार की जानकारी मिलते ही उसका भण्डाफोड़ कर देना चाहिए।

उपर्युक्त के साथ-साथ सरकार को प्रक्रियाओं का सरलीकरण कर देना चाहिए ताकि सरकारी कामकाज में खुलापन और पारदर्शिता पैदा हो सके। उदाहरण के लिए आर्थिक नीतियों के संबंध में अभ्यावेदनों पर सरकार मुद्दों की सार्वजनिक सुनवाई के पश्चात् खुले तौर पर निर्णय ले सकती है। वर्तमान में जनता के आवेदनों पर निर्णय गोपनीय रूप से लिए जाते हैं। मेरे एक मित्र ने एक चर्चा के दौरान मुझे बताया कि यदि वह सरकार के तकरीबन हर व्यक्ति को खुश व संतुष्ट न रखे तथा घूस न दे तो उसका कारोबार चौपट हो जाएगा। इस गोरखधंधे में मेरा "विजिटिंग कार्ड" अंदर बैठे अधिकारी के पास तत्परता के साथ पहुंचाने वाले चपरासी से लेकर मेरे कारोबार संबंधी पत्र मेरे कार्यालय यथाशीघ्र प्रेषित करने वाला "डिस्पैच क्लर्क" तक सभी लोग शामिल हैं। अवर कर्मचारी जहां 500 से 3000 रुपए तक में संतुष्ट हो जाते हैं वहीं बड़े अधिकारियों को पंच तारा होटलों में ले जाना पड़ता है तथा खरीदारी करानी पड़ती है। इसमें विदेशों में कराई जाने वाली खरीदारी भी होती है। व्यवसायी लोग इसे भ्रष्टाचार नहीं मानते, बल्कि इसे व्यवसाय बढ़ाने का वैध तरीका करार देते हैं । कष्ट केवल तब होता है जब दलाली की दर बहत उंची बोली जाती है। किसी व्यवसायी द्वारा शिकायत किया जाना अत्यंत दुर्लभ बात है क्योंकि व्यवसायी इन सब खर्चों को उपभोक्ताओं अथवा अपने ग्राहकों के सिर मढ़ देता है। भ्रष्टाचार रोकने का एक ही उपाय है कि नियमों की संख्या कम से कम रहे।

उपचार

नियमों के सरलीकरण और नागरिकों पर विश्वास के द्वारा प्रशासन में शुद्धता कायम रखने की दिशा में महत्वपूर्ण सुधार किया जा सकता है। यह एक वास्तविकता है कि कुछ नियम तथा विनियम इतने जटिल हैं कि आवेदन पत्र-भरने के लिए किसी विशेषज्ञ की सहायता अपरिहार्य होती है। आयात-निर्यात को ही लीजिए सन् 1970 के पश्चात् से आयात-निर्यात् के लिए एक सौ से भी अधिक प्रलेख भरने पड़ते हैं। मुझे अब भी पूरा संदेह है कि कोई व्यक्ति अपनी स्वयं की आयकर विवरणी बिना किसी विशेषज्ञ की सहायता के भर सकता है। हमारें देश के शीर्ष अधिकारी (नौकरशाह) साधारण विषयों को जटिल रूप में प्रस्तुत करने में विश्वास रखते हैं। परिणामतः साधारण जनता पर ये लोग किसी न किसी बहाने लूट खसोट के लिए टूट पड़ते हैं। जनता को जागरुक बनाना, नियमों का सरलीकरण, अनुक्रियाशील नौकरशाही, पारदर्शी निर्णय प्रक्रिया तथा स्वच्छ प्रशासन के प्रति समर्पित आसानी से उपलब्ध राजनीतिक कार्यपालक इसका समाधान हो सकता है।

पुलिस सुधार के उपाय

पुलिसकर्मी उस समय आपको उपलब्ध नहीं होंगे जब आपको उनकी सख्त जरूरत होगी। आम नागरिक देर रात अपने घर से बाहर जाना सुरक्षित नहीं समझता है। वह पुलिस स्टेशन तो कभी नहीं जाना चाहता है, यहां तक कि वह वास्तविक मामलों की शिकायत तक दर्ज कराने पुलिस स्टेशन जाना पसंद नहीं करता है। इससे देश में समकालीन पुलिस व्यवस्था की स्थिति प्रतिबिम्बित होती है। आम नागरिक को पुलिस जो कुछ दे पा रही है वह उससे कहीं अधिक पाने की आशा करता है। अब प्रश्न यह है कि क्या किया जाना चाहिए तथा कैसे किया जाना चाहिए ? यही प्रश्न समस्त सुधारों का आधार है। इसमें लेशमात्र भी संदेह नहीं कि सुधार होने चाहिए, परन्तु क्या, कब, कैसे प्रश्न हमारे सम्मुख आ खड़े होते हैं। जरूरी नहीं कि परिवर्तन विभागीय अधिकारियों द्वारा ही किए जा सकते हैं। ये परिवर्तन, अकादमिक जगत द्वारा सुझाए गए अनुसार, लोक प्रतिनिधियों द्वारा भी लागू किए जा सकते हैं। परिवर्तन के लिए दिए सुझाव, कई बार, चाहे वे सुझाव किसी ने भी दिए हों, व्यावहारिक तथा लागत दोनों दृष्टि से अवास्तविक होते हैं।

तथापि, पुलिस की कार्यकुशलता में सुधार तथा उसको नागरिकों की सर्वश्रेष्ठ सेवा हेतु सक्षम बनाना इन प्रयासों का एकमात्र उद्देश्य होता है। उद्देश्य असंदिग्ध है, परन्तु इस समय, प्रश्न यह है कि देश के नागरिक और सरकार पुलिस से क्या अपेक्षाएं रखती है और पुलिस को इन अपेक्षाओं पर खरा उतरने के लिए क्या करना चाहिए। पुलिस की स्थापना स्पष्टत: समाज द्वारा व्यवस्था की आवश्यकता की मान्यता है। पुलिस बल, इस प्रकार, समाज का एक ऐसा अंग है जिसको शांति और व्यवस्था कायम रखने का विशिष्ट दायित्व सौंपा गया है। समाज में व्यवस्था कायम रखने के लिए पुलिस को आवश्यक शक्ति और अधिकार दिए गए हैं। पुलिस एक आम नागरिक से इस अर्थ में अलग होती है कि उसको कानून, शांति एवं व्यवस्था बनाए रखने का पूर्णकालिन दायित्व सौंपा गया है।

कुशल पुलिस हेतु सिद्धान्त और अपेक्षाएं

राष्ट्रपति आयोग (अमेरिकी राष्ट्रपति का आयोग) ने 1967 में टिप्पणी की:-

"पुलिसकर्मियों के लिए उच्चतर शैक्षिक अपेक्षाएं संस्थापित किए बिना पुलिस सेवा की गुणवत्ता में कोई महत्वपूर्ण सुधार नहीं होगा। पुलिस का कार्य

अन्य किसी भी व्यवसाय के समान जटिलताओं से युक्त है। पुलिस के कार्य हेतु शारीरिक श्रम एवं सहज बुद्धि के अतिरिक्त और भी अपेक्षाएं होती हैं। एक पुलिसकर्मी को समाज और मानव व्यवहार का बहुत अच्छा ज्ञान होना आवश्यक है क्योंकि उसको, अनुमान न लगाई जा सकने वाली स्थितियों में, शीघ्रता के साथ कठिन निर्णय करना पड़ सकता है। इस लक्ष्य की प्राप्ति समुन्नत सुशिक्षा द्वारा ही संभव है। कुल मिलाकर लक्ष्य यह है कि पुलिसकर्मी कम से कम स्नातक अवश्य होना चाहिए।

इंग्लैंड के पूर्व गृह सचित रॉबर्ट पील ने अपनी दूरदृष्टि से इस अपराध समस्या का समाधान उन्नीसवीं सदी में ही प्रस्तुत कर दिया था। उसको आधुनिक ब्रिटिश पुलिस बल के सृजन में जिस मूल तत्व ने दिशा दी उन्हें पील के सिद्धान्त के रूप में जाना जाता है तथा ये सिद्धान्त आज भी उतने ही वैध हैं जितने कि प्रतिपादन के समय पर थे।

ये सिद्धान्त निम्नानुसार हैं

1. पुलिस सुदृढ़, सुदक्ष तथा सरकारी नियंत्रण के अधीन सेना की तरह संगठित होनी चाहिए।
2. पुलिस की दक्षता का सर्वश्रेष्ठ प्रमाण 'आपराधिक घटनाओं का न होना' है।
3. अपराध-समाचार को व्यापक प्रचार दिया जाना चाहिए।
4. बलों का क्षेत्रीय वितरण घंटों तथा शिफ्टों के आधार पर होना चाहिए।
5. एक पुलिस अधिकारी के लिए अपने मनोभावों पर पूर्ण नियंत्रण से बढ़कर कोई गुणवत्ता नहीं है, कृतसंकल्प होकर किया गया कार्य उग्रता भरे कार्य की उपेक्षा अधिक प्रभावी होता है।
6. अच्छा दिखने का सलीका सम्मान दिलाता है।
7. कार्मिक की मजबूती और प्रशिक्षण पुलिस दक्षता का मूलाधार है।
8. जनता की सुरक्षा के लिए प्रत्येक पुलिसकर्मी का एक विशिष्ट क्रमांक अपेक्षित है।
9. पुलिस मुख्यालय नगर के केन्द्र में अवस्थित होना चाहिए जहां सब लोग आसानी से पहुंच सकें।
10. पुलिसकर्मी की नियुक्ति परिवीक्षा आधार पर की जानी चाहिए।
11. पुलिसकर्मियों की सटीक तैनाती के लिए पुलिस रिकार्ड होना आवश्यक है।

12. पुलिसकर्मी के रूप में किसी व्यक्ति को चयनित करने के लिए पहले उस व्यक्ति की थाह ली जानी चाहिए और तब उसके पड़ोसियों से उसके बारे में राय लेनी चाहिए।

मेट्रोपोलिटन पुलिस एक्ट 1829 के पारित होने के पश्चात् उपरोक्त सिद्धान्तों के आधार पर सृजित ब्रिटिश पुलिस समस्त विश्व के लिए एक आदर्श पुलिस का रूप धारण कर चुकी है तथा उपरोक्त सिद्धान्त भारतीय पुलिस के संबंध में उतने ही मान्य हैं जितने कि प्रतिपादन के समय पर थे।

हमारा प्रयास भी भारतीय पुलिस को उपरोक्त सांचे में ढालने की दिशा में होना चाहिए। यहां लंदन के पूर्व पुलिस आयुक्त सर रॉबर्ट मार्क का कथन उद्धृत करना प्रासंगिक होगा जिन्होंने कहा था: ''पुलिस समाज का सर्वश्रेष्ठ प्रतिबिम्ब है। यदि समाज सहनशील, शिक्षित एवं मानवीयतापूर्ण है तो पुलिस भी उसी के अनुरूप कार्य करेगी।''

भारत के प्रथम प्रधानमंत्री पं. जवाहर लाल नेहरू ने कहा था, ''एक सुदृढ़ सेना तथा सुदक्ष पुलिस भारतीय आत्म-सम्मान तथा स्वतंत्रता के लिए जो कर सकती है वह योजना से हो सकने वाले लाभ की अपेक्षा अधिक ही होगा। भारत की सर्वप्रमुख समस्या विकास है तथा विकास का लक्ष्य हमारी दृष्टि से कभी भी ओझल नहीं होना चाहिए। सेना और पुलिस वह पृष्ठभूमि तैयार करती है जिस से देश विकास की राह पर चल सकता है। भारतवर्ष अभी उन पुराने दिनों की खुमारी में है जब पुलिस पर विश्वास नहीं किया जाता था तथा उनको आम नागरिकों से अलग करके देखा जाता था। यह सन्देह का रवैया ही रहा होगा जिसका प्रभाव राष्ट्रीय योजना पर पड़ा है जिसमें पुलिस उपयुक्त नहीं बैठती है। सभी देशों की यह दृढ़ धारणा है कि शांति काल के दौरान जनता के कल्याण हेतु किसी अन्य सरकारी सेवा की अपेक्षा एक मजबूत और सुदक्ष पुलिस बल अधिक आवश्यक है।''

किसी भी समाज में समुचित कानून एवं व्यवस्था के अभाव में शांति, स्थायित्व तथा विकास संभव नहीं है। किसी देश के विकास और प्रगति के लिए शांतिपूर्ण वातावरण अपरिहार्य होता है। देश में कुशल दण्ड-प्रशासन व्यवस्था के लिए पुलिस और जनता के बीच सहयोग अत्यंत जरूरी है। पुलिस के जिम्मे व्यक्तिगत जोखिम से पूर्ण अनेक कार्य होते हैं।

केन्द्र सरकार की भूमिका

यद्यपि संविधान के अन्तर्गत, कानून और व्यवस्था राज्य सरकार का विषय है, परन्तु यथार्थतः पुलिस के संबंध में केन्द्र सरकार की भूमिका बहुत महत्वपूर्ण

है। व्यवहार रूप में राज्य सरकारें पुलिस के नित्यक्रम का संचालन करती हैं परन्तु सभी बड़ी गड़बड़ियों और हिंसक उपद्रवों में केन्द्र सरकार ही बल और सामग्री की व्यवस्था द्वारा राज्यों की सहायता करती है।

केन्द्र सरकार ने, स्वतंत्रता प्राप्ति के पश्चात् देश की पुलिस व्यवस्था में राज्य सरकारों की सहायता हेतु अधिकाधिक जिम्मेदारियां संभाली हैं तथा इस हेतु नए केन्द्रीय पुलिस संगठनों के सृजन के अतिरिक्त इंटेलीजेन्स ब्यूरो जैसे मौजूदा संगठनों को सक्रिय बनाया है। सीमा सुरक्षा बल, केन्द्रीय रिजर्व पुलिस बल, रेलवे सुरक्षा बल, केन्द्रीय औद्योगिक सुरक्षा बल, भारत तिब्बत सीमा पुलिस, असम रायफल्स, केन्द्रीय आसूचना ब्यूरो (सी. बी. आई.) तथा आसूचना ब्यूरो (आई. बी.) ऐसे संगठन हैं जो स्वतंत्रता प्राप्ति के पश्चात् सृजित किए गए हैं अथवा सुदृढ़ बनाए गए हैं। अपराध अन्वेषण में राज्यों की सहायता के लिए केन्द्र सरकार के नियंत्रण अधीन अन्य संगठन इस प्रकार हैं: केन्द्रीय न्यायिक-विज्ञान संस्थान (सेन्ट्रल फोरेन्सिक इंस्टिटयूट्स), सीरम-विज्ञानी, भारत सरकार (सेरोलॉजिस्ट टू गवर्नमेन्ट ऑफ इण्डिया), केन्द्रीय अंगुली छाप ब्यूरो (सेन्ट्रल फिंगर प्रिंट ब्यूरो), दि मास्टर ऑफ मिण्ट्स, दि इग्जामिनर ऑफ क्वेश्चन्ड डॉक्यूमेन्ट्स, दि मास्टर इण्डियन सिक्योरिटी प्रिंटिंग, दि इन्सपेक्टर ऑफ एक्सप्लोसिव्स इत्यादि।

उपरोक्त के अतिरिक्त आई. पी. एस. (भारतीय पुलिस सेवा) अधिकारियों को नियुक्त करने का अधिकार भी केन्द्रीय सरकार के पास है। केन्द्र सरकार आई. पी. एस. अधिकारियों की नियुक्ति तथा सेवा शर्तों के अलावा विभिन्न राज्यों की 'काडर' संख्या का भी निर्धारण करती है। राज्य सरकारें आई. पी. एस. अधिकारियों की सेवा शर्तों में परिवर्तन कर उन्हें हानि नहीं पहुंचा सकती है। केन्द्र सरकार के पास इसके अलावा अन्य महत्वपूर्ण पुलिस अधिकार भी हैं जैसे पुलिस तथा राष्ट्रीय पुरस्कारों की स्वीकृति, शस्त्रास्त्र तथा गोलीबारूद, वायरलैस तथा वाहन आदि की आपूर्ति एवं व्यवस्था। केन्द्र सरकार राज्यों की पुलिस आवास योजनाओं के लिए राज्य सरकारों को ऋण भी प्रदान करती है।

इन सबके अतिरिक्त संसद के माध्यम से केन्द्र सरकार देश में पुलिस कानून तथा अधिनियमों और भारतीय दण्ड संहिता जैसी प्रक्रियाओं में संशोधन कर सकने वाली अनन्य अधिकारिणी है। केन्द्र सरकार की एकमात्र प्रेक्षण सीमा में आने वाले अन्य महत्वपूर्ण अधिनियम है: शस्त्र अधिनियम, विस्फोटक अधिनियम, प्रत्यर्पण अधिनियम, पारपत्र अधिनियम तथा अनिवार्य वस्तु अधिनियम जैसे अन्य सादृश विषय। पुलिस प्रशासन का कार्य राज्य से घनिष्ठ रूप से

संबंधित है तथा यदि राज्य कोई अधिनियम बनाना चाहे तो केन्द्रीय विधायिका को राज्य विधायिका पर प्राथमिकता हासिल है।

इस प्रकार केन्द्र सरकार की राज्यों में कानून एवं व्यवस्था बनाए रखने और उपयुक्त पुलिस व्यवस्था संबंधी भूमिका मूक दर्शक की नहीं बल्कि एक सक्रिय साझीदार की है। वस्तुतः देश के किसी भी भाग में कोई गड़बड़ी होने पर जनता व्यवस्था बहाली हेतु केन्द्र सरकार की ओर ताकती है। केन्द्रीय पुलिस आयोग की सिफारिशें भी इस केन्द्रीयकरण के पक्ष में झुकी हुई हैं। चूंकि केन्द्र सरकार देश की पुलिस व्यवस्था में बहुत महत्वपूर्ण भूमिका निभा रही है अतः राष्ट्रीय पुलिस आयोग द्वारा की गई सिफारिश के मुताबिक पुलिस कार्यों के मूल्यांकन हेतु समिति का गठन वांछनीय है।

पुलिस कार्यों का प्रबोधन और मूल्यांकन

वर्तमान में किसी राज्य में पुलिस विभाग की वार्षिक रिपोर्ट को छोड़कर पुलिस कार्यों का कोई मूल्यांकन नहीं किया जाता है। किसी तरह की कोई राज्य समिति, आदर्शतः राज्य विधायकों की समिति को पुलिस कार्यों का आवधिक अवलोकन करना चाहिए तथा यह संतुष्टि करनी चाहिए कि पुलिस व्यवस्था पर राजकोष से होने वाला व्यय सम्यक् है। जहां भी आवश्यक हो प्रक्रिया संबंधी कठिनाइयों को दूर किया जाना चाहिए। विधि संबंधी कठिनाइयों तथा बाधाओं का सतत प्रबोधन करने तथा इनके निवारण हेतु उपाय सुझाने के लिए विधि आयोग की तर्ज पर केन्द्र और राज्य दोनों स्तर पर निकाय स्थापित करने हेतु राष्ट्रीय पुलिस आयोग का सुझाव अव्यावहारिक कानूनों को समाप्त करने तथा अन्य के क्रियान्वयन की दृष्टि से अनिवार्य है। यह संस्था पुलिस विभाग के विज्ञमंडल के रूप मे कार्य करने के साथ-साथ नए विचारों को जन्म दे सकती है। 31 दिसम्बर 1999 को विभिन्न न्यायालयों में 3.2 करोड़ से अधिक परिवाद लम्बित थे। दिन-प्रतिदिन बढ़ते जा रहे इस भारी संचय को निपटाने के लिए कानूनों के सरलीकरण और न्यायिक सुधारों की अतिशीघ्र और सख्त जरूरत है।

वर्तमान समय में धनवान व्यक्ति अपराध करने के पश्चात् लम्बी कानूनी बहस और प्रक्रियाओं के चलते साफ बच निकलते हैं। ऐसे लोग अपील-दर-अपील करके वाद को न केवल अपने जीवनकाल में बल्कि अगली पीढ़ी तक खींच देते हैं। इस दिशा में कुछ करने का यही उपयुक्त समय है, वरना हमारा लोकतंत्र देश में मौजूदा विधि व्यवस्था का फायदा उठाकर बच निकलने वाले अपराधियों और उनके अपराधों के बोझ तले लड़खड़ा जाएगा। प्रशिक्षण के विषय पर

ब्रिटिश गृह कार्यालय के कार्यदल ने निर्धारित किया है कि, "पुलिस सेवा के सभी सदस्य अपने कार्यों तथा अपनी मनोवृत्ति द्वारा यह प्रदर्शित करने में सक्षम होने चाहिए कि वे हमारी जीवन शैली को प्रभावित करने वाले प्रमुख समाज वैज्ञानिक कारकों से अवगत हैं।"

दरअसल, सन् 1972 में 10 नवम्बर की ब्रिटिश पुलिस समीक्षा में कहा गया था कि, "हो सकता है कि हम सर्वसम्मत रूप से चोरों का देश नहीं हों, परन्तु हम स्पष्टतया इस मार्ग पर हैं।" एक ब्रिटिश पुलिसकर्मी ने पुलिस समीक्षा में अपने सहकर्मियों तथा भावी पीढ़ी के लिए लिखा कि, "आप एक ऐसे समाज की सेवा में रत हैं जो निष्ठा और देशभक्ति को कुल मिलाकर असंगत शब्द मानते हैं। एक समाज जो घृणित अपराध और अविश्वसनीय लालच के ढेर पर बैठ गुलछर्रे उड़ा रहा है।" पुलिस और पुलिस व्यवस्था के संबंध में भारतीय समाज की अवधारणा के विषय में पुलिस की उक्तियां है। वस्तुतः एक अन्य ब्रिटिश पुलिस अधिकारी सुपरिन्टेण्डेंट हंग ने 6 अप्रैल, 1973 की पुलिस समीक्षा में लिखा कि।

"समाज में समूहों के परस्पर विरोधी हित हैं, परन्तु क्या सही है और क्या गलत, यह स्पष्ट नहीं है। सार्वजनिक व्यवस्था की फाइलों से उदाहरण लिए जा सकते हैं। तथाकथित भाषण की स्वतंत्रता, प्रदर्शन एवं विरोध की स्वतंत्रता बहुमूल्य कोष हैं। साथ ही साथ छोटे-छोटे समूह अपने से कहीं अधिक बड़े समूहों को बार-बार सताते हैं तथा असुविधा में डालते हैं। ये बड़े समूह शांति पूर्ण जीवन व्यतीत कर देने से अधिक कुछ नहीं मांगते हैं। ऐसा ही विरोध हड़ताल धरनों में है। आधुनिक समाज में अनेक मत, अनेक विचारधाराएं विद्यमान है जो कभी अभिसारी तो कभी विरोधी हैं। आजकल अश्लील साहित्य के नियंत्रक कानूनों के उदारीकरण को प्रबल समर्थन प्राप्त हो रहा है। इन सब स्थितियों में पुलिस की सक्रियता अथवा अक्रियता से जनता के एक भाग का पुलिस में विमुख होना निश्चित है।

एफ रॉय ल्यूइस ने 'ए फोर्स फॉर दि फ्यूचर' में अगले दस वर्षों में पुलिस की भूमिका के विषय में लिखा कि "यह एक आम बात है कि जब कानून स्पष्ट नहीं है तथा परम्परा में कोई बहुमत दृष्टिकोण संस्थापित नहीं है तथा सर्वसम्मति से किए गए अपराधों-हत्या, डकैती, बाल शोषण इत्यादि के विरुद्ध कोई परम्परागत बहुमत नहीं है तब पुलिस केवल सहयोग पर आश्रित हो सकती है। परन्तु जनता अनेक कानूनों को एक दांव भर मानती है जिसमें यदि कोई भाग्यहीन कभी पकड़ में आ जाए तो कोई भर्त्सना नहीं होती कोई शर्म महसूस

नहीं होती है। इस नैतिकता का स्वस्थ पहलू यह है कि इसके बिना लोग अपराध की वृद्धिशील भावना में डूब जाएंगे। किसी भी अपेक्षाकृत छोटे अपराध के अभियोजन के पश्चात् पुलिस तीन वर्गों के पुराने मित्र खो देती है। पुलिस अभियुक्त से दूर हो जाती है, 'केवल मुझे सजा क्यों। हर कोई तो यह कर रहा है। यह पुलिस की दस्तंदाजी, दुर्भावनापूर्ण और अन्यायपूर्ण है।' पीड़ित व्यक्ति पुलिस से विमुख हो जाता है क्योंकि पीड़ित के अनुसार, 'पुलिस ने उसको (अभियुक्त को) रोका क्यों नहीं। जब पुलिस की सबसे ज्यादा जरूरत होती है तो पुलिस मौजूद क्यों नहीं होती। अभियुक्त को आर्थिक दण्ड दिए जाने से मेरा क्या भला हुआ और इस सबके अतिरिक्त वकीलों ने मामला कुछ का कुछ बना दिया।' साक्षी पुलिस से विमुख हो जाता है। वह कहता है कि ''क्या निरर्थक समय की बर्बादी है, निश्चित समझिए कि फिर कभी साक्ष्य के झमेले में नहीं फंसूंगा।

पुलिस की तादाद

यह एक सुविदित तथ्य है कि पुलिस की ताकत विभिन्न घटकों जैसे कानून की स्थिति व न्यायालयों और सुनवाई के पश्चात् की प्रक्रियाओं की स्थिति पर निर्भर करती है। ये घटक किसी ज्ञात संख्या के पुलिसकर्मियों की, अपराध से निपटने की, क्षमता के मूल द्योतक है।

भारतीय पुलिस भी उन्हीं बाधाओं का सामना करती है जिनका सामना ब्रिटिश पुलिस करती है तथा सदियों के बेहतरीन रिकार्ड के बावजूद उन बाधाओं को दूर नहीं कर सकी है। वर्तमान काल में ऐसे अनेक केन्द्रीय पुलिस संगठन हैं जिनके प्रधान अधिकारी हैसियत तथा वेतन की दृष्टि से भारत सरकार के सचिवों अथवा राज्य सरकारों के मुख्य सचिवों के बराबर हैं । इन विभिन्न पुलिस संगठनों के मुख्य अधिकारियों के समन्वय निकाय के गठन की आवश्यकता अब पहले से कहीं अधिक है। विभिन्न पुलिस संगठनों के समन्वित विकास हेतु और समन्वय की समस्याओं के निराकरण के लिए ऐसा किया जाना आवश्यक है। वस्तुत:, अब से काफी अर्सा पहले सन् 1970 में प्रशासनिक सुधार आयोग के एक अध्ययन दल ने केन्द्रीय पुलिस सलाहकार बोर्ड के गठन की सिफारिश की थी। इस सिफारिश को पुनर्जीवित करने तथा उस पर अमल करने का यह उपयुक्त समय है।

यहां फील्ड मार्शल मोण्टगोमरी का उद्धरण प्रासंगिक होगा जिसने अपने संस्मरण में लिखा था कि, ''एक जनरल का कच्चा माल उसके सैनिक होते

हैं। यह सिविल जीवन में भी सच है। बड़े औद्योगिक संस्थानों के प्रबंधक इस तथ्य को समझने में चूक करते प्रतीत होते हैं। उनके विचार से उनका कच्चा माल लौह अयस्क अथवा कपास अथवा रबड़ है, कर्मी नहीं हैं, वस्तुएं हैं। उनके साथ वार्तालाप में मैंने उनके दृष्टिकोण से असहमति जताई तथा उनसे आग्रह किया कि वे अपने कर्मियों को अपना मूल कच्चा माल समझें। अनेक जनरलों ने भी इस महत्वपूर्ण विषय को पूर्ण रूप से ग्रहण नहीं किया तथा इसका पूर्ण तात्पर्य नहीं समझा और इसी कारण उनमें से कुछ विफल रहे।''

मेरा सदैव यह मत रहा है कि बहुत सारे व्यक्ति जिनके पास बहुत से टैंक, बंदूक, मशीनगन इत्यादि हों उनको सेना नहीं कहा जा सकता है तथा इन सबको मिलाकर रखने से सैन्य शक्ति नहीं बनती है। सेना की वास्तविक शक्ति इन सब चीजों के संग्रह से कहीं बढ़कर है और यह शक्ति साहस, युद्ध की ललक, सैनिकों जनरलों और विशेषकर हाई कमान के साथ परस्पर विश्वास, नेतृत्व का गुण तथा अन्य अनेक अप्रत्यक्ष मानसिक गुणों से आती है।

पुलिस में नए प्रवेशकर्ता अपनी ड्यूटी भली प्रकार करने हेतु उतने ही महत्वपूर्ण हैं: पुलिस में नए भर्ती होने वाले व्यक्ति पुलिस की आस्ति होते हैं तथा एफ. बी. आई. के पूर्व निदेशक एडगार टूवर के शब्दों में: ''किसी व्यक्ति को पुलिस अधिकारी का व्यावसाय चुनने हेतु मजबूर नहीं किया जाता है, परन्तु इस व्यावसाय को चुनने वाले व्यक्ति पर अपनी ड्यूटी भली प्रकार निभाने तथा इसकी उच्च अपेक्षाओं के मानकों पर खरा उतरने का अनिवार्य दायित्व होता है। व्यावसायिक पुलिस सेवा में समझौता, व्यक्तिगत भावनाओं, शत्रुता अथवा पूर्वाग्रहों के लिए कोई स्थान नहीं है। प्रत्येक हलके में प्रत्येक गश्त में ईमानदारी तथा निष्ठापूर्वक प्रत्येक आदेश का पालन और उपस्थिति आवश्यक तत्व हैं। ड्यूटी के किसी भी स्थान पर, किसी भी समय, प्रत्येक दिन के हर मिनट पर शिष्टता प्रत्यक्ष दर्शित होनी चाहिए।

अमेरिकी राष्ट्रपति लिण्डन जॉनसन द्वारा विधि क्रियान्वन और न्याय प्रशासन के संबंध में गठित राष्ट्रपति आयोग के कथनानुसार, ''अपराध किसी गली में वैसा नहीं दिखता जैसा कि विधायिका कक्ष में दिखता है। पुलिस अधिकारी को, अनेक बार, बड़ी जटिल और तेजी से बदलती स्थितियों में काम करना पड़ता है और कभी स्थिति को हल्के ढंग से निपटने का अनर्थकारी परिणाम हो सकता है। तथापि, पुलिस का प्रयास अपने विवेकानुसार सर्वश्रेष्ठ निर्णय का दुरूपयोग अथवा बलिदान करने का कदापि नहीं होना चाहिए।

पुलिस का उत्तरदायित्व

पुलिस को अपने कार्यों के प्रति अनिवार्य रूप से उत्तरदायी होना चाहिए। राष्ट्रीय पुलिस आयोग ने इस संबंध में निम्नलिखित टिप्पणी की थी, ''पूर्ववर्ती दशकों (स्वतंत्रता प्राप्ति के पश्चात्) में हमारे अनुभव से स्पष्ट हुआ है कि लोकतांत्रिक सिद्धान्तों पर आधारित संवैधानिक सरकार एक प्रभावी, सुदक्ष और उत्तरदायी प्रशासन की सहायता के बिना कार्य नहीं कर सकती है। संवैधानिक रूप से, राजनीतिक कार्यपालक अर्थात् मंत्री को उसके अधीन कार्यपालिका के कार्यप्रदर्शन हेतु उत्तरदायी बनाया गया है। हमारे विचार में ऐसा विशुद्ध शासकीय उत्तरदायित्व, वर्तमान स्थितियों में, न तो प्रशासनिक दक्षता के हित में है और न ही जनता के हित में है जिसके हितार्थ यह प्रशासन विद्यमान हैं।

विधान सभा में राजनीतिक कार्यपालक अथवा मंत्रिमंडल का उत्तरदायित्व उन लोगों को राहत नहीं पहुंचाता जिनकी सत्ता के गलियारों तक पहुंच नहीं है। अतएव अधिकारी कार्यपालक का विभिन्न स्तरों पर उत्तरदायित्व परिभाषित किया जाना आवश्यक है तथा लोगों को उनकी उपलब्धता भी सुनिश्चित की जानी चाहिए। अधिकारी कार्यपालक के अनामत्व की सोच से उसकी ड्यूटी के उत्तरदायित्व तय करने से बचा नहीं जा सकता है। जबकि उपरोक्त तथ्य समस्त प्रशासनिक तंत्र के संदर्भ में सही है, पुलिस संगठन के लिए यह अधिक महत्वपूर्ण है क्योंकि पुलिस को संवैधानिक सरकार की स्थिरता के लिए आवश्यक सामाजिक व्यवस्था के संरक्षण का कार्य सौंपा गया है। सरकार के अन्य कार्यपालक अंगों के विपरीत पुलिस का कार्य सर्वाधिक प्रत्यक्ष है। प्रत्यक्षता स्वयं ही अनामत्व को कम कर देती है। पुलिस के उत्तरदायित्व को इसी आलोक में देखा जाना चाहिए।

उत्तरदायित्व का अर्थ निर्दिष्ट कार्य के समुचित निष्पादन की जवाबदेही है। इसका अर्थ केवल ड्यूटी पूरी करने का उत्तरदायित्व नहीं है, बल्कि उन पक्षों की संतुष्टि करना भी है जिनके लिए ड्यूटी की जा रही है। लोकतांत्रिक व्यवस्था में पुलिस सहित प्रत्येक विभाग अपने कार्यप्रदर्शन के लिए अन्ततः जनता के प्रति उत्तरदायी है। तथापि, हमारे समाज में जनता के प्रति प्रत्यक्ष जवाबदेही अत्यंत कठिन है।

शासकीय उत्तरदायित्व

संविधान में यह निर्धारित किया गया है कि लोक सेवा, संसद और राज्य विधायिकाओं के माध्यम से जनता के निर्वाचित प्रतिनिधियों के समक्ष उत्तरदायी

है। वर्तमान आधुनिक जगत में इस प्रकार का शासकीय उत्तरदायित्व प्रशासनिक दक्षता को कम करता है तथा जनता को आवश्यक संतुष्टि प्रदान करने में असफल रहता है। इस समय नौकरशाहों की पूर्ण गुमनामी तथा जनता के समक्ष विशुद्ध शासकीय उत्तरदायित्व से जन्मी विकृतियों के फलस्वरूप पुलिस की दक्षता और जनता की संतुष्टि पर बुरा प्रभाव पड़ा है। दुर्भाग्यवश शासकीय उत्तरदायित्व की धारणा से राजनीतिक कार्यपालक यह समझता है कि वह सभी क्षेत्रों में पुलिस के समस्त कार्यो में दखलंदाजी करने तथा उनका मार्गदर्शन करने हेतु अधिकृत है चाहे यह दखल और मार्गदर्शन देश के कानून से सम्मति रखने वाला अथवा उसके विपरीत हो। अन्ततः यह जनता ही पुलिसकर्मियों की अभिकर्ता है तथा पुलिस उसी के प्रति जवाबदेह है।

हाल विगत में जनता के समक्ष पुलिस की जवाबदेही की प्रक्रिया में काफी विकृतियां आ गई हैं। इस समाज में विभिन्न दबाव और विशिष्ट वर्ग जन्म ले चुके हैं जो पुलिस सहित सभी सरकारी विभागों से कानून व निष्पक्षता को तोड़-मरोड़ कर उनके पक्षानुकूल कार्य करने की अनन्त अपेक्षाएं पाले रहते हैं। इनमें राज्य और केन्द्र विधायिकाओं, स्थानीय निकायों के सदस्य, राजनीतिक दलों और विशेषकर सत्तापक्ष दल के महत्वपूर्ण कार्यकर्त्ता, स्थानीय सनसनीखेज समाचार पत्रों के प्रतिनिधि, अन्य स्थानीय महत्वपूर्ण तथा महत्वपूर्ण पदों पर आसीन सरकारी सेवक सम्मिलित हैं। ये लोग पुलिस की जवाबदेही जनता से हटाकर अपने प्रति करने के इच्छुक हैं। अतएव, पुलिसकर्मी अपनी प्राथमिकताएं इन दबाव वर्गों की ओर मोड़ने में प्रवृत्त हो गए हैं। इसका स्पष्ट प्रभाव सीधा आम जनता की मनोवृत्ति पर पड़ा है जो यह सोचती है कि पुलिस विभाग समेत अन्य सभी लोक सेवा विभाग केवल विशिष्ट वर्ग की सेवा के लिए ही हैं और यदि उन्हें किसी लोक सेवा की आवश्यकता है तो यह सेवा या तो गैर-कानूनी तुष्टीकरण से अथवा समाज के सत्ताधारी लोगों से दबाव डलवाकर प्राप्त कर सकते हैं। एक अन्य विकृति यह पैदा हुई है कि पुलिस ग्रामीण क्षेत्रों की अपेक्षा शहरी क्षेत्रों को प्राथमिकता देने लगी है। चूंकि शहर की जनता अधिक मुखर एवं अपेक्षाएं रखने वाली होती है इसलिए पुलिस सेवा में ग्रामीण जनता की अपेक्षा करने की प्रवृत्ति पनप चुकी है। पर्यवेक्षण और निरीक्षण को छोड़ ग्रामीण क्षेत्रों की घोर उपेक्षा की जा रही है। इसी लिए पुलिस ग्रामों में रहने वाले लोगों के सामने आने वाली समस्याओं तथा कठिनाइयों से अनभिज्ञ दिखाई पड़ती है।

राज्य पुलिस कार्य प्रदर्शन की वार्षिक प्रशासन रिपोर्ट उद्‌देश्यपूर्ण आकलन हेतु पर्याप्त नहीं है। ये रिपोर्ट आंकड़ों पर आधारित होती है जो, जैसा कि हम

पिछले अध्यायों में भी बता चुके हैं, कि बड़ी संख्या में अपराध दबाए जाने के कारण विश्वसनीय नहीं होते हैं। इसके अलावा वार्षिक प्रशासन रिपोर्ट साधारणतः मात्रात्मक आकलन ही प्रक्षेपित करती हैं ऐसी रिपोर्टों से जनता की संतुष्टि के स्तर का सही आकलन करना संभव नहीं है। भारत में विद्यमान स्थिति के संबंध में राष्ट्रीय पुलिस आयोग का कथन है कि उनका आकलन भी वही है। आयोग ने प्रोफेसर डेविड एच. बेली का निम्नलिखित उद्धरण प्रस्तुत किया।

भारत में आज दण्ड-न्याय की दोहरी व्यवस्था विकसित हो गई है। इस दोहरी व्यवस्था में एक कानूनी व्यवस्था है तो दूसरी राजनीतिक व्यवस्था है। कम से कम पुलिस के संबंध में कहा जा सकता है कि पुलिस अधिकारी द्वारा कानून लागू करने के बाबत किए गए निर्णय अक्सर निर्वाचित प्रतिनिधियों के निर्देशों अथवा पक्षपातपूर्ण समीक्षा के अधीन होते हैं। कानून लागू करने की विशिष्ट और नेमी घटनाओं में पुलिसकर्मियों की स्वायत्तता का हनन अनेक बार किया गया है। यह केवल कानून और व्यवस्था की स्थितियों के विषय में ही सत्य नहीं है। कानून के दण्ड से मुक्ति के लिए राजनीतिज्ञों से गुहार करना अभियुक्तों की आदत बन चुकी है। देश भर के पुलिस अधिकारी विचाराधीन मामले पर कार्रवाई करने से पूर्व उसके राजनीतिक प्रभाव का अनुमान लगाने के अभ्यस्त हो गए हैं। वे अपने भविष्य को लेकर और खासतौर पर अपनी तैनाती संबंधी आशंकाओं के कारण चिन्तित और कटु स्वभाव वाले हो गए हैं।

परन्तु सब जगह, पुलिस अधिकारी ड्यूटी के दौरान कार्रवाई के प्रति अपने वरिष्ठ अधिकारियों के मुकाबले राजनीतिज्ञों द्वारा व्यक्तिगत रूप से जिम्मेदार ठहराए जाने की उम्मीद करते हैं। कुल मिलाकर कानून के शासन का वह फ्रेम जिसमें न्याय जड़ा हुआ है राजनीति के नियमों द्वारा क्षतिग्रस्त किया जा रहा है। लोकतंत्र के नाम पर इस निरीक्षण ने उस नींव की जड़ें खोदी हैं जिन पर किसी दण्ड-न्याय प्रणाली की निष्पक्षता टिकी रहती है।

विभागीय जवाबदेही के विषय में यह सलाह दी गई है कि विभाग में जिस कर्मी को जो कार्य तथा ड्यूटी निर्दिष्ट की गई वह कर्मी केवल उसी के लिए जवाबदेह होना चाहिए। यह जवाबदेही ऐसी ड्यूटी पर लागू नहीं की जानी चाहिए जिस पर उसका कोई प्रत्यक्ष नियंत्रण नहीं है। विभिन्न स्तरों पर पुलिस अधिकारियों को विभिन्न कानूनों तथा विभाग के नियमों के आधार पर समय-समय पर ऐसी ड्यूटी सौंपी जाती हैं। अपने क्षेत्राधिकार में होने वाली प्रत्येक घटना के लिए हरेक स्तर (उदाहरणार्थ पुलिस अधीक्षक, उप महा निरीक्षक तथा महा निरीक्षक अथवा महा निदेशक) पर पुलिस कर्मियों को

उत्तरदायी ठहराने के महत्वपूर्ण सिद्धान्त पर ध्यान नहीं दिए जाने से बहुत क्षति हुई है। विस्तार से कहें तो महा निरीक्षक अथवा महा निदेशक साधारणत: पुलिस बल की निष्ठा और नैतिक बल को बनाए रखने, कार्मिक प्रबंधन जिसमें कार्मिको का प्रशिक्षण भी सम्मिलित है इत्यादि हेतु उत्तरदायी है। परन्तु उसको किसी विशेष जनपद में घटित प्रत्येक पृथक घटना के लिए उत्तरदायी तब तक नहीं ठहराया जा सकता जब तक कि यह सिद्ध न हो जाए कि अमुक घटना उसके द्वारा कार्रवाई किए जाने अथवा नहीं किए जाने के फलस्वरूप हुई है अथवा कि ऐसी घटनाएं व्यापक रूप से हुई है और पुलिस का मुखिया पर्याप्त प्रतिक्रिया देने में असफल रहा हैं। इसी प्रकार अपने संबंधित क्षेत्राधिकार में प्रत्येक पृथक घटना के लिए पुलिस अधीक्षक अथवा एस. एच. ओ. को उत्तरदायी नहीं ठहराया जा सकता है।

सन् 1977 में सरकार द्वारा गठित एक आयोग का कथन है कि, ''किसी राजनीतिक दल के लाभ हेतु पुलिस की तैनाती विधि के शासन को उलटने का एक निश्चित स्रोत है। सरकार को न केवल इस पर गंभीरतापूर्वक विचार करना चाहिए बल्कि पुलिस को देश की राजनीति से पृथक्करण का क्रियान्वन करना चाहिए और ईमानदारी के साथ पुलिस को केवल ऐसी ड्यूटी पर तैनात किया जाना चाहिए जो कानून द्वारा अभिप्रेत हैं।'' राजनीतिक दबावों के सामने अडिग रहने के संबंध में पुलिसकर्मियों की आशंकाओं, संभावित काल्पनिक परिणामों की आशंकाओं ने सरकारी कर्मचारियों द्वारा ईमानदारी से ड्यूटी करने के परिणामी वास्तविक ज्ञात परिणामों की अपेक्षा अधिक क्षति पहुंचाई है। अंतिम विश्लेषण यह है कि हमारे देश का शासन सरकारी अधिकारियों के चरित्र और सक्षमता के अनुसार अच्छा अथवा बुरा होगा। यदि वे केवल औजार बने रहेंगे तथा स्वयं को संदिग्ध उद्देश्यों की ओर झुका देंगे तो बेईमान संचालकों का कभी अभाव नहीं रहेगा। एक सतर्क, तहकीकाती तथा जागरुक लोकमत का कोई विकल्प नहीं है जो सरकारी सेवकों के कार्यों पर नजदीकी निगाह रखता है (शाह जांच आयोग, 26 अप्रैल 1978)।

उपरोक्त टिप्पणी लगभग पच्चीस वर्ष पूर्व की गई थी परन्तु आज भी उतनी ही सटीक व मान्य है। यह पूर्ण निश्चय के साथ कहा जा सकता है कि नागरिकों को प्रदान की जाने वाली सुरक्षा पुलिस अधिकारियों की गुणवत्ता पर निर्भर करेगी। पुलिस अधिकारियों की गुणवत्ता स्वाभाविक रूप से उन्हें दिए जाने वाले प्रशिक्षण पर निर्भर करती है। प्रशिक्षण का परिदृश्य सुखद नहीं है। प्रशिक्षण के संबंध में पुलिस समिति ने कहा था कि, ''हमने देश के विभिन्न भागों में

पुलिस प्रशिक्षण के अनेक प्रतिष्ठानों का दौरा किया और हमारा दृढ़ विचार है कि कुछ केन्द्रीय पुलिस संगठनों को छोड़कर पुलिस प्रशिक्षण की सामान्यत: उपेक्षा की जा रही है। विभिन्न राज्यों में पुलिस प्रशिक्षण का कार्य मात्रात्मक तथा गुणात्मक दोनों दृष्टि से असंतोषजनक है। विस्तारशील पुलिस संगठन की आवश्यकताओं की पूर्ति हेतु पुलिस प्रशिक्षण संस्थान पर्याप्त संख्या में उपलब्ध नहीं हैं। प्रत्येक राज्य में पुलिस बल की संख्या में भारी वृद्धि हुई है, परन्तु संस्थानों में उपलब्ध सुविधाएं इस वृद्धि के अनुपात में बढ़ी हैं तथा कई मामलों में प्रशिक्षण कार्यक्रम की अवधि घटा दी गई है ताकि एक वर्ष में एक से अधिक पाठ्यक्रम आयोजित किए जा सकें। जिन इमारतों में ये प्रशिक्षण संस्थान स्थापित हैं उन भवनों के अनुरक्षण तथा मरम्मत की स्थिति भी महत्वपूर्ण कार्यों में रत सरकार के इस प्रमुख संगठन की दृष्टि से उपयुक्त नहीं है। पुलिस सेवा के उच्च अधिकारियों सहित समस्त प्रशासन की दृष्टि में प्रशिक्षण के महत्व के संबंध में दृढ़ विश्वास का अभाव इस आम उपेक्षा की स्थिति का सर्वाधिक महत्वपूर्ण कारण प्रतीत होता है।

हाल के वर्षों में अधिकतर राज्यों में कानून व व्यवस्था बनाए रखना पुलिस के कार्यों का प्रमुख अंग बन गया है। पुलिस अधिकारी जिनके पास समय की कमी तथा पुलिसकर्मियों का स्थायी अभाव है परेशान होकर अपने जनपद निकायों और प्रशिक्षण आरक्षीकर्मियों का उपयोग करते हैं। वे अपने कर्मियों को छोटी अवधि के पाठ्यक्रमों को छोड़कर अन्य प्रशिक्षण पाठ्यक्रम में जाने देने के अनिच्छुक हैं। ऐसे वातावरण में प्रशिक्षण एक औपचारिकता बन गई है जिसमें रंगरुटों को प्रशिक्षण दिया जाता है। रंगरुटों का यह प्रशिक्षण भी कभी-कभी अपनी तय अवधि के आधे में या उससे भी पहले समाप्त कर दिया जाता है। इस प्रशिक्षण के संचालक अनिच्छुक, अल्प साधनयुक्त हैं। जो व्याख्यान तथा परेड की आवश्यक खानापूरी करते प्रतीत होते। अतएव पुलिस की गुणवत्ता सुधार कर उसको 21वीं सदी के उपयुक्त बनाने के लिए सरकार और पुलिस नेतृत्व को प्रशिक्षण को प्रभावी बनाने और पुलिस को जनता की जरूरतों और चुनौतियों का सामना करने के वास्ते सक्षम बनाने हेतु नए मार्ग तथा साधन खोजने होंगे।''

पुलिस के विरुद्ध शिकायतें

लोगों को पुलिस से निम्नलिखित शिकायतें हैं। ये शिकायतें आधारहीन नहीं है। इन शिकायतों में सच्चाई है।

1. वे पक्षपात करते हैं, मनमर्जी से कानून लागू करते हैं। वे प्रभावशाली अथवा शक्तिशाली लोगों के फंसने/सम्मिलित होने पर ही काईवाई करते हैं।
2. पुलिसकर्मी अभद्र होते हैं और पीड़ित पक्ष तक के लिए अशिष्ट एवं अश्लील भाषा का प्रयोग करते हैं। इसके फलस्वरूप ईमानदार नागरिक भी कानून प्रवर्तन एजेन्सीज की कोई सहायता करने से कतराते हैं। वे वास्तविक शिकायतों को लेकर भी पुलिस के पास जाने से बचते हैं।
3. पुलिस गरीब और अप्रभावशाली नागरिकों की शिकायतों का संज्ञान तक नहीं लेती है। इस प्रकार साधारण जन की शिकायतों का पुलिस के हाथों निपटारा लगभग असंभव बात है।
4. पुलिस खुद कानूनों का पालन नहीं करती है। वे कानून द्वारा आदेशितानुसार ड्यूटी नहीं करते हैं और इस प्रकार कानून को उपहास का विषय बना देते हैं। वे जाली साक्ष्य गढ़ते हैं तथा जनता के विरुद्ध झूठे परिवाद भी बना देते हैं। वे गैर-कानूनी तरीकों जैसे कि थर्ड डिग्री का इस्तेमाल, पीटना, यातना देना, गैर-कानूनी कैद में रखना और नजरबंद रखना इत्यादि का इस्तेमाल करते हैं।
5. पुलिस भ्रष्ट है। उससे वास्तविक घटनाओं में कार्रवाई करवाना भी असंभव है। धनी लोग पैसे के बल पर पुलिस को निष्क्रिय बना देते हैं जबकि पुलिस को देश के कानून के अनुसार कार्रवाई करनी ही चाहिए। लोगों को पुलिस द्वारा सही कार्य किए जाने का भरोसा नहीं है।

सरकार और पुलिस नेतृत्व को जनता की शिकायतों पर विगत की अपेक्षा अधिक गंभीरता से ध्यान देना चाहिए। उन्हें यह सुनिश्चित करना चाहिए कि पुलिस विभाग आकार, परिमाण और महत्व की दृष्टि से विकसित होने के साथ-साथ लोगों की शिकायतों के प्रति भी अनुक्रियाशील बने। पुलिस विभाग से सुस्ती, अनुशासनहीनता और अक्षमता को जड़ से उखाड़ फेंकने की भी जरूरत है। सुशिक्षित और जागरूक जनता ही अनुक्रियाशील प्रशासन की सर्वश्रेष्ठ गारंटी हो सकती है। यही समय है जब पुलिस नागरिकों को समझाए कि वह उनसे क्या अपेक्षाएं रखती है तथा नागरिक उससे क्या उम्मीद रख सकते हैं। बड़ी-बड़ी यूनिटों जिन्हें संचालित करने में अनेक कठिनाइयां आती हों-के स्थान पर छोटी-छोटी यूनिटों का गठन विचार करने योग्य विषय है। यह विचार पुलिस स्टेशनों तथा सैकड़ों हजार की संख्या वाले संगठनों पर समान रूप से लागू होता है। अर्द्ध सैन्य बलों जैसे कि केन्द्रीय रिजर्व पुलिस बल और सीमा सुरक्षा बल के विशाल संख्या बल और उत्तर प्रदेश जैसे विशाल आकार के राज्यों में गंभीर

प्रबंधन समस्याएं उठ खड़ी हुई हैं। संगठनों के विशाल आकार के कारण शीर्ष अधिकारियों और संगठन के कर्मियों व कमान अधिकारियों के बीच सम्पर्क पर प्रतिकूल प्रभाव पड़ता है। विशाल आकार के संगठनों में देखा गया है कि शीर्ष अधिकारी व्यक्तिगत रूप से अपने आधे अधिकारियों को भी नहीं जानता है। वह उनमें से कुछ एक अधिकारियों से परिचित होता है। किसी बड़े आकार के संगठन के महा निदेशक के लिए अपने संगठन की प्रत्येक यूनिट का दौरा करना भी संभव नहीं है।

छोटी यूनिटें तथा नियंत्रणीय संख्या बल गंभीर स्थितियों का सामना करने में अधिक प्रभावशाली होता है। कई बार कानून एवं व्यवस्था की स्थिति संभालने के लिए अर्द्ध सैनिक बलों की तैनाती कर दी जाती है। एक अर्द्ध-सैन्य सशस्त्र पुलिसकर्मी किसी पुलिस अधिनियम के अधीन नियुक्त पुलिसकर्मी नहीं होता है। उसको देश के कानून अथवा पुलिस विनियमों के अंतर्गत पुलिस अधिकार प्राप्त नहीं होते हैं। वह वर्दीधारी सैनिक होता है। छोटी तथा व्यवहार्य पुलिस यूनिटों की वांछनीयता पर पुलिस स्टेशनों तथा उच्च स्तरों दोनों पर, गंभीर विचार किए जाने की आवश्यकता है। बृहद् आकार वाले राज्यों में एक से अधिक पुलिस जनपद बनाए जाने पर भी विचार किया जाना चाहिए। एक पुलिस जनपद का तात्पर्य यह है कि राज्य को दो या तीन रीजनों में विभाजित कर दिया जाए तथा प्रत्येक रीजन में पृथक पुलिस महा निदेशक नियुक्त किया जाए। वर्तमान समय में अपर अधिकारियों के पद सृजित करने की प्रवृति बन गई है उदाहरण के लिए अपर स्टेशन हाउस आफीसर, अपर पुलिस अधीक्षक, अपर पुलिस उप महा निरीक्षक, अपर पुलिस महा निरीक्षक, विशेष निदेशक इत्यादि। अपर अधिकारियों के पद सृजन के स्थान पर अतिरिक्त यूनिटों का सृजन अधिक वांछनीय है। इस प्रकार तैनात किए गए अधिकारी कई बार दम घुटता सा महसूस करते हैं। उन्हें लगता है कि उन्हें कार्य करने हेतु पूर्ण अधिकार तथा उत्तरदायित्व नहीं दिया गया है। वे स्वयं को एक कैद में महसूस करते हैं। बहुधा सरकार ईमानदार अथवा अनम्य अधिकारियों को दण्डित करने के लिए ऐसी नियुक्ति पर भेजती है।

पुलिस अधिकारियों के लिए, अन्य सब बातों से हटकर, अपनी ड्यूटी में पेशेवर मोड़ देने का यह उपयुक्त समय है। थोड़ी-सी भी समझ रखने वाले व्यक्ति के लिए भी यह बिल्कुल स्पष्ट होना चाहिए कि श्रेष्ठ कार्यप्रदर्शन का अन्य कोई विकल्प नहीं हैं। लंदन के पूर्व पुलिस आयुक्त सर रॉबर्ट मार्क ने एक बार कहा था कि, ''पुलिस समाज का सर्वश्रेष्ठ प्रतिबिम्ब है। यदि समाज उग्र

है तो पुलिस भी उग्र होगी, यदि समाज भ्रष्ट है तो पुलिस भी भ्रष्ट होगी, परन्तु यदि समाज सहनशील, शिक्षित तथा मानवीय गुणों से युक्त है तो पुलिस भी तदनुसार व्यवहार करेगी।''

केन्द्रीय अर्द्ध सैन्य संगठनों में काम करने का मेरा अनुभव रहा है कि शीर्ष अधिकारी अपने आधे अधिकारियों को भी नहीं जानता है। वह अपने थोड़े से अधिकारियों को ही पहचानता है। अधिकतर केन्द्रीय पुलिस संगठनों के महा निदेशकों के लिए अपने तीन से पांच वर्ष तक के कार्यकाल में अपने संगठन की सभी यूनिटों का दौरा कर पाना भी संभव नहीं है। बृहद् आकार के दुष्परिचालनीय संगठनों की अपेक्षा छोटी यूनिटें गंभीर स्थितियों का सामना प्रभावशाली ढंग से कर सकती हैं। किसी केन्द्रीय पुलिस संगठन अथवा रक्षा सेवा से जुड़ा एक सशस्त्र पुलिसकर्मी भी देश के कानून के तहत पुलिस अधिकारों से हीन अथवा पुलिस विनियमों से अनभिज्ञ होता है। वह तो वर्दी में एक सैनिक मात्र होता है।

इसमें तनिक भी संदेह नहीं कि पुलिस की विश्वसनीयता अपने निम्नतम स्तर पर है। जनता की अपेक्षाओं तथा पुलिस के कार्यप्रदर्शन के बीच भारी अन्तर है। एक आम नागरिक पुलिस की सहायता मांगने तभी जाता है जब अन्य सब उपाय चुक जाते हैं। वह पुलिस से आशंकित रहता है जब कि अपराधी न केवल स्वच्छंदता के साथ देश के कानून का उल्लंघन करते हैं बल्कि विधि निर्माता संस्थाओं के लिए निर्वाचित होकर सरकार की लगाम थाम लेते हैं। हमारी व्यवस्था आज भी औपनिवेशिक तरीकें से सरकार को सत्ता में टिकाए रखने का कार्य करती है। इसमें सुधार की सख्त जरूरत है। पुलिस को जनता का मित्र बनाया जाना चाहिए तथा उसको अपराध और अपराधियों से प्रभावी ढंग से निपटने वाला बनाया जाना चाहिए।

पुलिस की मौजूदा कमजोरियों को दूर किया जाना नितान्त आवश्यक है। पुलिस कार्यों को नियंत्रित करने वाले अधिनियमों से सबसे पहला मद्रास डिस्ट्रिक्ट पुलिस एक्ट 1859 है जो आज भी तमिलनाडु और आन्ध्र प्रदेश के आन्ध्र क्षेत्र में लागू है। इसके शीघ्र पश्चात् भारतीय पुलिस अधिनियम 1861 लागू हुआ था। यह अधिनियम सभी संघ क्षेत्रों में तथा अन्य विभिन्न राज्यों में लागू है। इसके उपरान्त कलकत्ता पुलिस अधिनियम 1866 तथा बॉम्बे पुलिस अधिनियम 1869 बनाए गए जो आज भी लागू हैं।

पुलिस की कमजोरियां और दुर्बलताएं

पुलिस की प्रमुख कमजोरियां निम्नलिखित हैं–

पुलिस जनता के साथ व्यवहार में, रवैये में, मानस में तथा अपराध अन्वेषण में न्यायपूर्ण और निष्पक्षता के साथ कार्य नहीं करती है। आम जनता

में यह धारणा बनी हुई है कि पुलिस केवल विशिष्ट राजनीतिक और सामाजिक लोगों के हितार्थ कार्य करती है। यह भी विश्वास किया जाता है कि पुलिस का उपयोग जोड़-तोड़ द्वारा सरकार को सत्ता में बनाए रखने के लिए किया जाता है। जनता दृढ़ता से विश्वास करती है कि पुलिस विभाग में विभिन्न स्तरों पर प्रच्छन्न भ्रष्टाचार व्याप्त है तथा कोई भी मामला बिना दबाव या सिफारिश के दर्ज नहीं करवाया जा सकता है।

पुलिस के सम्मुख आने वाली समस्याओं का विवरण

पुलिस का कहना है कि उसे कुछ बाधाओं का सामना करना पड़ता है जिनके कारण वह जनता की अपेक्षाओं के अनुरूप कार्य नहीं कर पाती है। इन बाधाओं में कानून का पुलिस पर अविश्वास सम्मिलित है। पुलिस अधिकारियों तक के समक्ष की गई अपराध स्वीकारोक्ति बतौर साक्ष्य स्वीकार्य नहीं है। किसी भी पदस्तर के पुलिस अधिकारी के समक्ष दिए गए अपराध स्वीकारोक्ति के बयान का साक्ष्य की दृष्टि से कोई महत्व नहीं है। इसके विपरीत, विकसित देशों में पुलिस पर अविश्वास नहीं किया जाता है। इसी प्रकार आतंकवाद देश के लिए एक प्रमुख समस्या है। यह देश की सबसे महत्वपूर्ण समस्या बन चुकी है। परन्तु हमारे देश में आतंकवाद और संगठित अपराध से निपटने हेतु कोई कानून नहीं है। किसी अपराध का अन्तिम परिणाम अभियोजन पर निर्भर करता है। अभियोजन को 1973 के पश्चात् एक पृथक स्वतंत्र कार्य माना गया है।

पुलिस अपने कार्यों के लिए अनेक एजेन्सियों जैसे जिलाधीश, केन्द्रीय गृह मंत्री, प्रशासक और विभिन्न राष्ट्रीय आयोगों के प्रति जवाबदेह होती है। इसके अतिरिक्त अन्य समस्याएं जिनमें कम वेतन के कारण निम्न मनोबल, कठोर कार्य परिस्थिति, बहुत खराब आवासीय सुविधाएं, जन-सहयोग का अभाव तथा मुकदमों के निपटाने में विलम्ब प्रमुख रूप से सम्मिलित हैं। पुलिस के विचार से सुधार के लिए अधिक कठोर कानून बनाए जाने तथा उसको और अधिक अधिकार तथा संसाधन मुहैया कराए जाने की जरूरत है। पुलिस अधिकारियों का भी कहना है कि मनमानी तैनातियों तथा तबादलों पर नियंत्रण आवश्यक है। विभाग के प्रमुख संचालन कर्ताओं को एक निश्चित अवधि का कार्यकाल दिया जाना चाहिए। आम जनता की धारणा है कि पुलिस पर विश्वास नहीं किया जा सकता है। उन्हें अपना रवैया, व्यवहार और सोच बदलनी चाहिए ताकि जनता को यह भरोसा हो सके कि पुलिस उसके साथ दुर्व्यवहार नहीं करेगी तथा वह अमीरों और शक्तिशाली लोगों के प्रभाव में नहीं आएगी। जनता के विचार से

वर्तमान समय में पुलिस को और अधिकार देने से जनता की विपत्तियां और बढ़ जाएंगी।

यह हकीकत है कि पुलिस अधिकारी यदि उच्च पदों पर आसीन अधिकारियों को उपकृत नहीं करेंगे तो स्वयं को अवांछनीय तैनातियों और तबादलों के जोखिम में डाल देंगे। राजनीतिक हस्तक्षेप के चलते कुछ राज्यों में आदेश और नियंत्रण की संरचना पूर्ण रूप से लड़खड़ा गई है, जबकि कुछ राज्यों में हालात अपेक्षाकृत बेहतर हैं। पुलिस बल का रवैया और उसका कार्यप्रदर्शन बहुत कुछ समुचित भर्ती, आवश्यकतानुसार प्रशिक्षण, जन समर्थन, उत्साहवर्द्धन, उच्च मनोबल और सबसे बढ़कर विभाग के नेतृत्व पर निर्भर करता है। तथापि, राज्य में राजनीतिक नेतृत्व यदि पुलिस की सहायता न करे तो उपरोक्त सभी तथ्य बेईमानी हो जाएंगे। सन् 1861 के पुलिस अधिनियम द्वारा सृजित विधिक तथा संगठनात्मक ढांचे में बदलाव की बहुत सख्त जरूरत है। पुलिस बल को प्रभावित करने वाले कुछ अन्य कारक भी हैं जैसे कि गलत सिफारिशों के आधार पर पुलिस में भर्ती, जन शक्ति का असमुचित प्रबंधन, भविष्य संबंधी योजनाओं का अभाव, सभी स्तरों पर उपयुक्त प्रशिक्षण की कमी (भर्ती के समय तथा सेवा के दौरान), प्रोन्नति के अवरुद्ध मार्ग, संसाधनों का अभाव, घटिया आवास सुविधा, कार्य के तत्वरित मूल्यांकन का न होना, गुणवत्ता के स्थान पर संख्या बल पर विश्वास, बल प्रदर्शन पर विश्वास इत्यादि। गुणवत्ता का स्तर ऊंचा न होने के अनेक कारण हैं।

पुलिस व्यवस्था की घटिया गुणवत्ता के कारण

पुलिस के ऊपर पुलिस कार्यों के अलावा अन्य कार्य लाद दिए गए हैं और स्वाभाविक है कि इसके कारण पुलिस की कार्यकुशलता पर खराब असर पड़ा है और उसका ध्यान अपराध से लड़ने के मुख्य कार्य से हटा है। इस प्रकार के कार्यों के अनेक उदाहरण हैं जैसे कि परीक्षा संचालन के लिए, निजी विशाल आयोजनों यथा फिल्म शो आदि के लिए पुलिस को तैनात किया जाना इत्यादि। इसके अतिरिक्त पुलिस को वन अधिनियम, वन्य जीव अधिनियम, बाल विवाह अधिनियम, उत्पाद शुल्क अधिनियम के तहत अपराध इत्यादि सामाजिक कानूनों की जिम्मेदारी सौंप दी गई है। पुलिस को कानून और व्यवस्था बनाए रखने के कार्य में ही लगाया जाना चाहिए तथा ऊपर दिए गए कानून संबंधित विभागों द्वारा ही लागू किए जाने चाहिए। निजी क्षेत्र के आयोजकों द्वारा विशाल आयोजनों की व्यवस्था के लिए निजी सुरक्षा एजेन्सिज को लगाया जाना चाहिए। इस प्रकार पुलिस को कार्यों से मुक्ति दी जानी चाहिए, यद्यपि पुलिस इन गतिविधियों से

पूरी तरह अलग नहीं हो सकती है। पुलिस को कानून एवं व्यवस्था बनाए रखने के अलावा अपराध की स्थिति में सक्रिय होना ही पड़ेगा। यह पुलिस और जनता के बीच सहयोग बढ़ाने, जनता का विश्वास जीतने का एक उपाय है। पुलिस की भूमिका विस्तारधीन है। पुलिस को, समाज द्वारा उनसे अपेक्षित किसी कार्य के उत्तरदायित्व से कतराना नहीं चाहिए। तथापि, पुलिस को उपलब्ध संसाधन उनके बढ़ते उत्तरदायित्वों के अनुपात में उपयुक्त रूप से बढ़ाए जाने चाहिए।

कतिपय सुझाव

भारत में पुलिस की भर्ती, प्रशिक्षण तथा सुसज्जित करने का कार्य कानून और व्यवस्था कायम रखने हेतु किया जाता है। देश के समक्ष खड़ी समस्याएं तथा आंतरिक सुरक्षा का कार्य अत्यंत चुनौतीपूर्ण है। एक सामान्य पुलिसकर्मी को आंतरिक सुरक्षा की समस्याओं का सामना करने का प्रशिक्षण नहीं दिया जाता है। देश की आंतरिक सुरक्षा की राह में चुनौतियों विशेषकर पाकिस्तानी आतंकवादी दलों द्वारा दी जाने वाली चुनौतियों तथा धार्मिक कट्टरवाद की चुनौतियों को पुलिस के प्रशिक्षण पाठ्यक्रम में सम्मिलित करना एक बुद्धिमत्तापूर्ण कदम होगा। इन चुनौतियों का सामना सार्थक और प्रभावी ढंग से करने के लिए हमारे देश व समाज को एक उच्च अभिप्रेरित, व्यावसायिक अंदाज में प्रशिक्षित, स्वावलम्बी आधार संरचना युक्त तथा आधुनिक शस्त्रास्त्रों से सज्जित पुलिस बल की आवश्यकता है। यह पुलिस बल देश की अखंडता और सम्प्रभुता के अनुरक्षण हेतु एक अति महत्वपूर्ण राष्ट्रीय आवश्यकता है। आज के पुलिसकर्मी को सम्मान की दृष्टि से नहीं देखा जाता। वह पूरे विभाग की एक घटिया और बेढंगी छवि प्रस्तुत करता है। पुलिस बल में साधारणतः 85% से अधिक कांस्टेबल होते हैं। प्रोन्नति के अवसर बहुत कम होने के कारण इनमें से ज्यादातर कांस्टेबल अपने पूर्ण सेवाकाल में अपनी भर्ती के पद से आगे बढ़ने की आशा नहीं रखते हैं।

1. पुलिस बल में कांस्टेबलों को प्रोन्नति के ज्यादा अवसर मुहैया कराए जाने की जरूरत है ताकि कम से कम 50 प्रतिशत कांस्टेबल अपनी सेवा के अन्त में उप-निरीक्षक के पद पर निवृत हो सकें। उप-निरीक्षक पद के लिए ज्यादा से ज्यादा भर्तियां पुलिस बल में से ही की जानी चाहिए ताकि एक कांस्टेबल अपनी सेवा के 5 से 10वें वर्ष तक सब-इंसपेक्टर के रूप में उम्मीद रख सके। कांस्टेबलों की भर्ती सीमित कर दी जानी चाहिए जिससे कि यह अधिकारी-उन्मुखी बल बन सके। हमें विचारशील पुलिसकर्मी चाहिए जो अपनी सामर्थ्य का प्रदर्शन अपराध की जांच, सूचना

एकत्रित करने तथा कानून एवं व्यवस्था कायम रखने में कर सके। मौजूदा कांस्टेबलों को पुनः प्रशिक्षित किया जाना चाहिए। प्रत्येक पुलिसकर्मी को हर पांच साल में एक बार प्रशिक्षण में भेजा जाना चाहिए। यह प्रशिक्षण कांस्टेबल स्तर पर और अधिक महत्त्वपूर्ण है ताकि वे कार्य के प्रति सही मनोवृत्ति को आत्मसात् कर सकें। जो पुलिसकर्मी अपना प्रशिक्षण सफलतापूर्वक पूर्ण न कर सकें उन्हें बल से निकाल दिया जाना चाहिए।

2. अनिवार्य प्रशिक्षण कार्यक्रमों को सफलतापूर्वक उत्तीर्ण करना सभी प्रोन्नतियों का आधार बनाया जाना चाहिए। सामुदायिक पुलिस व्यवस्था को प्रोत्साहन दिया जाना चाहिए।

3. पुलिस का राजनीतिकरण और उसके परिणामस्वरूप होने वाले स्थानांतरणों से पुलिस विभाग का सर्वनाश हो रहा है। कुछ राज्यों में, पुलिस कार्यों में राजनीति के निर्लज्ज एवं खुल्लमखुल्ला हस्तक्षेप के कारण, एस. पी. तथा एस. एच. ओ. का औसत कार्यकाल 15 दिन से 3-4 माह हो गया है। कुछ राज्यों में स्थानांतरण अधिकारों का खुला दुरुपयोग हो रहा है। कतिपय राज्यों में एस. एच. ओ. के स्थानांतरण के आदेश मुख्य मंत्रियों/मंत्रियों द्वारा दिए जा रहे हैं। इससे पुलिस विभाग में आदेश क्रम पूर्णतया भंग हो गया है। इस स्थिति पर तत्काल नियंत्रण की आवश्यकता है। स्थानान्तरण की नीति पारदर्शी होनी चाहिए तथा किसी भी सरकार के सत्ता में आने या सत्ता से जाने का इस पर कोई असर नहीं होना चाहिए। यह कार्य किसी समिति अथवा किसी कानून द्वारा नहीं किया जा सकता है। इसके लिए एक राजनीतिक आम सहमति की जरूरत है कि स्थानांतरण निष्पक्ष रूप से ही होंगे।

4. हमारे देश में, जाति और समुदाय सहित अनेक कारकों की वजह से, सार्वजनिक व्यवस्था का अनुरक्षण पुलिस के लिए उच्च प्राथमिकता का कार्य है। इससे अपराध तहकीकात कार्य की उपेक्षा होती है तथा उसको निम्न प्राथमिकता दी जाती है। कुछ राज्यों में अपराध और कानून एवं व्यवस्था को पृथक कर दिया गया है। वहां भी अपराध जांच हेतु निर्धारित पुलिसकर्मियों को आपात् स्थिति में कानून एवं व्यवस्था तथा अन्य प्रकार के कार्यों में लगा दिया जाता है। ये आपात् स्थितियां अक्सर पैदा होती रहती हैं। अपराध जांच तथा कानून एवं व्यवस्था को बिल्कुल अलग कर दिया जाना चाहिए ताकि अपराध-जांच का कार्य प्रतिकूल प्रभावित न हो। मुझे इसका व्यक्तिगत अनुभव है। मैं 1973 में बंगलौर में उप-पुलिस

आयुक्त के पद पर तैनात था तथा अपराध विभाग के दायित्व का निर्वहन कर रहा था। मुझे उस समय यह अहसास हुआ कि अपराध उप-निरीक्षक के लिए सड़क पर खड़े होकर कानून एवं व्यवस्था कायम रखना किसी अपराध की तहकीकात के घंटों लगातार चलने वाले कष्टप्रद कार्य के मुकाबले कितना आसान था। जिला स्तर पर जिले के मुख्य पुलिस अधिकारी को एक अतिरिक्त पुलिस अधीक्षक की सेवाएं प्राप्त होनी चाहिए जो अन्य रूप से अपराध और तहकीकात का कार्य संभाले। पुलिस को अपराध जांच में न्यायिक-विज्ञान तथा साधनों के उपयोग हेतु प्रोत्साहित किया जाना चाहिए। पुलिस अधिकारियों में विशेषज्ञता और बृहतर व्यावसायिकता को प्रोत्साहन दिया जाना चाहिए। इसके अलावा उनकी व्यावसायिकता का उपयोग सम्बद्ध क्षेत्र में ही किया जाना चाहिए। पुलिसकर्मियों का मनोबल उनके भविष्य की समुचित योजना बनाकर तथा उनके मूल्यों की भावना बैठकर ही ऊंचा बनाए रखा जा सकता है।

5. विश्व में हो रही प्रगति को ध्यान में रखते हुए आज पुलिस को ऐसे कर्मियों की जरूरत है जो अपराध की रोकथाम, तहकीकात, आसूचना, सुरक्षा, यातायात, सतर्कता आदि सभी क्षेत्रों में भली प्रकार प्रशिक्षित हो। तहकीकात की गुणवत्ता का स्तर ऊंचा करने हेतु ऐसे विशेष प्रकोष्ठों के गठन की आवश्यकता है जो अपहरण, जबरन वसूली, हत्या, कार चोरी, संगठित अपराध, साइबर अपराध, आर्थिक अपराध इत्यादि सभी प्रकार के प्रमुख अपराधों को निपटा सकें। यह युग विशेषज्ञता हेतु सतर्क एवं गंभीर प्रयास नहीं करेगी तो उसके लिए आने वाले समय के जटिल अपराधों से निपटना लगभग असंभव हो जाएगा।

6. पुलिस को भारतीय दण्ड संहिता में असंज्ञेय अपराधों की जांच करने का कोई अधिकार नहीं है। ये अधिकार, जांच अधिकार के अभाव में, कानून के मृत अक्षर बनकर रह गए हैं। परन्तु कुछ पुलिसकर्मी इन प्रावधानों का दुरुपयोग जनता को परेशान करने तथा जबरन उगाही के लिए करते हैं। क्योंकि संज्ञेय और असंज्ञेय अपराधों के बीच बहुत महीन विभाजन रेखा होती है। कुछ पुलिस स्टेशनों में, पुलिस को किसी बड़े उपद्रव से बचने के लिए ऐसे मामलों में हस्तक्षेप करना पड़ता है। वह विभेद दूर किया जाना चाहिए।

7. अन्तर राज्य, राष्ट्रीय और अंतर्राष्ट्रीय प्रशाखाओं की संलिप्तता वाले मामलों में त्वरित और प्रभावी कार्रवाई हेतु इन अपराधों को संघीय अपराध घोषित

किया जाना चाहिए और इनका अन्वेषण कार्य केन्द्रीय अन्वेषण ब्यूरो (सी. बी. आई.) को सौंप दिया जाना चाहिए। मैं जानता हूं कि यह अनेक राज्यों को पसंद नहीं आएगा क्योंकि ऐसा करने के लिए उन्हें अपने कुछ अधिकार त्यागने होंगे। परन्तु राष्ट्र और राष्ट्रीय हित हमारी प्राथमिकता होनी चाहिए और इस प्रयोजन की सिद्धि हेतु प्रधानमंत्री को संविधान में संशोधन के वास्ते राजनीतिक सहमति बनाने का प्रयास करना चाहिए।

'टाडा' जो आतंकवादी गतिविधियों से निपटने के लिए बनाया गया कानून था अब समाप्त कर दिया गया है। इसके स्थान पर कोई विशेष कानून नहीं लाया गया है। आतंकवाद, गैंगवाद तथा अंडरवर्ल्ड के डॉन देश के लिए बड़ा खतरा हैं। अब समय आ गया है जब सम्पत्ति विवाद में की गई हत्या और ठेके पर की गई हत्या में अंतर किया जाना चाहिए। किसी व्यक्ति द्वारा नशे की हालत में उतेजनावश की गई हत्या और किसी आतंकवादी द्वारा होशो हवास में विस्फोट द्वारा की गई हत्याओं जैसा कि मुंबई के 1992 के दंगों में हुआ था के दण्ड में भी अन्तर किया जाना चाहिए। दोनों मामलों में मानवाधिकारों का स्पष्ट उल्लंघन है परन्तु दोनों की अपनी पृथक विशेषताएं हैं। हम मानव अधिकार अधिनियम के साथ-साथ आतंकवाद से लड़ने हेतु समान प्रभावी विशेष कानूनों को सख्ती के साथ लागू कर सकते हैं। सख्त कानून एक मजबूत निवारक का कार्य करता है बशर्ते कि यह निष्पक्ष एवं प्रभावी ढंग से लागू किया जाए। वर्तमान काल में पुलिस की जवाबदेही बड़ी अव्यवस्थित और अस्पष्ट है। पुलिस कर्मियों की शिकायत है कि अनेकानेक आयोग उनके कार्य पर सवाल उठाते रहते हैं जिससे वे अपने कार्य पर पूरा ध्यान नहीं लगा पाते हैं। तथ्यात्मक रूप से लोकतंत्र में कार्यपालिका का प्रत्येक कार्य अथवा कार्यपालक अधिकारी विभिन्न वैधानिक और गैर-वैधानिक संस्थाओं के प्रति जवाबदेह होता है। ये संस्थाएं नियंत्रण एवं संतुलन बनाए रखने के लिए प्रहरी का कार्य करती है।

इन संस्थाओं को जब कभी पुलिस द्वारा अपनी ड्यूटी में शिथिलता बरतने की शिकायत मिलती है तो ये संस्थाएं पुलिस कार्य के कुछ सीमित पहलुओं पर ही दृष्टिपात करती हैं। प्रत्येक व्यक्ति चाहे वह प्रधानमंत्री हो अथवा मुख्यमंत्री सभी जवाबदेह होते हैं। पुलिस अपने विभाग प्रमुख और सरकार को जवाबदेह होती है तथा सरकार की जवाबदेही कर दाता के प्रति होती है। करदाता को यह जानने तथा आवश्यकता पड़ने पर शिकायत करने का अधिकार है कि क्या पुलिस पर होने वाले व्यय का वांछित प्रतिफल मिल रहा है तथा कि क्या कानून एवं व्यवस्था कायम है और उस जनता को संतुष्टि मिल रही है जिसके

लिए उनका अस्तित्व है व कार्य करते हैं। सरकार और जनता द्वारा अपने कार्य के संबंध में स्पष्टीकरण मांगे जाने पर पुलिस को तुनकमिजाजी नहीं दिखानी चाहिए।

कानून और व्यवस्था तथा पुलिस हमारे संविधान के तहत राज्य के विषय हैं। पुलिस सुधार की अधिकतर सिफारिशें राज्य सरकारों द्वारा मंजूर एवं लागू की जाती हैं। तथापि, भारत सरकार अपने नियंत्रण वाले संघ क्षेत्रों में बेहतर पुलिस व्यवस्था के माध्यम से उदाहरण प्रस्तुत कर सकती है।

एक अच्छा उदाहरण लाखों आयोगों और समितियों तथा उनके द्वारा प्रेषित सन्देशों से कहीं बेहतर है। किसी भी राज्य सरकार ने पुलिस सुधार से इंकार नहीं किया है और जहां चाह होती है वहां राह निकल ही आती है।

केन्द्रीय गृह मंत्रालय को, सम्पूर्ण देश के लिए, कार्यप्रदर्शन के सिद्धान्त एवं मानक निर्धारित करने हैं। यह मंत्रालय अपराधों के निवारण एवं खोज हेतु डाटा बेस एन. सी. आर. बी. नेशनल क्राइम रिकाड्र्स ब्यूरो तैयार करने में भारतीय पुलिस सेवा के अधिकारियों प्रशिक्षण हेतु सहायता मुहैया करा रहा है। यह राष्ट्रीय सूचना-विज्ञान केन्द्र जैसे पुलिस वायरलैस समन्वय सुविधा उपलब्ध कराने वाले संगठनों के माध्यम से द्रुत संचार और कम्प्यूटरीकरण को बढ़ावा दे रहा है। राष्ट्रीय सूचना-विज्ञान केन्द्र राज्य पुलिस बलों के आधुनिकीकरण हेतु वित्तीय सहायता भी उपलब्ध करा रहा है। वर्तमान में यह वित्तीय सहायता एक हजार करोड़ रुपए प्रतिवर्ष है, जिसमें और वृद्धि होने की संभावना है। इस प्रकार भारत सरकार पुलिस बल में सुधार और अभिनव परिवर्तन लाने हेतु तेजी से कदम आगे बढ़ा रही है। परन्तु एक बात बिल्कुल साफ है कि केवल इतने से काम नहीं चलेगा बल्कि सम्पूर्ण प्रणाली में सुधार करना होगा।

दण्ड-न्याय प्रणाली में अभियोजन, न्यायपालिका, जेल प्रशासन तथा विधि प्रणाली सहित सम्पूर्ण सुधार पैकेज की आवश्यकता है। जनता का पुलिस विभाग के कार्यों सहित न केवल दण्ड-न्याय प्रणाली से बल्कि हमारी विधि-प्रणाली और मुकदमों के निपटान में विलम्ब से मोह भंग हो चुका है। तथापि, सभी दोषों के लिए ज्यादातर आलोचना पुलिस की होती है क्योंकि कार्रवाई उसके द्वारा ही प्रारंभ की जाती है। वस्तुतः दण्ड-न्याय प्रणाली के समस्त संघटकों में व्यापक सुधार किया जाना आवश्यक है। कतिपय आंकड़ों से प्रणाली की विफलता नाटकीय रूप से सुस्पष्ट हो जाएगी। न्यायालयों द्वारा भारतीय दण्ड संहिता के परिवादों का निपटान प्रतिशत (परिवाद जिनकी सुनवाई पूर्ण हो चुकी है) 1961 में 30.3 प्रतिशत से घटकर 1998 में लगभग आधा (जो कि 15.8 प्रतिशत है)

8. लाउडस्पीकरों पर दिए जाने वाले भाषणों, घोषणाओं और धार्मिक प्रकाशनों पर निगाह रखना।
9. साम्प्रदायिक तत्वों और उनके वित्तपोषकों/सहायकों की सूची तैयार करना तथा उन पर कड़ी नजर रखना।
10. जलूस/शोभायात्रा के आकार के अनुरूप बल तैनात करना।
11. 100 अथवा कम के दलों में टेढ़े मेढ़े जलूसों पर प्रभावी नियंत्रण रखना।
12. आयोजकों को कुछ पहचान, पट्टिकाएं दी जानी चाहिए तथा उनका पता नोट किया जाना चाहिए।
13. जलूस/शोभायात्रा के साथ लाउडस्पीकर की अनुमति नहीं दी जानी चाहिए।
14. पूजा स्थलों के सामने संगीत बजाने की अनुमति नहीं दी जानी चाहिए।
15. दण्ड प्रक्रिया संहिता की धारा 144 की घोषणा नहीं की जानी चाहिए यदि इसे लागू न किया जा सकता हो।
16. एक धर्म द्वारा दूसरे धर्म के विरूद्ध भड़काऊ नारों की अनुमति नहीं दी जानी चाहिए। इस संबंध में आदेश अग्रिम में दिए जाने चाहिए।
17. जलूस/शोभायात्रा के साथ ऐसे शास्त्रास्त्र लेकर चलने की अनुमति नहीं होनी चाहिए जो धार्मिक परम्परा के अनुसार वांछित नहीं है।
18. मूर्तिवाहक वाहन के अतिरिक्त अन्य किसी वाहन की अनुमति नहीं होनी चाहिए।
19. जलूस/शोभायात्रा के साथ जानवरों को लाने की अनुमति नहीं होनी चाहिए।
20. सुअरबाड़ो के मालिकों पर पैनी नजर रखें। सुअरों के घूमते फिरने पर नियंत्रण होना चाहिए।
21. पुलिसकर्मियों की लम्बी अवधि की ड्यूटी के लिए खान-पान की व्यवस्था होनी चाहिए। इस हेतु फूड पैकेट्स/वाटर स्टाल्स इत्यादि की व्यवस्था की जानी चाहिए।

6
अपराध और विकास

प्रत्येक विकासशील राष्ट्र को विकास की कीमत चुकानी पड़ती है और अपराध में वृद्धि एक ऐसी ही कीमत होती है। औधोगीकरण, नए आर्थिक और राजनीतिक संघर्षों को भी जन्म देता है। किसी विकासशील समाज में जब तक इस प्रकार की स्थिति का पूर्वानुमान और उससे निपटपने की तैयारी नहीं होगी तब तक तनावों का बढ़ना निश्चित है जिनकी परिणति समाज के सभी वर्गों को प्रभावित करने वाली गंभीर स्थिति के रूप में हो सकती है।

सामाजिक-आर्थिक तथा राजनीतिक व्यवस्था में परिवर्तन की प्रक्रिया कभी कभी मनोवैज्ञानिक आघात दे सकती है। यद्यपि संसार के प्रत्येक देश ने विकास की कीमत चुकाई है। तथा आर्थिक अपराध वृद्धि के कारण सामाजिक परिवर्तन जटिल हो जाता है। यह जटिलता परिवर्तन के बात पर निर्भर होती है। परिवर्तन जीवन का अविवादित नियम है तथा सभी राष्ट्र चाहे वे पूंजीवादी हों अथवा समाजवादी इस परिवर्तन की प्रक्रिया से गुजरते है। परिवर्तन की यह प्रक्रिया किसी विशेष विचारधारा में अचानक होती है।

भारत में भी यह परिवर्तन की प्रक्रिया चल रही है, यद्यपि यह प्रक्रिया पीड़ाजनक रूप से धीमी रही है। वर्तमान काल में औद्योगीकरण ने सामाजिक संरचना को प्रभावित किया है। इस परिवर्तन का एक प्रभाव यह भी पड़ा है कि संस्थानिक वैधता के सिद्धान्त में भारी हल्कापन आया है। भारतीय राज्यतंत्र में आ रहे परिवर्तन से लोगों की आशाएं जागृत हो गई हैं। विकास हालांकि स्वयं अपराधजन्मी नहीं है परन्तु अपराध पूरी निष्ठा के साथ विकास का अनुसरण करता है। विकास के परिणामतः ग्रामीण लोग शहरी क्षेत्रों में स्थानांतरित होते हैं तथा साक्षरता दरों में वृद्धि होती है। सामूहिक शिक्षा से जन साधारण को अपने अधिकारों का ज्ञान होता है तथा एक शिक्षित व्यक्ति अपनी शिकायत के कारगर निवारण हेतु उच्च अधिकारियों के पास पहुंच सकता है।

मानवीय कार्यों के प्रतिदिन के आचरण में बढ़ता छद्म व्यवहार भी शहरीकरण की संवृत्ति का एक अन्य प्रभाव है। जब कभी कहीं दंगा होता है तो दुकानों और कारों में तोड़फोड़ की जाती है, हालांकि उनके मालिकों का विवादित मुद्दे से कुछ लेना-देना नहीं होता है। गरीबी अपराध को जन्म देती है तथा इस स्थिति में प्रबलता प्रदान करती है। छद्म आचरण अपराध की मदद करता है। सम्पन्नता का प्रत्येक प्रतीक आक्रमण का लक्ष्य बन जाता है। अपराध (1) अभिप्रेरण, तथा (2) अवसर का उत्पाद होता है। जब तक ये दो घटक न हों कोई अपराधी अपराध में प्रवृत्त नहीं हो सकता है। कोई भी अपराधी अपनी जानकारी के क्षेत्र में ही अपराध करता है। अपराध, अपराधी तथा दंगों की स्थिति से निपटने के लिए फ्लैग मार्च में पुलिस की उपस्थिति की भूमिका सीमित होती है, यह ज्यादा से ज्यादा शामक का प्रभाव पैदा कर सकती है। अपराध निवारण हेतु पुलिस की रणनीति को कारगर रूप देने के लिए पुलिस स्टेशनों को मात्रात्मक तथा गुणात्मक दोनों प्रकार से सुदृढ़ बनाने पर जोर देना होगा।

अपराधी और गुण्डे रातों रात पैदा नहीं हो जाते हैं। वे पहले लूटमार, वेश्यावृत्ति जैसे छोटे-मोटे अपराध से शुरूआत करते हैं। ऐसे मामलों में अपराधों की प्रथम दृष्ट्या पीड़ित पक्ष हीनता की प्रकृति समाज की संलिप्तता घटाने का कारण बनती है। ये छोटे-मोटे अपराध आर्थिक जरूरतों की पूर्ति के लिए किए जाते हैं। ऐसे आपराधिक कृत्य (छोटे-मोटे अपराध जैसे स्मगलिंग, लूटपाट, वेश्यावृत्ति) ऐसी सेवा अथवा सामान उपलब्ध कराते हैं जो अवैध तो हैं परन्तु उनकी एक मांग अवश्य है। इन अपराधों में समाज के एक वर्ग के अपने हित निहित होते हैं। पुलिसकर्मियों को ऐसे अपराधों से निपटने के लिए कांस्टेबल स्तर पर व्यापक विवेकाधिकार प्राप्त है। पुलिस के वरिष्ठ अधिकारी भी इन अपराधों को मौजूदा व्यवस्था के लिए खतरा नहीं मानते तथा ऐसे मामलों के प्रति नाराजगी का रूख भर रखते हैं। कई बार छोटे-मोटे अपराधों के लिए अपनाई गई नीतियां भी अस्पष्ट होती हैं। उदाहरण के लिए यदि जुआ खेलना अनैतिक है तो सरकार लॉटरियों तथा रेसकोर्स का संचालन क्यों करती है जिनसे सरकार को भारी राजस्व की प्राप्ति होती है। इसी प्रकार यदि मदिरा स्वास्थ्य के लिए हानिकर है तो सरकारी शराब की दुकानें किस लिए हैं।

इस प्रकार सामाजिक अथवा छोटे-मोटे अपराधों की अवधारणाएं सामाजिक मनमुटाव, जातिवाद तथा धार्मिक वैमनस्यों के कारण परिवर्तन की प्रक्रिया से गुजरती हैं।

पुलिस की कमियों का निवारण

समुचित कानून एवं व्यवस्था के बिना समाज में शांति, स्थायित्व और विकास संभव नहीं है। भारत के प्रथम प्रधानमंत्री पंडित जवाहर लाल नेहरू ने कहा था कि, "एक सुदृढ़ सेना तथा सुदक्ष पुलिस भारतीय आत्म-सम्मान तथा स्वतंत्रता के लिए जो कर सकती हैं वह योजना से हो सकने वाले लाभ की अपेक्षा अधिक ही होगा। भारत की सर्वप्रमुख समस्या विकास है तथा विकास का लक्ष्य हमारी दृष्टि से कदापि ओझल नहीं होना चाहिए। सेना और पुलिस वह पृष्ठभूमि तैयार करती हैं जिससे देश विकास की राह पर चल सकता है। हमारा देश अभी अपने उन पुराने दिनों की खुमारी में है जब पुलिस पर विश्वास नहीं किया जाता था तथा पुलिसकर्मियों को आम नागरिकों से अलग माना जाता था। यह सन्देह का रवैया ही रहा होगा जिसका प्रभाव राष्ट्रीय योजना पर पड़ा है जिसमें पुलिस उपयुक्त महसूस नहीं होती है। सभी देशों की यह दृढ़ धारणा है कि शान्तिकाल के दौरान, जनता के कल्याण हेतु, किसी अन्य सरकारी सेवा की अपेक्षा एक मजबूत और सुदक्ष पुलिस बल अधिक आवश्यक है।"

क्या पुलिस जनता की उम्मीदों पर खरी उतर रही है? क्या एक आम नागरिक यह समझता है कि वह पुलिस से क्या उम्मीद रख सकता है तथा पुलिस उससे क्या उम्मीद रखती है? क्या दोनों पक्ष एक दूसरे के कार्यों से संतुष्ट हैं तथा क्या कुछ अधिक किया जा सकता है?

समस्त सरकारी विभागों में पुलिस विभाग सर्वाधिक आलोचना का शिकार हुआ है। इस तथ्य के बावजूद कि पुलिस के वर्तमान स्वरूप को यह शक्ल औपनिवेशिक शासकों द्वारा प्रदान की गई थी इसकी कमियों तथा अपर्याप्ता को अक्सर व्यापक वाद विवाद का विषय बनाया जाता है। बंगाल (वर्तमान बांग्ला देश, पश्चिम बंगाल, असम, उड़ीसा तथा बिहार) के तत्कालीन पुलिस अधीक्षक डैम्पियर ने एक अर्सा पहले सन् 1840 में स्पष्ट संकेतक टिप्पणियां की थीं जो इस पुस्तक के प्रारंभ में उद्धृत की गई हैं।

वास्तव में पुलिस हमारे देश की दण्ड न्याय प्रणाली का एक अंग मात्र है। यह किसी संदिग्ध/अभियुक्त को केवल न्यायालय के समक्ष प्रस्तुत कर सकती है। उस संदिग्ध/अभियुक्त के दोष का निर्णय करना तथा दण्ड देना न्यायालय का काम है। साक्ष्य जुटाना जनता के सहयोग पर निर्भर करता है। यह एक पुरानी समस्या है जो पहली बार सन् 1830 में बॉम्बे के तत्कालीन गवर्नर सर जॉन मैल्कम द्वारा प्रकाश में लाई गई थी।

नागरिकों द्वारा सहयोग न किया जाना

उपरोक्त टिप्पणियां कोई पौने दो सौ वर्ष पूर्व की गई थीं परन्तु संयोगवश आज भी वही कानून प्रचालनरत हैं। अब प्रश्न यह है कि लोग जरूरी सहायता उपलब्ध कराने में दण्ड-न्याय व्यवस्था को अपना सहयोग प्रदान क्यों नहीं करते हैं। दण्ड न्याय प्रणाली के सभी पक्षों यथा न्यायिक और अभियोजन प्रणाली में सुधार किए बिना अकेले पुलिस सुधार से कुछ हासिल नहीं होगा। विद्यमान दण्ड-न्याय-प्रणाली की कमियों का उल्लेख एक जिला एवं सत्र न्यायाधीश द्वारा राष्ट्रीय पुलिस आयोग को लिखे गए पत्र में बखूबी मिलता है। इस पत्र में लिखा गया है कि

"न्यायालयों में विद्यमान शोचनीय स्थितियां नागरिकों के पुलिस की सहायतार्थ आगे आने के मार्ग में सबसे बड़ी बाधा है। किसी अपराधी के विरुद्ध सरकार की ओर से पेश होने वाले गवाहों की स्थिति निश्चित रूप से दयनीय है। इन गवाहों को जिन मुकदमों में गवाही के लिए आना होता है उनमें से अधिकतर मुकदमों की सुनवाई किसी न किसी बहाने अगली तारीख तक के लिए टाल दी जाती है। गवाह को सारा दिन इन्तजार करवाने के बाद सुनवाई की तारीख, जानबूझकर, अंतिम प्रहर में, आगे बढ़ाए जाने की घोषणा की जाती है। अगली तारीख तय करते वक्त गवाह को छोड़कर शेष हर व्यक्ति की सुविधा का ध्यान रखा जाता है। यदि गवाह अगली तारीख पर पेश नहीं होता है तो उसके विरुद्ध निग्रह बल का प्रयोग किया जाता है। यदि वह आगे बढ़ाई गई तिथि पर पेश होता है तो फिर प्रबल संभावना होती है कि सुनवाई की तारीख आगे बढ़ाई जाएगी।"

अन्ततः जब गवाही दर्ज की जाती है तो अति उत्साही वकील गवाह को आंखों ही आंखों में धमकाता है, उसे विद्रोही अथवा अविश्वसनीय करार दिया जाता है। इस वेदनापूर्ण अनुभव से गुजरने के बाद उसकी दिहाड़ी की क्षतिपूर्ति करना तो दूर कभी-कभी तो उसके द्वारा अपनी जेब से किए गए व्यय का प्रतिभुगतान भी नहीं किया जाता है।

हमारे न्यायालयों में इस दीर्घ प्रतीक्षा को सरल बनाने हेतु सुविधाओं को घोर अभाव साक्षी द्वारा भोगी जाने वाली जटिलतम समस्या है। पेयजल, मूत्रालय आदि की तो बात क्या ज्यादातर न्यायालयों में बैठने तक की व्यवस्था नहीं है। बस अपनी तमाम प्रतिष्ठा को दर किनार कर आदमी बरामदे के फर्श पर अथवा किसी वृक्ष के नीचे पालथी मार कर बैठ सकता है। तपते सूर्य की धूप में अथवा भारी बरसात में बैठे लोगों का दृश्य भी दुर्लभ नहीं है। गवाहों के लिए कहीं भी कुर्सियां अथवा बेन्च दिखाई नहीं पड़ती हैं।

ऐसे हालात में व्यक्ति पुलिस की सहायता करने में सकुचाते हैं तो इसमें आश्चर्य क्या है। केवल वही व्यक्ति गवाही के लिए तैयार होते हैं जिनके सिर पर किसी प्रकार की कोई तलवार लटकी होती है। रेल या बस पकड़ने के लिए रेलवे स्टेशन या बस स्टैण्ड जाने वाले व्यक्ति को घंटा दो घंटा प्रतीक्षा करनी पड़ सकती है। इस प्रतीक्षा की अवधि के लिए वह पेय जल, बैठने का स्थान आदि की मांग करता है, परन्तु न्यायालय में 5 से 6 घंटे तक की प्रतीक्षा करने वाले गवाहों को ये मूल सुविधाएं तक उपलब्ध नहीं हैं।

एक गवाह की दुर्दशा और बढ़ जाती है जब उसको अपने कान और पूरा ध्यान न्यायालय के प्रवेशक द्वारा अत्यंत अशिष्ट ढंग से अपने नाम की पुकार पर लगाए रखना पड़ता है। एक अपराधी अपने अपराध की सजा भोगता है पर गवाह की इस सजा में उसका अपना कोई कसूर नहीं होता है। बदकिस्मती से वह अपराध की घटना के समय घटनास्थल पर मौजूद होता है साथ ही इतना मूर्ख भी होता है कि पुलिस के घटनास्थल पर पहुंचने तक स्वयं वहीं खड़ा रहता है। इन्हीं कारणों से जनता पुलिस को सहयोग प्रदान नहीं करती है तथा लोग इतने असंवेदनशील होते जा रहे हैं कि दुर्घटना में घायल व्यक्ति अथवा पर्स या चेन गंवा बैठी महिला की सहायतार्थ आगे नहीं आते हैं। यदि कोई व्यक्ति ऐसे मामलों में मदद करना चाहता है तो उसको गवाह के तौर पर न्यायालय के चक्कर काटने पडेंगे वह अपनी प्रतिष्ठा को आहत करेगा, असुविधा का भागी बनेगा, अपने धन और समय की बर्बादी करेगा। कभी-कभी गवाहों को कट्टर अपराधियों के कहर का सामना करना पड़ता है जिसमें वे अपनी जान तक गंवा बैठते हैं।

इस प्रकार, जब तक दण्ड-न्याय प्रणाली के सभी पक्षों में सुधार नहीं किए जाते तब तक किसी एक पक्ष में सुधार का परिणाम सुखद नहीं होगा। सुधारकों को चाहिए कि वे दण्ड-न्याय प्रणाली को अप्रचलित हो चुके पुराने कानूनों, परम्पराओं तथा रीतियों के बंधन से मुक्त कराने की चुनौती स्वीकार करें।

7

आतंकवाद तथा संगठनबद्ध अपराध

संगठन जीवन की एक सच्चाई है। प्रत्येक अपराध के पीछे एक योजना और संगठन होता है, हालांकि यह एक व्यक्ति का शांतिराना काम हो सकता है। किसी घर में चोरी का इरादा रखने वाला चोर भी अपने अपराध और बच निकलने के रास्तों की योजना अग्रिम में तैयार कर लेता है। आतंक का अर्थ है अत्यधिक भय अथवा दहशत। फांसी के आतंक द्वारा शासन तथा निजी रक्षा का कानून जो प्रत्येक नागरिक को जीवन अथवा सम्पत्ति की रक्षार्थ हत्या का अधिकार प्रदान करता है विश्वभर में स्वीकृत विशेषताएं हैं। तथापि, शब्दकोष, आतंकवाद की परिभाषा खासकर संकीर्ण राजनीतिक लक्ष्यों की प्राप्ति हेतु दहशत की संगठित प्रणाली के रूप में करता है। बैंक डकैतियां, बम धमाके, अपहरण तथा विभागों का अपहरण आतंकवादी कार्यों की श्रेणी में आते हैं। इनमें से ज्यादातर गतिविधियां किसी क्रान्तिकारी कार्य के दर्शन से संबंधित नहीं होती है। बल प्रयोग कानूनी और नैतिक दृष्टि से न्यायोचित है। तथापि, सामान्य अंतर्राष्ट्रीय कानून के प्रावधानों के अनुसार, उत्पीड़न तथा तानाशाही के वैध प्रतिरोध में, सरकार तथा निजी दोनों प्रकार के आतंक को अंतर्राष्ट्रीय मानव अधिकार दस्तावेज में निविद्ध करार दिया गया है। आतंकवादी बहुधा अपना जीवन बलिदान करने हेतु दृढ़तापूर्वक तत्पर हो सकते हैं। आतंकवादी सरकारी बलों के प्रत्याक्रमण का पूर्वानुमान कर लेते हैं। वह कदाचित ही यह सोचने की मूर्खता करेगा कि सरकारी बल पलटवार नहीं करेंगे।

परन्तु एक सभ्य सरकार किसी आतंकवादी से निपटने में अधि-प्रतिक्रिया तथा न्यून-प्रतिक्रिया दोनों से बचना सुनिश्चित करने की अपनी जिम्मेदारी को समझती है। इसलिए अधिकारीवर्ग तथा जन साधारण दोनों को सकारात्मक सोच के बारे में शिक्षित किए जाने की जरूरत है। मानव-अधिकार वादियों का विचार

है कि किसी भी व्यक्ति को, चाहे वह बल के विरुद्ध ही बल का प्रयोग कर रहा हो, निरंकुश तानाशाही दृष्टिकोण अपनाने हेतु प्रोत्साहित नहीं किया जाए। क्या आतंकवाद से भारत के राजनीतिक निकाय को कोई खतरा है? इस प्रश्न का उत्तर बिना किसी भय-मनोवृत्ति के हां में है। जो कुछ भी विश्व भर में होता है उसका प्रभाव हम पर पड़ता है तथा जो कुछ हमारे देश में होता है उसका प्रभाव पूरे विश्व पर पड़ता है। अतः हमें आतंकवाद की पृष्ठभूमि पर विस्तार से देखने की आवश्यकता है। यहां मेरा इरादा आतंकवाद को न्यायसंगत ठहराना नहीं है। परन्तु इस संवृत्ति को समझने के प्रयास की आवश्यकता है।

परिभाषाएं

टी. पी. थॉर्नेशन ने 'प्रवर्तन-आतंक' तथा 'आंदोलनात्मक आतंक' के बीच अंतर स्पष्ट किया है। प्रवर्तन-आतंक सत्ताधारियों द्वारा उपयोग में लाया जाता है जो अपने प्रभुत्व को मिलने वाली चुनौतियों का दमन करना चाहते हैं। 'आंदोलनात्मक आतंक' का उपयोग आतंकवादियों द्वारा किया जाता है जो मौजूदा व्यवस्था को छिन्न-भिन्न करके स्वयं सत्ता पर काबिज होना चाहते हैं। यह ऐसा ही है जैसे कि 'आतंक का राज्य' तथा 'आतंक की घेराबंदी'। संक्षेप में आतंकवाद राजनीतिक व्यवहार को सामान्येतर साधनों (जिसमें हिंसा की धमकी का उपयोग अपरिहार्य है) द्वारा प्रभावित करना है।

आतंकवाद अपने राजनीतिक लक्ष्यों की प्राप्ति सरकारी बलों की सहानुभूति प्राप्त करके अथवा उन्हें निष्क्रिय बना कर कर सकता है। परन्तु सरकार शुरुआती लाभ की स्थिति में होती है। आतंकवाद में चार प्रकार के भेद बताए जाते हैं आपराधिक, मानसिक, युद्ध और राजनीतिक आतंकवाद। राजनीतिक आतंक पृथक्कृत कार्य होते हैं जो न तो क्रमबद्ध और न ही संगठित होते हैं। उनका रोका जाना प्रायः बहुत कठिन होता है। अतएव न तो किसी पृथक्कृत कार्य को और न ही बेतरतीब कार्य श्रृंखला को आतंकवाद कहा जा सकता है। दूसरी तरफ, राजनीतिक आतंकवाद, संगठित आतंक की दीर्घकालीन नीति है चाहे वह सरकारी रूप में हो अथवा सांगठनिक संरचना वाले घटक के रूप में हो। आतंक का कोई सिद्धान्त, कोई विचारधारा होती है चाहे उनके कृत्य कितने ही अल्पविकसित अथवा अनर्गल हों। राजनीतिक आतंकवाद एक क्रान्तिकारी आतंकवाद, उप-क्रान्तिकारी आतंकवाद और दमनकारी आतंकवाद हो सकता है। प्रथम प्रकार का आतंकवाद सम्पूर्ण परिवर्तन का इच्छुक होता है। दूसरे प्रकार का आतंकवाद ज्यादा सीमित लक्ष्यों जैसे कि सरकार को किन्हीं मुददों पर अपनी

नीतियों में परिवर्तन के लिए मजबूर करना, किन्हीं विशिष्ट अधिकारियों को दण्डित करना अथवा विशिष्ट सरकारी कार्यों के प्रति विद्रोह करना आदि का इच्छुक होता है। तीसरे प्रकार का आतंकवाद दमनकारियों द्वारा अवांछनीय मान्य व्यवहार के रूप में अथवा समूहों अथवा व्यक्तियों को दबाने के उद्देश्य से हिंसक आतंकवादी गतिविधियों को क्रमबद्ध तरीके से अंजाम देता है। दमनकारी किस्म का आतंकवाद विगत में हिटलर द्वारा उपयोग में लाया गया था। आजकल अफगानिस्तान में तालिबान लोग वही काम कर रहे हैं। राजनीतिक आतंकवाद की परिभाषा किसी स्थापित प्रभुत्व के पक्ष में अथवा उसके विरुद्ध किसी व्यक्ति अथवा समूह द्वारा हिंसा का उपयोग अथवा धमकी के उपयोग के रूप में की जा सकती है। उनकी कार्रवाई का अभिप्राया कार्रवाई के तात्कालिक पीडितों की अपेक्षा बृहदाकार के समूह को लक्ष्य बनाकर उसमें चरम सीमा तक भय तथा अथवा चिन्ता पैदा करना होता है। इस कार्रवाई का प्रयोजन अपराधियों की राजनीतिक मांगें मानने हेतु बाध्य करना होता है। किसी मासूम व्यक्ति की हत्या की प्रत्यक्ष आतंकवादी कार्रवाई के पीछे भी लक्ष्य प्राप्ति का उद्देश्य छिपा रहता है।

हिंसा का राजनीतिक दर्शन

इतिहास के प्रारंभ से ही मानव अपनी जाति के विरुद्ध हिंसा का उपयोग करता रहा है। विगत पचास वर्षों में मानव जाति पूरे विश्व में लगभग 1500 सशस्त्र संघर्ष झेल चुकी है। सिद्धान्त रूप में इस समस्त हिंसा का औचित्य समाजवाद-साम्यवाद, अतिवादी राष्ट्रवाद-फासीवाद, तथा अराजकतावाद-श्रमिक संघवाद के रूप में देखा जा सकता है। इन मतों के अनुसार भी हिंसा एकमात्र अचूक हथियार नहीं है। उन सभी ने कभी न कभी अपने उद्देश्य प्राप्ति के लिए हिंसा का उपदेश दिया है। भारत के प्रसंग में इन सभी मतों पर एक दृष्टि डाली जानी आवश्यक है।

कार्ल मार्क्स ने घोषित किया कि समाज के प्रयोजन अनिवार्यतः आर्थिक हैं। आर्थिक और प्रौद्योगिकी संबंध ही सामाजिक तथा राजनीतिक संरचना की परिभाषा गढ़ते हैं तथा परिवर्तन की पद्धति निर्धारित करते हैं। किसी समाज में वही वर्ग प्रभावशाली होता है जो उत्पादन के साधनों को नियंत्रित करता है। शेष लोग अपने जीवन के लिए इस नियंत्रक वर्ग पर निर्भर करते हैं। वे प्रभुत्वधारी वर्ग द्वारा संगठित रूप से छलयोजित एवं शोषित हो सकते हैं। परन्तु ऐसे समाज अपने वर्ग चरित्र के कारण जन्मजात अस्थायी होते हैं। शासन राजनीतिक एवं

कानूनी व्यवस्था का अभिन्न अंग है। इसका वर्ग चरित्र उत्पादक बलों की अधिक से अधिक लाभार्जन की तलाश से मुक्ति से पूर्व कहीं शांतिपूर्ण वर्ग संघर्ष तो कहीं हिंसक वर्ग संघर्ष द्वारा परिवर्तित हो सकता है तथा इसका उपयोग समग्र समाज के हितार्थ किया जा सकता है जिसमें मानव द्वारा मानव के शोषण की कोई संभावना नहीं होगी। मार्क्स को विश्वास था कि समाजवाद की दिशा में आंदोलन लोकतंत्र की दिशा में आंदोलन है। राजनीतिक लोकतंत्र की सभी अपकर्षकों तथा शत्रुओं से मजबूती के साथ रक्षा की जानी चाहिए परन्तु जीवन के एक ढंग के रूप में लोकतंत्र के दृष्टिकोण से यह आवश्यक तो है परन्तु पर्याप्त नहीं है। राजनीतिक लोकतंत्र का उपयोग, सिद्धान्तों के लोकतांत्रिक मूल्यों का विस्तार आर्थिक और सामाजिक जीवन तक करके, सम्पूर्ण लोकतंत्र की प्राप्ति हेतु किया जाना चाहिए।

सोवियत, चीनी, क्यूबाई तथा अन्य समकालीन क्रान्तियों (अमेरिका तथा फ्रंास की क्रान्तियों से प्रारंभ क्रान्तिकारी परम्परा के विस्तार के रूप में भी मान्य) का उद्देश्य केवल सरकार को अपदस्थ करना नहीं था बल्कि सामाजिक व्यवस्था को बदलना और अपने नागरिकों की मानवीय प्रतिष्ठा को सुधारना था। लेनिन, माओ त्सेतुंग तथा ची गेवारा सभी एक तरफ सीमित तथा विनिर्दिष्ट परिणामों हेतु लक्षित आतंकी कार्रवाइयों तथा दूसरी ओर जन साधारण के क्रान्किारी संघर्ष के बीच अंतर स्पष्ट करते हैं कि केवल द्वितीय मार्ग को अपनाकर ही जनता के जीवन में महत्त्वपूर्ण सुधार प्राप्त किया जा सकता है। उनके युक्तियुक्त तर्क पारम्परिक कृषक समाज में क्रान्ति के बीजारोपण पर लक्षित थे जहां राजनीतिक जागरुकता निम्न थी तथा प्रभुत्वधारी विशिष्ट वर्ग अमानवीय उपेक्षा में डूबी गरीबी की मार झेलती जनता के साथ मोर्चाबंद था।

फासीवाद इटली से प्रारंभ होने वाला 20वीं सदी का राजनीतिक आंदोलन है। सामाजिक तथा आर्थिक पिछड़ापन, कम्युनिस्ट क्रान्ति की आशंका तथा प्रथम विश्व युद्ध के पश्चात् हताश राष्ट्रीय आकांक्षाओं ने इसके विकास को प्रोत्साहित किया। फासीवाद व्यक्तिगत स्वतंत्रता और समानता को अस्वीकार करता है। यह राष्ट्रीय श्रेष्ठता, जातीय शुद्धता, तानाशाही पूर्ण नेतृत्व तथा सामाजिक संदेश की वास्तविक अनुपस्थिति की विशेषताओं का धारक है। फासीवाद में राजनीतिक मांगें तथा लक्ष्य किसी सामाजिक लक्ष्य से अधिक महत्वपूर्ण होते हैं। इसका मुख्य उद्देश्य अधिनायकीय पूजा वाले ऐसे व्यक्तित्व की खातिर राजनीतिक सत्ता प्राप्त करना होता है। जिसको जनता को अपनी चालों से प्रभावित करने का विश्वास होता है।

हिंसा का धार्मिक दर्शन

चूंकि हमारा प्रयोजन आतंकवाद को तर्कसंगत ठहराना नहीं अपितु इसकी संवृत्ति के विषय में विचार विमर्श करना है अतः हमें हिंसा और आतंक के प्रति विभिन्न धर्मों के रवैये की संक्षिप्त जांच भी करनी चाहिए। यहूदियों का ईश्वर जेहोवा पवित्रता, प्रेम, शक्ति और बुद्धिमता का भगवान होने के साथ अत्यंत भयानक और क्रोधी भी था जो उन लोगों को भयंकर दण्ड देता था जो उसके द्वारा उन लोगों को बताए गए जीवन शैली की उपेक्षा करते थे। पॉल के अनुयायी ईसाई ईसाइयों द्वारा शासक की आज्ञापालन पर बल देते थे। शासक को पाप के शमन हेतु भगवान का दूत माना जाता था। ''ये अधिकार ईश्वर द्वारा निहित हैं'' तथा ''ईश्वर के नाम पर शासक के प्रत्येक अध्यादेश के प्रति स्वयं को समर्पित कर दो'' पूर्व ईसाइयों के लिए पॉल के मार्गदर्शी सिद्धान्त थे। अरस्तू (350-430 ईसा पश्चात्) ने जोर देकर कहा कि सभी शासकों को प्रभुत्व की प्राप्ति स्वयं प्रभु से होती है। प्रभु के प्रत्यक्ष आदेश के पालन हेतु किसी व्यक्ति का वध करने वाला पापमय हत्या का दोषी नहीं है। अरस्तू ने राजाओं के दैवीय अधिकार को भी स्वीकार किया।

सेविली के सन्त इसिडर (560-636 ईसा पश्चात्) ने तथापि, राजा और तानाशाह के बीच अन्तर किया तथा कहा कि ''राजा'' की उपाधि का अधिकारी वह होता है जो न्यायपूर्ण शासन करता है। सन्त थॉमस अकिनास (1225-74 ईसा पश्चात्) ने राजद्रोह को नैतिक पाप करार दिया। सन्त ने तानाशाह के विरोध को राजद्रोह नहीं माना। परन्तु उन्होंने तानाशाह के विरुद्ध निजी कार्रवाई का विरोध किया। उन्होंने उच्चतर अधिकारियों के समक्ष अपील करने का अनुरोध किया। यद्यपि अंतिम अधिकार प्रभु से उत्पन्न होता है, तात्कालिक अधिकार समुदाय की साझा इच्छा से आता है। लूथर (1483-1546) राजकुमारों की प्रतिष्ठा के प्रति तिरस्कार का भाव रखता था, पर उसने प्रतिरोध से इंकार किया। कैल्विन (1509-64) भी प्रभुता के प्रतिरोध के विरुद्ध था, परन्तु अनुयाइयों जैसे जॉन नॉक्स (1514-72) ने धार्मिक विश्वास को खतरा होने की स्थिति में प्रतिरोध पर बल दिया। कुरान में कहा गया है कि, ''तुम किसी ऐसे व्यक्ति की हत्या नहीं करोगे जिसकी हत्या करने से अल्लाह ने तुम्हें मना किया है, सिवाय किसी न्यायपूर्ण कार्य हेतु'' (17; 32 से 37)। ''रहमदिल के सच्चे नौकर वे हैं जो न्यायपूर्ण कार्य हेतु भी कत्ल नहीं करते हैं (मानव वध की उसके द्वारा मनाही की गई है)'', (अध्याय II 20 तथा 30)।

गीता में भगवान श्री कृष्ण अर्जुन को बताते हैं कि, "यह (आत्मा) न जन्म लेती है ओर न यह मृत्यु को प्राप्त होती है। यह अजन्मा, स्थायी शाश्वत और अविरत है; जब शरीर का वध होता है तब इसका वध नहीं होता– क्षत्रिय के लिए धर्मयुद्ध से बढ़कर अन्य कोई सौभाग्य नहीं है।" (अध्याय II, 20 से 31)। तिरू वल्लुवार ने कुशल में कहा है कि, "युद्ध में दयाहीन होना सैनिक का गुण है। परंतु जब शत्रु विपत्ति में है तब उसकी सहायता करना सैनिक की तलवार की धार है" (अर्थात् विपत्ति में शत्रु की सहायता करना उसको शीघ्र काट डालने के समान है)। पुनश्च, "बिलखते परिजनों के बीच, तथा आयु अथवा रोग से मृत्यु को प्राप्त होने का क्या उपयोग है? व्यक्ति को शीघ्र मृत्यु की कामना करनी चाहिए। ऐसी मृत्यु पर, जिनकी सेवा की गई हो उनकी कृतज्ञतापूर्ण सराहना के अश्रु बहते हैं।" इस प्रकार प्रत्येक धर्म भगवान के प्रत्यक्ष आदेश अथवा कानून के पालन में की गई हत्या का अनुमोदन करता है। कुछ आतंकवादी मानते हैं कि ईश्वर का प्रत्यक्ष आदेश के अभाव में पुरोहित अथवा किसी करिश्माई फासीवादी जिसे सन्त पुकारा जाता है का आदेश सर्वश्रेष्ठ है। यदि प्रत्येक आतंकवादी को श्री कृष्ण की व्यक्तिगत सलाह का लाभ प्राप्त हो तो समाज को किसी प्रकार का कोई खतरा नहीं रहेगा। तब यह कहना संभव होगा कि हर व्यक्ति वास्तव में वध के योग्य था। पुरोहित का आशीर्वाद कुछ आतंकवादियों के स्वयं के लिए नीतिगत समस्या के समाधान हेतु पर्याप्त होगा। परन्तु क्या अधिकारी नीति विषयक मुद्दे का उपयोग जन साधारण को यह समझाने में न्यायसंगत होंगे कि आतंकवाद का उपयोग चाहे किसी वैध उद्देश्य के लिए किया गया हो, वैध युक्ति नहीं है? किसी भी दल द्वारा किसी हत्या के विषय में ऐसे प्रश्न का उत्तर एक स्पष्ट "नहीं" है।

महात्मा गांधी और श्री अरविंद की अहिंसा

श्री अरविंद के अनुसार "अलग रहने, मौन बैठने, तटस्थता द्वारा विरोध प्रकट करने से काम नहीं चलेगा। इससे विनाशकारी इच्छा की पूर्ति नहीं रोकी जा सकेगी, परन्तु रिक्ति के कारण संभ्रान्ति में और वृद्धि होगी। देवता के समक्ष याचना के बिना भी विनाश की मेरी चाह अवश्य पूर्ण होगी.....मानव हृदय के शान्ति के सुयोग्य होने तक वास्तविक शांति नहीं हो सकती; रूद्र का ऋण चुकाए बिना विष्णु का नियम विद्यमान नहीं रह सकता। ईसा और बुद्ध आए और चले गए, परन्तु यह रूद्र ही है जो अब तक अपनी हथेलियों पर इस विश्व को धारण किए हैं।"

हमारी समस्या हिंसा को समझना है तथा इसे न्यायसंगत सिद्ध करना नहीं। परंतु गांधीवादी अनुभव के दृष्टिकोण से सार्वजनिक कार्यों में हिंसा की कोई भी भूमिका स्वीकार करना वस्तुतः अत्यंत कठिन है। इस संबंध में हमें श्री अरविंद तथा महात्मा गांधी के विचारों में भारी अन्तर दिखाई देता है। महात्मा गांधी अहिंसा को एक शाश्वत नैतिक सिद्धान्त के स्तर पर स्थापित करना चाहते थे। श्री अरविंद ने लिखा है कि, ''एक पराधीन राष्ट्र द्वारा अपनी स्वतंत्रता की रक्षा हेतु उपयोग किए जाने वाले साधनों का वरण इसकी पराधीनता की परिस्थिति द्वारा सर्वश्रेष्ठ तरीके से निर्धारित किया जा सकता है। उत्पीड़ित राष्ट्र के समक्ष एक मार्ग सशस्त्र विद्रोह का खुला है.....यह प्राचीन काल से स्वीकार्य तरीका है जिसका उपयोग उत्पीड़ित अथवा दासों द्वारा अधिमानतः किया गया है और भविष्य में भी किया जाएगा, यदि वे इसमें सफलता का अवसर देखेंगे।''

श्री अरविंद ने अपनी राष्ट्रवादी पार्टी के लिए सत्याग्रह की नीति की वकालत की। इसके पीछे बल के प्रयोग से किसी प्रकार का नैतिक विद्वेष नहीं था। श्री अरविंद ने इसे निम्न शब्दों में व्यक्त किया, ''भारत की वर्तमान परिस्थिति यह संकेत देती प्रतीत होती है कि सत्याग्रह हमारा सर्वाधिक प्राकृतिक एवं उपयुक्त हथियार है। दूसरे शब्दों में सत्याग्रह की वकालत ब्रिट्रिश शासन के विरुद्ध संघर्ष में उस विशिष्ट परिस्थिति में एक युक्तिपूर्ण दोष के तौर पर सर्वश्रेठ नीति के रूप में की गई है। श्री अरविंद ने लिखा कि,'' स्थापित सरकार की और विशेषकर इस सरकार की जो स्वयं दमनकारी रही है यह आम आदत होती है कि पराधीन लोगों और समुदायों में समस्त हिंसात्मक विधियों को आपराधिक एवं अन्यायपूर्ण करार दिया जाए.....परन्तु किसी भी राष्ट्र ने दमनकारियों के इस पाखण्ड पर कान नहीं धरे हैं। कुछ स्थितियों में सिविल संघर्ष वास्तविक रूप में युद्ध में परिवर्तित हो जाता है तथा युद्ध की नैतिकता शान्ति की नैतिकता से भिन्न होती है। ऐसी परिस्थिति में रक्तपात और हिंसा से संकोच को कायरता माना जाता है जो गंभीर भर्त्सना की पात्र होती है जिस प्रकार कुरुक्षेत्र के मैदान में विशाल नरसंहार से संकोच कर रहे अर्जुन को श्रीकृष्ण ने उपदेश दिया। स्वतंत्रता किसी भी राष्ट्र की जीवन श्वास होती है और जब जीवन पर आक्रमण होता है, जब हिंसात्मक दवाब द्वारा श्वसन के सभी अवसर समाप्त करने का प्रयास किया जाता है, और आत्म-रक्षण का प्रत्येक उपाय ठीक और न्यायपूर्ण हो जाता है– ठीक ऐसे ही जैसे यदि किसी व्यक्ति का गला घोटा जा रहा है तो उसके द्वारा अपनी गर्दन छुड़ाने के लिए अपनी शक्ति भर प्रयास करना न्यायपूर्ण है। दबाव की प्रकृति ही प्रतिरोध की प्रकृति निर्धारित करती है।

डॉ. कर्ण सिंह के अनुसार

श्री अरविंद के लिए विदेशी शासन से मातृ भूमि की मुक्ति एक सर्वोपरि, अभिभावी विचार था। इस लक्ष्य की प्राप्ति हेतु हिंसा सहित सभी साधन स्वीकार्य थे खासकर तब जबकि विदेशी लोग स्वयं बल प्रयोग द्वारा विजय प्राप्त कर भारत में सत्ता पर काबिज थे। इस विषय पर विचार करते समय हमें यह तथ्य भी ध्यान में रखना होगा कि 1909 में जब आतंकवादियों के अत्याचार वृद्धि पर ये श्री अरविंद स्वयं इस निष्कर्ष पर पहुंचे थे कि चूंकि राष्ट्रवादी पार्टी आतंकवाद के ज्वार को रोकने हेतु शक्तिहीन थी अत: वे ऐसे में केवल अपनी पूर्ण तथा कानूनी तथा शान्तिपूर्ण गतिविधियों को लम्बित रख कर सरकार को, अपनी नीतियों से सृजित परिस्थिति से, उसकी अपनी मर्जी के अनुसार निपटने दें। यहां यह समझना अत्यंत महत्वपूर्ण है कि श्री अरविंद के आध्यात्मिक राष्ट्रवाद और जातीय एवं राष्ट्रीय श्रेष्ठता के संबंध में फासीवादी विचारों में कोई समानता नहीं है। सत्य है कि श्री अरविंद ने भारत की राजनीतिक अपेक्षाओं के वास्ते मातृभूमि के देवत्व की प्राचीन गूढ़ और धार्मिक अवधारणा को अपनाया। उनका दृढ़ विश्वास था कि भारत को स्वतंत्र होना ही चाहिए, केवल अपने लिए नहीं, बल्कि सम्पूर्ण मानवजाति के हितार्थ भी जिसको देने के लिए भारत के पास अध्यात्मिक संदेश था। भारत का उदय अन्य राष्ट्रों की भांति अपने लिए अथवा सशक्त होने पर दुर्बलों को कुचलने के लिए नहीं होता है। भारत का उदय, उसको प्राप्त दिव्य प्रकाश, सम्पूर्ण संसार तक फैलाने के लिए हो रहा है। भारत का अस्तित्व केवल अपने मात्र के लिए नहीं बल्कि सम्पूर्ण मानवता के लिए है तथा भारत का महान होना स्वयं उसके लिए नहीं अपितु सम्पूर्ण मानवता के लिए है.....हमारा देशभक्ति का विचार प्रेम और भ्रातृत्व के आधार पर उत्पन्न होता है तथा यह राष्ट्रों की एकता के परे सम्पूर्ण मानवजाति की एकता का विचार है।

विद्वानों द्वारा श्री अरविंद के ''गीता'' के विषय में विस्तृत निबन्ध सुझावों के रूप में प्रस्तुत किए गए है, उदाहरणार्थ एलन एफ स्वेल के अनुसार व्यवहार-विज्ञान आतंकवाद की समस्या के समाधान में महत्वपूर्ण भूमिका निभा सकता है, 'गीता' की मनोवैज्ञानिक विषयवस्तु तथा अर्जुन पर प्रयोग किया गया मनोचिकित्सा सत्र अत्यंत महत्वपूर्ण हैं। आतंकवाद से निपटने के लिए दृढ़ संकल्प की आवश्यकता होती है जिससे यह दर्शाया जा सके कि कौन सा पक्ष दृढ़तर है।

संविधान का दर्शन

हमें याद रखना चाहिए कि आतंकवाद भारत में आज विभिन्न चरणों से गुजर चुका है। सादा हथियारों से प्रारंभ दौर के पश्चात् आर डी एक्स तथा ए के–47 रायफल्स और बम विस्फोट द्वारा व्यापक जनसंहार तथा राष्ट्रीय वायुसेवा के विमानों के अपहरण का दौर आ चुका है। हमारा संविधान न्याय, सामाजिक, आर्थिक तथा राजनीतिक, विचारों, अभिव्यक्ति, मत और पूजा की स्वतंत्रता, स्थिति और अवसर की समानता, राष्ट्र की एकता और व्यक्ति की प्रतिष्ठा सुनिश्चितकारी भ्रातृत्व के सिद्धान्तों पर आधारित है। संविधान में अल्पसंख्यकों के हितों पर विशेष ध्यान दिया गया है। सामान्य वयस्क मताधिकार प्रतिष्ठापित है। राज्यनीति के दिशानेर्देशक सिद्धान्त राजनीतिक लोकतंत्र के आधार पर सामाजिक और आर्थिक विकास पर लक्ष्य साधे हैं। भारतीय संविधान आलोचना, असहमति तथा विरोध हेतु सुरक्षा के उपाय प्रदान करता है। परन्तु चिंता का विषय है कि यह फासीवादी तत्वों को भी खुद को संगठित करने का मौका देता प्रतीत होता है। इससे संविधान के प्रावधानों की समझ तथा क्रियान्वन के दोष उजागर होते हैं। वर्तमान समय की चुनौतियों का सामना करने हेतु खुद संविधान की समीक्षा की आवश्यकता है। हमारे देश में वर्तमान काल में हिंसा और आतंकवाद में परिणित आंदोलनों पर एक संक्षिप्त अवलोकन की आवश्यकता है। बृहत्तर असम अर्थात वर्तमान असम, नागालैण्ड तथा मिजोरम के साथ–साथ मणिपुर और त्रिपुरा (तथा झारखंड में आंदोलन भी) में घुसपैठ तथा बिहार, मध्य प्रदेश तथा आंध्र प्रदेश और जम्मू एवं कश्मीर में नक्सलवादी गतिविधियां चलती रही हैं। पंजाब में उग्रवाद ने एक दशक तक अपने राज्य की जड़ें खोखली की हैं। पंजाब में उग्रवाद की समाप्ति तब हुई जब पंजाब सरकार ने उसकी रीढ़ तोड़ दी।

जहां तक पूर्वात्तर में जनजातियों द्वारा घुसपैठ का प्रश्न है इसके पीछे पश्चिमी ईसाई मिशनरियों का प्रभाव बताया जाता है। तथ्य यह है कि जनजातीय लोगों में अपनी क्षेत्रीय तथा जातीय पहचान की जागरुकता पैदा हुई है। विदेशी प्रभाव, अपने हितपोषण के लिए, जनजातियों की निराशा को भारत सरकार के विरुद्ध खड़ा करने में संकोची नहीं रहा है। अंशत: जनजातीय लोगों में गुस्सा पैदा होने का कारण व्यवसाइयों तथा अधिकारियों सहित गैर जनजातीय लोगों द्वारा अपनाया गया जातीय श्रेष्ठता का अवांछित रवैया है। तथापि, जनजातीय लोग संविधान द्वारा गारंटित अधिकारों अथवा बल द्वारा कभी उत्पीड़ित नहीं किए गए थे। जनजातियां भारत के वास्तविक अल्पसंख्यक हैं तथा बहुसंख्यकों को अल्पसंख्यकों के प्रति दयामय रहने की शिक्षा देने के किसी भी प्रयास को

प्रोत्साहित किया जाना चाहिए तथा उसकी सराहना की जानी चाहिए। इसके साथ-साथ जनजातियों को राष्ट्रीय जीवन की मुख्य धारा से जोड़ने का प्रयास भी अनवरत किया जाना चाहिए।

जहां तक नक्सलियों का प्रश्न है उनकी विचारधारा सम्बंधी उलझन सुविदित है। वे अपने उद्देश्यों की प्राप्ति के लिए हिंसात्मक साधनों की अनन्य क्षमता से दृढ़तापूर्वक चिपके रहने के कारण मुख्य मार्क्सवादी आंदोलन से अपवर्तित हुए हैं। विभिन्न नक्सली गुट मार्क्सवाद-लेनिनवाद-माओवाद की अपनी-अपनी व्याख्याएं करने में संलग्न हैं। उनके आदर्शवाद को सुस्पष्ट क्रियाओं, शिक्षा तथा प्रेरणा द्वारा प्रभावी बनाया जा सकता है। इसके लिए संयुक्त प्रयास अपरिहार्य होगा। विश्व के दुःखों से संघर्ष के लिए एक सच्ची आध्यात्मिक सेना जिसका कोई राजनीतिक उद्देश्य न हो जो केवल शान्ति और सच्चाई की प्रतिनिधि हो, धर्म के मार्ग पर सत्य की तलवार हाथ में उठाए आगे बढ़ेगी तथा पाप और घृणा के विनाश हेतु उसके पास सर्वाधिक प्रभावशाली आयुध के रूप में प्रेम होगा। इस प्रेम की प्रभावोत्पादकता सेवा के माध्यम से प्रदर्शित की जा सकती है। मानव सेवा के सन्दर्भ में धर्म, राष्ट्र, जाति, वर्ग, वर्ण की कोई सीमाएं नहीं हैं। क्योंकि जाति और साम्प्रदायिक हिंसा श्री कृष्ण द्वारा उपदेश की गई सृष्टि की एकता तथा मार्क्स अथवा गांधी या श्री अरविंद द्वारा बताए गए मानव एकता के आदर्श से दूर की बात है। राजनीतिविदों और अदूरदर्शी राजनीतिक नेताओं के बीच अंतर इस प्राचीन साम्प्रदायिक समस्या के संबंध में उनके रवैये से सर्वाधिक स्पष्ट रूप से सामने आता है। राजनीतिविद जनता की गरीबी को एक साझा समस्या के रूप में देखते हैं व हल करना चाहते हैं परन्तु सूद्र राजनीतिज्ञ मुस्लिम गरीबी, ईसाई दरिद्रता, हिन्दू दरिद्रता आदि में औचित्य तलाश करते फिरते हैं। राजनीतिविद इस तथ्य को स्वीकार करने की मांग करते हैं कि सभी धर्मों के लोग विगत की भांति भविष्य में भी इस देश में साथ-साथ रहेंगे। किसी भी प्रकार तथा सीमा का आतंकवाद धार्मिक अल्पसंख्यकों को मिटा नहीं सकेगा।

आतंकवाद का सामना करने हेतु सुझाव

हमें, आतंकवाद को उद्देश्य प्रदायक सामाजिक विसंगतियों को बहादुरी के साथ स्वीकार करके, आतंकवाद के उत्पत्ति कारणों के दीर्घकालीन समाधान का प्रयास करना चाहिए। यहां नीचे कुछ सुझाव दिए जा रहे हैं:-

1. सुरक्षा बलों के आकार तथा अधिकारों में वृद्धि करना।
2. आतंकवादी गतिविधियों के लिए मृत्युदण्ड निर्धारित करना।
3. विधायिका के अधिकार सीमित करने हेतु कानून बनाना तथा पहचान कार्ड आदि के माध्यम से जनता पर नियंत्रण में वृद्धि करना।
4. आतंकवादी हमलों को रोकने के लिए तीसरे बल का गठन। इसमें आतंकवादी-विरोधी कार्रवाई में पुलिस की भूमिका; सैन्य बलों की तैनाती तथा सिविल सैन्य संबंधों के बारे में नीतिगत निर्णय सम्मिलित हैं।
5. आतंकवादियों से 'कोई समझौता वार्ता नहीं' की नीति घोषित करना।
6. शारीरिक तथा परिधीय सुरक्षा में वृद्धि करना।
7. सनसनीपूर्ण समाचारों पर नियंत्रण हेतु प्रेस सेंसरशिप लागू करना।
8. बिना सुनवाई नजरबंदी लागू करना।
9. उपरोक्त अथवा अन्य उपायों के प्राधिकरण हेतु विशेष अधिनियम।
10. व्यक्तियों तथा निजी संगठनों द्वारा आतंकियों को फिरौती देना गैर-कानूनी बनाना।
11. प्रत्यर्पण अथवा गिरफ्तार विमान अहर्ताओं इत्यादि की सुनवाई हेतु अंतर्राष्ट्रीय संधियों को प्रोत्साहित करना।
12. बंधक समझौता वार्ता के संबंध में शोध तथा विकल्प तैयार करना।
13. तथाकथित मानवाधिकारवादियों को यह सुनिश्चित करने में साथ लेना कि आतंकवादी गुटों को भी मानव अधिकारों के पालन हेतु प्रोत्साहित किया जाए।
14. पहले से अधिकृत करने की पहल (प्रबोधन एवं निगरानी हेतु) उच्च क्षमता को अंतर्वेधी प्रौद्योगिकी विकसित करना तथा काम में लेना।

चूंकि हम मानव व्यवहार का अध्ययन कर रहे हैं अतः नीति निर्माताओं को व्यवहार-विज्ञान के संभावित योगदान का आकलन करना चाहिए। आतंकवादियों को मिलने वाली विदेशी मदद के प्रवाह को थामने हेतु प्रभावी उपाय करने की आवश्यकता है। इसमें आतंकियों को विदेशी मदद रोकने हेतु सभी प्रकार के कूटनीतिक प्रयास शामिल करने होंगे।

8
पुलिस विवेक

विश्व भर में पुलिस संगठनों का प्रबंधन अर्द्ध-सैन्य स्वरूप में किया जाता है। इनका संगठन तथा संरचना ही ऐसा होता है। एक पुलिसकर्मी को व्यक्तिगत रूप में अपने आप को पूर्णतया अभिव्यक्त करने का अवसर प्राप्त नहीं होता है क्योंकि ये संगठन सत्तावादी लीक पर संचालित किए जाते हैं। इन दिनों भारतीय पुलिसकर्मियों को आपातिक तथा सामान्य दोनों प्रकार की स्थितियों में कार्य करना पड़ता है। इन स्थितियों में उनको त्वरित निर्णय लेने होते हैं। पुलिस के निर्णय और कार्य, बहुधा, प्रशासन की सुस्थापित और विकसित नीतियों और जारी निर्देशों तथा आदेशों द्वारा प्रभावित होते हैं। पुलिस संगठन तथा दण्ड-न्याय प्रणाली का प्रयोजन समाज को लुटेरों की लूटमार के साथ-साथ समाज और प्रवर्तन एजेन्सीज की निरंकुशता से संरक्षण प्रदान करता है। यह भी तथ्य है कि न्यायिक विलम्बों के प्रति असंतोष बढ़ता ही जा रहा है तथा अब न्यायालयों को सदैव तत्परतापूर्ण न्याय प्रदाता नहीं माना जाता है। कानून द्वारा, पुलिस को अपनी ड्यूटी करने में किसी विवेक प्रयोग का अधिकार नहीं दिया गया है क्योंकि प्रत्येक पुलिस अधिकारी को स्पष्ट आदेश है कि वह उन सभी लोगों को पकड़े जिन्हें पकड़ने के लिए वह कानून द्वारा अधिकृत है और गिरफ्तारी के लिए पर्याप्त आधार मौजूद होना चाहिए।

पुलिस के सामाजिक उत्तरदायित्व

पुलिस अधिकारियों के कर्तव्यः ''प्रत्येक पुलिस अधिकारी का यह कर्तव्य होगा कि वह सक्षम प्राधिकारी द्वारा दिए गए सभी आदेशों का तत्परतापूर्वक पालन करें, सार्वजनिक शांति पर प्रभाव डालने वाली खुफिया या सूचनाएं एकत्र करें तथा संचारित करें, अपराधियों को खोजे तथा न्याय के समक्ष प्रस्तुत करने हेतु गिरफ्तार करे, प्रत्येक पुलिस अधिकारी के लिए इस धारा में

वर्णित प्रयोजनों हेतु बिना वारंट किसी शराब की दुकान, जुआ घर अथवा किसी अन्य आमोद स्थल पर किसी दुश्चरित्र व्यक्ति की तलाश हेतु प्रवेश करना तथा जांच करना कानून सम्मत होगा"। इस प्रकार हम देखते हैं कि कानून ने पुलिस को विशेष कर्तव्य बताए हैं तथा पुलिस के पास विवेक के प्रयोग का अत्यंत सीमित अवसर है जैसा कि पुलिस अधिनियम, 1861 की धारा 23 की भाषा से परिलक्षित है। तथापि, पुलिस पर डाली गई सामाजिक जिम्मेदारी ने पुलिस के कार्य और समान के साथ उसके संबंधों को नया आयाम दिया है। डेविड जे. बोर्डुआ ने अन्तर्राष्ट्रीय सामाजिक विज्ञान विश्वकोश में संगठित पुलिस को आधुनिक समाजों में सामाजिक विज्ञान की समस्याओं के प्रत्युत्तर के रूप में परिभाषित किया है। समाज को पुलिस से असीमित अपेक्षाएं होती हैं। इन अपेक्षाओं में उनका सामाजिक दायरा भी शामिल होता है जिससे पुलिस को साधारणतः कुछ लेना देना नहीं होता है। लोग अनेकानेक प्रकार के कार्यों के लिए पुलिस सेवा की मांग करते हैं जैसे कि लोगों की बिल्लीयों अथवा अन्य पालतु जानवरों को कुएं आदि से निकालना, सड़क से मृत जानवरों अथवा मानव लाशों को हटाना, गुमशुदा बच्चे को ढूंढना अथवा अपने बॉयफ्रेण्ड के साथ गायब लड़की को ढूंढना अथवा पड़ोसियों द्वारा किसी अन्य के लिए निर्धारित स्थान पर कूड़ा कचरा फेंके जाने या कपड़े सुखाए जाने की शिकायत का निवारण, पशुओं पर अत्याचार रोकने अथवा अस्पृश्यता की शिकायत, हानिकर प्रकाशनों का प्रकाशन रोकना इत्यादि। यहां यह उल्लेख करना आवश्यक है कि पुलिस को अन्य कार्यों के अतिरिक्त निम्नलिखित कानूनों का कार्यान्विन सुनिश्चित करना होता है:–

1. बाल अधिनियम, 1960।
2. सार्वजनिक जुआ अधिनियम, 1867।
3. अस्पृश्यता अधिनियम।
4. सुधार विद्यालय अधिनियम, 1897।
5. अफीम अधिनियम, 1878।
6. खतरनाक स्वापक अधिनियम, 1930।
7. महिला एवं कन्या अनैतिक व्यापार अधिनियम, 1930।
8. औषधि एवं जादुई उपचार (आपत्तिजनक विज्ञापन) अधिनियम, 1954।
9. नवयुवक (हानिकर प्रकाशन) अधिनियम, 1956।
10. भ्रष्टाचार निवारण अधिनियम।

11. पशुओं पर अत्याचार निवारण अधिनियम।
12. वन्य पक्षी तथा पशु संरक्षण अधिनियम, 1912।
13. अपराधी परीक्षण अधिनियम, 1955।
14. स्वापक और मनोनुवर्ती पदार्थ अधिनियम।

उपरोक्त सूची, जो व्यापक नहीं केवल संकेतात्मक है, आजकल की पुलिस को व्यादेशित नई सामाजिक जिम्मेंदारियां निदर्शित करती है। ये जिम्मेदारियां आपदकाल में किए जाने वाले सहायता कार्यों यथा अग्नि शमन, यातायात नियंत्रण, बाढ़, तूफान, भूकम्प के समय किए जाने वाले कार्यों के अतिरिक्त हैं। तथापि, पुलिस दहेज विरोध, मद्य निषेध तथा अन्य सामाजिक दायरों में एक सीमा में रहकर ही कार्य कर सकती है। पुलिस को विभिन्न सामाजिक कानूनों के कार्यान्विन का उत्तरदायित्व सौंपे जाने के कारण पुलिस के अपराध की खोज और निवारण के मूल कार्य पर प्रतिकूल प्रभाव पड़ता है। नवीनतम कानून की जानकारी अक्सर स्थानीय पुलिस को उपलब्ध नहीं होती। कुछ दशक पहले 'विडियो पायरेसी' के विरुद्ध एक कानून पारित हुआ था। इस कानून के द्वारा ऐसे कैसेटों के उपयोग पर पाबंदी लगाई गई थी। जो केन्द्रीय सेंसर बोर्ड द्वारा अनुमोदित नहीं की गई है। मैं एक पुलिस अधिकारी होने के नाते अपने क्षेत्र में इस कानून को लागू करना चाहता था। परन्तु मुझे पारित अधिनियम एवं नियमावली प्राप्त नहीं हो सकी। जब मैंने केन्द्रीय फिल्म सेंसर बोर्ड के स्थानीय कार्यालय और सूचना एवं प्रसारण मंत्रालय से सम्पर्क किया तो उन्होंने बताया कि उन्हें भी अधिनियम एवं नियमावली की प्रति प्राप्त नहीं हुई थी। उन्हें भी इस कानून के पारित होने की जानकारी समाचार पत्रों से प्राप्त हुई थी।

पुलिस द्वारा विवेक का प्रयोग

यह भी सत्य है कि आज के समाज में अननुमेय स्थितियों में विभिन्न क्षेत्रों से उत्पन्न हो रहे खतरों से कोई राहत नहीं है। पुलिस के कार्यकलाप के क्षेत्र में विस्तार पहली नजर में तर्कसंगत प्रतीत होता है। पुलिस को लोगों द्वारा संविधानिक अधिकारों का उपभोग सुनिश्चित करने के लिए उनके अधिकारों में सन्तुलन बनाए रखना होता है ताकि कुछ व्यक्तियों के अधिकारों से अन्य लोगों के अधिकारों का उल्लंघन न हो। कुछ मामलों में यह निर्धारण करने के लिए कि क्या उस मामले में कानून का उल्लंघन मात्र टेक्नीकल है पुलिस अपने विवेक का उपयोग करती है। तथापि, विवेक के उपयोग की परिणति जिम्मेदारी

के दुरुपयोग में हो सकती है। बहरसूरत हमारे देश का माहौल ऐसा है कि पुलिसकर्मी विवेक का उपयोग करने से बचते हैं कि कहीं उन्हें गलत न समझ लिया जाए। अन्य प्रशासनिक विभागों की तरह पुलिस की प्रवृति भी सुरक्षात्मक रहने की है ताकि उस पर किसी प्रकार का आरोप न मढ़ा जा सके । अक्सर ही पुलिसकर्मी अपने विवेक का उपयोग नहीं करते तथा अनेक कमजोर मामलों को भी न्यायालय के हवाले कर देते हैं ताकि दोषी को सजा न दिलवाने का आरोप उन के सिर न लगाया जाए।

लोकतंत्र की सेवा हेतु पुलिस व्यवस्था को अपना योगदान स्वतंत्रता, समानता और अभिव्यक्ति की स्वतंत्रता कायम रखने के रूप में देना होगा। उनके ऊपर सामाजिक हैसियत, धर्म, जाति, नस्ल, वर्ग पर ध्यान दिए बिना निष्पक्षता एवं समानता के भाव से कानून को लागू करने तथा न करने का भारी नैतिक उत्तरदायित्व है। केवल यही एक मार्ग है जिस पर चलकर पुलिस समाज के सभी वर्गों से सम्मान पा सकती है। डेविड एच. बेली ने अपनी पुस्तक 'पुलिस सुधार की सीमाएं' में जापान में विवेक के उपयोग और स्थिति के बारे में लिखा है कि, "वहां पुलिस का व्यवहार उच्च मानकों के समनुरूप बनाए रखने का दायित्व, आत्म-नियंत्रण विफल रहने की स्थिति में, मूल रूप से आरक्षण में बाहय निरीक्षण कर रही पुलिस को सौपा गया है। पुलिसकर्मी को अपनी पहचान पर गर्व जापान में प्रभावी आत्मनियंत्रण को सुदृढ़ आधार प्रदान करता है। पुलिसकर्मियों को जनता के बीच अपने सम्मान का ज्ञान है इसीलिए अपने किसी साथी अधिकारी द्वारा अनुचित व्यवहार को अपने विभाग के लिए शर्मनाक मानते हैं। संगठन गलत तरीकों के प्रति लगातार सावधान करता है। जापानी पुलिस अधिकारियों का जीवन डांट फटकार, व्याख्यान तथा उपदेशों से भरा है। नैतिक बैठकों का आयोजन निरंतरता के साथ किया जाता है तथा छोटी-छोटी भूलों पर गहरा विचार विमर्श किया जाता है और कड़ा दण्ड दिया जाता है।

कुछ देशों में, समुचित न्याय के सुनिश्चयन हेतु पुलिस को न्याय विभाग के अधीन रखा गया है। पुलिस को कानून के नियमों के अनुसार कार्य करना होता है। सुप्रीम कोर्ट के मतानुसार, "अपराध संक्रामक होता है। यदि सरकारी सेवक कानून भंग करता है तो इससे कानून के प्रति असम्मान का भाव उत्पन्न होता है.... दण्ड कानून के प्रशासन में साध्य साधनों का औचित्य बताते हैं- की घोषणा करना- यह घोषणा करना है कि किसी अपराधी को सजा सुनिश्चित करने हेतु किसी सरकारी सेवक को अपराध करने की छूट है.....ऐसी घोषणा का भयानक प्रतिफल होगा। ऐसे हानिकारक सिद्धान्त के प्रति न्यायालय को अपना रुख अत्यंत कड़ा रखना चाहिए। किसी सरकारी अधिकारी द्वारा घृणित भूमिका

निभायी जाने के बजाय किसी अपराधी का कानून से बच निकलना बेहतर होगा। तथापि, इसका यह अर्थ कदापि नहीं लगाया जाना चाहिए कि असामाजिक तत्व फलते-फूलते रहें और पुलिस हाथ पर हाथ धरे अकर्मण्यता की स्थिति में बैठी रहे। इसके बजाय उन्हें पूर्ण बुद्धिमत्ता और सक्रियता के साथ उन लोगों की खोज में जुट जाना चाहिए जिनके कारण देश की सम्पत्ति, शान्ति और सुरक्षा को खतरा है। केवल एक आग्रह है कि साध्य और साधन दोनों ही श्रेष्ठ होने चाहिए।'' (प्रेमचन्द्र बनाम भारत सरकार, 1981, सी आर. एल जे 5 (एस सी)। उच्चतम न्यायालय का उपरोक्त ऐतिहासिक निर्णय उस मार्ग का स्पष्ट संकेत देता है जिस पर पुलिस को चलना चाहिए तथा अपने विवेक का इस्तेमाल करना चाहिए। इसका अर्थ है कि पुलिस को अपना कार्य कानून के अनुसार तथा मुद्दों की व्यापक समझ की भावना के साथ करना चाहिए। लंदन मेट्रोपोलिटन पुलिस के पूर्व पुलिस आयुक्त सर हैरल्ड स्कॉट का कथन है कि, ''पुलिस अधिकारियों को पीढ़ी दर पीढ़ी यह शिक्षा दी गई है कि वे स्वयं को जनता का मालिक नहीं बल्कि सेवक मानें। उन्हें यह पढ़ाया जाता है कि किसी अभियुक्त के विरुद्ध अभियोजन के दौरान भी उन्हें पूरी ईमानदारी के साथ निष्पक्ष रहना चाहिए तथा न्यायालय में वाद प्रस्तुत करने के पश्चात् उनका कार्य समाप्त हो जाता है। उन्हें न्यायालय के निर्णय के बारे में चिन्ता नहीं करनी चाहिए। यदि अभियुक्त के पक्ष में कोई बात कही जानी है तो उसे न्यायालय में प्रस्तुत किए जाने से रोका नहीं जाना चाहिए।

टेलीविजन, रेडियो तथा प्रेस ने पुलिस के कार्यकलापों में एक नया आयाम जोड़ दिया है। पुलिस के कार्यों पर लगातार निगरानी रखी जाती है। पुलिसकर्मियों को अक्सर मौका-ए-वारदात पर तत्काल निर्णय लेना होता है तथा उनके निर्णय की सार्वजनिक आलोचना संभव है। पुलिस की निन्दा, निर्णय लेने अथवा न लेने, दोनों प्रकार की स्थितियों में हो सकती है। पुलिस को अक्सर इस उलझन का सामना करना पड़ता है। पुलिस का कार्य एक तने रस्से पर चलने के समान है जिस पर चलते हुए उसको जनता की मांगों और कष्टप्रद राजनीतिक हस्तक्षेप के बीच सन्तुलन बनाए रखना पड़ता है। एक ही स्थिति में कुछ लोग पुलिस की कार्रवाई को अत्यंत कठोर तथा अन्य लोग नितान्त अपर्याप्त करार देते हैं। पुलिसकर्मी को कानून की सीमा में रहकर समाज की बेहतरी के लिए अपने विवेक का इस्तेमाल करते हुए लोगों की उम्मीदों पर खरा उतरना होता है। एक पुलिसकर्मी को कानून लागू करने में मूलतः बल प्रयोगकर्ता की भूमिका निभानी होती है। फिर भी उससे यह उम्मीद की जाती है कि कुछ स्थितियों में वह बल प्रयोग न करे। सतर्क प्रेस और लगातार सक्रिय नागरिक 7 दलों के द्वारा पुलिस

कार्य सदैव ही सतत एवं निकट निरीक्षण में रहता है। पुलिस की विफलता को छिपाए रखना अब संभव नहीं रह गया है।

परन्तु पुलिस संगठन की मूल संरचना में परिवर्तन किए बिना क्या आज का पुलिसकर्मी जनता की अपेक्षाओं पर खरा उतर सकता है। पुलिस की भूमिका 'बल' की अपेक्षा 'सेवा' के रूप में होने पर जोर दिया जाना चाहिए। पुलिस के बड़े अधिकारी अपने अधीनस्थों से चुपचाप आज्ञापालन तुरन्त समर्पण और कोई सवाल जवाब नहीं की स्थिति चाहते हैं। पुलिस के वर्तमान अर्द्ध सैन्य बल के रूप को बदलकर ऐसा नया रूप दिए जाने की जरूरत है जिसमें एक कनिष्ठ पुलिस अधिकारी भी अपने वरिष्ठ अधिकारियों की उम्मीदों की बेड़ियों से छुटकर अपने विवेक का इस्तेमाल कर सके। यह परम आवश्यक है कि 1861 के पुलिस अधिनियम के आधार पर संरचित पुलिस संगठन में परिवर्तन किया जाए। इस संगठन को 21वीं सदी की चुनौतियों का सामना करने वाले संगठन का रूप दिया जाना चाहिए। पुलिस में भर्ती के समय दिए जाने वाले प्रशिक्षण में परिवर्तन इसका एक उपाय हो सकता है। बाद में पुलिसकर्मियों का रवैया समाज के अनुकूल बनाए रखने के लिए 'सेवा के दौरान प्रशिक्षण' तथा 'अनुकूलन पाठ्यक्रम' संचालित किए जाने चाहिए। पुलिसकर्मी नागर-जीवन का एक अभिन्न अंग हैं। उन्हें अपने अधिकारों का उपयोग समाज की वास्तविक सेवा के लिए करना चाहिए। पुलिसकर्मी वर्दीधारी नागरिक होते हैं। उनका प्राथमिक कार्य अपराध की खोज व निवारण, अपराधियों को पकड़ना और कानून एवं व्यवस्था बनाए रखना होता है। समाज के सदस्यों के रूप में उनकी ड्यूटी तथा सामाजिक उत्तरदायित्व का दायरा लोगों की आवश्यकतानुसार सामाजिक सेवा तक बढ़ाया जाना चाहिए।

विनम्रता और सभ्य आचरण द्वारा पुलिस-जनता सहयोग बढ़ाना

सामान्यत: किसी पुलिस स्टेशन पहुंचने वाला जनता का व्यक्ति अपवचन और शिकायत का भाव लिए होता है तथा विरले ही कोई व्यक्ति शिष्टाचार मुलाकात के लिए पुलिस स्टेशन पहुंचता हो। एक ऐसे व्यक्ति-जिसकी सम्पत्ति चोरी हो गई हो अथवा किसी अन्य प्रकार से पीड़ित हो-को सर्वप्रथम सहानुभूति की आवश्यकता होती है। प्रत्येक पुलिसकर्मी को अपने पास पहुंचने वाले आम आदमी से शिष्टता तथा भद्रता के साथ पेश आना सीखना चाहिए। प्रत्येक पुलिसकर्मी को शिष्ट और विनम्र होना चाहिए क्योंकि शिष्टता की कोई कीमत नहीं चुकानी पड़ती परन्तु इसके बदले पुलिस को बिना मांगे सद्भावना प्राप्त होती है। पुलिसकर्मी द्वारा साधारण जन की बात को धैर्य से सुना जाना तथा

जवाब में सहानुभूति एवं शिष्टता होना अनिवार्य होना चाहिए। "मैं अपकी क्या सहायता कर सकता हूं। श्रीमान्", "महोदय", "कृप्या", "धन्यवाद", "क्या मैं आपके लिए कुछ कर सकता हूं" आदि उपवाक्यों के प्रयोग से काम का माहौल खुशनुमा होने के साथ-साथ पुलिस की छवि को सुधारने में सहायता मिलेगी। पुलिसकर्मियों को यह जोर देकर समझाने की जरूरत है कि यदि वे पीड़ित व्यक्ति की कोई प्रभावी सहायता करने में असमर्थ हैं तो भी कोई कारण नहीं कि वे उसके साथ अशिष्टतापूर्ण तथा रुखा व्यवहार करें। अशिष्टता और ख़राब व्यवहार सेवा की भावना के मार्ग में अवरोधक पत्थरों के समान हैं। अच्छे और शिष्ट व्यवहार से पुलिस व जनता के बीच सहयोग बढ़ेगा तथा पुलिस की छवि सुधरेगी। भद्र आचरण पुलिस के कार्य और कानून के कार्यान्वन के साथ किसी भी प्रकार से असंगत नहीं है। भद्र आचरण का केवल सुपरिणाम ही हो सकता है।

पुलिस के वरिष्ठ अधिकारियों को अपने अधीनस्थों की कर्तव्यच्युति पर ध्यान देकर कार्रवाई करना अत्यावश्यक है। परन्तु पुलिस बल को मनोबल बनाए रखने के लिए उनकी चूक हेतु दण्ड देने के साथ-साथ श्रेष्ठ कार्य के लिए पुरस्कृत किया जाना भी उतना ही आवश्यक है। उन्हें जाति अथवा धर्म के आधार पर गुटबंदी का पूर्ण त्याग करना होगा। उन्हें पुलिस बल में अनुशासन के मामले पर किसी भी प्रकार के दबाव या प्रभाव में नहीं आना चाहिए। दण्ड न्याय प्रणाली के संबंध में अमेरिकी राष्ट्रीय सलाहकार आयोग के मतानुसार, "पुलिस सेवा के लिए चयन किए गए कर्मियों की गुणवत्ता पुलिस के कार्यप्रदर्शन का चरित्र और अन्ततोगत्वा पुलिस नेतृत्व की गुणवत्ता का निर्धारण करती है। बहुधा, पुलिस कार्य हेतु आवश्यक योग्यता रखने वाले लोग स्वयं ही इस सेवा के लिए आवेदन नहीं करते हैं। उन्हें भर्ती किया जाना चाहिए। सावधानीपूर्वक चयनित पुलिस कर्मिक ही वह आधार होते हैं जिस पर पुलिस प्रशासन की भव्य इमारत का निर्माण होता है। जब कोई विभाग समुचित रूप से कार्य करने में विफल रहता है तब उसकी विफलता का कारण इसके कानून, प्रवेशमानकों अथवा घटिया या अनुपयुक्त चयन विधियों में ढूंढा जाता है। समुदाय की पुलिस व्यवस्था के कार्य की व्यापकता के कारण, इस तथ्य पर बल दिया जाना आवश्यक है, कि देश में मौजूद सर्वश्रेष्ठ जनशक्ति पुलिस कार्य हेतु श्रेष्ठ नहीं है। दशकों पहले दिया गया यह वक्तव्य आज भी सत्य है। किसी पुलिस बल की दक्षता और प्रभावित उसके अपने कर्मिकों पर निर्भर होती है। (मानक और लक्ष्य 1973).

यह स्पष्ट है कि पुलिसकर्मियों की तादाद और गुणवत्ता अंर्तसंबंधित है। गुणवत्ता की मांग का सीधा असर कार्य हेतु उपलब्ध पुलिस कर्मिकों की तादाद पर पड़ता है। उच्च मानकों से पुलिस कार्य हेतु ग्राहय लोगों की संख्या स्वाभाविक रूप से कम हो जाती है। पुलिस कार्य के लिए उच्च योग्यता प्राप्त अभयर्थियों को आकर्षित करना पुलिस भर्ती का महत्वपूर्ण पहलू है। इससे पुलिस के साथ-साथ जनता के कार्य पर भी प्रभाव पड़ेगा तथा लोगों को प्रदान की जाने वाली सेवा में गुणवत्ता वृद्धि होगी। पुलिस और जनता के बीच अन्तर क्रिया में सुधार के लिए पुलिस कार्रवाई को नियंत्रित करने वाले आचरण तथा विवेक के उपयोग हेतु कुछ विशिष्ट क्षेत्र निर्धारित करने होंगे। प्रोफेसर पीटर एक ड्रूकर ने अपनी पुस्तक "मैनेजमेण्ट टास्क्स, रेसपॉन्सिबिलिटी एण्ड प्रैक्टिसेज" में लिखा है कि, "व्यवसाय और सेवा संस्थानों में विनिर्दिष्ट, सीमित तथा स्पष्ट परिभाषित लक्ष्यों को छोड़कर उपलब्धि कदापि संभव नहीं हैं।" ऐसे कार्य जो आज पुलिस के लिए मान्य नहीं हैं उन्हें पुलिस की ड्यूटी सूची से हटा दिया जाना चाहिए। सामाज की बढ़ी गतिविधियों को पुलिस के नए दायित्वों के रूप में शामिल किया जाना चाहिए। चूंकि पुलिस का कार्य पहले की अपेक्षा कई गुना बढ़ गया है अतः पुलिस कार्यों की प्राथमिकता तय करना तथा नए उद्देश्य निर्धारित करना बहुत महत्वपूर्ण है। पुलिसकर्मी लोगों के साथ-साथ अपनी संतुष्टि केवल पेशेवर अंदाज अपनाकर ही कर सकते हैं। यही एक मार्ग है जिससे पुलिस समाज की सेवा प्रभावपूर्ण ढंग से कर सकती है।

पुलिस की एक अन्य दुविधा समाज में अपराध के विषय में भिन्न मतों का विद्यमान होना है। जैसा कि रॉय लूईस ने 'ए फोर्स फॉर दि फ्यूचर' में लिखा है।

यह एक साधारण सी बात है कि जब कानून स्पष्ट नहीं है तथा परम्परा में कोई बहुमत दृष्टिकोण संस्थापित नहीं है और कथित सर्वसम्मति से किए गए अपराधों (हत्या, डकैती, बाल शोषण इत्यादि) के विरुद्ध कोई परम्परागत बहुमत नहीं है तब पुलिस केवल जन सहयोग पर आश्रित हो सकती है। परन्तु जनता अनेक कानूनों को जुए का एक दांव मानती है जिसमें कोई बदनसीब कभी पकड़ में आ जाए तो उसकी कोई भर्त्सना नहीं होती तथा उसको कोई शर्मिन्दगी महसूस नहीं होती। इस नैतिकता का एक स्वस्थ पहलू यह है कि इसके बिना लोग अपराध की बढ़ती भावना में डूब जाएंगे।

पुलिस बल में भर्ती होने के पश्चात्, पुलिसकर्मियों तथा उनके मुखियाओं दोनों के लिए आवश्यक है, कि वे समाज द्वारा उन पर किए गए विश्वास व

भरोसे के अनुसार कार्य करें। संयुक्त राज्य अमेरिका के फेडरल ब्यूरो आफ इनवेस्टिगेशन के पूर्व निदेशक के शब्दों में, "किसी व्यक्ति को पुलिस अधिकारी का व्यवसाय चुनने के लिए मजबूर नहीं किया जाता है, परन्तु इस व्यवसाय को चुनने वाले व्यक्ति पर अपनी ड्यूटी भली प्रकार निभाने और इसकी उच्च अपेक्षाओं के मानकों पर खरा उतरने का दायित्व होता है। व्यवसायिक पुलिस सेवा में समझौता, व्यक्तिगत भावना, शत्रुता अथवा पूर्वाग्रह के लिए कोई स्थान नहीं होता है। प्रत्येक हलके प्रत्येक गश्त में ईमानदारी तथा निष्ठापूर्वक प्रत्येक आदेश का पालन और उपस्थिति आवश्यक तत्व हैं। ड्यूटी स्थल पर, हर दिन, हर पल शिष्टता प्रत्यक्ष दर्शित होनी चाहिए।" ऐसा नहीं है कि प्रशासन पुलिस की कठिनाइयों से अवगत नहीं है। अमेरिकी राष्ट्रपति लिण्डन जॉनसन द्वारा विधि क्रियान्वन एवं न्याय-प्रशासन के संबंध में गठित राष्ट्रपति आयोग के कथनानुसार, "अपराध किसी गली में वैसा नहीं दिखता जैसा कि विधायिका कक्ष में दिखता है। पुलिस अधिकारी को, अनेक बार, जटिल एवं तेजी से बदलती स्थितियों में काम करना पड़ता है और कभी, स्थिति को हल्के ढंग से निपटने का परिणाम अनर्थकारी भी हो सकता है। तथापि, पुलिस का प्रयास, अपने विवेकानुसार सर्वश्रेष्ठ निर्णय का दुरुपयोग अंथवा बलिदान करने का कदापि नहीं होना चाहिए।

भारत में समाज की भलाई के लिए अथवा अन्य प्रकार से भी विवेक का उपयोग पुलिस के लिए एक तनी रस्सी पर चलने के समान है। प्रोफेसर डेविड एच. बेली ने भारत में विद्यमान स्थिति के विषय में निम्नानुसार टिप्पणी की थी, "भारत में आज दण्ड-न्याय की दोहरी व्यवस्था विकसित हो चुकी है। इस दोहरी व्यवस्था में एक कानूनी व्यवस्था है तो दूसरी राजनीतिक व्यवस्था है। कम से कम पुलिस के विषय में यह कहा जा सकता है कि पुलिस अधिकारी द्वारा कानून लागू करने संबंधी निर्णय अक्सर निर्वाचित प्रतिनिधियों के निर्देशों अथवा पक्षपातपूर्ण समीक्षा के अधीन होते हैं। कानून लागू करने की विशिष्ट और नेमी घटनाओं पुलिसकर्मियों की स्वायत्तता का हनन अनेक बार किया गया है। यह केवल कानून और व्यवस्था की स्थितियों में ही सत्य नहीं है। कानून के दण्ड से मुक्ति हेतु राजनीतिज्ञों से गुहार करना अभियुक्तों की आदत बन चुकी है। देश भर के पुलिस अधिकारी अपने विचारधीन मामले पर कार्रवाई करने से पहले उसके राजनीतिक प्रभावों का अनुमान लगाने के आदी हो चुके हैं। वे अपने भविष्य और खासकर अपनी तैनाती संबंधी आशंकाओं के कारण चिन्तित और कटु स्वभाव वाले हो गए हैं।

9

अभियोजन अभिकरणों का उत्तरदायित्व

अभियोजन तंत्र का कार्य

लोकतांत्रिक व्यवस्था में किसी अपराध के लिए दण्ड, विधि प्रक्रिया के सम्यक् अनुसरण के पश्चात् ही, दिया जा सकता है। यदि किसी कानून का उल्लंघन हुआ है, तो अभियुक्त के विरुद्ध परिवाद दर्ज कर कार्यवाई की जा सकती है। वाद दर्ज होने के पश्चात् तहकीकात की जाती है तथा सच्चाई के आधार पर आरोप-पत्र तैयार किया जाता है। पुलिस संगठन के रूप में अभियुक्त को न्यायालय के समक्ष प्रस्तुत भर कर सकती है। न्यायालय में वाद प्रस्तुत होने के पश्चात् साक्ष्य, कानून तथा वाद संबंधी अन्य पहलुओं का समुचित विन्यास अभियोजन अभिकरण कार्य है। अभियुक्त के विरुद्ध दक्षतापूर्ण ढंग से किए गए अन्वेषण मान से उसको सजा नहीं दिलाई जा सकती है । दक्षतापूर्ण जांच पड़ताल के पश्चात् उतने ही दक्षतापूर्ण अभियोजन की आवश्यकता होती है। इसके बावजूद, कई सच्चे मामलों में अभियुक्त बरी हो जाते हैं। अनेक आयोग इसके संभावित निवारक उपायों की तलाश में इस प्रश्न का बारीकी से अध्ययन कर चुके हैं। अधिकतर राज्यों में अभियोजन अभिकरण को पुलिस से बिल्कुल अलग कर इसके अपने अभियोजन निदेशक के अधीन कर दिया गया है।

उत्तर प्रदेश में स्थिति

उत्तर प्रदेश पुलिस आयोग (1970-71 पृष्ठ 512-17) ने टिप्पणी में कहा कि अभियोजन तन्त्र का कार्य संतोषजनक से कहीं निचले स्तर का था ।

इलाहाबाद उच्च न्यायालय के मुख्य न्यायाधीश श्री एस. के. वर्मा ने

आयोग के समक्ष अपने बयान में कहा, "सरकारी वादों का अभियोजन, प्रत्येक स्तर पर घटिया स्तर का है तथा जिला न्यायालयों में बरी होने वाले अभियुक्तों की लज्जाजनक संख्या का एक कारण है।" एक अन्य साक्षी जो उत्तर प्रदेश के पूर्व महा अधिवक्ता थे-ने आयोग को बताया की, आज अधिकतर स्थानों पर जिला सरकारी काउन्सिल तथा सहायक जिला सरकारी काउन्सिल का कार्य असंतोषजनक हैं।" अन्य महत्वपूर्ण साक्षियों की टिप्पणियां इस प्रकार थीं, "साधारणतः, गंभीर मुकदमों का अभियोजन असंतोषप्रद है (लक्ष्मी चन्द्र आचार्य, दण्ड-अधिवक्ता तथा भूतपूर्व विधि और न्याय मंत्री) जिला सरकारी काउन्सिल और अन्य सरकारी काउन्सिल पर्याप्त प्रयास नहीं करते तथा वाद अभियोजन का कार्य मजिस्ट्रेट तथा सेशन्स कोर्ट दोनों ही स्तरों पर असंतोषजनक है। (गृह सचिव, उत्तर प्रदेश, ए. के. मुस्तफा पृष्ठ 513)। सेशन्स कोर्ट तथा मजिस्ट्रेटों की अदालतों में अभियोजन का स्तर बेहद घटिया है।" (आई. जी. पी. उत्तर प्रदेश, इस्लाम अहमद)। आयोग ने अदक्षताजनित चूक, विधि के पर्याप्त ज्ञान की कमी, ड्यूटी की भावना का अभाव और अपने निर्धारित कार्य के प्रति अपर्याप्त परिश्रम आदि अभियोजन पक्ष की कमियों का उल्लेख किया। मजिस्ट्रेटों की अदालतों में अभियोजन एजेन्सियों के साथ अकुशलता, विधि का अपर्याप्त ज्ञान, बाहय दबावों के प्रति विनम्रता और भ्रष्टाचार जैसी कमियां भी जुड़ी थीं।

आयोग को यह भी बताया गया कि सरकारी काउन्सिलों की नियुक्ति में बाह्य कारकों के प्रभाव से अभियोजन एजेन्सि को भारी क्षति पहुंची है। यह सत्य है कि हाल के वर्षों में जिला सरकारी काउन्सिल तथा सहायक जिला सरकारी काउन्सिल की नियुक्ति स्थानीय लोगों के मंत्री द्वारा संरक्षण का मामला बन गया है। जिला जज और जिला मजिस्ट्रेट द्वारा, खासकर जिलामजिस्ट्रेट द्वारा की गई संस्तुतियों पर राजनीतिक प्रभाव सर्वत्र और समान रूप से देखा गया है। ऐसे भी मामले देखे गए हैं जिनमें एक मंत्री ने एक ऐसे व्यक्ति को जिला सरकारी काउन्सिल नियुक्त किया जिसके पास नियुक्ति के समय न्यायालय में एक भी वाद सिविल अथवा दण्ड अथवा दीवानी में लम्बित नहीं था। लगभग ऐसी ही स्थितियां प्रथम उत्तर प्रदेश पुलिस आयोग (1960-61) के समक्ष भी प्रस्तुत की गई थीं। इसने कहा था कि, "हमारे समक्ष अनेक ऐसे मामलों के उदाहरण प्रस्तुत किए गए हैं जिनके अनुसार जिला सरकारी काउन्सिल की नियुक्तियां सुयोग्यता से इतर आधार पर की गई हैं। इसके लिए अक्सर जिला मजिस्ट्रेटों पर भारी दबाव डाला गया है। ऐसे मामलों से जनता की नजर में, जिला सरकारी

काउन्सिल के पद की प्रतिष्ठा कम हुई है तथा दण्ड व्यवस्था को भारी आघात पहुंचा है। इसके अतिरिक्त कुछ मामलों में जिला सरकारी काउन्सिल पर स्थानीय व्यक्ति होने के कारण, अभियुक्त की ओर से दबाव डाले जाने की शिकायतें भी प्राप्त हुई हैं।"

विभिन्न स्तरों पर अभियोजन कार्य में संलग्न एजेन्सियों में आपसी तालमेल का जबर्दस्त अभाव है। कुछ जिला सरकारी काउन्सिलों को शिकायत थी कि उन्हें अन्वेषण अधिकारी की सहायता प्राप्त करने में बहुत परेशानी का सामना करना पड़ता है खासकर तब जबकि संबंधित अन्वेषण अधिकारी को शिकायत थी कि जिला सरकारी काउन्सिल साक्ष्यों को न्यायालय में प्रस्तुत करने से पूर्व उनकी जांच हेतु सदैव अनिच्छुक रहते हैं।

जिला सरकारी काउन्सिल तथा सरकारी अभियोजक के बीच गिरफ्तारी की कार्रवाई में कोई सम्पर्क नहीं रहता है। हमारे समक्ष ऐसे अनेक उदाहरण प्रस्तुत किए गए कि उच्च न्यायालय के सरकारी अधिवक्ता द्वारा बारम्बार प्रयासों के बावजूद जिला से कोई जवाब नहीं मिला। महा अधिवक्ता द्वारा अकेले वर्ष 1960 हेतु ऐसे 27 उदाहरण प्रस्तुत किए गए। इसी प्रकार ऐसी शिकायतें भी प्राप्त हुईं जिनके अनुसार जिला अधिकारियों द्वारा उच्च न्यायालय में मुकदमों की तिथियों व प्रगति के बारे में सूचना के अनुरोध के वाबजूद उन्हें कोई सूचना नहीं दी गई। वास्तव में यह अत्यंत दु:खद स्थिति है तथा इससे विभिन्न स्तरों पर कार्यरत एजेन्सियों के बीच निरंतर निकट सम्पर्क की आवश्यकता स्पष्ट रूप में सामने आती है।"

वकीलों के पैनल संबंध में यह देखा गया कि उच्च न्यायालय तथा सत्र न्यायालय दोनों जगह वकीलों के पैनल की प्रणाली विद्यमान है। वकीलों का यह पैनल उन सभी कार्यों को करता है जो सरकारी काउन्सिल द्वारा स्वयं व्यक्तिगत रूप से किया जाना संभव नहीं हो पाते हैं। हमें सत्र और उच्च न्यायालय में पैनल के कार्य के बारे में अनेक शिकायतें प्राप्त हुई हैं। ये शिकायतें न्यायाधीशों तथा 'बार' दोनों से प्राप्त हुई हैं। साधारणत: निठल्ले वकीलों को पैनल में रख लिया जाता है जो अपनी अकुशलता के चलते सरकारी मुकदमों की विफलता का कारण बनते हैं।

बिहार में अभियोजन

एक अन्य आयोग (बिहार पुलिस आयोग, 1961) का कथन है कि "आयोग के समक्ष भारी मात्रा में प्रस्तुत साक्ष्यों की जांच के पश्चात् आयोग का

मत है कि मजिस्ट्रेट और सत्र न्यायालयों में अभियोजन की विद्यमान प्रणाली ने भी उस प्रकार कार्य नहीं किया है जैसा कि वह कर सकती थी। यह आयोग, जिले की सम्पूर्ण अभियोजन एजेन्सी को, एक पूर्ण-कालिक अभियोजक के अधीन, एक सरकारी विभाग के रूप में पुनर्गठित करने की सिफारिश करता है। उक्त पूर्ण-कालिक अभियोजक को मुख्य सरकारी अभियोजक तथा जिला निदेशक, लोक अभियोजन के रूप में पदनामित किया जाना चाहिए। भारतीय विधि आयोग ऐसी ही सिफारिश कर चुका है तथा उसने सुझाव दिया है कि उक्त अभियोजना को सरकारी विधि अधिकारी का दर्जा दिया जाना चाहिए। यह भी सुझाव दिया गया है कि उसको पुलिस विभाग का अंश नहीं माना जाना चाहिए। वह राज्य सरकार के प्रति जवाबदेह एक स्वतंत्र पदाधिकारी होना चाहिए।

जिला निदेशक लोक अभियोजन के कार्य

आयोग ने सुझाव दिया कि जिला निदेशक, लोक अभियोजन के निम्नलिखित कार्य होने चाहिए:-

वह जिले में अभियोजन तंत्र का प्रमुख होना चाहिए तथा जिले के सत्र और मजिस्ट्रेट न्यायालयों में समस्त अभियोजकों पर उसका प्रशासनिक नियंत्रण होना चाहिए। (उसको अभियोजन एजेन्सी के माध्यम से समस्त संज्ञेय परिवादों के अभियोजन की व्यवस्था करनी चाहिए तथा समस्त सरकारी अभियोजकों के बीच कार्य का वितरण करना चाहिए। उसको महत्वपूर्ण अभियोजना का संचालन स्वयं करना चाहिए।) (उसको जिला स्तर पर पुलिस विभाग अथवा अन्य विभागों को, अन्वेषण के किसी भी चरण में, वाद के कानूनी पहलुओं के विषय में अपनी सलाह देनी चाहिए। उसकी सलाह षड़यंत्र, कपट, जालसाजी, परिस्थिति जन्य साक्ष्यों पर आधारित अथवा व्यवसायी फर्मों अथवा निगमों की लेखा बहियों से जुटाए साक्ष्यों पर आधारित जटिल और महत्वपूर्ण मुकदमों में खासतौर पर विशेष सहायक सिद्ध होगी) (महत्वपूर्ण और जटिल मामलों में वह राज्य निदेशक, अभियोजन के माध्यम से राज्य सरकार से अनुमति लेकर राज्य की ओर से सत्र और मजिस्ट्रेट न्यायालयों में पेश होने के लिए किसी अधिवक्ता को विशेष लोक अभियोजक नियुक्त कर सकता है।) ऐसी आकस्मिकताएं पुनर्गठन के साथ लगातार कम होती जानी चाहिए ....आगे बताया कि. .... आयोग को सूचित किया गया है कि विशेष लोक अभियोजकों की नियुक्ति पर प्रतिवर्ष भारी राशि व्यय की जा रही है।

उसको प्रथम सूचना रिपोर्ट, अन्तिम प्रपत्र तथा विशेष रिपोर्ट मामलो में अन्य रिपोर्ट सीधे पुलिस अन्वेषण अधिकारी से नाम के साथ प्राप्त होनी चाहिए।

पुलिस अधीक्षक द्वारा ऐसे मामलों की केस डायरिंग उसको अग्रेषित की जाएंगी। वह इन रिपोर्टों तथा केस डायरियों की सूक्ष्म जांच करेगा तथा कमियां दूर करने हेतु अन्वेषण अधिकारी को उपयुक्त अनुदेश देगा। अन्य सभी संज्ञेय अपराधों में उसको आरोप पत्र मामलों और अंतिम रिपोर्टों के संक्षिप्त विवरण की प्रतियां मिलनी चाहिए। वह न्यायालय में प्रस्तुत किए जाने से पूर्व प्रत्येक आरोप पत्र की जांच करेगा। अभियोजन के मामलों में किसी प्रकार की जटिलता अथवा दोष की स्थिति में फिर से तहकीकात कर उसको सुधारा जा सकता है। उसके द्वारा की गई अंतिम रिपोर्टों की जांच में यह भी सुनिश्चित किया जाना चाहिए कि न्यायालय में प्रस्तुत नहीं किए जाने वाले मामलों के संबंध में पर्याप्त आधार मौजूद है। (उसको प्रत्येक परिवाद की जांच करनी चाहिए। कहीं ऐसा तो नहीं कि छोटे से अपराध के लिए सजा हो रही हो तथा गंभीर आरोप वाला व्यक्ति बरी हो रहा हो। इससे, उसको बरी के रूप में समाप्त होने वाले मामलों का कारण ढूंढने में मदद मिलेगी तथा वह न्याय की विफलता से बचने के लिए अधिक प्रभावी उपाय तलाश कर सकेगा।) उसे अभियोजकों को जटिलतापूर्ण सभी मामलों में उससे मुक्त भाव से सलाह करने हेतु प्रोत्साहित करना चाहिए।

नियंत्रण की उपरोक्त सभी योजनाओं में सभी मुकदमों को समुचित रूप से तैयार करने तथा न्यायालय में प्रस्तुत करने का उत्तरदायित्व जिला अभियोजन निदेशक पर होगा। पुलिस अधीक्षक का दायित्व केवल इतना होगा कि जिला अभियोजन निदेशक तथा अन्य अभियोजकों को वाद संबंधी विवरण उपलब्ध करा दिया जाए तथा अभिलेखों और विवरणों के अध्ययन में हर न्यायोचित सहायता प्रदान की जाए। अभियोजक द्वारा परिवाद संचालन के तरीके के लिए पुलिस अधीक्षक उत्तरदायी नहीं होगा। इसने यह सुझाव भी दिया कि जिला अभियोजन निदेशक सत्र न्यायालय में मामलों के लिए भी उत्तरदायी होना चाहिए। वह न केवल अभियोजन का परिसंचालन करे बल्कि अधिक महत्वपूर्ण तथा जटिल मामलों को स्वयं अपने हाथों में संभाले। आयोग ने पाया कि ''ट्रैफिक अपराध से जुड़े मामलों के निपटाने में होने वाला विलम्ब भी अत्यंत गंभीर है। इस कार्य में अनेक कठिनाइयां बताई गई हैं जिनमें से आरोपित का सुराग नहीं मिल पाना सर्वाधिक महत्वपूर्ण है।'' आयोग ने यातायात के नियमों व कानूनों के क्रियान्वन को घोर असंतोषप्रद बताया। आयोग ने यातायात अपराधों को घटनास्थल पर तत्परता के साथ निपटाने के लिए सचल न्यायालयों के गठन करने तथा उनका कार्यक्षेत्र मुख्य मार्गों तथा सड़कों और महानगरों में रखने का सुझाव दिया। अनेक साक्षियों द्वारा जिनमें वरिष्ठ पुलिस अधिकारी भी

शामिल थे आयोग को बताया गया कि दोषमुक्त रूप में अथवा अपर्याप्त सजा के परिणाम के रूप में समाप्त होने वाले मुकदमों के रिकार्डों की समुचित जांच नहीं की जाती है तथा कई बार तो पर्याप्त मजबूत आधार वाले मुकदमों में अपील तक नहीं की जाती है। कुछ पुलिस अधीक्षकों ने आयोग को बताया कि निरंतर प्रयासों के बावजूद अनेक मामलों में उन्हें न्यायालय के निर्णय की प्रतियां उपलब्ध नहीं कराई गईं। आयोग ने महसूस किया कि मौजूदा परिस्थिति में किसी को दोष देना उचित नहीं है क्योंकि इस कार्य में अनेक एजेन्सियों के सहयोग की आवश्यकता है।

पश्चिम बंगाल में अभियोजन

वादों के अभियोजन के संबंध में एक अन्य आयोग (पश्चिम बंगाल पुलिस आयोग, 1960-61) के मतानुसार न्यायालयों में अभियोजन के निम्न स्तर के अधोलिखित कारण थे:-

1. दक्षता का निम्न स्तर तथा।
2. विभिन्न कारणों से होने वाला विलम्ब।

आयोग ने यह भी कहा कि ''हमें किसी मुकदमे के निपटाने तक साधारणतः लगने वाले समय के बारे में अनेक शिकायतें प्राप्त हुई हैं। न्यायालय द्वारा अनेक प्रास्थगन दिए जाते हैं। मुकदमे की टुकड़ा-टुकड़ा सुनवाई, साक्ष्यों तथा पुलिस अधिकारियों का उपस्थित न होना, पुलिस स्टेशन इन्चार्ज द्वारा न्यायालय को केस डायरियों तथा अन्य आवश्यक प्रलेखों के प्रेषण में विलम्ब, तथा अभियोजन अधिकारियों की कमी आदि विलम्ब के आम कारण हैं।'' आयोग की टिप्पणी थी कि, ''जिरह के लिए निर्धारित तिथि को न्यायालय में साक्षी की उपस्थिति हेतु अभियोजन अधिकारियों को उत्तरदायी होना चाहिए।''

मजिस्ट्रेटों से प्राप्त शिकायतों के अनुसार जिन पुलिसकर्मियों के साक्ष्य की आवश्यकता होती है वे न्यायालय में उपस्थित नहीं होते और अक्सर उन्हें किसी दूसरे कार्य पर लगा दिया जाता है। यद्यपि यह अनुपस्थिति का बहाना मात्र होता है। कुछ मजिस्ट्रेट ऐसे पुलिस अधिकारियों के विरुद्ध वारंट जारी करना आवश्यक है । एक माजिस्ट्रेट ने उदाहरण सहित बताया कि अमुक पुलिस अधिकारी वारंट जारी होने के बावजूद न्यायालय में उपस्थित नहीं हुआ। मजिस्ट्रेट आमतौर पर ऐसे मामलों की सूचना पुलिस अधीक्षक को देते हैं परन्तु मजिस्ट्रेटों की शिकायत है कि उन्हें पुलिस अधीक्षक द्वारा की गई कार्रवाई की कोई जानकारी नहीं दी जाती है। न्यायालय द्वारा सम्मन जारी किए जाने के

पश्चात् साक्ष्यों का न्यायालय में उपस्थित होने के प्रति अनिच्छा रखने के कई कारण बताए जाते हैं। सुनवाई के न्यायालय में बार-बार उपस्थित होना, हर बार घंटों तक प्रतीक्षा करना तथा इस हेतु मिलने वाला दैनिक भत्ता तथा यात्रा भत्ता आदि प्रमुख कारण हैं। आयोग ने अनुरोध किया कि किसी भी साक्ष्य को अनावश्यक नहीं रोका जाना चाहिए तथा न्यायालय में उसका कार्य समाप्त होते ही उसके दैनिक एवं यात्रा भत्ते आदि का भुगतान कर दिया जाना चाहिए। न्यायालय में मुकदमों की टुकड़ा-टुकड़ा सुनवाई के बारे में बताया गया कि न्यायालय अधिकारियों को अन्य दायित्वों का भी वहन करना होता है।

तमिलनाडु में अभियोजन

आयोग ने नोट किया कि तमिलनाडु (तत्कालीन मद्रास राज्य) में अभियोजक की अनुपस्थिति के बावजूद सुनवाई प्रास्थगित नहीं की जाती है तथा साक्ष्यों की जांच आरोप पत्र के अनुसार की जाती है, यदि वे उपस्थित हैं। आयोग ने महसूस किया कि ऐसे ही अनुदेश पश्चिम बंगाल में भी जारी करना बहुत उपयोगी होगा। आयोग ने यातायात अपराधों के निपटाने के लिए मोटर वाहन अधिनियम की धारा 130 का लाभ उठाने का सुझाव दिया। इस धारा में आरोपित पंजीकृत पत्र के माध्यम से अपराध स्वीकार कर सकता है तथा न्यायालय द्वारा निर्धारित जुर्माने की राशि प्रेषित कर सकता है। उपरोक्त धारा का लाभ उठाकर न्यायालय का बहुमूल्य समय भी बचाया जा सकता है।

जब कोई आरोपित व्यक्ति अपना दोष स्वीकार करता है तथा विनिर्दिष्ट राशि प्रेषित कर देता है तब उसके विरुद्ध उस अपराध के विषय में आगे और कोई कार्रवाई नहीं की जाएगी। आयोग द्वारा पश्चिम बंगाल राज्य में इसी प्रकार के कानून लागू करने की सिफारिश की गई।

संघ-विधि-आयोग ऐसी प्रक्रिया को अपराधों की व्यापक श्रेणी तक विस्तारित करने के महत्वपूर्ण प्रश्न पर भी विचार कर चुका था। गौण अपराधों की संक्षिप्त सुनवाई के संबंध में विभागीय समिति द्वारा इंग्लैंड में भी इस प्रश्न पर विचार किया गया था। यह समिति इस निष्कर्ष पर पहुंची कि मजिस्ट्रेट द्वारा सुनवाई योग्य गौण अपराध के मामले में प्रतिवादी को न्यायालय में उपस्थित हुए बिना अपराध स्वीकार करने हेतु कानून में आवश्यक संशोधन किया जाना चाहिए। समिति की सिफारिश के परिणामस्वरूप ''मजिस्ट्रेट्स कोर्ट्स एक्ट, 1957'' पारित किया गया। ऐसे बहुत से गौण अपराध हैं जो अधिकतर तकनीकी प्रकृति के होते हैं तथा जिनमें आर्थिक दण्ड मात्र से न्याय

के उद्देश्य की प्राप्ति हो जाती है। कानून में उपरोक्त परिवर्तन से इस बात की प्रबल संभावना बनेगी कि गौण अपराधों के आरोपित अपना दोष स्वीकार करें तथा न्यायालयों में लम्बित मामलों को ढेर हल्का होने लगे। हमारे देश में भी ऐसा प्रावधान किए जाने की जरूरत है।

मध्य प्रदेश में अभियोजन

मध्य प्रदेश आयोग ने भी वाद अभियोजन की समस्या पर विचार किया तथा वादों की व्यवस्था में परिवर्तन करने और राज्य में अभियोजन प्रभारी के रूप में राज्य अभियोजन निदेशक की नियुक्ति करने का सुझाव दिया। वह 'बार' का वरिष्ठ सदस्य अथवा सेवानिवृत या सेवारत वरिष्ठ जिला न्यायाधीश हो सकता था। उसकी सहायता के लिए सहायक जिला न्यायाधीश अथवा सरकारी वकील ग्रेड के दो या तीन सहायक रखे जा सकते थे तथा इन सहायकों की संख्या आवश्यकतानुसार बढ़ाई जा सकती थी। राज्य अभियोजन निदेशक को निम्नलिखित कार्यदायित्व निर्दिष्ट किए जा सकते थे:-

1. वह राज्य की अभियोजन मशीनरी का प्रधान होगा तथा अभियोजन संचालन के संबंध में सरकारी वकीलों तथा पुलिस अभियोजकों को सलाह देगा तथा उनके कार्य का निरीक्षण करेगा।
2. वह अभियुक्तों के बरी होने वाले मामलों की सक्ष्मतापूर्वक जांच करेगा तथा अपील करने या न करने के बारे में सलाह देगा । वह विभिन्न न्यायालयों द्वारा इंगितानुसार तफ्तीश करने वाले अधिकारी के जांच तरीकों में पाए गए दोषों के बाबत एक नोट तैयार करेगा तथा सुधार के उपाय सुझाएगा।
3. वह प्रक्रिया के किसी भी चरण में, पुलिस को मुकदमों के कानूनी पहलुओं के बारे में सलाह देगा।
4. वह महत्वपूर्ण मामलों में तहकीकात का निरीक्षण करेगा तथा ऐसे जघन्य एवं महत्वपूर्ण मामलों में जिनमें जांच अधिकारी कार्रवाई आगे नहीं बढ़ाता है सभी अन्तिम रिपोर्टों की जांच करेगा।
5. निदेशक और उसके सहायक सत्र न्यायालयों में उपस्थित होकर चुनिंदा मुकदमों का संचालन स्वयं कर सकते हैं।
6. वह सहायक पुलिस अभियोजकों के प्रशिक्षण का आयोजन करेगा।

यह सुझाव भी दिया गया था कि अन्वेषण अधिकारी महत्वपूर्ण मामलों की तफ्तीश के समय राज्य अभियोजन निदेशक से परामर्श करे तथा जब कभी भी

मामला न्यायालय में प्रस्तुत किए जाने के बारे में संदेह हो, पुलिस अधीक्षक द्वारा मामला राज्य अभियोजन निदेशक का मत जानने हेतु उसके विचारार्थ प्रेषित किया जाए।

सत्र न्यायालय में वाद अभियोजन हेतु एजेन्सी के संबंध में, भुगतान पर अधिवक्ताओं को नियुक्त करने की प्रतिकूल आलोचना की गई है। आयोग के समक्ष उपस्थित हुए कुछ जिला न्यायाधीशों का भी यह मत था कि सरकारी वकील अपने कार्य के लिए पर्याप्त समय तथा ध्यान नहीं देते हैं। यह भी बताया गया कि सरकारी वकीलों के कार्य का कोई निरीक्षण नहीं किया जाता है तथा उनके कार्य अथवा प्रदर्शन के मूल्यांकन के लिए कोई मानदंड अथवा कोई एजेन्सी मुकर्रर नहीं है। निजी वादकारों के मामले में अधिवक्ता को अपने मुवक्किल की संतुष्टि की चिन्ता रहती है। सरकारी मुकदमों में अधिवक्ता ज्यादा परवाह नहीं करते तथा दण्डाभाव के कारण अपने कार्य की उपेक्षा करते हैं। आयोग को बताया गया कि सरकारी वकीलों का चयन भी मात्र योग्यता के आधार पर नहीं होता है तथा इनकी नियुक्ति में राजनीतिक हस्तक्षेप का अपना महत्व होता है। अल्पकालिक आधार पर नियुक्त किए गए सरकारी वकील अपने आपको किसी के प्रति जवाबदेह नहीं मानते हैं। इसके अतिरिक्त एक शिकायत यह भी प्राप्त हुई कि सरकारी अधिवक्ताओं को निजी प्रैक्टिस की भी अनुमति होती है। वे लोग इस स्थिति का फायदा उठाते हैं तथा निजी मुकदमेबाजों से मोटी रकम वसूल कर गोपनीय तथ्यों का विनिमय करते हैं। निरीक्षण के अभाव के अतिरिक्त किसी कार्यालय का न होना तथा अपर्याप्त कार्यालय भत्ता अन्य कमियां हैं। राज्य अभियोजन निदेशक की नियुक्ति से इन कमियों को सुधारा जा सकता है।

इंग्लैंड में इसी तरह के अभियोजन निदेशक का पद विद्यमान है। वह गृह सचिव द्वारा अटार्नी जनरल के साथ परामर्श से नियुक्त किया जाता है। वह एक बैरिस्टर अथवा सॉलिसिटर के रूप में कम से कम दस वर्ष तक कार्य कर चुका व्यक्ति होता है। उसके विभाग में लगभग तीस लोगों का योग्य स्टाफ होता है, जो सॉलिसिटर्स के रूप में कार्य करते हैं तथा काउन्सिल को अनुदेश देते हैं। इस स्टाफ की भर्ती अन्य सरकारी नौकरों की तरह नहीं की जाती है। इसमें अधिकतर बैरिस्टरों को रखा जाता है जो कुछ समय प्रैक्टिस कर चुके होते हैं तथा स्थायीतर व्यवसाय तलाश रहे होते हैं.....वह अटार्नी जनरल के अधीक्षण तथा निदेशन में कार्य करता है तथा व्यवहारिक रूप में वह अपने कार्य में स्वयं को बहुत स्वतंत्र महसूस करता है। गंभीर श्रेणी के अभ्यारोप्य अपराधों में

अभियोजन उसका दायित्व है। कुछ विशेष किस्म के अपराधों में पुलिस को उसके पास उसके हस्तक्षेप के लिए रिपोर्ट करना होता है। किसी सरकारी विभाग द्वारा उसके विचारार्थ प्रेषित मामलों में तथा हत्या के मामले में अभियोजन उस पर बाध्यता है वशर्ते कि वह मामले को उपयुक्त समझे। उसकी ड्यूटी है कि राज्य के मुख्य अधिकारियों तथा मुख्य कांस्टेबल को, मांगे जाने पर अथवा बिना मांगे ही, अपनी सलाह दे।

अपराध प्रशासन

अपराध प्रशासन का कार्य तीन चरणों में विभक्त किया जा सकता है। इनमें से प्रत्येक महत्वपूर्ण है तथा अन्य दो का आवश्यक सहायक है। कोई भी एक, अन्य दो के बिना परिणामोन्मुखी तथा प्रभावी नहीं हो सकता है। ये तीन चरण निम्नलिखित हैं:-

1. अपराध का निवारण
2. अपराध का पता लगाना तथा अपराधी को पकड़ना, तथा
3. सम्यक् गठित विधि न्यायालय में अपराधियों का अभियोजन तथा दोषी को दण्ड और सजा दिलवाना।

आपराध प्रशासन का उपरोक्त प्रत्येक घटक महत्वपूर्ण है। प्रत्येक घटक के लिए, प्रभावी परिणामों तथा उद्देश्यों के वास्ते, समुचित प्रकार से कार्य करना अनिवार्य है। एक प्रकार से अभियोजन का कार्य सर्वाधिक महत्वपूर्ण है। यदि कोई अपराधी अपराध करने के बाद अभियोजन की कमियों के कारण न्यायालय से बरी हो जाए तो अपराध के निवारण, उसको खोजने और अपराधियों को पकड़ने में पुलिस द्वारा किया गया परिश्रम निरर्थक हो जाएगा। अतएव अभियोजन पर भी अन्य पहलुओं की तरह ध्यान दिए जाने की जरूरत है। दण्ड प्रक्रिया संहिता की धारा 61 में निर्धारित है कि "कोई भी पुलिस अधिकारी, बिना वारंट गिरफ्तार किए गए किसी व्यक्ति को किसी भी स्थिति में न्यायोचित अवधि से अधिक हिरासत में नहीं रख सकेगा तथा यह अवधि धारा 167 के तहत मजिस्ट्रेट के विशेष आदेश के बिना 24 घंटे से अधिक नहीं होगी, इस अवधि में गिरफ्तारी के स्थान से मजिस्ट्रेट की अदालत तक यात्रा हेतु आवश्यक समय शामिल नहीं है।" किसी व्यक्ति को विशिष्ट आरोप तथा अभियोग के आधार पर गिरफ्तार करने के पश्चात् यदि अपराध जमानत योग्य है तथा अभियुक्त जमानत देने की स्थिति में है तो उसको ज़मानत पर छोड़ दिया जाता है या फिर गिरफ्तारी के 24 घंटे के भीतर उसको निकटतम मजिस्ट्रेट के समक्ष पेश किया

जाता है। मजिस्ट्रेट के सम्मुख अभियुक्त को पुलिस हिरासत में भेजने, न्यायिक हिरासत में भेजने अथवा उसको जमानत पर रिहा करने के विकल्प मौजूद रहते हैं। इस दौरान, पुलिस दण्ड प्रक्रिया संहिता की धारा 173 (I) के अनुसार कार्रवाई करती है। इस धारा में आदेशित है:–

इस अध्याय के अन्तर्गत प्रत्येक जांच बिना किसी अनावश्यक विलम्ब के पूर्ण की जाएगी तथा जांच के पूर्ण होते ही पुलिस स्टेशन का प्रभारी अधिकारी इसे राज्य सरकार द्वारा निर्धारित रूप में पुलिस रिपोर्ट पर, अपराध का संज्ञान लेने हेतु अधिकार प्राप्त मजिस्ट्रेट के पास प्रेषित करेगा, रिपोर्ट में पार्टियों के नाम, सूचना की प्रकृति और उन व्यक्तियों के नाम होंगे जो मामले की परिस्थिति से वाकिफ प्रतीत होते हैं...." इस प्रकार दण्ड प्रक्रिया संहिता की धारा 173 के तहत पुलिस द्वारा मामलों की जांच तत्परता के साथ करने हेतु आदेश दिया गया है। न्यायालय में पेश की जाने वाली अंतिम रिपोर्ट दो प्रकार की हो सकती है। पहली वह जिसमें पुलिस मामले का पता लगाने में कामयाब होने अथवा अभियुक्तों को पकड़ने में नाकाम रहने की बात कह सकती है या फिर दूसरी जिसमें पुलिस मामले का पता लगाने तथा अभियुक्तों को गिरफ्तार करने में कामयाब होने की बात कह सकती है। सभी तथ्यों को मजिस्ट्रेट के समक्ष रखने और उसका आदेश प्राप्त करने का कार्य अभियोजन एजेन्सी का है। ऐसे मामलों में, जिनमें अपराध का पता लगाया जा चुका है तथा अभियुक्त को गिरफ्तार किया जा चुका है, मजिस्ट्रेट संज्ञान लेकर सुनवाई की तिथि निश्चित कर सकता है तथा संबंधित पक्षों तथा साक्ष्यों को अपना पक्ष प्रस्तुत करने के लिए अदालत में हाजिर होने वास्ते सम्मन जारी कर सकता है। अभियोजन एजेन्सी को सुनिश्चित करना होता है कि अभियोजन द्वारा प्रस्तुत करने हेतु प्रस्तावित समस्त साक्ष्यों की प्रतियां अभियुक्त को उपलब्ध कराए। अभियोजन एजेन्सी को, न्यायालय के बुलाने पर, वाद के समुचित प्रस्तुतीकरण हेतु तैयारी करनी होती है।

जब पुलिस किसी मामले में रिपोर्ट करती है कि अभियुक्त का पता नहीं लगाया जा सका है अथवा कि अभियुक्त के विरुद्ध पर्याप्त साक्ष्य नहीं हैं तो मजिस्ट्रेट सामान्यतः अंतिम रिपोर्ट स्वीकार कर लेता है। केस डायरियों की बारीकी से जांच कर, अभियुक्त के विरुद्ध पर्याप्त साक्ष्य होने या न होने तथा अभियुक्त हेतु अपेक्षित कोई और साक्ष्य मिलने की संभावना तलाशना अभियोजन एजेन्सी का कार्य है।

दिल्ली में परिवादों का अभियोजन

दिल्ली पुलिस आयोग ने भी वाद अभियोजन का अवलोकन किया तथा पाया कि "विधि आयोग तथा अन्य विविध राज्य पुलिस आयोगों ने इस विषय में जांच के बाद यह माना है कि विभिन्न राज्यों में कार्यरत अभियोजन एजेन्सियों का कार्य समुचित नहीं है तथा अभियोजन एजेन्सी की कमियों से पुलिस केस न्यायालयों में असफल सिद्ध होते रहे हैं। यद्यपि भिन्न आयोगों ने अभियोजन एजेन्सी के बारे मे अलग-अलग सिफारिशें की हैं परन्तु एजेन्सी के आमूल परिवर्तन के विषय में सभी एक मत हैं। दण्ड-प्रक्रिया-संहिता अपेक्षा करती है कि आपराधिक मामले की सुनवाई जल्द से जल्द पूर्ण होनी चाहिए। दुर्भाग्यवश दिल्ली में आपराधिक वाद कई महिनों तक और बहुधा एक वर्ष से अधिक तक लम्बित पड़े रहते हैं।

मजिस्ट्रेटों का कथन है कि

1. पुलिस साक्ष्य प्रस्तुत नहीं करती है।
2. वे सम्मन निष्पादित नहीं करते हैं।
3. वाद अभियोजन हेतु पर्याप्त अभियोजक अधिकारी उपलब्ध नहीं है।
4. स्वयं उन्हें भी अभियोजन कार्य से हटाकर अन्य कार्यपालिका संबंधी कार्यों पर लगा दिया जाता है (अब न्यायिक अधिकारियों को कार्यपालिका संबंधी कार्यों में नहीं लगाया जाता है)।

पुलिस का कहना है कि

1. तिथियां अनावश्यक रूप से प्रास्थगित की जाती हैं तथा अक्सर वाद ही प्रास्थगित कर दिए जाते हैं।
2. साक्षियों को परेशान किया जाता है तथा वे निरुत्साहित हो जाते हैं।
3. न्यायालय में पेशी के लिए साक्षियों का पर्याप्त प्रतिपूर्ति नहीं की जाती है ।
4. सक्षियों को अपनी गवाही के लिए बुलाए जाने तक बैठने तक की समुचित व्यवस्था नहीं है।
5. न्यायलय में पेश होना अत्यंत अलोकप्रिय है इसलिए गवाह सम्मन की प्राप्ति से बचते हैं।
6. सम्मन और वारंट अक्सर बहुत विलम्ब के साथ तथा अपर्याप्त विवरण के

साथ मिलते हैं अतः निर्धारित तिथि से पूर्व उनकी तामीली अव्यावहारिक हो जाती है।

अभियोजन अभिकरण का कहना है कि

1. मजिस्ट्रेट पर्याप्त संख्या में उपलब्ध नहीं हैं जिसके परिणामस्वरूप कार्यभार बहुत अधिक है तथा मुकदमे अक्सर प्रास्थगित किए जाते हैं।
2. अभियोजन स्टाफ अपर्याप्त है तथा स्वयं अभियोजक को प्रतिदिन वाद अभियोजन के सिलसिले में एक न्यायालय से दूसरे न्यायालय तक भागदौड़ करनी पड़ती है।
3. मजिस्ट्रेट के कार्यपालिका संबंधी कार्यों में व्यस्तता के कारण अनुपस्थिति से वाद बहुधा प्रास्थगित होते हैं (यह न्यायिक मजिस्ट्रेट के मामले में लागू नहीं होता)।
4. अभियोजकों को अक्सर कार्यपालिका संबंधी कार्यों पर तैनात कर दिया जाता है (पहले ऐसा होता था, अब ऐसा नहीं है)।
5. पुलिस सम्मन अथवा वारंट की तामीली पर ज्यादा ध्यान नहीं देती है।

उपराज्यपाल, दिल्ली के मतानुसार

(क) विलम्ब उपरोक्त सभी कारकों का संयुक्त प्रतिफल है, जिनके निम्न कारण हैं:

(ख) मजिस्ट्रेटों द्वारा कार्य की समुचित व्यवस्था का अभाव, तथा

(ग) सम्मनों का तामील नहीं किया जाना।

आयोग को बताया गया कि उस समय दिल्ली में कुल 40 मजिस्ट्रेट थे जो पूर्ण कालिक आधार पर पुलिस परिवादों की सुनवाई कर रहे थे। त्वरित न्याय प्रदान करने की दृष्टि से यह संख्या बहुत ही कम थी। जहां तक कार्यभार का प्रश्न है किसी पूर्ण कालिक न्यायिक मजिस्ट्रेट को प्रति वर्ष अधिकतम 300 पुलिस वाद और विभिन्न स्थानीय कानूनों तथा विशेष कानूनों के तहत अधिकतम 400 विविध वाद (गैर-संज्ञेय) सौंपे जाने चाहिए। (उपरोक्त आंकड़े पटना उच्च न्यायालय के न्याधीश कन्हैया सिंह द्वारा संचालित सर्वेक्षण पर आधारित हैं जो बिहार पुलिस आयोग द्वारा विचारार्थ प्रेषित किए गए थे जैसा कि दिल्ली पुलिस आयोग की रिपोर्ट (1966-68) में दर्ज है पृष्ठ 368 पैरा 9)। आयोग ने अपनी सिफारिश में कहा कि एक पूर्ण कालिक मजिस्ट्रेट द्वारा सुनवाई किए जाने वाले आपराधिक मामलों का अधिकतम भार 300 होना चाहिए जैसा

कि बिहार पुलिस आयोग द्वारा स्वीकार किया गया है। एक अध्ययन के अनुसार, ''न्यायालय में वाद के दोषपूर्ण संचालन के कारण अपराधी को न्यायालय के कटघरे तक पहुंचाने का पुलिस का परिश्रम निरर्थक हो जाएगा। न्यायालय में अभियोजन के संचालन में प्रत्यक्ष दोष के द्वारा कानून को मिलने वाले अपयश में पुलिस भागीदार बनती है.....अतएव पुलिस के लिए यह चिन्ता का विषय बन जाता है कि अभियोजन की कार्रवाई समुचित प्रकार से संचालित की जानी चाहिए।

न्याय प्रशासन के निम्नलिखित दो उद्देश्य होते हैं

1. यह सुनिश्चित करना कि अपराधी दण्ड से बचने न पाए, तथा
2. किसी निर्दोष को दण्ड नहीं दिया जाए।

अपराध का निवारण तथा पता लगाना और अपराधी की गिरफ्तारी दण्ड-न्याय के अत्यंत महत्वपूर्ण कार्य हैं। अभियोजन भी उतना ही महत्वपूर्ण है। यदि अभियोजन में, किन्हीं कमियों के चलते, अपराधी दण्ड से बच जाए तो अपराध की सुरागरूशी और गिरफ्तारी का समस्त परिश्रम व्यर्थ हो जाएगा। यहां यह कहना भी अनुपयुक्त नहीं होगा कि उपरोक्त परिस्थिति में पुलिस का समूचा कार्य और उसकी प्रभावशीलता समाप्त हो जाएगी। किसी मुकदमे में अभियुक्त को दण्ड मिलना अभियोजन अभिकरण की कार्यकुशलता की मोटे तौर पर विश्वसनीय परीक्षा मानी जाती है।

अपील दायर करना: निषेधक कारक

सत्र न्यायालय में गंभीर मामलों की सुनवाई की जाती है। सत्र न्यायाधीश, देश में अधीनस्थ दण्ड-न्यायालयों में पदक्रम में शीर्ष पर है। सत्र न्यायालय को अपने अधिकार क्षेत्र में अवस्थित किसी भी निचली अदालत की कार्रवाई को अपने पास स्थानांतरित करने, कार्रवाई की जांच करने, किसी निष्कर्ष, दण्ड, पारित आदेश की सत्यता, वैधानिकता, औचित्य की जांच करने तथा धारा 203 अथवा 204 (4) के तहत खारिज किसी शिकायत की जांच करने हेतु जिला मजिस्ट्रेट अथवा किसी अन्य मजिस्ट्रेट को निर्देश देने का अधिकार है। सत्र न्यायालय के अधिकार दण्ड प्रक्रिया संहिता की धारा 401 तथा 397 के तहत उच्च न्यायालय के समान हैं। एक अध्ययन के अनुसार अभियोजक अपील दायर करने के इच्छुक नहीं होते हैं क्योंकि इसमें अतिरिक्त कार्यभार तो होता है परन्तु कोई अतिरिक्त पारिश्रमिक नहीं मिलता है।

अध्ययन के मुताबिक अपील दायर करने से रोकने वाले निम्नलिखित प्रमुख कारण हैं

1. लोक अभियोजक की अपील दायर करने की सलाह, कई बार रोक ली जाती है अथवा उस पर कोई कार्रवाई नहीं की जाती है।
2. वर्तमान प्रक्रिया के अनुसार पहले अभियोजक अपील दायर करने संबंधी अपना मत जिला मजिस्ट्रेट के समक्ष प्रस्तुत करता है। जिला मजिस्ट्रेट लोक अभियोजक के मत के साथ अपनी रिपोर्ट संलग्न कर राज्य सरकार के विचारार्थ प्रेषित करता है। यह प्रक्रिया अत्यंत बोझिल और समय खाने वाली होती है।
3. लोक अभियोजक के मत प्रकट करने के पश्चात् उस कार्रवाई नहीं होने की स्थिति में, वह निरुत्साहित अनुभव करता है।
4. अपील दायर करने की लम्बी और चक्करदार प्रक्रिया से इच्छुक पार्टियों पर अपील दायर न करने की सोच बनती है।
5. कई बार निर्णय की प्रतियां इतने विलम्ब से प्राप्त होतीं हैं कि अपील करने के लिए समय ही नहीं बचता, वाद काल बाधित हो जाता है।

यह देखने में आया कि लोक अभियोजक ने कुछ मामलों में उत्साह एवं योग्यता पूर्ण ढंग से कार्य किया जबकि अन्य मामलों में इसका अभाव था। वास्तविक सुनवाई को देखकर यह राय कायम हुई कि लोक अभियोजक को मुकदमों की तैयारी बेहतर ढंग से करनी चाहिए थी। यह साक्ष्यों की जांच और मिलान-जांच तथा सुनावाई के अन्य पहलुओं खासकर जिरह के मामले में भी सत्य है । कुल मिलाकर लोक अभियोजक को अपनी तैयारी और बेहतर ढंग से करनी चाहिए । वर्तमान में लोक आभियोजकों द्वारा की तैयारी, पूर्व-सुनवाई के विषय में गंभीर प्रयास नहीं किए जाते हैं। पुलिस जिन साक्षियों को न्यायालय के कटघरे में पेश करने का इरादा रखती है लोक अभियोजक उन्हें विवरण समझाकर तैयारी नहीं कराते हैं। न्यायालय में साक्ष्यों की जांच से पूर्व लोक अभियोजक की सलाह लेने की कोई नियमित प्रथा नहीं है। यह एक गंभीर बाधा है, इसके परिणामस्वरूप बचाव पक्ष के वकील उसका उत्साहभंग करते हैं। बचाव पक्ष, सुनवाई से पहले, अपनी पूरी तैयारी करता है। वादों की पूर्व-सुनवाई तैयारी का न होना भी दोषमोचन रूप में समाप्त होने का एक बड़ा कारण है। पुलिस और लोक-अभियोक के बीच बेहतर समन्वय की बहुत सख्त जरूरत है।

इंग्लैंड में अभियोजन

इंग्लैंड में अभियोजन की प्रणाली एकरूप नहीं है, यद्यपि अभियोजन का कार्य पुलिस द्वारा किया जाता है। कुछ मामलों में अभियोजन अटार्नी जनरल के आदेश पर प्रारंभ किया जाता है तो कुछ अन्य मामलों में अभियोजन बोर्ड आफ ट्रेड द्वारा प्रारंभ किया जाता है। पुलिस अभियोजन का स्वरूप निजी नागरिकों द्वारा प्रारंभ किए गए अभियोजन जैसा है। एक अध्ययन के अनुसार पुलिस अति गंभीर मामलों में अभियोजन संचालित नहीं करती है। रॉयल कमीशन ने अपनी रिपोर्ट में पुलिस अधिकारियों के स्वयं ही अभियोजन संचालित करने के उत्साह को अनुचित करार दिया और छोटे-मोटे मामलों को छोड़कर अन्य मामलों में सॉलीसिटर नियुक्त करने की सिफरिश की। अध्ययन से स्पष्ट हुआ कि इंग्लैंड में अभियोजन प्रारंभ करने तथा उसको संचालित करने के नियमित माध्यम नहीं है। डेनियल ओ डेल्विन ने अभियोजक की भूमिका को निम्नलिखित शब्दों में व्यक्त किया है, ''एक अभियोजक वकील सजा दिए जाने पर कभी जोर नहीं देगा (जैसा कि बचाव पक्ष के वकील द्वारा दोषमोचन के लिए किया जाता है) परन्तु वह स्वयं को न्याय का व्यवस्थापक महसूस करता है जिसका कार्य सत्य की सहायता के लिए सभी तथ्यों का प्रस्तुत करना है ताकि न्याय हो सके।''

अमेरिका में अभियोजन

अमेरिका में अभियोजन की दो प्रणालियां विद्यमान हैं। इनमें से एक प्रणाली संघीय अपराधों और दूसरी राज्य-अपराधों के संबंध में है। प्रत्येक संघीय इकाई अपनी पृथक अभियोजन प्रणाली है। तथापि, आम पद्धति, एक ही है। अमेरिका में अटार्नी, जनपद की नियुक्ति निर्वाचन द्वारा होती है। जिला अटार्नी अभियोजन का संचालन करता है जिला अटार्नी के कार्यालय के पास अपनी स्वयं की जांच एजेन्सी होती है जो कुछ मामलों में सभी प्रकार से पूर्ण सुसज्जित होती है। अभियोजक की भूमिका के बारे में विधि आयोग ने अपनी 14वीं रिपोर्ट में बयान किया, ''अभियुक्त का अभियोजन पूर्ण निष्पक्षता के साथ किया जाना है। अभियोजन का जिम्मा लेते हुए शासन के मन में प्रतिशोध की कोई भावना नहीं होती है, परन्तु एकमात्र भावना समुदाय के संरक्षण की होती है। इसलिए अभियोजन में किसी प्रकार के उत्साह अथवा अनुत्साह का प्रश्न ही नहीं है। लोक अभियोजक को वाद के परिणाम के प्रति व्यक्तिगत तौर पर उदासीन होना चाहिए। किसी अभियोजन से नाम वापस लेने के अधिकार के उपयोग में भी वह एक हद तक पुलिस अधीक्षक अथवा जिला मजिस्ट्रेट द्वारा नियंत्रित होता है। लम्बे समय से चली आ रही परम्परा के अनुसार लोक अभियोजक का पद

अधीनस्थ पद होता है। अभियोजन साक्ष्य में दोष से अवगत होने बावजूद वह अभियोजन की भावी दिशा को तय करने में वह प्रभावी नहीं होता है। उससे जांच के दौरान शायद ही कभी परामर्श किया जाता है तथा सम्बद्ध साक्ष्य जुटाने के मामले में जांच एजेन्सी को निदेशित करने का भी कोई अवसर उसको नहीं मिलता है।

न्यायालय में बड़ी में वाद प्रस्तुत नहीं हो पाने का एक कारण यह भी है कि पुलिस जांच के पश्चात् इन शिकायतों को कानूनी जटिलताओं अथवा अपर्याप्त साक्ष्य के आधार पर आगे कार्रवाई किए जाने के लायक नहीं समझती है। लोक अभियोजक चूंकि अधीनस्थ अधिकारी होता है अतः ऐसे किसी मामले में हस्तक्षेप करने में अक्षम होता है।

अभियोजन अभिकरण की सीमाएं

एक अध्ययन के अनुसार अभियोजन अभिकरण की निम्नलिखित सीमाएं तथा कमियां होती हैं:–

1. लोक अभियोजक के कार्यालय की कार्य अपेक्षाओं के विषय में उपयुक्त कारकों की स्पष्ट समझ की कमी।
2. जिला स्तर पर लोक अभियोजक के चयन की वर्तमान आम पद्धति असंतोषजनक है।
3. लोक अभियोजक को पदावधि के आधार पर नियुक्त करने तथा शुल्क का भुगतान दैनिक आधार पर करने से लोक अभियोजक के मन में उपेक्षा का भाव पैदा होता है व उसका उत्साह भंग होता है। उसकी स्थिति निम्नलिखित कारणों से और बत्तर हो जाती है:–

    (क) निजी प्रैक्टिस का लालच।

    (ख) लोक अभियोजक के कार्य की व्यापक समीक्षा तथा निरीक्षण की कमी तथा उत्तरदायित्व की भावना का अभाव।

    (ग) लोक अभियोजक तथा पुलिस के बीच परामर्श, समन्वय तथा सम्पर्क का अभाव।

    (घ) लोक अभियोजक की अव्यवस्थित स्थिति से प्रणाली और कमजोर हुई है।

    (ड) इक्विपमेंट्स और दण्ड–न्यायविज्ञान के सिद्धान्तों के विषय में लोक अभियोजक की प्रारंभिक शिक्षा में सुधार की आवश्यकता है।

(च) लोक अभियोजक द्वारा की जाने वाली बहस तथा तर्क-वितर्क का स्तर घटिया है जिसका सीधा लाभ बचाव पक्ष को पहुंचता है।

(छ) लोक अभियोजक द्वारा वाद संबंधी तैयारी की गुणवत्ता में सुधार की जरूरत है।

(ज) बचाव पक्ष बिना कोई चूक किए मौका-ए-वारदात का निरीक्षण करता है जबकि लोक अभियोजक, न्यायालय द्वारा स्थानीय निरीक्षण के आदेश को छोड़कर, कभी घटनास्थल का निरीक्षण नहीं करता है।

ऊपर उद्धत अध्ययन में किसी वाद में दोषमोचन में प्रत्यक्ष अथवा अप्रत्यक्ष रूप से योगदान करने वाले कारकों की पहचान हेतु न्यायिक अभिलेखों का सावधानीपूर्वक अध्ययन भी सम्मिलित था। इस अध्ययन में कुल 50 वाद शामिल किए गए जिनमें दोषमोचन के अधोलिखित कारण पाए गए:–

1. विधि की दोषपूर्ण व्याख्या 15;
2. साक्ष्य अथवा अभिलेख की अकुशल व्यवस्था 16;
3. समुचित साक्ष्य दर्ज कराने में अप्रवीणता 12;
4. अन्य कारण 7।

इस प्रकार यह स्पष्ट है कि विधि की दोषपूर्ण व्याख्या वादों की दोषमोचन में परिणति का प्रमुख कारण रही है। इस अध्ययन में एक स्थान पर बताया गया है कि एक मामले में अभियोजक "अश्लील प्रकाशन" की अवधारणा का तात्पर्य न्यायालय के समक्ष समुचित प्रकार से नहीं बता सका जिसके परिणामस्वरूप न्यायालय ने "अश्लील प्रकाशन" को एक ऐसा मामला समझा जिसमें संभोग की वास्तविक प्रक्रिया का वर्णन अनिवार्य रूप से किया गया हो। यह विचार उच्चतम न्यायालय द्वारा निर्णीत सुविख्यात मामलों के माध्यम से निर्धारित मत के एकदम विपरीत था। एक अन्य मुकदमे में अभियुक्त उच्चतम न्यायालय द्वारा स्वर्ण सिंह बनाम पंजाब राज्य; 1957 एस. सी. आर. मामले में निर्धारित अभिषंगी साक्ष्य से संबंधित कानून के सही प्रभाव को गलत ढंग से समझने के कारण बरी हो गया। सुनवाई न्यायालय का निर्णय इस गलत धारणा पर आधारित था कि अभियोजन बयान का प्रत्येक अंश पृथकत: पुष्टिकारक होना चाहिए। परीक्षण न्यायालय एक अन्य मामले में यह नहीं समझ सका कि आत्मरक्षा को सिद्ध करने का दायित्व, साक्ष्य अधिनियम की धारा 105 के तहत, अभियुक्त पर होता है। इसी प्रकार एक अन्य मामले में लोक अभियोजक

न्यायालय को यह समझाने में असफल रहा कि अभियुक्तों के बीच साझा इरादे की भावना घटना होने से पूर्व स्थापित होनी जरूरी नहीं है बल्कि यह ठीक उस समय, जबकि घटना घटित होती है, प्रत्यक्ष हो सकती है। उपेक्षा का एक और ज्वलंत उदाहरण की बानगी देखिए जिसमें कि अभियोजक न्यायालय को यह बताने में विफल रहा कि प्रतिवादित पुस्तक ('लेडी चैटरलीज लवर' जिसकी प्रतियां अभियुक्त के बुकस्टाल से एक छापे के दौरान बरामद हुई थीं) उच्चतम न्यायालय द्वारा रंजीत उदेश बनाम महाराष्ट्र राज्य मामले में पहले ही अश्लील पुस्तक करार दी जा चुकी है । एक अन्य मामले में अभियुक्त कानून की गलत व्याख्या के कारण बरी हो गया जिसमें कहा गया कि धारा 118 के तहत अभियुक्त का बयान साक्ष्य अधिनियम की धारा 25 से प्रभावित हुआ था जबकि उच्च न्यायालय का मत इसके विपरीत है।

अन्य प्रकार के मामलों में साक्ष्य दर्ज करवाया गया परन्तु न्यायालय में उसको समुचित प्रकार से रखा नहीं गया अथवा साक्ष्य सूची से हटा दिया गया। यह सब विधि के एक बिन्दु की गलत व्याख्या के कारण हुआ। उदाहरण के लिए एक मामले में साक्षी को महज इस आधार पर अविश्वसनीय करार दे दिया गया कि वह स्वयं सट्टा की लत से त्रस्त था जबकि घटनास्थल पर उसकी मौजूदगी को स्वयं अभियुक्त ने स्वीकार किया था। एक अन्य मामले में जिसमें कार्यालय गोपनीयता अधिनियम के तहत गंभीर अपराध किया था न्यायालय में अपराध स्वीकारोक्ति पर विश्वास करने से इंकार कर दिया था । इस मामले में एक पाकिस्तानी नागरिक–जिसके पास कोई पासपोर्ट नहीं था तथा जिसके सम्पर्क पाकिस्तानी एंजेन्टों के साथ थे-से वायु सेना पदाधिकारियों संबंधी जानकारी, महत्वपूर्ण वायु सेना क्षेत्रों के नक्शे, गोपनीय संस्थापनों के नक्शे इत्यादि बरामद हुए थे। अभियोजन पक्ष साक्ष्य को उपयुक्त प्रकार से काम में नहीं ले सका जिसके फलस्वरूप अभियुक्त बरी हो गया। एक अन्य मुकदमे में अभियोजन न्यायालय को यह बताने में असफल रहा कि प्रत्येक मामले में प्रत्यक्ष साक्ष्य विद्यमान होना आवश्यक नहीं है तथा इस मामले में सहअपराधी से जिरह न करने के मामले में अभियोजन के कार्य में प्रतिकूल व्यवधान नहीं डाला जाना चाहिए।

दो व्यक्तियों के कत्ल से संबंधित एक गंभीर मामले में अपराध घटना की कहानी की प्रत्येक कड़ी स्थापित हो चुकी थी, अभियोजन पक्ष साक्ष्य को उपयुक्त प्रकार से काम में लेने में असफल रहा तथा एक अभियुक्त को लगी घातक चोटों का कारण निर्धारित नहीं कर सका।

एक अन्य मामले में लोक अभियोजक यह स्पष्ट करने में विफल रहा कि एक साक्ष्य विशेष के साक्ष्य को छोड़ा नहीं जाना चाहिए था; प्रथम सूचना रिपोर्ट दर्ज करवाने में थोड़ा विलम्ब वाद हेतु घातक नहीं है तथा सदोष साक्ष्य के विषय में सावधानीपूर्वक जांच की आवश्यकता थी। समुचित साक्ष्य दर्ज करवाने में अयोग्यता के संबंध में इस अध्ययन में नकली डालर नोट छापने का मामला उद्धत किया गया। इस मामले में अभियोजन ने यह स्थापित नहीं करने की घातक भूल की कि जिस स्थान से बरामदगी दिखाई गई थी वह स्वयं अभियुक्त का निवास स्थान था। इसी प्रकार हत्या के मामले में कोई सुमेलित साक्ष्य प्रस्तुत करने का प्रयास ही नहीं किया गया। एक अन्य मामले में अभियोजन शिकायतकर्ता तथा पीड़ित की चिकित्सा करने वाले डाक्टर का बयान दर्ज कराने में असफल रहा जबकि गिरफ्तारी कार्रवाई के दौरान उसका बयान लिया गया था।

इंडियन लॉ इंस्टिटयूट के एसोसिएट रिसर्च प्रोफेसर श्री डी. सी. पाण्डे तथा श्री सुबोध मार्कण्डेय, अधिवक्ता द्वारा 50 मुकदमों के अध्ययन से निम्नलिखित निष्कर्ष सामने आए:–

1. लोक अभियोजक द्वारा विधि की दोषपूर्ण व्याख्या के कारण 30 प्रतिशत मुकदमों में अभियुक्त बरी हो जाते हैं। इस कारक के मात्रात्मक महत्व के अतिरिक्त इसके गुणात्मक दोष के महत्व को कम नहीं किया जा सकता है। न्यायिक अभिलेखों की जांच से परिलक्षित लोक अभियोजक के विधि ज्ञान में सुधार और अद्यतन किए जाने की सख्त जरूरत है। इस संवर्ग के अंतर्गत जांच किए गए कुछ मामलों में लोक अभियोजक ने विधि की जो व्याख्या की वह सर्वोच्च न्यायालय द्वारा दी गई व्यवस्था के एकदम उलट थी। उपरोक्त मामलों से स्पष्ट होता है कि लोक अभियोजक द्वारा वास्तविक विधिक स्थिति को समझने और न्यायालय के समक्ष प्रस्तुत करने हेतु कोई प्रयास नहीं किया गया।
2. कुल 50 में से 16 मामले ऐसे थे जिनमें साक्ष्य रिकार्ड में मौजूद होने के बावजूद उसका उपयोग नहीं किया गया तथा अभियुक्त दोषमुक्त घोषित कर दिए गए। सत्र न्यायालयों में अभियोजन एजेन्सी का कार्यप्रदर्शन सुधारने के लिए लोक अभियोजकों की कमियों को दूर किया जाना अत्यावश्यक है। लोक अभियोजक को रिकार्ड में मौजूद साक्ष्य छानने, काम में लाने तथा न्यायालय में प्रस्तुत करने की कला में निष्णात बनना होगा।

3. 'अनुपयुक्त साक्ष्य' के तृतीय संवर्ग में दोषमोचन के 12 मामले हैं जिनमें यदि पुलिस ने अभियोजकों को संबद्ध साक्ष्य मौखिक तथा अभिलेख में दर्ज कराने पर विशेष ध्यान देना होगा।
4. अन्य प्रकार के मामलों का कुल प्रतिशत चौदह है। ये ऐसे मामले हैं जिनमें यदि पुलिस ने अभियोजक के साथ परामर्श कर लिया होता तो अभियोजन पर निरर्थक व्यय होने वाले समय व परिश्रम से बचा जा सकता था।

अभियोजन एजेन्सी द्वारा वाद की तैयारी की गुणवत्ता में सुधार की बहुत गुंजाइश है। लोक अभियोजक के दण्ड-न्यायविज्ञान के सिद्धान्तों के ज्ञान और बयान तथा जिरह के स्तर में बहुत कुछ सुधार संभव है।

विधि आयोग की टिप्पणियां

विधि आयोग ने भी अभियोजकों तथा पुलिस के बीच प्रभावी समन्वय की आवश्यकता का सुझाव देते हुए अपनी 14वीं रिपोर्ट में कहा कि, ''दोषमोचन में समाप्त होने वाले मुकदमों के दोषपूर्ण अन्वेषण का एक कारण अन्वेषण के समय कानूनी सहायता की कमी है। वर्तमान समय की व्यवस्था में अन्वेषण के दौरान सरकारी काउन्सिल तथा अन्वेषण अधिकारी के बीच शायद ही सम्पर्क होता हो। इसलिए न्यायालय में प्रस्तुत किए जाने से पूर्व मुकदमे के संबंध में उनके बीच विचार-विमर्श अनिवार्य है। प्रशासनिक सुधार आयोग द्वारा पुलिस प्रशासन-व्यवस्था के विषय में गठित कार्यकारी दल (1966) ने कहा था कि ''अन्वेषण तथा अभियोजन प्रक्रिया चूंकि अनिश्चित हैं तथा दण्ड विधि को लागू करते समय इनको पृथक नहीं किया जा सकता है। अन्वेषण तथा अभियोजन के अभिकरण घनिष्ठतापूर्वक अंतर, संयोजित हैं। इनको पृथक करने से संघर्ष निश्चित है तथा परिणामत: राज्य अभियोजन की हानि तय है। इस प्रक्रिया में अंतिम हानि समाज को होगी। इन दोनों अभिकरणों को एक साझा उद्देश्य के लिए कार्य करना चाहिए तथा उनके बीच सहयोग एवं समन्वय होना चाहिए।

अभियोजक तथा पुलिस के मध्य सौहार्द के अभाव की समस्या केवल हमारे देश तक ही सीमित नहीं है। यह समस्या अमेरिका में भी विद्यमान है। विधि प्रवर्तन के विषय में अमेरिकी राष्ट्रपति आयोग (कार्य बल रिपोर्ट : पुलिस: अमेरिकी सरकार मुद्रण कार्यालय, वाशिंगटन) ने टिप्पणी की थी कि, ''बहुत थोड़े अभियोजक कार्यालय पुलिस को कानूनी परामर्श देने का प्रयास करते हैं। कुछ विभागों को छोड़कर, जो विधिक सलाहकार नियुक्त करते हैं,

अधिकतर पुलिस बलों को छिटपुट कानूनी सलाह प्राप्त होती है तथा साधारणतः अभियोजक तथा पुलिस के बीच सम्पर्क नहीं होता है।''

उपरोक्त अधिकृत अध्ययन में सुझाव दिया गया कि लोक अभियोजक एक पूर्ण कालिक सरकारी सेवक होना चाहिए जिसको सिविल अथवा फौजदारी वकालत की निजी प्रैक्टिस का कोई अधिकार नहीं दिया जाना चाहिए। लोक अभियोजकों के निम्नलिखित कर्तव्य सुझाए गए थेः–

1. जिला स्तर पर सम्पूर्ण अभियोजन संचालित होना।
2. सत्र न्यायालय स्तर पर अभियोजन संचालित करना।
3. जिन मुकदमों के अभियोजन का संचालन लोक अभियोजक द्वारा स्वयं नहीं किया जा रहा है उनके अभियोजन की व्यवस्था करना और अतिरिक्त लोक अभियोजकों के मध्य कार्य वितरण करना।
4. वाद को न्यायालय में प्रस्तुत किए जाने से पूर्व साक्ष्य की सूक्ष्म जांच करना।
5. साक्ष्यों का सुनवाई पूर्व परीक्षण संचालित करना।
6. सत्र न्यायालय में चलाने योग्य ऐसे मुकदमों की जांच करना जिनमें पुलिस द्वारा मुकदमा न चलाए जाने का निर्णय लिया गया हो।
7. गौण अपराध हेतु अभियुक्त को दोषी सिद्ध करने और गंभीर अपराधों के मामले में अभियुक्त के बरी होने तथा दोषमोचन की परिणति वाले सभी मुकदमों की जांच करना ।
8. अन्वेषण के दौर सहित दण्ड-प्रक्रिया के किसी भी चरण में पुलिस विभाग को कानूनी सलाह देना।
9. अपील के बावत सलाह देना तथा याचिकाओं अपील के विवरण-पत्र का मसौदा तैयार करना।

लोक अभियोजन निदेशक : कार्य

विधि आयोग ने अपनी चौदहवीं रिपोर्ट में प्रत्येक जिले में एक पूर्ण कालिक लोक अभियोजन निदेशक की नियुक्ति, जिले भर में समग्र अभियोजन तन्त्र के नियंत्रक के रूप में, सीधे राज्य सरकार को जवाबदेह सरकारी सेवक के रूप में, किए जाने का सुझाव दिया। विधि आयोग के शब्दों में उसके निर्धारित कार्य निम्नानुसार थे.....।

1. वह जिले में समग्र अभियोजन तन्त्र का प्रधान होना चाहिए तथा जिले के सत्र न्यायालयों तथा मजिस्ट्रेट-न्यायालयों में सभी अभियोजक उसके **प्रशासनिक नियंत्रण के अधीन होने चाहिए!**

श्री पांडे तथा मार्कण्डेय के अध्ययन में लोक अभियोजक की नियुक्ति राज्य लोक सेवा आयोग के माध्यम से चयन द्वारा करने का सुझाव दिया गया। सुझाव में आगे कहा गया कि भर्ती के पश्चात् उन्हें पुलिस प्रशिक्षण कालेज के अल्पावधि के अनुकूलन पाठ्यक्रम में भाग लेना चाहिए ताकि वे पुलिस की कार्यविधि, अन्वेषण की तकनीकि और न्यायालयीय विज्ञान की जानकारी प्राप्त कर सकें। उसको राज्य की सिविल सेवा की श्रेणी-I के अंदर उपयुक्त हैसियत दी जानी चाहिए। पुलिस द्वारा लोक अभियोजक की सलाह मांगने की राह में (विशेषकर अन्वेषण के दौरान) रुकावटों को दूर किए जाने का सुझाव भी दिया गया। अन्वेषण अधिकारी तथा लोक अभियोजक के बीच घनिष्ठ सम्पर्क स्थापित होना चाहिए। अध्ययन में सुझाव दिया गया कि राज्य स्तर पर गृह विभाग के अधीन एक अभियोजक निदेशक होना चाहिए जो सभी सत्र न्यायालय परिवादों में अभियोजन के संचालन हेतु उत्तरदायी होना चाहिए और उसके कर्तव्य निम्नानुसार होने चाहिए:-

1. कार्रवाई के किसी भी दौर में कानूनी मामलों में, राज्य स्तर पर, पुलिस को सलाह देना।
2. लोक अभियोजकों पर नियंत्रण तथा उनका निरीक्षण।
3. ऐसे मामलों में जिनमें कि पुलिस द्वारा आगे कोई कार्रवाई नहीं करने का प्रस्ताव है (खासतौर पर जघन्य तथा महत्वपूर्ण अपराधों के मामलों में) सभी अन्तिम रिपोर्टों की गहन जांच करना।
4. लोक अभियोजकों के प्रशिक्षण का आयोजन।
5. दोषमोचन में समाप्त होने वाले सत्र-न्यायालय के ऐसे मामलों की जांच करना, जिनमें लोक अभियोजक ने किसी अपील का प्रस्ताव न किया हो।
6. पुलिस अधिकारियों के उपयोग हेतु न्यायालय प्रक्रिया इत्यादि के संबंध में विभागीय मैनुअल्स और न्यायालय के निर्णयों तथा अधिनियमों का बुलेटिन साधारण भाषा में तैयार करना।

राष्ट्रीय पुलिस आयोग ने अभियोजन अभिकरण की कार्यप्रणाली का भी अवलोकन किया (राष्ट्रीय पुलिस आयोग, 1977 चतुर्थ रिपोर्ट पृष्ठ 23-25) और टिप्पणी की: "पुलिस अन्वेषण की अंतिम सफलता अभियोजन अभिकरण द्वारा साक्ष्य के उपयोग की दक्षता और उसको न्यायालय में आश्वस्त तथा प्रभावी

ढंग से रखने संबंधी योग्यता पर निर्भर करती है। इस कार्य की व्यवस्था में लोक अभियोजक की सफलता अन्वेषण के दौरान सुनिश्चित वाद संबंधी तथ्यों, उनके तार्किक क्रम निर्धारण और न्यायालय में प्रस्तुत किए जाने हेतु साक्ष्यों के विभिन्न टुकड़ों के महत्त्व के विषय में उनकी निपुणता पर निर्भर करती है। इसके लिए अन्वेषण स्टाफ और अभियोजन अभिकरण के बीच बेहतर सहयोग और अन्योन्य क्रिया आवश्यक है।

न्यायालय में कार्रवाई के संचालन में पारस्परिक सहयोग और पूर्ण संलग्नता पुराने दिनों में स्पष्ट तथा सहज परिलक्षित होती थी, जब ये दोनों विभाग जिला पुलिस का अंग हुआ करते थे।

सन् 1973 में संशोधित दण्ड प्रक्रिया संहिता लागू होने के पश्चात् राज्यों में अभियोजन स्टाफ के मन में यह भावना उत्पन्न हो गई प्रतीत होती है कि वे दण्ड–न्याय व्यवस्था के पृथक स्कंध हैं तथा कि वे पुलिस व्यवस्था के मातहत नहीं हैं। इसके फलस्वरूप जिला स्तर पर संरचनात्मक दुर्बलता पैदा हुई है और साक्ष्यों की प्रस्तुति तथा न्यायालय में साक्ष्य के उपयोग से सीधे जुड़े अधीनस्थ पुलिस अधिकारियों के बीच समन्वय में कमी आई है।

विभिन्न राज्यों के दौरे के वक्त तथा न्यायधीशों, मजिस्ट्रेटों, सामान्य प्रशासकों, पुलिस अधिकारियों, 'बार' के सदस्यों और जन प्रतिनिधियों से विचार–विमर्श के दौरान एकमत के साथ जोर देकर कहा गया कि अन्वेषण अधिकारियों तथा अभियोजन स्टाफ के बीच सहयोग लगातार घट रहा है। इसके कारण अक्सर अभियोजन स्टाफ न्यायालय में वाद की व्यवस्था हेतु अतत्पर होता है और परिणामतः कार्रवाई में विलम्ब होता है। अन्वेषण तथा अभियोजन स्टाफ न्यायलय में वाद के समुचित संचालन में रुचि के अभाव का आरोप एक दूसरे पर लगाते हैं। ऐसा लगता है कि अन्वेषण स्टाफ तथा अभियोजन अभिकरण के बीच सहयोग तथा टीम भावना की कमी ही न्यायालय में कुछ वादों की विफलता का कारण है। सरकार और संबंधित प्रशासनिक प्रमुखों द्वारा विभागीय मैनुअल्स और सर्कुलरों के माध्यम से उपदेशों और अनुदेशों के बावजूद यह बुराई अब तक कायम है। न्यायालय में अभियोजन के सफल संचालन के लिए अभियोजन तथा अन्वेषण अभिकरण के बीच समन्वय स्थापित करने हेतु नयी व्यवस्था कायम करना जरूरी हो गया है।

साधारणतः अभियोजन स्टाफ के असंतोषजनक कार्य प्रदर्शन को उनकी घटिया सेवा शर्तों तथा न्यायालय में अभियोजन से संबंधित विभिन्न कार्यों हेतु आवासन, पुस्तकालय तथा लिपिकीय सहायता के अभाव के तथ्य से भी जोड़ा जाता है। अभियोजकों के दैनन्दिन कार्य के निरीक्षण हेतु जिला स्तर पर कोई

कुशल व्यवस्था नहीं है। स्थानीय 'बार' से लोक अभियोजक के स्तर पर की जाने वाली अधिकतर नियुक्तियां राजनीतिक निर्देशों पर की जाती हैं। लोक अभियोजक, कई बार, पर्याप्त व्यवसायिक योग्यता और दक्षता के धारक नहीं होते हैं। ऐसी स्थिति में वे, विशिष्ट मामलों में, अपने अधीनस्थ अभियोजन स्टाफ को उत्साहित करने अथवा उनका समुचित मार्गदर्शन करने में अक्षम होते हैं।

राष्ट्रीय पुलिस आयोग ने सहायक लोक अभियोजक, अतिरिक्त लोक अभियोजक तथा लोक अभियोजक के पदों को इस प्रकार सूत्रबद्ध करने का सुझाव दिया जिससे समग्र राज्य के लिए एक इकाई के रूप में पदधारियों को नियमित भविष्य संरचना प्रदान की जा सके। अपने अधीनस्थ स्टाफ के कार्य का प्रभावी निरीक्षण करने और समन्वय सुनिश्चित करने के लिए राज्य स्तर पर निदेशक तथा प्रादेशिक स्तर पर उप-निदेशक के अपने पदानुक्रम वाली उपयुक्त निरीक्षण-संरचना स्थापित की जानी चाहिए। आयोग ने यह सुझाव भी दिया कि लोक अभियोजक को जिला स्तर पर अभियोजन अभिकरण के अधीनस्य स्टाफ की दक्षतापूर्ण कार्यशीलता हेतु उत्तरदायी बनाया जाना चाहिए तथा उनके ऊपर आवश्यक निरीक्षण-नियंत्रण का अधिकार भी दिया जाना चाहिए। उसको उपयुक्त कार्यालय आवास, पुस्तकालय तथा प्रभावी निरीक्षक हेतु प्रशासकीय स्टाफ उपलब्ध कराया जाना चाहिए।

लोक अभियोजक और उसके अधीनस्थ अभियोजन स्टाफ को न केवल अभियोजन के संचालन हेतु बल्कि अन्वेषण अथवा सुनवाई के दौरान किसी साधारण अथवा विशेष मामले में पुलिस को सलाह देने हेतु भी उत्तरदायी बनाया जाना चाहिए। अभियोजन स्टाफ को पुलिस विभाग के कानूनी सलाहकार के रूप में कार्य करना चाहिए। इस भूमिका को विभागीय अनुदेशों में महत्व दिया जाना चाहिए तथा यह भूमिका विनिर्दिष्ट करने के लिए दण्ड-प्रक्रिया संहिता में आवश्यक एवं उपयुक्त धारा अथवा उप-धारा शामिल की जानी चाहिए। शीर्ष पर, राज्य अभियोजन निदेशक को पुलिस व्यवस्था के स्थानीय स्कंध के प्रमुख के रूप में कार्य करना चाहिए। इस संबंध में राष्ट्रीय पुलिस आयोग का कथन है कि

''हम पूर्ण रूप से स्वीकार करते हैं कि अभियोजन स्टाफ और अन्वेषण स्टाफ के बीच ऊपर से नीचे तक निकट समन्वय तथा सहयोग पैदा करने के लिए तथा समय-समय पर उनके कार्य के संयुक्त प्रबोधन एवं मूल्यांकन की दृष्टि से भी इस व्यवस्था का होना नितान्त आवश्यक है। उपरि निर्धारित व्यवस्था के माध्यम से सभी स्तरों पर व्यावसायिक उत्तरदायित्व भी सुनिश्चित किया जा सकेगा। उद्देश्यपरकता और विधि-स्कंध में कार्य के प्रति अनासक्ति के

अतिरिक्त उपाय के रूप में यह निर्धारित किया जा सकता है कि अभियोजन निदेशक का पद, विधि विभाग अथवा राज्य न्यायपालिका से प्रतिनियुक्ति पर उपयुक्त पदस्तर के अधिकारी लेकर, एक निर्दिष्ट अवधि के लिए, प्रतिनियुक्ति आधार पर भरा जाएगा। राज्य स्तर पर एक अतिरिक्त पद का सृजन किया जा सकता है। इसको अतिरिक्त निदेशक, अभियोजन का नाम दिया जा सकता है। यह पद नियमित अभियोजन काडर के लोगों के लिए प्रोन्नति द्वारा पहुंचा जा सकने वाला सर्वोच्च पद होगा।

अभियोजन स्टाफ के वेतन-मान और सेवा शर्तें इस प्रकार निर्धारित की जानी चाहिए कि 'बार' से प्रतिभाशाली लोग इस काडर के प्रति आकर्षित हो सकें। पुलिस की कार्यप्रणाली खासकर अन्वेषण की बारीकियों को समझने की दृष्टि से पर्याप्त अनुदेशों सहित सहायक लोक अभियोजक के प्रारंभिक प्रशिक्षण के अतिरिक्त सेवा काल के दौरान भी प्रशिक्षण की व्यवस्था होनी चाहिए ताकि वे पुलिस की कार्यविधि तथा निर्णय विधि की अपनी जानकारी अद्यतन कर सकें। अभियोजन स्टाफ, आरोप पत्र दिए जाने हेतु परिपक्व होने के समय तक, वाद के तथ्यों से सामान्यतः अवगत हो चुका होगा। आरोप पत्र दिए जाने पूर्व अभियोजन स्टाफ से परामर्श किया जाना चाहिए। उस समय, अभियोजन स्टाफ का यह कर्तव्य होगा कि वह अन्वेषण कार्य की बारीकी से जांच करे, जमा किए गए साक्ष्यों का मूल्यांकन करे, अतिरिक्त साक्ष्य जुटाने हेतु आगे स्पष्टीकरण के बिन्दुओं की पहचान करे तथा अन्वेषण कार्य की पूर्णता सुनिश्चित करे। अभियोजन स्टाफ को निर्दिष्ट मामलों में स्वतंत्रतापूर्वक अपना मत प्रकट करने का अधिकार होगा परन्तु वाद के संबंध में आरोप पत्र देने का निर्णय अभियोजन अभिकरण का दायित्व होगा। साक्ष्यों की जांच करने तथा आरोप पत्र दाखिल करने के समय और अन्वेषण हेतु सलाह देने के लिए अभियोजन स्टाफ की सेवाओं की उपलब्धता के अलावा एक ऐसे पूर्ण कालिक सहायक लोक अभियोजक की जरूरत होगी जो न्यायालयों में अभियोजन कार्य से मुक्त हो। वह जिले के पुलिस अधीक्षक के कानूनी सलाहकार का कार्य करेगा तथा समय समय पर जिले में अपराध के साधारण मामलों एवं विशेष मामलों में अपना कानूनी मत और सलाह देगा। प्रादेशिक स्तर पर सहायक अभियोजन निदेशक तथा राज्य स्तर पर अतिरिक्त अभियोजन निदेशक एवं अभियोजन निदेशक भी क्रमशः उप-महानिरीक्षक, पुलिस तथा महा-निरीक्षक पुलिस को सलाह देने का ऐसा ही कार्य करेंगे।''

आयोग ने यह भी महसूस किया कि इसके द्वारा विचारे गए अनुसार राज्य पुलिस संगठन के अखंड अंग के रूप में अभियोजन निदेशक के अधीन कार्य करने के लिए एक पृथक विधि-स्कंध के रूप में अभियोजन काडर के संस्थापन एवं विरचन के लिए दण्ड-प्रक्रिया संहिता की धारा 25 में संशोधन की आवश्यकता पड़ेगी। आयोग ने सुझाव दिया कि धारा 25 की विधमान उपधारा (3) के पश्चात् निम्नलिखित को उप-धारा (4) के रूप में जोड़ा जा सकता है–"(4) इस धारा में अंतर्विष्ट पाठ राज्य सरकार को, लोक अभियोजक, अतिरिक्त लोक अभियोजक तथा सहायक लोक अभियोजकों पर प्रशासनिक नियंत्रण एवं निरीक्षण के अधिकार, इसके द्वारा नियुक्त पुलिस महा-निरीक्षक तथा पुलिस उप-महा निरीक्षक को प्रदान करने से बाधित नहीं करेगा"। उत्तर प्रदेश सरकार के द्वारा राज्य के लिए स्थानीय संशोधन के रूप में ऐसा संशोधन किया भी जा चुका है।

राष्ट्रीय पुलिस आयोग द्वारा की गई उपरोक्त संस्तुतियों के पश्चात् देश में परिदृश्य पूर्णतया परिवर्तित हो चुका है। संस्तुतियों को स्वीकार करने मात्र से स्थितियां नहीं सुधारी जा सकती हैं। इस सुधार के लिए न्यायालयों में न्यायाधीशों तथा मजिस्ट्रेटों की संख्या में वृद्धि करनी होगी। अमेरिकी आयोग द्वारा लगाए गए अनुमान के अनुसार प्रत्येक दस लाख की जनसंख्या के लिए कम से कम 50 न्यायाधीश होने चाहिए। अमेरिका में प्रत्येक दस लाख की जनसंख्या हेतु 160 न्यायाधीश हैं। ब्रिटेन में भी इतनी ही जनसंख्या के लिए 110 से अधिक न्यायाधीश हैं। जबकि हमारे देश में इतनी आबादी के लिए औसतन 10.5 न्यायाधीश हैं। इस स्थिति को सुधारने के लिए अल्पकालीन तथा दीर्घकालीन उपायों की आवश्यकता है। मुकदमों की सुनवाई के लिए न्यायाधीशों की संख्या में वृद्धि करना आज की सबसे बड़ी जरूरत प्रतीत होती है। ऐसा किए बिना न्यायालयों में लम्बित मुकदमों के ढेर का निपटान संभव नहीं दिखता।

10

राजनीतिक हस्तक्षेप

राजनीतिक कार्यपालकों द्वारा पुलिस के हस्तक्षेप को देश में कानून प्रवर्तन में गिरावट का एक कारण माना जाता है। राष्ट्रीय पुलिस आयोग का इस सम्बन्ध प्रवर्तन में गिरावट का एक कारण माना जाता है। राष्ट्रीय पुलिस आयोग का इस सम्बन्ध में कथन है कि:–

"ब्रिटिश शासन के अधीन कार्यपालकों की इच्छानुसार कानून लागू करने की सदियों पुरानी परम्परा के पश्चात् 1947 में स्वतंत्र भारत में पुलिस ने अपनी नई भूमिका में प्रवेश किया। एक राजनीतिक दल ने हमारे संविधान में निर्धारित लोकतांत्रिक प्रक्रिया के माध्यम से विदेशी सत्ता का स्थान ग्रहण किया। कुछ समय तक, हमारे विद्वान राजनीतिक नेतृत्व द्वारा प्रशासनिक संरचना पर डाले गए सुधारात्मक प्रभाव के कारण, सब कुछ ठीक प्रकार चलता रहा। तथापि समय व्यतीत होने के साथ-साथ राजनीतिक की शैली में गुणात्मक परिवर्तन आ गया। स्वतंत्रता संघर्ष का उत्साह तथा इसमें निहित बलिदान की अवधारणा शीघ्र ही काफूर हो गई तथा इसका स्थान राजनीतिज्ञों द्वारा व्यवहार की नई शैली तथा मानदण्डों ने ले लिया। इन राजनीतिज्ञों की दृष्टि में राजनीति एक कैरियर था। दोनों तरफ निहित स्वार्थ विकसित हो गए। जन भावनाओं और उम्मीदों की बेहतर समझ तथा बेहतर प्रशासन के सशपथ उद्देश्य के लिए राजनीतिज्ञों तथा सरकारी सेवकों के बीच सामान्य अन्योन्यक्रिया की शुरुआत छिन्न-भिन्न होकर अधोपतन, हस्तक्षेप तथा दुर्भावनापूर्ण दखलंदाजी के विभिन्न रूपों में तब्दील हो गई जिसका लोकहित से कोई लेना देना नहीं था। सत्तारूढ़ राजनीतिक दल व राज के नौकरशाहों के बीच आम मेल-जोल तथा पुलिस के साथ विशेष मेल-जोल पर विपक्ष की कुछ ऐसी राजनीतिक पार्टियों द्वारा अपनाए गए तौर तरीकों का भी विशेष प्रभाव पड़ा है जो अपनी राजनीतिक उपस्थिति को सिर्फ लगातार

आंदोलनात्मक मुद्रा बनाए रखकर दर्ज कराने में विश्वास रखती हैं। राजनीतिक दलों द्वारा आम चुनावों के दौरान अपनाई गई कार्यशैली से उजागर हुआ कि उन्हें निर्वाचकों के एक बड़े वर्ग के रुख एवं आचरण को प्रभावित करने के लिए लठैतों और दादाओं का खुला उपयोग करने से भी कोई परहेज नहीं है।

प्रशासन का अपराधीकरण

"दि हिंदू" के संवाददाता ने बिहार में निर्वाचन के संबंध में 5 अगस्त 1978 को अपनी निम्नलिखित रिपोर्ट प्रेषित की:

हाल के विगत में अन्य चुनावों की भांति पंचायत के चुनावों से एक बार फिर स्पष्ट हुआ है कि जातिगत राजनीति एवं गैंगवाद के जारी रहने तक बिहार में शुचिता संभव नहीं है। इसका महत्वपूर्ण संकेत कृषि मंत्री श्री कपिल देव सिंह द्वारा विधान सभा में की गई वह निर्भीक स्वीकारोक्ति थी जिसमें उन्होंने कहा था कि उन्होंने चुनाव लड़ने व जीतने के लिए गैंगस्टरों तथा अपराधियों को संरक्षण दिया तथा ऐसा करना तब तक जारी रखेंगे जब तक कि चुनाव लड़ने की मौजूदा प्रणाली में परिवर्तन नहीं होगा। श्री सिंह ने विधान सभा में अपने भाषण में कहा कि, "यह सुविदित है कि चुनाव लड़ने के प्रति गंभीर व्यक्ति, चाहे वह किसी भी पार्टी से सम्बद्ध हो, असामाजिक तत्वों को संरक्षण प्रदान करता है तथा उनकी सहायता प्राप्त करता है। यह अलग बात है कि हम इसे स्वीकार नहीं करते हैं।" इस प्रकार के लोगों की राजनीतिक गतिविधियों से असामाजिक तत्व उनके साथ जुड़ जाते हैं तथा ये असामाजिक तत्व कानून के तहत संभावित कार्रवाई से संरक्षण हेतु राजनीतिज्ञों के साथ अपनी निकटता का लाभ उठाते हैं। राजनीतिज्ञों के मध्य मौजूद बेईमान तत्वों तथा इन समाज-विरोधी तत्वों के गठजोड़ से सामाजिक तथा आर्थिक अधिनियमों जैसे वेश्यावृत्ति, जुआ, तस्करी, काला बाजारी, जमाखोरी, अपमिश्रण, मद्यनिषेध इत्यादि का प्रवर्तन विशेष रूप से प्रभावित होता है।

ऐसे अपराधों में लिप्त व्यक्ति की गिरफ्तारी तथा जमानत विस्तारण और उसके पश्चात् न्यायालय में मुकदमे में राजनीतिक लोगों की रुचि रहती है। इसके परिणाम स्वरूप निर्वाचित प्रतिनिधयों और एस. एच. ओ. के बीच एक प्रकार का सम्पर्क स्थापित हो जाता है और स्थानीय स्तर के दादा पुलिस स्टेशन के दैनिक कार्यों में संलग्न हो जाते हैं। इस सम्पर्क की बदौलत पुलिस और राजनीतिज्ञ एक दूसरे के साथ मिलकर कार्य करते हुए भ्रष्टाचार तथा अन्य बुराइयों में मशगूल हो जाते हैं। कुछ विपक्षी राजनीतिक दलों द्वारा अपनाए गए आन्दोलनात्मक रवैये

के कारण धरना प्रदर्शन, सार्वजनिक सभाएं, जलूस, राजनीति प्रेरित औधोगिक हड़ताल, राजनीतिक एवं सामाजिक लक्ष्यों के लिए घेराव इत्यादि के दृश्य देश में राजनीतिक गतिविधियों के आम दृश्य हो गए हैं। ऐसी परिस्थिति में कानून एवं व्यवस्था कायम रखने हेतु पुलिस का कार्य बढ़ गया है। मुकदमों का सामना कर रहे अभियुक्तों के राज्य और केन्द्रीय विधायिकाओं में प्रवेश ने पुलिस के कार्य को और अधिक जटिल बना दिया है। सत्ताधारी दल पुलिस से उम्मीद करता है कि वह इन सब मामलों में राजनीतिक दृष्टि से कार्रवाई करे। असहमति को दबा देना आज की पुलिस व्यवस्था का, एक मौन रूप से स्वीकृत, उद्देश्य बन चुका है।

पुलिस का अधिकतर समय कानून और व्यवस्था के कार्य में लग जाता है। वास्तव में पुलिस को गलियों की स्थितियों की ऐसी व्यवस्था करनी होती है जिससे सत्ताधारी दल को अधिकतम संतुष्टि प्राप्त हो। इस प्रक्रिया में, नागरिकों के हितों को प्रभावित करने वाले व्यक्तिगत अपराधों यथा चोरी, सुरक्षा खतरा इत्यादि की उत्तरोत्तर उपेक्षा होती रहती है। पुलिस जन की तैनाती उस की राजनीतिक आका से निकटता के आधार पर निर्धारित की जाती है। ऐसे अधिकारी, जो बहुमत की संख्या में हैं, लगातार सत्ताधारी दल के निकट आते हैं और तदनुसार देश की अदत्तकारावासित आम जनता से दूर होते चले जाते हैं चूंकि कानून और व्यवस्था की ज्यादातर स्थितियों के राजनीतिक अधिस्वर होते हैं अतः राजनीतिक दल ऐसी स्थितियों में सीधा दखल देने तथा पुलिस कार्रवाई को प्रभावित करने के अभ्यस्त हो जाते हैं। इसके फलस्वरुप राजनीतिक दायरों के व्यक्ति तथा गुटों के आदेश पर पुलिस मशीनरी का जमकर दुरुपयोग किया जाता है। ऐसे माहौल की दबावभरी परिस्थिति में पुलिस का कार्यप्रदर्शन कानून की अपेक्षाओं पर खरा नहीं उतरना तथा अनेक मौकों पर ड्यूटी में निष्पक्षता कायम नहीं रख पाना स्वाभाविक है।

पंजाब में हस्तक्षेप

पंजाब पुलिस आयोग (1961-62) का कथन है कि "आयोग के समक्ष प्रस्तुत किए गए साक्ष्यों से स्पष्ट हुआ है कि राजनीतिक दलों तथा विशेषकर सत्ताधारी दल के सदस्य, चाहे वे विधायिका में हों अथवा विधायिका के बाहर हों, गैर कानूनी लक्ष्यों की प्राप्ति हेतु पुलिस के कार्यों में भारी हस्तक्षेप करते हैं। हमें बताया गया है कि राजनीतिज्ञ परिवादी के साथ पुलिस स्टेशन आते हैं तथा परिवादी की रिपोर्ट लिखे जाने तथा ऐसे निर्दोष लोगों-जिनके प्रति परिवादी विद्वेष भावना रखता है-को फंसाने के लिए एस. एच. ओ. को प्रभावित करने

का प्रयास करते हैं। कानूनी प्रयोजन से अपने निर्वाचकों के साथ आने के लिए राजनीतिक नेताओं के प्रति कोई आपत्ति नहीं की जा सकती परन्तु आपत्तिजनक बात यह है कि वे कानूनेतर प्रयोजनों के लिए एस. एच. ओ. के पास पहुंचकर उसको प्रभाव में लेने की कोशिश करते हैं। ये राजनीतिक नेता उनका साथ नहीं दिए जाने पर एस. एच. ओ. का स्थानांतरण अथवा उसका कैरियर खराब कराने की धमकी देते हैं। राजनीतिक हस्तक्षेप का परिणाम बड़ा अनर्थकारी होगा और राजनीतिक हस्तक्षेप के कारण राज्य में पुलिस का कार्य गंभीर रूप से प्रभावित हुआ है। पुलिस का मनोबल गिरा है।

केरल में हस्तक्षेप

केरल पुलिस पुनर्संगठन समिति के मतानुसार "राज्य प्रशासन के अधीन दलगत राजनीति का बोलबाला सुदक्ष पुलिस प्रशासन की सबसे बड़ी बाधा है। दबाव की मात्रा अलग अलग होती है तथा इससे अक्सर प्रशासन की भिन्न शाखाएं प्रभावित होती हैं। पक्षपातपूर्ण हस्तक्षेप का परिणाम बहुधा कानून के गैर कानूनी रूप में प्रवर्तन, घटिया सेवा और पुलिस प्रतिष्ठा में गिरावट के रूप में परिलक्षित होता है। पुलिस और जनता के बीच दरार चौड़ी होती चली जाती है तथा पुलिस की निष्ठा और उसके उद्देश्यों की आलोचना होती है।"

तमिलनाडु में हस्तक्षेप

तमिलनाडु पुलिस आयोग (1971) ने कहा : "राजनीतिक हस्तक्षेप की समस्या कोई नई समस्या नहीं है। इसकी शुरुआत की कोई तिथि निर्धारित नहीं की जा सकती। यह भिन्न-भिन्न मंत्रियों के कार्यकाल के दौरान वर्षों में विकसित हुई हैं। यह समस्या एक के बाद एक मुख्यमंत्री (वर्तमान मुख्यमंत्री सहित) द्वारा की गई सुस्पष्ट सार्वजनिक घोषणाओं (कि राजनीतिक हस्तक्षेप कतई नहीं होना चाहिए तथा वे सरकारी समर्थन की विश्वासपूर्ण आशा के साथ बिना किसी भय अथवा आशंका के अपना कार्य निष्पक्ष रूप से करें) के बावजूद बढ़ती जा रही है। यह समस्या किसी भी तरह से तमिलनाडु के लिए कोई अनोखी नहीं है। इस राज्य की स्थिति अन्य राज्यों की अपेक्षा खराब नहीं है तथा कई राज्यों के मुकाबले बहुत बेहतर है।

पश्चिम बंगाल में हस्तक्षेप

पश्चिम बंगाल पुलिस आयोग (1960-61) ने पाया कि समाज अथवा सरकारी कार्यलयों में उच्च पदों पर आसीन प्रभावशाली व्यक्तियों द्वारा पुलिस

कार्य में हस्तक्षेप के आरोप बार-बार लगाए जाते रहे हैं। आयोग इस निष्कर्ष पर पहुंचा कि, "हमें ज्यादा संदेह नहीं है कि इस प्रकार की घटनाएं होती हैं, यद्यपि यह कहना अत्यंत कठिन है कि ये हस्तक्षेप किस सीमा तक विद्यमान हैं।" पुलिस प्रशिक्षण व्यवस्था के संबंध में भारत सरकार द्वारा गठित समिति ने अपनी रिपोर्ट में कहा: "ऐसे उदाहरण मौजूद हैं जिनमें सरकार पर राजनीतिक लक्ष्यों की प्राप्ति के लिए पुलिस मशीनरी का उपयोग करने का आरोप लगाए गए हैं। व्यक्तिगत राजनीतिक नेताओं द्वारा प्रशासन और पुलिस कार्य में हस्तक्षेप के उदाहरण भी मौजूद हैं। समिति ने प्रशासन में भारी राजनीतिक हस्तक्षेप पाया है तथा पुलिस बल के परिचालन में खासतौर पर निचले स्तर पर भारी दखलंदाजी महसूस की है।

दिल्ली में हस्तक्षेप

दिल्ली पुलिस आयोग (1966-68) ने अपनी टिप्पणी में कहा कि "हमें सूचित किया गया है कि राजनीतिक हस्तक्षेप भ्रष्टाचार का एक बड़ा स्रोत है। हमारे समक्ष राजनीतिक नेताओं द्वारा ऐसे गुन्डों और दुश्चरित्र व्यक्तियों से मदद प्राप्त करने के आरोप लगाए गए हैं, जिन्हें पुलिस द्वारा सरंक्षण प्रदान किया जाता है। यह संरक्षण, राजनीतिक नेताओं द्वारा पुलिस पर डाले गए प्रभाव का परिणाम है। हम यह कहने की स्थिति में नहीं हैं कि ये आरोप किस हद तक सत्य हैं, परन्तु निस्संदेह यह बुराई विद्यमान है.....तथा राजनीतिक हस्तक्षेप्र के विरुद्ध कठोर रुख अपनाना इस बुराई को मिटाने का एकमात्र उपाय है। यह कार्य स्वयं पुलिस बल द्वारा किया जा सकता है। पुलिस बल और पुलिस विभाग के उच्चाधिकारी अपनी एक आचरण संहिता बना लें कि वे पुलिस कार्यों में किसी भी गैरकानूनी हस्तक्षेप का स्वयं विरोध करेंगे तथा अपने अधीनस्थों को भी किसी भी प्रकार के अनुचित दबाव में नहीं आने देंगे।

अन्य अध्ययनों की कुछ टिप्पणियां

गृह मंत्रालय के अनुरोध पर 'भारत में पुलिस की छवि' के सम्बन्ध में भारतीय लोकमत संस्थान (इंडियन इंस्टिटयूट आफ पब्लिक ओपिनियन) द्वारा 1978 में संचालित एक अध्ययन में निम्नलिखित निष्कर्ष प्रस्तुत किए गए:-

1. आम जनता राजनीतिक हस्तक्षेप को पुलिस की घटिया छवि का प्रमुख कारण मानती है। यह राजनीतिक हस्तक्षेप स्वयं ही पुलिस अधिकारों के दुरुपयोग एवं अनुचित उपयोग और पुलिस द्वारा कानून के तिरस्कार का घोषणापत्र है।

2. लोग पुलिस कार्य में राजनीतिक हस्तक्षेप को भ्रष्टाचार से भी बड़ी बुराई मानते हैं।
3. राजनीतिक हस्तक्षेप शहरी क्षेत्रों की अपेक्षा ग्रामीण क्षेत्रों में अधिक सुस्पष्ट प्रतीत होता है।

राजनीतिक हस्तक्षेप के प्रकार

कुछ विशेष प्रकार की स्थितियां अथवा मामले, जिनमें राजनीतिक नेताओं अथवा अन्य बाह्य स्रोतों द्वारा पुलिस के ऊपर दबाव डाला जाता है, नीचे सूचीबद्ध किए गए हैं:–

1. एक ऐसे व्यक्ति को गिरफ्तार करना अथवा गिरफ्तार नहीं करना जिसके विरुद्ध पुलिस द्वारा जांच की जा रही हो।
2. पुलिस हिरासत में किसी व्यक्ति को, अपमानित करने मात्र के लिए, जानबूझकर हथकड़ी लगाना।
3. गिरफ्तारी के पश्चात् जमानत पर रिहा करना अथवा रिहा नहीं करना।
4. पुलिस द्वारा तलाशी के दौरान मिले महत्वपूर्ण साक्ष्य को छुपा लेना।
5. अन्वेषण की समाप्ति पर न्यायालय में प्रस्तुत आरोप पत्र में नाम शामिल करना अथवा नहीं करना।
6. किसी समस्याग्रस्त क्षेत्र में किसी एक या अन्य पार्टी के लाभ के वास्ते पुलिस बल को तैनात किया जाना अथवा नहीं किया जाना।
7. राजनीतिक लक्ष्यों की प्राप्ति के लिए, राजनीतिक कार्यकर्ताओं के विरुद्ध, झूठे आपाराधिक मामले दर्ज करना।
8. लोक व्यवस्था की स्थितियों में कानून का स्व विवेकानुसार प्रवर्तन करते हुए सत्ता दल का विरोध करने वाले लोगों के साथ सख्ती व निष्ठुरता से पेश आना।
9. सत्ता दल के विरोधियों को वैध राजनीतिक गतिविधियों में हिस्सा लेने से रोकने के लिए लोगों को ऐहतियाती तौर पर हिरासत में लेना।
10. सामान्य क्रम में पुलिस कार्रवाई के दायरे में नहीं आने वाली स्थिति में किसी पार्टी के विरुद्ध लाभ की स्थिति बनाने के लिए झूठी शिकायत करवाना अथवा गैर-संतोष अपराध को अतिशयोक्ति पूर्ण ढंग से बढ़ाकर पुलिस हस्तक्षेप।

11. किसी विरोधी के खिलाफ कार्रवाई आसान बनाने के लिए द्वेषपूर्ण तथा पक्षपातपूर्ण खुफिया रिपोर्ट तैयार करना।

पुलिस अधिकारियों को राजनीतिक आकाओं के आदेशानुसार चलाने के लिए स्थानांतरण अथवा निलम्बन को बतौर हथियार इस्तेमाल किया जाता है। करीब करीब सभी राजनीतिक दल इस हथियार का उपयोग कर चुके हैं। किसी ने इसका उपयोग धूर्ततापूर्ण ढंग से किया है तो किसी ने इसका उपयोग असभ्य ढंग से किया है। किसी नई सरकार द्वारा सत्ता ग्रहण के अधिकतर मौकों पर पुलिस चीफ और चीफ सेक्रेटरी के सिर पर गाज गिरती है। इन अधिकारियों को लाया जाता है। पुलिस पर कई प्रकार से दबाव बनाया जाता है। मांग मान लेने की स्थिति में उसको कैरियर में तरक्की और अधिमानपूर्ण व्यवहार का वादा किया जाता है तो दबाव का विरोध करने की स्थिति में सेवा मामलों में तिरस्कारपूर्ण व्यवहार की धमकी दी जाती है। जबकि किसी पुलिस अधिकारी को पर्याप्त कारण के बिना तथा निर्धारित प्रक्रिया का अनुसरण किए बिना अनुशासन एवं अपील नियमावली के तहत वैधानिक रूप से दण्डित किया जाना संभव नहीं है, उसको कथित आरोप की जांच के लिए स्थानांतरण अथवा निलम्बन की कार्रवाई से व्यक्ति अपमानित महसूस करता है वहीं दूसरी ओर स्थानांतरण से उसको गहरा आर्थिक आघात लगने के साथ-साथ उसका परिवार और उसके बच्चों की शिक्षा अव्यवस्था का शिकार बन जाती है। पुलिस को अपनी मर्जी से चलाने के लिए उनके स्थानांतरण निलम्बन की धमकी राजनीतिक नेताओं के हाथ में सबसे प्रबल हथियार है। राजनीतिक नेताओं के आदेश पर पुलिसकर्मियों के स्थानांतरण अक्सर किए जाते हैं, यद्यपि ऐसे स्थानांतरण सामान्य प्रशासनिक आधार पर न्यायोचित नहीं होते हैं। पुलिसकर्मियों की कठिनाइयों और उनके मनोबल की किसी को कोई चिन्ता कोई परवाह नहीं है। अनेक कृतज्ञ अधीनस्थ और अधिकारी, राजनीतिक नेताओं के साथ ऐसा गठबंधन कर लेते हैं कि उनके वरिष्ठ अधिकारी अपनी सेवा बचाए रखने के लिए उन पर निर्भर हो जाते हैं। वे राजनीतिक नेतृत्व पर ऐसा प्रभाव कायम कर लेते हैं कि यदि कोई वरिष्ठ अधिकारी उन्हें नियंत्रित करने का प्रयास करता है तो वे उस अधिकारी को ही स्थानांतरित करवा देते हैं। राजनीति से प्रेरित स्थानांतरणों से पुलिस बल के अनुशासन, मनोबल और आदेश क्रम को गंभीर क्षति पहुंचती है।

दिल्ली और उत्तर प्रदेश में कांस्टेबलरी की कार्य की स्थितियों के विषय में राष्ट्रीय अनुप्रयुक्त अनुसंधान परिषद् द्वारा किए गए अध्ययन से स्पष्ट हुआ कि

''उत्तर प्रदेश तथा दिल्ली में क्रमानुसार 53 प्रतिशत, 43 प्रतिशत कांस्टेबल एक वर्ष से भी कम समय में एक जिले से दूसरे जिले में अथवा एक स्थान से दूसरे स्थान पर स्थानांतरित किए गए तथा उन्होंने इसको शिकायत का दुखद एवं अप्रिय बिन्दु बताया। उनके मतानुसार, ये स्थानांतरण बहुत कम अन्तराल में, तक्ष्र्थ आधार पर तथा निरंकुश प्रकार से किए गए थे। इनमें से ज्यादातर स्थानांतरण स्थानीय राजनीतिज्ञों के प्रभाव के कारण दण्डित और परेशान करने के उपायों के रूप में किए गए थे।'' राष्ट्रीय पुलिस आयोग द्वारा विभिन्न राज्यों के दौरे के समय अनेक अधिकारियों ने राजनीतिक कारणों से आदेश किए गये बारम्बार तथा अंधाधुंध स्थानांतरण की संवृत्ति की जानकारी आयोग को दी थी। एक राज्य में तो एक सब-इंस्पेक्टर अपनी सेवा के 28 वर्षों में 96 स्थानांतरण का इतिहास सुनाते हुए रो पड़ा था।

राष्ट्रीय पुलिस आयोग ने स्थानांतरणों की आवृत्ति का विश्लेषण किया और इस निष्कर्ष पर पहुंचा कि 1937 से 1977 तक के उपलब्ध आंकड़ों के अनुसार एक पद एक स्टेशन पर रहने की पुलिस महानिरीक्षक की औसत अवधि 1 वर्ष 8 माह, पुलिस अधीक्षक की एक वर्ष दो माह तथा सब-इंस्पेक्टर की एक वर्ष दो माह थी। एक राज्य में पुलिस अधीक्षकों का एक पद एक स्टेशन पर रहने का औसत कार्यकाल केवल सात माह था जबकि तीन अन्य राज्यों में दस माह था। पुलिस आयोग के मतानुसार पुलिस थानों में सब-इंस्पेक्टर और जिलों में पुलिस अधीक्षकों के बार-बार बदले जाने के साथ-साथ शीर्ष स्तर पर पुलिस महा निरीक्षकों का स्थानांतरण पुलिस सेवा में, ऊपर से नीचे तक, गुणवत्ता गिरावट का प्रमुख कारण रहा है। कई राज्यों में मुख्यमंत्रियों और गृहमंत्रियों के बदले जाने के साथ-साथ पुलिस महा निरीक्षक भी बदले गए हैं। जनता के प्रति वास्तविक व्यावसायिक सेवा का हित राजनीतिक आवश्यकता की वेदी पर बलि चढ़ा दिया गया।

दबाव का स्रोत

राष्ट्रीय पुलिस आयोग दबाव के स्रोत के विषय में टिप्पणी करते हुए कहा कि राजनीतिक दबाव केवल सरकार में कार्यरत राजनीतिक कार्यकर्ताओं द्वारा ही नहीं बल्कि सरकार से बाहर सत्ता दल सहित विभिन्न राजनीतिक दलों से सम्बद्ध कार्यकर्ताओं द्वारा भी डाला जाता है। इसके अतिरिक्त, पुलिस पर राजनीतिक दबाव डालने की किसी व्यक्ति की क्षमता के लिए जरूरी नहीं कि वह व्यक्ति किसी राजनीतिक दल से अधिकारिक रूप से जुड़ा हो। वह व्यक्ति दबाव डालने के लिए धन, जाति, समुदाय, प्रादेशिक संबंध के आधार पर विभिन्न सम्पर्कों

का उपयोग कर सकता है। पुलिस पर डाले जाने वाले गलत दबावों का एकमात्र स्रोत राजनीतिक दल नहीं है। पूंजीपतियों, उद्योगपतियों, व्यवसाइयों, जमींदारों तथा समाज के अन्य धनी एवं प्रभावशाली वर्ग के लोग प्रत्यक्ष रूप से अथवा राजनीतिक स्रोतों के जरिए अप्रत्यक्ष रूप से विभिन्न स्तरों पर पुलिस के ऊपर दबाव डालकर अथवा डलवाकर पुलिस कार्रवाई को प्रभावित करने की सामर्थ्य रखते हैं। इस बुराई को दूर करने हेतु किए जाने वाले प्रयास में इस दबाव समूह को शामिल किया जाना आवश्यक है।

हस्तक्षेप के परिणाम

पुलिस व्यवस्था पर बाह्य स्रोतों विशेषकर राजनीतिज्ञों द्वारा डाले जाने वाले दबाव से पुलिसकर्मियों को यह विश्वास होने लगता कि पुलिस सेवा में उनका बेहतर भविष्य उनके कार्य प्रदर्शन के गुणावगुण पर कतई आधारित नहीं है। वे अपना भविष्य राजनीतिज्ञों से मेलजोल बढ़ाकर तथा उनकी चापलूसी करके ही सुरक्षित कर सकते हैं। एक औसत पुलिस अधिकारी की नजर में राजनीतिक कार्यों में शामिल होना तथा पुलिस व्यवस्था से बाहर कार्यकर्ताओं से मेलजोल रखना बहुत महत्वपूर्ण होता है। अनेक पुलिसकर्मी अपना अच्छा खासा समय राजनीति के मैदान में कुछ खास व्यक्तियों को जानबूझकर तथा निरंतरता के साथ बढ़ावा देने में लगाते हैं जिसके फलस्वरूप उनका पुलिस संबंधी कार्य प्रदर्शन गिरावट का शिकार बनता है। इस प्रक्रिया से पुलिस व्यवस्था अवनति के ढलान पर फिसलकर अव्यवस्था और निपट अप्रभाविता की ओर चल पड़ती है। जनता की नजरों में पुलिस कार्यप्रदर्शन की गुणवत्ता में गिरावट के अतिरिक्त पुलिस व्यवस्था पर ऐसे दबावों से नियंत्रण प्रणाली की हानि होती है तथा पुलिस व्यवस्था के सुचारु संचालन के लिए आवश्यक अनुशासन की जड़ें कमजोर होती हैं। पुलिस स्टेशनों, पुलिस सर्किलों इत्यादि के परिचालन स्तर पर हस्तक्षेप के परिणामस्वरूप पदक्रम में निरीक्षक अधिकारियों की पूरी अनदेखी होती है।

अधीनस्थ अधिकारी अपने प्रतिदिन के कार्यालय जीवन में देखते हैं कि किसी ऐसे मामले के अंतिम निपटान में भी उनके वरिष्ठ अधिकारियों का ज्यादा महत्व नहीं है जो सामान्यतः केवल उनके कार्यालय संज्ञान की सीमा में है। उच्चतर स्तर सरकार में राजनीतिक स्तर पर लिए गए निर्णय परिचालन स्तर पर बिना किसी सवाल जबाव के लागू कर दिए जाते हैं। सामान्य आदेश क्रम के बार-बार उल्लंघन से निरीक्षण-संरचना को हानि पहुंचती है। यही वजह है कि यह निरीक्षण-संरचना ऐसे मामलों में भी असरदार ढंग से काम नहीं कर पाती जिनमें कि बाहर से कोई दबाव नहीं डाला गया है। इस संबंध में केन्द्रीय गृहमंत्री

ने मुख्यमंत्रियों तथा गृहमंत्रियों के सम्मेलन में प्रस्तुत एक नोट में कहा कि, "सभी राज्यों में यह भावना है कि न केवल तैनाती और स्थानांतरण के मामले में बल्कि गिरफ्तारी, तहकीकात और आरोप पत्र दाखिल करने के मामले में भी हस्तक्षेप व्यापक रूप से विद्यमान है। पुलिसकर्मियों की सबसे बड़ी शिकायत यह है कि किसी गैर-कानूनी अथवा अनुचित सुझाव के अनुपालन में अनिच्छा व्यक्त करने की स्थिति में उन्हें परेशान तथा अपमानित किया जाता है।

नोट में आगे कहा गया कि भारत सरकार मुख्यमंत्रियों पर यह प्रयास किए जाने हेतु दबाव डालेगी कि वैधानिक अधिकारों के उपयोग में कोई गैर-कानूनी दखलंदाजी नहीं की जानी चाहिए। दूसरे, तैनाती और स्थानांतरण के मामले में राज्य को अधिकारिक पदानुक्रम का नेतृत्व तथा प्रभावशीलता बनाए रखनी चाहिए ताकि अधिकारियों तथा अधीनस्थ कर्मियों के मध्य सम्पर्क का क्षय न हो। इस सम्मेलन के विचार-विमर्श के अन्त में प्रतिभागीगण इस बात पर सहमत हुए कि हस्तक्षेप से उत्पन्न समस्या का प्रभावी समाधान राजनीतिक स्तर पर निकाला जाएगा। यह सुझाव नोट किया गया कि मुख्यमंत्रीगण इस मुद्दे पर किसी सर्वसम्मत आधार के लिए राजनीतिक दलों के नेताओं से विचार-विमर्श करें राष्ट्रीय स्तर पर भी ऐसा ही प्रयास किए जाने की सहमति बनी जिसके अनुसार गृहमंत्री प्रधानमंत्री से इस संबंध में उपयुक्त कदम उठाने का अनुरोध करेंगे।

राज्य सरकारों द्वारा गैर-कानूनी अनियमित आदेश जारी किया जाना

राष्ट्रीय पुलिस आयोग ने अपनी टिप्पणी में आगे कहा कि "सत्तारूढ़ दल द्वारा स्थिति के मूल्याकन के अनुसार पुलिस का कार्य प्रदर्शन सुनिश्चित करने की चिन्ता में कुछ राज्य सरकारें ऐसी स्थितियों में पुलिस कार्रवाई की संभावना बाधित करने हेतु कार्यपालक अनुदेश जारी कर देती हैं जिनमें कि स्वयं कानून द्वारा, विशिष्ट प्रकार की कार्रवाई करने का आदेश पहले से मौजूद है।" आयोग ने पश्चिम बंगाल सरकार द्वारा 27 मार्च 1967 को जारी कार्यपालक अनुदेशों का संदर्भ दिया जिनके अनुसार किसी औद्योगिक प्रतिष्ठान के घेराव के मामले में जिसमें कि प्रबन्धक स्टाफ को बंधक बना लिया गया हो पुलिस द्वारा हस्तक्षेप से पूर्व उसकी सूचना श्रममंत्री को देनी होगी तथा उसके निर्देशानुसार कार्रवाई की जाएगी। जब प्रभावित पक्ष में इस आदेश के क्रियान्वन के विरुद्ध कोलकाता उच्च न्यायालय से निषेधादेश प्राप्त कर लिया तो पश्चिम बंगाल सरकार ने एक और आदेश जारी कर दिया। इस नए आदेश में कहा गया था कि, "पुलिस को वैध श्रमिक आन्दोलन में कतई हस्तक्षेप नहीं करना चाहिए तथा ऐसे आन्दोलन

के संबंध में गैर-कानूनी हिरासत की शिकायत के मामले में पुलिस को कानून के तहत कार्रवाई प्रारंभ करने से पहले सावधानीपूर्वक जांच कर लेनी होगी कि क्या वास्तव में शिकायत का कोई आधार है। कोलकाता उच्च न्यायालय ने इस अनुदेशों को कानून के विरुद्ध, अधिकार-क्षेत्र से बाहर और अवैध करार देते हुए रद्द कर दिया।

एक अन्य उदाहरण, जिसमें उत्तर प्रदेश सरकार ने 1 मार्च 1977 को कानून एवं व्यवस्था के मामले में पुलिस पर लागू करने हेतु कार्यपालक अनुदेश जारी किए, निम्नानुसार है:-

जब कभी जिलों में सामान्य कानून एवं व्यवस्था पर प्रभाव डालने वाली स्थिति पैदा होती है तो पुलिस अधीक्षक को तत्काल इसकी सूचना तीव्रतम संचार साधनों के माध्यम से जिलाधिकारी को देकर इस स्थिति को नियंत्रित करने हेतु अनुदेश प्राप्त करने होंगे, जब तक कि ऐसा करना अव्यावहारिक न हो। हालात का मुकाबला करने के लिए आगे की कार्रवाई जिलाधिकारी के साथ निकट एवं लगातार परामर्श और मार्गदर्शन के अनुरूप की जाएगी।'' (उत्तर प्रदेश सरकार आदेश सं. 7850/7-I-51-ए/76 दिनांक 21 मार्च 1977) कानून और व्यवस्था के संबंध में कार्रवाई करने से पहले सरकार के साथ सीधे सम्पर्क से जुड़े कार्यपालक कार्यकर्ता के साथ पूर्व परामर्श हेतु यह आग्रह निश्चित रूप से पुलिस को ऐसे कदम उठाने से भी रोकेगा जिसके लिए ऐसी स्थिति में कानून द्वारा उसको सीधे आदेश दिए गए हैं। उस हद तक हम यह महसूस करते हैं, कि इन कार्यपालक अनुदेशों को गैर-कानूनी माना जाना चाहिए।

अनेक राज्यों ने अधीनस्थ कार्यपालक मजिस्ट्रेटों के साथ-साथ पुलिस पर एक प्रकार की निरीक्षक तथा पर्यवेक्षक की भूमिका वाले कार्यपालक अनुदेश जारी किए हैं। पुलिस अधिनियम, 1861 की धारा 3 में कहा गया है कि:-

राज्य सरकार में अधीक्षण

सामान्य पुलिस जिले का अधीक्षण उस राज्य सरकार में निहित होगा तथा प्रयोग किया जाएगा जिसका यह जिला अधीनस्थ है और इस अधिनियम के प्रावधानों के अधीन अधिकृत के अतिरिक्त किसी भी व्यक्ति, अधिकारी अथवा न्यायालय को राज्य सरकार द्वारा किसी पुलिस कार्यकर्त्ता पर नियंत्रण रखने अथवा उसको हटा देने का अधिकार नहीं दिया जाएगा। स्वयं यह अधिनियम किसी जिले में कार्यपालक मजिस्ट्रेट पदस्तर के अधीनस्थों पर किसी प्रकार के पर्यवेक्षण अथवा निरीक्षण की भूमिका का अधिकार प्रदान नहीं करता और

अतएव सरकार द्वारा पुलिस को नियंत्रित करने का अधिकार प्रदान करने हेतु जारी कार्यपालक अनुदेश अवैध ही होंगे।

लंदन पुलिस के पूर्व आयुक्त सर रॉबर्ट मार्क के अनुसार

"हमारे कानूनी अधिकार सुस्पष्ट परिभाषित हैं तथा जब कभी हम उनका प्रयोग करते हैं उसके परिणाम हेतु व्यक्तिगत रूप से उत्तरदायी हैं। हम दोष निर्धारण में कोई भूमिका नहीं निभाते हैं तथा दण्ड और सिविल दोनों प्रकार के न्यायालयों, स्थानीय पुलिस अधिकारियों, संसद तथा लोकमत के प्रति हमारा उत्तरदायित्व सम्पूर्ण विश्व में सबसे बढ़कर है। निर्वाचित प्रतिनिधियों द्वारा प्रतिपादित नियमों को समाज हमसे जिस विधिक तथा संवैधानिक ढांचे में लागू करने की उपेक्षा करता है उसके शास्त्रागार में हमारे पास सर्वाधिक आवश्यक आयुध आग्नेयास्त्र, वाटर कैनन, अश्रु गैस अथवा रबड़ की गोलियां नहीं, बल्कि हम जिन लोगों की ओर से कार्य करते हैं उनका विश्वास और समर्थन है। यह विश्वास और समर्थन केवल उन कारकों पर निर्भर नहीं हैं जिनका उल्लेख मैं पहले कर चुका हूं बल्कि हमारी व्यक्तिगत तथा सामूहिक निष्ठा और विशेषतः हमारे परिचालन में राजनीतिक हस्तक्षेप से संवैधानिक आजादी की हमारी प्राचीन परम्परा पर निर्भर है। पुलिस अधिनियम, 1964 द्वारा गृह सचिव को दिए गए इंग्लैंड तथा वेल्स की पुलिस व्यवस्था के भारी उत्तरदायित्व के बावजूद आपको यह समझ लेना अत्यंत महत्वपूर्ण है कि पुलिस किसी भी स्तर पर सरकार की नौकर नहीं है। हम किसी मंत्री अथवा किसी राजनीतिक दल चाहे वह सत्ताधारी दल ही क्यों न हो के आदेश पर कार्य नहीं करते हैं। हम कुल मिलाकर जनता की ओर से कार्य करते हैं तथा हमारे अधिकारों में संसद को छोड़कर कोई भी अन्य कमी या वृद्धि करने हेतु सक्षम नहीं है। यही वह सबसे महत्वपूर्ण कारक है जो जनता के साथ और खासतौर पर लोक व्यवस्था कायम रखने के बावत हमारे सम्बंधों का निर्धारण करता है तथा हमें कम तादाद और सीमित अधिकारों तथा बल प्रयोग के बिना अथवा इतने बल प्रयोग के साथ जो न्यायालय तथा जनमत दोनों को स्वीकार्य होगा कारगर तरीके से कार्य करने की अनुमति देता है। सुबोधगम्य तथा व्यवहार्य शब्दों में संक्षेप में कहा जा सकता है कि पुलिस का मुख्य अधिकारी, पुलिस के प्राधिकारी चाहे वह गृह सचिव हो अथवा पुलिस समिति हो से प्राप्त होने वाले मत अथवा अभ्यावेदन पर सदैव सावधानीपूर्वक विचार करेगा परन्तु इंग्लैंड और वेल्स में केवल उसको ही निर्णय करने का अधिकार होगा कि परिचालन स्तर पर क्या कार्रवाई की जानी है तथा वही उसके परिणामों हेतु उत्तरदायी होगा।

महानगर के पुलिस आयुक्त को अपने उत्तरदायित्व के निर्वहन में और भी अधिक सावधानी रखनी होती है। सभी मुख्य पुलिस अधिकारियों में वही ऐसा अधिकारी है जिसका सेवाकाल सुनिश्चित नहीं है तथा संसद के अनुमोदन की शर्त पर उसको गृहसचिव द्वारा हटाया जा सकता है। मैं इस पर ज्यादा जोर इसलिए दे रहा हूं कि जब पुलिस अपनी संवैधानिक स्वतंत्रता को बहुत महत्व देती है तो इसके अनुचित उपयोग को प्रतिसंतुलित करने की दृष्टि से अपनी जवाबदेही के महत्व की भी अनदेखी नहीं करनी चाहिए।

जो कुछ भी पुलिस के लिए लागू होता है वह जनता के लिए भी समान रूप से लागू होता है। लोकसेवक का उपयोग शुद्ध रूप से राजनीतिक प्रयोजनों के लिए करने वाला राजनीतिज्ञ तथा स्वयं का ऐसा उपयोग किए जाने की अनुमति देने वाला लोक सेवक दोनों ही देश का अहित करते हैं।

राष्ट्रीय पुलिस आयोग के मतानुसार राजनीतिक हस्तक्षेप की प्रवृत्ति ने 1967 के पश्चात् जब कुछ राज्यों में निर्वाचित सरकारों की स्थिरता में कमी आई तथा राजनीतिक अस्थिरता का दौर प्रारंभ हुआ–वृहत्तर आयाम धारण किया। बढ़ते राजनीतिक हस्तक्षेप का इस संदर्भ में अर्थ पुलिस कार्मिकों का भिन्न राजनीतिक झुकावों के साथ विभिन्न गुटों तथा दलों के रूप में विभाजन था। राजनीति से अलग नहीं रहने वाला पुलिस बल, जिस पर राजनीतिक रंग में रंगे पुलिसकर्मियों द्वारा व्यवस्था के भीतर से लगातार दबाव व प्रभाव पड़ रहा हो, अन्ततः सम्यक् निर्वाचित राजनीतिक नेतृत्व को अस्थिर कर देगा तथा लोकतंत्र के ताने-बाने को गंभीर रूप से क्षतिग्रस्त कर देगा। राजनीतिज्ञों और पुलिस बल दोनों को इस खतरे की गंभीरता का महसूस करना चाहिए। राजनीतिज्ञों तथा पुलिसकर्मियों के बीच बढ़ती दुर्भावनापूर्ण अन्योन्यक्रिया ने भ्रष्टाचार से होने वाले आर्थिक लाभ के अतिरिक्त कैरियर को आगे बढ़ाने का लाभ प्राप्त करने हेतु विभिन्न स्तरों पर बेईमान पुलिसकर्मियों को जन्म दिया है। इस प्रकार राजनीतिक हस्तक्षेप की प्रवृत्ति लगातार वृद्धि पर है। हम इस संदर्भ में सुधारात्मक उपायों के लागू करने में पुलिस और राजनीति के निहित स्वार्थी लोगों द्वारा बाधा उत्पन्न किए जाने के प्रति सचेत हैं।

राजनीतिक हस्तक्षेप : अंतर्राष्ट्रीय दृश्य

यहां अन्य देशों का अनुभव उद्धत करना भी रुचिकर होगा मैसासुसेट्स इंस्टिटयूट ऑफ टेक्नोलॉजी में शहरी अध्ययन एवं इतिहास के प्रोफेसर और राष्ट्रपति के अपराध आयोग के परामर्शदाता रॉबर्ट एम. फोगेलसन द्वारा संयुक्त राज्यों में अमेरिकी पुलिस सुधारों के विकास का अध्ययन किया गया उस रिपोर्ट

से लिया गया निम्नलिखित अंश, जिससे सन् 1900 के आसपास की स्थिति का विवरण मिलता है, भारतीय स्थिति की दृष्टि से रुचिकर है:–

"जिस किसी का भी पुलिस पर आधिपत्य हो वह पुलिस को सैकड़ों शस्त्र सज्जित कर्मी (आवश्यक नहीं कि वे सुअनुशासित हों) मुहैया करा सकता था, जिनकी सेवाएं परिणाम पर निर्भर करती थीं जैसा कि राजनीतिज्ञ उन्हें याद दिलाते रहते थे। गोलियों में व्यवस्था कायम रखने का अधिकार लिए पुलिस को निर्णय करना होता था कि आन्दोलनकारियों को बोलने दे अथवा नहीं, विरोधियों को मार्च करने दे अथवा नहीं तथा श्रमिकों को धरना देने दे अथवा नहीं तथा आन्दोलन आदि में व्यवस्था कायम रही या नहीं रह सकी। उन्हें जातीय, नस्ली तथा धार्मिक संघर्षों के संबंध में हस्तक्षेप करने या न करने का निर्णय करना होता था तथा हस्तक्षेप करने की दशा में यह निर्णय करना होता था कि किसके पक्ष में कितने कर्मियों तथा बल के साथ हस्तक्षेप किया जाए। पुलिस पर जिसका नियंत्रण रहता था वह संघर्ष तथा संकट का सामना करने हेतु अपने स्वयं के राजनीतिक उद्देश्यों के संगत उपायों में ईर्ष्यायोग्य नम्यता रखता था जो दलीय संघर्षों वाले समाज में विशेष लाभ की स्थिति थी।

अहाते में लेन-देन करने वाला कप्तान का गश्ती लड़ाका अनेक सार्जेण्टों तथा उस दायरे के लोगों से अधिक प्रभावशाली होता था। यही हाल बुजर्ग गश्तकर्मियों का था। स्थानीय नेता भी उनका आदर करते थे। लम्बे अर्से तक सेवारत रह चुका प्रत्येक कर्मी जानता था कि ज्यादातर अधिकारी अपने विशेषाधिकार तथा प्रभाव अपने राजनीतिक सम्बन्धों तथा अपने अधिकारिक पदों के कारण प्राप्त करते थे। औपचारिक संगठनों को भी वास्तविक कार्य परिचालन की विशेष जानकारी नहीं होती थी। पुलिस के चीफ को मुख्यालय के बाहर की घटनाओं की जानकारी नहीं होती थी और राजनीतिक संगठनों के प्रति अपने पद हेतु आभारी उनके सहायक उन्हें शायद ही कभी यह जानकारी देते थे। वार्ड आकाओं के माध्यम से नौकरी पाने वाले कप्तानों को स्थानीय तंत्र के निषेधादेश से असंगत विभागीय अनुदेशों की अवहेलना करने का कोई मलाल नहीं होता था। परन्तु जांच समितियों ने पाया कि पुलिस की नियमावली भ्रामक थी। डेमोक्रेट्स सहित अधिकतर राजनीतिज्ञ जो राजनीति से दूर पुलिस की अवधारणा के बावत ठकुरसुहाती कहते थे तथा रिपब्लिकन्स जो अपने प्रतिद्वंद्वियों की आलोचना करते थे दोनों ही पुलिस पर नियंत्रण को सत्ताधारी दल का विशेषाधिकार मानते थे।

नियुक्ति प्राप्त करने के इच्छुक अधिकतर उम्मीदवार पुलिस आयुक्तों अथवा पुलिस मुख्यों के पास न जाकर सीधे न्यूयार्क के जिला नेताओं,

फिलाडेल्फिया के वार्ड नेताओं, शिकागो के एल्डर मैन और अन्य प्रभावशाली राजनीतिज्ञों की शरण में पहुंचे। कुछ राजनीतिज्ञों ने रिश्वत मांगी। जांच समिति के अनुसार 1890 के दशक में पैट्रोलमैन के लिए रिश्वत की चालू दर न्यूयार्क के लिए 300 डालर तथा सानफ्रांसिसको के लिए 400 डालर थी। परन्तु ज्यादातर राजनीतिज्ञों से ऐसे प्रमाण प्रस्तुत किए जाने को तरजीह दी कि उम्मीदवार तथा उसके मित्र अथवा सम्बन्धी विगत में उनके दल के लिए मददगार रहे थे तथा संगठन उन पर भविष्य के लिए भी विश्वास कर सकता था। अधिकतर पैट्रोलमैन को शीघ्र ही समझ में आ गया कि विभागीय सुनवाई के प्रक्रियागत सुरक्षा उपायों के मुकाबले प्रभावशाली राजीतिज्ञों के साथ हमदर्दीपूर्ण सम्बन्ध कहीं अधिक बेहतर था।

यह स्पष्ट है कि राजनीतिक आकाओं के आदेश पर स्थानांतरण की संवृत्ति अमेरिकी पुलिस व्यवस्था की ध्यान दिए जाने योग्य विशिष्टता थी। एक अध्ययन रिपोर्ट में न्यूयार्क सिटी के एक कट्टर पुलिस अधिकारी का संदर्भ दिया गया जिसने जांच समिति के समक्ष अपने बयान में कहा कि, "मुझे लगातार इस प्रकार स्थानांतरित किया गया है कि मैं एक मिनट के नोटिस पर चलने के लिए अपना सामान पैक कर तैयार रखता हूं।"

संयुक्त अमेरिकी गणराज्यों में अनुवर्ती पुलिस सुधार पुलिस चीफ को तर्कसंगत कार्यकाल प्रदान करने तथा राजनीतिक हस्तक्षेप कम करने की दिशा में थे। पुलिस कार्य को एक पेशे के रूप में विकसित किया गया जिसमें उच्च प्रवेश मानदण्ड, गहन प्रशिक्षण तथा व्यापक विशेष दक्षताओं की प्राप्ति कर बास जोर दिया गया था। पुलिसकर्मियों से लोकहित के प्रति स्वयं को समर्मित करने हेतु नीति संहिता में योगदान कराया गया था। पद की पूरी मोर्चाबंदी की जा चुकी है तथा पद के दुरुपयोग का गंभीर प्रतिफल मिलता है। राष्ट्रपति निक्सन पर वाटरगेट कांड के संबंध में महाभियोग लगाया गया था और हाल में राष्ट्रपति बिल क्लिंटन के विरुद्ध (पद पर रहने के दौरान) जांच की गई थी तथा महाभियोग चलाया गया था।

यूनाइटेड किंगडम में सिविल सेवा के कार्यप्रदर्शन को कुप्रभाव से बचाने के लिए राजनीतिक संरक्षण को रोकने की आवश्यकता को, सन् 1855 में सिविल सेवा आयोग के सृजन द्वारा, मान्यता दी गई थी। इसके द्वारा पृथक सिविल सेवा की स्थापना की गई जिसमें एक खुली प्रतियोगी परीक्षा के माध्यम से भर्ती की जाती थी। इस सबके बावजूद राजनीतिक दलों को उस समय तक प्राप्त संरक्षण के लाभ का मोह त्यागने तथा नई व्यवस्था को स्वीकार करने में

लगभग 15 वर्ष लग गए। अन्य अनेक लोकतांत्रिक देशों के अनुभव ने भी सरकार में राजनीतिक नेतृत्व और कार्यपालक सेवा के मध्य अन्तर्क्रिया के लिए स्वस्थ मानदंड तैयार करने की आवश्यकता दर्शाई है ताकि प्रत्येक अंग अपने कर्तव्यों के निर्वहन में अपनी भूमिका निभाए तथा अन्य देशों के सुधारों से सीख लेकर सतत रूप से लोकहित में कार्य कर सके।

भारत में स्वतंत्रता प्राप्ति के पश्चात् शुरु के वर्षों में सु-प्रेरित प्रशासकों तथा राजनीतिज्ञों द्वारा उपलब्ध कराए गए राजनीतिक नेतृत्व ने पुलिस सेवा को प्रभावी ढंग से कार्य करने हेतु समर्थ एवं सक्षम बनाया था। वर्तमान स्थिति को भी सुधार कर ठीक किया जा सकता है तथा व्यावहारिक उपाय ढूंढे जा सकते हैं। इस बाबत राष्ट्रीय पुलिस आयोग द्वारा सुझाए गए उपाय तथा दृष्टिकोण निम्नानुसार है।

''पुलिस के साथ 'हस्तक्षेप' की संवृत्ति सरकार में राजनीतिक कार्यपालकों द्वारा पुलिस के ऊपर मौजूदा नियंत्रण व्यवस्था के साथ जुड़े विश्वास और आम आकलन में है। कुछ राज्यों में राजनीतिक कार्यकर्ताओं ने हमारे समक्ष तर्क प्रस्तुत किया है कि पुलिस ने प्रभारी मंत्री को राज्य विधानसभा में पुलिस के कार्यप्रदर्शन की जवाबदेही निभानी होती है तथा अपनी जिम्मेदारी को उपयुक्त प्रकार से निभाने के लिए उसका पुलिस के ऊपर नियंत्रण होना अनिवार्य है। उनके अनुसार पुलिस को सरकार के नियंत्रण से मुक्त एक पृथक एवं स्वंतत्र अभिकरण के रूप में स्वीकार नहीं किया जा सकता है।

प्रत्येक व्यक्ति सहजता के साथ यह स्वीकार कर लेगा कि पुलिस को राजनीतिक तथा अन्य बाह्य स्रोतों से संरक्षण प्रदान करने के प्रयास में हमें पुलिस को पूर्णतया पृथक एवं स्वतंत्र हैसियत प्रदान नहीं करनी चाहिए क्योंकि ऐसा करने से पुलिस राज्य के अन्दर राज्य के रूप में कार्य करने लगेगी। तथापि, हमारा उद्देश्य ऐसी व्यवस्था विकसित करना है जिसमें पुलिस को व्यावसायिक तथा प्रचालनात्मक स्वतंत्रता (खासतौर पर ऐसे मामलों में जिनमें उनकी ड्यूटी के विषम में सीधे कानून में सुस्पष्ट निर्दिष्ट है) प्राप्त होगी। विवेक प्रयोग के लिए बहुत थोड़ी या कतई गुंजाइश नहीं होगी तथा पुलिस के कार्य प्रदर्शन का प्रबोधन एक एजेन्सी (जिसमें सरकार भी शामिल होगी) द्वारा कानूनी ढांचे के भीतर किया जाएगा। मौजूदा व्यवस्था में सरकार पुलिस अधिनियम 1861 की धारा 3 तहत पुलिस के ऊपर पूर्ण नियंत्रण चाहती है। उपरोक्त धारा के अनुसार सामान्य पुलिस जिले में पुलिस का अधीक्षण उस राज्य सरकार में निहित होगा

जिसका अधीनस्थ वह जिला है तथा उसी राज्य सरकार द्वारा इस अधिकार का उपयोग किया जाएगा।

सर्वोच्च न्यायालय की व्यवस्थाएं

लोकतंत्र में लोकहित में वांछनीय सम्बन्धों की प्रकृति का अध्ययन करते समय हमने कानून की उपर्युक्त धारा में विद्यमान शब्द 'सुपरिन्टेन्डेन्स' से निकलने वाले अर्थ निरीक्षण तथा नियंत्रण की सीमा की जांच की है। इस संदर्भ में हमने संविधान के अनुच्छेद 227 से सम्बद्ध सर्वोच्च न्यायालय द्वारा दी गई कुछ व्यवस्थाओं का अवलोकन किया है, जिनके अनुसार :

"प्रत्येक उच्च न्यायालय अपने अपीलीय अधिकार क्षेत्र के अधीन सभी न्यायालयों का अधीक्षण करेगा। सर्वोच्च न्यायालय की कुछ प्रासंगिक टिप्पणियों का प्रयोजन नीचे दिया गया है:

1. उच्च न्यायालय का सभी न्यायालयों तथा न्यायाधिकरणों पर सामान्य अधीक्षण, उनको सीमा में रखने का एक कर्तव्य है।
2. अधिकार क्षेत्र का परस्पर विरोध (हस्तक्षेप केवल उस स्थिति में जब कोई अन्य उपाय न हो)
3. वाद में प्रगमन से इंकार अथवा विफलता।
4. प्राकृतिक न्याय के सिद्धान्तों के प्रतिकूल कार्रवाई।
5. निर्णय किए जाने वाले मुद्दे में न्यायाधीश की व्यक्तिगत रुचि।
6. न्यायालय के अवैध आदेश।
7. तथ्यों के संबंध में प्रत्यक्ष त्रुटिपूर्ण निर्णय।

न्यायपालिका के संबंध में उपरोक्त निरूपित सामान्य सिद्धान्तों के अनुसार पुलिस के ऊपर राज्य सरकार के अधीक्षण का अधिकार सीमित किया जाना चाहिए ताकि पुलिस द्वारा कड़ाई के साथ कानून के अनुरूप कार्य किया जाना सुनिश्चित किया जा सके। सुझाए गए उपायों में पुलिस को कानून द्वारा निर्दिष्ट अन्वेषण कार्यों में पूर्ण व्यावसायिक स्वतंत्रता दिया जाना शामिल था। सरकार द्वारा जारी, अन्वेषण को प्रभावित करने वाले, मौजूदा सभी अनुदेशों का पुनरावलोकन किया जाना भी आवश्यक था। इन अनुदेशों को विधिक प्राचलकों के अनुसार निरस्त अथवा संशोधित किया जा सकता था। यदि अन्वेषण के दौरान, राजनीतिक कार्यकर्ताओं सहित किसी भी व्यक्ति को कोई ऐसी सूचना प्राप्त होती है जिसको वह उपयुक्त कार्रवाई के लिए पुलिस को दिया जाना

आवश्यक समझता है। तो वह व्यक्ति अन्वेषण के दौरान ही, बिना किसी हस्तक्षेप के प्रयास के, उस सूचना को पुलिस को सौंप सकता है। निवारक कार्यों तथा सेवा उन्मुखी कार्यों के निष्पादन में पुलिस को अन्य सरकारी अभिकरणों तथा सेवा संगठनों के साथ मिलकर कार्य करना होगा। उदाहरण के लिए किसी शिक्षा-संस्थान अथवा औद्योगिक इकाई में हड़ताल के बहुत नजदीक पहुंच चुकी स्थिति में निवारक उपायों की योजना के लिए पुलिस को शिक्षा-अधिकारियों अथवा श्रम-विभाग के अधिकारियों के सम्पर्क में रहना होगा कि स्थिति के बदलते स्वरूप की समुचित जानकारी प्राप्त हो सके। ऐसे निवारक के निष्पादन में किसी स्थिति विशेष में निहित लोकहित के दृष्टिकोण से विवेक के प्रयोग की काफी संभावना मौजूद है। सामान्यता: प्रत्येक पुलिस अधिकारी को अपने खुद के निर्णय के अनुसार अपने विवेक के इस्तेमाल के लिए स्वतंत्र छोड़ देना चाहिए परन्तु एक पुलिस अधिकारी के अधिकार क्षेत्र से बाहर की परिणामी स्थितियों से निपटने के लिए उच्चतर पदस्तर के अधिकारी का दखल आवश्यक हो जाता है तथा उस उच्चतर पदस्तर के अधिकारी को ऐसी स्थिति में अपने विवेक का इस्तेमाल करना चाहिए।

इस अनुरूपता के विस्तार में एक पुलिस अधिकारी को राज्यव्यापी महत्व की स्थिति में विवेक के उपयोग हेतु राज्यव्यापी महत्व के अनेक घटकों को ध्यान में रखना होगा। ऐसी स्थितियों में विवेक के इस्तेमाल का सरकार में उच्चतम स्तर पर तैयार की गई नीति के समनुरूप होना जनहित में होगा। राज्य के शासन का अन्तिम उत्तरदायित्व राजनीतिक कार्यपालिका का होता है। निवारक कार्यों तथा सेवा उन्मुखी कार्यों के निष्पादन में सरकार द्वारा अलग अलग स्थितियों में अपनाने हेतु निर्धारित व्यापक नीतियों के तहत मार्गदर्शन किया जाना चाहिए। तथापि, घटनास्थल पर वास्तविक परिचालन के संबंध में तथा समय-समय पर कोई अनुदेश नहीं दिए जाने चाहिए।

पुलिस में राजनीतिक घुसपैठ के प्रति सावधानी अत्यावश्यक है। आयोग का कथन है कि, ''यह समझ में आने योग्य बात है कि कुछ राजनीतिक दल विभिन्न स्तरों पर भर्ती आदि के माध्यम से ऐसे नवयुवकों को पुलिस व्यवस्था में सोची समझी रणनीति के तहत शामिल करवाते हैं जो उनके दलों की विचारधारा के प्रति मजबूती के साथ प्रतिबद्ध होते हैं। जिसमें हम कह सकें कि किसी दल की सदस्यता अथवा सम्बद्धता को भर्ती हेतु निषेध कारक माना जाना चाहिए। हम इतना अवश्य स्पष्ट रूप से कह सकते हैं कि पुलिस में भर्ती होने के पश्चात् राजनीतिक गतिविधियों में निरंतर सक्रियता (प्रत्यक्ष अथव अप्रत्यक्ष)

को किसी भी स्थिति में सहन नहीं किया जा सकता है। पुलिस विभाग के मुखिया को समय-समय पर इस प्रकार के लोगों को चुन कर अलग करने पर विशेष ध्यान देना चाहिए। इस प्रकार के उपयुक्त मामलों में आवश्यकता पड़ने पर संविधान के अनुच्छेद 311(2) ('बी') अथवा ('सी') के प्रवाधानों का सहारा लिया जा सकता है।

अधिकारियों के स्थानांतरण और निलम्बन के सम्बन्ध में उच्च स्तर से हस्तक्षेप की संकेतक प्रवृत्ति देखी गई है जबकि सामान्यतः सक्षम प्राधिकारी ऐसा करना आवश्यक नहीं समझता है। पुलिस अधिकारियों को ऐसे बेतुके और द्वेषपूर्ण स्थानांतरण निलम्बन के आदेशों के प्रति प्रभावी संरक्षण प्रदान किया जाना चाहिए। ऐसे एक उपाय के रूप में पुलिस अधिनियम में एक प्रावधान शामिल किया जा सकता है जिसमें विभिन्न पदस्तरों के सम्बन्ध में स्थानांतरण निलम्बन आदेश जारी करने हेतु सक्षम प्राधिकारी विनिर्दिष्ट किए गए हों। ऐसी वैधानिक व्यवस्था के द्वारा इस अधिनियम में विनिर्दिष्ट के अतिरिक्त किसी प्राधिकारी द्वारा पारित स्थानांतरण निलम्बन का आदेश अवैध हो जाएगा। वर्तमान स्थिति यह है कि स्थानांतरण निलम्बन के अधिकार केवल नियमों अथवा कार्यपालक अनुदेशों में विद्यमान हैं जिन्हें सरकार द्वारा अपने निजी कारणों से, जब भी चाहे अस्वीकार किया जा सकता है। पुलिस अधिनियम में उपरोक्त प्रावधान जोड़कर वर्तमान स्थिति को सुधारा जा सकता है।

एक अन्य उपाय के रूप में यह नियम बनाया जा सकता है कि स्थानांतरण निलम्बन के आदेश में एक संक्षिप्त पैरा देना होगा जिसमें आदेश जारी करने का कारण दर्शाया हो तथा ऐसे पैरा रहित स्थानांतरण निलम्बन आदेश को अवैध माना जाएगा। इस व्यवस्था का एक लाभ यह होगा कि जिस व्यक्ति को स्थानांतरण निलम्बन आदेश दिया जाएगा उसके पास ऐसी सामग्री होगी जिसके आधार पर वह उपलब्ध विभिन्न मंचों के द्वारा अपना पक्ष प्रस्तुत कर सकता है यदि वह समझता है कि उसका स्थानांतरण निलम्बन विद्वेषपूर्ण कारणों से किया गया है। तथापि ऐसा नियम उस रोग की जड़ों पर प्रहार करेगा जिसका इलाज राष्ट्रीय पुलिस आयोग करना चाहता है। घोर अवांछनीय कार्मिक को भी, एक बार संस्थापित हो जाने के पश्चात्, उसके पद से हटाना वस्तुतः असंभव हो जाएगा। कहीं न कहीं, हमें यह समझ लेना होगा कि सभी राजनीतिज्ञ धूर्त नहीं है तथा सभी पुलिस अधिकारी सन्त नहीं हैं। राजनीतिक कार्यपालकों सहित वरिष्ठ अधिकारियों द्वारा, दौरों के दौरान अथवा अन्यतः, जारी मौखिक आदेशों से उत्पन्न स्थितियां क्षेत्राधिकारियों के लिए उस समय भारी परेशानी का सबब

बनती हैं जब आदेश में गैर-कानून अनियमित, अनुचित अथवा अन्यायपूर्ण कार्य करने की उपेक्षा की जाती है। तथापि, वरिष्ठ अधिकारी द्वारा लिखित आदेश मिलने पर ही कार्रवाई करने के नियम का कड़ाई के साथ पालन करने की स्थिति में प्रशासन छिन्न-भिन्न हो जाएगा तथा जनता को दिन प्रतिदिन दी जाने वाली सेवा के मामले में प्रभावहीन होकर रह जाएगा। दैनिक जीवन में ऐसे अनेक हालात हो सकते हैं जब निरीक्षण अधिकारी घटनास्थल पर अपने अधिनस्थ द्वारा शीघ्र निष्पादन हेतु आदेश दे सकता है। कानून और व्यवस्था के मामले में ऐसी अनेक स्थितियों की कल्पना की जा सकती है। न तो ऐसा सख्त और अनम्य नियम हो सकता है और न होना ही चाहिए कि अभीष्ट कार्रवाई से पहले प्रशासनिक पदक्रम से प्राप्त होने वाला प्रत्येक आदेश लिखित में होना अनिवार्य है। मौखिक आदेशों को प्रशासनिक व्यवस्था से पूरी तरह समाप्त नहीं किया जा सकता है। तथापि, अत्यावश्यकता का तत्व नहीं होने पर ऐसे आदेशों पर कार्रवाई से बचा जा सकता है अथवा उसका पुष्टि कारक लिखित आदेश प्राप्त होने की प्रतीक्षा की जा सकती है। राष्ट्रीय पुलिस आयोग द्वारा इस सम्बन्ध में निम्नलिखित संस्तुतियां प्रस्तुत की गईं:

1. जहां तक संभव हो मौखिक आदेशों के पालन से बचना चाहिए तथा उनका पालन तत्काल कार्रवाई अपेक्षित रखने वाली स्थिति में तथा जहां मौखिक आदेश की पुष्टि लिखित रूप में संभव नहीं हो ऐसी स्थिति में ही किया जाना चाहिए।
2. प्रत्येक मौखिक आदेश का रिकार्ड आदेश जारी करने वाले तथा प्राप्त करने वाले अधिकारी द्वारा सम्बद्ध फाइल में रखा जाना चाहिए।
3. वरिष्ठ अधिकारी से मौखिक आदेश प्राप्तकर्ता अधीनस्थ अधिकारी को इस वरिष्ठ अधिकारी से रिकार्ड हेतु, पुष्टिकारक लिखित आदेश मांगने तथा प्राप्त करने का अधिकार होगा।

लोकतंत्र में कार्यपालक तथा जनता के निर्वाचित प्रतिनिधियों के मध्य अन्योन्यक्रिया की सुविधा होना आवश्यक है ताकि आवश्यक होने पर लोकहित में सुधार कार्रवाई की जा सके। आयोग के अनुसार:– ''प्रशासक कार्रवाई द्वारा घोर अन्याय के पीड़ित व्यक्ति अपना दुख और निराशा अन्य लोगों के साथ साथ निर्वाचित प्रतिनिधियों के साथ बांटने की ओर प्रवृत्त होंगे तथा उनसे स्थिति को सुधारने के लिए कुछ करने की उम्मीद करेंगे। कार्यपालक तथा निर्वाचित प्रतिनिधियों के बीच अन्योन्यक्रिया की आवश्यकता को स्वीकार करते हुए हमें यह सुनिश्चित करने की चिन्ता है कि इससे कार्यपालक के कार्य में अनधिकृत

हस्तक्षेप न हो। इसलिए हमारे विचार से निर्वाचित प्रतिनिधियों के लिए एक आचार संहिता बनाई जानी चाहिए कि वे केवल पुलिस उपाधीक्षक अथवा इससे ऊंचे पदस्तर के अधिकारी के साथ अन्योन्यक्रिया करेंगे। ऐसा करने से उन हालात से बचा जा सकेगा जिनमें पुलिस स्टेशनों अथवा सर्किलों में पुलिसकर्मी राजनीतिक नेताओं की हैसियत से आतंकित होकर उनसे प्राप्त जानकारी के आधार पर (प्राप्त जानकारी की जांच तथा सत्यापन किए बिना) कार्रवाई प्रारंभ कर देते हैं। राष्ट्रीय पुलिस आयोग ने यह विचार भी व्यक्त किया कि अखिल भारतीय सेवा (आचरण) नियमावली, 1968 का नियम (3) पुलिस कार्मिकों पर भी लागू किया जाना चाहिए। इस नियम का पाठ्य इस प्रकार है:–

सेवा का कोई भी सदस्य अपने पदीय कर्तव्यों के निष्पादन अथवा उसको प्रदत्त अधिकारों के उपयोग में

1. अपने वरिष्ठ अधिकारी के निर्देश–जो कि लिखित रूप में होंगे अथवा यथाशीघ्र प्राप्त लिखित पुष्टि के रूप में होंगे के अधीन कार्य करने को छोड़कर अपने सर्वश्रेष्ठ निर्णय के अतिरिक्त अन्य किसी प्रकार कार्य नहीं करेगा।
2. अपने ऊपर डाली गई जिम्मेदारी और अधिकारों एवं जिम्मेदारियों के वितरण की योजना में आवश्यकतानुसार अपने वरिष्ठ अधिकारी के अनुदेशों अथवा अनुमोदन की याचना से पलायन नहीं होगा।

आयोग ने विधायिकाओं के लिए भी आचरण संहिता का सुझाव दिया। आयोग ने कहा कि, ''सरकारी सेवकों (पुलिस सहित) का आचरण नियम तथा अनुदेश जारी करके तथा प्रत्यक्ष व्यवहार में कड़ाई से लागू करके नियंत्रित किया जा सकता है। तथापि, यदि राजनीतिक कार्यकर्ता, जिनका आचरण इन नियमों तथा विनियमों के आधीन नहीं है, यदि इस मामले में अपने रुख और सोच में परिवर्तन नहीं लाते हैं तो पुलिस कार्य में हस्तक्षेप करने की उनकी प्रवृत्ति किसी न किसी रूप में विद्यमान रहेगी। हम जब पुलिस बल को राजनीतिक हस्तक्षेप का प्रतिरोध करने हेतु सक्षम बनाने हेतु अनेक उपायों पर विचार कर रहे हैं, हम अपने उद्देश्य की प्राप्ति में तब ही सफल हो सकते हैं जब राजनीतिक कार्यकर्त्ता भी अपने कार्य करने की शैली बदल दें। हमारी पूछताछ में स्पष्ट हुआ है कि विधायिकाओं के लिए आचरण संहिता अभी तैयार नहीं हुई है। हम गृहमंत्रालय से अपनी कार्रवाई त्वरित गति से पूर्ण करने तथा आचरण संहिता शीघ्र जारी करने की सिफारिश करते हैं ताकि निर्वाचित प्रतिनिधि और जनसाधारण इस महत्वपूर्ण तथा संवेदनशील मामले में नैतिकता तथा मर्यादा की अपेक्षाओं को जान सकें

तथा उनका मूल्यांकन कर सकें। हम यह भी विश्वास करते हैं कि 6 जून 1979 को मुख्यमंत्रियों के सम्मेलन में राजनीतिक स्तर पर विचारित कवायद को गंभीरता के साथ शीघ्र पूर्ण कर लिया जाएगा।''

आयोग ने भर्ती के समय पुलिसकर्मियों इस निम्नलिखित विशेष घोषणा किए जाने का भी सुझाव दिया। यह सशपथ अथवा दृढ़ विश्वास के आधार पर की जा सकती है।

''मैं, (क) (ख) शपथपूर्वक सत्यनिष्ठा पूर्वक घोषणा करता हूं कि मैं भारत और कानून द्वारा स्थापित भारत के संविधान के प्रति वफादार और सत्य निष्ठावान रहूंगा;.....राज्य में पुलिस के सदस्य के रूप में मैं ईमानदारी, निष्पक्षता के साथ तथा बिना किसी पक्षपात, के जनता की सत्य रूप में सेवा करूंगा, तथा पुलिस अधिकारी के रूप में मुझको सौंपे गए कार्य और कर्तव्यों का निर्वहन कानून के मुताबिक अपनी सर्वश्रेष्ठ योग्यता, दक्षता और ज्ञान के साथ तथा इस ढंग से करूंगा जिससे कि संविधान द्वारा नागरिकों को प्रदत्त अधिकारों और प्रतिष्ठा की रक्षा हो सके......'' पुलिस में भर्ती के समय प्रारंभिक घोषणा के अतिरिक्त यदि यह घोषणा वार्षिक समारोहों जैसे कि प्रत्येक वर्ष 21 अक्तूबर को आयोजित किया जाने वाला पुलिस संस्मारक दिवस के अवसर पर दोहरा कर पुलिसकर्मियों के मन में इन सिद्धान्तों को भली भांति बैठाया जा सकता है।

स्पष्टतः पुलिस व्यवस्था की लगातार दक्षतापूर्ण तथा निष्पक्षता के साथ कार्य करने की क्षमता बड़ी हद तक अलग-अलग स्थितियों में भिन्न स्तरों पर कार्मिकों के रवैये तथा अनुक्रिया पर निर्भर करेगी। यह पुलिसकर्मियों को भर्ती के पश्चात् और सेवा के दौरान दिए जाने वाले प्रशिक्षण पर निर्भर होगा। समस्त पुलिस कर्मिकों के लिए प्रारंभिक प्रशिक्षण पाठ्यक्रम तथा सेवाकाल के दौरान के प्रशिक्षण पाठ्यक्रम इस प्रकार तैयार किए जाने चाहिए कि प्रत्येक पुलिस अधिकारी के अन्दर मूल्यों की समझ तथा उपयुक्त मनोवृत्ति विकसित हो सके। पुलिस कार्य में हस्तक्षेप से निपटने तथा राजनीतिक, कार्यपालक अथवा अन्य बाह्य स्रोतों से पड़ने वाले दबावों द्वारा पुलिस के दुरुपयोग को रोकने का यही एकमात्र उपाय है।

11
किशोर अपराधियों का उपचार

किशोरों को यदि अपराध करने से न रोका जाए तो वे अपराध की दुनिया में रम कर गंभीर अपराध करने लगते हैं। इसको रोकने के लिए किशोर न्याय अधिनियम, 1986 को कारगर तरीके से लागू किया जाना आवश्यक है। यह अधिनियम उपेक्षितों तथा अपराधियों की देखभाल, संरक्षण, उपचार, विकास तथा पुनर्वास की व्यवस्था मुहैया कराता है तथा किशोरों से संबंधित मामलों में न्याय उपलब्ध कराता है। यह अधिनियम संसद द्वारा 1986 में पारित किया गया था तथा इसके द्वारा बाल अधिनियम 1960 तथा 1920 के दशक में मद्रास, बम्बई और कलकत्ता में घोषित ऐसे अधिनियम प्रतिस्थापित किए गए थे। विभिन्न बाल अधिनियमों के कार्य की समीक्षा के परिणामस्वरूप यह देखा गया कि कुसमंजन, अपचार अथवा उपेक्षा की हालत में पाए गए बच्चों पर अधिक ध्यान दिए जाने की जरूरत है। वयस्कों के लिए उपलब्ध न्याय व्यवस्था किशोरों पर लागू करने हेतु अनुपयुक्त थी। पूरे देश में एकरूप किशोर न्याय व्यवस्था उपलब्ध कराए जाने की आवश्यकता भी महसूस की गई जिससे देश में बदलती सामाजिक, सांस्कृतिक तथा आर्थिक स्थितियों में सभी पक्षों की देखभाल की पर्याप्त व्यवस्था की जा सके।

किशोर न्याय अधिनियम

ऐसे किशोरों की देखभाल, संरक्षण, उपचार, विकास तथा पुनर्वास में अनौपचारिक व्यवस्थाओं तथा समुदाय आधारित कल्याण अभिकरणों की बड़ी हिस्सेदारी की सदैव आवश्यकता है। किशोर न्याय अधिनियम इसी आवश्यकता का परिणाम है जिसमें निम्न उद्देश्यों को ध्यान में रखा गया है:–

1. यह सुनिश्चित करने के लिए कि किसी भी परिस्थिति में किसी भी बच्चे को जेल में अथवा पुलिस लॉक-अप में नहीं रखा जाएगा, देश में किशोर-न्याय एकरूप विधिक संरचना तैयार करना। यह, किशोर कल्याण बोर्डों तथा किशोर न्यायालयों की स्थापना द्वारा सुनिश्चित किया जा रहा है।
2. किसी प्रकार की सामाजिक कुसमंजन की स्थिति में पाए गए बच्चों की विकास संबंधी जरूरतों को दृष्टिगत रखकर किशोर अपचारों के निवारण तथा पूर्ण उपचार की दिशा में विशिष्ट समझ तैयार करना।
3. विभिन्न संवर्ग के बच्चों के लिए (1) प्रेक्षण गृह (2) अपचारी किशोरों के लिए किशोर गृहों की स्थापना द्वारा उनकी देखभाल, संरक्षण, उपचार, विकास तथा पुनर्वास हेतु अपेक्षित मशीनरी तथा आधार संरचना की स्पष्ट व्याख्या करना।
4. अन्वेषण, अभियोजन, अधिनिर्णय, व्यवस्था, देखभाल, उपचार तथा पुनर्वास के सम्बन्ध में किशोर-न्याय की व्यवस्था के लिए सिद्धान्त तथा मानक स्थापित करना।
5. किशोर-न्याय की औपचारिक व्यवस्था तथा उपेक्षित अथवा सामाजिक कुसमंजित बच्चों के कल्याण में संलग्न स्वैच्छिक अभिकरणों के बीच उपयुक्त सम्पर्कों तथा समन्वय की व्यवस्था करना और उनके उत्तरदायित्व तथा भूमिकाओं के क्षेत्रों को विशेष रूप से परिभाषित करना।
6. किशोरों से सम्बन्धित विशेष अपराधों का संघटन तथा दण्ड व्यवस्था।
7. किशोर-न्याय की व्यवस्था के लिए देश में किशोर-न्याय-व्यवस्था का परिचालन संयुक्त राष्ट्र मानक न्यूनतम नियम के समनुरूप बनाना।

   अपराध विज्ञान के आधुनिक सिद्धान्तों के अनुरूप इस अधिनियम में किशोरों को दण्डित करने के स्थान पर उनको सुधारने पर विशेष जोर दिया गया है।
8. इस अधिनियम में सात अध्याय तथा 63 धाराएं हैं।

प्रथम अध्याय में उपयोग में लाए गए विभिन्न शब्दों की व्याख्या दी गई है।

दूसरे अध्याय में

1. किशोरों के सम्बन्ध में कार्रवाई करने हेतु सक्षम प्राधिकरणों तथा

2. किशोरों हेतु विभिन्न संस्थानों का विवरण दिया गया है।
3. तीसरे अध्याय में उपेक्षित किशोर अपचारियों के विषय में बताया गया है।
4. चौथे अध्याय में किशोरों के बाबत बताया गया है।
5. पांचवें अध्याय में सक्षम प्रधिकारियों की प्रक्रियाओं और इन सक्षम प्राधिकारियों के आदेशों के विरुद्ध की जा सकने वाली अपीलों तथा पुनरावलोकन संबंधी विवरण दिया गया है।
6. छठे अध्याय में किशोरों से सम्बन्धित विशेष अपराधों का विवरण दिया गया है।
7. अंतिम सांतवें अध्याय में इस अधिनियम के सम्बन्ध में विभिन्न विविध लेख दिए गए हैं।
9. यह अधिनियम किशोरों को दो समूहों में वर्गीकृत करता है:

   1. उपेक्षित किशोर; तथा
   2. अपचारी किशोर

   एक उपेक्षित किशोर का अर्थ वह किशोर है जो

   (क) भिक्षा मांगता पाया गया हो; अथवा

   (ख) बिना किसी घर अथवा निर्धारित आवास स्थल के पाया गया हो और जिसके पास जीविका का कोई प्रत्यक्ष साधन नहीं है तथा जो निस्सहाय है; अथवा

   (ग) जिसके माता-पिता अथवा संरक्षक उस किशोर पर नियंत्रण रखने हेतु अनुपयुक्त अथवा अक्षम हैं अथवा वह वेश्यालय में अथवा किसी वेश्या के साथ रहता है अथवा वेश्यावृति हेतु इस्तेमाल किए जाने स्थान पर अक्सर जाता है अथवा किसी ऐसे व्यक्ति के साथ रहता है जो नियम विरुद्ध, मद्योन्मत्र अथवा वंचित का जीवन यापन करता है;

   (घ) जिसका दुरुपयोग अथवा शोषण अनैतिक अथवा गैरकानूनी उद्देश्यों अथवा अनभिप्रेत लाभ के लिए किया जा रहा है अथवा किए जाने की संभावना है।

एक अपचारी किशोर का अभिप्राय ऐसे किशोर से है, जो कोई अपराध कर चुका है।

एक किशोर वह लड़का है जिसकी आयु सोलह वर्ष से कम है अथवा वह लड़की है जिसकी आयु अठारह वर्ष से कम है।

10. यह अधिनियम किशोर-कल्याण बोर्डों को उपेक्षित किशोरों के संबंध में ऐसे बोर्डों को सौंपे गए कर्तव्यों के निर्वहन तथा प्रदत्त अधिकारों के प्रयोग की अनुमति प्रदान करता है। इन बोर्डों की संख्या राज्य सरकारों की इच्छा पर निर्भर है। इन बोर्डों में एक चेयरमैन तथा सरकार की इच्छानुसार संख्या में अन्य सदस्य होने चाहिए जिनमें एक सदस्य महिला होनी आवश्यक है। इन बोर्डों को प्रथम श्रेणी के मजिस्ट्रेट के अधिकार प्राप्त हैं।

11. अपचारी किशोरों से सम्बन्धित उत्तरदायित्वों के निर्वहन तथा अधिकारों के प्रयोग हेतु राज्य सरकार को कितनी ही संख्या में किशोर न्यायालय गठित करने का अधिकार है। इन न्यायालयों के मजिस्ट्रेटों की सहायता के लिए दो मानद सामाजिक कार्यकर्त्ताओं का पैनल होगा। इस पैनल में एक सदस्य महिला होनी आवश्यक है। बोर्ड तथा न्यायालय के बीच किशोर संबंधी किसी भी मुद्दे पर मत भिन्नता की स्थिति में बहुमत तथा चेयरमैन अथवा प्रधान मजिस्ट्रेट का मत अन्य सदस्यों तथा मजिस्ट्रेट पर अभिभावी होगा। सदस्यों को बाल मनोविज्ञान तथा बाल कल्याण का विशेष ज्ञान होना चाहिए। ये बोर्ड तथा न्यायालय अनन्यतः इस अधिनियम के तहत समस्त कार्रवाई की व्यवस्था करेंगे।

12. जहां ऐसे बोर्ड तथा न्यायालयों का गठन नहीं हुआ है:

(क) जिला मजिस्ट्रेट;

(ख) सब-डिवीजनल मजिस्ट्रेट; अथवा

(ग) मेट्रोपोलिटन मजिस्ट्रेट अथवा प्रथम श्रेणी का न्यायिक मजिस्ट्रेट न्यायालयों तथा बोर्ड द्वारा प्रदत्त अधिकारों का प्रयोग कर सकते हैं।

13. इस अधिनियम में उपेक्षित किशोरों के रहने के लिए किशोरगृहों की स्थापना तथा अनुरक्षण पर विचार किया गया है। इन किशोर-गृहों में किशोरों को निम्नलिखित मुहैया कराए जाएंगे:-

(क) आवास स्थान

(ख) अनुरक्षण तथा शिक्षा सुविधाएं

(ग) व्यावसायिक प्रशिक्षण तथा पुनर्वास

(घ) चरित्र तथा योग्यताओं के विकास हेतु सुविधाएं

(ड.) सुधार हेतु प्रशिक्षण।

14. इस अधिनियम के अन्तर्गत जांच के दौरान किशोरों के अस्थायी निवास के लिए प्रेक्षण गृहों की स्थापना पर भी विचार किया गया है।

15. अधिनियम में निम्नलिखित के गठन का भी विचार किया गया है:–

    (1) अनुरक्षण संगठन

    (2) अनुरक्षण योजनाएं तथा कार्यक्रम

16. इस अधिनियम के अधीन कोई पुलिस अधिकारी, संगठन अथवा कोई अन्य व्यक्ति उपेक्षित व्यक्ति का जिम्मा ले सकता है तथा उसको बोर्ड के सम्मुख प्रस्तुत कर सकता है अथवा यदि पुलिस को उसकी जानकारी दी जाती है तो एस. एच. ओ. द्वारा अपने रजिस्टर में प्रविष्टि की जाएगी। एस. एच. ओ. यदि उसका जिम्मा लेने का इच्छुक नहीं है तो वह प्रविष्टि की एक प्रति बोर्ड को प्रेषित करेगा। यदि उपेक्षित बच्चे के माता-पिता अथवा संरक्षक है तो पुलिस अधिकारी बोर्ड को सूचित करेगा। बोर्ड द्वारा उसके माता-पिता को नोटिस भेजा जाएगा कि जिस बच्चे की उपेक्षा की गई है उसको उपेक्षित बच्चा क्यों नहीं माना जाए। बोर्ड किशोर को किशोर-गृह भेजे जाने का आदेश दे सकता है अथवा वह बच्चे को देख भाल के लिए, माता-पिता अथवा संरक्षक अथवा बॉड मांगकर किसी अन्य उपयुक्त व्यक्ति की सुपुर्दगी में दे सकता है।

17. यदि किशोर जमानती अथवा गैर-जमानती अपराध का अभियुक्त है तो उसको जमानत सहित अथवा जमानत के बिना जमानत पर रिहा कर दिया जाना चाहिए, परन्तु यदि यह विश्वास करने का समुचित आधार मौजूद है कि उसके किसी ज्ञात अपराधी से सम्बद्धता की संभावना है अथवा कि नैतिक खतरे का जोखिम है अथवा कि उसको रिहा करने से न्याय का लक्ष्य पराजित होगा तब उसको रिहा नहीं किया जाएगा।

18. पुलिस अधिकारी किसी किशोर को गिरफ्तार करने के पश्चात् यथा शीघ्र

    (1) माता-पिता या संरक्षक को सूचना देगा तथा उनको उस न्यायालय में उपस्थित होने का निर्देश देगा जहां किशोर को पेश किया जाना होगा,

    (2) इस गिरफ्तारी का परिवीक्षा अधिकारी किशोर के सम्बन्ध में सूचना, इतिहास-पृष्ठभूमि एकत्र करेगा ताकि न्यायालय की मदद की जा सके।

19. इस अधिनियम के तहत गठित किशोर-न्यायालयः

    (क) किशोर को डांट-फटकार लगा सकता है,

    (ख) सदाचरण की परिवीक्षा के आधार पर किशोर को रिहा कर सकता है तथा उसके उसके माता-पिता/संरक्षक अथवा उपयुक्त व्यक्ति अथवा उपयुक्त संस्थान को अधिकतम 3 वर्ष की अवधि हेतु सौंप सकता है।

    (ग) लड़के के मामले में 14 वर्ष तक की आयु होने अथवा लड़की के मामले में 16 वर्ष तक की आयु होने की स्थिति में किशोर को विशेष गृह भेजे जाने का निर्देश दे सकता है।

    (घ) यदि किशोर की आयु 14 वर्ष से अधिक है तथा वह धनार्जन करता है तो उस पर आर्थिक दण्ड लगा सकता है। इस अधिनियम में इस पर विशेष जोर दिया गया है कि किसी भी किशोर अपचारी को मृत्यु दण्ड अथवा उम्र कैद की सजा न दी जाए तथा जुर्माना अदा न करने की स्थिति में कैद में नहीं रखा जाए।

20. इस अधिनियम में किशोरों को भिक्षावृति, स्वापन कारोबार, वेश्यावृति आदि के लिए नियुक्त करने वाले व्यक्ति को 3 वर्ष तक का कारावास तथा आर्थिक दण्ड दिए जाने का प्रावधान है।

21. राज्य सरकार स्वैच्छिक दान, योगदान अथवा अंशदान (चन्द्रा) द्वारा किशोरों के कल्याण तथा पुनर्वास के लिए एक कोष का सृजन कर सकती है। यह एक सलाहकार बोर्ड का गठन भी कर सकती है जो उसको संसाधन जुटाने उपेक्षितों तथा अपचारी किशोरों की शिक्षा, प्रशिक्षण एवं पुनर्वास हेतु सुविधा की व्यवस्था करने तथा विभिन्न गैर-सरकारी तथा सरकारी संगठनों के बीच समन्वय स्थापित करने के मामलों में सलाह प्रदान करे। सलाहकार बोर्ड में उपयुक्त संख्या में अधिकारी तथा अन्य व्यक्ति होंगे। इसके अतिरिक्त इसमें विशेषज्ञों तथा स्वैच्छिक संगठनों के प्रतिनिधियों को भी शामिल किया जा सकता है। राज्य सरकार प्रत्येक गृह के लिए तीन निरीक्षक नियुक्त कर सकती है। यह परिवीक्षा अधिकारी को गृहों, किशोर-गृहों, विशेष-गृहों तथा प्रेक्षण गृहों के निरीक्षण का अधिकार प्रदान करती है।

अधिनियम को लागू करने में आने वाली कठिनाइयां

22. इस अधिनियम को लागू करने में निम्नलिखित कठिनाइयों का सामना करना पड़ता है:–

जिन पुलिसकर्मियों से इन उपेक्षित बच्चों का जिम्मा लेने की अपेक्षा की जाती है उनके पास इन अपराधों की व्यवस्था, अधिनियम द्वारा अपेक्षितानुसार, गंभीरता के साथ करने हेतु समय नहीं है। पुलिसकर्मी इस अधिनियम के क्रियान्वन की अपेक्षा आतंकवाद, वी आई पी सुरक्षा, एयरपोर्ट, रेलवे सुरक्षा तथा अन्य प्रकार की ड्यूटी के प्रति अधिक फिक्रमंद रहता है। वह, देश में वर्तमान प्रशिक्षण विधियों के दौर में बच्चों से नरमीयुक्त व्यवहार करने हेतु मानसिक रूप से तैयार भी नहीं है। महिला पुलिस संभवतः इस कार्य हेतु उपयुक्त होगी, परन्तु वे भी सख्त और उग्र बतायी जाती हैं और इसीलिए बच्चों को नरमी तथा सहानुभूतिपूर्ण व्यवहार के कार्य हेतु उपयुक्त नहीं है। इसके अतिरिक्त महिला पुलिस की तादाद भी अपर्याप्त है।

हमारे देश में निस्सहाय तथा उपेक्षित बच्चों की संख्या इतनी ज्यादा है कि उनको प्रभावी ढंग से किशोर–गृहों में ला पाना असंभव है। यदि, उनमें से कुछ प्रशिक्षण संस्थानों से प्रशिक्षण प्राप्त कर लेते हैं तो भी परिवीक्षा अधिकारियों के लिए उनकी खोज रखना लगभग असंभव होगा। साधारणतः जिला मजिस्ट्रेट तथा पुलिस अधीक्षकों द्वारा परिवीक्षा अधिकारी के कार्य को कोई महत्व नहीं दिया जाता है। उनकी दृष्टि में यह एक निम्न प्राथमिकता का कार्य है। परिणामस्वरूप, परिवीक्षा अधिकारी द्वारा किए गए कार्य को गंभीरता से नहीं लिया जाता है। चूंकि परिवीक्षा अधिकारी के कार्य का निरीक्षण करने वाला अथवा उसमें रुचि रखने वाला कोई नहीं है अतः वह अपना कार्य अप्रभावी रूप से निपटाता है।

राज्य प्रशासन के उच्च पदस्थ व्यक्ति जैसे राजनीतिक कार्यपालक, प्रशासनिक कार्यपालक और पुलिस कार्यपालकों को इस अधिनियम के प्रति ईमानदार रहने की जरूरत है। अन्यथा किशोर–न्यायालय, विशेष गृह बनाने के संबंध में उनको प्रदत्त अधिकारों का क्रियान्वन लम्बे समय तक सपना ही रहेगा। राज्य के शीर्ष अधिकारी, इस ईमानदारी के अभाव में, इस समाजिक कानून के महत्व की उपेक्षा करते रहेंगे। ऐसा देखने में आया है कि राज्य में जो थोड़े से संस्थान खोले गए हैं उनका संचालन लापरवाही व कंजूसी के साथ किया जा रहा है।

अधिनियम में यह अपेक्षा की गई है कि बोर्ड के सदस्यों तथा किशोर–न्यायालय के मजिस्ट्रेटों को बाल मनोविज्ञान तथा बाल कल्याण के बारे

में विशेष ज्ञान होना चाहिए। ऐसे योग्य व्यक्ति इतनी आसानी से उपलब्ध नहीं हैं, अतः सरकार के लिए अधिनियम की उम्मीदों पर पूरी तरह खरे उतरने वाले न्यायालय और बोर्ड गठित करना संभव नहीं दीखता। यह अधिनियम, इस सम्बन्ध में, खुद को मात देने वाला अधिनियम है। किशोर-न्यायालय अथवा बोर्ड गठन की मांग करने वाली इस योजना की विफलता को धारा 7(2) के अंतर्गत (जिसमें डिवीजनल मजिस्ट्रेट, सब डिवीजनल मजिस्ट्रेट तथा जे एफ सी एम एस को न्यायालय तथा बोर्ड के अधिकारों के इस्तेमाल की अनुमति दी गई है) प्रश्रय देकर रोकने की संभावना जताई गई है। देश में गठित किए गए इस तरह के बोर्डों में अधिनियम की उम्मीदों को पूरा करने का कोई प्रमाण नहीं है।

कई बार विभिन्न गृहों में इन किशोरों की सुरक्षा निगरानी के अभाव के कारण किशोर इन गृहों से भाग जाते हैं। इन किशोरों को इन गृहों में वापस लाना पुलिस के लिए अत्यंत दुष्कर कार्य है। इसके अलावा विभिन्न गृहों के अधिकारी वहां से किशोरों के भाग जाने की रिपोर्ट तक दर्ज नहीं करवाते हैं।

हृदय विहीन गृहः दयनीय स्थिति

जबकि अधिनियम राज्य सरकार द्वारा विशेष गृह, किशोर-न्यायालय, किशोर गृह, प्रेक्षण गृह तथा अनुरक्षण संगठनों के गठन की अपेक्षा करता है, वहीं यथार्थ में क्या हो रहा है यह 12 जुलाई 1987 रविवार के इंडियन एक्सप्रेस में प्रकाशित आलेख 'हृदय विहीन गृह' से स्पष्ट हो जाता है। इस लेख में कहा गया है कि उत्तर प्रदेश में अनाथालयों तथा निस्सहायों हेतु गृहों की स्थिति को देखकर कठोर से कठोर हृदय वाले व्यक्ति का दिल भी दहल जाएगा। निस्सहाय एवं अनाथ बच्चे सरकारी, अर्द्ध-सरकारी तथा गैर-सरकारी गृहों में रखे जाते हैं। उत्तर प्रदेश में छह बाल सदन (चिल्ड्रन होम्स), सात शिशु सदन (इन्फैन्ट होम्स) तथा चार बालिका निकेतन (कन्याओं हेतु संस्थान) हैं। इनका संचालन उत्तर प्रदेश सरकार द्वारा किया जाता है। इनमें क्रमानुसार 558,201 तथा 264 बच्चे हैं। सरकार द्वारा प्रत्येक बच्चे पर 125 रुपए प्रति माह व्यय को मंजूरी दी गई है। सरकारी सूत्रों के अनुसार वर्ष 1985-86 में बाल सदन को 16.95 लाख का अनुदान, वर्ष 1994-95 में शिशु सदन को रू. 11.78 लाख रुपए का अनुदान और बलिका निकेतन को 1.77 लाख का अनुदान दिया गया था। स्पष्ट है कि इस धन का उपयोग बाल कल्याण के लिए नहीं किया गया।

कानपुर के एक बाल सदन में कुल 85 बच्चे हैं। इनमें से लगभग 50 बच्चे तीन छोटे कमरों में सोते हैं जबकि शेष बच्चे बरामदे में पड़े रहते हैं। एक छोटे बच्चे ने मुझे बताया कि गर्मियां तो जैसे तैसे गुजर जाती हैं परन्तु जाड़ों में

बहुत कष्ट होता है। सन् 1982 में हरिशंकर सक्सेना नाम का एक बच्चा ठंड लगने से मर गया। सदन के एक कमरे में लकड़ी की तीन चारपाइयां हैं जबकि बाकी दोनों कमरों में बच्चे फर्श पर सोते हैं। बच्चों के मुताबिक कमरों में दीवारों तथा फर्श पर छिपकलियां आदि रेंगते फिरते हैं। कमरों में प्रकाश की व्यवस्था बेहद खराब है तथा छात्र यहां पढ़ाई नहीं कर सकते। अधिकारियों ने दावा किया कि इस व्यवस्था हेतु रु. 529/- की राशि व्यय की गई है परन्तु व्यवस्था कहीं दिखाई नहीं पड़ी। इन बच्चों में से जब कोई बीमार हो जाता है तो उनके उपचार की कोई व्यवस्था नहीं है। बाल सदन का अधीक्षक शमीम जावेद फारुकी बच्चों द्वारा अपने मन की बात बयान कर देने पर हक्का बक्का रह गया। उसने अपने बाजुओं की मांसपेशियां मुझे दिखाई और कहा कि यदि वह वहां पर होता तो एक-एक को ठीक कर देता। उसने अपने टूटे हुए अंगूठे दिखाते हुआ कहा कि बच्चों की अक्सर पिटाई करने की वजह से अंगूठों की ऐसी हालत हो गई है। सन् 1982 से 1985 के दौरान शिशु सदन, अल्मोड़ा में उपेक्षा के कारण तीन बच्चे मौत का ग्रास बन गए। अधिकारीगण अपनी उपलब्धियों के बनावटी आंकड़े प्रस्तुत करते हैं। आजमगढ़ स्थित बाल सदन में 94 बच्चों का दाखिल किया जाना बताया गया था परंतु वहां बाल सदन में एक भी बच्चा नजर नहीं आया। इस बाल सदन का सालाना बजट रु. 1.15 लाख तथा स्टाफ में 13 लोग दर्शाए गए हैं।

नवचेतना बाल गृह में 90 बच्चे बताए गए जबकि वास्तव में वहां केवल 29 बच्चे थे। विद्या निकेतन, कानपुर में 40 बच्चे पंजीकृत हैं जबकि मैंने वहां केवल 15 बच्चों को देखा। आइडियल चिल्ड्रन होम, आजमगढ़ में 66 बच्चे रिपोर्ट किए गए थे जबकि मौके पर एक भी बच्चा मौजूद नहीं था। इसी प्रकार अपने सर्वेक्षण के दौरान विनय शिक्षा निकेतन, गोरखपुर में मुझे कोई बच्चा नजर नहीं आया। इन बच्चों खसकर लड़कियों को विदेशियों द्वारा गोद लिए जाने पर पाबंदी लगी हुई है। सर्वोच्च न्यायालय ने 30 सितम्बर 1984 को लक्ष्मी कान्त की समादेश याचिका के संबंध में निर्णय सुनाया कि यदि कोई भारतीय दंपति बच्चे को दत्तकग्रहण नहीं करते हैं तों विदेशी दंपत्ति के विषय में विचार किया जा सकता है। परन्तु सन् 1985 में लीलावती मुंशी डेस्टिट्यूट होम, लखनऊ द्वारा दो वयस्क युवतियां 18 वर्षीया शान्ति तथा 20 वर्षीया शिखा फ्रांस के एस. जे. जिबरमिन और नीदरलैंड के जे. एम. स्मेली को दत्तक दे दी गईं । सरकार द्वारा प्रारंभ की गई पोषण-देखभाल योजना किसी प्रकार घिसट रही है। इस योजना के तहत एक निस्सहाय बच्चे को किसी गृह में रखे जाने के बजाय उसका पालन-पोषण किसी परिवार द्वारा किया जाता है। इस परिवार को बच्चे के

पालन-पोषण हेतु रु. 75 प्रति माह दिए जाते हैं। सम्पूर्ण उत्तर प्रदेश में कुल 12 संस्थानों ने इस योजना को अपनाया। इन बारह संस्थानों में से कुछ का मैंने दौरा किया जिसके नाम यहां नीचे दिए गए हैं:- शहिद मेमोरियल सोसाइटी, लखनऊ, आजाद मेमोरियल पब्लिक शिक्षा समिती, कानपुर, बाल सेवा सदन, कानपुर, विद्या निकेतन सोसाइटी, कानपुर, कस्तूरबा बाल विद्यालय, कानपुर, लाल बाल सदन, आगरा तथा सत्य बाल सदन, आगरा। एक भी अधीक्षक, बच्चों को पोषण-देखभाल में लेने वाले परिवार का नाम और पता नहीं बता पाया। राज्य के समाज कल्याण मंत्री ने स्वीकार किया कि यह योजना समुचित प्रकार से नहीं चल रही है।

भारत में 46 अनाथालय हैं। सरकारी स्रोतों के अनुसार इनमें कुल एक हजार एक सौ पांच बच्चे हैं जिन्हें राज्य सरकार से रु. 50,000/- की राशि बतौर अनुदान (प्रति वर्ष) (रु. 10 से 15 प्रति बालक प्रतिमाह) प्राप्त होती है। कई बार यह सहायता भी प्राप्त नहीं होती है। प्रत्येक वर्ष अनाथाश्रम सहायता हेतु अनुरोध प्रेषित करते हैं परंतु अनुदान राशि एकमात्र उत्तर प्रदेश प्रशासन बोर्ड के विवेकानुसार स्वीकृत की जाती है। प्रत्येक रीजन से आठ इन्सपेक्टर नियमित रूप से अपनी रिपोर्ट लखनऊ मुख्यालय प्रेषित करते हैं। समाज कल्याण के प्रधान कार्यालय द्वारा इन्हीं रिपोर्टों के आधार पर अनुदान दिया जाता है।

निस्सहाय-गृह, फिर भी बेहतर स्थिति में हैं। उनके कुल व्यय का 90 प्रतिशत अंश केन्द्रीय सरकार द्वारा वहन किया जाता है तथा प्रत्येक यूनिट (एक यूनिट में 25 बच्चे होते हैं) को रु. 28,215/- का वार्षिक अनुदान दिया जाता है। वर्ष 1980-81 में 30 संगठनों ने अनुदान हेतु आवेदन प्रस्तुत किया जिनमें से केवल 10 आवेदन स्वीकृत हुए। वर्ष 1981-82 में कुल सोलह संगठनों ने आवेदन किया परन्तु एक भी संगठन को अनुदान नहीं दिया गया। अनुदान के आवंटन में भ्रष्टाचार तथा लालफीताशाही के स्पष्ट प्रमाण हैं। अनाथाश्रमों को मिलने वाली बड़ी अनुदान राशियों के तथ्य के बावजूद इनमें भारी दुर्व्यवस्था है तथा बच्चों को शोषण किया जाता है। श्रीराम औद्योगिक अनाथालय, लखनऊ के कमरे गन्दे तथा स्वास्थ्य के लिए हानिकर हैं । भंडार गृह में खाद्य सामग्री बिना ढकी रखी रहती है साथ ही उसकी देखभाल करने वाला भी कोई नहीं होता है । इसके परिणाम स्वरुप बीमारीयां फैलती है । अंजुमन इस्लाहुल मुसलमान मुमताज अनाथाश्रम, लखनऊ एक जीर्ण शीर्ष भवन में स्थित है जिसकी मरम्मत सन् 1908 के पश्चात् आज तक नहीं की गई है। कमरे खंडहर की शक्ल में हैं। गद्दे न सिर्फ बेहद गंदे बल्कि तार-तार हालत में हैं तथा दीवारों व भीतरी छतों पर मकड़ी के जाले लटके पड़े हैं। बच्चों के लिए न पंखा है,

न बल्ब, न खेल है न खिलौने। जब एक दिन में दोपहर 12.30 बजे हिन्दु अनाथालय, कानपुर पहुंचा तो मैंने देखा कि उस दिन खाना नहीं बनाया जा रहा था। जब मैंने अनाथाश्रम की संरक्षिका से इस बाबत पूछा तो उसने बड़े ही रुखेपन के साथ जवाब दिया कि, "आज व्रत का दिन है।" उसने बाद में बयान बदलते हुए कहा कि आज किसी व्यक्ति ने बच्चों को दोपहर के भोजन के लिए बाहर बुलाया है।

दोशार वैश्य बाल सदन, कानपुर टूटी-फूटी हालत में है जहां बाथरूम तक नहीं है। गांधी मंदिर, ताकुला, नैनीताल भी इसी प्रकार की टूटी-फूटी हालत में है। हलीम मुस्लिम इस्लाहुल इफ्ताल अनाथालय, मोदाहा की दीवारें मिट्टी की हैं जिसमें बिजली, बाथरूम, शौचालय अथवा डिस्पेंसरी कुछ नहीं है। काशी अनाथालय, वाराणसी का भवन टूट-टूट कर गिर रहा है। कमरों में हफ्तों तक सफाई नहीं की जाती तथा बाथरूम में दरवाजा तक नहीं है। यदि बच्चे किसी छोटी सी बीमारी की चपेट में आ जाएं तो मौत ही एकमात्र इलाज है। गत वर्ष में नीतू नाम की एक लड़की को सिर में हल्की सी चोट लग गई। कुछ दिनों के पश्चात् उसकी मृत्यु हो गई। हजमीदिया यतीमखाना, गोरखपुर में शौचालय तथा स्नानघर कुछ भी नहीं है। दयानन्द अनाथालय, आगरा ने कहा कि हमें अनाथाश्रम के बच्चों से कोई सरोकार नहीं है। सन् 1983 के 25 दिसम्बर को सुखदेव नामक लड़के की मृत्यु रहस्यपूर्ण परिस्थिति में हो गई। एक दिन पूर्व, यह लड़का लड़कियों के अनुभाग में छज्जे पर गेंद वापस लाने गया था। अधिकारियों ने निर्ममता के साथ उसकी पिटाई की ओर 24 घंटे के पश्चात् उसकी मृत्यु हो गई। लगभग पन्द्रह वर्षों के पश्चात् भी स्थिति में सुधार नहीं हुआ है । भविष्य में भी इस स्थिति में तब तक सुधार की संभावना नहीं दिखती जब तक कि बच्चों की हालत में सुधार के इन संगठनों की कोई जबावदेही तय नहीं कर दी जाती। इसके अतिरिक्त प्रशिक्षित तथा मिशन भाव से कार्य करने वाला स्टाफ नियुक्त करना होगा। इस स्टाफ तथा अनाथाश्रम के अन्य सदस्यों के प्रभावी निरीक्षण की व्यवस्था करनी होगी। इन संगठनों के आवश्यक धन तथा संरचना का इंतजाम भी उतना ही जरूरी है। ऐसा नहीं किए जाने की हालत में यह अधिनियम केवल कागजों में सिमटकर रह जाएगा। हां राष्ट्र के कर्णधारों को इससे मानसिक संतुष्टि का आभास अवश्य हो सकेगा कि कानूनी तौर पर जो कुछ भी किया जा सकता था, वह सब किया जा चुका है।

12
केन्द्रीय प्रवर्तन अभिकरण

पुलिस संरचना तथा गठन

पुलिस बल को हमारे देश में लोक व्यवस्था कायम रखने तथा अपराधों के निवारण और संसूचन का उत्तरदायित्व सौंपा गया है। हमारे देश के संविधान के अनुसार लोक व्यवस्था तथा पुलिस राज्य के विषय हैं। अतएव पुलिस के अनुरक्षण तथा नियंत्रण का कार्य राज्यों द्वारा किया जाता है।

किसी राज्य में पुलिस का सर्वोच्च अधिकारी पुलिस महानिदेशक/पुलिस महानिरीक्षक होता है। राज्य को सुविधानुसार क्षेत्रीय प्रभागों में बांटा जाता है। इन प्रभागों को रेंज कहा जाता है। प्रत्येक पुलिस रेंज एक महानिरीक्षक/उप महानिरीक्षक के प्रशासनिक नियंत्रण के अधीन होती है। कई जिलों को मिलाकर एक रेंज बनती है। जिला पुलिस को आगे पुलिस डिवीजनों, सर्किल्स तथा पुलिस स्टेशनों में विभक्त किया जाता है। सिविल पुलिस के अतिरिक्त राज्यों को अपनी सशस्त्र पुलिस तथा पृथक असूचना शाखाएं, न्याय एवं विधि, अपराध शाखाएं इत्यादि भी होती हैं। दिल्ली, कोलकाता, मुंबई, चेन्नई, बेंगलूर, हैदराबाद, अहमदाबाद, नागपुर, पुणे इत्यादि बड़े शहरों में पुलिस संगठन सीधे पुलिस आयुक्त के अधीन होता है। पुलिस आयुक्त को दण्डाधिकारीय अधिकार प्राप्त होते हैं। राज्यों में सभी वरिष्ठ पुलिस पदों पर भारतीय पुलिस सेवा संवर्ग के लोगों की नियुक्ति की जाती है, जिसके लिए अखिल भारतीय आधार पर भर्ती की जाती है। पुलिस कांस्टेबल से पुलिस उपाधीक्षक तक के निम्न पदों की भर्ती, प्रोन्नति तथा संवर्ग नियंत्रण का कार्य राज्य सरकारों द्वारा किया जाता है। यद्यपि पुलिस राज्य का विषय है फिर भी केन्द्र सरकार ने अपने हितों, देश की सीमा की रक्षा के लिए, अपने धन और कर्मचारियों की संलिप्तता वाले मामलों

में जांच पड़ताल के लिए कुछ केन्द्रीय पुलिस बल सृजित किए हैं। इन केन्द्रीय पुलिस बलों का सम्पोषण केन्द्र सरकार द्वारा किया जाता है। केन्द्र सरकार के नियंत्रण वाले संघीय क्षेत्रों के लघु आकार के पुलिस बलों के अतिरिक्त उसके द्वारा सम्पोषित अन्य पुलिस संगठनों का विवरण नीचे दिया गया है।

केन्द्रीय अन्वेषण ब्यूरो (सी.बी.आई.)

केन्द्रीय अन्वेषण ब्यूरो (सी.बी.आई.) को अप्रैल 1963 में यह नया नाम दिया गया था। पहले इस संगठन को विशेष पुलिस संगठन के नाम से जाना जाता था। केन्द्रीय अन्वेषण ब्यूरो दिल्ली विशेष पुलिस संगठन अधिनियम 1946 के अधीन कार्य कर रहा है। सन् 1963 में केन्द्रीय अन्वेषण ब्यूरो के सृजन के पश्चात् इस संगठन (इन्टरपोल) के अधीन भारत के लिए राष्ट्रीय केन्द्रीय ब्यूरो की भूमिका जोड़कर इसका कार्यक्षेत्र व्यापक कर दिया गया। राष्ट्रीय केन्द्रीय ब्यूरो, इन्टरपोल तथा अन्य देशों की पुलिस के साथ समन्वय के लिए, देश के समस्त पुलिस बलों की ओर से समन्वय अभिकरण है। सी.बी.आई. ही अनेक राज्यों की ओर से, विश्व के अन्य देशों के साथ मामलों का उत्तरदायित्व संभालती है। सी.बी.आई. अन्तर्राष्ट्रीय अपराधों में लिप्त अपराधियों का अनुक्रमांकित अभिलेख रखती है तथा उनकी अंगुलियों के निशान का सत्यापन विभिन्न विदेशी राष्ट्रीय अपराध ब्यूरो से कराती है। यह इन्टरपोल तथा अन्य देशों से अन्य पुलिस बलों से प्राप्त सूचनाओं को देश में विभिन्न प्रवर्तन अभिकरणों तक पहुंचाती है।

केन्द्रीय अन्वेषण ब्यूरो अपने विशेष पुलिस संगठन प्रभाग के माध्यम से केन्द्र सरकार का प्रधान अन्वेषण अभिकरण है। यह केन्द्र सरकार और इसके नैगम उपक्रमों के रोजगार में संलग्न सरकारी सेवकों द्वारा कदाचार के मामलों के अन्वेषण से सम्बद्ध है। यह केन्द्र सरकार अथवा किसी निगम अथवा निकाय जिसका गठन केन्द्र सरकार द्वारा किया गया हो तथा जिसका वित्तीयन भी उसके द्वारा किया जाता हो के हित से जुड़े मामलों को भी देखता है। इसके द्वारा केन्द्रीय कानूनों के उल्लंघन से संबंधित ऐसे मामलों का भी अन्वेषण किया जाता है जिनके प्रवर्तन में केन्द्रीय सरकार की रुचि हो। यह केन्द्र सरकार के अनुरोध पर अथवा संवैधानिक न्यायालयों अर्थात उच्च न्यायालयों तथा सर्वोच्च न्यायालय के आदेश पर अन्तर-राज्य अथवा अन्तर-राष्ट्रीय शाखाओं के धारक पेशेवर अपराधियों के संगठित गिरोहों द्वारा किए गए अपराधों, ठगी, धोखाधड़ी और गबन के बड़े मामलों का भी अन्वेषण करता है। केन्द्रीय अन्वेषण ब्यूरो

उपरोक्त अपराधों के अन्वेषण हेतु अधिकार दिल्ली विशेष पुलिस संगठन अधिनियम, 1946 से प्राप्त करता है।

भारत-तिब्बत सीमा पुलिस (आई टी बी पी)

भारत तिब्बत सीमा पुलिस का गठन भारत पर चीनी आक्रमण के पश्चात् अक्तूबर 1962 में किया गया था। भारत तिब्बत सीमा पुलिस को निम्नलिखित भूमिका निर्धारित की गई है:–

1. भारत की चीन के साथ लगने वाली सीमाओं की सुरक्षा तथा सीमा क्षेत्रों में रहने वाले लोगों के बीच सुरक्षा की भावना विकसित करना।
2. सीमा पार अपराधों, तस्करी, भारत में अनधिकृत प्रवेश अथवा भारतीय क्षेत्र से अनधिकृत रूप से बाहर जाना और अन्य गैर-कानूनी गतिविधियों को रोकना।
3. संवेदनशील संस्थापनों, बैंकों, सुरक्षा जोखिम वाले व्यक्तियों को सुरक्षा उपलब्ध कराना।
4. किसी क्षेत्र में गड़बड़ी होने की स्थिति में वहां व्यवस्था बहाल करना, तथा कायम रखना।

भारत तिब्बत सीमा पुलिस की कुल 29 बटालियन हैं जिनमें चार विशेषज्ञ बटालियन हैं। इसके तीन प्रशिक्षण संस्थान तथा छह क्षेत्रीय मुख्यालय हैं। प्रत्येक क्षेत्रीय मुख्यालय में उप-महानिरीक्षक सर्वोच्च अधिकारी होता है। भा. ति. सी. पु. के जवान भारत-तिब्बत सीमा पर कराकोरम दर्रा (जम्मू-कश्मीर के लद्दाख में) से भारत-तिब्बत-नेपाल सीमा के त्रि-जंक्शन पर लिपुलेख दर्रा तक ऊंचाई बाले दुर्गम पहाड़ी क्षेत्रों में तैनात हैं। भा. ति. सी. पु. पवित्र कैलाश-मानसरोबर के यात्रियों को सुरक्षा प्रदान करती है तथा उनको चिकित्सा एवं संचार सेवा मुहैया कराती है। अपनी परिभाषित भूमिका के अतिरिक्त भा. ति. सी. पु. को अपारम्परिक युद्ध स्थिति, विद्रोह दमन, आतंकवाद विरोधी कार्रवाई तथा पर्वतीय युद्ध कौशल में महारथ हासिल है। उपरोक्त के अलावा यह वी वी आई पी/वी वी आई पी व्यक्तियों की सुरक्षा, चुनाव ड्युटी, बचाव व राहत कार्य, नक्सलवादी विरोधी कार्रवाई इत्यादि जैसे अन्य विभिन्न दायित्वों का निष्पादन करती रही है। भा. ति. सी. पु. पर्वतारोहण, स्कीइंग तथा रिवर-राफ्टिंग कौशल के लिए भी विख्यात है। भा. ति. सी. पु. के अधिकारी और जवान विश्व की सबसे ऊंची पर्वत चोटी एवरेस्ट को चार बार फतह कर चुके हैं। यह जब-तब रिवर-राफ्टिंग अभियान भी संचालित करती रहती है।

सीमा सुरक्षा बल (बी. एस. एफ.)

सन् 1965 में गठित सीमा सुरक्षा बल (बी एस एफ) को भारत की अंतर्राष्ट्रीय सीमाओं पर स्थायी चौकसी का कार्यदायित्व सौंपा गया है। वर्तमान समय में सीमा सुरक्षा बल की 157 बटालियन हैं जो पर्वतों, दुर्गम मरुस्थलों, नदी क्षेत्रों तथा दलदल वाले क्षेत्रों से युक्त कुल 6475.7 कि.मी. लम्बी अंतर्राष्ट्रीय सीमाओं की अहर्निश चौकसी करती हैं। सीमा सुरक्षा बल को सीमा क्षेत्रों में रहने वाले लोगों में सुरक्षा की भावना विकसित करने, सीमा-पार से होने वाली तस्करी, अवैध सीमा पार आना/जाना, और अन्य गैर-कानूनी गतिविधियों को रोकने की भूमिका सौंपी गई है।

असम रायफल्स

असम रायफल्स जो 166 वर्ष से अधिक पुराना संगठन है हमारे देश का सबसे पुराना अर्द्धसैनिक बल है। सन् 1835 में कचार लेवी के रूप में गठित असम रायफल्स की अब 31 बटालियन हैं। भारत के पूर्वोत्तर तथा अन्य स्थानों पर घुसपैठ विराधी कारवाई संचालित करने वाले इस बल को भारत-तिब्बत तथा भारतम्यांमार सीमा की सुरक्षा का मुल दायित्व सौंपा गया है । असम रायफल्स को पूर्वात्तर का सन्तरी तथा पर्वतीय लोगों का मित्र भी कहा जाता है।

राष्ट्रीय सुरक्षा गार्ड्स (एन. एस. जी.)

राष्ट्रीय सुरक्षा गार्ड्स का गठन आतंकवादियों, अहर्ताओं, तोड़फोड़ की कार्रवाई में लिप्त लोगों, वी आई पी सुरक्षा, विमान अपहरण विरोधी कार्रवाई तथा बंधकों की रिहाई इत्यादि के वास्ते किया गया है। यह बल एक उच्च प्रशिक्षित तथा अभिप्रेरित बल है जिसका गठन विशेष रूप से देश के अन्दर उपरोक्त गतिविधियों से कारगर ढंग से निपटने हेतु किया गया है। यह राज्य पुलिस के कमान्डो जवानों को प्रशिक्षण देकर आतंकवादी विरोधी कार्रवाई की उनकी क्षमता तथा बम खेजी/निष्क्रिय करने संबंधी कार्रवाई की क्षमता में वृद्धि करता है।

केन्द्रीय रिजर्व पुलिस बल (सी आर पी एफ)

केन्द्रीय रिजर्व पुलिस बल देश की आन्तरिक सुरक्षा व्यवस्था हेतु भारत संघ का सशस्त्र बल है। इस बल का गठन 1939 में क्राउन रेप्रेजेन्टेटिव्स पुलिस के रूप में किया गया था और 1949 में इस बल को केन्द्रीय रिजर्व पुलिस बल

का नया नाम दिया गया था। के. रि. पु. ब. की 137 बटालियनों, पांच सिगनल बटालियनों तथा एक 'स्पेशल ड्यूटी ग्रुप' में कुल 1,67,368 कार्मिक हैं। केन्द्रीय रिजर्व पुलिस बल के पास अन्य केन्द्रीय बलों की भांति स्वतंत्रतापूर्वक कार्रवाई करने का कानूनी अधिकार नहीं है। राज्यों के अनुरोध पर जब कभी इस बल की तैनाती किसी राज्य में की जाती है तो यह बल कानून एवं व्यवस्था कायम रखने अथवा अन्य कार्यों में राज्य पुलिस की सहायता मात्र करती है। राज्य सरकारों को केन्द्रीय बलों के उपयोग हेतु भुगतान करना पड़ता है। चाहे राज्य द्वारा इस बल का उपयोग आतंकवादियों जैसे राष्ट्र-विरोधी तत्वों से लड़ने अथवा निर्वाचन और कानून एवं व्यवस्था जैसे राष्ट्रीय उद्देश्य के लिए किया जा रहा हो।

सिविल डिफेन्स

सिविल डिफेंस का उद्देश्य शत्रुतापूर्ण आक्रमण की स्थिति में नागरिकों की जीवन रक्षा, सम्पत्ति की क्षति न्यूनतम स्तर तक रखना और औद्योगिक उत्पादन की निरंतरता बनाए रखना है। राज्यों को सिविल डिफेंस हेतु केन्द्रीय वित्तीय सहायता केवल वर्गीकृत नगरों तक सीमित है। सिविल डिफेंस की व्यवस्था, न्यूनतम वेतन के स्टाफ तथा प्रतिष्ठान के सिवाय, स्वैच्छिक आधार पर की जाती है। आपात स्थितियों में यह वेतन बढ़ा दिया जाता है। वर्तमान में सिविल डिफेंस की गतिविधयां 32 राज्यों/संघ क्षेत्रों में 225 वर्गीकृत नगरों तक सीमित हैं। सिविल डिफेंस स्वयंसेवकों का वर्तमान लक्ष्य 9.29 लाख है जिनमें से 4.66 लाख स्वयंसेवक भर्ती किए जा चुके हैं तथा उनको प्रशिक्षित भी किया जा चुका है।

नेशनल सिविल डिफेंस कालेज, नागपुर जो गृहमंत्रालय का प्रशिक्षण संस्थान है सिविल डिफेंस तथा आपदा राहत प्रबंधन में विभिन्न पाठ्यक्रम संचालित करता है।

होम गार्ड्स

होम गार्ड्स एक स्वयंसेवी बल जिसका सर्वप्रथम बार गठन भारत में दिसम्बर 1946 में किया गया था। होम गार्ड्स का गठन सिविल अव्यवस्था तथा सांप्रदायिक दंगों के नियंत्रण में पुलिस की सहायता के उद्देश्य से किया गया था। बाद में स्वयंसेवी नागरिक बल की अवधारणा कई राज्यों द्वारा अपनाई गई थी। केन्द्र सरकार ने सन् 1962 में चीनी आक्रमण के पश्चात्, राज्यों तथा संघ क्षेत्रों

को अपने विद्यमान स्वयंसेवी संगठनों का विलय कर एक एकरूप स्वयंसेवी बल (होम गार्ड्स) बनाने की सलाह दी। होम गार्ड्स का कार्य बाढ़, अग्निकांड, तूफान, भूकम्प, महामारी इत्यादि आपात् स्थिति में समाज की सेवा के लिए पुलिस के सहायक के रूप में काम करना है। यह आवश्यक सेवाओं को कायम रखने तथा सिविल डिफेंस कार्यों में भी सहायता करता है। होम गाडर्स दो प्रकार के होते हैं– ग्रामीण होम गार्ड्स तथा शहरी होम गार्ड्स। सीमान्त राज्यों में बार्डर विंग होम गार्ड्स बटालियन भी गठित की गई हैं जो सुरक्षा बलों के सहायक के रूप में कार्य करती हैं। देश में कुल 5,73,793 होम गार्ड्स है जिनमें से 4,40,994 होम गार्ड्स गठित हैं। यह संगठन केरल को छोड़कर सभी राज्यों तथा संघ क्षेत्रों में फैला हुआ है।

होम गार्ड्स राज्यों/संघ क्षेत्रों के होम गार्ड्स अधिनियम तथा नियमावलियों के अधीन बनाए जाते हैं। इनको जनता के विभिन्न वर्गों जैसे डाक्टर, इंजीनियर, वकील, शिक्षक, पेशेवर लोग, सरकारी सेवक, सार्वजनिक तथा निजी-क्षेत्र के संस्थानों के कर्मचारी, वरिष्ठ छात्र, कृषि और उद्योग कर्मियों इत्यादि में से की जाती है।

अग्नि शमन सेवा

अग्नि शमन राज्य का विषय है तथा अग्नि शमन सेवा की व्यवस्था राज्यों/संघ क्षेत्रों द्वारा की जाती है। गृह मंत्रालय द्वारा राज्य/संघ क्षेत्रों तथा राज्यों अग्नि शमन सेवा के संबंध में केन्द्रीय मंत्रालयों को तकनीकी सलाह उपलब्ध करायी जाती है। सन् 1998 के प्रारंभ में उपलब्ध आंकड़ों के अनुसार देश में कुल 2029 दमकल केन्द्र हैं जिनकी व्यवस्था 66,152 पेशेवर कर्मियों द्वारा की जाती है।

केन्द्रीय औधोगिक सुरक्षा बल

केन्द्रीय औद्योगिक सुरक्षा बल की स्थापना सन् 1969 में सरकार के औद्योगिक उपक्रमों की सुरक्षा के उद्देश्य से की गई थी। स्थापना के समय बल में कुल 3000 कर्मिक थे जिनकी संख्या बढ़कर अब 94,715 हो गई है। केन्द्र सरकार के औद्योगिक काम्प्लेक्सों में तैनात कर्मिकों तथा सम्पत्ति दोनों को आधुनिकतम सुरक्षा उपलब्ध कराने का उत्तरदायित्व इस बल को सौंपा गया है। यह बल के. औ. सु. ब. अधिनियम, 1968 तथा के. औ. सु. ब. नियमावली, 1969 के अधीन कार्य करता है। फिलहाल के. औ. सु. ब. के जवान 13,233

सार्वजनिक क्षेत्र के उपक्रमों में तैनात हैं। हाल में, विमानपत्तनों तथा केन्द्र सरकार के मंत्रालयों की सुरक्षा का दायित्व भी इस बल को सौंपा गया है।

पुलिस प्रशिक्षण संस्थान

सरदार वल्लभभाई पटेल राष्ट्रीय पुलिस अकादमी

सरदार वल्लभभाई पटेल राष्ट्रीय पुलिस अकादमी हमारे देश में अग्रणी पुलिस प्रशिक्षण संस्थान है। यह संस्थान भारतीय पुलिस सेवा (आई.पी.एस.) अधिकारियों को प्रारंभिक तथा सेवा काल के दौरान प्रशिक्षण प्रदान करता है। इस अकादमी की स्थापना सन् 1948 में राजस्थान के माउण्ट आबू में की गई थी। बाद में 1975 में यह अकादमी हैदराबाद स्थानांतरित कर दी गई। अकादमी में विभिन्न प्रशिक्षण कार्यक्रम संचालित किए जाते हैं। इनमें से कुछ प्रमुख कार्यक्रम निम्नानुसार है:–

भारतीय पुलिस सेवा के परिवीक्षार्थियों हेतु प्राथमिक पाठ्यक्रम, भारतीय पुलिस सेवा के कनिष्ठ, माध्यमिक तथा शीर्ष स्थर के अधिकारियों हेतु अन्तर-सेवा प्रवंधन पाठ्यक्रम, राज्य पुलिस सेवा के अधिकारियों हेतु प्रवेश प्रशिक्षण पाठ्यक्रम, भारतीय पुलिस सेवा हेतु प्रशिक्षकों का प्रशिक्षण तथा प्रशिक्षण प्रशसकों का पाठ्यक्रम, भा. पु. से. के. अधिकारियों के लिए शीर्ष-अन्योन्य क्रिया पाठ्यक्रम, भारतीय प्रशासनीक सेवा के अधिकारियों के लिए शिर्षतः एकीकृत प्रशिक्षण कार्यक्रम, तथा भा. प्र. से., भा. पु. से. और न्यायिक सेवा के वरिष्ठ अधिकारियों हेतु अल्पावधि-विशेषीकृत पाठ्यक्रम, संवाद गोष्ठियां तथा कार्यशालाएं। अकादमी पुलिस संबंधी विषयों पर अध्ययन और अनुसंधान को भी प्रोत्साहन देती है।

राष्ट्रीय अपराधविज्ञान तथा न्यायिकविज्ञान संस्थान

राष्ट्रीय अपराध-विज्ञान तथा न्यायिक-विज्ञान संस्थान, नई दिल्ली की स्थापना सन् 1972 में अपराध विज्ञान तथा न्यायिकविज्ञान में अनुसंधान और प्रशिक्षण के उद्देश्य से की गई थी। यह संस्थान दण्ड व्यवस्था के कार्यकर्ताओं के लिए एकीकृत अन्तर-सेवा प्रशिक्षण कार्यक्रम संचालित करता है। अपने देश के सरकारी विभागों तथा सार्वजनिक क्षेत्र उपक्रमों के अधिकारियों के अतिरिक्त पड़ोसी देशों के अधिकारी भी अल्पावधि तथा दीर्घावधि के अनुकूलन/अंतर्राष्ट्रीय/व्यावसायिक पाठ्यक्रमों के लिए इस संस्थान में आते हैं। यह संस्थान अपराध-विज्ञान तथा न्यायिक-विज्ञान के क्षेत्र में संदर्भ केन्द्र है।

परिशिष्ट – 1

भारत में पुलिस स्थापना संविधान से संबंधित विज्ञप्ति

विज्ञप्ति

पुलिस आयोग

प्रति,

सचिव, गृह विभाग, भारत सरकार

महाशय,

1. हमें यह बताने का सम्मान हासिल हुआ है कि भारत भर की पुलिस स्थापनाओं के संविधान से संबद्ध 17 अगस्त के सरकारी संकल्प पत्र के प्राप्ति के तुरंत बाद हमने उस संदर्भ पत्र में निर्धारित मुद्दों साथ ही वह संकल्प पद जिन मुद्दों को अपना विषय बनाता है, मेमोरेंडम में प्रस्तुत उन तमाम सिद्धांतों पर विचार करना शुरू कर दिया है।

2. उन अनुदेशों के उद्देश्य दोहरे प्रतीत होते हैं जो निम्नलिखित हैं –

   (क) हमें सभी विद्यमान पुलिस स्थापनाओं से सूचनाएं एकत्रित कर उसकी तुलना करनी चाहिए।

   (ख) हमें कुछ निर्धारित मूल सिद्धांतों से व्यापक तादात्म्य रखते हुए सुधारों एवं बेहतरी के सुझाव देनी चाहिए।

3. हमने विषय के पहले भाग से संबद्ध राष्ट्रपति कार्यालय में उपलब्ध तमाम विद्यमान पुलिस स्थापनाओं के बारे में सूचना एकत्र किया तथा पूरे विवरण के साथ ऐसे आंकड़ों तथा तथ्यों की प्राप्ति के लिए आवश्यकतानुसार स्थानीय सरकारों से संदर्भ लिए हैं।

4. दूसरे शिर्षक के प्रसंग में जो वास्तव में एक बड़ी कठिनाई तथा परेशानी अत्यधिक महत्व का प्रतीत होता है हमें ऐसे निर्णय पर पहुंचना वांछनीय लगा तथा जिसे प्रारूपित कर पाने में हम सक्षम थे क्योंकि हमारे दो साथी कर्नल पायरे तथा श्रीमान रॉबिन्सन जो बस कलकत्ता निकलने वाले हैं हमारे विमर्श में अभी भी उपस्थित थे।

5. पुलिस संगठन से संबद्ध विभिन्न मसलों पर परिपक्वता से तथा सावधानीपूर्वक विचारोंपरांत अंग्रेजी तथा आयरिश पुलिस प्रणालियों की तथा वहां की विभिन्न प्रांतों आवश्यकताओं एवं वातावरण के समीक्षा कर तुलना करने के पश्चात हमारे आयोग के वरिष्ठ सदस्य सर्वसम्मति से इस निष्कर्ष पर पहुंचे की, सिद्धांत, प्रणाली और कार्य करने के तरीका से परिपूर्ण एक अच्छी सुव्यवस्थित पुलिस प्रणाली संपूर्ण भारत के लिए गठित करना चाहिए। इन निष्कर्षों को हम अपने प्रस्ताव के क्रम में शामिल किए; हम एक कानून भी बनाएगे, प्रस्ताव सरकार द्वारा अनुमोदित होने की स्थिति में, हम इसे विधानमंडल में अनुशंसा के लिए सौपेंगे।

6. अब हमें अपने प्रारूपित कानून एवं प्रस्तावों की प्रतियाँ, जो आयोग के सभी सदस्यों द्वारा हस्ताक्षरित है को संलग्न करते हुए गौरवान्वित हो रहे हैं। हम जल्दी हीं इन संपूर्ण दस्तावेजों को महामहिम के विचार के लिए गवर्नर जेनरल की परिषद में प्रस्तुत करेंगे क्योंकि पहले ही कहा गया है कि हमारे दो सहयोगी जाने वाले हैं और क्योंकि हमारे कार्य वर्तमान में काफी आगे हैं इसलिए हम आशा करते हैं कि दिए हुए कारण भविष्य के हमारी जाचों को निर्देशित करेगी।

7. अपने प्रस्तावों की रूपरेखा तैयार करते समय हम मेमोरेंडम में दिए गए विभिन्न सिद्धांतों का पर्याप्त सम्मान करते हैं, हम अंग्रेजी एवं आयरिश पुलिस के मुख्य सिद्धांतों एवं प्रणालियों पर विचार किए। हमें कलकत्ता और मद्रास पुलिस द्वारा प्राप्त परिणामों से काफी सहायता मिलेगा। हम संपूर्ण भारत के लिए व्यावहारिक योजना के तहत एक वास्तविक तथा प्रभावशाली पुलिस व्यवस्था गठित करने का प्रयास करेंगे, इसके प्रारंभिक मूल संविधान की रचना में सभी आवश्यक बिन्दुओं पर विचार विमर्श किया जाएगा। हमें आशा है कि हमारा प्रस्ताव स्वयं बोलेगा जिससे हमें इस प्रस्ताव का मूल सरकार को समझाने में कोई कठिनाई नहीं होगी। यहां यह बताना आवश्यक होगा की हमारा उद्देश्य एक असैन्य पुलिस बल का गठन है, इसे इस प्रकार संगठित किया जायेगा जिससे देश की आंतरिक

प्रशांति सभी परिस्थितियों में स्थापित रहे, तथा इसमें जनजीवन / संपत्तियों सहित की रक्षा की शक्ति हो, अपराध एवं अपराधियों का पता लगा सकें, जेलों तथा सरकारी संपत्तियों, खजाना, तथा खजांचीयों को सुरक्षा मुहैया करा सके तथ सैन्य दफ्तरों, भवनों और उनसे संबद्ध संपत्तियों की सुरक्षा जैसे सभी नागरिक दायित्वों का सफलतापूर्वक निर्वाह कर सकें। हम सभी उपर्युक्त दायित्वों का निर्वाह करने के लिए स्वतंत्र विभागीय दस्ता को प्रस्तावित करेंगे। हम विभिन्न पुलिस स्थापनाओं के विकल्प के रूप में ऐसे एक दस्ता बनाने का सुझाव देंगे ताकि इसकी कार्यशैली एवं सिद्धांतों के द्वारा सभी विभागों एवं वित्तीय संस्थाओं पर वास्तविक नियंत्रण स्थापित किया जा सके। वर्तमान परिवेश में भारतीय एकता एवं अखंडता को बनाए रखने का यही एक मात्र उपाय है। हम ऐसे दस्तों का उपयोग सभी सरकारी अधिकारियों की सुरक्षा, दण्डाधिकारियों के लिए अपराध एवं अपराधियों पर नियंत्रण के लिए एक प्रभावशाली उपाय तथा जिला प्रशासन में जिलाधिकारी के नियंत्रण में जिला में व्याप्त अपराधों की रोकथाम की व्यवस्था करेगा। हमारा उद्देश्य संतुष्टि के आधार पर पुलिस अधिकारियों एवं दण्डाधिकारियों के मध्य संबध स्थापित कर उनमें आपराधिक गतिविधियों की रोकथाम की जिम्मेवारी निहित करना है, और दूसरी तरफ उस पद पर पुलिस अधिकारियों की सुरक्षा को सुनिश्चित कर अगर आवश्यकता हुई तो उस परिस्थिति में हम उनका पूरा ध्यान रखेंगे एवं उनकी दक्षता एवं कार्य कुशलता के लिए उन्हें अन्य अतिरिक्त उत्तरदायित्वों से मुक्त कर देंगे।

8. हमारा यह प्रयास होगा कि सैन्य पुलिस और नवगठित दस्ता के कर्तव्यों को अलग-अलग परिभाषित कर दें और हमारा यह लक्ष्य भी है कि न्यायिक एवं पुलिस कर्तव्यों को प्रचलित परिस्थितियों में व्यवहार्य सिद्धांतों के अंतर्गत अलग-अलग विभाजित कर दें।

9. हम इस असैन्य पुलिस दस्ता द्वारा किए जाने वाले विभिन्न कर्तव्यों को विस्तारपूर्वक निर्धारित करते समय सावधान रहेंगे। हम इस विषय पर सैन्य वित्त आयोग से संपर्क कर सहायता मांगेगे और उनके जवाब की एक प्रति जिससे हम शत प्रतिशत सहमत होंगे संग्लग्न कर सरकार के विचारर्थ प्रस्तुत करने का जोखिम लेंगे।

10. इस कानून के प्रारूप को हम ब्रिटिश एवं आयरिश पुलिस कानूनों के आधार पर प्रारूपित करेंगे जहां तक वह भारत में स्वीकार्य हो, इस संदर्भ में हम मद्रास पुलिस अधिनियम और कलकत्ता पुलिस अधिनियम से भी सहायता लेंगे।

11. समग्रतः हम यह कह सकते हैं कि अधिनियम एवं सिद्धांत के प्रस्ताव अंग्रेजी सिद्धांत पर उपबंधित हैं, जिसकी सफलता अधिक से अधिक दृष्टिगत होगा तथा कार्यवाही बहुत अधिक विस्तारित होगी। हमें विश्वास है कि वे भारतीय ब्रिटिश प्रांत के सभी भागों पर कार्यान्वित होगा। और विशिष्ट रूप से सभी प्रांतों में जहां हमारे कुछ सदस्य इस पर ध्यान रखेंगे। हम अत्यधिक विश्वास तथा सच्चाई के साथ इस निष्कर्ष पर पहुंचे हैं; क्योंकि इस सिद्धांत का वास्तविक तौर पर परिक्षण मद्रास प्रांत में हो चुका है जिसका परिणाम काफी उत्साहवर्द्धक था।

12. हम महारानी सरकार द्वारा प्रेषित 6 जुलाई का पत्र जो पुलिस संविधान पर था उस पर भी पूरे सम्मान के साथ विचार करेंगे। हम अपने प्रस्तावों को उनमें निहित सिद्धांतों के आधार पर रखेंगे और प्राप्त विचारों के आधार पर हमारी इच्छा है कि हम निम्नलिखित प्रेक्षणों को विचारार्थ प्रस्तुत करेंगे।

13. अनुच्छेद 4 से 7 महारानी सरकार के डाक सहित हमें साफ तौर पर पूर्व प्रचलित असैन्य तत्वों को इस पुलिस संविधान में संग्रहित करना चाहिए जो अभी वास्तव में सुस्पष्ट विद्यमान है और जो महारानी सरकार द्वारा अनुमोदित है। इन बिन्दुओं के संबंध में तब हम अपने प्रस्तावों पर विश्वास कर एवं स्वयं को उस अवस्था में पूरी तरह व्यवस्था देने में सफल हो पाएंगे। सैन्य बलों से पूरी तरह भिन्न, हम पूर्णत असैन्य संगठित दस्ता बनाने का प्रस्ताव करेंगे, असैन्य सरकार की सहायक और जो दण्डाधिकारियों को सभी नागरिक दायित्वों से मुक्त कर सके और वो सभी कार्य जो पूर्व अनुच्छेदों में कहा गया है, पूरी ताकत और सशक्तता के साथ देश में सामान्य पुलिस बल का कार्य का प्रदर्शन करते हुए रेलिफ प्रदान किया जाता है वे रेलिफ नए दस्ते को नहीं चाहिए।

14. यह स्पष्ट है कि जो पुलिस दस्ता सच्चे ढंग से सभी कार्य करे उसे पूर्ण रूपेण संगठित करना अत्यावश्यक है इसलिए हम सभी को एक पूर्ण संगठित सिपाही से लेकर महानिरिक्षक तक उपलब्ध कराएंगे। आगे हम इस पूरी व्यवस्था को एक यूरोपियन अधिकारियों की देखरेख में उपलब्ध कराएंगे। जहां तक हमारा विश्वास है कि इस असैन्य पुलिस बल की आवश्यकता प्रचलित पुलिस व्यवस्था में कमियों का कारण है। यह निश्चित है कि देश के कल्याण और खुशहाली के लिए यह दस्ता प्रतिदिन अपने महत्वपूर्ण कर्तव्यों का निर्वहन दक्षतापूर्वक करेगी तथा यह भी निश्चित है कि इन्हीं कर्तव्यों का निर्वहन भारत में प्रचलित सैन्य एवं

असैन्य दस्ता उतनी दक्षतापूर्वक नहीं कर सकती और हम इस बारे में आश्वस्त हैं कि इस तरह के संगठन बनाने में कोई कमी नहीं है जैसा हमने प्रस्तावित किया है, यह हमारे अभिष्ट उपलब्धियों एवं उद्देश्यों को प्राप्त करने में सहायक होगा।

15. तत्पश्चात संबंधित विषय के आलोक में गंभीरता के साथ असैन्य कर्तव्यों को देखते हुए किसी अन्य विचारों का ध्यान किए बिना हमने एक असैन्य पुलिस बल का गठन किया जैसा हमने प्रस्तावित किया था जो निश्चित ही अति आवश्यक था, अगर सैन्य पुलिस की नियुक्ति असैन्य कार्यों में और देशीय टुकड़ियों की नियुक्ति शांति काल में असैन्य कार्यों में कर दिया जाय या नहीं–किसी भी परिस्थिति के अन्तर्गत कार्य के लिए एक संगठित असैन्य दस्ता आवश्यक है।

16. यदि इस समय इस प्रकार का एक पुलिस दस्ता संगठित हो जाय जैसा हमें विश्वास है तब यह प्रश्न उठेगा की अतिरिक्त पुलिस बल का गठन आवश्यकता है या ऐच्छिक।

17. यहां इस प्रकार की सैन्य पुलिस की आवश्यकता नहीं है इस बारे में हमें कोई संदेह नहीं। वह मद्रास प्रांत में आवश्यक नहीं पाया गया और वहां संगठित पुलिस दस्ता के गठन तक कोई नियुक्ति नहीं हुई। उत्तर पश्चिम प्रांतों में सैन्य पुलिस बल के बहुत से प्राधिकारियों द्वारा इसका गंभीर विरोध किया गया वे प्रांत इनके कार्यों को बहुत प्रतिबंधित रखा। पंजाब में हमें विश्वास है कि असैन्य संगठित दस्ता और सैन्य पुलिस का समामेलन अपेक्षित है, हम यह प्रस्तावित करेंगे कि नए संगठित दस्ता को उचित ढंग से प्रशिक्षित एवं अनुशाषित होना चाहिए; उनके प्रशिक्षण को लगातार जारी रखना चाहिए। जिससे वे सभी कार्यों जैसे कोषागारों, कारागारों तथा अनुरक्षक के अपने दायित्वों का पालन कर सकें तथा सभी सामान्य अवरोधों को कुचल दें जबकि वास्तव में ऐसे कार्य सैन्य दस्ता द्वारा देखा जाता है।

18. सैन्य पुलिस की अवधारणा असैन्य पुलिस टुकड़ी के गठन के पश्चात पूरा कर लिया जाएगा यह ऐच्छिक नहीं पूर्ण विश्वास पर आधारित होगा। यह स्पष्टतः बहुत खर्चीला है, आदमियों की बड़ी संख्या जो वस्तुत सैनिक है राजनीतिक अवरोध इस बड़े संख्यात्मक बल को बनाए रखने के लिए बाध्य होगा। वित्तीय संकट के बावजूद भी हमें इस विशिष्ट फोर्स के गठन का जोखिम लेने के लिए तैयार रहना होगा अगर असैन्य पुलिस दस्ता पूरी

ताकत से संगठित करना है (जिसका हमें पूर्ण विश्वास है) तब हमें विचारणीय खर्च को प्राप्त करना जरूरी होगा क्योंकि इनके वेतन, हथियार तथा इनके नियंत्रण एवं निरीक्षण के लिए ऊपर वर्णित यूरोपियन अधिकारियों का खर्च विद्यमान है। तब यह प्रश्न स्वयं उपस्थित होगा कि यह खर्च कैसे व्यवस्थित हो? अगर सैन्य पुलिस व्यवस्था को कम या धीरे-धीरे क्रमशः समाप्त किया जाय तो इसके द्वारा एक बड़ा बचत प्राप्त होगा संगठित होने वाली असैन्य पुलिस दस्ता के लिए यह डूबते को तिनका का सहारा होगा। लेकिन अगर नवगठित असैन्य दस्ता और सैन्य पुलिस दोनों को बनाए रखा जाता है तो दोनों का खर्च एक साथ चला पाना मुश्किल होगा।

19. अगर किसी तरह संगठित पुलिस दस्ता सैन्य पुलिस का कार्य कर सके तो मिलिट्री पुलिस की समाप्ति के लिए या संगठित दस्ता के साथ समलित करने के लिए प्रत्येक वित्तीय कारण अन्य सभी कारणों से अलग होंगे। हमें विश्वास है कि संगठित दस्ता सुरक्षा एवं गार्ड से संबंधित कार्य करने तथा सामान्य आशांतियों के उन्मूलन के लिए सक्षम होगा जो अभी सैन्य पुलिस द्वारा किया जाता है और अब असैन्य कार्यों से संबंद्ध कार्यों जहां सैन्य पुलिस आवश्यक होती थी। हमें विश्वास है कि विश्वसनीय प्राधिकारी अब इससे सहमत होंगे की संगठित दस्ता पर्याप्त है। अतः यह स्पष्टतः कहा जा सकता है कि स्थानापन्न संगठित असैन्य पुलिस के लिए एक सैनिक जो देशीय सिपाही है अगर पूर्व कार्य कर सकता है तो उसे करने के लिए एक समान उच्च संगठित असैन्य दस्ता चाहिए जिसका खर्च सैन्य पुलिस की अपेक्षा बहुत कम होगा तब यह अवश्य किसी समय याद किया जाएगा। वह संगठित पुलिस का आदमी हथियार चलाने में प्रशिक्षित होगा, सामान्यतः वह हथियार युक्त होगा चलाने के लिए ढोने के लिए नहीं। राजनैतिक कारण से पहले वह बहुत उपयोगी है, वह एक सैनिक के अपेक्षा ज्यादा खतरनाक होगा, कौन है एक वास्तविक देशी सिपाही। अगर यह कहा जाए एक ऐसा सेना संभवतः सैन्य सेवा के लिए चाहिए, हम इस प्रकार की सेना द्वारा प्रदर्शित सभी सेवा देंगे, देश की आवश्यकता एवं सेना की पर्याप्त ताकत के लिए उन्हें हम मानेंगे और ऊपर रखेंगे।

वास्तव में सैन्य एवं असैन्य कार्यों। कर्तव्यों का सफल बंटवारा सैन्य एवं असैन्य दोनों प्राधिकारियों का विषय है, हम अपने प्रस्तुत प्रस्तावों के

आधार पर प्राथमिक महत्व जैसे मुद्दों पर विचार करेंगे। यहां एक बार फिर हम सावधानीपूर्वक पहले ही उल्लेखित सैन्य वित्त आयोग के पत्र से प्रार्थना कर चुके हैं।

20. अच्छी स्थिति में ज्योंही हम एक संगठित असैन्य दस्ता संगठित कर देंगे सैन्य और असैन्य दोनों ही उद्देश्य के लिए सैन्य पुलिस की आवश्यकता नहीं, अगर इसे जारी रखा जाता है तो यह ज्यादा अनावश्यक खर्च का कारण होगा और यह राजनीतिक खतरा का शिखर बिन्दु होगा। इसे यहां क्रमशः समाप्त कर दें या संगठित दस्ता में विलीन कर दें अगर वह सैन्य उद्देश्यों के लिए चाहिए या इसे देशीय सेना के साथ समाविष्ट कर देना चाहिए। हमें विश्वास है अगर हम प्रस्तावित दस्ता के लिए सरकार को संतुष्ट कर सकते हैं। पहले ही गिनाए गई सभी आवश्यकताओं की पूर्ति के द्वारा, सैन्य पुलिस को भविष्य में तैयार किया जा सकता है।

21. हम विशेषतः 7वें अनुच्छेद का एक अवतरण को विस्तृत रूप से देखेंगे। महारानी सरकार को निम्नलिखित प्रभावों को प्रेषित करेंगेः– वे (असैन्य पुलिस) जिला मजिस्ट्रेटों के नियंत्रणाधीन रहेंगे, यह विषय मंडल आयुक्तों के पर्यवेक्षणाधीन होंगे ऐसे अधिकारी जहां कार्यरत होंगे। हमें यह आशा है कि हम अपने प्रस्तावों को सावधानी से प्रदर्शित करेंगे, जिला के अपराधिक प्रशासन में सामान्य सफलता के लिए मजिस्ट्रेटों के उत्तरदायित्वों को बचाए रखना होगा और उनके आज्ञाकारिता के साधन को संगठित दस्ता के कानूनी आज्ञाओं के पालन को तत्काल सुनिश्चित करेंगे।

22. अनुच्छेद 8 से 11 में महारानी सरकार के पद सहित गांव की पुलिस से संबंधित अपने पर्यवेक्षण में सावधानी बरतेंगे। हम दृढ़तापूर्वक उस पर ध्यान रखेंगे (जैसा एक पत्र में कहा गया है) वस्तुतः पुलिस प्रणाली भारत में गाँवों की पुलिस प्रणाली से निकटता से नहीं जुड़ सकी है।

23. ग्रामीण पुलिस को उनकी उसी अवस्था में जारी रखा जाय और उन्हें सार्वजनिक उत्तरदायित्वों के निर्वहन के लिए सीधा संगठित दस्ता के साथ लाया जाय। ग्रामीण पुलिस की कार्य-प्रणाली सिर्फ यहां से वहां तक मजिस्ट्रेट के द्वारा संचालित है और ऐसा कोई नहीं जो दस्ता के अधिकारियों को हस्तांतरित करे। इस दस्ता को पुलिस कार्यवाही में एकता एवं कुशलता के लिए अपने प्राधिकारियों से अनिवार्य सहायता चाहिए ग्रामीण पुलिस से अधिक लेकिन संगठित दस्ता के रूप में ग्रामीण पुलिस जो संगठित दस्ता की सहायक होगी अंततः मजिस्ट्रेट के आज्ञापालन के

द्वारा मजिस्ट्रेट के नियंत्रणाधीन हो जाएंगे। गांव के चौकीदार की नियुक्ति गांव के जमींदार द्वारा तथा उसके प्रभाव के अंदर होती रहेगी जहां ये क्रियाएं पहले से ही उनमें निहित हैं जहां कहीं ऐसे मामले हो वहां स्थानीय रीतिरिवाजों का पालन किया जाएगा। वे संगठित पुलिस के आज्ञा का पालन करेंगे लेकिन इन्हें उनमें समाविष्ट नहीं किया जाएगा।

24. और चौकीदार के नियुक्ति तथा उनके उत्तराधिकार कार्यालय के संबंध में भूमिपतियों एवं अन्यों के द्वारा उन पर सामंती प्रभाव का आरोपण कुछ ही प्रांतों में स्थानीय रिवाज प्रचलित हो सकते हैं शेष सभी अक्षुण हैं।

25. हम अनुच्छेद 12 के एक अवतरण को देखेंगे। महारानी सरकार द्वारा प्रेषित डाक जो सुरक्षा व्यवस्था को प्रभावी बनाने के उद्देश्य से या समान्यत: छोटी बाधाओं को कुचलने के लिए एक बहुत बड़ी सेना लगानी पड़ती थी। सैनिकों की एक छोटी टुकड़ी एक बहुत बड़ी "सामान्य पुलिस टुकड़ी" के बराबर है। यह अवतरण वर्तमान कार्यरत असैन्य बल का वर्णन करता है: और हम उनसे संबंधित पर्यवेक्षणों की शुद्धता के लिए आभारी हैं। लेकिन हमें संगठित पुलिस बल के आदमियों पर आशंका है हम उन्हें हथियार और अगर आवश्यक हुआ तो अच्छे हथियारों से प्रशिक्षित करने का प्रस्ताव करेंगे, इस प्रकार यह सामान्य आपात का सामना करने में पूरी तरह सक्षम होगा जैसा की ऊपर वर्णित है।

26. महारानी सरकार द्वारा प्रेषित पत्रों के अनुच्छेद 13 और 14 शांति के समय देशीय टुकड़ियों के कर्तव्यों के निर्वहन से संबद्ध है। उन देशीय टुकड़ियों को सामान्य असैन्य कार्यों पर नियुक्त किया जा सकता है, सामान्य समय में इनकी नियुक्ति फायदेमंद होगी। यह सर्वविदित है। लेकिन तब इन्हें कुछ ऐसे कार्यों को करने के लिए आदेश दिया जाएगा। देशीय सेना तैयार करने के लिए कुछ भी जोड़ने की जरूरत नहीं है इन्हें कठिन सैन्य उद्देश्यों के लिए कम से कम रखा जाएगा। यह घोषित है कि आगे एक भी आदमी को सेना में सम्मिलित नहीं किया जाएगा इस संख्या के आगे अगर साम्राज्य के आवश्यकताओं के लिए आवश्यक हुआ तो सैनिक मैदानों पर इसे निश्चित किया जा सकता है। इससे हम साफ यह अनुमान लगा सकते हैं कि देशी टुकड़ियों को पुलिस कार्यों पर नहीं लगाया जाए यद्‌यपि उन्हें उनकी सैन्य कार्यवाहियों के लिए सुरक्षित रखा जाए जब तक सैन्य प्राधिकारियों की सहमति नहीं हो, देशी सेना के बाद सेना की आवश्यक आवश्यकताओं को कम किया जाय तब देशीय पुलिस के लिए कार्यों को

अलग करने में सक्षम होंगे। अब हम समझते हैं कि यह देशीय सेना की खत्म होने की प्रक्रिया है कम से कम महारानी सरकार द्वारा प्रेषित डाक द्वारा निर्धारित संख्या के अनुसार कब यह अपने निम्नतम बिन्दु पर पहुंचेगा, हमें विश्वास है कि यह असंभव है, सैनिक प्राधिकारियों के लिए सेना को पुलिस कार्यों के लिए बांटना, पुलिस टुकड़ियों की संख्या अपर्याप्त होगी तथा अनुशासन का पतन हो जाएगा। सभी सैन्य प्राधिकारी इस बात पर जोर देंगे कि इधर-उधर से अगर देशीय सैनिकों में कमी कर दिया तो ऊपर वर्णित निम्नतम बिन्दु तक तो टुकड़ी बल नागरिक कार्यों को करने में समय नष्ट नहीं करेगी लेकिन वह अपने अधिकारियों की आंखों में सैन्य अनुशासन के प्रति पूर्णतः समर्पित होंगी। वहां निश्चयपूर्वक विविध गैर सैन्य कार्यों के लिए अतिरिक्त आदमी नहीं होंगे। दूसरे तरफ अगर देशी टुकड़ियों के ताकत को पूर्णतः मिलिट्री आवश्यकताओं के अनुसार क्रम से बढ़ाते रहा जाए तो वह वहां पुलिस कार्यों के लिए उपलब्ध हो सकेगा तब तथाकथित महारानी सरकार के डाक का उल्लंघन होगा।

27. हम मुख्य रूप से गवर्नर जनरल की परिषद में मिलिट्री वित्त आयोग के पत्र को भेजेंगे जिसका उल्लेख हम अपने पूर्व अनुच्छेद 9 में किए हैं, जैसे कि देशीय सेना का एक बड़ी कमी का अनुमान किया गया है जब टुकड़ियां विविध एवं पुलिस कार्यों से मुक्त होंगी, जिससे एक बड़ी वित्तीय बचत प्रभावी होगी और जब यह पालन किया जाएगा जैसा हम अपेक्षा करते हैं। महारानी सरकार द्वारा प्रेषित नियमों के अंतर्गत हम निसंदेह उस निष्कर्ष पर पहुंचेंगे कि शांति के समय वहां कोई पुलिस उपलब्ध नहीं होगा।

28. हम इसलिए इसे उपलब्ध कराने में सावधानी रखेंगे। अब कर्तव्यों के सवाल पर कमी की प्रक्रिया में ऐसा एक संगठित दस्ता देशीय सेना को अवमुक्त करने में सक्षम होगी। ऐसा एक संगठित।

29. साथ ही ये विचार हम देंगे और अधिनियम के प्रारूप और प्रस्तावों को अच्छे परिणाम के लिए गहन विचार विमर्श के बाद सौपेंगे, और इस प्रकार हम अपने अनुदेशों के प्राथमिक भाग को पूरा करेंगे।

30. लेकिन सरकार के 17 अगस्त के संकल्प पद जिसमें हमें सभी वर्गों का पुलिस का लागत एवं ताकत का विवरण तैयार करने को निर्देशित किया गया हम उस आदेश के अन्तर्गत अपने जांच के रिपोर्ट में अपनी प्रणाली

के दक्षता में वृद्धी एवं खर्च कम करने पर विचार किए । अब कोई सुधार का प्रस्ताव देंगे वो हमारे प्रस्ताव के सिद्धांत पर आधारित होगा, जो हमारे सुधार प्रस्तावों में हैं, अगर हम अपने निर्णयों के पालन को आदेशित करेंगे और इस पर हमारी योजनाओं में कोई भी सुधार होगा तो सरकार को उन्हें आदेश देने में प्रसन्नता होगी। सच्चाई में परिवर्तन जिन्हें हम वस्तुतः प्रस्ताव देंगे वह यह है वर्तमान सैन्य एवं असैन्य पुलिस को समाप्त कर और एक संगठित दस्ता सभी भारतीय प्रांतों में स्थानापन्न कर दिया जाए जहां ऐसी प्रणाली पहले से प्रचलित नहीं हो। हम इससे आश्वस्त हैं कि यह व्यवस्था सेना की दक्षता को बढ़ाएगा एवं खर्च को कम करेगा। लेकिन क्या सही बचत होगी, नहीं कह सकते बिना प्रयास किए निर्धारित प्रत्येक जिलों प्रत्येक प्रांत में समग्र प्रत्येक स्थानीय सरकार में संगठित पुलिस की ताकत सैन्य और असैन्य कार्य करने के लिए पर्याप्त होगा और अगर सरकार चाहेगी अब असैन्य कार्य देशी सेना को हस्तांतरित होगा। हम बेशक अपनी पूर्ण क्षमता का उपयोग इस वर्ग के लिए आकलन करने में करेंगे, अच्छे आंकड़ों पर हम संग्रहित कर सकते हैं लेकिन जब हम उच्चक्षमता तथा विविध कर्तव्यों के प्रतिक्षा द्वारा संगठित बल पर विचार करेंगे, तो असैन्य एवं सैन्य स्थानीय प्राधिकारियों से संपर्क किया जाएगा। विविध व्यवस्थाओं को बनाया जाएगा, हमें अपने आकलन को क्रियान्वित करने की क्षमता पर संदेह है उसे विभिन्न जिलों को अपने प्रभाव में लेने के लिए एक सही वित्तीय मार्गदर्शक एवं व्यवहार्यता से योग्य होना चाहिए। हम वह सीखें जब मद्रास प्रांत में ऐसे संगठित बल प्रस्तुत किया गया था, ये व्यवस्थाएं उनके विस्तार में बहुत जटिल है और समग्रतः बहुत महत्वपूर्ण है। एक अधिकृत विचारणीय समय में और सिर्फ पूरी तरह उस स्थान पर प्रबंधित अधिकारियों द्वारा यह प्रतीत होता है, तब वह वास्तविक विश्वसनीय सूचना इस वर्ग द्वारा अर्जित नहीं किया जा सकता यदि यह सिद्धांत अधिक और नहीं कम प्रारंभ किया जाए और प्रभाव में लाया जाय। अगर सरकार खुश होकर हमारी योजना को अनुशंसित करती है और अगर इसकी प्रस्तावना को सरकार मंजूर कर देती है; तब नए पुलिस प्राधिकारियों के सहमति में स्थानीय सैन्य एवं असैन्य प्राधिकारियों के साथ एक नया संगठित दस्ता बनाया जाएगा; राज्य की एक बड़ी बचत के साथ प्रचलित स्थापनाओं को कम किया जाएगा तथा कार्यों को कम किया जाएगा; और आवंटित नए स्थापनाओं में ऊपर निर्धारित कोई भी कार्य किया जा सकेगा। ऐसा कार्य धीरे-धीरे अवश्य विकास करेगा;

लागत और संख्या में प्रत्येक महीने कमी होगी; कार्य उसी स्थान पर व्यवस्थित होंगे तथा सही-सही और वास्तविक व्यवहारिक सूचना सरकार से प्रबंध को समय-समय पर दिया जाएगा और ऐसी सूचना महारानी सरकार के पत्र और सरकार के 17 अगस्त के पत्र की आवश्यकताओं से मिलेगा।

31. इस ढंग से संख्या एवं खर्च में एक वास्तविक कटौती एक साथ किया जा सकेगा। जबकि इसमें आशंका है, अगर इसे सूचना मिलने तब स्थगित रखा जाए तब हमारा संग्रहण पूरा होगा, कुछ समय जरूर बीत गया, उस समय खर्चे में लगातार कोई कमी नहीं किया गया।

32. लेकिन अगर वहां कोई विलंब हमारे द्वारा अनुशंसित विकसित सिद्धांत को लाने में किया गया तब हम सैन्य पुलिस का यह खर्चीला स्थापना को सौंप देंगे, और ऊपर रखेंगे तथा अतिशीघ्र से वित्तीय परिक्षण के अधीन लाएंगे। ऐसे कमियों वालों विचार के साथ विस्तार में ऐसा हो सकेगा, एक बार किसी सभी परिस्थिति में प्रभावित होने पर और जांच के लंबित परिणाम अब जा रहे हैं। हमें इस कुछ कटौती पर कुछ कम या अधिक विश्वास है जो भी सिद्धांत अंततः तय किया गया हो वह अब सामान्यतः बंगाल प्रेसीडेन्सी को प्रभावित कर सकेगा। यह वित्तीय परिक्षण मिलिट्री वित्त आयोग या इस आयोग को किसी के द्वारा संचालित किया जा सकेगा। मिलिट्री आयोग इस प्रकार के परिक्षणों के लिए विशेष सुविधाएं एवं उपकरणों को रखता है जो वे उसी ढंग से संचालित करेंगे जैसे वह और उनके परिक्षण देशीय सेना के खर्चे पर होगा और वे निःसंदेह उनके जैसा मिलिट्री पुलिस के कमियों को प्रभावित करेंगे वे अन्यत्र कहीं भी प्रभावी होंगे। वे यह कर्तव्य जैसा कि हमें निश्चित रूप से जानकारी है लेने को उत्सुक होंगे अगर सरकार उन्हें यह सौंपे। एवं इसके अतिरिक्त परिक्षण उपर जैसा विस्तारित है, इस आयोग के द्वारा संचालित किया जा सकेगा। इस मामले में हमारी इच्छा है कि हम अपने पक्ष के विशिष्ट निर्देशों को विभिन्न स्थानीय सरकारों के साथ बातचीत में स्वयं रखेंगे।

33. ऊपर विस्तारित वित्तीय परिक्षण यद्यपि उपयोगी हो सकता है और नहीं भी, मेरे विचार में खर्चे में कमी और वास्तविक प्रस्तावना स्वयं में एक विकसित सिद्धांत है। यह पिछला प्रणाली सस्ता एवं दक्षता दोनों को प्राप्त करने का एक शुद्धतम एवं सुरक्षित साधन है।

एम. एच. कोर्ट, अध्यक्ष (President)

ए. पी. पायरे, सदस्य (Member)

एस. वाचोप, सदस्य (Member)

डब्लयू. रॉबिन्सन, सदस्य (Member)

आर. टेम्पल, सदस्य (Member)

एच. ब्रुश लेफ्टिनेंट कर्नल और सदस्य पुलिस आयोगः कलकत्ता सितम्बर 1860

परिशिष्ट–2

पुलिस नियमन विधेयकः उपबंध

विधेयक के लिए

पुलिस नियमन प्रांत ----- के अंदर अन्य ब्रिटिश शासित राज्य जिसे चाहे तो गवर्नर जनरल की परिषद में इन उपबंधों को विस्तार दिया जा सकता है।

जबकि यह उपाय पूरे... प्रांत में एक प्रभावशाली कुशल पुलिस बल बनाने के लिए, एक कुशल मजिस्ट्रेट का प्रबंध अपराध का पता लगाने एवं इसके रोकथाम के लिए तथा पुलिस बल को पुनर्गठित करने के लिए। निम्न प्रकार प्रदर्शित किया गया है।

1. निम्नलिखित शब्दों एवं भावों इस अधिनियम में उनके विचार इसके द्वारा नियत रखा गया है, यदि वहां इस विषय और संदर्भ के कुछ इस प्रकार प्रतिकूल रचना हुई (वह कहा गया है।)

   शब्द ''जिला अधिकारी'' का आशय एक जिला का मुख्य दण्डाधिकारीय अधिकारी का दायित्व है; और वह पूरे शक्ति के साथ एक दण्डाधिकारी के दायित्व का उपबंधों के अधीन निर्वाह करेगा, और जिला के अन्य प्रतिष्ठित एक्सक्यूटिव अधिकारी जिला प्रशासन के तरह उसी के अधीन कार्य करेगा।

   शब्द दण्डाधिकारी में वे सभी आदमी अपने अधिकार क्षेत्र के साथ सम्मिलित होगा जो सभी या कोई दण्डाधिकारी शक्ति का प्रयोग करेगा।

   शब्द सहायक जैसा कि पुलिस तंत्रों में लागू किया जाता है इसका आशय जिला अधीक्षक और उनके सहायकों से है।

शब्द पुलिस में सामान्य एंव ग्रामीण पुलिस और ऐसे सभी अन्य आदमी जो कोई भी नाम से जाना जाता हो और वह पूरे प्रांत में पुलिस कार्यों को करता हो सम्मिलित होगा। भाव सामान्य जिला पुलिस को किसी भी प्रांत, जिला, इलाका और राज्य क्षेत्र में जहां तक इस अधिनियम का क्षेत्र विस्तारित है समाविष्ट किया जाएगा।

शब्द संपत्ति में कोई भी चल-अचल संपत्ति मुद्रा और मूल्यवान प्रतिभूति शामिल होगा। एकवचन आयातित शब्दों में बहुवचन सम्मिलित होगा तथा बहुवचन आयातित शब्दों में एकवचन भी सम्मिलित होगा। पुल्लिंग आयातित शब्दों के साथ स्त्रीलिंग भी होगा।

शब्द व्यक्ति, कम्पनी और कॉरपोरेशन में सम्मिलित होगा।

शब्द महीना (Month) का आशय कलेण्डर महीनों (Month) से होगा।

शब्द पशु का मतलब सिंग वाले पशु से है, इसके साथ हाथियों, ऊटों, घोड़ों, भेंड़, बकरियां, गदहे, खच्चर, सुअर सभी सम्मलित होंगे।

2. विभिन्न नियमों एवं अधिनियमों में उल्लेखित अनूसूचि में अनुबंधित जिसके द्वारा निरसित; और संशोधित एक विस्तृत ढंग में उस समय आगे तय सीमा के अन्दर सामान्य जिला पुलिस के अतिरिक्त जहां तक कि वे किसी भी नियम या अधिनियम का संपूर्ण या अंशतः भाग निरस्त किया गया हो या इसके अतिरिक्त जैसे कि कोई कृत्य और अपराध जो किया गया है या स्वीकार किया गया है और कोई दण्ड और जुर्माना जो प्राप्त किया जाएगा।

3. पुलिस का निरिक्षण पूर्णतया सामान्य जिला पुलिस में निहित होगा, और जो स्थानीय सरकार जो गवर्नर जनरल की परिषद के नियंत्रणाधीन है द्वारा निर्वहित होगा, इसके अतिरिक्त स्थानीय सरकार द्वारा इस अधिनियम के अन्तर्गत अधिकृत होगा, इस पुलिस अधिकारी पर आदमी, अधिकारी तथा न्यायालय किसी में भी नियुक्ति, विमुक्ति और नियंत्रण की शक्ति नहीं होगा, कोई नियमन कार्य और उपयोग प्रतिकूल नहीं होगा।

4. पुलिस का प्रशासन पूर्णतया सामान्य जिला पुलिस के एक अधिकारी जिसे इन्सपेक्टर जनरल ऑफ पुलिस के नाम से जाना जाएगा में निहित होगा, और इस प्रकार कुछ सहायक जिला के अधिकारियों के सामान्य नियंत्रण एवं निर्देशन के लिए स्थानीय सरकार की तरह प्रतीत होगा, इन्हें समय-समय पर कहे गए स्थानीय सरकार द्वारा नियुक्त किया जाएगा और

इन्हें इन्हीं के द्वारा हटाया, विमुक्त किया जाएगा; ये गवर्नर जनरल ऑफ इंडिया परिषद द्वारा अनुशंसित वेतन लेंगे।

5. सभी शक्तिया इस नियम के उपबंधों के साथ परिवर्तनीय नहीं है, इस प्रचलित पुलिस व्यवस्था से संबंधित कानून पुलिस प्राधिकारियों में निहित होगा, एवं वह पुलिस प्राधिकारी इस अधिनियम के अंतर्गत नियुक्त होगा।

6. पुलिस का महानिरिक्षक इंस्पेक्टर जनरल न्याय एवं शांति बहाल करेगा। उसे सामान्य जिला पुलिस के पूरे क्षेत्र में दण्डाधिकारी को पूरी शक्ति होगी; लेकिन वह उस अधिकार (शक्ति) का निर्वहन समय-समय पर स्थानीय सरकार द्वारा जारी किए गए ऐसे आदेशों पर करेगा स्थानीय सरकार किसी भी जिला आरक्षी अधिक्षक जो अपनी सीमाओं को अच्छी तरह से असमझे, में दण्डाधिकारी की शक्ति निहित कर सकता है; लेकिन ऐसे अधीक्षक अधिकारी अपने में निहित शक्तियों का प्रयोग तभी करेंगे जब वह शांति बनाए रखने के लिए आवश्यक हो, अपराधों की रोकथाम एवं पता लगाने के लिए, अपराधियों के गिरफ्तारी एवं नजरबंदी के लिए आदेश में दण्डाधिकारी के सामने लाया जाएगा, और जहां तक आवश्यक होगा उनके कर्तव्यों के निर्वहन को इस अधिनियम के द्वारा निर्दिष्ट किया जाएगा।

7. प्रत्येक स्थानीय सरकार के अंतर्गत समूचा पुलिस व्यवस्था इस अधिनियम के उद्देश्यों की पूर्ति के लिए एक मानित पुलिस बल होगा, और औपचारिक तौर पर नामांकित होगा; और इसमें कुछ आदमियों एवं अधिकारियों की संख्या होगी तथा इनके लिए दूसरे तरीके से बनाए गए कुछ नियम होंगे, ढंग होंगे जो समय-समय पर स्थानीय सरकार द्वारा आदेशित होंगे जो भारतीय गवर्नर जनरल के परिषद के स्वीकृति के अधीन होगा।

8. पुलिस महानिरिक्षक (इंस्पेक्टर जनरल ऑफ पुलिस) समय-समय पर स्थानीय सरकार के अनुमोदन पर सामान्य संगठन, पुलिस का विभिन्न स्थानों पर वितरण, स्थान और आवास, वेतन, पद, वर्गीकरण, वितरण उनके सदस्यों के सेवाओं, उनके निरिक्षण, हथियारों का विवरण, साज-सज्जाओं तथा साज-समानों तथा अनुसार मान्य उन्हें सुसज्जित करने के लिए, संचार सूचना एवं अन्वेषण के संग्रह और सभी ऐसे आदेशों एवं नियमनों से संबंधित कहे गए पुलिस महानिरिक्षक समय-समय पर उस समय प्रचलित मान्य, गाली एवं तिरस्कार को रोकने के लिए और ऐसे

पुलिस बल को समृद्ध एवं कर्तव्यों के निर्वहन में सहायता के लिए उचित कानून को बना सकता है एवं आदेश दे सकता है।

9. सभी अधिकारियों की नियुक्ति, समय-समय पर स्थानीय सरकार द्वारा अनुमोदित पुलिस नियमों के अधीन होगा, बाकि पुलिस महानिरिक्षक एवं जिला अधीक्षक के साथ वर्णित नियमों के अधीन जैसे पद मुक्ति, निलंबन पदावनति और दण्ड का कोई भी राशि जो उनके एक महीने के वेतन से अधिक नहीं होगा, कोई पुलिस अधिकारी अव्यवहार और अपने कर्तव्यों के निर्वहन में लापरवाही और ऐसे स्थापनाओं के लिए अयोग्य घोषित किए जाने पर उपर कहे गए दण्डों से दण्डित करेगा।

10. प्रत्येक व्यक्ति जिसे नियुक्त किया जाएगा वह अपना पंजीकरण प्रमाण-पत्र (A) पुलिस महानिरिक्षक के मुहर लगा हुआ प्राप्त करेगा। निलंबन या पद मुक्ति कि दशा में नामित आदमी का प्रमाण-पत्र जब्त कर लिया जाएगा तथा उसकी सेवा पुलिस बल से समाप्त कर दिया जाएगा जब तब कि वह अपने से वरिष्ठ अधिकारी अथवा प्रति नियुक्ति की शक्ति धारित आदमी के सामने तुरंत समर्पण नहीं कर देता।

11. प्रत्येक पुलिस अधिकारी का वेतन का कटौती किया जाएगा; जो वर्ग सेवा निवृत्ति-वेतन सुविधा (Pension) के लिए नामित नहीं हैं उन्हें स्थानीय सरकार के निर्देशों के अनुसार जो रुपया में एक आना से अधिक नहीं होगी, इस तरह कटौती की जाएगी, जो पुलिस अधिकारी अपने कर्तव्यों से अनुपस्थित बीमारी के कारण अथवा अन्य कोई कारणों से होगा उसके वेतन से कुछ रकम रोकी जाएगी, पुलिस अधिकारियों पर भ्रष्टाचार के लिए लगाए गए दण्ड, और दण्डाधिकारी द्वारा शराब के नशे में धुत और अव्यवहार करने पर लगाए गए दण्ड और सभी कबाड़ी के विक्रय से, पुलिस के लिए कपड़े एवं अन्य वस्तुओं की आपूर्ति की जाएगी। और किसी भी स्थानीय सरकार द्वारा आदेशित अन्य आय को समय-समय पर स्थानीय सरकार के अनुसार सुरक्षा और सिद्धांत पर लगाया जा सकता है और ब्याज और लाभांश इसके लिए काफी अधिक हो जाएगा। जो ऊपर उल्लेखित उद्देश्यों के लिए आवश्यक नहीं उसे सरकार अपने इच्छानुसार पहले कहे गए विषयों में निवेश और संचित करे या इस प्रकार एक (फण्ड) कोष बनाए जिसे पुलिस सेवा-निवर्तन या अधि-वार्षिकी कोष के नाम से जाना जाएगा; उसे समय-समय पर अधि-वार्षिकी सेवा निवृत्ति भत्ता एवं ग्रेच्यूटी की अदाएगी की जाएगी, या स्थानीय सरकार द्वारा इस

पर कोई भी नियम पारित किया जा सकता है: यह किसी भी पुलिस अधिकारी के लिए हमेशा उपलब्ध रहेगा परन्तु उसे बिना अधि–वार्षिकी भत्ता के निलंबित या पदमुक्त किया जा सकता है; और पुलिस अधिकारी को इस फण्ड से कोई भत्ता लेने का अधिकार नहीं होगा; और वह जब तक पुलिस अधिकारी रहेगा उनके वेतन से किसी भी प्रकार की वापसी के लिए उसके वेतन से कटौती करने का सरकार का अधिकार जारी रहेगा।

12. पुलिस महानिरिक्षक (इंस्पेक्टर जनरल ऑफ पुलिस और जिला पुलिस अधिक्षक) जिला अधिकारियों के सामान्य निर्देशन के संबंध में अच्छा सोचेंगे जिले की सामान्य पुलिस का कार्यक्षेत्र में लोगों की आवश्यकता के अनुरूप शांति एवं व्यवस्था बनाए रखने के लिए किसी भी संख्या में अतिरिक्त पुलिस अधिकारियों की तैनाती में जिला अधिकारियों को सामान्य दिशा निर्देश के विषय के संबंध में इसे कार्यान्वित करने के प्रभारी अधिकारी जो जिला पुलिस अधीक्षक के आदेश के अंतर्गत होगा और ऐसे समय में वे अच्छा एवं स्वस्थ सोचेंगे। जिस आदमी की प्रतिनियुक्ति ऐसे कार्यों के कार्यन्वयन में की जाएगी वह हमेशा कानूनी होगा, अगर प्रतिनियुक्त अधिकारी अपनी प्रतिनियुक्ति जारी नहीं रखना चाहता तो उसे एक महीना पहले इसकी लिखित सूचना पुलिस महानिरिक्षक (इंस्पेक्टर जनरल ऑफ पुलिस) को देनी होगी: और तब ऐसे आदमी को इस तरह के विशिष्ट अतिरिक्त पुलिस बल के प्रभार से एक सूचना के द्वारा प्रभार मुक्त किया जाएगा।

13. जब कभी रेलवे, नहर और अन्य कोई सार्वजनिक कार्य और उत्पादन एवं व्यापारिक संस्था या प्रतिष्ठान देश के किसी भी भाग में क्रियान्वित किया जा रहा हो और अगर वह पुलिस महानिरिक्षक के दृष्टिगत किया जाय तब वह अतिरिक्त पुलिस बल की नियुक्ति ऐसे कार्यस्थान के आसपास अगर आवश्यक प्रतीत हुआ तथा उस कार्य पर नियुक्त आदमियों के व्यवहार अच्छा प्रतीत नहीं हो, पर करेगा यह पुलिस महानिरिक्षक का स्थानीय सरकार के विचार के साथ कानूनी जिम्मेदारी है, ऐसे पुलिस बल के नियुक्ति का निर्देश देते समय, एवं इसे लम्बे समय तक रखने की आवश्यकता हो तो इसे जारी रखा जाएगा, समय-समय किसी ऐसे कार्य, कम्पनी का ट्रेगर या कोष पर नियंत्रण करने वाले अधिकारी को अतिरिक्त पुलिस बल को वेतन देने का आदेश दिया जाएगा।

14. स्थानीय सरकार की मंजूरी के उपरांत यह पुलिस महानिरिक्षक के लिए कानूनी है कि वह कहीं भी पुलिस बल की नियुक्ति करें, निर्धारक प्रशंसा से अधिक, जो भी समस्त जिला पुलिस के कार्य क्षेत्र में अशांत और खतरनाक राज्य और समस्त जिला पुलिस के किसी भी भाग में फैले भ्रष्टाचार को रोकने के लिए उस समय कार्यरत पुलिस बलों की संख्या को बढ़ाने के लिए और अपराध वाले क्षेत्रों में रोकथाम करने के लिए उस प्रतिनियुक्त आदमियों का खर्च वैसे आदमियों या संस्था से लिया जाएगा; और जिला अधिकारी प्राप्त रकम की संसाधनों की समीक्षा करेगा।

15. अंतिम तीन पूर्व अनुच्छेदों में कहे गए ऐसे कोई पुलिस बल की प्रतिनियुक्ति से प्राप्त सभी रकम 'सामान्य पुलिस कोष' के नाम से जाने वाले कोष को दिया जाएगा; और उस कोष को स्थानीय सरकार के पारित आदेशों के अंतर्गत पुलिस बल के रख-रखाव पर खर्च किया जाएगा। ऐसे सभी रकमों का योग जो इस उपबंध के अधीन दिए जाएगे को गलती करने वाले से बल देकर अथवा उसकी सम्पत्ति से दण्डाधिकारी के वारंट पर या विश्वसनीय न्यायालय में वाद दायर कर वसूल किया जाएगा।

16. जब कोई हंगामा, दंगा और अत्याचार स्थान ले रहा हो और यह और भी क्षेत्रों को अपने गिरफ्त में ले रहा हो और नियुक्त सामान्य पुलिस अधिकारी शांति व्यवस्था को बनाए रखने, रोकथाम कर्मियों के बचाव, सुरक्षा और वैसे स्थान के संपत्ति की सुरक्षा करने में सक्षम नहीं हो तो वैसे स्थान पर किसी भी इंस्पेक्टर स्तर के अधिकारी को नजदीकी दण्डाधिकारी के पास बहुत से सार्वजनिक एवं ग्राम सेवकों और ग्रामवासियों और आसपास के सामाजिक कार्यकर्त्ताओं को और अगर अधिकारी चाहता हो तो ऐसे समय में विशिष्ट पुलिस अफसरों को उनके सिद्धांत एवं रीति पर मान्य आवश्यक नियुक्ति किया जा सकता है; और ऐसे दण्डाधिकारी का यह कर्तव्य होगा कि वह इस प्रकार के अनुप्रयोग कानून के अनुसार एक बार करे।

17. प्रत्येक विशिष्ट पुलिस अधिकारी को बराबर शक्ति, सुविधा एवं सुरक्षा के साथ नियुक्त होगी, और वह ऐसे सभी कर्तव्य एवं दण्डों के लिए जिम्मेदार होगा, तथा वह अपने बराबर के सामान्य पुलिस अधिकारियों का सहायक होगा।

18. अगर एक आदमी को विशिष्ट पुलिस अधिकारी नियुक्ति किया गया हो जैसा उपर कहा गया है उन्हें बिना पर्याप्त कारण के दिए गए कानूनी

आदेश और निर्देशों को पालन में लापरवाही के आरोप पर या इंकार करने पर दण्डाधिकारी के न्यायालय में दोष सिद्ध होने पर दण्ड देगा जो पचास रुपये प्रति ऐसी गलती या लापरवाही या इंकार से अधिक नहीं होगा।

19. कोई भी पुलिस अधिकारी अपने ऑफिस से त्यागपत्र देने और स्वयं को अपने कर्तव्यों से हटाने को स्वतंत्र नहीं होगा, जब तक उसे जिला अधीक्षक से ऐसा करने के लिए विस्तार से लिखित आदेश नहीं मिलता और जब तक वह अपने वरिष्ठ अधिकारियों को ऐसा करने की अपने मंतव्य की सूचना दो माह पहले नहीं देता। और न कोई पुलिस अधिकारी इस अधिनियम के अंतर्गत निर्धारित कार्यों के आलावा किसी दूसरे कार्यालय का कार्य में नियुक्त नहीं होगा जब तक कि उसका इसकी विस्तृत लिखित अनुमति इंस्पेक्टर जनरल के मुहर के अंतर्गत नहीं मिल जाती।

20. इस अधिनियम को बनाने एवं पारित करने के बाद प्रत्येक व्यक्ति, जिसका अस्तित्व है और जिसका जीवन समाप्ति पर है दोनों को पुलिस अधिकारी के रूप में नामित किया जाएगा; उन्हें गैरकानूनी मान का पुलिस के संबंधित कार्य एवं शक्ति नहीं दे तो, और उन्हें इसी समय प्रमाण पत्र एवं कपड़े की साज–सज्जा एवं नियुक्तियां और अन्य आवश्यकताएं का उनके कर्तव्य के निर्वहन के पश्चात पूर्ति किया जाएगा; और उनके अधिकार किसी भी विशिष्ट वस्तु ड्रेस ओर नियुक्ति पुराने विशिष्ट पुलिस बल के निर्देशों पर होगा, उनके महत्वपूर्ण और सक्षम, संतोषजनक होने पर उस पर उनका अधिकार होगा उनको किसी भी पुलिस अधिकारी के ड्रेस में रखा जाएगा, और उनके प्रतिनिधित्व के लिए कोई भी ड्रेस डिजाइन किया जाएगा; और उसे अपनाया जाएगा; और अन्यथा वह कोई भी पुलिस के एक अंग के रूप में किसी भी उद्देश्य के लिए कुछ भी कार्य करेगा; अपने कल्पित चरित्र के अंतर्गत किसी भी अपराध के लिए कोई भी अन्य दण्ड दे सकता है, वह दण्डाधिकारी के पहले दोष सिद्ध होने पर कोई भी दण्ड जो दो सौ रुपये से अधिक नहीं होगा या सश्रम कारावास या सिर्फ कारावास का सजा देगा जो छः माह से अधिक नहीं होगा या दोनों देने में सक्षम होगा।

21. प्रत्येक पुलिस अधिकारी, इस अधिनियम में शामिल सभी उद्देश्यों के लिए होगा, तथा हमेशा सेवा पर तत्पर होगा, और यह पुलिस अधिकारी सामान्य जिला पुलिस के प्रत्येक क्षेत्र में अपनी शक्तियों अपनी का प्रयोग कर सकेगा। यह अपने कर्तव्यों का उपयोग अच्छे प्रयास और सक्षमता से सभी

अपराधों, बुराइयों, और सार्वजनिक प्रदूषण; शान्ति की सुरक्षा, असंवैधानिक एवं संदेहास्पद चरित्रों की गिरफ्तारी; अपराधियों को ढूंढकर न्याय के लिए लाना; और सार्वजनिक शांति को प्रभावित करने वाले तत्वों को इकट्ठा कर संचरित करना; और विश्वस्त प्राधिकारियों द्वारा जारी किए गए सभी कानूनी आदेशों एवं वारंटों को अतिशिघ्र पालन कर कार्यान्वित करने में करेगा।

22. प्रत्येक पुलिस अधिकारी का यह कर्तव्य है, और वह इसके लिए प्राधिकृत है कि किसी को बिना वारंट के गिरफ्तार करे जो:

1. गंभीर अपराध और अत्याचार के आरोपित कोई व्यक्ति के बारे में विश्वसनीय सूचना और उसके विरुद्ध उचित संदेह के आधार पर।
2. ऐसा व्यक्ति जो किसी गंभीर हमला/प्रहार का आरोप स्वीकार किया हो, प्रत्येक मामले जिसमें वह इस प्रकार के हमले का उचित कारण पर विश्वास कर स्वीकार किया हो यद्यपि वह इस विचार से सहमत नहीं हो इस कारण से तत्काल आपराधिक मामलों के आयोग द्वारा वारंट जारी नहीं किया गया हो।
3. ऐसा कोई व्यक्ति जो शांति भंग करने का या इसका प्रयास करने का आरोपी हो, और वह अपने विचार से इसे छोड़ने से इंकार करता हो तथा उस संदर्भ में वह आवश्यक हो।
4. ऐसा कोई व्यक्ति जो सार्वजनिक भवनों, सड़कों, टैंको और पानी के चैनलों को नुकसान पहुंचाते पकड़े जाने पर तथा कानून द्वारा निधारित कोई भी दण्डनीय अपराध जो हमेशा दिया जाता है जहां हल्के एवं छोटे प्रकृति के अपराध हो यहां पुलिस अधिकारी के लिए गिरफ्तारी आवश्यक नहीं, अगर वहां उस मामले की परिस्थिति में गिरफ्तारी का कोई कारण न हो वह पार्टी फरार हो।
5. कोई आवारा जो सार्वजनिक शांति को भंग कर रहा हो, और जिस पर अपराध स्वीकार करने का उचित संदेह का कारण हो; वैसे सभी व्यक्ति जिसका नाम एवं आवास की जानकारी न हो तथा जो रात में राजपथ पर, सड़क पर या किसी स्थान पर घूमता हुआ और आवारागर्दी करता हुआ पाया जाय और वह घूमने का उचित कारण देने में असमर्थ हो।
6. वैसा कोई व्यक्ति जो पुलिस अधिकारी को अपने कर्तव्य के निर्वहन में बाधा पहुंचाता हो, रोकता हो या उस पर प्रहार या हमला करे या

ऐसा करने के लिए किसी अन्य को उत्साहित करे।

7. ऐसे सभी व्यक्ति जिसे कानूनी हिरासत में रखा गया हो तथा वह उससे भाग गया हो।

8. सभी ऐसे व्यक्ति जो किसी दूसरे व्यक्ति या उसकी संपत्ति को नुकसान पहुंचाने का आरोपी हो, तथा जो अपना नाम एवं आवास का पता देने से इंकार करें और अगर उस पर अपना नाम, पता झूठा बताने का विश्वास हो तो उसे रोक सकता है, नाम एवं आवास का सही पता लगाने के लिए, भविष्य में ऐसा करने के विचार के साथ।

23. ऐसे प्रत्येक मामलों में जिसमें कोई व्यक्ति पुलिस अधिकारी पर अभियोग लगाता है, झूठा एवं हल्के आरोप पर; या हल्का एवं झूठा अभियोग जो एक पुलिस अधिकारी किसी व्यक्ति के विरुद्ध लगाता है; और कोई सूचना या शिकायत जो किसी पुलिस अधिकारी या दण्डाधिकारी के समक्ष लगाता या करता है और उसे आगे अभियोजन के लिए नहीं लाया जाता; या अगर उसमें अभियोजन दिया जाता है उसे दण्डाधिकारी जो ऐसे मामलों को सुनता है, के सामने प्रस्तुत किया जाएगा, वहां वह अभियोग का उचित आधार नहीं पाता तो दण्डाधिकारी के पास ऐसा शक्ति होगा की वह उन पर दण्ड आरोपित करे जो पचास रुपये से अधिक नहीं होगा, या कारावास जो एक माह से अधिक नहीं होगा या दोनों या कुछ संशोधन जिसमें शिकायतकर्ता या सूचना देने वाले द्वारा मामले के आरोपी को दिया जाएगा जिसका इस शिकायत या सूचना से समय और खर्चे का नुकसान हुआ जिसकी राशि 50 रुपये से अधिक नहीं होगा, और दण्डाधिकारी के रूप में जो वो उचित समझे। और ऐसे संशोधन द्वारा वसूली योग्य अर्थ दण्ड के उगाही के लिए एक ढंग प्रस्तुत किया गया है।

24. प्रत्येक व्यक्ति जो किसी पुलिस अधिकारी द्वारा बिना वारंट के हिरासत में लिया जाता है, जिस व्यक्ति को सिर्फ उसके नाम और पता की निश्चित जानकारी के उद्देश्य से रोका जाता है उसे छोड़कर, उसी समय पुलिस थाना के प्रभारी पुलिस अधिकारी के हिरासत में सौंप दिया जाएगा। उसे उसी तरह सुरक्षित रख सकता है जब तक उसे दण्डाधिकारी के सामने deald कानून के अनुसार उपस्थित नहीं किया जाता या उसे दण्डाधिकारी के सामने उपस्थित होने से पहले ही जमानत दिया जा सकता है, अगर प्रभारी पुलिस अधिकारी जमानत लेता है तो उसे बुद्धिमान समझा जाएगा जैसा इसके आगे उल्लेखित है; जहां जमानत नहीं लिया गया है वहां यह हमेशा व्यवस्था है कि बंदी को चौबीस घंटे के अंदर

दण्डाधिकारी के समक्ष पेश किया जाएगा नहीं तो परिस्थिति को असामान्य बना देगा।

25. जब कभी कोई व्यक्ति किसी थाने में बिना वारंट के हिरासत में लाया जाएगा तो उसे कभी भी पहले दण्डाधिकारी के सामने नहीं भेजा जा सकता उससे पहले उस पर कोई जमानती या गैर-जमानती अपराध उस समय उस थाना के प्रभारी अधिकारी या अन्य कोई वरिष्ठ अधिकारी द्वारा आरोपित किया जाएगा, अगर वह बंदी झूठे तरीके से अभियुक्त बनाया साबित होता है तो उस पुलिस अधिकारी का कानूनी कर्तव्य है कि अभियुक्त को छोड़ दे या उसे जमानत पर रिहा करे या अपने जिम्मेवारी पर कि जब दण्डाधिकारी को आवश्यकता पड़े वह उसे उपस्थित करेगा उसे रिहा कर सकता है।

26. प्रत्येक थाना के प्रभारी अधिकारी या अन्य वरिष्ठ अधिकारी का कानूनी कर्तव्य है कि किसी व्यक्ति के बंधक द्वारा जमानत पर अभियोग के या गवाह के रूप में प्रस्तुत होने का दण्डाधिकारी के सामने प्रार्थना कर सकता है जिस पर कोई गंभीर अपराध का आरोप का जांच किया जा रहा हो और अगर कोई ऐसा अभियोजक और गवाह ऐसे कोई जमानत कार्यान्वित करने से इंकार करेगा तो यह किसी विश्वसनीय अधिकारी के हिरासत में दण्डाधिकारी के न्यायालय में लाया जाएगा।

27. प्रत्येक ऐसी जमानत बिना किसी शुल्क या उपहार के लिए जाऐंगे, उस व्यक्ति के उपस्थित होने के शर्त का उसके द्वारा बंध पत्र (ब्रांड) दण्डाधिकारी के सामने जो आवश्यक हो सके समय और उपस्थिति का स्थान इन सभी का उसके द्वारा स्वीकृति दिया गया हो भरा जाएगा; ऐसे कहे गए जमानत की राशि एक हजार रुपया से अधिक नहीं होगी या ऊपर कहे गए शर्त या पुलिस अधिकारी द्वारा इसी समय उस स्थान और समय पर जब जहां भी दण्डाधिकारी चाहे उपस्थित करने को तैयार हो जमानत ले सकता है।

28. अगर गवाह की अनुपस्थिति में या अन्य कोई उचित कारण पर अगर यह आवश्यक लगे और उचित परामर्श पर किसी भी मामले का परिक्षण रोका जा सकेगा, और किसी भी गवाह को उसके नाम के वारंट के द्वारा समय-समय पर दण्डाधिकारी द्वारा परीक्षण के लिए बुलाना कानूनी होगा और अगर अति आवश्यक और उचित समझे तो उसे किसी भी पुलिस अधिकारी को रिमांड पर दे सकता है, जिसकी अवधि पूरे आठ दिन से

अधिक नहीं होगी उसे किसी पुलिस थाना, घर, जेल या अन्य किसी भी स्थान पर हिरासत में रखा जा सकता है जैसा दण्डाधिकारी कहे जहां से वह समय के अनुसार उपस्थित होगा: ऐसे किसी भी दण्डाधिकारी को यह अधिकार है कि अभियुक्त को किसी भी समय किसी भी स्थान पर अभियुक्त की रिमांड की समय–सीमा समाप्त होने के पहले अपने सामने लाने का आदेश दे सकता है; और उस अभियुक्त को या उसके परीक्षण के लिए उपस्थित समय स्थान पर उपस्थित करने के जमानती के शर्त पर या बिना शर्त का उसके जमानत पर रिहा कर सकता है।

29. यह किसी भी पुलिस अधिकारी के लिए कानूनी है कि वह बिना वारंट के किसी भी शराब पिलाने वाले दुकान जूआ का अड्ड़ा (घर) एवं अन्य किसी भी गमन स्थान जहां और असमाजिक चरित्र के लोग रहते हों, या व्यक्ति का घर जहां से चोरी का माल (सामान) बरामद होने का संदेह हो; जलयान, नाव, और परिवहन, और कोई भी स्थान, बस्ती और वैसा स्थान जहां तुप्त कोई अपराध होने का विश्वास हो, या चोरी का सामान किसी के द्वारा स्वीकार किया गया हो या रखने का संदेह हो वहां प्रवेश कर निरिक्षण कर सकता है और सभी आवश्यक कार्यवाही कर सकता है जो उस अपराध को रोकने एवं पता लगाने में प्रभावी हो और उचित तरीके से वह संदेहास्पद चोरी के संपत्ति और वैसे सभी सामान, वस्तुएं जो अपराध साबित करने के साक्ष्य जिससे वह तथाकथित अपराध कबूल कर ले, और वैसा संपत्ति जिस पर किसी का दावा नहीं हो अपने अधिकार में ले सकता है।

30. प्रत्येक पुलिस अधिकारी जो निरिक्षक स्तर से नीचे का नहीं हो, समय–समय पर पुलिस महानिरिक्षक द्वारा जारी आदेश द्वारा एक निरिक्षक के रूप में माप–तौल, किसी भी दुकान और व्यापारिक परिसर में उसके द्वारा प्रयोग में लाया जाने वाला माप–तौल के यंत्रों और बाटों के निरिक्षण के उद्देश्य से जा सकता है और निरिक्षण में माप–तोल के यंत्रों को सही नहीं पाए जाने के विश्वास होने पर उसे जब्त कर सकता है।

31. किसी भी छोटे अपराध का शिकायत पुलिस अधिकारी स्वीकार नहीं करेगा और न ही ऐसे अपराध के लिए लाए गए अपराधी को अपने हिरासत में लेगा ऐसा अपराध है जैसे, उल्लंघन, अनाधिकार प्रवेश, हमला, आपसी झगड़ा और अन्य ऐसे अपराध; और यह कानूनी होगा कि किसी भी पुलिस अधिकारी द्वारा उपर कहे गए अस्वीकृत अपराधों को स्वीकृत

कर जो गंभीर प्रवृत्ति का हो उस पर कार्रवाई करेगा, अगर वह शिकायत पर अकेले जांच शुरू कर देता है, तो वह सच्चाई पर संदेह का उचित आधारों को देखेगा; अगर वह आरोप सामान्य परिस्थिति के अंतर्गत ऐसा प्रवृति का नहीं होगा तो पुलिस अधिकारी शिकायत प्राप्त करने से इंकार करने का आधार प्रस्तुत करेगा, दिए गए अस्वीकृती के कारणों को अभिलेख अधिकारी द्वारा उसी समय अभिलेखागार में रखा जाएगा।

32. यह किसी भी पुलिस अधिकारी के लिए कानूनी है कि वह किसी भी सूचना को दण्डाधिकारी के समक्ष रखें, और सम्मन, वारंट, सर्च वारंट और ऐसा अन्य कानूनी प्रक्रिया जो कानून द्वारा जारी किया जाता है, और परिस्थितियों और समय के अनुसार किसी व्यक्ति के विरुद्ध एक अपराध करता है, किसी भी कानून एवं अधिनियम के विरुद्ध, और किसी भी राजस्व की सुरक्षा के लिए नियम के विरुद्ध, या वैसे व्यक्ति के विरुद्ध जो लोक कंटक को भंग कर रहा हो, और गैर-न्याय संगत बाधाओं पर अनाधिकृत घर रखने पर, शांति भंग करने पर, न्याय में बाधा पहुंचाने पर, और ऐसे अन्य अपराधों पर, और ऐसे अपराधियों पर अंतिम फैसले तक मुकदमा चलाया जाएगा: और किसी भी पुरस्कार जब्तियों, अर्थदण्डों और पुरस्कार जब्तियों तथा अर्थदण्डों के अंशों जो कानूनी तौर पर सूचना देने वाले को दिया जाना होता है और अभियोजन का सारा खर्च और खर्च जो अधिनियम के द्वारा अभियोजक को दिया गया हो सभी खर्च को 'सामान्य पुलिस कोष' में से दिया जाएगा।

33. इस अधिनियम के पारित होने से लेकर उसके बाद तक सभी सम्मनों, वारंटों, सर्च वारंटों, ट्रॉयल की प्रतिबद्धता बंदियों के लिए परिवहन तथा सुरक्षा घेरा, और सभी अन्य प्रक्रियाएं जो किसी अपराधी द्वारा एक अपराधिक प्रक्रिया के लिए जारी किया गया हो उसे किसी एक पुलिस अधिकारी को निर्देशित किया जाता है और उसे दिया जाता है; और ऐसी प्रक्रियाएं उसके द्वारा कार्यान्वित एवं पूरा किया जाता है और दूसरे द्वारा नहीं, यह हमेशा सभी छोटे अपराधों के मामले में होता है, यह दण्डाधिकारी एवं अन्य अधिकारियों के लिए कानूनी है कि वह पक्षकार के आवश्यकता पर प्रतिवादी एवं गवाह दोनों के उपस्थिति के लिए सम्मन जारी करे जो अंततः कोई शुल्क, सम्मन का खर्च तथा सभी खर्च जो पुलिस द्वारा सभी प्रक्रियाओं को पूरा करने में प्राप्त किया गया हो तो सभी उसी तरह से 'सामान्य पुलिस कोष' में पुलिस के रख-रखाव के लिए दे दिए जाऐंगे।

34. जहां कोई ऐसा वारंट, आदेश तथा प्रक्रिया जो ऊपर कहे गए किसी अधिकारियों को निर्देशित किया या दिया जाएगा, उसे उचित तरीके से कार्यान्वियन अत्यावश्यक होगा, वह जैसे वारंट को बिना देरी किए कार्यान्वित करता है, व्यक्ति इसे प्राप्त करता है और उसे उसी अवस्था में उस उद्देश्य के प्राधिकृत व्यक्ति तक पहुंचा देता है वह उसका उत्तरदायित्व लेगा और पृष्ठांकन के द्वारा एक या इससे अधिक पुलिस अधिकारियों को इसके कार्यान्वयन के लिए नियुक्त करेगा या किसी अन्य अधिकारी को उसी कार्य को कार्यान्वित करने के उद्देश्य से पृष्ठांकित करेगा; और प्रत्येक पुलिस अधिकारी जिसका नाम उस पृष्ठांकन में पृष्ठांकित है उस समय वह जिसके नाम वह आदेश मूलतः निर्देशित है के बराबर शक्ति, सुविधाओं और सुरक्षा का हकदार होगा; उसे प्रत्येक प्रक्रिया एवं डाक को गुप्त रूप से कार्यान्वित करने का अधिकार दिया जाएगा; और वह अपने साथ सामान्य जिला पुलिस की पूरी फोर्स उच्च्तम न्यायालय के सीमा के अंदर बिना कोई औपचारिकता के स्थानीय पृष्ठांकन के बिना रख सकेगा; और उसे सभी पुलिस प्राधिकारी कहीं भी ऐसी प्रक्रिया को कार्यान्वित करने में सहायता करेगा।

35. प्रत्येक सम्मन, सूचना और अन्य अपराधिक प्रक्रिया को पार्टी को व्यक्तिगत नाम से या उसके परिवार के व्यस्क सदस्य के साथ या उसके एक प्रति को उसके निवास स्थान के विशेष उपयोगी भाग पर चिपका कर तामील किया जा सकता है: और अगर कोई पार्टी इस तरह के तामील सम्मन, सूचना को नहीं मानता या उसकी उपेक्षा करता है तो वह न्यायालय और दण्डाधिकारी के विवेक पर निर्भर करेगा की वह इसे उसी प्रक्रिया से दुबारा जारी करे या पार्टी को अर्थदण्ड दे जो पचास रुपये से अधिक नहीं होगा जिसके लिए पार्टी स्वयं जिम्मेवार होगी; नहीं तो ऐसे व्यक्ति यह साबित करें कि वह असहनीय घटना के कारण या अन्य कोई संतोषजनक कारण से ऐसे सम्मन सूचना को पालन नहीं कर सका।

36. एक दण्डाधिकारी बिना कोई पूर्व सम्मन, सूचना को जारी किए किसी समय उसको वारंट जारी कर किसी व्यक्ति जो किसी संज्ञेय अपराध किए जाने का आरोपी हो को अपने सामने लाने का आदेश दे सकता है, या उसकी उपस्थित किसी कारण से अतिआवश्य हो, जब कभी उसकी उपस्थिति संभाव्य हो उसके साथ ऐसा व्यवहार नहीं करेगा यदि वह ऐसा करने को बाध्य नहीं करे।

37. एक पुलिस अधिकारी को गिरफ्तारी का वारंट कार्यान्वित करते समय वारंट के तत्वों को अधिसूचित करना चाहिए और अगर ऐसा करना आवश्यक हो तो वारंट को दिखा सकता है।

38. गिरफ्तारी करने में, गिरफ्तार किए जाने वाले व्यक्ति को वारंट के कार्यान्वयन के समय पुलिस छू सकती है या उसे घेर सकती है; यदि उसकी हिरासत में सुपुर्दगी शब्दों एवं प्रभाव से न हो।

39. कैदी की गिरफ्तारी के बाद उसे रोक कर रखने का कोई औचित्य नहीं है उसे जैसे भी हो सके भाग निकलने से रोकना आवश्यक है।

40. किसी भी अपराधी के वारंट द्वारा गिरफ्तारी के लिए प्राधिकृत अधिकारी जिसके लिए शिकायत पर वारंट जारी किया गया हो के कार्यान्वयन के समय वह पुलिस अधिकारी किसी भी आवास गृह के बाहरी या भीतरी दरवाजे, खिड़की को तोड़ सकता है, वह अभियुक्त हो अथवा अन्य कोई व्यक्ति, ऐसे वारंट को कार्यान्वयन के आदेश में इस उद्देश्य के लिए प्राधिकृत होने के अधिसूचना के बाद और उद्देश्य और मांग दोनों मिलने के बाद वह अन्य किसी दूसरे द्वारा अपराधी को पेश नहीं करा सकता।

41. अगर अभियुक्त व्यक्ति को किसी भी अपराध के लिए वारंट जारी हो सकने की सूचना पाता है। अगर वैसे अभियुक्त व्यक्ति कोई अपराध जिसके लिए वारंट जारी हो सकता है की सूचना पाता है तो वह स्वयं को किसी वास्तविक रूप से महिलाओं को रहने वाले अपार्टमेन्ट में छुपा लेता है, नियुक्त पदाधिकारी वारंट के कार्यान्वयन में कुछ ऐसे जो आवश्यक हो सके सावधानियां लेता है परन्तु अभियुक्त को भागने से रोकने के लिए अगर अपराधी स्वयं को प्राधिकृत पुलिस अधिकारी के समक्ष सुपुर्द नहीं करता है तो पुलिस अधिकारी वारंट के कार्यान्वयन के लिए वैसे अपार्टमेन्ट को तोड़ कर खोल सकता है और उसमें निहित प्रक्रिया को पूरा कर सकता है, उसी समय एक सूचना देकर उनमें रहने वाली महिलाओं को वहां से हटने की स्वतंत्रता दे सकता है।

42. गिरफ्तारी पूरी होने के बाद पुलिस अधिकारी अपने वारंट के कार्यान्वयन को पूरा करते हुए बिना कोई देरी किए गिरफ्तार व्यक्ति को दण्डाधिकारी या वारंट में वर्णित प्राधिकारी के सामने ले जाता है।

43. पुलिस अधिकारी किसी भी गिरफ्तार व्यक्ति से धमकी या अन्य किसी प्रकार के वचन के द्वारा गुनाह कबूलने को बाध्य नहीं करेगा। लेकिन

पुलिस अधिकारी गिरफ्दार व्यक्ति का सावधानी अथवा अन्य तरीके से बचाव नहीं करेगा, कोई भी प्रकटन जो वह करना चाहता है अपनी स्वतंत्र इच्छा से कर सकता है।

44. अगर कोई पुलिस अधिकारी किसी भी समय स्वयं को एक गिरफ्तारी को प्रभावी करने में सक्षम नहीं पाता तो यह उसके लिए कानूनी है कि वहां उपस्थित प्रत्येक व्यक्ति या किसी व्यक्ति जिसे वह कहे गिरफ्तारी को प्रभावी बनाने में उसकी सहायता करेगा, और कोई व्यक्ति यदि उसके ऐसे मांग की उपेक्षा या इंकार करता है, तो वह दोष सिद्ध होने पर इसके लिए उसे अर्थदण्ड जो 50 रुपये से अधिक नहीं होगा या तीन माह कैद या दोनों दे सकता है।

45. प्रत्येक पुलिस अधिकारी जो स्वयं को हिंसात्मक कार्य, किसी भी नियम की उपेक्षा तथा कानूनी आदेश का उल्लंघन, किसी विश्वसनीय प्राधिकारी का आदेश जो इस संविधान की धारा के अन्तर्गत दण्डनीय हो, और जो बिना छुट्टी या बिना दो माह पहले सूचना दिए जो इस अधिनियम के द्वारा दिया गया है के कार्यालय के कार्यों का वहन बंद कर दिया हो, या वह बिना किसी के अधिकृत किए पुलिस कार्यो के अलावा किसी दूसरे कार्य में नियुक्ति से बंध गया हो, या उस पर किसी न्यायिक कार्यवाही के द्वारा किसी दोष का जांच चल रहा हो, वह दुर्भावनापूर्ण बिना किसी संभावित कारण के किसी भी व्यक्ति के विरुद्ध कष्टदायक तुच्छ अपराधा का आरोप लगाया हो, या वह जानबूझकर अपनी इच्छा से अपनी शक्ति का दुरुपयोग किया हो; या वह अपने इच्छा से अभियोग्य कार्यों की उपेक्षा करके किसी भी व्यक्ति को अपने हिरासत में बिना वारंट के दण्डाधिकारी के सामने लाया हो जैसे इसके पहले दिया गया है; या वह किसी भी व्यक्ति अपराधी को अपने हिरासत से भाग जाने की सहमति दिया हो; या वह बिना वारंट वाले व्यक्ति को अपने हिरासत के लिए व्यक्ति पर हिंसा करने को प्रेरित किया हो इत्यादि का दोषी हो तो दण्डाधिकारी के सामने दोष सिद्ध होने पर वह अर्थदण्ड जो उसके तीन माह के वेतन से अधिक नहीं होगा या सक्षम या साधारण कारावास की सजा या दोनों का भागी होगा।

46. कोई पुलिस अधिकारी किसी भी परिस्थिति में प्रत्यक्ष या अप्रत्यक्ष तरीके से बहाना बनाकर या झूठ के सहायता से किसी भी प्रकार का शुल्क,

आहार के लिए शुल्क, भत्ता और क्षतिपूर्ति जो बिना पुलिस महानिरिक्षक या उसके द्वारा अधिकृत प्रभारी अधिकारी के अनुमति के बिना प्राप्त किया गया हो तथा दण्डाधिकारी के सामने दोष सिद्ध हो जाए तो वह अर्थदण्ड जो छः माह के वेतन से अधिक नहीं होगा या सक्षम या साधारण कारावास की सजा जो छः माह से अधिक नहीं होगा या दोनों का भागी होगा।

47. कोई पुलिस अधिकारी प्रत्यक्ष या अप्रत्यक्ष, किसी भी तरह का रिश्वत, अनाधिकृत पुरस्कार, किसी असंवैधानिक धमकी या छल-कपट द्वारा, या वह अपना कोई कार्य किसी कारण भूल जाता है या देर से करता है, या वह किसी भी सूचना को संचारित करने में देरी करने रोके रखने के के लिए बाधित होता है, या वह गलत तरीके से अपने हिरासत से भगा देता है; और वह अगर ऊपर कहे गए किसी भी अपराध को स्वीकार करता हो; और कायरता करने का दोषी होता है, और अगर उन दोषों को दण्डाधिकारी के सामने सिद्ध कर दिया जाता है तो वह अर्थदण्ड का भागी जो 12 माह के वेतन से अधिक नहीं होगा या सश्रम या साधारण कारावास जिसकी अवधि 12 माह से अधिक नहीं होगी या दोनों दण्ड का भागी होगा। अंतिम तीन पूर्व खण्डों में दण्डाधिकारी को हमेशा अधिकार दिया गया है कि वह उसे इस प्रवृत्ति के किसी भी मामले में ट्रॉयल के लिए रोकना उचित समझता है तो उसका इसमें परिज्ञान बहुत कठिन होगा।

48. अगर कोई व्यक्ति किसी पुलिस अधिकारी को उसके कर्तव्यों के निर्वहन में बाधा पहुंचाता है या रोकता है या उस पर प्रहार करता है, या किसी अन्य व्यक्ति को ऐसा करने के लिए उत्प्रेरित करता है, और दुर्भावनापूर्ण, तथा असंभावित कारण, हल्का और झूठा आरोप किसी पुलिस अधिकारी पर लगाता है, और ऐसे किसी अपराध का दण्डाधिकारी के सामने दोष सिद्ध हो जाए तो वह इसके लिए वह अर्थदण्ड जो दो सौ रुपये से अधिक का नहीं होगा या सश्रम या साधारण कारावास जिसकी अवधि छः माह से अधिक की नहीं होगी या दोनों का भागी होगा।

49. कोई व्यक्ति जो किसी गली, रोड आम रास्ता या गलियारे किसी भी शहर के सीमा के अन्दर निवासियों और यात्रियों को रुकावट, असुविद्या, कष्ट, नुकसान, जोखिम इनमें से कोई भी या इनसे सबंधित, अपराध दण्डाधिकारी के सामने सिद्ध हो जाता है तो वह अर्थदण्ड जो पचास रुपये से अधिक

नहीं होगा या कारावास जो आठ दिन से अधिक नहीं होगा या दोनों का भागी होगा: और किसी भी पुलिस अधिकारी के लिए यह कानूनी होगा कि ऐसे व्यक्ति जो ऐसा अपराध करने का विचार स्वीकारता हो बिना वारंट के अपनी हिरासत में ले सकता है:

1. कोई व्यक्ति किसी पशु की हत्या कर और किसी गली में जानवर/पशु की लाश को गली में साफ करता हो, कोई व्यक्ति किसी भी गलीयों में किसी पशु को ड्राइविंग के लिए लापरवाही एवं अनियंत्रित दौड़ता है और घोड़ा या अन्य पशु को प्रशिक्षण के लिए किसी सार्वजनिक रोड़ पर जहां आने-जाने वालों को असुविधा हो।
2. कोई व्यक्ति जो किसी भी पशु को भद्दी गालियां दे।
3. कोई व्यक्ति जो किसी पशु या वाहन से संबंधित किसी भी वस्तु को चढ़ाने उतारने या यात्रियों के चढ़ने एवं उतरने में लगने वाले समय से अधिक देर के लिए रास्ते पर रोके रखता है या वह इस प्रकार से कोई वाहन इस ढंग से रखता है जिससे जनता को खतरा एवं असुविधा हो।
4. कोई व्यक्ति जो अपने सामान को रोड पर बिक्री के लिए प्रदर्शित करता है जिससे जनता तथा यात्रियों को असुविधा हो।
5. कोई व्यक्ति जो धूल, गंदगी और पत्थर या भवन निर्माण सामग्री रोड पर फेंकता है या रखता है या वह पानी का हौज, गाय का घर, स्तबल या ऐसी कोई व्यवस्था किसी भी आम रास्ता पर बनवाता है जिसके कारण कोई भी असुविधा होती हो, या कोई भी अपराधिक मामला का संचालन किसी घर, फैक्ट्री और गलियों में करता हो।
6. कोई व्यक्ति जो आम रास्ते पर शराब के नशे में धुत किसी से झगड़ा करने पर उतारू हो तथा स्वयं को संभालने में असक्षम हो।
7. कोई व्यक्ति जो अपनी इच्छा से और अभद्रता से वह अपने अपराधिक विरुपता या रोग को प्रदर्शित करता है, या किसी भी सार्वजनिक गलियां, पक्की रोड़ के किनारे उपद्रव या किसी भी हौज, तालाब पर नहाकर या कपड़ा धोकर जो इस उद्देश्य के लिए नहीं बनाया गया है, आसानी से स्वीकार करता हो।

8. कोई व्यक्ति जो किसी भी कुआं, हौज तथा अन्य खतरनाक जगहों और रचनाओं का घेराबंदी करने को उपेक्षित करता हो।

50. पुलिस महानिरिक्षक या पुलिस का वरिष्ठतम अधिकारी ऐसे विशेष आवश्यकता होने पर किसी भी सभा एवं जलूस को सार्वजनिक सड़कों, गलियों, घाटों और हवाई अड्डों पर आयोजित करने का निर्देश दे सकता है; उनके द्वारा निर्धारित मार्ग, और समय पर ऐसा जलूस जा सकता है; उस समय यह आदेश वैसे सार्वजनिक रोड़, गलियों, घाटों या हवाई अड्डों, और सभी सार्वजनिक सैरगाहो; और सभी ऐसे सभाओं एवं जलूसों से होने वाली सार्वजनिक बाधाओं को रोकने के लिए पास के पूजा स्थलों सार्वजनिक पूजा के समय में और कोई ऐसे मामले में जब रोड़, गली, घाटों और हवाई अड्डे बाधित हो उस समय वैसे सभी जगहों पर ये आदेश लागू रहेंगे। वे त्योहारों एवं समारोहों या किसी भी देशीय आयोजनों में गलियों और सड़कों पर संगीत का आयोजन का आदेश दे सकता है; और वह पूरे भीड़ को तितर-बितर करने के लिए उसे 12 और अधिक की संख्या में बहने का निर्देश दे सकता है जब उन्हें शांति भंग होने की आशंका हो; और प्रत्येक व्यक्ति जो जारी आदेशों का पालन नहीं करता या उसका विरोध करता है जैसे ऊपर कहे गए हैं; और अनुज्ञप्ति द्वारा स्थिति को हिंसात्मक बना रहा हो वह अर्थदण्ड जो दो सौ रुपये से अधिक नहीं होगा, यह भाग हमेशा दण्ड नहीं देता अगर दण्डाधिकारी अपनी समझदारी से बीच-बचाव के साथ ऐसे मामलों के ऊपर सामान्य नियंत्रण कर ले।

51. इस अधिनियम के अंतर्गत दोष सिद्धी के सभी मामलों में, दण्डाधिकारी को अपने सामान्य क्षेत्राधिकारों में अर्थदण्ड की राशि या कारावास के सजा के अनुसार सजा सीमित करने का प्रयास कर सकता है, रोक सकता है; कांस्टेबल स्तर से ऊपर जो सिर्फ यूरोपियन अधिकारियों द्वारा निर्णित पुलिस अधिकारी के विरुद्ध ऐसा कुछ उत्तरदायित्व हमेशा दिए गए हैं।

52. इस अधिनियम में कुछ भी नहीं है जब कोई इस अधिनियम के द्वारा दण्डनीय, और दोष सिद्ध कोई अपराध के लिए किसी अभियोगी व्यक्ति को नहीं बचा सकेगा: या किसी व्यक्ति के बचाव के लिए किसी भी कानून, नियम और अधिनियम के प्रति उत्तरदायी हो; या इस अधिनियम द्वारा किसी ऐसे अपराध को जिसके लिए ऊंचे अर्थदण्ड या सजा निर्धारित

हो। इसके लिए हमेशा यह दिया गया है कि एक ही तरह के अपराध के लिए दो बार सजा नहीं दिया जाएगा।

53. सभी आरोपित दण्ड एवं पेनाल्टि और सभी पैसों का योग इस अधिनियम के अंतर्गत वसूलनीय है, इसके नहीं प्राप्त होने की स्थिति में अपराधी से इसे बलपूर्वक तथा उसके चल–अचल संपत्तियों और वस्तुओं को बेचकर प्राप्त किया जाएगा जो दण्डाधिकारी के वारंट द्वारा या कानून द्वारा दिए गए किसी भी सिद्धांत पर आधारित होगा।

54. किसी व्यक्ति के विरुद्ध कोई भी अभियोजन की प्रक्रिया कानूनी होगा जो कुछ भी कानूनी ढंग से इस अधिनियम के नियमों के अंतर्गत लाया जाएगा या लाने का इरादा होगा या इसके द्वारा दिए गए सामान्य पुलिस शक्ति के अंतर्गत शिकायत करने के तीन माह के अंदर इसकी कार्यवाही प्रारंभ होनी चाहिए अगर वह अन्यथा कुछ स्वीकार नहीं कर लेता; ऐसे कार्यवाही की लिखित सूचना इसके कारण सहित प्रतिवादी को दिया जाएगा या महानिरिक्षक या जिले का वरिष्ठतम पुलिस अधिकारी जो इस कार्यवाही के प्रारंभ होने से कम से कम एक माह पहले से कार्यरत हो। और अगर वादी ऐसी क्रिया पुनः प्राप्त नहीं करता तो ऐसी प्रक्रिया को लाने से पहले पर्याप्त संशोधन होगा, और अगर ऐसी प्रक्रिया लाने के बाद न्यायालय में प्रतिवादी द्वारा या उसके प्रतिनिधि के रूप में किसी के द्वारा रुपये अदा कर दिया जाएगा, और यदि ऐसी किसी प्रक्रिया में वादी को डिग्री दे दिया गया हो, ऐसे वादी, प्रतिवादी के विरुद्ध कोई न्यायालय वाद व्यय नहीं रखता; यदि न्यायाधीश उसके सामने जांच कर प्रक्रिया का अनुमोदन कर प्रमाण पत्र देगाः इसी अधिनियम में जहां किसी अधिकारी द्वारा अपराधीक ढंग से अभियोजित किसी झूठे मुकदमे में हमेशा कोई कार्यवाही नहीं किया जाएगा।

55. जब कोई ऐसी क्रिया, अभियोजन या कार्यवाही किसी भी पुलिस अधिकारी के विरुद्ध कोई भी ऐसे कार्य जो उसके क्षमता के अनुसार किया गया हो, लाया जाय तो उसका यह कानूनी अधिकार है कि वह ऐसे कार्य जो उसके द्वारा दण्डाधिकारी द्वारा जारी अधिकृत वारंट द्वारा किया गया है को साबित करे या सफाई दे; और ऐसा सफाई को दण्डाधिकारी जिसके द्वारा वारंट हस्ताक्षरित कर जारी किया गया हो के द्वारा प्रमाणित किया जाएगा। और तत्पश्चात प्रतिवादी दण्डाधिकार के क्षेत्राधिकार में त्रुटी

के बिना तथा बिना किसी विरोध के अपने पक्ष में ले लेता है। और ऐसे हस्ताक्षर को किसी ऐसे कार्यालयों में प्रमाण की आवश्यकता नहीं, जब तक न्यायालय को उचित कारण नहीं दिखताः इस प्रकार के उपचार हमेशा दिए गए हैं जब पार्टी ऐसे वारंट जारी करने वाले प्राधिकारी को पूर्णतः विरोधी हो।

56. यह अधिनियम किसी और प्रत्येक ऐसे जिलों में गवर्नर के परिषद में अधिसूचना जो कार्यालय गजट में प्रकाशित होगा के द्वारा प्रभावी व स्थापित होगा।

परिशिष्ट – 3

पुलिस समुदाय : पुलिस अधिनियम में उपबंध

यह सुधार प्रस्ताव जो सर्वसम्मती से पुलिस आयोग द्वारा पुलिस समुदाय और एक संगठित पुलिस दस्ता के लिए आधार जैसा (रिकार्ड) अभिलेखित किया गया है।

1. सामान्य प्रशासन में सरलीकरण के विचार के साथ, सैन्य अनुशासन, एकरूपता तथा संगति के रख-रखाव के लिए पुलिस अधिनियम तथा दोनों विभागों पर प्रभावी वित्तीय नियंत्रण, दोनों सैन्य और असैन्य बलों के खर्च और कार्य बीच अलगाव का एक मोटि लाइन खिंचती है।

   वहां सिर्फ दो विभाग होंगे जिसमें एक के पास सुरक्षात्मक तथा दूसरे के पास निरोधक या दमनात्मक कार्य एवं उत्तरदायित्व होगा; उसमें से एक मिलिट्री आर्मड फोर्स मिलिट्री कमांडर के आदेशों के अंतर्गत होगा; तथा दूसरा असैन्य दस्ता असैन्य सरकार के विषयाधीन होगा।

2. यह मिलिट्री आर्म्ड फोर्स स्वयं को पूर्णतः देश सेवा के लिए समर्पित होगा, यह अपने उचित कार्यों युद्धों को रोकने, तथा असैन्य शक्ति को सिर्फ विद्रोह तथा फैले हुए बगावत को रोकने में सहायता करेगी। मिलिट्री आर्म्ड फोर्स को सभी गैर-सैन्य कार्यों से मुक्त किया जा सकेगा, और देश की शांति और व्यवस्था को बनाए रखने के सभी अवसरों दंगा-फसाद और शांति भंग होने के आशंका पर असैन्य शक्ति द्वारा कार्यवाही किया जाएगा सैन्य पुलिस द्वारा नहीं।

3. यह आदमियों का निकाय उचित ढंग टर्म ''मिलिट्री'' मिलिट्री के तरह बना एक संगठन होगा, जिसे सैन्य उद्देश्यों के लिए नियुक्त किया जाएगा

तथा वह सैन्य आवश्यकताओं के लिए उत्तरदायी होगा, इसे असैन्य पुलिस की तरह उपयोगी नियुक्ति नहीं किया जा सकता और न हीं इसे असैन्य दस्ता अपने कार्यों के साथ किसी भी ऑपरेशन या कार्य में सम्मिलत करेगा; इस प्रकार के निकायों को सैन्य विभागों में स्थानांतरीत किया जाएगा या असैन्य दस्ता में जो मजबूत सिद्धांतो पर बनाया गया है। सम्मिलित कर लिया जाएगा; ऐसा समेकित फोर्स में कमी दोनों विभागों में स्वीकृति देने वाला होगा। वह सैन्य प्राधिकारी भविष्य में किसी भी पद को वापस या उस पद के रख-रखाव को जब्त कर सकेगा, गार्ड और अन्य उद्देश्यों के लिए अलग से मिलिट्री की आवश्यकता नहीं इसे इससे पृथक किया जाएगा; इस प्रकार फोर्स की एकाग्रता तथा अनुशासन के रख-रखाव, और आर्मी के कार्य क्षमता में वृद्धि; और इसके द्वारा पुनरीक्षण तथा देश में सभी सैन्य आवश्यकताओं की दृष्टि से सही अनुमान लगाया जा सकेगा।

4. यह असैन्य सुरक्षा बल भारत के किसी भी भाग में बनाया जा सकता है, इसका शुरूआत असैन्य आधार पर होगा बाद में यह ब्रिटिश और आयरिश सैन्य दस्तों के मॉडलों के आधार पर होगा तथा ये सावधानी से चयन किए गए यूरोपियन अधिकारियों के नियंत्रणधीन होंगे, उन्हें इस विभागीय संविधान के द्वारा विशिष्ट सावधानी से रूपांतरित किया जा सकता है। और उनकी भौतिक संरचना का उनके प्रत्येक कर्तव्य के प्रदर्शन जिसमें अपराध रोकने के संबंध में तथा स्थानीय अत्याचार के उन्मूलन को, व्यवस्था बनाए रखने, और सीमान्त क्षेत्रों में आक्रमण से रक्षा जहां सशस्त्र आक्रमण की आशा नहीं है; जेल, ट्रेजरी, स्टोर्स तथा कोई भी एस्कार्ट का कार्य या उनसे संबंधित अन्य कार्य, और सभी तरह से व्याख्यायित सार्वजनिक संपत्ति का देखभाल में आवश्यकता हो सकती है।

5. जो कार्यकारी सरकार एक बार एक असैन्य बल ऐसे संगठन जैसा बना ले तो ये पूरी तरह प्रत्येक असैन्य पुलिस उद्देश्यों के लिए उपयोगी होगा। ऐसे बल को इस तरह प्रशिक्षत कर बनाया जाएगा कि इसके ऊपर जासूसी एवं सुरक्षात्मक पुलिस कार्यों के लिए पूर्णतः विश्वास किया जाएगा और उस स्थान के संबंध में जहां वह नियुक्त होगा व्यवस्था को संपत्ति की सुरक्षा एवं स्थानीय शांति बनाए रखेगा। ऐसा बल या दस्ता बनाना सस्ता एवं प्रभावशाली मिलिट्री के लिए कुंजी होगा।

6. जो इस दिशा में इस निकाय में सम्मिलित ढांचा को प्रभावित करने के उद्देश्य से एक जिम्मेदार निरिक्षण प्राधिकारी के अन्तर्गत एवं एकरूप, संगठित बिना बंटा हुआ नियंत्रित एवं जिम्मेदार सभी बहु–संख्यक निकाय कम या अधिक स्वतंत्रता से देश के विभिन्न उचित असैन्य पुलिस प्रशासन के कार्यों में तथा सामान्य गार्ड और किसी भी विभाग से संबंधित प्रत्येक संपत्ति का देखभाल में व्यस्त है। पुलिस फोर्स को उचित सभी आवश्यक कार्यों के लिए उनकी कार्यरूपता और सिद्धांत में पहचान इस पूरे निकाय जिनमें ये कर्तव्य निहित है। इस प्रकार सिर्फ संख्या और वित्तीय दृष्टि से लाभदायक और सुरक्षित हो सकता है: सभी छोटे कार्यों सार्वजनिक संपत्ति की देखभाल एक संगठित एवं अनुशासित फोर्स के प्रतिनियुक्त प्रहरी द्वारा अच्छा और बहुत सस्ता में किया जा सकता है। ये इसलिए इनके होते हुए प्रचलित उपयोगों के बदलाव पर कोई कठिनाई उत्पन्न नहीं होती; उलझे हुए सिद्धांत को सरलीकृत कर, संरक्षण और शक्ति किसी भी विभाग में बदलने पर जटिलतम समस्याओं को भी ठीक कर लेते हैं। तथापि सर्वोच्च उद्देश्यों के लिए एक सक्षम पुलिस प्रणाली द्वारा दृढ़ता से बनाना होगा।

7. इस ऊपर लिखित विचारों के अंतर्गत सभी स्वतंत्र निकाय जेल, (विशेष रूप से वार्डस के स्थापनाओं का) सामान्य और तहसील ट्रेजरी और एस्कार्ट के लिए जारी रखा जाएगा; और सभी नदी और सड़क पुलिस कुछ भी नाम हो अब सरकारी भुगतान से क्रमशः मुक्त कर संगठन के आय पर दस्ता में समाहित किया जाएगा।

8. यहां एक संगठित, सक्षम तथा एकरूप विस्तृत पुलिस प्रबंध प्रणाली की रचना की जाएगी, ऐसे स्वतंत्र निकाय जिसे पसंद के अनुसार आवश्यकता के स्थान पर जैसे ठगी, डकैती विभागों (avowedly) को जारी रखा जाएगा क्योंकि सामान्य पुलिस असक्षम है। इन विभागों को क्रमशः पुलिस में समाहित कर प्रचलित निकायों के अधिकारियों, कर्मचारियों स्वीकृतिकर्ता के रूप में इन्हें विभिन्न प्रांतों के पुलिस में बांट दिया जाएगा, इस प्रकार जल्दी ही ऐसे पुलिस संगठन सक्षमता से उन्नति कर इसकी अनुमति देगा।

9. पुलिस छावनी के विस्तृत नियम पर मिलिट्री स्टेशन को आपत्ति नहीं होगी, प्रत्येक कार्य अब स्वतंत्र निकाय द्वारा किया जाएगा; जिसे नियमित दस्ता द्वारा लिया जाएगा अगर आवश्यक हुआ तो इन्हें सहायक यूरोपियन एजेंसी द्वारा ताकतवर बनाया जाएगा। पुलिस अधिकारी स्टेशन के कमांडिंग

अधिकारी या छावनी के संयुक्त मजिस्ट्रेट (जैसा भी स्थिति हो सके) वही संबंध रखेगा, जैसे जिला के अधिकारी छावनी सीमा से बाहर रहते हैं।

10. मिलिट्री वित्त आयोग का दस्ता द्वारा निर्वाहित कर्तव्यों के संबंध में विचार जहां ऐसे दस्ता के कार्यों, मिलिट्री स्टोर्स या कंपनी का रखवाली दोनों स्टोर या घूमने में उसका वेतन उसके लेने वाले के द्वारा दिया जाएगा; इन स्पष्ट सिद्धांतों का प्रतिपादन जिसमें ऐसे मामले नियंत्रित होंगे इसके लिए ये आयोग कर्नल वाल्फर का आभारी है जिन्होंने इस सुधार प्रस्ताव को लिखा और इसके साथ संग्लग्न किया। और प्रत्येक सुविधाएं मिलिट्री छावनी में वहन किया जाएगा मिलिट्री वित्त आयोग के विचारों के प्रभाव के लिए, मिलिट्री अधिकारी दस्ता को प्रत्येक संपत्ति के रक्षा तथा देखभाल के लिए प्रत्येक व्यख्यायित वेतन को स्वयं वहन करेंगे।

11. जो आगे सभी चपरासी, व्यक्तिगत गार्ड और आर्डरलीयों राजस्व कर्मचारी और कार्यालय सहायक इस दस्ता के साथ सम्मिलित नहीं रहेंगे। सभी सार्वजनिक उद्देश्यों के लिए, विभिन्न अधिकारियों की सहायता के लिए आवश्यक आदमियों की संख्या को संगठित अनुशासित, और किफायति बल की पूर्ति किया जा सकता है: और वे अधिकारी अपने कार्यालय के सभी व्यवसाय तुरंत इनके नियंत्रणाधीन करेगा।

12. विभिन्न कार्यरत पुलिस निकायों को अब तक सरकार वेतन देती थी अब सभी अन्य निकायों में नियुक्त रक्षक पुलिस को संगठित दस्ता के अंतर्गत लाया जाएगा तथा इनका वेतन भी इसी स्रोत से भुगतान किया जाएगा।

13. क्योंकि सभी आदमियों के लिए सिटी पुलिस फोर्स का गठन किया जा रहा है जिन्हें बंगाल प्रेसीडेंसी के शहरों को 1856 की धारा XX के द्वारा दिया जाएगा, सभी नियुक्त आदमियों को पुलिस की तरह मेन रोड और फुटपाथों पर लगाया जाएगा जिनका वेतन फुटपाथों से हुए वसूली तथा अन्य साधनों से दिया जाएगा, और प्रत्येक अन्य पुलिस चाहे कुछ भी नाम हों वह वेतन भुगतान प्राप्त करेगा; उन्हें संगठित दस्ता से उपलब्ध कराया जाएगा और जिला पुलिस निरिक्षक के अंतर्गत स्थापित किया जाएगा।

14. क्योंकि ग्रामीण पुलिस का संविधान अथवा जमींदार तथा ग्रामीण समुदाय के बीच उस प्रचलित संबंध तथा ग्रामीण प्रहरी परिक्षित होगा या नहीं जिला पुलिस निरिक्षक का सार्वजनिक कार्य बढ़ेगा, ग्रामीण पुलिस का निरीक्षण का कार्य उन पर ही होगा इन कर्तव्यों का नियमित एवं समय

से निर्वहरन के विचार के साथ अपनाया गया, तथा ग्रामीण रक्षा प्रहरी को बनाना संगठित दस्ता का उपयोगी संपूर्क होगा।

15. यह सर्वोच्च निकाय पुलिस बल के एक भाग के रूप में अत्यधिक खर्चीला होगा। वे अत्यधिक विधिहीन चरित्र का होगा तथा नियंत्रण में निचे के दस्ता की अपेक्षा कम आज्ञाकारी होगा। क्योंकि ऐसा दस्ता (फोर्स) केवल प्रांत में अपराध के समय विशिष्ट परिस्थितियों को जोड़ने के लिए उपयोगी होगा: दृष्टांत के लिए, एक बड़ा संगठित विधिहीन लूटेरों पर नियंत्रण लेकिन ये जिले के सामान्य रक्षात्मक तथा जासूसी कार्यों के लिए बहुत उपयोगी नहीं है। यह इसलिए एक गश्त लगाने वाले नीचे के दस्ता का सूक्ष्मता से निरिक्षण करेंगे: ये ठीक उसी पुलिस बल पर अधारित होंगे, और बहुत जल्दी ही घोड़े से इन्हें सुसज्जित कर दिया जाएगा सिर्फ वहां जहां इनकी विशेष आवश्यकता हो वहां इन्हें स्पष्टत: स्थापित किया जाएगा। इन प्रचलित घुड़सवार पुलिस निकायों का स्थापनाओं को प्रत्येक जिले में अत्यधिक सावधानी से परिक्षित किया जाएगा। इस विचार के साथ ही इनके विस्तार या स्थापना संख्या की दृष्टि से कम किया जाय। इन्हें "सर्वोच्च दस्ता" के नाम दिया जाएगा।

16. क्योंकि जासूसी सेवा विभाग अलग नहीं बनाया जाएगा और यह प्रत्येक विभाग के पुलिस के पास होगा, उचित तरीके से रक्षात्मक एंव जासूसी तथा इनसे संबंधित प्रत्येक कार्य के लिए ये उत्तरदायी होंगे।

17. क्योंकि इस प्रकार स्थापित पुलिस प्रत्येक स्थानीय प्रशासन के लिए स्थानीय सरकार में अपने प्रमुख के तत्काल प्रभाव एंव नियंत्रण में एक अलग विभाग बनाएगा, वह एक स्वतंत्र विभागीय संगठन के अधीनता में एक प्रभावशाली यंत्र के रूप में जिला अधिकारी के प्रबन्ध में विकसित होगा।

18. क्योंकि इसे भारत के सुप्रीम सरकार, सभी अधिशासी विभाग जिसका संबंध पुलिस से हो या इस कार्य और उत्तरदायित्व के लिए स्थानीय सरकार का प्रतिस्थापना में कोई अधिकारी के अंतर्गत रखना वांछनीय नहीं है; लेकिन आदेश की सुरक्षा में यह वांछनीय है "भारत सरकार का नियंत्रण जो सामान्य सिद्धांत और कुछ सामान्य निरिक्षण जैसा सरकार एकरूपता और अभ्यास तथा खर्च की स्वीकृत राशि का समानुपात बनाए रखने के लिए" इसका परिसिमन कर सकेगा। क्योंकि सभी पुलिस प्रशासन से संबंधित रिटर्न, रिर्पोट और संदर्भों को सचिवालय में केन्द्रीय सरकार के विभागों में से एक में रखा जाएगा।

19. क्योंकि प्रत्येक स्थानीय सरकार तथा प्रशासन के अन्तर्गत एक दस्ता को बनाया जाएगा; तथा इसके अंतर्गत एक अधिकारी भी होगा जो पुलिस महानिरिक्षक के पद का होगा; उसमें सरकार से बातचीत करने, संगठन की स्थापना, रख-रखाव, उसके क्षमता को सजगता से बनाए रखने, उसके अनुशासन तथा आंतरित अर्थव्यवस्था और सामान्य प्रबन्ध अपने अधिकारियों द्वारा बनाए रखने का उत्तरदायित्व निहित होगा।

20. क्योंकि पुलिस महानिरिक्षक, अपने सरकार के आदेशों के अंतर्गत है, एवं जिला अधिकारियों से प्रत्येक जिला में पुलिस कर्मियों की संख्या तथा उनके प्रतिस्थापन के व्यवस्था के अनुमान लगाने के लिए विशेष अवधि के लिए परिस्थिति की जैसी आवश्यकता हो को पुनर्व्यवस्था, और कुछ मुख्य मामलों में बातचीत होगी। और स्थायी स्थानों जिसे एक बार बना दिया गया उसे बदला नहीं जाएगा जब जक ऐसे व्यवस्थाओं पर पुलिस महानिरिक्षक एवं जिला पुलिस दोनों की सहमति न हो; लेकिन जिला अधिकारी एवं पुलिस महानिरिक्षक को यह अधिकार दिया गया है कि आपात स्थिति या किसी दुर्घटना के होने पर जिला के किसी भी स्थान पर तैनात करे।

21. क्योंकि पुलिस महानिरिक्षक सरकार सूचना देते रहने के विचार के साथ केन्द्र संगठित पुलिस से संबंधित सभी मामलों की और आंतरिक शांति तथा देश में व्याप्त अपराध की अवस्था की सुरक्षा की सूचना के लिए निरंतर जिला अधिकारियों से संपर्क रखेगा। लेकिन वह किसी भी तरह किसी भी विचार में एक अपीलीय प्राधिकारी अन्यथा इससे ऊपर नहीं होगा।

22. क्योंकि एक पुलिस महानिरिक्षक की नियुक्ति के महत्व पुलिस में मुख्य नियंत्रण एवं निरिक्षण शक्ति से है, अधिकारियों की अधिशासी क्रियाएं जिला दण्डाधिकारी के स्तर से ऊपर होगा जिसका नाम डिविजनल आयुक्त होगा जो एक पुलिस निरिक्षक की तरह होगा वहां कुछ कार्यालय प्रचलित होगा जो 1857 की धारा XXIV द्वारा निश्चित प्रॉविन्सेज को उपलब्ध कराया जाएगा। लेकिन किसी भी तरह अभिष्ट सीमा के अंदर और अपराधिक प्रशासन के नियंत्रण में उनके अधिकार दण्डाधिकारी से ऊपर नहीं होगा।

23. पुलिस महानिरिक्षक कोई भी बाह्‌य प्रभार अपने पास नहीं रखेगा और नहीं किसी ब्योरा को रोककर रखेगा; इस क्रम में वह अपना पूरा समय जिला के विभिन्न पुलिस के व्यक्तिगत पर्यवेक्षण में समर्पित कर सकता है।

24. क्योंकि पुलिस महानिरिक्षक को अपराधिक प्रशासन एवं अपराध की अवस्था से संबंधित इस प्रकार के कुछ रिटर्न आकड़े, तथा रिपोर्ट जिसकी उसे आवश्यकता हो वह उचित ढंग से जैसा स्थानीय सरकार के आदेशों द्वारा निर्धारित है जिला अधिकारी द्वारा मंगवा सकता है।

25. प्रत्येक जिला एक दण्डाधिकारी के क्षेत्रधिकार में रहेगा, वहां कम से कम एक यूरोपियन पुलिस अधिकारी होगा, जो जिला पुलिस निरिक्षक के पद पर रहेगा: जो विभागीय तौर पर प्रत्येक मामलों में जैसे आंतरित अर्थव्यवस्था और फोर्स के उचित तथा अच्छा प्रबंधन तथा प्रत्येक पुलिस कार्यों का प्रभावशाली निर्वहन में पुलिस महानिरिक्षक का सहायक होगा; लेकिन वह अपराध रोकने एवं पता लगाने, शांति व्यवस्था बनाए रखने में तथा अन्य पुलिस अधिशासी कार्यों तथा पुलिस के उनके इच्छानुसार सक्षमता के साथ उत्तरदायी ढंग से उनके कार्यों को करवाने के सभी मामलों में जिला पुलिस अधिकारी का आदेश मानने को भी बाध्य होगा।

26. क्योंकि पुलिस की सभी स्थापनाओं का नामकरण जिला के साथ कर दिया जाएगा और उनमें आर्थिक तथा नियंत्रण की शक्तियां हस्तांतरित कर दी जाएगी। वह सभी मामलों, पुलिस की आंतरित अर्थव्यवस्था, भौतिक मापदंड और आदमियों के सामान्य नियमों के रख-रखाव तथा अनुशासन, एवं समयबद्धता सभी दण्डाधिकारिक आदेशों का निष्पादन से संबंधित तथा अन्य सभी मामलों के लिए उत्तरदायी होगा।

27. क्योंकि इस तरह के जिला पुलिस निरिक्षक में पुलिस कर्मियों के पदोन्नति, निलंबन, एवं पदमुक्ति पदच्युति निहित होगा इस विषय से संबंधित शक्ति समय-समय से उनमें पुलिस महानिरिक्षक द्वारा न्यस्त किया जाएगा।

28. यह एक नियम की तरह वहां संपूर्ण रूप से पुलिस अधिशासी को न्यायिक प्रधिकारियों तथा उनके कार्यालय से पृथक कर दिया जाएगा उनके कर्मचारी साय्यों का पता लगाएंगे तथा उसे इकट्ठा करेंगे– दूसरे शब्दों में वस्तुत: उस अपराधी पर मुकदमा चलाया जाएगा तो कभी भी वह अधिशासी अधिकारी के जैसा न ही होगा और नहीं वह ऊंचा या नीचे स्तर का होगा जो किसी मामले का फैसला करने के लिए बैठेगा; वैसे में जब भी वह ऊंचे न्यायाधिकरण में भेजने के लिए मामले का परिक्षण करने के विचार के साथ बैठा हो। अपराधियों का पता लगाने तथा अभियोजन पुलिस को हस्तांतरित होगा, किसी भी पुलिस अधिकारी को न्यायिक अधिकार रखने का अनुमति नहीं होगा।

29. यह बिल्कुल उचित सिद्धांत है कि न्यायाधीश और जासूसी अधिकारी एक व बराबर नहीं होंगे ये अपने कर्मचारियों का जैसा संभव हो कानून के द्वारा रखेंगे तथा उन्हें न्यायिक क्रियाओं पर लगाएगे; इसे कार्यरूप में अपनाने के लिए बहुत सावधान रहना पड़ेगा। लकिन अब कानूनी रूप से संवैध ानिक कानूनी एजेंसी भारत में प्रचलित है, एक अपवाद जिलाअधिकारी के पक्ष में अवश्य बनता है। एक दण्डाधिकारी कानून, अधिशासी अधि कारी जो मुख्यत: बिना व्यापक न्यायिक शक्ति के पुलिस के मामलों में सामान्य पर्यवेक्षण करता है। लम्बी निगाहें रखता है। भारत के कुछ भागों में दण्डाधिकारी का मूल कार्य पहले से विस्तृत नहीं था, तथा अन्य भागों में उनके मूल न्यायिक शक्ति तथा कार्य और भी अधिकार जोड़ दिया जाएगा। यह परिस्थिति ऊपर स्पष्ट रूप से अभिव्यक्त मुख्य सिद्धांतों को लागू रखने के संबंध में कठिनाई पैदा करती है; इससे दण्डाधिकारी के लिए अपने न्यायिक कर्तव्यों के निष्पादन में कठिनाई आने लगी; और दूसरे तरफ पुलिस के सामान्य मामलों के प्रबंध में जिला अधिकारी के पर्यवेक्षण में पुलिस और जनता को अमूल्य योगदान से वंचित करना वर्तमान समय में अनुपयुक्त है।

30. इसलिए जिला अधिकारी के लिए आवश्यक है कि वह पुलिस प्रशासन में जिला के मुख्य नियंत्रक पदाधिकारी के रूप में अधिकृत हो। और वह असैन्य दस्ता तथा इसके अधिकारी अधिशासी पुलिस प्रशासन के लिए उसके आदेशों के प्रति उत्तरदायी हो।

31. जब सिद्धांतों को बदला जाए या हटाया जाए तो वह प्रयोग में कम-से-कम आपत्तिजनक हो, जब अधिशासी पुलिस यद्‌यपि अपराधिक प्रशासन में कोई दण्डाधिकारी के आदेशों का पालन करने के लिए बाध्य है उसे विभागीय तौर पर बांट कर अपने अधिकारियों के सहायक तथा एक विशेष अभिकरण बनाकर जो न्यायिक कार्य का अधिकार नहीं हो रखेगा। ऐसा संगठन जासूसी कार्यों के प्रदर्शन के लिए सक्षम तथा बिल्कुल सही साबित होगा, दण्डाधिकारी के किसी भी आवश्यकता के लिए किसी भी न्यायिक मामले में कोई व्यक्तिगत कार्यवाही करे तो उससे पहले उसे जब्त करने के लिए बाध्य होगा।

32. यह 'जिला अधिकारी' शब्द इस प्रस्तावों में निम्न उद्देश्यों के लिए उपयोग किया जाएगा: इसका मतलब दण्डाधिकारीय अधिकारी होगा जो जिले के

प्रभार में होगा तथा नियमों के अंतर्गत पूरी शक्ति का प्रयोग करेगा; जैसे बंगाल के उत्तरी-पश्चिमी प्रांत का दण्डाधिकारी और अनियमित (नन-रेगुलेशन प्रॉविन्स) प्रांत का उपायुक्त, और उसके द्वारा जिला में अधिशासी अधिकारी के रूप का कोई भी अन्य पद।

33. जिला अधिकारी जो निचले स्तर के पुलिस तथा न्यायिक कार्यों में एकता स्थापित करे; और इसके फलस्वरूप उस स्तर से नीचे के अधिकारी जो अब पुलिस कार्यों में स्थापित हैं, वे भविष्य के आगे में उनके न्यायिक क्षेत्राधिकार उनके विशिष्ट मामलों में जारी आवश्यक आदेशों के आगे कोई भी वैसा कार्य नहीं करेंगे।

34. जिले के सामान्य उत्तरदायित्व के लिए तथा अच्छे जीवन के लिए उत्तरदायित्व जिला अधिकारी में निहित रखना जारी रखा जाएगा; जिले का शांति का मुख्य संरक्षणकर्ता; पुलिस बिंग (Being) को सक्षम यंत्र के रूप में उन्हें जीवन तथा संपत्ति की सुरक्षा अपराध के बढ़ने तथा स्थानीय अशांति के दमन के लिए एवं दस्ता से संबंधित सभी कार्यों के लेने के उद्देश्य से, स्थापित किया जाएगा।

35. बड़े जिलों में जहां जिला पुलिस अधीक्षक के जिम्में बहुत अधिक कार्य हों और जैसे दूसरे अधिकारी की आवश्यकता हो; वहां सहायक जिला पुलिस अधिक्षक की नियुक्ति की जाएगी।

36. वहां अब तक के सभी अधिकारियों का नाम यूरोपियन होगा।

37. वहां सहायक बल आदमियों के संग्रह के अंतर्गत निम्न पद, कर्तव्यों के साथ दिया जाएगा–

पुलिस निरिक्षक (Inspector of Police): ये विभिन्न स्तर के होंगे ये जिला पुलिस महानिरिक्षक के मुख्यालय के साथ एक से अधिक होंगे, जो ड्रील अनुशासन तथा अन्य प्रखंडों, शहरों के प्रभार में रहेंगे और सभी अधिशासी कार्यों को संचालित करेंगे, गश्त में जाएंगे, पुलिस पोस्ट का पर्यवेक्षण करेंगे तथा अपराधि को अभियोजित करेंगे।

(ये यूरोपियन, यूरेशियन या देशीय होंगे)

हेड कांस्टेबल (Head Constables): ये पुलिस दलों के प्रभारी होंगे, जो थाने में रहेंगे और ये जिला के प्रखंडों को क्षेत्राधिकार रखेंगे।

सार्जेंट (Serjeant): ये उपप्रखंड में कांस्टेबल के सहायक होंगे और एक पुलिस दल के प्रभार में रहेंगे।

कांस्टेबल (Constables): ये पुलिस का सामान्य कार्यों को निष्पादित करेंगे; जो प्राय: तीन वेतन स्तरों में विभाजित रहेंगे।

38. वह जहां कहीं भी उपयोगी होंगे स्थानीय सरकार के सीमाओं के अन्दर सामान्य कार्य के लिए पदस्थापित कर दिए जाएगे।

39. वह प्रत्येक आदमी स्थानीय सरकार के सीमाओं के अंदर सामान्य कार्यों के लिए जैसा वह कहे करने के लिए नामांकित हो सकता है।

40. क्योंकि वह बिना कोई शर्त के कार्य के अवधि के अनुसार इसके अतिरिक्त की वह बिना दो माह पहले सूचना दिए स्वयं को सेवा से वापस नहीं ले, नामांकित हो सकता है।

41. यह बल प्रत्येक जिला अधीक्षक के अंतर्गत जिला के नाम के बाद पुलिस फोर्स कहा जाएगा। जिले के सभी आरक्षी क्रमगत 1, 2, 3, 4 और इससे आगे संख्या से जुड़े रहेंगे; प्रत्येक जिले की पुलिस उचित उप-विभागों में विभाजित रहेगी; सभी उप-विभाग मंत्रों द्वारा निर्देशित होंगे जैसे A, B, C, और आगे।

42. यह कि प्रत्येक स्थानीय सरकार वेतन का एक दर निर्धारित करेगी, और यद्यपि वेतन का दर विभिन्न प्रांतों में यदा-कदा जरूर बदलेगा, जितना जल्दी हो सकेगा आत्मसातकर लिया जाएगा।

43. यह कि संगठित दस्ता के नीचे स्तर के कर्मचारी तीन स्तरों में विभक्त होंगे; उनमें सबसे नीचे वे होंगे जो कम से कम प्रांत के असक्षम मजदूर के सामान्य औसत के मजदूरी के बराबर वेतन प्राप्त करेंगे।

44. यह कि पुलिस निरिक्षक का वेतन, वह फोर्स का सबसे बड़ा अधिकारी होगा और प्रयोग में वह देश का जासूसी एवं अभियोजन अभिकरण (एजेंसी) की तरह होगा; इनका वेतनमान कुछ उदार होगा, इनके कार्यों का नियंत्रण क्रमश: यूरोपियन तथा पूर्वी भारतीयों की तरह होगा तथा वह शिक्षित तथा उच्चश्रेणी देशीय होगा तब उसे सार्वजनिक सेवा में प्रवेश करेगा। स्नातक के लिए दर होगा इस प्रकार जैसे पदोन्नति और स्थायी रूप से काम करने वाले सक्षम/कुशल आदमी का होगा।

45. **मुख्य आरक्षी (हेड कांस्टेबल) तथा सार्जेंट** (**Serjeant**) का वेतन जहां वे पदस्थापित होंगे वहां उसके नियुक्ति को पदोन्नति देने का प्रलोभन काफी होगा यह लक्ष्य नीचे स्तर के लिए खुला रहेगा।

46. सार्जेंट से ऊपर के सभी अधिकारियों को घोड़ा भत्ता देने की अनुमति होगी।

47. राज्य के खर्चे पर पुलिस के लिए आवास उपलब्ध कराया जाएगा; और पुलिस के परिवार के व्यवस्था स्थानीय सरकार के विवेकशीलता पर निर्भर रहेगा।

48. यह लम्बे और विश्वसनीय सेवा के समाप्ति पर पेंशन की आशा पुलिस बल में क्रमशः अच्छे जोश की स्थापना के लिए आवश्यक है– तथा आदमियों को सेवा में बनाए रखने के लिए, उनके लम्बी अवधि कि सेवा के अर्जित कुशलता, तथा वे सरकार के विभिन्न विभागों में सेवा के आकर्षक प्रस्तावों में स्वयं को काफी संख्या में प्रदर्शित करेंगे।

49. यह कि अधि-वर्षिता कोष की स्थापना अंग्रेजी और आयरिस दस्ता के ही सिद्धांतो पर बल के प्रत्येक सदस्यों के वेतन से कर योग्य कटौती के द्वारा बनाया जाएगा; असम्मिलित सेवानिवृत्ति पेंशन (भत्ता) नियम के अंतर्गत जो पेंशन के लिए नामित नहीं होंगे उन्हें पेंशन नहीं दिया जाएगा।

50. सुविधाजनक तथा कम खर्च वाला वर्दी प्रत्येक स्तर के पुलिस कर्मचारियों के लिए स्थानीय सरकार के अंतर्गत निर्धारित होगा जिसे सभी मौकों पर पहनना होगा। निरीक्षक से नीचे के सभी पुलिस अधिकारियों को राज्य के खर्च पर वर्दी दिया जाएगा।

51. कोई वस्तु जो सरकार द्वारा पूर्ति कि गई हो उसे पुलिस कर्मचारियों के द्वारा अनुचित तरीके से उपयोग या नुकसान पहुंचाया जाता है तो उस अनुपात में जिला निरिक्षक के विवेक के अनुसार उसके वेतन से कटौती किया जाएगा।

52. प्रत्येक आरक्षी को अपने वर्दी के किसी भाग पर जिला पुलिस बल तथा डिविजन के पदों में वर्णित संख्या को लगाएगा।

53. यह कि पुलिस का हथियार काफी हल्का तथा हाथ में रखने योग्य होगा जिसका नाम ''लाइट स्मूथ बोर कारबाईन'' संगीन धार वाला तलवार के साथ होगा वह तलवार सहायक हथियार का काम करेगा।

54. पुलिस को अन्य ड्रील विभागों की तरह उनके हथियारों को अच्छी तरह से उपयोग के लिए प्रशिक्षित किया जाएगा। लेकिन आरक्षी अपने हथियार को कभी लेकर नहीं चलेगा। जब तक की किसी कार्य के लिए ऐसा निर्धारित नहीं हो।

55. पुलिस केवल एक सामान्य डंडा या ट्रंचियन अपने साथ लेकर चलेगा।

56. रिवाल्वर या पिस्तौल जिला पुलिस निरिक्षक अपने विवेक से सार्जेंट स्तर से ऊपर के अधिकारियों को रखने का अनुमति देगा।

57. यह कि फायर वाले हथियार और सहायक हथियार प्रत्येक पुलिस दल थाना में ही रखेगा; सामान्यतः दो तलवार तथा एक कार्बाइन प्रति दो आरक्षी के अनुपात में होगा।

58. यह सभी अतिरिक्त हथियार जिला पुलिस अधीक्षक के मुख्यालय में रखा जाएगा।

59. यह कि –

(अ) जिला पुलिस, पुलिस डिविजनों के सम्मिलन से बनेगा;

(ब) एक डिविजन, सब-डिविजन तथा प्रशाखा से;

(स) प्रशाखा ग्रामीण चौकी या शहरी बीट से जैसा जो प्रचलित हो;

(द) यह बीट और चौकी पूरी तरह व्यख्यातित तथा क्रमवार होता है; और यह व्यवस्था परिस्थितियों के अनुसार हटाया या बढ़ाया जा सकता है।

60. यह कि पुलिस जिलाओं तथा उनके डिविजनों तथा प्रशाखाएं प्रचलित दण्डाधिकारीय कार्य क्षेत्र के साथ सहायक लक्ष्य के अनुकूल होगा।

61. यह कि जिला पुलिस अधीक्षक का आवास "जिला पुलिस मुख्यालय" कहा जाएगा और मुख्य आरक्षी का आवास को "स्टेशन हाउस (थाना)" कहा जाएगा और सभी छोटे पोस्ट को "आऊट पोस्ट" कहा जाएगा।

62. यह कि बल के वितरण के लिए:

(1) आदमियों को दोनों तरह से पूर्णतः बड़े दल के रूप में उसे दाखिल करने हेतु प्रभावी नियंत्रण एवं पूर्ण भुगतेय और उन्हें उचित संख्या बल के लिए अनुमति देना चाहिए जिससे वे तत्परता से किसी भी आपात स्थिति को अपने दल में ले सके और स्वयं को उस आपात स्थिति के लिए तेजी से केन्द्रित कर सके।

(2) दल का प्रत्येक आदमी प्रतिदिन के दिनचर्या जैसा देश में अपनाया गया है और जैसे वह अपने कर्तव्यों को निष्पादित करता है तथा जो विशिष्ट कर्तव्यों के आवश्यकतानुसार हो, की जानकारी अवश्य रखेगा।

(3) देश के सभी भाग, सभी गांव, गंदा तुच्छ स्थान, राजमार्ग फुटपाथ तथा ऐसे कोई स्थान जिस पर संदेह किया जा सके वहां जाकर उसका निरिक्षण दस्ता द्वारा किया जा सकता है, और अगर संभव

हो तो ग्रामीण पुलिस मुख्यालय से 2–4 घंटे में एक बार अवश्य बातचीत करे।

63. यह पुलिस महानिरिक्षक के लिए कानूनी है कि स्थानीय सरकार के अनुमोदन पर अपने स्थाई स्थापना के स्थान के अतिरिक्त किसी भी पुलिस के एक भाग के रूप में देश के किसी भी स्थान पर किसी भी प्रॉविन्स में कुप्रबंध को रोकने में उस समय प्रचलित मान्य पुलिस के ताकत को बढ़ाने के लिए; उस अपराधिक क्षेत्र में फोर्स को लागत लेने के पश्चात प्रतिस्थापित करेगा।

64. यह दण्डाधिकारी तथा जिला अधीक्षक के लिए कानूनी है कि दोनों आपस में बातचीत करके पुलिस फोर्स के किसी भी भाग को किसी भी स्थान पर जहां गड़बड़ी की आशंका व्यक्त की गई हो और वे प्रभार में जिसके द्वारा संचालित होना है वह अपनी कार्रवाई किसी भी कीमत पर करना हो वहां इन्हें प्रतिस्थापित करें।

65. यह कि कोई भी निजी कंपनी या आदमी को यह आज्ञा नहीं दिया जाएगा की वह किसी भी मानव शरीर को अपने जीवन तथा संपत्ति की रक्षा के लिए रखे, और अगर आदमी किसी भी शांति भंग का आशंका दण्डाधिकारी से करता है और उसे ऐसे किसी घटना के लिए सहायता की आवश्यकता हो; तो दण्डाधिकारी इस उद्देश्य के लिए एक दल प्रतिनियुक्त करने के लिए बाध्य है, जिस व्यक्ति या कम्पनी को इसकी आवश्यकता हो उससे उस दल का खर्च लिया जाएगा।

66. यह कि पुलिस बल के सभी सदस्य दण्डाधिकारी के कानूनी आदेशों का पालन करने के लिए बाध्य होंगे, और अपने कर्तव्यों को उपेक्षित एवं आदेशों का पालन नहीं करने पर, दण्डाधिकारी को यह अधिकार है कि वह ऐसे पुलिस बल पर अपराधिक दण्ड निर्धारित करे; ऐसे दण्डादेश सामान्य कानूनी प्रक्रिया में अपीलीय होंगे।

67. यह कि अपराधिक प्रशासन तथा अपराध से संबंधित सभी रिपोर्ट आवश्यकता के अनुसार पुलिस दण्डाधिकारी के पास भेज सकती है। लेकिन दण्डाधिकारी अत्यधिक आवश्यक रिपोर्ट के अतिरिक्त कोई भी रिपोर्ट लेने के लिए बाध्य नहीं है।

68. यह कि क्लर्क, लेखक और मंत्रालय कर्मियों का अलग वर्ग नहीं होगा इन्हें पुलिस में रहने की अनुमति प्राप्त होगी; और लेखा और लिखने से संबंधित सभी कार्य दस्ता में नामांकित आदमियों द्वारा किया जाएगा।

69. यह कि किसी भी साक्ष्य, संस्कृती तथा अन्वेषण ऐसे कार्यों के लिए पुलिस किसी भी एजेंसी की सहायता नहीं लेगी; लेकिन वह विश्वासी सही और छोटी से छोटी बैठक को डायरी में लिखने की प्रणाली रखेगा। ऐसे डायरियों में मुख्य, संक्षिप्तता, से लेकिन विस्तार में अपने सभी कार्यों को जिसमें वह लगाया गया है, अपने अधिकार क्षेत्र में जहां वह तैनात हो वहां की प्रत्येक घटना एवं सूचना जिसकी वह आवश्यकता रखता हो लिखेगा। सभी पुलिस अधिकारियों विशिष्ट जासूसी कार्य पर लगाए गए हो अपने प्रत्येक कदम की जानकारी और प्रत्येक प्राप्त सूचना एवं साक्ष्य का सूत्र का पीछा करने के लिए अपने डायरी में लिखेगा, ऐसा डायरी सिर्फ पुलिस का दस्तावेज होगा, उसे पुलिस जिला अधीक्षक के पास भेजा जाएगा। लेकिन उसे जिला अधिकारी के जांच के लिए खोला जा सकता है।

70. यह कि पुलिस कड़ाई से कानून द्वारा वर्जित और किसी भी तरह का छोटे अपराध तथा अन्यथा जनता के स्वतंत्रता एवं सुविधा में बाधा पर परिज्ञान लेगी।

एम. एच. कोर्ट।

एस. वाउचोप।

एच. पी. फायरे।

डब्ल्यू रॉबिन्सन।

आर. टेम्पल।

एच. ब्रूश

सेवा में,

कर्नल बाल्कर

अध्यक्ष, सैन्य वित्त आयोग

महाशय,

इसमें पुलिस आयोग का कुछ निश्चित प्रस्ताव का मुद्रित प्रति आपके पास अग्रसारित कर रहे हैं। हमें इस स्थिति तक पहुंचाने, तथा निर्देशन के लिए हम आपके आभारी हैं, इसके साथ कुछ देरी संभव है।

इस आयोग के दृष्टिकोण में वहां फिर भी देश में दो संगठित निकायों को जारी रखने की आवश्यकता है एक सशस्त्र सैन्य बल कमांड (इन–चीफ) के अन्तर्गत तथा दूसरा असैन्य दस्ता नागरिक अधिशासी सरकार के विषयों के लिए।

यह सिद्धांतों के कड़ी पर्यवेक्षण के अंतर्गत एक निकाय सिर्फ अपने मूल सिद्धांतों पर आधारित कड़ाई से लागू होने वाले कर्तव्यों को प्रदर्शित करेगी, परन्तु इससे ऊपर प्रत्येक क्षेत्र में इससे संबंधित सभी इनमें हस्तांतरित होगा बीच में वे कर्तव्य जो पूर्णतः सैन्य विभाग से जुड़े हुए हैं, हम मिलिट्री भवनों एवं मिलिट्री कन्टोन्मेन्टस जैसे मेडिकल स्टोर, डिपो, अस्पताल, रसद विभाग तथा आर्मी क्लाथींग, भंडारों, पेंशन मुख्य भुगतान नकद चेष्ट और इस विभाग से संबंधित सभी मिलिट्री भंडारों एवं स्टोरों का देखभाल एवं सुरक्षा करने के लिए विचार करेंगे। परंतु इसके बाद सभी मिलिट्री विभागों से संबंधित कर्तव्यों जो हमारे सहयोगी-श्रीमान टेम्पल द्वारा हमें सूचित किया जाएगा उन सभी कर्तव्यों को कुशलता से संगठित दस्ता द्वारा राज्य के बड़ी बचत के लिए प्रदर्शित किया जाएगा, और हम मद्रास सरकार की सरकारी प्रतिवेदन को ग्रहण करेंगे वास्तव में लगातार ऐसे कर्तव्य इस प्रांत के दस्ता द्वारा प्रदर्शित किया गया है।

हमारा उद्देश्य इस प्रश्न पर आपके आयोग के दृष्टिकोंण और आपके विचारणीय घटना को निश्चित रूप से जानना है, यह सच्चाई इनमें से कोई भी कर्तव्य बराबर क्षमता एवं बड़ी बचत के साथ आपसे सीखी गई कर्तव्य जो अपने विस्तार में लिख भेजा था, दस्ता द्वारा प्रदर्शित किया जाएगा, इसका कुछ क्रेडिट का हकदार असैन्य सरकार है जिसने इस दस्ता को उपलब्ध कराया।

मैं आपके प्रति सम्मान रखता हूं

महाशय,

आपका आज्ञाकारी सेवक

एम. एच. कोर्ट

'अध्यक्ष पुलिस आयोग' कलकत्ता

पुलिस आयुक्त का कार्यालय

28 अगस्त 1860,

प्रति

1. यह इस आयोग का विचार है कि पुलिस बल के सभी सिविल कर्तव्यों मिलिट्री नहीं वह इस नियम के अंतर्गत होगा इसके अपराध और संपत्ति के कार्यों के अतिरिक्त, उनके कर्तव्य जेलों, कैदियों, ट्रेजरी और पूर्णतः नागरिक स्थापनाओं का भी सुरक्षा एवं देखभाल करना होगा, ये उन सीमाओं की भी रक्षा करेंगे जहां युद्ध की कोई आशंका नहीं हो।

2. इसके लिए यह अनुमति नहीं होगी कि पुलिस को किसी सभी स्टोर और पूर्तिघर की रक्षा में नियुक्त कर दे ये सिर्फ सैन्य विभागों जैसे रसद विभागों की देखभाल तथा रक्षा कर सकते हैं।

3. परन्तु मिलिट्री वित्तीय आयोग के 30 अप्रैल 1860 के रिपोर्ट में साम्राज्यिक वित्त के महता को विचार के लिए शामिल किया गया है, देशीय सेना को विभिन्न कर्तव्यों से मुक्त कर उस कार्य को कुशलता से तथा कम-से-कम कीमत पर संगठित दस्ता द्वारा निष्पादित किया जाएगा; और इस रिपोर्ट के अनुच्छेद 102 बल देकर इसका सिफारिश करता है कि अनुरक्षण, एवं देखभाल से संबंधित तथा अन्य मिलिट्री पुलिस के कर्तव्य सिविल दस्ता द्वारा लिया जा सकता है तथा उनको आवश्यकता के अनुसार विभिन्न विभागों द्वारा उनके सहायता मांगे जाने पर आर्थिक मूल्यों पर उन्हें उपलब्ध कराया जाएगा।

4. यह कि इससे पूर्व में आने वाले किसी भी अंतिम निर्णय यह है कि इस प्रस्ताव की एक प्रति एवं ऊपर के प्रस्ताव को मिलिट्री वित्त आयोग के पास अग्रसारित कर दिया गया है इस आग्रह के साथ कि वे इस आयोग के पक्ष में उनके विचारों तथा असैनिक जवानों को स्टोर के रक्षण एवं अनुरक्षण तथा अन्य कर्तव्यों को सामान्य सैन्य प्रशासन के साथ जोड़ दिया जाय; एवं जहां तक संभव हो राज्य के बचत का अनुमान प्रभावी हो सकेगा-इसके बढ़ने पर यह आवश्यक होगा की सिविल पुलिस दस्ता को इन गैर-सिविल कर्तव्यों के प्रदर्शन के लिए-और इन उद्देश्य की दिए जाने के लिए मिलिट्री विभाग से राशि लिया जाएगा।

नम्बर- 2339

प्रेषक- सैन्य वित्त विभाग,

सेवा में,

एम. एच. कोर्ट स्क्वायर,

अध्यक्ष पुलिस आयोग, कलकत्ता

29 अगस्त, 1860

महाशय,

1. मैं आपको दिनांक 28 अगस्त का पत्र प्राप्त करने की सूचना देकर अत्यंत सम्मानित महशुस करता हूं, और उस समय आज्ञापालन के साथ उसमें

एक आग्रह भेजा गया है, मैं सैन्य वित्त आयोग का विचार, सिविल दस्ता और मिलिट्री बल से संबंधित स्थिति और उनके द्वारा प्रदर्शित कर्तव्यों को क्रमशः बिना रुके बताऊंगा।

2. मिलिट्री वित्त आयोग को यह प्रतीत होता है कि वहां परेशानियां उभरेंगी जब तक कर्तव्यों का उचित ढंग से मिलिट्री सेनाओं से अलग एक अंग के रूप में वे वहां उसके जिम्मे नहीं होगा, दस्ता पर गुण आत्मा से गैर–मान्यता प्राप्त मुख्य सिद्धांत अब सफाई से आपके द्वारा वह वहां नीचे रखा जाएगा लेकिन देश की सुरक्षा के लिए दो बलों का रूपरेखा जारी रखना पड़ेगा, एक सशस्त्र सेना के रूप में मिलिट्री कमांडर के नेतृत्व में और दूसरा एक असैन्य बल के रूप में असैन्य अधिशासी सरकार के अंतर्गतः पहले इन्हें कम वेतनमान पर रखा जाएगा अनुकूल तथा कुशल प्रदर्शन के साथ उचित ढंग से सैन्य बल के स्वामित्व में, बाहरी आक्रमणों और आंतरिक विद्रोह को दबाने के लिए और पूर्व के टुकड़ियों को ताकत प्रदान करने के लिए तथा देश की सामान्य प्रशान्ति परिस्थिति तथा जीवन और संपत्ति की सुरक्षा में समर्थ बनाने के लिए इन्हें नियमित सेना से जोड़ा जाएगा।

3. आपके आयोग द्वारा निर्दिष्ट अनुच्छेद 162 के मिलिट्री वित्त आयोग के रिपोर्ट संख्या 5 तिथि 30 अप्रैल 1860 जो असैन्य दस्ता के नागरिक प्रवृत्ति के कार्यों जैसी ट्रेजरी जेल एवं टकसालों की सुरक्षा के प्रदर्शन पर जब तक मिलिट्री गार्ड नियुक्त किया जाएगा। देशीय पुलिस के स्थानापन का कार्य करने के लिए जितना संभव हो सके इनके कार्यों के प्रदर्शन जो आत्मीय रूप से आर्थिक आधारों पर आधारित नहीं हो, का सुझाव; और अगर आपके आयोग द्वारा निर्दिष्ट उसी रिपोर्ट का अनुच्छेद 155, 156, 157 एवं 158 जिस पर महारानी के कमांडर–इन–चीफ का देशी टुकड़ी की मद्रास प्रांत में सहायता संबंधी टिप्पणी दिया हुआ है, जो अनुच्छेद 165 का एक भाग भी है जिसमें महारानी ने अनुशासन को नुकसान पहुंचाने की बात कही है जिसमें मिलिट्री पुलिस की विभिन्न कार्यों पर लगाने सिर्फ मिलिट्री कार्यों पर नहीं, जो आयोग ने व्यक्त किया, उनके सुझावों को बनाते समय मिलिट्री के रख–रखाव में कुशलता को कम–से–कम आर्थिक सहायता के बराबर रखा।

4. उसी समय पर मैं किसी भी दशा में सैन्य वित्त आयोग को किसी भी सीमा तक उस रिपोर्ट से उनके विचार को अलग करने का कोई भी

कारण नहीं दिखाई देता जैसे राज्य के बड़ी बचत के लिए अनुच्छेद 166 में दिए गए विभिन्न कारण जिसे देशीय पुलिस को विभिन्न कर्तव्यों के एक व्यापक स्थानापन्न सिविल दस्ता को पहले से सफलतापूर्वक पूरे मद्रास प्रांत के विभिन्न जिलों में निभाया जा रहा है; और आपके आयोग द्वारा प्रेक्षित दिनांक 28 फरवरी 1859 बम्बई का पहला रिपोर्ट जिसमें मिलिट्री को बल पर केन्द्रित होने तथा उन्हें गैर-सैनिक कर्तव्यों से स्वतंत्र करने के लिए आयोग द्वारा सबल आग्रह किया गया था, देखिए अनुच्छेद 10, 11, 12 और 13।

5. इस सिद्धांत का प्रत्यक्ष स्थिति का ज्ञान सैन्य पुलिस की स्थिति पर मैं मद्रास रिपोर्ट के अनुच्छेद 164 कि ओर ध्यान दिलाना चाहता हूं जिसमें 13 दिसंबर 1859 वहां वे 99 सेना की टुकड़ी में से एक रेजिमेंट से कम नेटिव इन्फ्रेन्ट्री मद्रास रेजिमेंट के मुख्यालय से गैर-हाजिर; ऐसी अवस्था से वापसी में क्वार्टर मास्टर जनरल द्वारा पूरा किया गया दिनांक 10 अगस्त 1860 के आते-आते सिर्फ 29 सेना की टुकड़ियों में से सिर्फ एक

टुकड़ियों की संख्या	13 दिसंबर 1859 को	10 अगस्त 1860 को
एक से कम रेजिमेंट	2	0
एक विंग से कम	7	3
3 कंपनी से कम	21	2
2 डाइट से कम	30	17
1 डाइट से कम	39	7
	99	29

रेजिमेंट मुख्यालय से गैर-हाजिर हुआ। पूर्व तारीख को सेना की टुकड़ियों की संख्या पुरे 120 कम्पनी के बराबर था लेकिन बाद के तारीख में लगभग छः माह के अंदर कंपनियों की संख्या सिर्फ 35 के बराबर थी; पहले एक टुकड़ी का संख्यात्मक बल लगभग 12,000 आदमियों का था। बाद में अब सिर्फ 2,500 या लगभग एक चौथाई है, और यह संख्याएं क्रमशः लगातार घट रहा है, संगठन के रूप में यह दस्ता लगभग समाप्ति की ओर है।

6. मिलिट्री बल के किसी भी क्षेत्र में सिवाय पूर्णतः मिलिट्री सर्विस के नियुक्ति के संबंध में एक महत्वपूर्ण बिन्दु दिमाग बार-बार आ रहा है जो बहुत लंबे समय तक सेना का सेनापति रहा वह असैन्य सेवा के लिए गार्ड

बहाल करने के लिए उत्तरदायी है, वह अपने आदमियों के अनुशासन एवं संचालन पर नियंत्रण नहीं रख सकता; और यद्यपि वह असैनिक अधिशासी का आग्रहों का खुशी से आज्ञापालन का प्रदर्शन नहीं कर सकता, वह स्वभावतः उत्सुकता से सैन्य क्षमता के रख-रखाव, से संबंधित नेतृत्व क्षमता को इन परिस्थितियों के अंतर्गत सैन्य सेवा को बढ़ाने का समर्थन करेगा, वह बिना चिंता किए सैन्य ताकत की व्यापक कमी का अनुमति देने में समर्थ होगा।

7. इस सच्चाई पर ध्यान देने योग्य एक उदाहरण मद्रास आर्मी के वर्तमान कमांडर-इन-चीफ के मामले में पाया गया, महामहिम लेफ्टिनेंट सर पैट्रिक ग्रांट जो 1856 में कमांड ग्रहण करने के बाद शीघ्र ही ''देशीय सेना बहुत अधिक कार्य'' विषय पर सरकार को संबोधित करने को उन्हें उत्प्रेरित किया गया; और इसके बाद उस समय के बीच और 1859 के समाप्ति पर 15,000 से ऊपर आदमी मद्रास नेटिव इन्फेन्टरी में जोड़े गए, जिसे महामहिम उस समय आवश्यक पाए, कुछ समय पश्चात मध्यान्तर पर पूर्व तिथि के बाद प्रभावशाली नेतृत्व बनाने के लिए मिलिट्री वित्त आयोग की रिर्पोट में दिए गए अनुच्छेद 155, 156, 157 और 158 के अंतर्गत देशीय सेना पर उनके संख्या के अनुपात में बहुत सारा कार्य रखते थे उससे उन्हें अलग कर आवश्यक रूप से बड़े दाखिल संवर्धन के रूप में उसे और अधिक आवश्यक बनाया गया।

8. मद्रास प्रेसिडेंसी में अपनाए गए ढंग का तत्काल परिणाम चौकाने वाले हैं। मद्रास प्रेसिडेंसी में मिलिट्री की तैनाती सभी जगहों पर मिलिट्री प्राधिकारियों के कमांड में है इस अपनाए गए कार्रवाई का परिणाम कम विशिष्ट नहीं है, एक प्रभावशाली दस्ता के निर्माण के द्वारा सभी मिलिट्री बल को सभी अन्य कार्यों से जैसा मिलिट्री वित्त आयोग द्वारा उनके रिपोर्ट के अनुच्छेद 162 में दिया गया है से मुक्त कर दिया जाएगा, इस कार्रवाई का परिचय जो महामहिम कमांडर-इन-चीफ के सामने रखा गया उस पर वे तत्काल मद्रास नेटिव इन्फेक्टरी की संख्या को घटाने पर सहमति दिया, और उसी मद्रास परिषद की बैठक में (2 जनवरी 1860 को हुआ), मद्रास दस्ता को बनाने का प्रस्ताव पास किया, यहां तक की अपूर्णता से संगठित राज्य जो अबतक सामान्य बलों से विभिन्न कार्य लेते थे वे भी नेटिव इन्फेन्टर से व्यापक कमी करने का निश्चय कर चुके हैं।

9. उस तिथी तक चार अतिरिक्त रेजिमेंट और दो अनुभवी बटालियनों को तोड़ दिया गया और 52 देशीय रेजिमेंट में से प्रत्येक में से लगभग 320 आदमियों को अलग किया गया: इस तरह पूरे संख्यात्मक कमी लगभग 20,000 आदमियों की हुई। आगे सौ आदमी प्रति रेजिमेंट की कटौती पर अब शांत एवं गंभीर चिंतन चल रहा है, अगर यह प्रभावी हुआ तो मद्रास नेटिव इन्फेंटरी के सभी स्तरों के बलों में 25,000 की कमी होगी, इन्हें पूरे तरह से वास्तविक कटौती हुई इसका आकार स्थापना के समय 10,000 से नीचे जो 1856 में प्रचलित था और इनकी संख्या बढ़ाने से पहले जो था हो जाएगा।

10. सिविल दस्ता बनाने का तथा मिलिट्री बल में कमी तथा क्रमशः उसके खर्च में कमी करने का मिलिट्री वित्त आयोग ऊपर वर्णित उदाहरण से अच्छा उदाहरण नहीं दे सकता और इसमें कोई संदेह नहीं की ऐसे ही परिणाम पूरे भारत में यही कार्रवाई अपनाने के द्वारा मिलेगा।

11. 25,000 नेटिव इन्फेक्टरी में कमी द्वारा राज्य के मिलिट्री खर्च में से बचत जो 200 प्रति आदमी प्रति साल (जिन्हें लगभग सही पाया गया लेकिन या किसी भी दर पर सबसे कम अनुमान है) जो लगभग 50 लाख रुपया सलाना राशि होगी। इस रूप में विचार करने पर मद्रास बलों मिलिट्री क्षमता में बहुत बड़ा संख्यात्मक कमी होने पर जो मिलिट्री वित्त आयोग खतरा मोल लेने का कारण नहीं दिखता: परेशान और काम से दबे देशीय सेना के कारूणिक विवरणों के साथ कमांडर-इन-चीफ महामहिम की ओर देख रहा है जबतक उसे पहले सहायता प्रदान नहीं कर दिया गया, वे इसके प्रति पूरा आशान्वित है कि उन्हें पूर्णतः सिर्फ मिलिट्री कार्यों पर लगाया जाय तो इसके द्वारा टुकड़ियों का मनोबल काफी बढ़ा हुआ पाया जाएगा तथा उनका अनुशासन काफी विकसित होगा जो देश की सुरक्षा एवं प्रशान्ति को बहाल रखने के लिए में पर्याप्त होगा।

12. मद्रास प्रेसिडेंसी में मिलिट्री खर्च में प्रभावी बचत मुझे दिखाई दे रहा है जो एक सक्षम दस्ता का निर्माण तथा मिलिट्री बलों की कमी के फलस्वरूप प्राप्त हुआ; और मुझे आवश्यकता है कि आप श्रीमान रॉबिन्सन को जो मद्रास मुफ्फसिल पुलिस महानिरिक्षक है को भेज दें, वह आपके आयोग के सदस्य हैं; सभी विवरणों जैसे अतिरिक्त खर्च जो असैन्य विभागों से पुराने बल के लिए नए संगठित बल के स्थानापन्नता से जुड़ा हुआ है; सिर्फ यहां यह ध्यान देना है, कि मिलिट्री वित्त आयोग के सूचना

के अनुसार दस्ता के लिए बढ़े हुए लागत की राशि मिलिट्री खर्च से बचत (50 लाख) के पांचवे भाग से अधिक नहीं होना चाहिए। आयोग तत्काल अभी यह बताने की स्थिति में नहीं है कि बंगाल और बॉम्बे प्रेसिडेंसी में इस दस्ता को प्रस्तुत करने में यह बचत कितना प्रभावशाली हो सकेगा; लेकिन वे प्रत्येक कारण विश्वास दिलाता है किस इन दोनों प्रेसिडेंसियों में तुलनात्मक दृष्टि से मद्रास प्रेसिडेंसी से अधिक बचत होगा। अगर 50 लाख प्रति साल मद्रास बचा सकता है, आपका आयोग ऐसा कुछ युक्ति बनाएगा जिससे बंगाल इसी प्रणाली को अपना कर बचत करे।

13. मैं ये जरूरी समझता हूं की मिलिट्री वित्त आयोग के विचार को यहां भिन्न-भिन्न तरीकों से बताएं, इस कार्रवाई की सफलता का सम्मान करते हुए बिना खतरा लिए मिलिट्री फोर्स में बड़ी कमी कर दी जाए यह पूरी अखंडता की तरह निर्भर करेगा; और इसका पूरे व्यापक रूप में वर्णन आयोग में आपके द्वारा दिया गया रिपोर्ट के अनुच्छेद 162 में कहा गया है। अगर मिलिट्री टुकड़ियों के लिए सिर्फ आंशिक सहयोग दिया जाए तो रेजिमेंट का महत्वपूर्ण भाग का मुख्यालयों से और अधिकारियों के आंखों के सामने स्थिर अनुपस्थिति आवश्यक बन जाएगी, इस पर आयोग नियंत्रण नहीं रख सकता इससे अपेक्षाकृत मद्रास बल के सैन्य कमांडरों के ताकत में कमी पाया जाएगा, जैसा ऊपर वर्णित है सैन्य सेवाओं के प्रभावशाली प्रदर्शन के लिए यह पर्याप्त और उपयोगी होगा, इस प्रकार ऐसे सैन्य बलों की कमी सम्पूर्ण भारत में उसी अनुपात में किया जाएगा।

14. आपका आयोग दस्ता को आवश्यक रूप से सस्ता एवं कुशल बनाने के विचार से बंधा हुआ है, इसी तरह का विचार मिलिट्री वित्त आयोग उन दो बिन्दुओं का सैन्य बलों के संबंध में रखता है इसलिए आप जरूर दस्ता द्वारा अपनाए गए कर्तव्य पूरी तरह स्थिर और सीमा बंद रखने के लिए वास्तविक तौर पर उत्सुक होंगे। सैन्य वित्त आयोग भी कांस्टेबुलरी बल के कार्य और मिलिट्री कार्यों के बीच स्पष्ट सीमा रेखा खिंचने के लिए उतना ही उत्सुक होगा: और ऐसा करते समय इस सोच में कोई कठिनाई नहीं पाया जाएगा, अगर इसे गार्डिंग एवं वाचिंग के विशेष योग्यता से अधिकृत किया जाय।

15. मिलिट्री कन्टोन्मेंट में मिलिट्री भवनों की सुरक्षा के संबंध में, जैसा आपके द्वारा उदाहरण दिया गया है, यह मिलिट्री वित्त आयोग में दाखिल है, देश की सामान्य परिस्थितियों में कांस्टेबुलरी बल का कार्य एक वाचमैन के

तौर पर सभी तरह से पर्याप्त होना चाहिए। यह नया युक्ति नहीं है इसलिए की इसे मैंने 1860-61 के सैन्य अनुमानों से ग्रहण किया है यह उपबंध उस पुलिस के भुगतान के लिए बनाया गया था, वुलविच में रॉयल आर्सनल का, लंदन में टावर का, छोटे हथियार उद्योग का, एनफिल्ड का, और सैन्य वस्त्र डिपो पिमलियों का देखभाल व सुरक्षा करता था। समुद्र के किनारे बसे बंदरगाह तथा बैंक ऑफ इंग्लैंड का भी देखभाल तथा सुरक्षा रात-दिन पुलिस द्वारा किया जाता था; लेकिन रात को रेजिमेंट का एक टुकड़ी टावर पर तैनात होता था, बाहरी आक्रमण के समय ये बैंक की सुरक्षा करते थे, उस समय पुलिस रक्षक का अपना कर्तव्य निभाती थी जब तक मिलिट्री के रक्षक आक्रमण निरस्त कर वापस अपने कार्य पर नहीं लौटते।

16. अगर किसी भी ढंग से असैन्य प्राधिकारी यह घोषित कर दे की यह दस्ता किसी भी स्थान की सुरक्षा के लिए पर्याप्त नहीं है जिसे सैन्य प्राधिकारियों ने विशेष आग्रह पर सुरक्षा सैनिकों को बनाया है लेकिन ऐसी परिस्थिति अपवादात्मक दिखेगा जब सैनिकों को वाचमैन का कर्तव्य निभाने की अनुमति दी जाएगी जो दस्ता का विशेष प्रांत में होगा। अगर संपूर्ण देश में साधारण नियम कार्यान्वित किया जाए, इसके बाद मिलिट्री बल का सेवा असैन्य प्राधिकारियों के अधिकार में होगा, फिर भी जब कभी वास्तविक मौका उत्पन्न होगा, इन्हें सिर्फ आपात मामले के लिए बुलाया जाएगा और आगे इन टुकड़ियों को इस प्रकार कड़ाई से सिर्फ सैन्य कार्यों पर कुछ करने के लिए नियुक्त किया जाएगा, इस रूप में विचार करने पर मिलिट्री कमांडर के अंतर्गत रखने पर सिविल प्राधिकारियों का उद्देश्य पूरा होगाा, मिलिट्री गार्डस बनाने में बहुत सावधानी की आवश्यकता होगी, जो दस्ता के कार्यो का पथ आलोकित नहीं कर सकेगा, और तथाकथित देश की आंतरिक शांति और प्रशांति तथा उनके प्रबंध को बनाए रखने के लिए ऐसे वर्ग की भर्ती आवश्यक नहीं होगा।

17. पद अनुरक्षण के अपनाने के संबंध में, यह आयोग को ऐसा प्रतीत होता है सामान्य रूप से नहीं, अधिकार समझते हुए। ट्रेजरी और मिलिट्री स्टोर का अनुरक्षण का कार्य मिलिट्री फोर्स द्वारा प्रदर्शन किया जाएगा आयोग के विचार में सैन्य निकाय से अलग एक छोर से दूसरे छोर तक किसी भी प्रभावशाली बाहय आक्रमण के विरुद्ध गाड़ी के समीप वाचमैन की भुमिका में घूमने की अनुमति नहीं होगी अगर मिलिट्री अनुरक्षक की

नियुक्ति की आवश्यकता होगी तथा ऐसे अनुरक्षकों को भी ताकत की आवश्यकता हुई तो वे देश के उस राज्य जहां पर वो हैं, पर निर्भर होगा, लेकिन अब प्रशान्ति सामान्यतः पुनः स्थापित हो गई है, इस आयोग का प्रतीत होता हैं। ये पुकारें बहुसंख्यक होना जरूरी नहीं। परिवहन के खजाने, स्टोर्स की सुरक्षा के लिए वाचमैन की विशेष कार्य के लिए पर्याप्त मात्रा में दस्ता पुलिस की व्यवस्था संबंधित विभागों द्वारा मांगे जाने पर उपलब्ध की जाएगी।

18. यह विभाग में किसी भी सीमा तक जन्म ले सकेगा की वह मिलिट्री प्राधिकारी इसके बाद देश के निवासियों के सामान्य वर्ग के दस्ता पुलिस सुरक्षा के बराबरी के हकदार होंगे, छावनी में अथवा एक स्टेशन से दूसरे स्टेशन तक चारों तरफ घूमते हुए, किसी भी तरह का उच्च स्तर की सुरक्षा बिना भुगतान का पाने का हकदार नहीं होंगे जो सामान्यतः निवासियों में देने का सामर्थ्य हो। मिलिट्री वित्त आयोग के प्रस्ताव रिपोर्ट के अनुच्छेद 162 में दस्ता विभाग के भुगतान का पहले ही जिक्र किया गया है जब कभी किसी भी अन्य विभाग का मुख्य अधिकारी दस्ता को विशेष कार्य जैसे भवनों एवं स्टोर की सुरक्षा छावनी क्षेत्र में या सड़क पर, के लिए बुलाता है तथा अगर ग्रहण किया गया कार्य किसी भी सुविधा का दुष्प्रयोग पर नियंत्रण जैसा हो, या दस्ता का विशिष्ट कार्य वाचमैन के जैसा हो। और यह व्यवस्था इसे सभी को उसी शर्त पर व्यक्तिगत तथा बराबर फायदा होगा; अधिक से अधिक जहां तक संभव हो संपूर्ण देश में दस्ता का प्रभाव का विस्तार करना चाहिए इससे ऐसा मिलिट्री वित्त आयोग को प्रतीत होता है।

19. भुगतान का प्रणाली विशिष्ट पुलिस सेवा के लिए जो घर पर अभ्यस्त है; अंग्रेजी नागरिक अनुमानों के द्वारा 31 मार्च 1861 साल के अंत तक के लिए, नागरिक विभागों द्वारा भुगतान ट्रोपोलिटियन पुलिस के कार्यों के बदले में 25,429£ सार्वजनिक कंपनी से तथा निजी व्यक्तियों से 4,406£ और थियेटर से 692£ का अनुमान है। और आयोग पूरी तरह से यह समझता है कि यह पुलिस कार्यों को सहजता से इच्छापूर्वक दिया जाएगा जो सभी पार्टी भुगतान पर इसके लिए आवेदन करेंगे।

20. अगर ऐसा ही प्रणाली भारत में ग्रहण किया जाता है तो नागरिक प्रशासन पर अनावश्यक परेशानी का भार नहीं पड़ेगा; और कार्यों के आधार पर सैन्य शुल्क में बढ़ोतरी के संबंध में ऐसा दस्ता द्वारा प्रस्तुत किया जाता

है तो मिलिट्री वित्त आयोग बिना किसी डर का उसे ग्रहण करेगा, लेकिन वह बहुत सुक्ष्मता एवं कुशलता से मिलिट्री खर्चों का जांच करेगा, वो ये आशा करता है कि इस तरह के खर्चों का जल्दी स्थापना हो जिससे ये राज्य के पर्याप्त सुरक्षा एवं मिलिट्री विभागों द्वारा कांस्टेबुलरी दस्ता के कार्यों के लिए अनावश्यक मांग की जाएगी तब यह अच्छी जांच पड़ताल के अंतर्गत दी जाएगी।

21. यह जानना आवश्यक नहीं है कि किस ढंग से सैन्य वित्त आयोग मिलिट्री गार्ड जो शस्त्रागार तथा अन्य सैन्य भवनों की रक्षा करता है के स्थानापन्न के रूप में संगठित दस्ता के वाचमैन का समर्थन करती है। जैसा पहले कहा जा चुका है कि आयोग संगठित दस्ता के गार्ड एवं मिलिट्री दस्ता के गार्ड के कार्यों पर विचार करता है जो सम्पूर्ण रूप से व्यक्त है। मिलिट्री कमांडर शस्त्रागारों तथा अन्य मिलिट्री स्टोर्स एवं भवनों की रक्षा सैन्य विचारों के अनुसार सेना की तरह अपने पूरी ताकत द्वारा उसके कार्य स्थल पर अपने कार्य का निष्पादन एवं ताकत का निर्धारण गार्ड उद्देश्य की आवश्यकता के लिए सम्पूर्ण तथा उसके साथ है, इसमें संदेह नहीं कि सेना के विस्तार में कुछ सैन्य सावधानियां लेना जरूरी है जो देश के राज्य के प्रशान्ति के मापदण्ड पर निर्भर करेगा: जैसा वहां के असैन्य दस्ता द्वारा जारी रखा गया हो; लेकिन एक प्रभावशाली कमांडिंग अधिकारी का अनुरोध नहीं होगा तो इसे संपूर्ण तथा पूरे सैन्य सावधानी के साथ दिया जाएगा; यह किसी भी सीमा तक यह देश की शांति के लिए या मिलिट्री सेवा के लिए या पुलिस कार्य जो दस्ता द्वारा अच्छा प्रदर्शित किया जाए के लिए झुका रहेगा।

22. सैन्य वित्त आयोग सिर्फ स्थापित करने का आशा करता है जिसे अगर मिलिट्री कमांडर किसी भी स्थान में जब जिम्मेवारी विधिवत उसमें निहित होगा, सैन्य विचारों से सुरक्षा उपलब्ध कराने के लिए प्रचलित उपयुक्त संगठित बल का नियुक्ति वाचमैन के कार्यों में कर दी जाएगी जो दोनों टुकड़ियों के आराम एवं आर्थिक बचत दोनों में सहायक होगा, इस दस्ता का सेवा उनके इच्छा पर नियमित वेतनमान के भुगतान पर होगा।

23. सैन्य वित्त आयोग तथा कथित अनुभवी दस्ता विभाग द्वारा इस प्रकृति का मांग मिलने पर ऐसे कठिनाई का कोई आशा नहीं करेगा, वे किसी भी

सीमा तक व्यापक एवं अनुकूल हो सकेंगे। तथाकथित यह दस्ता के संख्या बढ़ाने का एक प्रश्न होगा तथा संक्षिप्त समय के लिए प्रशिक्षण की अनुमति होगी; निश्चित ही इस प्रकार मिलिट्री पुलिस सेवा की आवश्यकताओं में एकरूपता आएगी इसके बाद एक छोटा अनुभव वह प्रत्येक विभाग के प्रमुख के लिए वर्ष के आरम्भ पर भेजने में आसान होगी, इसके विस्तार का एक अनुमान दस्ता की संभावित आवश्यकता जो उसे उस वर्ष है।

24. अपने–अपने राज्य का तुलनात्मक लागत प्रति व्यक्ति दस्ता का तथा देशीय सेना का, मिलिट्री वित्त आयोग यह जानता है कि पूर्व के लिए यह 130 रुपया प्रति के अपेक्षा 250 रुपया होगा (जो अधिकतम चार्ज है) पिछला के लिए एवं यह एक विचारणीय बचत होगा, अगर पूर्व का ऐजेंसी विस्तारपूर्वक पिछले के लिए स्थानापन्न कर दे। वेतन का स्तर या वेतनमान भुगतान का जोड़ दस्ता द्वारा प्रदर्शित सेवा के लिए सामान्य नागरिक और सरकारी विभाग दोनों सम्पूर्णता से किसी भी संख्या में जिसकी जितनी आवश्यकता हो दस्ता बनाए रखने कर लागत वहन करेगा, आगे देश के सामान्य प्रशान्ति की सुरक्षा तथा जीवन और संपत्ति की रक्षा करने में समर्थ आवश्यकता की संख्या को जारी रखा जाएगा।

25. ऊपर के प्रेक्षणों को बनाते समय सैन्य वित्त आयोग समाप्त हो जाएगा यह आपके आयोग का एक आशय है, सैन्य छावनी में और अन्य कहीं एक सक्षम दस्ता फोर्स उपलब्ध कराने के लिए; और यह आयोग बड़ा महत्व के साथ दाखिल अनुबंधों से जुड़ा है जब तक उनके पुलिस व्यवस्था का विचार के लिए विशेष सम्मान प्राप्त नहीं होता जो जैसा हमेशा दिखाई देता है सबसे महत्वपूर्ण पहलू सैन्य बलों का क्षमता एवं अर्थव्यवस्था दोनों जिसके साथ इसे बनाए रखा जा सकता है।

26. इन सभी विचारों का सम्मान रखते हुए जो अंशतः सैन्य क्षमता से संबंधित है एवं अंशतः वित्तीय अर्थव्यवस्था से, सैन्य वित्त आयोग कड़ाई से विभिन्न सुधार प्रस्तावों में आपके आयोग के विचारों को अनुशंसित करेगा–

1. यह कि सैन्य बल सामान्य शर्तों पर केवल सैन्य कार्यों पर नियुक्त किए जाएंगे, इन्हें इसे बाह्य या आंतरिक स्रोतों का सशस्त्र आक्रमण को रोकने वाले दस्ता का नाम दिया जा सकता है।
2. ऐसे आक्रमणों को समाप्त करना, नागरिक या सैन्य संपत्ति की रक्षा से ज्यादा पूर्णतः सैन्य कार्य है, लेकिन शांति के समय में सैन्य

भवनों तथा संपत्तियों की रक्षा छावनी क्षेत्र में या घूमते हुए करना सैन्य कर्तव्य नहीं लेकिन असैन्य कर्तव्य है।

3. ऐसे असैन्य कर्तव्य सिविल दस्ता को बाध्य होकर करना पड़ता है और उनकी सेवा एवं असैन्य प्राधिकारी द्वारा सैन्य प्राधिकारी को या विभाग को मुख्य अधिकारी द्वारा उसी ढंग से उसी शर्त पर जैसे अन्य पार्टी के साथ होता हो, स्वीकृत होगा।

4. कोई सैन्य प्राधिकारी अथवा विभाग ऊपर वर्णित सेवा का अतिरिक्त मांग करता है तो उसे इसके लिए निजी व्यक्तियों के लिए निर्धारित दर के बराबर भुगतान करना होगा।

5. ऐसे सैन्य प्राधिकारी अथवा विभाग किसी विशिष्ट कार्य या प्रकृति अथवा कोई विशिष्ट कर्तव्य करने का शर्त रखती हो, तो वैसे कार्य के लिए अच्छी तरह से प्रदर्शन, तथा उसके बाद वहां नियुक्ति के लिए आदमियों की संख्या का निर्धारण का उत्तरदायित्व प्राधिकारी का होगा।

6. दूसरे तरफ, असैन्य प्राधिकारी, सैन्य प्राधिकारी के पास सशस्त्र आक्रमण से सुरक्षा अथवा निरस्त करने में सहायता के लिए आवेदन करता है तो ऐसी सहायता दिया जाएगा। और सैन्य प्राधिकारी इस ढंग से दिए गए सहायता में दस्ता के कर्तव्यों के प्रदर्शन और उस कार्य पर नियुक्ति के लिए दस्ता के संख्या बल का निर्धारण के लिए जिम्मेवार होगा।

7. सुधार प्रस्ताव के अनुरूपता के साथ सभी आयुध, दवा, मंत्रणलय, सार्वजनिक कार्य वस्त्र एवं बैरक स्टोर विभागों छावनी में या घूमते हुए, सभी शस्त्रागारों, बारूदखाना एवं डिपो में सभी युद्ध सामग्री, सभी सैन्य भवन और कुछ भी अगर असैन्य दस्ता द्वारा देखभाल करने की आवश्यकता हो तो उस विशिष्ट कार्य को सैन्य दस्ता द्वारा भुगतान पर प्रदर्शित किया जाएगा।

8. छावनी में अब सभी रक्षा एवं गश्त का कार्य सामान्य सुरक्षा एवं शान्ति से संबंधित कार्य उस स्थान पर मिलिट्री गार्ड द्वारा प्रदर्शित किया जाएगा, जो असैन्य दस्ता द्वारा सामान्य कार्य की तरह बाध्य होकर किया जाता है।

9. दूसरे तरफ, सभी सैन्य सम्मानित एवं सैन्य सावधानी वाले बिन्दुओं जैसे **कलर एण्ड लाइट पीस ऑफ बैटरी** की रक्षा करते हुए,

पुलिस पिकेट्स में स्थापना और रेजिमेंटल और सामान्य गार्डों के लिए दस्ता हमेशा मिलिट्री प्राधिकारी द्वारा उपलब्ध कराया जाएगा।

10. इस समय सैन्य रक्षक विशिष्ट सैन्य संपत्ति के ऊपर, सैन्य सावधानी के रूप में रखा जाता था स्थिर देखभाल के कार्य के लिए: वही कर्तव्य कार्य दस्ता द्वारा एकरूपता से प्रदर्शित किया जाएगा उदाहरण के लिए; वहां किला के अंदर शस्त्रागर पर पुलिस द्वारा सुरक्षा किया जा सकेगा इस समय वहां एक सैन्य रक्षक (गार्ड) भी उस स्थान पर सैन्य अधिकार के लिए नियुक्त हो सकेगा।

11. उपयुक्त मामले में भी उस स्थान पर जहां कार्य का स्वरूप निश्चित है जो दस्ता द्वारा उपयुक्तता से प्रदर्शित किया जा सकता है मिलिट्री फोर्स के आराम के लिए पुलिस गार्ड एवं सैन्य गार्ड को कभी-कभी सभी सामान्य मामलों में सैन्य कार्य क्षेत्र के अंतर्गत या बाह्य साथ-साथ नियुक्त किया जा सकता है जैसे पूर्व में किया जाता था, मिलिट्री फोर्स की कार्य मुक्ति के लिए देश में सामान्य परिस्थितियों के अंतर्गत जहां ये अकेले पर्याप्त हैं इन्हें नियुक्त किया जाना चाहिए।

12. जैसे यह समीचीन नहीं होगा कि सैन्य प्राधिकारी संगठित दस्ता के सेवा के लिए सिविल प्राधिकारी पर असिमित मांग बनाने का अनुमति दें, इसके शर्तों में पर्याप्त नियंत्रण होगा, दस्ता का प्रमुख जो दस्ता के कर्तव्यों का सफलतापूर्वक निर्वहन तथा नियुक्ति किए जाने वाले आदमियों की संख्या के निर्धारण के लिए जिम्मेवार होगा।

27. सैन्य वित्त आयोग लंबे समय से कांस्टेबुलरी और मिलिट्री फोर्स के अपने-अपने को उचित ढंग समायोजन के विचार के अंतर्गत है; तथा वे सुझाव देते हैं कि सैनिकों के लिए जो कर्तव्य पूर्णतः अनुपयुक्त है, तो ऐसा विश्वास है की बिना कोई असुविधा के बराबर या उससे अधिक क्षमता के साथ और बहुत कम लागत पर दस्ता द्वारा वह कार्य ले लिया जाएगा जो अब तक राज्य सैन्य पुलिस द्वारा प्रदर्शित किया जाता था: उसी समय पर सभी अतिरिक्त सेवा के लिए भुगतान का प्रणाली इस प्रकृति का मांगों में बड़ी कमी का नेतृत्व करेगा।

28. देशीय सेना को जब इस प्रकार मुक्त किया जाएगा, न सिर्फ संख्या में बड़ी कमी अपितु आगे भी मिलिट्री फोर्स में कमी जारी रखने के लिए केन्द्रित

होना चाहिए जिससे राज्य का आगे भी बचत प्रभावी रहेगा: इस प्रकार सैन्य बल सभी प्रकार के बाह्य कर्तव्यों से स्वतंत्र रहेगा तथा अनुशासन का विकास एवं संगठन उसे तत्काल अधिकारियों के आंखों के सामने ला सकेगा।

29. मिलिट्री वित्त आयोग पूर्णत: आशा करता है कि मिलिट्री में बहुत मुख्य उद्देश्य आर्थिक और राजनीतिक दृष्टिकोण से प्राप्त होगा।

मैं इसके प्रति सम्मान रखता हूं

महाशय,

आपका आज्ञाकारी सेवक,

कर्नल जी. बाल्फोर अध्यक्ष

सैन्य वित्त आयोग

परिशिष्ट – 4

सैन्य वित्त आयोग का प्रतिवेदन (रिपोर्ट) – 1859

सैन्य वित्त आयोग बाम्बे का दिनांक 29 अक्तूबर 1859 के प्रतिवेदन संख्या 2 से निष्कर्ष।

10. आयोग सैन्य दल के अस्तित्व पर व्यापक दबाव रखकर सुविधाजनक सैन्य केन्द्रों में देशीय एवं यूरोपियनों को इकट्ठा उचित अनुपातों में एवं सख्ती से सैनिक कर्तव्यों के लिए आरक्षित रखेगा, जब से पुलिस स्थापनाओं एवं खर्चों की, कमियों की संभावना सघनतापूर्वक संपूर्ण क्षमता के साथ मुख्य रूप से सैन्य पेशा के सिद्धांतों पर निर्भर करेगाः नियमित सैन्य दल को भी पूर्ण रूप से विभिन्न गैर-सैन्य कार्यों से स्वतंत्र कर दिया जाएगा जो अब तक उन पर थोपा जाता था।

11. वर्तमान में सैन्य बल इस प्रकृति के बहुत से कार्यों पर छावनी और उससे बाहर नियुक्त हैं और एक सीमा में इधर-उधर बिखरे हुए छोटी सेना की टुकड़ियों, वस्तुतः जैसे नियमित टुकड़ी से बड़ी संख्या में कम किए गए जो सिर्फ सैन्य पुलिस की स्थिति में है; जिससे दोनों यूरोपियनों एवं देशीय का सैन्य क्षमता अपसामान्य हो गया है। खासकर यूरोपियन टुकड़ी की प्रतिष्ठा काफी प्रभावित हुआ है, एवं सेना का सही प्रशिक्षण भारत में प्रचलित विभिन्न सुविधाओं के लिए उन्हें बचाता है। उदाहरण के लिए बाम्बे प्रेसिडेंसी को लें, हम वहां यह पाते हैं कि पिछला 1 सितम्बर का 10 यूरोपियन रेजिमेंट 17 यूरोपियन सेना की छोटी दल टुकड़ी जिसमें 75

अधिकारी एवं 2499 गैर अधिकारीय स्तर के जवान तथा फाइल कुल 2524 सभी स्तरों के सम्मिलित थे सेना मुख्यालय से अनुपस्थित थे तथा 55 सैन्य दल नियमित देशीय सेना से जिसमें 41 यूरोपीय अधिकारी, 117 देशीय अधिकारीय तथा 6156 गैर-अधिकारीय स्तर के तथा फाइल कुल सभी स्तरों के 6314 जवान सम्मिलित थे 29 पैदल सैन्य दस्ता से अनुपस्थित थे। आगे 1 सितम्बर 18 एवं 31 अगस्त 1859 के बीच 91 सैन्य दल को नियमित देशी पैदल सेना की 26 सैन्य दस्ता से अनुरक्षण (एस्कार्ट) के कार्य पर भेजा गया उनमें क्रमशः 11, 10, 7, 6 अनुरक्षक कार्य पूरा कर वापस आए, ये 91 अनुरक्षक दल में 46 यूरोपियन अधिकारी, 129 देशीय अधिकारी एवं 4518 गैर अधिकारीय सेना एवं फाइल जिसका कुल अस्तित्व 4693 सभी स्तरों के सेना सम्मिलित थे प्रत्येक एस्कार्ट के लिए सभी स्तरों का औसत अनुपात 51 $\frac{1}{2}$ दिया गया। औसत दूरी जहां अनुरक्षण का कार्य करना था वह 81$\frac{1}{2}$ मील में फैला हुआ था वापसी के साथ कुल दूरी 162 मील का था जो प्रत्येक स्कार्ट द्वारा घूमना था और औसत उचित सैन्य नियंत्रण से लगभग 20 दिन अनुपस्थित रहे एस्कार्ट के लिए (51$\frac{1}{2}$ आदमियों) 8291 $\frac{1}{2}$ मील का चलना होगा: और एक आदमी के लिए 91 एस्कार्ट में से 754, 994 मील का क्षेत्र घूमना था।

12. इसमें कोई शक नहीं कि कुछ सैन्य टुकड़ियां तथा अनुरक्षकों को अपरिहार्य सैन्य कारणों से तत्कालिक अवश्यकताओं के साथ जुड़ा गया है; लेकिन बहुत शांति के समय के दौरान भी सैन्य दलों, गार्डों एवं अनुरक्षण कार्यों की राशि हमेशा विचारणीय है, जो सैन्य व्यवस्थाएं बड़े स्तर पर पद से हट रहे हैं तथा अनुशासन तोड़ रहे हैं और आयोग निश्चित है कि अब वह समय आ गया है कि इस प्रकार नियुक्त देशी नियमित दस्ता जो प्रयोग में है उसे सम्पूर्ण रूप से भारत सरकार के स्वीकृत आदेश से समाप्त कर दिया जाय, जब तक सैन्य खर्च को एक निश्चित सीमा पर लाएंगे उस समय पर सेना की पूरी क्षमता को बरकरार रखना होगा। वास्तव में प्रायः यह उसी तरह दोहराया नहीं जा सकता दूसरे इस पक्ष में नियमित सेनाओं को सैन्य उद्देश्यों के लिए अकेले आरक्षित रखना चाहिए, जैसे वह प्रत्येक आदमी को रेजिमेंट में किसी भी भूमिका में आ सकता है, किसी भी समय पर वास्तविक संघर्ष युद्ध के लिए भी उपलब्ध होंगे; एवं यह वित्रीय विचारों से संबंधित सिद्धांत हमेशा दिमाग में रखना चाहिए;

नियुक्त नियमित सेना के सिपाही पुलिस के कर्तव्य में, वाचमैन के कर्तव्य में तथा संदेशवाहक के कर्तव्य का सभी अनुभव पहले प्रमाणित करना चाहिए बड़े संख्यात्मक दस्ता के अनुकूल अधिकारियों, यंत्रों तथा विभागीय स्थापनाओं के लिए भारी कीमत जो सिर्फ सरकार पर अनुक्रमबंधित है: संपूर्ण भारत में औसत कीमत (चार्ज) (आयोग के वर्तमान गणनाओं के अनुसार जो किसी भी ढंग से सत्यापन आवश्यक है) 1000 रु. प्रति साल प्रत्येक यूरोपियन सिपाही एवं 250 रु. प्रत्येक नियमित सेना के देशीय सिपाही का है।

13. आयोग को इसलिए यह प्रतीत हुआ कि वहां वर्णित सभी विचारों से तथाकथित बहुत बेहतर गैर–सैनिक कार्यों को जब अब तक नियमित सेनाओं की सैन्य टुकड़ियों, गार्डों, अनुरक्षकों के पास होता था तथा उन पर दृढ़ विश्वास किया जाता था, वह भविष्य में असैन्य एवं सैन्य पुलिस द्वारा प्रदर्शित किया जाएगा जिसका एक बड़ा निकाय पहले ही ऊपर रखा गया है विशेष तौर पर मद्रास प्रेसीडेंसी में। आयोग इस विषय के बारे में सोच रहा है कि अगर यह उचित ढंग से संगठित पुलिस कुशलता एवं जहां तक संभव हो सके सावधानीपूर्वक स्वतंत्र निरिक्षण के द्वारा तथा किफायतीपूर्ण ढंग से इन कर्तव्यों को करने का आश्वासन देंगे जैसा नियमित टुकड़ियों द्वारा किया जाता था या उससे बहुत अधिक अच्छा; सरकार देशीय पुलिस के प्रत्येक व्यक्ति के लिए खर्च को सेल्यूड पुलिस दल के लागत से आंक रहा है, जो संभवत: नियमित टुकड़ियों यूरोपियन एवं देशी सेना के खर्च के औसत का एक तिहाई है। लेकिन आयोग यहां देश के असैन्य और सैन्य पुलिस के लिए खर्च को देख रही है जो वास्तविक सैन्य खर्च के बराबर होना चाहिए जो सावधानी से बहुत संविक्षित एवं निश्चित सीमा के अंदर रखना है, अन्यथा पुलिस शाखा में यह प्रारूप सेना में प्रभावी बचत से भारी हो सकता है और किसी भी तरह का बदलाव यदि बुद्धिमतापूर्ण तरीके से नहीं लाया गया तो वह देश के लिए फायदेमंद नहीं हो सकेगा।

सैन्य वित्त आयुक्त कलकत्ता का दिनांक 30 अप्रैल 1860 के प्रतिवेदन संख्या 5 से निष्कर्ष ।

153. "हम ऐसे किसी भी मामले में सुझाव देंगे, की देशीय पैदल सेना का 13 रेजिमेंट जो पूर्वी भाग के व्यवस्थाओं में ईस्टवार्ड में चीन को सम्मिलित करते हुए कार्य कर रही है जैसे संभव हो तथा जितनी जल्दी हो सके 700

व्यक्तियों की उस शांति स्थापना को तत्काल कम किया जाना चाहिए जैसा मद्रास प्रेसिडेंसी अपने अतिरिक्त देशीय सेना के लिए हाल ही में आदेश दिया है।

पेगू (Pegu) में साल के अत्यधिक महीनों की अवधि तक जब संपूर्ण देश बाढ़ और वर्षा के कारण दुर्गमता के नजदीक होता है और अच्छे जल संचारण को देखते हुए इरावाही (Irravadi) द्वारा आभा (Ava) के विरुद्ध सैनिक कार्यवाही के लिए सेना को बड़ी परिवहन सुविधाएं देना आवश्यक था उसके बाद फ्लोरिल द्वारा तत्काल नदी के ऊपर छोटा सैन्य संचालन तथा पीछे से एक आक्रमणकारी सेना आभा (Ava) से पहुंच रही थी जो प्रदेश में युद्ध शुरू करने के लिए तैयार दुश्मनों को बिल्कुल गतिहीन कर देगा यहां से वहां तक इरावाही के संकीर्ण घाटियों में मार्च करने वाली टुकड़ियों के कठिनाइयों पर भी विचार कर रहा है जो हाल ही में पेगू में जारी रखा गया था (भारतीय द्वीप पर मद्रास सेना के लिए जो मद्रास में जारी रखे गए संख्या के लगभग बराबर होगा) जिसे बिना सैन्य क्षमता को नुकसान पहुंचाए पूरी स्थिरता से आगे कम किया जा सकेगा। हमें संदेह नहीं है कि ये कार्रवाईयों के द्वारा तथा टुकड़ियों के एकाग्रता से ये प्रांतों में 16 लाख प्रतिवर्ष का साफ बचत प्रभावि हो सकेगा, जिसमें सभी व्यय, किराया, पैसेज मनी, बट्टा तथा राशन सम्मिलित होगा।

पुलिस द्वारा नियमित टुकड़ी को रेलिफ (Relief)

154. "May 1857 के बाद मद्रास सेना के सभी देशीय रेजिमेंटों को बहुत ताकतवर बनाते हुए इसे बढ़ाया गया था जैसा ऊपर दिखाई देता है, बंगाल में विद्रोह के कारण, हमें विद्रोह रोकने के कारणों जो विद्रोह को रोकता है पर ध्यान आकर्षित करना पड़ेगा, जब आपात स्थिति खत्म हुआ था जितना तेजी से हो सके व्यवहार्य रूप में लाना होगा। मार्च 1859 में जब देशीय सेनाओं का कमी करने का निश्चय ऊपर मद्रास सरकार द्वारा लिया गया।

महामहिम कमांडर-इन-चीफ पूरे विचार विमर्श के पश्चात इसे सुनिश्चित अनुतरदायी कहा देशीय सेना के रेजिमेंटों की ताकत कम कर 1000 आदमियों के अंदर करने के लिए, मैदान पर आदमियों का अस्तित्व विशालता से अधिक कार्य के कारण राज्य क्षेत्र में पूरी तरह सेना का विखराव है राज्य क्षेत्र का बहुत बड़ा भाग इनके द्वारा अधिकार में ले लिया

गया है लंबा और तेज मार्चेज जो अब अपरिहार्य बन गया है, विविध विदेश सेवा पूर्ति के लिए आदेश होने पर ये उन्हें सफलतापूर्वक निभाते हैं, सैनिक कर्तव्यों का बड़ा परिमाण गार्डों एवं अनुरक्षकों के लिए अविछिन्न पुकारे नियमित टुकड़ियों द्वारा प्रदर्शित किया जाएगा। वास्तव में महामहिम देशीय सेना पर होने वाले अनिष्ट एवं कठिनाइयों को इस तरह गंभीर एवं प्रभावशाली भाषा में इस तरह आवश्यक बना देंगे वह हम यहां उन्हीं के शब्दों में उद्धृत कर उसी तरह मजबूत सिद्धांतो को बता रहे हैं।

155. एक कमांडर-इन-चीफ के रूप में सर पी. ग्रांट अपने स्थिर विचार सरकार को सौंपने का विचार किया है, जो यह वर्णन पूर्ण रूप से असंभव है, सेना की इस वर्तमान अवस्था में अनुशासन एवं कुशलता साथ-साथ अस्तित्व में रख सकना पूर्ण रूप से असंभव है क्योंकि यह प्रांतों के कठिन सतह के साथ-साथ बाम्बे बंगाल और हाल ही में अभी ग्रहण किया हुआ बर्मा के कुछ भागों के जो छोटे सैन्य दल के रूप में विभक्त होकर इधर-उधर बिखरे हुए हैं।

प्रचलित प्रथा का अनिष्ट गहराई से विचारकर लफ्टिनेंट जेनरल ग्रांट टुकड़ियों को एकत्रित करने का अनुमति के लिए गंभीरतापूर्वक सरकार से सिफारिश किया, संभवतः उपयोगी संभावना तक प्रखंड मुख्यालय पर और रेजिमेंट स्टेशनों एवं बिग्रेड्स पर, जहां तक संभव हो सभी एक रेजिमेंट स्टेशनों को कम कर पूर्ण रूप से उनके कम्पनी और रेजिमेंटल मुख्यालयों को तोपखाना एवं पैदल सेना के असंख्य छोटे विवरणों के साथ वापस बुला लिया जाय, जो वर्तमान में अधिकता में देश के प्रत्येक भाग में टुकड़ियों के अनुशासन एवं कुशलता को नष्ट कर रहे हैं और सच्चाई में किसी भी पहलू से पर्याप्त सुरक्षा नहीं है।

156. टुकड़ियों का अलग-अलग नियुक्त करते समय विशेष रूप से तोपखाना एवं बंदूक को सीमा चौकी या किसी भी क्षेत्र में सेवा यहां तक कि बिल्कुल पिछड़े वर्ग में भी देशीय सेना के अधिकारी गैर-अधिकारी के अंतर्गत बहुत आपत्तिपूर्ण है और ये कभी भी बहुत आवश्यक नहीं हो सकता अगर ये सुझाव प्रभाव में लाया जाय। टुकड़ियों के एकत्रित करने के द्वारा जैसा अब प्रस्तावित है यथार्थ में बहुत सी असुविधाओं से आवधिक रेलिफ के लिए इन्हें व्यवस्थित किया जाएगा: एक प्रभावशाली सेना किसी भी सेवा के लिए तैयार है, किसी भी बिन्दू पर जहां टुकड़ियों की आवश्यकता हो सकती है वहां के लिए हमेशा हाथ में है; विचारणीय

निकाय के साथ-साथ कार्य करने के लिए अवसर प्राप्त होगा इस टुकड़ी को सभी शस्त्र प्रदान किया जाएगा जिसकी इससे अधिक कुछ भी इच्छा नहीं हो सकता। अनुशासन एवं क्षमता और उच्च दर्जे का प्रतिस्पर्धा एवं सैन्य उत्साह के प्रोत्साहन में सहायक हो सकता है, जिसे अधिमूल्यांकित नहीं किया जा सकता जो सार्वजनिक कार्य को सुलभ बनाने में कभी असफल नहीं हो सकता।

157. टुकड़ियों को जहां तक संभव हो सके अच्छे स्थितियों में एकत्रित करने की एक प्रयोजन मैं सरकार को सौंपूंगा, इन्हें इनके स्थान पर जैसे वे अभी है, छोटी-छोटी सैन्य दल के रूप में सम्पूर्ण देश के चेहरे पर विखरे हुए हैं, जो वास्तव में कोई सुरक्षा एवं सहायता प्रदान नहीं करते तथा पूर्णतः अनुशासन और कुशलता को नष्ट कर रहे हैं। एक संपूर्ण रेजिमेंट नहीं बल्कि अनेक बिग्रेड स्टेशनों को उन्हें तुरंत अभी वहीं ठहराया गया है सिकन्दराबाद के अतिरिक्त (निजाम के क्षेत्रों में) और जहां मद्रास प्रेसीडेंसी का क्षेत्र नहीं है, जहां 3000 सशस्त्र आदमियों को तैयार किया गया है। वह सैनिक यह महसूस कर रहे हैं कि वे उन पर बहुत सारा गंभीर कार्य देंगे; वो कार्य स्थिर एवं अविरल है तथा वहां रेलिफ की कोई संभावना नहीं है उनके ताकत ओर शक्तियों पर अधिक भार दिया जाएगा, और वे लंबे तेज मार्चों के द्वारा आप्राप्य ऋण में फंस जाऐंगे। सेना का एक तिहाई भाग वर्ष के शुरू से वर्ष के अंत तक कार्य में लगे रहते हैं तथा वे निरूत्साहित रहते हैं, इस सत्र (1857) का पूरे आधा देशीय सेना प्रस्थान किया ओर वे इस प्रकार पेगू को अपने अधिकार में लिया जिसके प्रभाव से सामान्य आराम और जवानों को नियमित सफलता विदेशी कर्तव्यों की तुलना में दिया।

158. देशीय सेना की परिस्थितियां प्रतिदिन और अधिक प्रयास करने से संबोधित है, और मैं यह महशूस करता हूं कि एक बार फिर मेरा यह कर्तव्य है कि वह रेलिफ जो सार्वजनिक न्याय और मानवता में है वे टुकड़ियों को देने का निवेदन करूंगा। इनकी आबद्ध वापसी-सेना के एकजुटेंट जेनरल के कार्यालय में तैयार उसमें 23 रेजिमेंटों (सेना के लगभग आधा) के पास सिर्फ 1½ रेलिफ्स : 18 रेजिमेंटों और 3 रेलिफ्स 308 रेजिमेंटो के पास 3 1/2 रेलिफ्स और 3 रेजिमेंटों के पास 7 रेलिफ्स हैं जबकि सभी के पास पूरा 4 रेलिफ्स होना चाहिए। कमांडर-इन-चीफ होने के नाते यह मेरा कर्तव्य है अपने अवस्था को दोष सिद्ध रखूं इस

अवस्था की बहुत अधिक समय तक जारी नहीं रह सकती। टुकड़ियों को रेलिफ्स रखना जरूरी है, और मैं पहले ही यह स्पष्ट कर चुका हूं की मेरे विचार मैं किस ढंग से इन्हें और अच्छा दिया जा सकता है।

159. उसी समय पर महामहिम का पत्र मद्रास सरकार को 17 मार्च 1859 दिया गया जिसमें उनका यह विचार व्यक्त था "आदेश के तहत मद्रास प्रेसीडेंसी में सेना के खर्चों में किसी भी वास्तविक कमी कर एक नया सुसंगठित कुशल पुलिस दस्ता की दिशा में पहला कदम लिया जाय, यह बिन्दू जो लार्ड हैरिस द्वारा अगस्त 1885 में एक सूचना दबाव में दिया गया था।"

लेकिन वह तब तेजी से संपीड़ित था और हमारे नवंबर के अंत में मद्रास पहुंचने पर हम प्रांत का एक जिला अरकोट (ARCOT) लगभग संपूर्ण रूप से दस्ता के द्वारा अधिकृत पाएंगे, नियमित टुकड़ियों के रेलिफ सैन्य दल और गार्ड से संबंधित कार्य भी पहले ही कुछ क्षेत्रों में पालन किया जाएगा। मुफ्फसिल पुलिस का पुलिस महानिरिक्षक श्रीमान रॉबिन्सन ने हमें तिथी 28 दिसंबर के पत्र में सूचित किया, यह कि चित्तूर में पुराने सैनिकों (दो कंपनियां) को सभी कार्यों से मुक्त कर दिया गया और उस जगह पर जेल ओर ट्रेजरी गार्ड्स का कार्य नए संगठित दस्ता द्वारा संभाल लिया गया। पोलिकोन्डा के पुराने गार्डों को उनके इच्छा के अनुसार मुक्त कर दिया जाएगा। वहां अर्नी (Arnee) पर पुराने सैनिक हैं; लेकिन वे किसी भी असैन्य कार्यों का अच्छा प्रदर्शन नहीं कर रहे हैं इससे मैं अवगत हूं। अगर वे ऐसा कर रहे हैं तो किसी भी सीमा तक ये कार्य अगले जनवरी के अंत के पहले समाप्त कर दिया जाएगा अरनी (Arnee) प्रखंड इस प्रकार उस समय दस्ता द्वारा अधिकार में ले लिया जाएगा। वेल्लोर सभी असैन्य कार्यवाही के लिए तैनात नियमित गार्डों देशीय सेना का 18वीं रेजिमेंट को भी कार्यमुक्त किया जा सकता है। वे जेल और पुलिस गार्ड में होंगे, मुझे विश्वास है कि वहां अस्पताल, शस्त्रागर और रसद विभाग भी भेल्लोर में नियमित गार्डों द्वारा सुसज्जित होगा ओर संभवतः अरकोट में भी इच्छानुसार। सैन्य प्राधिकारियों को यह आंकना है कि वह अभिष्ट है अथवा नहीं कोई भी ये गार्ड संगठित दस्ता के द्वारा अवमुक्त किया जा सकता है।

असैन्य कार्यों का दबाव जो अब अलग-अलग सैन्य बलों पर होगा जिसमें मुख्य रूप से जेल एवं कोषागार को रक्षा होगा। इन सैन्य दलों को

सुसज्जित करते समय आवश्यक रूप से देश के विभिन्न भागों और उनके रेलिफ का आवश्यक रूप से ऊपर रखना पहला महत्व होगा। मैं अधिकतर जिलों के लिए एक ऊर्जावान तथा बलवान पुलिस निरिक्षक पर विचार कर रहे हैं जो आदमियों के एक निकाय को उचित ढंग से संगठित करने में तथा ऐसे सभी कर्तव्यों को अपने ऊपर लेने में समर्थ हो तथा सभी सैन्य दल को अपने जिला में कार्य शुरू करने के तीन माह के अंदर मुक्त कर दे।

160. मद्रास प्रेसिडेंसी के लिए पुलिस दस्ता का संगठन जो निर्माण की प्रक्रिया में है, जो बाम्बे एवं बंगाल पुलिस से बहुत भिन्न है, जो प्रत्येक दृष्टिकोण में स्थापित है, (सिपॉय Sepoy) सेना के अनुकृति पर और जिसे बहुत रेलिफ्स की आवश्यकता होगी, उनके सुरक्षा के लिए लाइन में देशीय रेजिमेंट जैसा होगा और इस संदर्भों में जब आयुक्तों की नियुक्ति भारतीय सेना के संगठन के जांच के लिए होगी उनके जैसा अनुशासन बनाए रखने का अदेश होगा; और उनका जांच कर यह रिपोर्ट दर्ज किया गया कि ''वे इस फोर्स को देखे, संख्यात्मक बल एवं सैन्य संगठन भिन्न जैसे does इसका सामान्य (Sepoy) सिपॉय सेना से अनिवार्य सम्मान नहीं मिलता इनके तत्व भविष्य के खतरा है; और इसलिए इनके उपयोग करने में बड़ी सावधानी की आवश्यकता की अनुशंसा किया; इस बल में कड़ी सैन्य प्रशिक्षण नहीं देकर इसकी अपेक्षा अनुशासन बनाए रखने की आवश्यकता है कहीं ऐसा नहीं हो कि कहीं नया देशीय सेना बनाना पड़े, जो भविष्य में सरकार के लिए उलझन बन जाए'' मद्रास के राज्यपाल महामहिम सर चेरियस वेल्यन ने एक बातचीत में इसी से मिलता जुलता टिप्पणी किया था जिसमें उन्होंने ''भारत के अन्य पुलिस बल और मद्रास के प्रस्तावित नए संगठित दस्ता के भिन्नताओं को उजागर किया था''। ''जो स्थापना के लिए प्रस्तावित है वह ''पुलिस कॉर्पस'' नहीं है, ये न तो पुलिस और न ही नियमित सेना है, और भारी खर्च सरकार और जनता दोनों के बेचैनी का कारण है।''

161. मद्रास पुलिस बल किसी भी ढंग से सैनिक नहीं है लेकिन सिपाही है ऐसा व्याख्या श्रीमान रॉबिन्सन द्वारा किया गया, वे अभ्यास, के लिए ''अनुशासन को बनाए तथा उत्साह के एक निश्चित मात्रा के माध्यम से होकर जाते है; सभी को हथियारों का उपयोग सिखाया गया जो लाईट कार्बाइनों और तलवार, प्रत्येक दो आदमियों पर, एक आग्नेशास्त्र तथा एक तलवार के

अनुपात में शस्त्र दिया जाता है लेकिन जेल, कोषागार और अनुरक्षक के गार्डों के अतिरिक्त कोई हथियार नहीं ले जाते इनके लिए डंडा सामान्य सुरक्षा के लिए पर्याप्त हथियार है'' वे सैन्य निकाय।

	संख्या	रुपया
600	निरिक्षक	6,60,000
21400	नीचे स्तर के	18,04,000
22,000		24,64,000

20	महानिरिक्षक		
20	सहायक डिटो	3,00,000	
	(यात्रा) भत्ता सहित)		
01	पुलिस महानिरिक्षक	50,000	
22,041	कुल रुपया		28,14,000

कपड़ा	2,00,000	
हथियार वार्षिक		
स्टेशनरी	20,000	2,40,000
कुल	2,40,000	30,54,000

की तरह कड़ा अनिवार्य अनुशासन का आवश्यक रूप से नहीं मानेंगे एवं कार्य पर नियुक्त आदमी को कुछ रेलिफ्स की आवश्यकता होगी; प्रतिदिन सिर्फ रेलिफ्स का वहन करना राज्य के लिए बहुत बड़ा खर्च होगा एवं कम और स्वास्थय अनुशासन के लिए उसके अपेक्षा 3 रेलिफ्स आवश्यक है। इस पुलिस बल की संरचना एवं संभावित प्रारूप श्रीमान रॉबिन्सन ने इस प्रकार बताया–:

''इंग्लैंड में कांऊटी दस्ता से सामान्यतः इसका आकलन का दर लिया गया एक आरक्षी कर्मचारी पर 1000 निवासिय होते हैं, तथा 4 वर्गमील के क्षेत्र में (पूर्व में प्रचलित विभिन्न विचारों पर); और यथा मैं जाऊंगा, मैं यह सोचने में प्रवृत हूं कि एक आदमी पर 1000 निवासी प्रांत के लिए

पर्याप्त होना चाहिए लेकिन दिया गया क्षेत्र काफी बड़ा है ऊपर के आंकड़ों को जोड़कर स्तर एवं वेतन का दर के बारे में बातकर पहले ही आपके आयोग से बता दिया गया है, मैं दस्ता का आकलन 22 मिलियन निवासियों पर अतिरिक्त राशि के अनुसार 30,54,000 रुपया का है इस जोड़ में 12 से 13 लाख रुपया प्रचलित असैन्य स्थापनाओं के खर्च से वसूल होगा। वर्तमान प्रारूप को देश की सुरक्षा के लिए बढ़ाने का किसी भी मामले में लगभग 18 लाख से अधिक नहीं होगा और यह बहुत अधिक संभव है कि यह राशि बहुत ही उच्च मात्रा का हो सकता है और यह संपूर्ण रूप से राजस्व माफी एवं मुद्रा मात्राओं द्वारा पूरा किया जाएगा, पहले से निर्दिष्ट पुलिस कार्यों के प्रदर्शन के लिए निश्चित पार्टियों को पुनः आरंभ किया जाएगा तथा सुविधाएं लगभग उच्च स्तर पर परिवर्तित होगी। लेकिन वास्तव में अगर ये पूर्वानुमान कार्यान्वित नहीं हुआ, तो अतिरिक्त प्रारूप को कुशलता की उच्च क्षमता को प्राप्त करने का प्रयत्न कर रही कांस्टेबुलरी फोर्स के रास्ते में लाने का अनुमति नहीं देना चाहिए; जैसा कि महामहिम सर चार्ल्स देवेल्यन अपने एक बातचीत में प्रेक्षित किया: – "प्रचलित पुलिस व्यवस्था का अंग्रेजी और आयरिश सिद्धांतो पर पुनर्गठन हमारे भारतीय सैन्य प्रणाली के संगठन की कुंन्जी है।" और महामहिम अच्छी तरह से संगठित अच्छे भुगतान पर और चुने हुए युरोपियन अधिकारियों द्वारा बेहतर तरीके से निरिक्षित "वास्तविक पुलिस" (Real Police) के निर्माण पर विशेष बल रखा।

162. सिविल कार्यों पर तैनात सैन्य रक्षकों के खर्च के संदर्भ में श्रीमान रॉबिन्सन ने बहुत सफाई से कहा "सैन्य खर्च के सुधार की दिशा में एडजुडेंट जेनरल के लिए यह पहला कदम होगा की प्रत्येक संतरी एवं सैन्य दल जो उसके द्वारा पूर्ति किया जाय उसका पूरा लागत उस जिला या विभाग से लिया जाय जहां उन्हें तैनात किया हो। तब सिर्फ बड़े लागतों के लिए वहां पर बहुत सारा विशुद्ध असैन्य कार्य अब सैन्य बलों द्वारा किया जाएगा, देश के लिए सामान्य प्रशासन के बहुत सारे कार्यों को मिलिट्री सहायता के साथ वे कैसे कर सकते हैं यह दिखाकर वे विभागीय प्रमुख को अनुगृहित करेंगे।" श्रीमान रॉबिन्सन ने आगे बताया की वह स्वयं सभी अनुरक्षण (Becarts) कार्यों को तैयार आर्थिक शर्तों पर आधारित आवश्यकता के अनुसार विभागों द्वारा मांगे जाने पर उपलब्ध कराएंगे: जो एक शर्त होगा; वह इस प्रकृति का आग्रह पर स्वयं उपयोगी जांच संभाल

लेंगे, और हम मजबूती से इसके अंगीकरण के लिए अनुशंसा करेंगे सिर्फ अनुरक्षण के कार्यों से संबंधित नहीं बल्कि सभी असैन्य प्रवृति के कार्यों जैसे कोषागारों, करागारो, टकसाल, बैंकों सार्वजनिक कार्यशालाओं और विभिन्न अन्य उद्देश्यों के अनुरक्षण कार्यों के लिए भी, और जो अब तक सैन्य रक्षक नियुक्त थे, लेकिन जो अब सर्वत्र स्वीकृत किराया पर लिए हुए पुलिस के छोटे प्रारूप द्वारा प्रभावशाली ढंग से प्रदर्शित किया जाएगा। मद्रास सरकार वास्तव में पहले ही प्रायोगिक अनुभव बना रखा है जिसका एक उदाहरण राज्य की अर्थव्यवस्था है जो इस प्रकार प्रभावी हो सका: देशीय सेना तथा प्रांत के रक्षक सेना में कमी का अनुवर्ती प्रभाव यह है कि माऊंट एवं पालावेरम में एडुजेटेंट जेनरल एवं टाऊन मेजर के कार्यालयों में उपयोगी संख्या में आदेश पाल तैनात करने के लिए अपर्याप्त है। सरकार इन कमरे के चपरासियों–नौकरों को आदेशपालों के जगह पर नियुक्त करने को मंजूरी दे चुकी है, जो किसी भी सीमा में चपरासियों के लगभग आधा देने की अनुमति है। जिनको सिपॉय आदेशपालों से बहुत कम वेतन प्राप्त होगा, इसके अतिरिक्त इनका प्रभार इन्हें नियुक्त करनेवाले के द्वारा कार्यालय में दिया जाएगा।

163. जब तक मद्रास में हम गवर्नर का विभिन्न साक्षात्कार लिए। महामहिम सर चार्ल्स ट्रेवेल्यन जो हमारे कृपापात्र थे उसके साथ बातचीत का रिकार्ड के प्रतिपक्ष में थे उनके द्वारा नए पुलिस बल के रखना के सभी प्रति के साथ बातचीत को लेखित किया गया; जिसमें वे उन बिन्दुओं को व्यक्त किया कि कैसे intimately यह ढंग सैन्य बल के कम करने से संबंधित है और वह संगठन का आर्थिक आधार और कुशलता की कुंजी होगी और यद्यपि नई पुलिस व्यवस्थाओं को पुलिस निकाय के सामने क्षमता की मात्रा ऊपर लाने में जल्दबाजी नहीं करना था हमें श्रीमान रॉबिन्सन से यह सीखना है इसमें महामहिम बहुत उत्सुक है। सैन्य बल में कमी को सरल बनाने में जितना संभव हो सके इसकी वह आशा रखते हैं कि सभी छोटे सैन्य दल का जल्दी प्रशिक्षित पुलिस निकाय द्वारा सहायता मिले; इसके बाद भी सभी विभिन्न जिलों में ग्रामीण पुलिस के छोटा सामान्य संगठन इसमें बाधा नहीं होना चाहिए। श्रीमान रॉबिन्सन इसी कारण से अधिकारियों को सम्मिलित किया होगा "जो दक्षिणी डिविजन के विभिन्न जिलों में प्रभावशाली एवं अच्छे तरह से प्रशिक्षित स्थानीय निकायों का दस्ता बनाने के निर्देश में जल्दी नियुक्त होंगे, जो असैन्य कार्य अभी सैन्य पुलिस द्वारा

प्रदर्शित किए जा रहे हैं उन सभी कर्तव्यों को अपने ऊपर ले ले'' इस व्यवस्था के अनुवर्ती, महामहिम राज्यपाल कुछ दिनों में तदन्तर प्रस्तावित और सरकार पहले से अर्थात सभी पैदल रेजिमेंटो को सीमा प्रांत के अन्दर में 320 गैरअधिकारीय स्तर और फाइल के द्वारा कम करना चाहिए और तीन अतिरिक्त रेजिमेंटो को भी तोड़ देना चाहिए और दो पुराने बटालियनों को सेवा निवृतों की सूची में ले लेना चाहिए। और हम जैसा कलकत्ता पहुंचने पर देख रहे है की महामहिम कमांडर-इन-चीफ एक आदेश जारी किए हैं जिसमें कमांडिंग डिविजन के अधिकारियों एवं सैनिकों के सैन्य दल को मुफ्फसिल पुलिस के महानिरिक्षक के कांस्टेबुलरी द्वारा बदलने के लिए तैयार होने की सूचना पर सभी सैन्य टुकड़ियों कि सेवा वापसी के लिए प्राधिकृत किया; हम इस उपाय को सही मान रहे हैं जो अभी पूरी तरह मद्रास सेना को बहुसंख्यक सैन्य कार्यों से मुक्त, करने की प्रक्रिया में है जो अब तक उनपर भारी दबाव रखते थे।

164. मद्रास सेना की बिखरी हुई दशा इसका एक उदाहरण के रूप में है, हम अपने जांच शुरू करते समय इसे उल्लेखित कर सकते थे, यूरोपियन टुकड़ियां अकेले 40 विभिन्न चौकियों पर अधिकार किए हुए थे और हमारी वापसी द्वारा सिख क्वार्टर मास्टर जेनरल द्वारा पूरा किया गया, 13 दिसंबर 1859 को देशीय सेना को तैयार किया गया और सैन्य दल के क्षेत्र में रेजिमेंट के साथ जोड़ा गया, बंगाल में 91 स्थायी टुकड़िया (अतिरिक्त के अनुसार) इनकी ताकत में 9 टुकड़ी की भिन्नता थी लेकिन रेजिमेंट से कम और और कम्पनी से नीचे, तब एक देशीय अधिकारीयों के रक्षक संपूर्ण के एक तिहाई थे (31) विंग इसके पूर्व का ताकत था और एक दूसरा, तीसरा (30) 2 कम्पनी से कम लेकिन एक से ज्यादा 21, 3 कम्पनी से कम लेकिन 2 से ज्यादा 7 एक विंग से कम। छोटी सैन्य टुकड़ीयां अगर सम्मिलित किया जाय तो इसमें कोई संदेह नहीं की संख्या बहुत बढ़ेगा; लेकिन हम इन 91 टुकड़ियों का कुल ताकत अकेले लगभग 120 कम्पनियों के बराबर था। तारीख 20 मार्च 1860 को क्वार्टर मास्टर जेनरल से एक वापसी के द्वारा हमें किसी माध्यम से पता चला कि नई पुलिस व्यवस्था का प्रगति का परिणाम था कि 31 सैन्य टुकड़ियां पहले ही वापस कर दी गई जो आपस में 2 बड़े। दल के साथ

सैन्य टुकडियाँ

सेन्ट्रल डिविजन	–12
उत्तरी	–15

दक्षिणी	–18
मैसूर	–06
मालाहूर और कनारा	–10
सिडेड जिलाएं	–03
हैदराबाद बल	–06
नागपुर बल	–04
पेगु डिविजन	–14
स्ट्रेट सेटलमेंट्स	–03
	–91

एक विंग से अधिक सभाविष्ट किए हुए थी, एवं इसलिए 31 सैन्य टुकड़ियों का कुल ताकत लगभग 50 कम्पनियों से जोड़ा जा सकता था। 60 सैन्य दल में से दो तिहाई 2 कम्पनी प्रत्येक से कम स्थिर बनी रही और इसलिए उनके कार्य आसानी से पुलिस द्वारा ले लिया गया। वास्तव में हमें कोई संदेह नहीं कि कम समय के अंदर सभी बाकी बचे सैन्य टुकड़ियों वापस होगी लेकिन रेजिमेंटों को विरले हीं विभक्त किया जाएगा।

165. हमें 1858 मद्रास के देशीय सेना और पुराने स्टेशनों से स्थायी सेना के अन्दर से अनुरक्षण (Escort) के कार्य से हटाए गए सभी स्तर के अधिकारियों का भी पता चला जो सीमा के अनुसार 87 टुकडियां में विभक्त थे: इस प्रकार औसतन 37 गैर कमीशन प्राप्त अधिकारियों सभी स्तरों और फाइल प्रत्येक को दिया गया था।

महामहिम सर पैट्रीक ग्रांट के लिए एक बड़ी मात्रा की परेशानी वाली कर्तव्यों में वे बिना कोई अनुकूल फायदेमंद परिणाम के सम्बध थे कहा कि अच्छे जानकार और बहुत अनुभवी असैन्य अधिकारियों को देशीय सेना के छोटे सैन्य टुकड़ियों के अंतर्गत बिना कमीशन और गैरकमीशन अधिकारियों के पर्याप्त सहयोग के कार्य की अनुमति होगी, ओर न किसी देश के आंतरिक में छोटे कोषागारों की सुरक्षा की, और वर्णित स्थान में कार्य में व्यस्त आदमियों को उस समय जो अनुशासन के विनाशक है, हमारे विचार में सिर्फ उद्देश्य के कमी के चलते नहीं गिरे लेकिन पूर्णत: हानिकारक है।

महामहिम जोड़े "मैं अच्छा तरह अवगत हूं परिस्थितियां कभी-कभी पूर्णतः सैन्य दल के नियुक्ति एक समय के लिए आवश्यक हो जाती है जैसे उदाहरणार्थ मलियापुरम मालाबार में लेकिन यह सिर्फ एक अपवाद है कानून नहीं। जैसे इस वर्तमान मामले में है।"

अधिकारी		गैर-कमीशन
यूरोपियन	देशीय	बैंक एवं फाइल
16	94	3294

166. सामान्य टुकड़ियों की इस प्रकृति के कार्यों पर नियुक्ति सार्वजनिक कोष का एक धनात्मक बर्बादी से अधिक कुछ नहीं है, प्रत्येक रक्षक के नियुक्ति के पहले 3 और 4 रेलिफ्स की आवश्यकता है; अतएव अगर कार्य पुलिस द्वारा ले लिया गया तो 1 रेलिफ प्रत्येक रक्षक (Guard) के लिए पर्याप्त है। ये अनुरक्षकों एवं सैन्य कार्य जैसे कोषागारों, कारागारों या किसी भी ढंग के सुरक्षा के लिए इस प्रकार के कार्य भी पुलिस दस्ता द्वारा अगर संपूर्ण रूप से नहीं मिला तो मुख्यतः लिया जाएगा, जिससे मद्रास सेना के सभी सामान्य सैनिकों को बाह्य गैर-सैनिक कार्यों से मुक्त कर दिया जाएगा और तब मद्रास सेना के सैनिकों में बहुत बड़ा कमी के पहले से आदेशित बहुत कड़े कारणों के द्वारा अनुशासन सुधारने पर इसके सभी अनुशासन पर विचार करने के साथ वर्तमान बड़े दस्ता में बनाए रखा जा सकता है।

हमें पूर्ण विश्वास और आशा भी है कि प्रभावशाली पुलिस दस्ता सिर्फ सरकार को समर्थ बनाएगा यह सेना में भारी कमी को भी प्रभावी करेगा जो वर्तमान में अपेक्षित है, लेकिन आगे टुकड़ियों को सरल बनाकर विवेक सम्मत स्थानों पर लगाना मितव्ययिता एवं क्षमता के लिए जरूरी है। छोटे सैन्य दलों में बिखरे हुए सैनिकों के साथ के लिए ठहरने की, खाने की लागत तथा प्रत्येक अन्य मूल्य काफी बढ़ेगा, उसी समय पर अधिकारियों का नियंत्रण एवं निरिक्षण वहां के बहुत कमजोर आदमियों पर होगा।

परिशिष्ट – 5

उत्तरी-पश्चिमी और बंगाल प्रांत में असैन्य पुलिस बल का परिचय पर विज्ञप्ति

(3. अक्तूबर 1860 न्यायिक)

संख्या– 37–भारत सरकार के सचिव डब्ल्यू ग्रे स्क्वायर द्वारा उत्तरी-पश्चिमी प्रांत के गवर्नर के सचिव संख्या 2218, तारिख 3 अक्तूबर 1860।

1. मैं माननीय लेफ्टिनेंट गवर्नर के द्वारा पुलिस आयोग का प्रतिवेदन (रिपोर्ट) की एक प्रति जो अभी कलकत्ता में बनाया गया है, को भारत सरकार को सौंपने के लिए निर्देशित हुआ हूं।

2. परिषद में गवर्नर जनरल लेफ्टिनेंट गवर्नर के इस प्रतिवेदन और वह कागज जो इसके साथ है, साथ-साथ विचार करने का विनम्र आग्रह की इच्छा रखता है।

परिषद में गवर्नर जेनरल उनके सम्मान की तैयारी देखकर, जानकर संतुष्ट होंगे, सूचना के पालना में पहले ही आपके पत्र संख्या 1706 । तिथि 30 जून को बताया गया है तथा उत्तर-पश्चिमी प्रांतो में एक संगठित असैन्य दस्ता जो आयोग द्वारा विस्तारित लक्षण है से परिचय कराने हेतु प्रारम्भिक उपाय जैसा कि इस मामले में आशा किया जाएगा। मैं लेफ्टिनेंट जेनरल के पुलिस संगठन गठित करने में या आयोग द्वारा प्रस्तावित योजना में किसी भी प्रकार की आनेवाली बाधा का जांच के लिए निर्देशित हूं। आयोग द्वारा प्रस्तावित योजना पर, इलाहाबाद डिविजन में श्रीमान कोर्ट के

निर्देशन के अन्तर्गत जिन्हें जिला अधिकारी के रूप में एक बड़ा प्रायोगिक अनुभव और उनके संपूर्ण सिद्धांतों के सम्मति में आयोग उनके सुझावों पर आधारित था, अतः यह योजना कार्यान्वित किए जाने लायक है और इसे अनुकूल प्रकाश में एक नव–प्रवर्तन के रूप प्रदान किया जाए, इसे वह पहले अनुशंसित नहीं कर सकता।

3. लेफ्टिनेंट गवर्नर इस सुझाव के ऊपर अपनी प्रतिक्रिया के लिए उत्सुक है, यह स्पष्टतः प्रचलित दोनों सैन्य तथा असैन्य पुलिस व्यवस्था के लिए अत्यंत आवश्यक है प्रयोग के लिए निर्दिष्ट सीमा के अंदर लेफ्टिनेंट गवर्नर के प्रत्यक्ष निर्देशों में इस कार्य के लिए चयनित अधिकारियों के हाथों में अनारक्षितता में देना चाहिए। अनिवार्य स्थिति में असैन्य दस्ता के प्रभार में किसी भी सीमा तक विस्तार किया जाय, सैन्य पुलिस में लगभग एक साथ अनुकूल कमी किया जाय आगे इस प्रकार कमियां चलती रहेंगी और इसलिए संगठन के साथ व्यस्त नए दस्ता के अधिकारी में पूरे अधिकार के साथ निहित कर आदमियों को देना आवश्यक है किसी भी सैन्य या असैन्य पुलिस नए पुलिस का स्थानांतरण और मुक्ति के बीच एक विकल्प है परंतु अन्य के साथ इस प्रकार का कोई विकल्प नहीं होगा लेकिन वे सम्मान के साथ थे अंत में गवर्नर जनरल की परिषद में इस प्रकार की औसत सहायता उपदान देने के लिए तैयार होंगे जैसा लेफ्टिनेंट जेनरल अनुशांसित करे, वो सभी दिए गए समय के बाद किया जाएगा।

4. यद्यपि परिषद गवर्नर जनरल पुलिस आयोग के रिपोर्ट (प्रतिवेदन) से अवगत है तथा लेफ्टिनेंट गवर्नरों के हाथ में पहले ही कुछ समय दे रखा है, मैं एक इच्छा व्यक्त करना चाहता हूं कि महामहिम अगर समर्थ हों अपना विचार इस महत्वपूर्ण प्रश्न पर शीघ्रता से सूचित करें, इस प्रकार वह संपूर्ण ठंडा का मौसम नए दस्ता के गठन के लिए उपलब्ध हो सकता है, ऐसे सीमाओं के अन्दर जैसे महामहिम के परिक्षण के लिए निर्दिष्ट हो।

5. इन सुझावों को अपनाए जाने की स्थिति में गवर्नर जनरल परिषद में किसी भी योजना पर विचार के लिए तैयार होंगे जो लेफ्टिनेंट गवर्नर समिति के योजनाओं से पुलिस महानिरिक्षक के द्वारा मद्रास में सुविधाजनक स्थापना और वेतन के लिए निर्दिष्ट हो।

6. मैं कर्नल बाल्फोर के पत्र द्वारा महामहिम से विशिष्ट सावधानी से प्रार्थना करने के लिए निर्देशित हुआ हूं, सभी संलग्नकों के साथ प्रतिवेदन सैन्य

वित्त आयोग के अध्यक्ष पाएंगे और जिसमें साफ–साफ वित्तीय सिद्धांतों से संबंधित कुछ प्रश्न सम्मिलित रहेंगे। यह गवर्नर जनरल के परिषद में सिर्फ यह योजना दाखिल होगा जो समिति द्वारा प्रस्तावित उन कमियों जो 20 अप्रैल के श्रीमान बेडॉन के पत्र में विस्तारित है जो महीने के अंत में प्रभावी हो, और मैं यह जोड़ने का आशा करता हूं कि ऐसी कमियां वित्तीय दृष्टिकोण से बहुत ही आवश्क है जितना कम समय में हो इसे कार्यान्वित होना चाहिए। जो कमियां अब तक उत्तर–पश्चिमी प्रांत में प्रस्तावित था वह बहुत जल्दी गिरा, उसके अनुसार क्या बहुत जरूरी है जो एक सीमा में उसे नीचे रखा जाएगा। गवर्नर जनरल की परिषद में महामहिम पर विश्वास कर अपने अंतर्गत वे सभी अधिकारियों पर प्रभाव डालेगा कि वे अपने सामान्य सीमाओं में प्रबलता से जरूर प्रेक्षित करें एवं यह विषय परम आवश्यक है कि यह कमियां दिए हुए विस्तार में दृढ़तापूर्वक बिना समय बर्बाद किए करना चाहिए अथवा श्रीमान बेडॉन के पत्रों में सुझाए गए योजनाओं में से कोई एक योजना के द्वारा जिसमें पहला योजना के बहुत अनुरूप है एवं किसी दूसरे किसी योजना के द्वारा जो महामहिम के विचार में अच्छा हो सके इस उद्देश्य के लिए अपनाया जा सकता है।

3 अक्तूबर 1860 न्यायिक

प्रेषक

संख्या 38 डब्ल्यू. ग्रे, स्क्वायर

भारत सरकार के सचिव

सेवा में,

डब्ल्यू एस सेटॉन–कार, स्क्वायर

बंगाल सरकार के कार्यालयी सचिव

संख्या 1920 तारीख 3 अक्तूबर 1860

1. मैं माननीय लेफ्टिनेंट गवर्नर के द्वारा पुलिस आयोग का प्रतिवेदन जो अभी कलकत्ता में बनाया गया है को तथा लेफ्टिनेंट गवर्नर का उत्तरी–पश्चिमी प्रांतों के साथ किए गए उस तिथि तक संचार का एक प्रति के साथ भारत सरकार को सौंपने के लिए निर्देशित हुआ हूँ।
2. मैं यह आग्रह करने के लिए निर्देशित हुआ हूँ कि आयोग के सभी अनुशंशाओं पर पूरे विचार के बाद लेफ्टिनेंट गवर्नर अपना प्रतिवेदन (रिपोर्ट) देगा अथवा वह सैन्य और असैन्य पुलिस का मिश्रित प्रणाली जो

वर्तमान में बंगाल में है की एक प्रतिस्थापना संगठित एवं प्रभावी दस्ता के एकल निकाय के गठन की अनुमति देने के लिए तैयार रहेगा, और ऐसा अगर हो अथवा वह कुछ चयनित अधिकारियों को परिवर्तन प्रारंभ करने को निहित करे ऐसे अधिकारियों में पुलिस महानिरिक्षक के सभी शक्तियां निहित हो उनका एक या अधिक जिले में संगठित दस्ता शीत ऋतु आने तक के समय तक आयोग द्वारा विस्तारित चित्र का पुलिस बल गठित करना उनका कर्तव्य होगा।

3. परिषद में गवर्नर जेनरल उत्तर-पश्चिमी प्रांतों के पत्र के अनुच्छेद तीन में दिए गए निर्देशों से अवगत है जिसमें बंगाल के लफ्टिनेंट गवर्नर के अधीन प्रांतों के परिस्थितियों में लागू है, सैन्य और कुल लागत पहले प्रांतों में बहुत कम या उत्तर-पश्चिम प्रांतो के तुलना में और कमी वास्तव में संभवतः प्रत्येक जिला में इस प्रकार का पुलिस दस्ता का स्थापना आवश्यक पाया जाएगा, इस प्रकार यह आयुक्तों से अपेक्षित है। तथापि इस प्रकार यह प्रक्षेपित उपायों से पुराने सैन्य से पिण्ड छुड़ाना प्राथमिक उद्देश्य होगा जितना जल्दी संभव हो सके एक स्वतंत्र निकाय जिसे मिलिट्री पुलिस कहा जाता है जो अभी प्रचलित है वह पहले अधिकारियों को दिए गए निर्देशों का जिनमें परीक्षण किया जाता है निहित था उसका एक भाग होना चाहिए, वह सैन्य पुलिस के अधिकारियों एवं सेनाओं को नए दस्ता को प्रत्येक जिला में ताकत प्रदान करने हेतु देख रहे है। जब वह इस प्रकार बहुत से आदमियों का चयन वर्तमान जिला के असैन्य पुलिस से कर लेंगे, जिला में न्यायाधीश भी नए दस्ता के लिए उपयुक्त होगा, वह जब सैन्य पुलिस से आदमी लेने का कार्यवाई करेंगे तब मिलिट्री पुलिस का एक विकल्प होना चाहिए कि उनका स्थानांतरण दस्ता में कर दिया जाय या सेवा मुक्त कर दिया जाए।

4. पहला कार्य किसी ढंग से महामहिम द्वारा नई पुलिस दस्ता का गठन प्रारंभ करने के कार्य के लिए चयनित अधिकारियों पर विकसित होगा, वे दिए गए जिला लेंगे और सावधानीपूर्ण जांच के बाद बल का ताकत तय करेंगे जो उनके विचारों में जिला के लिए आवश्यक हो। वह तब एक प्रतिवेदन (रिपोर्ट) लफ्टिनेंट गवर्नर को सौपेंगे जिसमें स्पष्टतः प्रस्तावित दस्ता का सही लागत प्रदर्शित करना चाहिए तथा उसकी तुलना जिले की वर्तमान पुलिस गार्ड जो हटा दिया गया हो के साथ के लागतों से करना चाहिए सावधानीपूर्वक एक जिले के लिए नए दस्ता के लिए लगभग संभावित

लागतों का अनुमान लगाया जा सकता है, निचले प्रांतों में सभी ऐसे एक अनुमान लगाया जा सकता है अगर लैफ्टिनेंट गवर्नर सामान्य समीचीनता से प्रस्तावित परिवर्तन स्वीकार कर संतुष्ट हो, तो परिषद में गवर्नर जनरल की इच्छा है कि भारत सरकार नजदीकी व्यवहार्य तिथि तक तैयार कर बनाएगा।